遇见独角兽小姐

上

尼莫小鱼 著

上海社会科学院出版社
SHANGHAI ACADEMY OF SOCIAL SCIENCES PRESS

致 谢

我曾经在德国、瑞士的百年企业里工作过十五年，在这十五年中，我有幸拜访过许多家本土制造型企业并和他们有过无数次的谈判与交流。在这些企业中，小规模的只有几个工人，大规模的已经上市。在开放化的市场竞争中，他们不惧困难，秉承初心，坚持着“中国制造”的信念。我希望能用自己浅显的文字来讲述一个平凡却又不平凡的“中国制造”的故事。

感谢我的编辑谭飞与掌阅文学给予我在小说创作中的极大支持，同时也感谢上海社会科学院出版社出版此书。

愿我们有更多“中国制造”的民族品牌走向世界。

目　录

第一章
试　妆

深秋，道路两旁的梧桐树已然一片金黄，偶尔吹过一阵风，打落了些许叶子。穿着玫红色冲锋衣的季桐快步走向道路旁荫蔽在树中的婚纱摄影店，匆匆而过的脚步落在台阶上，几片落叶发出沙沙的声响。

“季小姐，您好，这边请。”穿着粉色工作裙的接待小姐立刻迎了上来，露着笑容，引导她到 VIP 化妆等候区。

这条不过七八米的路，季桐一直没有停过手中的电话：“我不管你们用什么方法，明天一早，我的客户就要收到货。”

“季小姐，您的外套交给我吧。”接待小姐温柔地指了下季桐的冲锋衣，季桐眼瞳中的余光扫到了对方的这个动作，便迅速地脱了衣服。

电话里物流部的同事仍在因为交通管制的事向她不停地解释规定，她皱起眉头，不耐烦地应道：“为什么每次提要求，你们都有各种各样的理由？我告诉你，明天早上九点半前必须到我客户的仓库。”

“您请坐。”接待小姐保持着一贯轻柔言语的作风。

季桐边坐下，边斥道：“让你们经理黄凡接电话！”

电话那头传来细碎的对话声，季桐坐在一张米白镶粉色菱形纹的皮沙发上，探身喝了口接待小姐放置在茶几上的柠檬水。一位染了松石绿短发的化妆师走到了季桐面前，声音微带沙哑地说道："季小姐，我是您的新娘妆化妆师Coco，之前，我在电话里和您沟通过，先前您定的化妆师已经离职了，我在Beloved已经做了五年多，您有什么风格上的想法，可以随时和我沟通。"

Coco？季桐看了眼面前这位叫Coco的化妆师，松石绿短发衬得她皮肤格外白皙，右耳垂上的一颗黑宝石小耳钉也十分显眼。

季桐正在打量着，电话那端的物流部门经理黄凡接过了下属的电话，连忙给她赔礼道歉，打包票货物明天九点半之前到达客户仓库。季桐这才露出满意的笑容，应道："黄经理，公司里谁的货最重要，不用我多说吧。以后再出现这样的问题，我可保不了是不是要到Johnny那儿投诉你们部门拿空饷不作为了。"

黄凡自然深谙季桐不好惹，只好连连数落自己办事不力，好让季桐消消气，免得把事情搞大后，自己吃不了好果子。谁让销售部门是公司的老大，而季桐很快还会是这部门的第二把手。这一点，黄凡十分清楚，在泓高，没有人愿意得罪季桐。

待化完妆后，季桐要去参加年度销售大会。她的顶头上司——销售总监陈瑞与CEO Johnny已经承诺她，今年的年度项目会是她刚刚替公司拿下的盛都项目。这项目，泓高已经连续两个三年输给了老竞争对手梅来宝，没想到这一次被她拿下，可谓是泓高最近几年来在梅来宝面前最扬眉吐气的一次。除此之外，两人还承诺她在大会上会宣布她升职为销售副总监。

物流的事情一解决，季桐也不废话，直接挂了电话。

Coco仔细地打量了下季桐脸庞上的皮肤，问道："季小姐，您平时脸部做保养吗？"

季桐回了句："基本不做，太浪费时间了。"

季桐是做建筑材料的，打从入行开始，就成天在水泥黄沙的工地与装饰建材城跑，哪有什么空闲去做皮肤护理？能有个五分钟洗个脸，涂上点面霜，用个 BB 霜，涂个口红，画个眉毛就很不错了。那些洗个脸要三十分钟以上，化妆水、精华水、精华、眼霜、日间夜间乳液、面霜等瓶瓶罐罐在化妆柜排队的女人，她是从来瞧不上的。有这么多时间去做这些事，还不如花在业绩上，好好地做工作。

“还是需要适当地补补水，每天花的时间也不多。”Coco 听得出客人的口气，便婉转地向季桐说道，“您的皮肤有一些干，我先给您敷下眼膜，让精华液填平眼周的干纹后，这样上妆会更好。”

干纹？

Coco 拿了面大化妆镜，季桐凑近一看，才发现果然生出两三条细小的干纹来。不过，季桐更关心的是时间：“要多久，现在三点，你们一个小时能化好妆吗？”

“季小姐，您肯定很忙，但化妆是需要时间的，我只能说尽力在五点前帮您化好。”

Coco 话音刚落，季桐便不满道：“你手脚太慢了，不就是化个妆吗？我只有这么多时间。”

Coco 脸上瞬时变得尴尬，接待小姐在一旁听到后立刻上前道：“季小姐，Coco 是我们这里手脚最快的化妆师了，而且啊，还经常拿奖的。她也是想帮您打扮得更美。”

“是的，季小姐，我们还是先敷下眼膜吧。”Coco 克制住自己的情绪，与接待小姐互递了下眼色后，转身去拿眼膜。

“算了，最晚不能超过四点半。”季桐给出了自己最大限度的退让。

“季小姐，请到化妆区，这样您可以躺着，更舒服和放松。”接待小姐领着季桐去了化妆区。

Coco很快为季桐拿来了眼膜，正要敷上，季桐的手机又响了起来，来电的正是未婚夫顾铭。

“桐桐，明天是我们相识七周年的纪念日，你想在哪儿过?”

相识七周年纪念日？或许是离开学校太久了，季桐真的记不起学校里的那些事。他们的确认识于七年前，可明天是不是周年纪念日，她一点儿都记不起来了，只记得也是个秋天，同是化学专业的学长、学院里的学霸顾铭向她表白。毕业那年，顾铭研究生毕业被保送到瑞士的苏黎世大学学习，两年前回来后，他就一直在大学附属的化学研究所工作。两人的婚礼定在了一个半月后。

要不是店里催了好几次，碰巧晚上的年度销售大会又是她的荣耀时刻，季桐才不会来这儿浪费时间。

“随便。”季桐淡淡说道。她不像那些女孩掰着手指头都在计算节日、纪念日。谈恋爱过了热恋期，不都是柴米油盐吗？哪有这么多的讲究呢？更何况，结婚这件事已经耗费了她太多精力，眼下还要临时加一个忘记了的七周年纪念日，她才没有这么空闲。

“噢，那是西餐、日……”

“我都说了随便，哎，不和你说了，我哪像你在研究所这么闲，一会儿试完妆还得去销售大会呢。你晚饭自己解决吧。”

“桐……”

顾铭的话还没有说完，季桐就已经挂了电话，她看了眼手机上的时间，朝着Coco说道：“快点吧，又浪费了一分钟。”

Coco边赔笑，边替季桐敷上眼膜。眼膜敷在热暖的眼周，瞬间，冰爽带来的舒适令她整个人放松了下来。

在离化妆区不远的地方，店长与两位女孩正围着一位身穿白色高定衬衣，领口耷着灰青色相间羊绒围巾的男人。季桐的两次电话以及对Coco的责备打断了男人与店主的对话。

他看了眼终于不再开口的季桐。从未见过这样待人刻薄冷淡，对容貌也毫不上心的女人。他拿着文件，继续与店长说道："这次路演是我们和贝莱中国的第一次合作，因为悦然品牌的新生系列护肤品及彩妆是专为轻熟女性设计的，所以，我会选轻熟向的女性来这里试穿婚纱，婚纱品牌的话选择亚洲风强一点，Vera Wang 和桂由美的婚纱会比较适合，尽量不要选蕾丝太多的款式。"

"聂先生说的是，蕾丝多会比较活泼，但优雅度上会打些折扣。"店长是位中年台湾女人，语气缓慢而优雅。

出于身高的缘故，男人低着头"嗯"了声，下巴碰上羊绒围巾，显出完美的弧度。

"聂总，多大的女性是轻熟女性啊?"站在他旁边的一个女孩问道。

男人说道："三十岁左右，已经有一定社会阅历。"

"懂了，化妆区敷眼膜的那个客人就是轻熟女性吗?"女孩瞅了眼周围说道。

把自己当作例子给人做讲解，什么轻熟女性，不就是在讲自己半老徐娘吗？就算自己不用化妆品，不保养，也不能被人说成半老徐娘吧？季桐一下来了火，正起身要怼。忽而，店里闯入了一位四十岁左右的女人，嘴里喊道："叫聂辰泽出来!"

几位接待小姐连忙上前拦她，不想，她一下冲出了阻拦直奔聂辰泽那儿。

季桐刚抓起的手机被那女人擦身撞落在地，两片眼膜跟着落了下来。

"大嫂。"拿着文件的聂辰泽刚喊出口，那女人一巴掌重重地落在了他的脸上。

"你不配喊我大嫂!"女人狠狠道。

店长见状想要劝阻，却被聂辰泽拦了下来。

"你这个忘恩负义的畜生！当初，我老公是怎么待你的?！他走之前，还把所有的钱都留给了你！五年了，我以为这五年你创立公司是为了自己的志向，没想到，你竟然会和卓澜韬合作！你，你为了钱，和仇人合作!”

女人一把抓住了聂辰泽胸口的衬衣，聂辰泽用力推开，只见她一个踉跄，往后退了两步，拉着沙发的扶手方才站住了脚。

“我是做生意的，在我眼里，只有合作伙伴，没有什么仇人。”聂辰泽整了整胸口被抓起褶皱的衬衣。

“难道你忘记了当初卓澜韬是怎么害死我老公，害得公司被卖吗?!”女人因为愤恨与伤心，手指掐进了沙发皮里，那弯曲的关节颤抖得让人不觉生出同情。

“卓先生是我的客户。”聂辰泽脸上没有半点的愧疚，一如刚才讲述项目时那样，平静得就如一池无风掠过的湖水。

“你变了。”

“公司利益永远是第一位。在化妆品行业，谁不希望和贝莱中国合作?”聂辰泽收起文件，交给一旁的女孩，说道，“我还有事先走了。”

“你有什么事?”女人问道。

聂辰泽并不理会，只是与她擦身而过，继续自己的脚步。

“是跪舔卓澜韬，求他给你生意吗?”女人在他身后发出一阵狂笑，这笑声中含了无法掩藏的哭声。

聂辰泽并未停止脚步。

“我告诉你，从今往后，我们母子俩绝不会再要你一分钱，因为它太脏了。”女人狠狠地说道。

聂辰泽离开了店，两个女孩加紧脚步跟了上去。那女人瘫软在沙发上拍着沙发背，良久，才在店主安排的接待小姐搀扶下离开了店。

季桐本就想骂那伙不懂规矩的人，可惜，已经被那个可怜的女人抢先骂走了。她捡起手机后关照 Coco 抓紧时间给她上妆，Coco 了解了季桐的脾气，自然手脚麻利地给她化妆。

围观的人见当事人都已经离开，不禁八卦起来。

“那女人哪，应该就是莹丽前大老板的老婆。”

“传闻当初卓澜韬出卖了莹丽大老板耿恺，把莹丽偷卖给了法国贝莱公司，耿恺心脏病发去世，而卓澜韬爬上位成了贝莱中国的总裁。要知道当初莹丽那是多么有名的本土公司，耿恺、聂辰泽、卓澜韬三个人可都是股东啊。刚才那女人说，耿恺把自己的钱都给了聂辰泽，怪不得聂辰泽这几年还能异军突起，成立了化妆界最有名的推广公司。”

“聂辰泽和卓澜韬合作。嗐，这时代啊，还是钱最重要。”

“白瞎了一张帅哥脸。”

“反正和我们都没有关系。”

季桐心里冷笑，原来世上不要脸皮的人还真不少。

正想着，她觉得脚边毛茸茸的，低头一看，原来是只白色比熊，个头很小，应还不满周岁。它绕着季桐的脚踝，边舔边蹭。季桐弯下腰把它抱了起来，抚摸着比熊的下巴，比熊转了个身躺在她的膝盖上任她抚摸。

当初顾铭离开上海，她一个人面对完全与校园不同的环境，孤独而害怕。同事、客户，种种无形的压力扑面而来，她找不到一个可以倚靠的角落去诉说内心深处的害怕与无助。直到有一次，她参加了小动物保护协会的领养活动，在那儿见到了佐罗。

佐罗是一只被主人遗弃的哈士奇，一个月大，眼睛一只褐色，一只蓝色，浑身浅灰毛色，唯独眼睛周围有圈深灰毛。所以，她为它取了“佐罗”这个酷酷的名字。自从有了佐罗之后，季桐的生活便不再孤寂。无论是她拿到订单时候的喜悦，还是失去订单时候的沮丧，她都会像此刻抱着比熊一样抱着佐罗，摸着佐罗的下巴，任由佐罗在她膝盖上撒娇。

然而，这样的日子，在半年后就被打断了。因为公司的需要，季桐必须频繁到外地出差。

在经过无数次的思想斗争后，季桐把佐罗又送回了小动物保护中心。她还记得那天阳光很灿烂，佐罗以为季桐带它去遛弯，可没有想到是要送回保护中心。季桐放下佐罗的时候，顽皮的佐罗趴在笼子里一动不动，一双不同颜色的眼睛凝视着她。她好似看到了佐罗在掉眼泪，转过头想要避开它眼中忧伤的光芒，没想到自己的双眼也是模糊的。

一周之后，佐罗被人领走了。季桐接到电话的时候，立刻去了保护中心，她想告诉领养人，佐罗的喜好和习惯，最重要的是，她想看看领养人是什么样的，会不会待佐罗好。可是到那儿的时候，领养人已经带着佐罗走了。

小动物保护中心的负责人孙萌告诉她，领养人每年会给中心回馈。这些年过去了，季桐只能从领养人的回馈信息中了解佐罗的情况。今年，领养人发了一张佐罗的照片给保护中心。孙萌见季桐很关心佐罗，便将她的微信推给了现在的主人，不过之后便没有下文了。季桐发现如今的佐罗已经不再是胖嘟嘟的小哈士奇了，而是一只雄赳赳气昂昂的哈士奇大狗，胸口还挂着一块牌子，站在一座漂亮的狗别墅前。一看就得到了很好的照顾。

哈，这小子也过上锦衣玉食的生活了。

比跟着她强。季桐心里总算有点安慰。

"小雪。"

就在季桐回忆的时候，店长已经走到了身边，朝她说道："对不起，小雪没有伤到你吧？"

"没有，它很乖。"季桐低头看了眼这只叫"小雪"的比熊，小心翼翼地把它抱给了店长。要是现在再遇上佐罗，不知道它还认不认识她这个狠心的主人，还愿不愿意让她挠下巴了？

季桐还沉浸在自己的回忆中，Coco 在旁提醒她继续化妆，她这才躺了下来。

四点半，Coco 化完了妆。季桐发现镜前的自己很是不同，虽然有些别扭，却别有气质。临走时，她的手机又响了起来，打电话来的是自己的助理施小文，因为解决不了客户的问题便来向她汇报，季桐自然少不了训斥她，随后在去往年度销售大会的路上，出手解决了施小文那个所谓无法解决的问题。

虽然天天跟钢筋水泥打交道，但做事从不拖泥带水，这，就是她季桐。

第二章
骤　变

泓高的年度销售会议设在上海西藏万怡酒店，所有的销售都到了现场，季桐脱下冲锋衣外套，换上黑色羊绒连衣裙，这该是她衣柜中唯一的秋冬裙装。因为她已知晓今晚会得到奖项与升职，所以，提前做了这番精心的准备。

“季桐啊，以前你做销售的时候，就老是拿销售之星，现在是销售经理，又得霸上最佳项目的奖了，不像我们，多少年也巴望不上啊。”季桐刚踏入晚宴场地，北方区的销售老梁就上来调侃。

一旁华南区销售小陈也说道：“季姐是我们泓高的头牌销售，拿奖那是自然的，我这样的，只能沾沾喜气。”

季桐知道自己拿奖的消息早已不胫而走，老梁的话明面上是赞她能力强，实则是在说她处事高调，不给他人留机会。

“老梁，你要是拿下东艺项目，今天的年度项目奖就是你的了。”季桐朝着老梁说道，老梁的笑容僵在脸上，谁都知道老梁今年上半年错失了东艺项目，季桐这一刀下得是正中痛点。小陈怕季桐说自己，赶紧与季桐指着主桌说道：“季姐，主桌在那儿。”

季桐扬眉，朝着主桌走去，留下身后两人附耳私语。这时，施小文小跑着上来，对季桐说道：“经理，我听说阮宁也坐在主桌，还有……”

“名牌都写在那儿，还用你听说。”施小文本是想着上司刚帮自己解决问题，虽然受了训斥，但为上司打听下销售大会的事儿，也算是将功补过吧，尤其她还意外知晓了件关乎最佳项目的事儿，可没想到被季桐一盆凉水浇了下来，她便只好委屈地退到一旁不作声。

“季姐，你才来啊。”正当季桐暗想为什么阮宁会被安排在主桌时，一个甜美的女声在喊自己，正是阮宁。

阮宁是季桐的学妹，当年学院的院花，学院一半男生都把她当女神。可惜，她生得娇柔美丽，学习、工作却并不上进。记得她刚来泓高的时候，分配在季桐组里，但凡让她去工地上多看看，她就各种推脱，一会儿说不舒服，一会儿又说客户临时有事。其实，她就是不舍得自己这张漂亮的脸蛋被大雨淋到，被太阳晒到。

虽然如此，毫无业绩的阮宁在两年前还是成了公司华东区的销售主管，算起来只比季桐低一级。有传闻说，阮宁与季桐的上司陈瑞之间有不可告人的关系，所以才能有今天的地位。不过，自从阮宁做了销售主管后，居然先后也拿了几个大项目，于是，关于她和陈瑞之间那个八卦绯闻便没人再提了。

季桐却是十分清楚，这些项目背后的客户都是陈瑞的人脉线，要不是陈瑞给阮宁机会，阮宁怎么可能拿到项目？把阮宁升职为华东区销售主管，也是陈瑞的一步棋，阮宁做了华东区销售主管后，陈瑞以华东区特殊为由，常要求阮宁直接向自己汇报工作。这样一来，季桐就无法插手华东区的许多事务。两个月前，她曾试图查过华东区一个大代理商红星，却一直没有头绪，但直觉告诉她，像红星这些不可触碰的客户与陈瑞之间一定有着不可告人的秘密。

季桐对陈瑞的事心中有数，但没有抓住切实的把柄，就一直按兵不动。这些年陈瑞在外人面前表现出一直很欣赏季桐，但实际上却十分忌惮她。他心里有鬼，对她一直非常防备。不过公司的决策者是 CEO Johnny。这位瑞士籍的华人最希望的就是泓高中国业绩冲顶，两虎争斗才能保持平衡，这样，他就能拿着泓高总部发放的工资，在老家上海过好日子。

不过，季桐还是得向陈瑞汇报，称他一声“陈总”。

季桐说道：“我来一会儿了，只是没你穿得招摇，你看不到我也正常。”阮宁穿了一件深紫色露肩晚礼服，头上的盘发是花了心思梳理的，挑染的几缕深紫色头发卷曲地落在两鬓旁，银色流苏耳环落在肩上，这样的打扮令阮宁显得更优雅。

“瞧你说的，季姐，你今天的妆容才真是好漂亮。”阮宁依旧保持着自己甜美的声音，“特别是眼妆，化得这么自然，把你平时的干纹遮得特别好。”

“天天化妆的人就是不一样，对怎么遮丑很有心得。”季桐笑着回阮宁。

阮宁唇角微微一动，就在这时，Johnny、陈瑞、亚太区的销售总监等人陆续进入宴会厅，很快，大厅金碧辉煌的灯一下被熄灭了，追影灯打开，主持人开始了报幕。

Johnny 作为泓高中国的 CEO，上台对在座的销售们表示感谢，接着又按照常规流程把年度业绩增长又提了一遍。季桐紧张而兴奋，这五年来，她一步步地升职，付出了几乎所有的时间，为的就是得到更高的位置。

无意间，她望了眼陈瑞，却见陈瑞与阮宁互相递了个眼色。

这时，Johnny 讲述完了公司业绩，主持人拍手赞道：“谢谢总裁的贺词。下面一个环节就是我们年度销售大会的颁奖仪式，现在，我们有请泓高中国区销售总监陈瑞和销售经理季桐上台颁发年度最佳项目和年度最佳销售。”

季桐愣了一下，往年她并不需要上台，难道说今天是因为她要升职才搞得特殊吗？她站了起来，见陈瑞做了个“女士优先”的动作，便离开主桌座位上了台。

Johnny 分别与陈瑞、季桐握手后，回到了主桌位。

宴会厅前排亮起了灯。

“今年，我们泓高再次排在了行业第一名，这和大家的努力是分不开的，那么，今年的最佳项目是哪一个呢？”主持人故作神秘，底下的销售们纷纷看着台上的季桐。

盛都项目，这还需要回答吗？季桐暗暗嗤笑，这一年里，还能有谁和自己匹敌？然而，主持人在耀眼的灯光下，激动地宣布了答案：“风华园项目。”

风华园项目？怎么会是阮宁的风华园项目？

季桐震惊不已，一侧脸，身旁男人的眼角上扬地眯了起来，那腆着的肚腩颤动着，仿佛此刻的笑是真切地发自肺腑。

明明是盛都项目，怎么会换成了风华园项目？难道是主持人拿错了纸吗？不，不是的，是 Johnny 和陈瑞耍了自己。从阮宁出现在主席桌，打扮得如此优雅就已经露了端倪，今夜不属于她季桐，而是属于阮宁的。

“你什么意思？”季桐低声道。

陈瑞微侧头，继续保持着笑容说道：“这是公司的意思，现在大家看着我们，你应该表现得开心才是，不然，大家会以为你妒忌阮宁。”

“你……”当着过百销售的面，让她与陈瑞一起将本该属于自己的最佳项目奖颁给阮宁，这是要将她所有的高傲当众打落，再逼迫她接受现实、强装笑意。

就在她满腔怒意的时候，阮宁已笑着上了台，先与陈瑞握了手，接着又走到了季桐跟前，面对面伸出了手：“很高兴，你能为我颁奖。”季桐低眉看了眼她递来的手，这是一只几乎不曾碰到过他们公司产品的娇嫩白皙的手，就是这么一只手，摘得了年度项目奖。这是多么令人发笑的事。然而，此刻，却发生在她眼皮底下。

“难道你不为我高兴吗？”阮宁朝季桐低声笑道，那挑衅的眼眸分明是在向季桐示威。季桐对她从来都只有“厌弃”二字，对陈瑞的恨意却是千倍涌起。她最终伸出了手，也当着众人的面露出了笑容。她看不到自己笑得有多牵强，但她一辈子都会记住这个被人逼迫、被人羞辱强装出来的笑容。

直到年度销售大会颁奖环节结束，都没有一字提及她的升职。

宴席后，百余位销售陆陆续续回了酒店，Johnny 陪着亚太区的同事坐专车先行离开了西藏万怡。季桐在众人欢笑声中，吞咽着今晚所有的耻辱，直到陈瑞走到她身侧挑衅地道别：“先走了。”

陈瑞很高兴，因为他终于能在众人面前给季桐一个下马威，让她好好明白，谁才是销售的掌舵人。

“一开始，你们就不打算给我升职和年度项目奖，对吗？”季桐站了起来，眼睛紧紧地盯着陈瑞那张得意狡黠的脸。

“别这么说。”

“就是承认了？”

“你能有现在的位置，也是我一手提拔上来的。公司也是想鼓励年轻人，阮宁努力向上，给她机会就当是我和你对年轻人的培养嘛。”陈瑞说得振振有词，将事情说得理所当然。

季桐冷冷一笑，说道：“在我面前，你不需要装得这么冠冕堂皇。你放心，绝不会有下一次。”

说完，季桐从陈瑞面前提包离席，陈瑞站在原地盯着她离开的背影，暗自冷笑道：“你以为，我还会给你机会？”

季桐没有想到的是只一晚的工夫，公司里的人态度就变得大不相同了。第二天，原本昨天答应她九点半一定会到客户仓库的货竟然没有到。季桐接到客户的投诉后，立刻就到了物流部门黄凡的办公室，只见黄凡正在和阮宁聊着天，阮宁见到季桐来了，装出一副客气的样子，朝季桐说道：“季姐，你来找黄经理啊。”

黄凡敛起刚才的笑容，朝季桐问道：“你找我有事啊？”

“我问你，你打包票说今天九点半到客户那儿的货，为什么还没到？！”季桐懒得与黄凡打哈哈，直截了当地就质问起来。

阮宁见状，立刻站起身说道：“你们聊，我去忙了。对了，谢谢黄经理帮我把货这么早就送客户那儿，虽然耽误了别人，但都是陈总部门的人，我想，陈总是不会为难物流部的。”

阮宁的话自然是说给季桐听的，季桐知道陈瑞是在把自己往火坑里推，趁着阮宁没走，季桐对黄凡说道：“我说过，这个客户不能得罪，公司要是因为你们物流部门损失了这个客户，一定得有人出来负责！”

“季桐，你也不用生气，陈总说了，阮宁的货最重要，其他人的货，要是延迟了，他来负责。都是一条物流线上的货，陈总说谁的重要，我们就先送谁的货。就差两小时而已，你觉得 Johnny 会罚我们？我想，他只会说你这客户关系维系得不好吧。”

季桐看着黄凡。黄凡原本是不敢得罪她的，没想到一个晚上，向来胆小谨慎的黄凡有了和她对质的胆子。

“好。”

季桐瞪了眼黄凡后转身离开，经过茶水间时，见阮宁正在和施小文说话，想这女人该是在利用自己的助理，便喊施小文道：“小文，到我办公室来一趟。”

施小文吓了一跳，赶紧跟着季桐准备回办公室。没想到阮宁一脸堆笑道：“我现在项目多，人手不够，陈总说给我调个助理。我想小文熟悉产品，能不能就调给我？当然，你要是不愿意，也没关系。”

“阮宁，你不懂公司规定，还是陈总忘记了公司规定，只有经理级别才能配助理。你一个主管，有资格吗？”

季桐丢下了脸色难堪的阮宁，找施小文进办公室安排了些事情，施小文很是紧张，捡着机会就解释：“季经理，刚才是阮宁拉着我说买项链的事。她根本没提过调工作，我，我真的什么都不知道。”

“我知道。我问你，昨晚你是不是知道了什么？”季桐想起昨天被自己打断说话的施小文。

施小文点点头，唯唯诺诺地说道：“我也是偷听到陈总与阮宁说的。”

“好了，没什么事，去干活吧。”错过了施小文的提醒，季桐知道现在说什么都没有用了。

正当她在琢磨该怎么对付陈瑞与阮宁的时候，收到了盛都那儿的信息，材料采购总监袁杰今天会到上海，只会留宿一晚。季桐知道作为一家数一数二的装修公司，盛都不仅有成熟的项目装修需求，还有很多后续修补市场。她之前拿下的是项目装修材料的合同，而修补项目合同却不在其中。目前中国市场上的装修，很多在五到十年后会出现各种各样的问题，其中漏水问题占了很大一块，如果能拿到修补项目合同，那就意味着她将重拾在泓高的地位。

季桐约袁杰共进晚餐，袁杰一直很欣赏季桐，刚刚与泓高签订了项目合作，又到了泓高总部所在的上海，自然就答应了邀请。

就在袁杰答应与自己共进晚餐之后不到五分钟的工夫，季桐收到了顾铭发来的消息，约她晚上在徐家汇的花马天堂云南餐厅吃饭。她这才想起，昨天答应了顾铭七周年纪念日一起吃饭，但眼下她在泓高的局势必须逆转，袁杰就是上天给她最好的翻盘机会。想起年度销售会上自己的尊严被践踏，想起黄凡这样的人也能不把她放在眼里，想起阮宁两次三番地来挑衅，她不能放弃这个机会。

于是，她打电话给顾铭：“顾铭，我今晚不能去花马天堂了。”

“为什么？我好不容易订到的位置。”顾铭生气地说。

“我得请公司一个非常重要的客户吃饭。”季桐解释道。

“什么客户这么重要？男的还是女的？”顾铭不依不饶地问道。

“男的。怎么了？这和男女有什么关系？”

“季桐，我现在在申请博士后项目，每天都非常忙，好不容易有时间打了好多电话才预订到座位。我问你，你眼里是不是只有工作，根本没有我？”

“一顿饭而已，我们改天再吃花马天堂好了。大不了，我来预订。”季桐觉着自己已经退让了许多，可顾铭还是一下子挂了电话。这令季桐感到莫名其妙，什么时候顾铭的气量变得比女人还小了？她这么独立又努力，顾铭作为未婚夫，不应该支持她吗？

季桐本想让施小文帮忙预约与袁杰晚餐的地方，但想到施小文的嘴不牢靠，容易被套话，于是，她便自己预约了餐厅。

夜晚，季桐与袁杰相聊甚欢，其间，袁杰说很喜欢云南，季桐还闪过念头，早知道的话，就让顾铭把他预订的位置让给自己。袁杰向季桐承诺，等他在江苏考察完后，就邀请她去浙江谈谈修补项目的事宜。季桐庆幸，自己做对了选择，用一顿晚饭换回自己在公司的地位和尊严。

她回到自己家楼下，深秋的凉风有些寒冷，她正要疾步钻入大厅，却见两个人站在里面，大厅灯很亮，打在两人的脸上，是顾铭和阮宁。

只见阮宁主动亲了下顾铭后，说了几句话，方才离开。季桐看得真真切切，自己的未婚夫与公司里的竞争对手竟做出这么亲昵的动作！

季桐咬牙切齿地看着顾铭进入电梯间。她没有当场上前捉奸，是惊愕，也是裹藏在内心深处的恐惧。

他们是怎么认识的，他又是什么时候背叛她的？为什么她毫无察觉？他们之间的关系究竟到了什么地步？阮宁想干什么？这一切，令她不觉细思极恐。

过了好一阵，季桐才将胸口燃烧的怒火勉强压了下去，上楼回家。“我回来了。”季桐开门进屋，闻到客厅里浮着一股熟悉的香水味，那是阮宁常用的香水。

因为长期与化学试剂打交道，顾铭的嗅觉损伤，并没有察觉。他见季桐回来，只是淡淡地打了招呼："我要写论文，今晚睡书房了。"

"我去书房拿下 Surface。"

Surface 是公司为了销售人员出差方便特意配置的平板电脑，有公司邮箱收发系统、系统查询等功能。季桐平时上班就会把 Surface 放在书桌右上角。然而，当她去拿 Surface 的时候却发现在左手边，她摸了一下，尚有温度。很显然，这部 Surface 被人用过了。能打开这部 Surface 加密系统的人，必然是阮宁，看样子，阮宁一定是利用她的 Surface 做了什么事。

"好了吗？"顾铭的声音冷冷淡淡的。

季桐拿起 Surface，朝他问道："你晚饭在哪儿吃的？"

"你还会关心我吗？"顾铭从季桐面前走过，对着电脑屏幕就坐了下来。

"你需要我关心吗？"季桐想起刚才那一幕，冷冷地反问。

"在你心里，业务和升职才是你最关心的，我的事，你从来都不管不问。"

"你有什么事？"

"如果这次项目申请失败，我想离开研究所去企业发展，你要是能帮我推荐的话，我想会更顺当些。"顾铭转过身去看她，语气也缓和了不少。

季桐想了想，套顾铭的话："我看，你还是好好待研究所吧，毕竟张教授也是你的导师，会处处维护你。企业人际关系复杂，说不定谁靠近你，就是为了利用你。"

她看着顾铭的眼睛，见他一瞬间面容僵硬，又补了一句："对了，我们公司没有人故意接近你想跟我套关系吧？"

“你就这么看不起我？以为我什么都得靠你？”顾铭瞪大了双眼，他是一个博士，却被只有本科学历的未婚妻看作一个只能蜗居于导师庇护下的小研究员。他所有的自尊在这一刻被季桐打得粉碎。

她看不出顾铭是恼羞成怒还是真的没听出话外音，只觉得心很凉，她给了他解释的机会，可是他并没有搭理。

“既然你不爱听，那就不说了。”季桐不想再争辩，正要离开书房，看到桌上两本胶黏剂专业书下放着几张遮住的打印纸，不远处的打印机还亮着灯。

就在这时，顾铭好像意识到了什么，伸手把两本书和书下压着的纸一起放到了左手。这仓促的动作令季桐更加怀疑今晚顾铭和阮宁一定用自己的 Surface 做了什么手脚。

她带着 Surface 到了卧室，仔细看了登录系统的记录，果然网络服务器上显示阮宁用她的账号打开过这台电脑，并且使用过邮箱。然而，收件箱、发件箱、回收站都没有留下任何痕迹，显然是被清除过了。阮宁用邮箱做了什么事，季桐不得而知。至于文件方面，所有的打开保存记录已经被删，季桐唯一能查到的就是打印机记录中曾经打印过一个十多页的文件，这个被删了的文件被修改成了“1”。

除此之外，她再无线索。

为了查清楚 Surface 里到底哪些文件被做了手脚，她得请相熟的数据修复公司修复所有的数据。

当季桐做出这番决定的时候，想起顾铭刚刚的掩饰行为。她清楚地意识到自己与顾铭的感情可能走到了尽头。

七年，这个可笑的相识纪念日，让她重新认识了顾铭。

第三章
圈 套

数据恢复公司承诺季桐，三天后交还 Surface。

自从那晚之后，阮宁出差了，季桐便有了更多的时间去查清楚顾铭与阮宁的关系。

周五下午，季桐正在等待数据修复公司的电话，不想 Johnny 请她上楼。

自从年度销售大会结束之后，Johnny 陪着亚太区的领导们在各个地方转悠了一圈，周五上午才回公司。按理，他刚默许了陈瑞摆自己一刀，没有理由一回公司就来找自己，看样子，有十分着急的事。

这么着急，必然是一个大项目。

季桐快步坐电梯到了 Johnny 办公室。Johnny 的办公室很宽敞，左手是坐北朝南的办公区，右手是会客区，会客区放置了四加二的太空舱沙发，很是舒适。

“Johnny，你找我。”季桐进门后，见穿着一件斜纹衬衣的 Johnny 正坐在沙发上，而侧边那张太空舱椅子上正坐着陈瑞。只见他腆着肚子，双手自然地垂在扶手上，右手指节有节奏地弹动着。

“季桐，老陈毕竟是你的上司，有些事，你不能做得太过。”Johnny 示意季桐坐下。

季桐愣了下，大会之后，她与陈瑞连话都没说上一句，怎么会有事做得太过呢？吃惊之余，季桐问道：“什么事？我不太明白。”

“瞧瞧这信。”Johnny 朝着桌上一个薄薄的文件袋递了眼色，季桐探身拿了起来。

文件袋里是一封信，信笺上还落着行业协会的字样。

行业协会办展览、开研讨会、制定行业标准，才会给公司寄信。显然，现在不是以上的情况。她打开信件，才发现是一封警告信。

警告信？

季桐一怔，迅速地察看信件内容。原来是盛都项目竞争对手梅来宝被人恶意举报其昆山工厂不符合环保要求，造成工厂多次停工接受检查。此项恶意举报影响了梅来宝竞争盛都项目，最终因为不公平竞争而导致其丢失了长期合作的客户盛都。梅来宝因此向行业协会要求对恶意举报的泓高中国发出不正当竞争的警告。

“梅来宝告我们恶意举报？我们哪有空举报他们昆山工厂。”季桐把信放到了桌上。她能得到盛都项目，是因为自己的能力，恶意举报这种事情，她根本不屑。

“季桐，这里就咱们三个人，又没有梅来宝和行业协会的人，你还是承认了吧。”陈瑞停下了弹动的手指，朝着季桐神情严肃地说道。

“什么承认不承认？我去举报梅来宝干吗？他们自己中不了标，摊我们头上了？”季桐驳斥道。

谁料，陈瑞突然提了嗓门，说道：“季桐，这项目的难度，大家都知道，Johnny 也清楚，拿到的希望本来就很渺茫，你说你上，那我自然给你机会了。我问你有什么策略吗？你和我说，梅来宝能够长期和盛都合作，是因为昆山工厂专门有一条生产线是定制给盛都的，产能和质量都很稳定，所以，要想去除梅来宝这个眼中钉，最好的方法就是让他们停产。江苏现在 263 环保整治行动很严格，你说，你想办法举报他们，多举报几次，他们就能停产几次，哪怕没问题，也会变得有问题。我觉得你这么做不妥，就劝你还是放弃这想法。你不同意，还发过几次邮件给我，我还是拒绝了。没想到，你真去做了。好了，现在被行业协会警告也就算了，梅来宝到处抱怨说我们不正当竞争，我们哪担得起这责任。”

“陈瑞，你别编故事好吗？我得到盛都项目是我了解他们项目上需要什么，我前前后后去过那么多次盛都，才最终拿下这项目。梅来宝自己没有本事延续和盛都的合约，怎么能编这套故事出来？”

季桐被陈瑞这突如其来的一盆脏水浇得生出一阵怒意，她当着 Johnny 的面坚决否认，然而，陈瑞却指着另一个文件袋说道：“我就是怕你不肯担这责任，也怕牵连到我，你给我发的邮件，我都打印出来了。”

季桐拿起那个文件片夹，里面放着四五封邮件，果然每一封都是她的邮箱发出的，而最晚那一封的时间就是阮宁到自己家的那晚。

她瞬间明白了事情的前因后果，只觉得手脚冰凉。原来，阮宁用 Surface 做的事，就是发邮件来坐实自己不正当竞争的事情。

“怎么样？你还有什么话说？”陈瑞见季桐被气得说不出话，便赶紧趁势朝 Johnny 说道，“Johnny，你看，都到这份上了，她还不承认。是，我是她上司，我有责任监督下属，但是，她这么偷摸地做事，谁能控制得了？为了公司以后不再出现这样的事，我建议公司立刻和季桐解除合约，给行业协会一个交代。”

“陈瑞，从头到尾都是你策划的吧，我从来没有举报过梅来宝。”季桐朝 Johnny 说道，“Johnny，这些邮件不是我发的，我一定会查出来是谁盗用我的邮箱。在盛都项目中，我做的所有事都是光明磊落的，公司大可以向盛都求证。目前，我和他们还在谈后续合作，如果公司怀疑我，那我只能终止这个项目。”

“你这是在威胁 Johnny？难道除了你之外，就没有人能和盛都谈上话了?”陈瑞跳脚道。

“咯……”Johnny 干咳了声，微垂下眼睑，沉思了片刻，朝陈瑞说道，“老陈，这件事情呢，我看也很复杂。行业协会那儿，我会再去了解一下是什么情况，毕竟，我们也不能排除梅来宝自己编出个故事。至于季桐给你的邮件，我想……也不能证明什么。这样吧，等我了解情况后再说吧。”

“Johnny……”陈瑞还想再补充什么，被 Johnny 一抬手给止住了。

季桐知道，Johnny 没有罚自己，并不是陈瑞编的故事假，而是因为她手头上掌握着盛都新项目。她庆幸，自己与袁杰之间已经达成了意向，这一点，本能帮助她在泓高谋取更多的权益。眼下，只能用来应付这突然落下的圈套。

季桐与陈瑞一起离开了 Johnny 的办公室。

陈瑞舌头舔了下牙床，点头朝季桐说道：“别以为你的项目能保你多久。”

“没想到你这么恶毒。”季桐站在电梯里看电梯镜面中那个肥胖的男人。

“什么恶毒?”陈瑞那肥胖的脸孔显得很是无辜，“是你恶意举报别人，不正当竞争啊。”

“说这么多谎，不觉得累吗?”季桐丢下这句话，离开了电梯。

不一会儿，季桐就收到了数据公司给的回复，而此时，季桐也已经确定了阮宁与陈瑞串通一气的事。

陈瑞这个老狐狸不好对付，她就先挑阮宁入手。正想着，季桐的手机响了起来，对方是和源贸易的老板程总。和源贸易是一家建筑材料代理商，一直想成为泓高的一级代理商，可其规模较小，并不符合公司一级代理商资质。程总已经打过两次电话给季桐，暗示季桐如果能帮助他们拿到一级代理商的资质，可以给她不少好处。看到程总的来电，季桐不由心生一计，按下录音后接起电话："程总。"

"季经理，您在忙吗？"

"再忙，您的电话，我也得接。"

"之前，我提的条件，您看合不合适啊？"

"噢，您看这样，我有个特别要好的同事，也是我们泓高的销售主管，您找她聊聊，她那儿过了的话，再找我批，也比较恰当。"季桐知道阮宁平时就爱贪小便宜，但凡公司有客户礼物，阮宁都会给自己留上不少。平时，阮宁私人请客的一些发票也都是和公务发票一起报销。要不是她的客户全是陈瑞安排的，怕是早在背后就起了私心。正好这么一件好事给她送去，她又怎么会不动心呢？

"我懂，我懂。"程总说道。

"嗯，我把她的联系方式给您。您直接联系她就成，其他的不用多说，免得搞尴尬了。"

季桐下班后去取回 Surface，果然不出她所料，阮宁两个月前就用她的邮箱发出过几封邮件，可见，顾铭早在两个月前就已经背叛了她，既然这样，他又何必还要因为她在纪念日不和他共进晚餐而生气呢？季桐伤心之际，点开了那个"1"文件。

原来是胶黏剂的行业内情报告，是泓高为了研发部而花大价钱购买的，陈瑞与季桐是销售部的领导，所以，两人各自有一份。如果没记错，顾铭的博士后项目就是关于胶黏剂在航天领域应用的。现在他不问自取，和盗取商业文件有什么差别？

季桐倚靠着墙壁，坐在地板上。她无法相信一个与自己相处了七年的男人竟会接二连三地走错路。爱情上走错，事业上也走错。

季桐想了许久，不知不觉到了晚上。手机跳出朋友圈有新消息的提示。原来是阮宁更新了朋友圈。季桐瞥了眼，阮宁用九宫格晒了照片，有几张微笑的自拍，也有几张购物袋的展示。季桐心想或许和源已经联系上阮宁了，所以，阮宁才会这么开心。她冷冷一笑，一眼就认出照片中那只戴了订婚戒指的男人的手正是顾铭的。

戴着她选的订婚戒指，与另一个女人在一起逛街。他的心真的已经不在她身上了。

季桐循着阮宁朋友圈底下的地址到了家附近的龙之梦百货。

周五的夜晚是周末的开始，购物中心里满是往来消遣的人。季桐抬头看上面几层，不知道顾铭与阮宁究竟在哪儿。

“小姐，我们悦然品牌的新生系列护肤和美妆正在办新品上市活动，您可以去看看，就在那儿。”一个年轻女孩站在那儿，朝路人指引着中庭方向的大型活动区。

新生系列，好一个为轻熟女性设计的名字。

季桐朝着中庭望去，阮宁与顾铭的身影竟出现在人群中，但很快又随着人流消失了。她立刻追了上去，中庭的人因为悦然品牌的活动而变得尤其多。季桐试图在人群中去寻找，却看不到他们。

台上，主持人介绍完后，一群穿着缎面婚纱的模特走来。

一个半月后，就是她与顾铭的婚期。站在最后的那位模特，身上穿的婚纱，不就是自己在婚纱摄影店挑选的那件吗？没有蕾丝装饰的纯缎面抹胸款，腰间向下是以金丝线勾勒的不对称两片式拖尾。原本，一个半月后，她将穿着这身一眼相中的婚纱，露着和模特一样的笑容，嫁给相识七年的顾铭。

现在，什么都没有了。

季桐站在那儿，直到模特退回后台，才转过身。

“小姐，新生系列是为轻熟女性研发的产品，您这么年轻，看看这边的灵动系列，更适合您这样的年轻女孩。”穿着黑色制服的

BA（Beauty Advisor，美容顾问）小姐朝阮宁介绍着化妆品。阮宁朝提着几个购物袋的顾铭勾了勾手指头：“快过来帮我挑一支口红。”

顾铭听话地走了过去，阮宁撒娇地拉他到自己身边，手里拿着一支砖红色唇膏说道：“这支好看吗？”

“好看，不过，这一支好像更配你。”

“你什么时候去化妆品公司做个大研发经理啊，到时候，我要什么样的唇膏就有什么样的唇膏。”

“我有什么能力去公司。”顾铭的脸上闪过一丝失落。

“怎么没有？你是博士啊，有什么公司不能去的。”

好一幕男宠女爱。季桐已经忘记了上一次和顾铭逛街是在什么时候，而自己在工作后，是不是就再也没有这样撒过娇？

“顾铭。”

那甜蜜相拥的两人一度以为自己是幻听，回头去看，才发现季桐正站在了他们九十度方向的位置。

顾铭收起了笑容，阮宁也站直了身子。

阮宁没有丝毫被正主抓住的心虚，反而妩媚地撩了撩头发，朝季桐挑眉微笑道：“好巧啊。”

顾铭似乎被阮宁的沉着冷静稳住了最初的慌乱，做了个深呼吸，静静地看着季桐。

“你们什么时候开始的？”

“你应该问，我和你是什么时候结束的？”顾铭诘问道。

“你什么意思？还有一个半月，我们就要结婚了。你却和这个女人在一起，还问我，你和我是什么时候结束的？”

“你对我早就没有感情了。在你的眼里，最重要的就是工作。在我做手术的时候，你在出差；我父母过来，想和你一起吃饭，你说有应酬；我们置办婚礼，你总说在忙，所有的时间都得凑你的。

不是每个人都得围着你转的，为什么你从来都不考虑别人的感受？”顾铭将所有的苦水一下倒尽，“就像相识七周年那晚的晚餐，我托了人，花了钱，费了多少功夫才预订好，你就一句话不来了，转身去陪另一个男人。”

“那天晚上，你和阮宁不是也过得很欢吗？”季桐冷嗤道。

“很欢？桐桐，你知不知道，你已经不再是七年前那个我曾经很爱的女孩了。你是女人，是一个该向男人示弱的女人，可你却像一个男人，整天拼了命地只想要事业。你把我放在了一个什么样的位置？男朋友？未婚夫？什么都不是。阮宁不一样，你出差的时候，她来给你送文件，不认识我，却给我倒水，关心我，照顾我。我有什么不如意的地方，她知道鼓励我。可你不一样，你看看你自己现在，全身上下，还有哪一点像个女人？你根本不需要男人，你自己就是！”顾铭咬牙切齿地将自己压抑了许久的话都说了出来。

“阮宁，你可真会演！”季桐愤怒地看着阮宁。

阮宁睁大无辜的双眼，挽着顾铭委屈地说：“她在公司天天把我差遣得团团转，送文件、取材料，什么跑腿的活没给我安排过？”

“这个计划你们已经部署了这么久。”季桐无意与阮宁费唇舌，对顾铭说，“我从来没让阮宁送过文件到家，到现在你都没有意识到自己被人利用了，真是可笑至极。”

“季桐，你别冤枉好人，你以为人人都和你一样，什么事都可以拿来利用的。我是真心喜欢顾铭的……”

“住嘴！这里没有你说话的份！”季桐狠狠一斥，阮宁被她犀利的眼神瞪得说不出话来。

“你不用吓阮宁，她是无辜的。”顾铭维护阮宁道。

“无辜？你们一个偷资料，一个盗用我的邮箱，还口口声声说自己无辜。”季桐连笑了两声，自己对顾铭不够关心是错了，可是她再错，也不是他出轨背叛的理由。他明明一脚已经踏上了另一条船，为什么还留只脚在自己这儿，不就是为了继续利用自己的资源吗？

顾铭看了眼脸色瞬变的阮宁，对季桐缓下了语气："我有想过和你说清楚，只是没有机会。"

"够了！从现在起，我季桐，和你顾铭之间，不再有任何关系。不过，我提醒你，和这个女人在一起，你好自为之！"

季桐说完，从顾铭与阮宁中间走了过去。

不再回头，不再犹豫，不再念想，你可以做到的，你一定可以做到的。季桐反复地对自己说着，双眼渐渐地变得模糊，脚步却并未因此停下。

"聂先生，路演直播的数据非常好，几位 KOL（Key Opinion Leader，关键意见领袖）的在线预售推广也会在十分钟后进行。"一个穿着西装的年轻男人将一台平板电脑递给站在离专柜不远处的聂辰泽。

聂辰泽收回落在那个流着眼泪的女人身上的目光，接过平板电脑后说道："随时更新数据，让 Sherry 那组人按照原定计划，过一周后在小红书、豆瓣一些圈子里上推文。"

"是，我马上去统计。"

聂辰泽招呼了专柜 BA 到身边，眼神落在顾铭、阮宁方向，低声关照了一句："拿柜台最贵的护肤品推给她，那男人肯定会买单。"

第四章
离间计

走在回家的路上，季桐抬头看着夜晚的天空。一阵夜风吹过，干了的泪水紧绷着脸庞，季桐抬手摸了摸脸，皮肤粗糙干燥，自己果然像顾铭说的那样，已经活得像个男人了吗？

这时，和源的程总打来了电话，季桐故意以信号不好为由让对方发短信。程总直接回复季桐："阮小姐帮我们下周一办妥，谢谢引荐。"

季桐扬起了笑容：陈瑞、阮宁，你们等着。

这是一个煎熬的周末，季桐与顾铭分手之后，不想窝在家里看着每一个曾经出现过他们身影的角落。她去南湖住了一晚，刷新闻的时候看到一篇留学生在海外知名大学学术造假的新闻。她点进去后赫然发现所列的多起学术造假信息中，有三年前苏黎世大学中国保送的化学博士生顾某抄袭学术论文被学校处分的信息。三年前，正是顾铭在苏黎世大学读化学博士的最后一年，不会有这么多同姓的中国保送博士生，也就是说，他在那个时候就存在学术作风问题了。

原来，时间改变的不只是自己，也包括曾经熟悉的那个男人。

周一一早，季桐先到了 Johnny 办公室谈盛都修补项目。

"我会和袁杰见面，尽快把合同的事宜敲定下来。"

季桐坐在 Johnny 对面，Johnny 很满意地点头听着她讲的细节。

本来陈瑞与季桐就是两虎相争，他们不争的话，自己哪还能坐收渔翁之利呢？只要不侵犯公司利益，他是不希望面前的女人离开公司的。

"对了，我会在恰当的时候提议与盛都建立战略合作。到时候，就要请你出席了。"季桐把功劳让给 Johnny，Johnny 很是高兴，连声说好。

这时，Johnny 的秘书打电话进来，说是阮宁有紧急文件让 Johnny 签署。季桐知道阮宁必然已经拿到了陈瑞的签字，她假意要离开："Johnny，我先出去了。"

"签个文件而已，不是重要的事。我倒是很想听听你说的战略合作具体是哪方面呢。"Johnny 刚说完，阮宁穿着一条白色 V 领裙，拿着文件走了进来。见季桐正在办公室，阮宁也不多说，把文件放在 Johnny 面前说道："Johnny，这是一级代理商申请表，麻烦您签字。"

"这么急？看样子是实力不错的代理商。"Johnny 翻看了下文件最后一页，陈瑞已经在上面签了字，便问道，"这家代理商目前给哪些品牌做？"

"他们现在在给……"

就在阮宁弯下身，露出曼妙身段的时候，季桐说道："和源？"

"你也知道？"Johnny 伸手去拿笔筒里的钢笔，季桐立刻正色说道，"我当然知道和源了。"

阮宁愣了一下，她万万没有想到，季桐竟然会知道这家公司。只见季桐朝她忽而十分严肃地说道："阮宁，你是不是拿了他们好处啊？"

"你，你什么意思？"阮宁花容失色地看着季桐。

“我的意思是说，和源是不是给了你好处啊？它的资质远远达不到我们的一级代理商要求啊。”季桐继续质问阮宁。

Johnny 听季桐提到阮宁交上来的文件不符合公司规定，便问道：“这是怎么回事？”

“Johnny，这家和源贸易给我打过两次电话，说是要做我们的一级代理商，我一直在忙盛都项目，就把阮宁的号码给他们了。周五晚上，他们给我发了消息，说是阮宁周一会办妥，谢谢我引荐。我当时没反应过来，后来特意查了下和源贸易的资质，远远达不到我们一级代理商要求，想着短信上写的是这周一办妥，我就想等空了问问阮宁呢。没想到，阮宁的申请表这么快就上来了。”季桐说着拿出手机，给 Johnny 看了当晚的短信。

Johnny 脸色一变，朝阮宁问道：“这是怎么回事?!”

“我，我不知道，我，真的……”阮宁只顾着否认，季桐打了她一个措手不及，一时间她还没想好怎么应对眼前的危机，而季桐却已经想好了下一步。

“Johnny，我现在打个电话给和源贸易的程总，毕竟，他以为我和阮宁是一起的。”季桐说完就拨通了程总的电话，“程总，您好。”

“季经理，您今天有空了？”程总问候道。

“是啊，上周五晚上信号不好，后来收到你的短信，你是说阮小姐周一就会帮你办妥？你们已经都谈好了？”

“谈好了，阮小姐很爽快，我给的条件，她都同意了。这还得多亏您介绍阮小姐给我。”

电话说到这儿，季桐朝 Johnny 递过个眼色后，随便搪塞了两句就挂了程总的电话。此时此刻的阮宁已经吓得说不出话来。

“你……”半晌，阮宁反应过来，指着季桐说道，“是你，是你，害我……”

“我害你？我是让他们来找你，具体的审核是你应该做的，我怎么害你？”

“通知人事部上来。”Johnny 很是恼火，命令秘书立刻找人事部的人来办公室。

阮宁翻找手机，想向陈瑞求救，慌乱间把手机翻落在地。

季桐上前捡起了她的手机说道：“陈瑞是不会帮你的。”

“不可能，不可能的，Johnny，我没有拿过和源贸易的好处，你相信我，我没有拿过。”

“阮宁，你太让我失望了。”Johnny 皱起眉头，虽然和源贸易的程总并没有直接说阮宁拿钱，但违反公司规定，急着帮一家不符合要求的公司申请一级代理，想说她没有拿到好处都不可能了。

“季桐，你害我，对，对，这和源的程总是你的人，是你找的人，所以陷害我。”阮宁神情慌张，语无伦次地辩白。

季桐却不慌不忙、不紧不慢道：“我的人？你想象力太丰富了。是你自己提交的申请书，不是我提交的。如果我是你，任何公司提出要做一级代理，我都要好好地考察，怎么可能会这么轻率？”

“季桐，你，你公报私仇。”阮宁指着季桐说道。

“阮宁，我看你是糊涂了，我和你有什么私仇？”季桐故作茫然状，将阮宁的攀咬行径又打了回去。

“我要找陈总。”

“你是说陈瑞也知道这件事？!”Johnny 瞪大了眼睛，凶狠地盯着阮宁，阮宁竟被吓得说不出话来。

季桐在旁说道：“我想陈总是不知道的，虽然他批了申请，也是出于对阮宁的信任。”

“季桐，你这个女人……”

“闹够了没有。”

Johnny 呵斥道，人事部同事刚巧进了办公室，Johnny 便立刻交代他们带阮宁出去，商议解除合同的事宜。

Johnny 因为阮宁的事扫了兴致，约季桐过些时间再来讨论，季桐临离开办公室的时候听到 Johnny 找陈瑞到办公室一趟。

一个刚刚拿到了年度项目奖的销售在短短一周的时间里竟然被公司开除了，泓高上上下下都在琢磨总经理办公室发出的公开信中所谓的“违反公司条例”究竟指的是什么。阮宁背负着这么一条罪状，怕是很难再在这行业里找到工作了。

季桐拿起手机，看着阮宁那晚发的朋友圈。

她不是公报私仇，是公仇私仇一起报了。

不知道此时此刻的阮宁是在打陈瑞的电话，还是在打顾铭的电话。可无论她打给谁，都无济于事了。

就在季桐靠着椅背舒展身体的时候，陈瑞一把推开了办公室门。

“你够狠。”

“小文，把门关了。”季桐边关照施小文关门，边按下手机的录音键。对付陈瑞这样的非常之人，任何非常手段都不为过。

“怎么？难道说你和阮宁之间真有不可告人的秘密？”季桐扶额，看着双手撑着桌面的陈瑞。

陈瑞一脸阴沉，牙缝里挤出几字来：“我真是小看了你。”

“陈总，我可是在 Johnny 面前说你和这件事没有关系的，你要是非把自己套上去，那就不能怪我了。”

“你别忘了，你还有罪在身呢。Johnny 现在不处置你，不代表以后不处置，行业协会可不是软柿子。你和盛都走得越近，梅来宝就越不会放过你。”

“陈总，你和我都清楚 Johnny 要的是什么。他之所以不处置我，是因为我能给公司创造价值，而你不在 Johnny 面前保阮宁也是因为阮宁已经失去了利用价值，噢，我把你想太好了，想着你只是不保阮宁，也许，你是把她往火坑里再推了一把，否则的话，这总裁办公室的信怎么会写得那么狠。以后，阮宁在这行业根本混不下去，她就算把知道的事说出来，也伤不到你了。”

季桐露着笑意，她猜对了陈瑞在 Johnny 面前落井下石的事实。

如今，阮宁是陈瑞的弃子，而对季桐而言，阮宁的利用价值才刚刚开始。

陈瑞冷冷一笑说道：“别以为你什么都猜得到。”

“那就是承认了，哎，可惜了阮宁，本来还能有机会替我的位置，现在变得一无所有了。”

“你不必这么扬扬得意。”陈瑞阴鸷地笑着离开。

自阮宁被公司开除的信发出后，季桐找了朋友蛮牛，关照他一直盯着阮宁。

蛮牛和季桐不打不相识。他原本做讨债一行，有一次，季桐上客户那儿讨债，被蛮牛误认为是欠债人的老婆，蛮牛就对季桐有些不客气，结果被季桐打了，没想后来打出个铁关系。在季桐的鼓励下，蛮牛改行和人合伙开了家保安公司，做的是风生水起。季桐一提这事儿，蛮牛就认真地去做了。

下班的时候，蛮牛告诉季桐，阮宁去了她家。果不其然，季桐刚停好车，阮宁就疯了一样冲过来，想打季桐。季桐反应很快，往旁边一让，穿着高跟鞋的阮宁一下撞到了车门上，连连喊疼。

“阮宁，可惜了你这张厚脸皮，做不成销售，只能做小三了。”季桐理了下外套，冷冷地看着阮宁。

“季桐，你这个卑鄙的女人!”

“我卑鄙?”季桐哼了一声，“我怎么卑鄙了?”

“你明知道和源有问题，故意放钩子害我。”阮宁的一双明眸里早已泛满了血丝，可见被公司开除的事对她打击有多大。

"你要没有贪念，谁都动不了你。不过，最想让你被开除的不是我。"

"是谁?!"

"你故意接近顾铭，到我家用我的 Surface 发邮件，之后，我就成了恶意举报梅来宝的罪人了。你有想过为什么我还好好的吗?"季桐几步走到阮宁跟前说道，"因为 Johnny 对我是百分百的信任，也就是说教你陷害我的人失败了。既然你们的计划失败了，他自然就不希望知道这事儿的人还在公司里待着。"

"陈总不可能出卖我，他说他去替我求情了，是你，是你把我往死里逼!"阮宁不敢相信季桐的话。

季桐指了指脑袋说道："凡事都动动脑子。你好好听听，他在我办公室是怎么说的。"

说完，季桐将录音放了出来，阮宁吃惊地瘫靠在车门上说道："不会的，陈瑞不会骗我的。"

"你还不醒醒。这几年你为他做事，除了个主管位置之外，他有把自己的好处给你吗？他对你好，不过是想借你的手把我给撂了。可你有能力撂我吗？你成天靠着他给的客户做表面文章，有什么资格和我比?"

"陈瑞不会出卖我的，我什么都给他了，他怎么会出卖我?"

"你给他什么了？做情人还是做棋子啊？如果你不甘心，就去找他问清楚。今晚，他在帝宝大厦二楼的青鹤谷和 Johnny 一起招待韩国客户。"

阮宁看了眼季桐，转而开车离开。

季桐立刻招呼在角落站着的蛮牛上车。

"季姐，发生什么事了?"蛮牛终于逮到机会朝她问道。

"长话短说，我被人陷害了。一会儿你拿着手机跟着这个女人，把她和遇到的男人对话过程全部拍下来，我有用。"

蛮牛是个讲义气的人，也不多问，拍着胸脯向季桐保证搞定这件事。

到了帝宝大厦停车场，阮宁并没有进去，她打了很多次电话都没有人接，情绪非常糟糕。直到近九点半的时候，陈瑞才到了停车场。蛮牛早已在附近准备好了，见阮宁与陈瑞见了面，便假装在一旁抽烟，悄悄进行拍摄。

阮宁的情绪波动非常大，她拉扯着陈瑞的衣服质问对方，而陈瑞一把推开阮宁后便大步离去，只留下阮宁一个人瘫坐在地上。周围经过的人见状便上去搀扶，而蛮牛则趁着空当回到车上，将视频发给了季桐。

视频中的阮宁果然是把所有的事与陈瑞摊开来说，陈瑞却是十分冷冰冰。两人狗咬狗，一嘴毛。

季桐拿到了这段视频，足以证明举报梅来宝的事是出自陈瑞的手。可如果她把这个视频交给 Johnny，以她对 Johnny 的了解，Johnny 顶多也就是打上陈瑞五十大板，并不会对陈瑞下狠手。

这样的话，她费这么大劲儿搜集证据有什么用呢？她需要的是彻底地干掉陈瑞这个陷害自己的奸邪小人。季桐决定把这段视频交给梅来宝的总裁，利用梅来宝追着行业协会，给 Johnny 施加压力。

这不是一个好的计策，却是一个必杀的计策。

季桐站在阳台上，握着足以毁了陈瑞的视频 U 盘。还记得当年就是陈瑞招她进的泓高，也是陈瑞教她做的销售。陈瑞在她的职场生涯中，是多面的，是面试官、老师、上司，也是对手。今时今日，他先挑起的战争，那就让她来结束吧。

第二天，陈瑞与阮宁争执的视频被发到了梅来宝总裁 Peter 的邮箱中，而另一份同样的视频也到了行业协会会长的手里。

然而，就当季桐认为陈瑞会因此结束在泓高的职业生涯，

Johnny 却给了她一个瞠目结舌的消息：陈瑞因为腰椎间盘突出、心血管等问题，提出需要长期静养，销售总监的工作由她季桐暂代。

“Johnny，你明明知道，陈瑞他没生病，出了这么大的事，你还包庇他？”季桐激动地质问道。

“季桐，你注意自己说话的态度。”

“Sorry。”

“我不是包庇他，老陈在这件事上做得是很不妥当。我说过他了，大家都得冲着公司发展做事，别老是搞内耗。阮宁已经被公司开除了，多少对老陈来讲是个警告。他答应我，以后不会再为难你。你也体谅下他，体谅下我嘛。”Johnny 扮起苦脸。季桐既寒心又窝火，明明已经坐实了陈瑞在背后搞阴谋，Johnny 却还偏帮他。无非，他是在意陈瑞对客户的把控。就好比整件事之初，Johnny 也没有把自己开除出公司。

“他可不是内耗这么简单。”

“那还能有什么呢？别忘了，你把这自家的丑给 Peter 那儿送过去。我也没有追究嘛。”Johnny 仍旧客气地说着，却也把季桐不妥的地方点得明白。见季桐不吭声，便又打起了太极道：“现在老陈长休，你暂代总监，公司会记得你的贡献的。”

“记得我？呵，是记得陈瑞吧？”

“好了，老陈现在打包回去，你别怄气，把事儿给翻篇了。好好干，我保证不会亏待你的。”

季桐知道，无论自己怎么生气，怎么去反击陈瑞，到最后，Johnny 都只会和稀泥。

她愤愤地离开了 Johnny 的办公室，回办公室前经过陈瑞办公室的时候，陈瑞喊住了她：“季桐。”

这个令她憎恶的男人在这么一场大风波后，竟安然无恙地去病休避风头了。而她却只是得到了一个代总监的身份，真是可笑至极。

“季桐。”

陈瑞又喊了一声，季桐这才走了进去。面前的男人扬着得意的笑容，朝着她说道：“以后得辛苦你看着销售的摊子了。”

“你不怕我在这儿揭你的底，让你再也回不来吗？”

“揭我的底？哈哈，我有什么底好被揭的？”陈瑞眼睛眯了起来，狡黠的目光在试探季桐。

“呵。”季桐冷冷一笑，内心愤怒的火焰熊熊地燃烧着。

陈瑞还没有踏出办公室，小陈等人已经簇拥了上来，争先恐后地帮陈瑞搬东西。他走过季桐身旁，忽而转过身，目光狠戾地瞪了她一眼，拍了拍她的肩头，走出了办公室。

一股寒冷的气息袭上了季桐心头，在陈瑞暂时离开泓高的这些日子，自己一定会如履薄冰。

她该怎么去战斗？下一步，应该做什么？

在公司浑浑噩噩过了大半天，应付了一堆同事的恭维之后，季桐回到了家，未想迎面而来的竟然是顾铭的一巴掌。

“你为什么要害阮宁?！是我背叛了你，你为什么要害她？她没有工作，没有公司敢用她。季桐，你在学校的时候是多么善良，现在却把一个无辜的女孩逼得走投无路，你知不知道她都要崩溃了?”

“你为了她打我?”她已经和这个男人毫无瓜葛，可他却为了阮宁这样的女人打她，脸上火辣的感觉告诉季桐，只提“分手”二字是多么可笑的仁慈。

“你是个可怕的女人，我真后悔曾经爱过你。”

“是吗？我可怕？你怎么不想想是不是你自己眼瞎？你以为阮宁是什么纯洁无辜的天使吗？她只是别人的一颗棋子，而你不过是阮宁的棋子。”

“住口！阮宁不像你，她不是棋子，她对我是真心的。”

“真心？你们让我恶心！”季桐一把拉开大门，“说完了没有？说完了立刻给我滚！”

顾铭指着房子愤愤道：“这房子，我也有份。”

“那就法庭见。”

顾铭哼了声便甩门离开。

季桐总算是见识了新闻里那些为了小三而对原配刻薄的渣男。哪怕自己待他再冷淡，毕竟他们之间有过爱情。阮宁没了工作很可怜吗？她那是咎由自取。整件事，她季桐才是受害者，可心疼自己的，也就只有自己。

既然顾铭这么无情，那就不要怪她事情做绝。

第二天一早，六点刚过，季桐就来到了昔日的大学操场，在那儿等待习惯晨跑的张教授。

操场上的塑胶跑道又换了新的，红色的颗粒很是亮眼，她与顾铭过往在这里锻炼的情形已同那些早就被换了的跑道一样成了往事旧景。

“季桐？”季桐正想着，穿着一身运动服的张教授倒是先认出了她。

“张教授，很久没见。”

“过年的时候，你不还来给你师母和我拜年的吗？”张教授继续道，“怎么？今天过来特意候我，是来提醒我别忘了你和顾铭的喜酒吗？”

“不是。我们分手了。”

季桐的话，令张教授吃了一惊，他问道：“这不是还有一个多月就要结婚了吗？”

“张教授，我想问顾铭是不是在苏黎世大学读博士的时候就有过学术论文抄袭的事情。”

“这……”张教授皱起眉头，神色颇是失望，季桐已确定那报道中写的是真事。

只听张教授说道："那也是几年前的事了，怎么突然提起来?"

"顾铭目前申请的项目是不是胶黏剂在航天领域的应用?"

"是啊，现在科研项目更注重应用性，目前胶黏剂市场很广阔，顾铭做这方面的研究项目也符合研究所的需要。"

"不久前，他出轨了，和我的一位同事在一起，两人偷取了我公司电脑里的资料，其中一份就是胶黏剂行业内情报告。至于其他文件，他是否不问自取过，我就不得而知了。"

张教授的眉头愈加地紧锁，他万万没有想到自己一手培养的人才竟然出现了道德问题。

"季桐，这件事确定吗？是不是你们之间有误会?"

季桐看得出张教授完全相信自己的话，只是内心上无法接受这件事。她点点头说道："我很确定，我那位同事阮宁已经被公司开除了，噢，对了，阮宁也是我们学院毕业的，比我小三届。"

"没想到，我真是没想到。原以为苏黎世大学的事是他一时糊涂，当时，我们院可是和他们协商很久才免除了他被开除学籍的事。"张教授接连叹息了两声，继续说道，"他以前读书一帆风顺，没有受过挫折，到了苏黎世大学后语言上又吃亏，不仅融入不了那儿的学术氛围，还经常与人起冲突。几次项目他都没有别人做得好，所以，就想走偏路超过别人。现在看来，这是道德缺失，一旦跨不过去这个槛，就容易走旁门左道，唉。"

"张教授，我今天来，除了当面告诉您我跟他婚约取消的事，就是来求证这件事。我很希望他悬崖勒马，及时悔改，可是抄袭盗窃别人的成果，有一有二必有三，他当年侥幸逃脱一次，胆子就会越来越大了。"

季桐留张教授站在原地细细思量，转过身朝着落满了金黄树叶的林荫大道走去。她知道，张教授向来是重道德的人，这一次他绝不会放任不管。

两天之后，顾铭喝醉了酒后到季桐家，发现门锁被换，于是在门外大声地谩骂起季桐，骂她在背后告状，令自己失去了博士后项目，又被所长张教授劝退离所，而阮宁拿走了他所有的现金后失踪了，他变得一无所有。

“我告诉你，让你变得一无所有的罪魁祸首不是我，是你自己。”季桐打开门后扔出了两箱子顾铭的衣服，不等顾铭爬起来，又关上了门。

顾铭在一番不甘的谩骂与诋毁后，方才悻悻而去。

季桐长吁了一口气，当初那个令她心动的学霸，早已消失得无影无踪。学术作假，情感出轨，他一再刷新道德底线，她却一直毫无察觉。

季桐拖着疲惫的身体倒在沙发上，心里一片苦涩。在她忙于事业，与顾铭交流越来越少的时候，他们之间早已渐行渐远，彼此都已经不再是对方当初心中的样子了吧？他觉得她可怕、心狠手辣，她何尝不觉得他已经面目全非？

他们谁都不再是对方心中的天使，从未婚夫妻变成彼此可以下狠手去对付的仇人，居然也不过几天时间。

她只觉得筋疲力尽，再也不愿意去想任何与顾铭有关的事。

忽而，手机跳出了孙萌发来的微信：“季小姐，周六中午，协会有收养猫狗的活动，因为人手不够，不知能否来帮忙？”

收养活动。

季桐再次想起了佐罗，她打了一个“好的”，想了想，又把字删了去，改成了“不好意思，我有些事要处理，来不了了”。

佐罗，要是你在我的身边，能抱着你，一起度过这个艰难的夜晚，那该有多好。

同样的城市，同样的夜晚，一个穿着运动开衫的男人刚从跑步机上下来，一只长着不同颜色眼睛的哈士奇跳起来扑了上去，使劲儿地用自己的下颚抵着男人的腰腹，想要男人与它玩耍。

这时，男人的手机跳出了一条微信，他抚摸了下扑在自己身上的哈士奇，打开了手机屏幕，上面写着："聂先生，周六中午，协会有收养猫狗的活动，因为人手不够，不知能否来帮忙?"

"熊猫，协会有活动，我去看看能不能给你找个女朋友。"男人摸了下哈士奇昂起的头颅，朝它开起玩笑。谁知哈士奇像听懂了一般，立刻坐在了地板上，一本正经地吐出舌头，好似摆好 Pose 等待主人给它拍个充满朝气的相亲照。

男人笑着回了条微信："准时到。"

接着，他便打了个电话："你好，我是聂辰泽，麻烦把我周六预约的球场取消。"

第五章 挫 败

周五的早晨，季桐坐上代理总监位置的第五天，接到了梅来宝CEO Peter 的秘书打来的电话，邀请她周五晚在一间泰国餐馆见面。对于 Peter 这番邀请，季桐自然很明白他的意图：挖她去梅来宝。她虽然赴了约，也得到了对方优厚的 Offer，但最终她仍旧决定留在了泓高。

没想到拒绝梅来宝之后，梅来宝新任的销售总监许峰隔天就来宣战了，他告诉季桐梅来宝一定会夺回盛都项目。季桐立刻打了袁杰的电话，不想袁杰按断了电话，发了条信息："我在上海陪领导应酬，晚点打你电话。"

季桐心里咯噔了一下。

袁杰陪领导在上海，她竟然对此毫不知情。这几天她全身心地扑在公司内部的事情上，竟是忘记关心重点客户了。

季桐在想这件事的时候，父母又一次打来了电话，在过去的一周，他们已经打了不下二十个电话。对于女儿取消婚礼的事，他们十分着急，说要到上海来找她，她好不容易才劝说住了，这会儿他们又打电话让她回老家工作，好对她多些照顾。季桐再次安慰他们没有顾铭自己也能过得很好，不必听那些闲言碎语。至于工作，她也不会选择安逸与将就。在她的一番劝说之后，二老才挂了电话。

与父母打完电话后，小动物保护协会公众号更新了周六活动的内容，季桐点开了文章。没想到周六活动去的人很多，不少义务帮忙的人穿着统一发放的马甲与过来咨询的人在交流。

当你觉得周围寒冷的时候，看到这样其乐融融的画面，整个人也慢慢恢复了温暖。

忽然，她发现了一组照片，下面写着“小动物收养人大合影”。

会不会有佐罗的收养人？

季桐蓦地坐直了身子，发了微信给孙萌，问佐罗的领养人去了没。

孙萌很快回复她“去了”。季桐又追问了对方在哪张照片里，孙萌回道：“照片都是他拍的，合照里没有他。”

季桐终究是没有看到佐罗的领养人。

可是，这有什么关系呢？佐罗过得好就可以了。领养人这么积极地参与小动物保护协会的活动，那他一定是个有爱心的人。不像她，抛弃了佐罗，也不敢再去参加活动。季桐躺在沙发上，翻开孙萌先前给她的佐罗照片，哪怕毛色再杂，都像自家孩子一样，只觉得它又高大又帅气。

晚上十点钟，袁杰再次打来了电话，告诉了她一个糟糕的消息：梅来宝的 Peter 牵线了盛都与上海的地产商见面，盛都老板贺一鸣要把修补项目交给梅来宝做。

为了避嫌，袁杰拒绝向季桐提供盛都老板在上海的行程。

挂了电话之后，季桐打了施小文手机，关照她联系盛都总部，看看他们领导晚上在哪儿吃饭。最能打探消息的便是秘书与司机，季桐早前就留好了这手准备。

第二天一早，施小文就给了季桐贺一鸣晚上私人约会的地址。

夜晚，季桐守在贺一鸣宴客的私房菜馆外，等候他出现。晚上九点多，贺一鸣走了出来，同行的还有几个男人，衣着考究，步态低调。

“老贺，要不是我明天凌晨就得飞，今天晚上，我们真得好好聊聊呢。”一个胖乎乎的男人朝贺一鸣说道。

季桐站在远处，看到与贺一鸣出来的几人中有个熟悉的身影，他穿得很时尚，出了门就系上了围巾。

聂辰泽？

这时候，贺一鸣的专车开了过来，季桐立马上前说道：“贺总。”

“季小姐。”

贺一鸣并没有打算上车，他早已看到了季桐，猜出她是来找自己的。

“贺总，我想约您到我们泓高中国来谈谈修补项目的事。”

“你们在我们盛都的关系打得挺深。”贺一鸣看了眼季桐。

季桐咽了下口水，有些尴尬：“贺总，您如果不方便的话，我们可以到贵公司。只是您到了上海的话，我们可以扩展更多的业务往来。”

“呵呵。季小姐，我这次的上海之行排得很满，要不你找袁杰，让他看看我什么时候有空，可以和你们见面。”

“贺总，修补项目是未来装修行业的重点，我希望贺总能给我们泓高一个机会。梅来宝能给的条件，我们也可以给到盛都。”季桐说道。

“老贺。”季桐的话音刚落，聂辰泽不知什么时候已经到了季桐身旁，手里拿着一个别致的手袋，“这是给嫂子的。”

“不好意思。”贺一鸣朝季桐说了一句，便朝聂辰泽说道，“我老婆又请教你什么东西了？”

“你给她就知道了。”聂辰泽笑了笑。

正说着，贺一鸣的手机响了起来，打电话来的正是他的妻子，于是，他便与季桐说：“你找袁杰约时间吧。”

说完，贺一鸣与两人说了句“再见”便坐进了专车让司机开车离开。

季桐无奈地叹了口气，身旁的聂辰泽说道：“我劝你以后不要在别人私约的时候谈公事。”

她看了眼身旁的男人，他也刚好侧过脸看她：“如果你不是女人，我想老贺早就把你骂出去了。”

“因为是私约，所以我才等到贺总上车前找他。”

“这也是一种打扰。”

“算了。”季桐不想与聂辰泽继续为了这话题纠缠下去，转过身朝停车场自己的车走了过去。

偏偏，聂辰泽的车停在她的车旁，两人几乎同时上车。季桐被聂辰泽说教了下，心里自然不爽气，一启动就超过了聂辰泽的车朝外开去，逼得聂辰泽不得不紧急刹车，以免两车相撞。他看着季桐飞速而去的车尾，想着这么生猛的女人，实在让人不敢恭维。

盛都是季桐在泓高的一大筹码，她不能失去盛都的修补项目。不仅如此，她还要趁着陈瑞长病假的日子，找出她先前想要查的事。再谨慎的人，也会忽略一些细节，她得尽快找出来。

最近几天，泓高的一级大代理商凡诚投诉收到的胶黏剂出现质量问题。

凡诚在泓高是数一数二的大代理商，泓高与其维持着良好的关系。相关部门对凡诚退回的产品进行了检测，所有测试数据都符合标准。负责凡诚平日客户维护的小陈畏畏缩缩地问季桐怎么办。季桐觉得事有蹊跷，担心是陈瑞让凡诚来投诉。

季桐靠在座椅上，闭上眼睛思考，如果是陈瑞使坏，能换了凡诚吗？不，凡诚不能轻易地换了，因为它涉及的销售额太高，而且在地方市场的地位高，虽说不能呼风唤雨，但掌握着终端客户。如今，她还面临着盛都的问题，凡诚在华东区与房地产商关系较好，正是可利用的资源，她绝不能与凡诚撕破脸皮。

于是，她交代小陈调换凡诚所有的货物，进库封存检测。

处理方案一出，凡诚果然运回了很多产品，泓高的生产线加班加点地又做了一大批后送到凡诚。

凡诚因为收到了补货，老板老于也就没再朝小陈吼。季桐觉得这件事并没有这么简单，可究竟有没有藏着更深的阴谋，她也拿捏不准。

她希望自己是真的想多了，可心里对于陈瑞的防备却与日俱增，她不知道陈瑞什么时候会出招，所以得处处防备，而想要先下手为强把陈瑞彻底打趴下的条件却还不具备，不免让她有些心神不宁。

不过，袁杰传来了一个好消息，他告诉季桐，老板贺一鸣同意双方坐下来谈谈，时间定在十天之后。她把这一消息告诉给了Johnny，Johnny十分高兴。

既然盛都有意再给他们机会，那么，她也得抛出更好的条件给到盛都。先前梅来宝给的条件是地产，那他们至少也得在这条件之上。

因而，她必须立刻去见老于。没想到，她才刚提包，门“砰”的一声被推开。

施小文脚步匆忙地跟着黑着脸的老于进来，急切地喊着：“于总，于总。”

“什么时候，我进个泓高办公室都有人拦着了?”老于瘦高个儿，近五十的岁数，中气十足，那高亢的声音震得施小文一惊。

“于总，我正想着要去找您呢。”季桐边说，边朝施小文示意不用再拦。

“季经理，噢，不对，季总。”老于揶揄地称呼道。

“于总，怎么这么见外？您坐。”季桐看着老于一脸不悦，就知道必然是哪里不够顺气，便关照施小文准备茶水进办公室。

老于坐了下来，将胳肢窝下的BV小包拿了下来，放在跷起的二郎腿上，本想从里头掏出烟来，看了看办公室顶的消防喷淋，立刻又收了回去。

“嘶，我说你们的泓高是怎么回事儿啊？投诉你们的产品，你们给我新货，新货还是有问题啊。”说完，老于从包里取出一份叠起来的测试报告。季桐打开看了起来，这是一份权威检测机构的检测报告，上面拍了送交样品的照片、名称、出厂批次。根据检测报告的结果，这一批次的产品，果然又出现了问题，特别是粘接实验，只达到了标准的百分之八十。这一点让季桐很是疑惑，为了避免问题，出厂的时候已经进行了检测，之后又拿存样做了检测，可为什么还有这问题呢？

“你看看，是不是又有问题？我就不知道，老陈这一病，我这货也跟着有毛病了。”老于忽而提了这么一口话，季桐落得很是尴尬，继续安抚道，“于总，陈总病休不会影响您。您在泓高这么大生意，谁敢怠慢您啊！”

“现在不就是怠慢我吗？”老于别过头，显得很不满意。这时，施小文端进了茶水，季桐便给老于倒上了茶，赔笑道：“于总，这些货，我让人再拉回来检测下。这事儿，我们肯定得严肃处理了。”

“晚了。”老于说道。

“怎么了？”季桐问道。

“前阶段你们的货有问题，我欠了好多施工商货，一到新货，我赶紧让大家都拿去了。没想到刚散出去，就有施工商投诉。”

“现在检测有问题，这些货必须得拉回来。”季桐听到施工商已经拿走了货，一下子就警觉起来，要是出了什么问题，那就是泓高的问题。

“拉回来？人家现场用的话，我去哪儿拉啊?”老于拍了下大腿，见季桐没有接话，便说道，“能拉的，我也拉回来了些。毕竟，我的物流都是自家的，速度也算是快。”

“您放心，物流产生的费用，我们泓高会一力承担，但要紧的是，我们得把货给召回。我让工厂重新出货，再问其他代理商调货过来。”季桐立刻给出了应对策略。

“哪来得及？我问红星那儿拉了些货。红星的小范也不是个东西，仗着只有他能供那么多货，要走了我五个点。真是，这件事搞死了。”老于愤愤道。

“红星的货，您查过吗?”季桐警觉道。

陈瑞设计害她，应该就是从自己调查红星开始。当时有个业内的朋友说通过红星进了些货，货出现质量问题，红星死不认账。季桐为此到过现场，特意拿回了工地上剩余的产品回国家检测中心检测，结果却是合格的。

因为红星是陈瑞与阮宁的客户，季桐当时不方便直接插手，就让朋友再尝试与红星沟通，结果对方立刻做了赔偿。朋友以为是季桐在背后帮了忙，特意来谢她。她便觉察到红星一百八十度的态度改变，必然与那些有质量问题的产品有关。可她当时就无法解释，为什么剩余的产品是好的。

这一次，她查红星的资料时，除了去年的投诉问题之外，就没有什么特别的情况。忽而，季桐想起朋友那次的投诉事件，红星竟然没有按着平时的流程来找泓高赔偿。那就是说，红星自己吃进了这笔数额不小的赔偿？红星的老板范卓明是出了名的铁公鸡，就像老于说的“不是个东西”，他怎么会轻易吞下赔偿呢？按理，别说是一批货，就是一箱货，他都得问泓高索要，然后再赔给他的客户。

“我看了，不是一个批次的，应该没问题吧。我做了这么多年的代理，把胶打出来就能看个大概。你那些货，也是打出来后，发现不对才去测的。”老于说道。

“确定？”季桐再次问道。

“当然确定。”

“我现在同您回凡诚看看那些召回的货。”季桐说道。

“敢情你这个大总监，都还没有看过有问题的货。”老于质问道。

“哪能？拉回来的货抽样都看了，没什么问题。所以，我得再到您那儿看看。”季桐顾不得老于的揶揄，只觉得哪里不对劲，可又说不上来是什么问题。如果老于的货不停地出问题，她不停地换货，这代理销售总监也别当了。最重要的是工厂封存的那些样品，在公司的实验室始终测出来是好的，也是很奇怪的事。

老于见季桐同自己一起查，心情也好了些，便一同驱车从泓高到了凡诚仓库。凡诚是大客户，季桐在做销售经理之前，也经常来这儿，之后负责了其他的项目，华东区都由陈瑞指定的阮宁来管理。阮宁是个撒手掌柜，把凡诚推给了小陈负责。

老于让员工随意抽了两箱子货搬到了地上。季桐看了眼货物，对那员工说道：“麻烦抬外面阳光下看看。”

那员工便搬起箱子朝外走去，老于朝季桐说道：“什么情况？”

“稍等下。”箱子被抬到外面，季桐围着箱子看了一圈，翻过来瞧了瞧。

“说啊，啥事了？”老于问道。

季桐递了个眼色给老于，老于遣走了员工。

“这箱子有问题，打开看看吧。”季桐边说边打开了箱子，取出里面的胶，掂了掂分量，放在备好的胶枪里打在纸板上几条，仔仔细细地看了看，递到老于手里，“这胶是仿冒的。”

“仿冒的？”老于一把拿起纸板，眉头瞬时皱了起来，“怎么会这样？”

季桐对产品是万分的熟悉，她发现箱子上的定色和版样有偏差，打出来的胶黏剂哑光明显，分明与泓高的产品不同。可是，这包胶的铝膜却又是一样的，这款铝膜是进口产品，在本地并没有生产。很显然，有人盗取了泓高的进口铝膜做了假胶。

假胶？泓高在行业知名度高，外面仿冒的产品多得数不胜数，可像凡诚这样，直接从泓高拉来的假胶，却是头一回。季桐不禁倒吸一口凉气。泓高的真铝膜，灌上假的胶，这样的作假手段，必然是泓高内部与外面联合起来才能做到的。

“你还有红星的货吗？”季桐问道。

“哪还有，我全发各个工地上了。小范那儿拿的货，我抽了样打出来看的，都是好货。”老于说道。

“于总，您听我说，这件事很严重，牵涉的人也不少，我得查得彻彻底底。”季桐想了想，问道，“于总，运货的师傅在哪儿？”

“噢，我们自己有三台车，往你们泓高拉货的是田师傅，不过，田师傅说老家出了点状况，已经回家好几天了。”老于说道。

在这个节骨眼上，田师傅竟然回老家了，这未免也太过巧合了。老于接下来的话，令季桐一惊：“你怀疑田师傅啊？不可能啊，他都在这儿干了三年多了，还是你们老陈介绍的，是他老家的远亲，干活勤勤恳恳的。”

田师傅是陈瑞的人？

看样子，整件事与陈瑞脱不了干系。先前，她以为老于是陈瑞纵容来闹事的，现在看来，老于确确实实是个受害者。

“您和陈总关系很好嘛，他把亲戚介绍给您?”季桐问道。

“还成吧，算不上很好，那时候正好过了春节，缺人缺得厉害。老陈给我介绍了田师傅，也算是帮忙。要说好，老陈对红星特别好，我这儿大项目上拿货给的折扣，不如红星多，小范和我也常喝喝酒聊聊天，他总吹嘘自己拿了特折。感觉这几年，他拿的特折最多。我也没看他做了多少大项目。不过嘛，我们做代理商的都懂。”老于递过一个意味深长的目光。言下之意，陈瑞这几年批给了红星不少特折，而红星究竟是按照什么价格卖给的施工商或者最终客户，那就是另外一回事了。如果价格不变，小范就多赚了。这多赚的钱最后怎么分，那就显而易见了。

季桐知道老于的意思，到客户那儿货物卖多少钱，这是红星的账，不是泓高的账，她自然无从知道。即便知道了，小范也顶多就说自己多赚钱，又怎么可能把陈瑞供出来呢?

红星、田师傅、假货、陈瑞……

这些关键词反复地转在大脑中，季桐决定回公司先行调查铝膜的事，把根翻出来再进行下一步。

“于总，这些假货，您还封存起来。至于新的货，我会让同事盯着，出货的时候，我们泓高会有专人负责送货。您把田师傅老家的地址给我，或者身份证也成。”季桐提议道。

老于点点头，对假货的事，他当然也觉着很蹊跷，便问道：“老实说，你是不是觉得田师傅有问题?”

“目前，我还不知道。不过于总，这事儿我会同 Johnny 商量下怎么处理。我们泓高绝对不会出伪劣产品。”

“嗐，反正我从小范那儿拿的货都已经到工地了。你那些货啥时候补给我都成，得保证是好货啊。幸好，谢天谢地，天鹰广场的项目不受影响。”老于揣着 BV 包看了看晴朗的天空。

“天鹰广场?”季桐问道。

“对啊，天鹰广场。和贝聿铭设计的法国玻璃金字塔差不多的建筑，全是玻璃做的，我看过3D效果，灵得一塌糊涂。”老于眯起眼睛，说得津津乐道。

“你确定把有问题的胶都拿回来了吧？”想到这么大一个玻璃结构工程，要是混入了假胶，后果不堪设想。

“我确定，先前那批胶刚送过去，老双正好在现场就验货了，你认识吧，就是安飞的老双。他那双眼睛多尖，工人刚用上去，他就说有问题。说起来，要不是他，我都没发现有问题呢。红星那儿拿来的货，送过去后就没有说过有问题。噢，送天鹰广场的可不是田师傅。”

“那就好。于总，您这次的事，我们泓高肯定会补偿您到满意。刚才我们来的路上也谈了，盛都的项目还需要您那儿多多帮忙。不过，假胶的事，暂时别声张，我们会尽快解决的。”

老于又叨叨地说了几句，眼见泓高内部可能有内鬼，他也不方便再掺和太多。

季桐与老于分别之后，立刻前往泓高在青浦的工厂，并在路上把这件事汇报给了正在新加坡开会的Johnny。

她请Johnny交代工厂说自己要调查包装材料的年报废情况与库存情况，以便迎接年底的打假活动。同时，她让施小文也立刻前往工厂。

季桐一到泓高工厂，工厂厂长梁志明就上前套近乎，然而，待她问及产品包材的报废率为什么这么高的时候，梁志明就立刻黑了脸，借故说是生产设备运转需要。

季桐知道这背后一定有所隐情。那些大量的报废包装物极有可能是被故意“报废”的。看样子，陈瑞背后的利益链怕是牵连甚广。

可有一点，她还不明白，陈瑞搞了凡诚，凡诚迁怒于季桐，顶多也就是让她忙碌些，并不能造成什么大威胁。对于陈瑞来说，他出的每一招应该是必杀招，绝不会只是掀个小浪头。难道说，陈瑞没有预计到她因为要借凡诚老于的人脉，答应他换了之前的货，所以，奸计才没有得逞？

老于问红星借货，而当下，只有红星能借给他货。每次事关红星，她都得多放一个心眼。

“季总，你有什么问题，就打电话给我吧。工厂还有很多事要我处理。”梁志明见季桐沉思，便寻了个理由离开了会议室。

季桐交代施小文去仓库核对最近一批报废材料，自己则委托商业咨询公司的 Victor 查包材报废公司的底，究竟有没有一条线与泓高同类型的企业有关。

约一小时后，Victor 打来电话称初查结果已经出来，这家第三方包材报废公司有三个股东，其中一个股东名下有一间包材厂，该包材厂的股东为两人，属于夫妻关系，其中妻子又是一家建筑化工企业的信托受益人。那家建筑化工企业叫兰顿。

兰顿是一家并不起眼的私人企业，季桐只是听过名字，却很少在市场上看到兰顿生产的产品。难道说兰顿就是那个制造假货的地方？

“那个女人叫什么名字？”

“蔺芬。”

“姓蔺？是蔺相如的蔺？”这并不是一个常见的姓氏，季桐记得，陈瑞的妻子也姓蔺，好像叫蔺芳。芬芳？难道说是陈瑞妻子的姐妹？

“对。”

“嗯，麻烦你把详细报告给我。”

“季经理，按规矩，调查信托受益人不能写进报告。”

“我知道，没问题。”

“过几天，我把报告整理好后交给你。”

季桐通完电话后，整理了下思路。这家包材报废处理公司将“报废”的包装材料送往兰顿，由兰顿制假，再通过陈瑞的渠道进行销货。

陈瑞的渠道自然是华东区那些他牢牢把握在手的代理商，比如红星。季桐此刻便能断定，红星就是陈瑞最大的销假货渠道，只有真货假货一起销售，才能谋取巨大的利益。这比特殊折扣中得到的经济利益大得多。这就解释了为什么她朋友之前有问题的货物，都得到了红星的赔偿，而红星却并没有向泓高提出索偿。这正是因为红星理亏在先，特别是她曾经到过现场的事一定被陈瑞知道了，所以才迅速解决以除后患。

那么，凡诚为什么会拿到假货呢？老于从红星那儿拿的究竟是真货还是假货？

季桐再次拨打了老于的电话说道：“于总，能麻烦您再和老双确认下，用在天鹰广场的货是不是确定没有问题。”

“怎么？你查到什么了？按你说的，我的货是被田师傅给换的，可红星那儿并不是田师傅运的。”

“噢，是这样，前两个月，我有一个施工商用了红星的货也有些问题，所以我担心红星的货会有问题。”

“不至于吧，小范做的项目没有我多，他一直卖货给下级经销商和施工商，那些人也经常会打照面，没人提过这档子事儿。”

“于总，小心驶得万年船。”

“知道了。”

虽然老于一直说知道了，可季桐却放心不下。她揣着沉重的心思到了仓库，施小文慌张地跑上前告诉她，刚看到待报废的铝膜，转眼和相熟的人打个招呼，那些铝膜就不见了。

季桐明白，自己来工厂怕是打草惊蛇了，想到这儿，季桐更加担忧天鹰广场的货，她交代施小文做份报告给她，并立刻开车前往天鹰广场的工地。天鹰广场在浦东，季桐赶到工地的时候已近黄昏。天鹰广场就如老于所说，整个建筑与玻璃金字塔很像，看结构就知道未来完工后配上灯光效果会非常特别。季桐戴上了安全帽，正在加班加点上工的人并没有发现她。

“你怎么在这儿?”因为三楼有个延展平台，季桐打算上三楼查看用胶情况。正这时，有个男人的声音传来。她吓了一跳，朝那声音看去。黄昏的阳光落在那人的脸上，刚巧挡住了整个脸。

那男人走了上来，阳光慢慢地移开，她这才发现是聂辰泽。

“这话该是我问你。”

“你有工地出入许可证吗?”

“我，我当然有。”季桐转过身，继续往楼上走，但很快聂辰泽就追到了她身边。

“证呢?”

“在车上。”季桐本想反击他有没有证，却见他挂着许可证。

“为了你自己的安全，最好现在离开工地。”

“这个购物中心用的是我们公司的材料，我来看看，现在时间晚了，明天我找施工商开具一个，不就可以了吗?”

季桐刚说完，聂辰泽却说：“那就请明天来。”

“不行。”

“不行？为什么?”聂辰泽拦住了季桐质问道。

“明天有明天的安排，我上去看看就行。”

“我是这儿的业主之一，有知情权，你最好如实回答我。”

“你是业主?”

“天鹰广场是我朋友主投的商业综合体，我也有投资。因为他长期定居国外，不放心让委托的监理查勘工程进度，所以我会经常到这里看看。不信的话，大可以和盛都联系下问问我是不是这栋商业综合体的业主，建筑施工完工后，这里所有室内装修都是由盛都来做。”

季桐不需要与盛都核实，从聂辰泽说话中就能知晓他说的是真话。

“回答我，是不是材料有问题？不然的话，你一个人过来干什么？”聂辰泽问道。

“我只是过来看看。”季桐惊讶聂辰泽会这么敏锐。

“你要知道，材料有问题，会出事的。”

“我当然知道，我负责公司销售，比任何人都紧张产品的质量。”季桐绕过聂辰泽，终于到了三楼，因为整个建筑是玻璃装饰外立面，玻璃施工完成后，还有配套玻璃窗需要装上，此刻窗框没有装玻璃，寒风吹了进来，冷得让人直打哆嗦。

三楼建筑主体外有个延伸平台，季桐看到那儿堆放着许多泓高的胶黏剂箱子，顾不得聂辰泽跟在身后，加快脚步走了过去。

冬天的太阳落得尤其快，季桐根本看不清箱子的颜色是不是有偏差，粗看上去与泓高正品一模一样。

季桐脱下安全帽，摸出车钥匙划开箱子，用手抠开残留的封箱胶带。

“小心手。”

季桐瞥了眼提醒自己的聂辰泽，做了这些年的销售，这还是第一次有人提醒她开箱时小心。季桐咬住手机电筒照着手中的胶，没错，这的确是泓高的包装。

她从附近取了支胶枪，放入胶打在了一张纸板上，以简单专业的手法刮涂了下。

“借一下手机电筒。”季桐说。

聂辰泽递了过去。

“不行，你帮我拿着手机。”季桐让聂辰泽帮忙拿两个手机，自己则仔细地查看胶的质量。

聂辰泽看到季桐手机屏幕上的哈士奇正是自己拍摄后发给孙萌的，他不禁一愣。

“你干吗呢？怎么把手电筒关了？”

聂辰泽回过神道：“不小心碰了下，现在好了。”

原来是她，那个狠心丢了熊猫的人。

聂辰泽又看了季桐一眼。

“不行，我得多拿几支胶再比对一下。”季桐瞅了瞅延展平台外亮起的施工照明灯说道，“不用电筒了，你帮我收着手机，我去那儿看看。”

季桐又从其他箱子里扒出几支胶，走向延展平台，聂辰泽站在她的身后。就在季桐刚踏上延展平台不过几步的时候，“轰——”的一声巨响，延展平台上方突然落下个重物，就在离季桐一米多的地方穿过平台玻璃掉了下去。

紧接着，几声爆响，季桐脚下的玻璃瞬间冰裂纹似的炸开。

楼下的施工地瞬间传来纷乱的大叫声：“出事了！出事了！”

“有人摔死了！”

施工灯光照着三楼的玻璃平台，她看得清清楚楚，是一个人，一个活生生的人从她面前掉了下去。

待到她反应过来的时候，脚下的玻璃爆裂了。她紧闭着双眼，试图平缓此刻惊惧的内心，然而这一切都是无济于事。她能感觉到自己整个身体都是颤抖的，她怕自己再挪动一下，也会像刚才那人一样，从这儿落下去。这是商业综合体的三楼，每层超过五米，三楼平台到地面有十多米高。摔下去，活着的可能近乎为零。

“把手给我。”聂辰泽站在离她不远的地方。

就在这时，季桐对面，那个被摔落的人砸碎的另一面玻璃已经哗啦啦地往下掉了下去。

“你别过来，玻璃会裂开的!”季桐大声喊道。

“你把手给我。听我的，你把手给我!”聂辰泽朝他伸出手，整个身体尽力朝她倾。

“我做不到。”纵使自己平时再胆大，也从未与死亡如此之近。她害怕自己一挪脚，整个玻璃的承受力变动后就会掉落。

“你完全可以做到，把手给我。”聂辰泽试图再往前走一步。

“你不要再过来了，我们两个人会一起掉下去的!”

“你要不想死，就信我!”聂辰泽提了下嗓门。

“我还有好多事没做，当然不能死了。”季桐看着聂辰泽镇定的眼神，丝毫没有半点胆怯，好似确定他们一定会平安无事。她深吸了一口气，鼓足了身上最后的勇气，闭上眼睛朝着聂辰泽伸手过去。

季桐只感觉自己僵硬的身体被一把拉到了一个温暖的怀抱中，顾不得那怀抱的主人是谁，她用尽剩余的力气抓住对方。只听身后一阵玻璃碎裂掉落的声音，她忍不住把头紧紧埋入了对方胸口。

过了许久，抱着她的人轻声说：“没事了。”

季桐这才松开了手，尴尬地退到一旁道：“谢谢。”

聂辰泽脱下外套披在了她的身上，说道：“先下去再说吧。”

季桐却说：“不行，现在出事了，我更得知道这胶是不是有问题。”

她定了定神，往上看去，三楼延展平台的上方正是同样延伸出去的玻璃屋檐，上面少了块玻璃，应该就是刚才摔下去的人站着的地方。

“到底怎么回事?”聂辰泽刚问完话，110 与 120 的车子已经到达楼下。

“有人利用我们代理商散假货，可能……可能是想陷害我。”季桐努力地整理头绪。

“这胶有问题?”

“是。”季桐抓住聂辰泽说道，“你真的是业主?”

聂辰泽点点头：“你是说施工商偷梁换柱？这不可能，这么大的工程量，我们请的第三方监理非常负责，更何况，我也经常过来。”

“不，不是施工商偷梁换柱。施工商拿到的胶就有问题。我中了圈套。”季桐终于明白，自己走的每一步其实都被陈瑞计算了，他的最终目的就是要让一个大项目出现事故，令她永不翻身。

季桐一瞬间全身冒出冷汗，既后怕又生气，胸口怒火瞬间燃起。陈瑞的手段真是太恶劣了，居然拿人命来做局！这种伤天害理的事，他怎么下得了手?

这样的人，于公于私，她都绝不能放过!

虽然她先前对聂辰泽印象并不好，可他刚刚救了她，又是天鹰广场的业主。只有他才能帮助她走出这个“死局”。无论如何，她都得扒着眼前这个男人帮自己。

“你信不信我?”季桐问聂辰泽。

“你要说什么？这里太冷，回车上再说。”

“没那么多时间了。”季桐看着聂辰泽的双眼，继续说道，“你是业主，事故之后一定会有事故责任鉴定组来找你。你得要求第三方权威机构进行工程质量事故鉴定。”

“我不能答应你，除非你告诉我究竟发生了什么事。”

“已经关乎人命了。”

“就是因为这样，我更要知道发生什么事了。”聂辰泽紧紧地盯着眼前披着自己外套的女人。

“好，我告诉你。”季桐努力收拾起自己慌张的思绪，向聂辰泽讲述了自己的调查经过。

听完季桐讲述整件事，聂辰泽沉思了一会儿说道："你们的恩怨，我不想参与，但我一定不会放过肇事者。"

季桐点点头，拿起电话向 Johnny 汇报道："Johnny，凡诚在天鹰广场上用的产品出事了。"

于是，季桐将天鹰广场的事简要地告诉 Johnny。听到季桐调查的结果，Johnny 想了良久后回应道："季桐，欧洲的几位领导都在这儿，我得全程作陪，暂时回不来上海。你现在是代销售总监，这件事由你全权负责，一查到底，我们泓高对内部出现这样的事绝对是零容忍。"

"Johnny，现在涉及的是人员伤亡的工程事故，不是普普通通的墙面剥落、屋顶漏水。"

"季桐，我知道严重性，可我真是腾不出时间。再说，我完全信任你处理这件事，也会让法务部的律师来协同解决。"

Johnny 并不是偏帮陈瑞，而是相信陈瑞真的做了触犯法律的事，所以他更不想沾染半分。

季桐叹息着挂了电话。季桐早已料到 Johnny 会逃避，只不过，她还抱着一丝幻想。此刻，什么幻想都破灭了。Johnny 留她一人来处理这件事，就是把她推到风口浪尖。

季桐把外套还给了聂辰泽："身体觉得冷，可以穿衣服，心里觉得冷了，就很难再暖和起来了。"

聂辰泽看了眼季桐，既然有这般的感慨，为什么当初要将已经领养的小狗再次送回寒冷孤寂的地方呢？

天鹰广场的事故造成了一人殒命多人受伤的严重后果，受伤的人都是当时在一楼施工的工人。第二天，就在季桐到达凡诚公司的时候，警方已经到了并带走两人一起回警局问话。

"小范那个杀千刀的，这事儿，他得负责！不不，这事儿和我们没关系，对吧，季总，你说这分明是玻璃问题，不是咱们泓高产品的问题吧？”老于一路埋怨，季桐却没有回应，事故既然已经进入了法律程序，口中的辩解都是无用的。

到了区公安局后，季桐发现公安局为这起备受社会关注的事故已经设立了专案小组。天鹰广场施工方老双，玻璃厂商及代理商、胶黏剂生产商及代理商凡诚等负责人都被警察带回了公安局。因为玻璃厂与泓高都属于外资大企业，法务部门的律师也陆续到场。作为天鹰广场的业主，聂辰泽也出现在了公安局。

因为属于问话阶段，警方与涉事的几家企业负责人坐在一起，负责此事的王警官严肃地谈了事故的严重性。

“王警官，我们的玻璃有认证，这里是我们的认证资料，以及出厂检验和第三方送检的文件，所以这次的事故绝对不是玻璃的问题，而是其他材料的问题。”玻璃厂商的法务拿来了一大摞的资料。

“你这么说就是我们给的胶有问题了，泓高的胶在市场上是数一数二的，怎么可能出现问题？你们有检测报告，我们也有检测报告。”不等泓高的律师开口，老于就急于表达态度。

“国内百分之九十的景区玻璃栈道使用的都是我们公司的玻璃，我们的玻璃抗压抗腐蚀都经过严格测试，有追溯数据的。”

“你们玻璃碎裂，才导致工人跌落的。”

“大家先不要互相争辩，这里是公安局会议室。我刚才就同大家讲了，这是一件严肃的事情，是要追究法律责任的。”王警官忍不住打断他们道。瞬间，会议室内一片寂静。

“王警官，我们业主方会由律师提请第三方工程质量事故鉴定机构来鉴定此次事故是由什么问题造成的，并对涉事企业进行索偿。”聂辰泽说道。

“没错，这事儿这么严重，我公司那些工人到上海来打工，如今，死的、伤的，这叫我怎么向家属交代？”施工商老双的眼睛充满了血丝，昨夜发生的事令他无法入眠。工人、家属，一拨拨的压力袭来，压得他近乎崩溃。

“我们警方会展开事故调查，由于此次事件造成了恶劣的社会影响，我们警方会对各单位负责人进行行政拘留，拘留期为五天。”

“五天？我要保释，我要保释，我一个清清白白的人，怎么能待在这里？”老于急得叫嚣了起来。

“对不起，行政拘留不能保释。”王警官解释道。

瞬时，整个会议室陷入了一片死寂。季桐望着聂辰泽，只要聂辰泽按照自己先前告诉他的进行调查，一定能把陈瑞查得清清楚楚。

“老于！是你，是你卖给我的泓高产品出问题！”老双突然跳了起来，朝着老于与季桐的方向扑了过来，幸而，被警察一把抓住。只听老双一直指着他道：“就是你给我的货有问题！”

“不是我，不是我，是泓高，对，是泓高，季桐，她知道货有问题，她知道的。”老于被老双激得害怕，立刻转身就把矛头指向了季桐。

瞬时，会议室内所有的眼睛齐刷刷地盯着她一个人。

“我们泓高从不出售伪劣产品，于先生，您对我们代销售总监季桐的投诉指控，我们泓高会进行调查的。”季桐身旁的法务律师突然在这一刻做了回应。这话显然认同了对方对季桐的质疑，并想借机把季桐和公司的关系划清。季桐侧脸看着端正着坐姿的律师，她说这句话的时候没有半刻犹豫，想来是已经准备好了。

是陈瑞让她这么说的，还是 Johnny 这么交代她的？

无论是谁，季桐除了愤怒，更多的是对公司的失望。这是她服务多年的公司，她有成绩的时候不一定得到该得的报酬和褒奖，可是每一次有事，她无一例外被公司扔出去，任她自生自灭。

公司的律师不想还她公道，她只能自己为自己找到公道！

“公司应该对陈瑞、对工厂做调查，而不是我！”季桐厉声斥道，律师没想到她会有这样的反应，顿时瞠目结舌。

“王警官，事故责任方还是让权威机构鉴定后再确定吧。”在这般的情境下，聂辰泽再次提到了事故鉴定。

王警官朝季桐看了一眼，郑重其事地再次强调：“所有的事必须等鉴定报告。我们对事故责任方绝不姑息。”

会议室再次恢复了安静。所有涉事企业的负责人在办完手续后被拘留在了拘留所内，所有的通信设备都被统一保管。

在深秋初冬交替的季节中，季桐坐在冰冷的拘留所里，没有想到待了多年的公司，非但没有人帮她，律师还要当面落井下石，而自己的上司 Johnny 更是让她一个女人留在拘留所里。聂辰泽是不是在外面开始调查了？身为一个建材行业的人，到头来却要一个行业外的人来帮自己，真是可笑至极。

季桐苦涩地笑了笑，只感觉心寒得让人无法呼吸。

公安局外，聂辰泽已经委托了律师办工程事故鉴定申请手续，并顺利地在当天下午从 Victor 那儿拿到了季桐交代的报告。兰顿与包材报废处理公司的背景资料已经很齐全，加之他也再次从 Victor 口中确定了两者之间的联系，聂辰泽愈发相信季桐的话是真的。

就在他离开咨询公司后，Victor 追到了楼下喊住了他说道：“聂先生，很抱歉，有件事我想告诉你。”

“什么事？”

“泓高公司刚刚发了公开信函解除了季桐的职务。既然你是她朋友，希望能帮她渡过难关。”

“我想你搞错了，我和她并不是朋友。我拿资料只是查真相。”

Victor 面露惊愕，而聂辰泽则已经上车离开了停车场。

季桐在拘留所的第四天，聂辰泽委托的工程质量事故鉴定的初步报告已经出来，事故与玻璃没有关系，而与粘接玻璃的胶有直接关系。最终鉴定报告还需要几日。聂辰泽在这短暂的四天中，对包装公司、兰顿、红星之间进行了详细的跟踪调查，连同先前 Victor 交付的商业咨询报告，一起递给了王警官。因为涉及取证，必须得由警方进行。

聂辰泽向王警官建议，由于季桐不是公司负责人，必须要求泓高公司 CEO Johnny 立刻回中国接受调查。整件事牵涉了包装公司、兰顿、红星，以及病假中的泓高销售总监陈瑞，王警官也一并让同事将相关涉事人带回公安局进行调查，并从拘留所提出了季桐。

在拘留所里待了四天的季桐脸上毫无血色，整个人身心疲惫。不过，她能提前离开拘留所，就意味着整件事有进展了。

这一次，她被单独请进了一间审问室。面对四方封闭的地方，她倒是有些习惯了。负责询问的正是王警官，他拿着一沓纸，将事故初步鉴定结果是胶黏剂有问题的情况告诉了她。接着，他问了她很多问题。季桐将自己所知道的一切都告诉了王警官。

"谢谢你的配合，一会儿办完手续，你就可以离开这儿了。"

"我可以离开了？"

"可以，我们掌握的证据显示这件事情与你没有关系。"王警官点点头。

这一刻，她只感觉自己冰凉的脸颊上竟有温热湿润的液体淌过，她抬手擦了下眼泪，走出了审讯室。

没想到在这条路上，她竟冤家路窄地看到了"病假"中的陈瑞被警方带着走向一间审问室。

看到陈瑞，季桐愤怒地说："陈瑞，没想到你这么丧心病狂！"

"你在说什么？我听不懂！"

"不要再装了！你生产假胶伪劣胶！为了扳倒我，竟然偷梁换柱！你害了一条人命！你到底还有没有良知啊！"季桐指着陈瑞，看到 Johnny 等人也在不远处。

“Johnny！还有你！要不是你一次次地对陈瑞姑息养奸，怎么可能出这么大的事！”季桐还想再骂，但两位警察上前将这几个人带入审讯室。

“留着力气好好回家睡一觉吧。”

在一番闹腾后，季桐才发现警察身后站着的正是聂辰泽。

“聂辰泽……”她想上前谢他，却见聂辰泽接起一个电话后紧蹙双眉匆匆离开了公安局。经过警方的调查，陈瑞涉嫌多项违法犯罪被正式逮捕，而其他涉案人员也在之后被批捕。天鹰广场的事故鉴定报告证实为胶体开裂导致了玻璃坠落致人身亡。聂辰泽等业主向涉事公司及个人提出了民事索赔。

这场惊涛骇浪之后，公司恢复了季桐的职位，Johnny 请季桐到办公室一谈。

“季桐，之前真是委屈你了。”Johnny 做了个请坐的姿势，可季桐却仍旧站着。他脸上的尴尬稍纵即逝，手里拿出一份文件，上面写着“销售总监任命书”的字样。

“你呀，在警局把我给骂醒了。我想了想，过去啊，确实太偏袒陈瑞。没想到他是这么一个人，唉，他这些年背地里还搞了这么多事。我竟然还把他当作……哎，往事我们就不提了，翻篇了。眼下，我们泓高受这次事件影响不小，所以急需一个有能力的人扛起销售大旗。这份 Offer 是你应得的。你看看满不满意?”Johnny 将文件推向了季桐。

“呵，应得的?”季桐拿起文件，Johnny 瞬间露出了笑意，然而很快，他的笑容就僵住了。因为，季桐当着他的面撕碎了整个文件，白纸黑字被撕成了雪花散落在他面前。

“再见。”

当他反应过来的时候，季桐已经消失在了办公室的门口。

第六章
新　生

季桐离开了泓高大楼——这栋留着她青春年华的楼宇。记得那一年，她曾怀揣理想踏上大堂门口的这些台阶，每一步都是那么充满朝气。如今，她走完最后一步台阶，不再回首。

初冬的寒风掀过她脸庞的发丝，对面马路的购物中心大楼外的大型 LED 屏幕上放着贝莱中国悦然的“新生”系列的广告，身姿曼妙的模特边走边撩去脸上衰老黯淡的肌肤，脱胎换骨的面容瞬间映在大屏幕上。

新生。

她要离开这个公司，这个行业，去寻找属于她的新生之地。

她看着那个屏幕，一个人影挡住了她的视线。聂辰泽穿着藏青色薄羊绒大衣，朝季桐说道：“有空吗？”

“这次的事，谢谢你。”季桐微笑着走到他跟前。阳光正好落在彼此的脸庞上。

聂辰泽唇角扬过一抹浅笑，说道：“有没有兴趣到化妆品行业来？”

“你是在邀约？”

“可以这么说。”

"看我失业，可怜我？"

"我并不知道你失业，相反，我认为你的上司一定会给你想要的职位。"

"你猜对了，可惜，我拒绝了。"

"泓高是这个行业里的 Leading Company（领军企业），连泓高都不想待的话，那这个行业对你还有什么意义？你有化工背景的销售经验，又是女人，很适合在化妆品行业发展。"

"聂辰泽，你一个著名化妆品推广公司的创始人在替哪家公司当说客？"

"一家你听了后不会拒绝的公司。"聂辰泽说完后，侧过身让出方才季桐盯着的 LED 大屏幕。

"贝莱中国？"季桐已明了聂辰泽所指公司，便问道，"什么位置？"

"销售经理。"

聂辰泽说完后，季桐微微一笑说道："Sorry，我不能去。"

季桐的回答让聂辰泽吃了一惊，他原以为季桐知道贝莱中国后会欣然答应，尤其是在失业的境况下，她没有理由拒绝自己的邀请。可没想到，季桐竟一口回绝。

"理由呢？"

"在没有熟悉一个行业之前，我不会贸然地去做一个销售经理，成为行业的笑话。"

"你想进别的行业？"

季桐看得出聂辰泽淡然的脸上掠过一丝失望，便继续说道："既然有你这么好的资源，你觉得我会浪费吗？走吧。"

尽管很多人接近他就是因为利用他聂辰泽这个"资源"，不过第一次被人这么赤裸裸戳破真相，聂辰泽不禁有些尴尬。

"这附近有家咖啡店很不错，一起喝杯咖啡。"

她选择了靠近玻璃窗的长条桌，位置刚好可以看到窗外匆匆而过的行人与落了大半叶子的树。在他们身畔，躺着一只年迈的哈士奇，慵懒地晒着太阳，眼睛时不时地瞥向季桐。两人没有太多的交谈，直到走的时候，季桐弯下身蹲在哈士奇的身旁，摸了摸它的下巴说道："拿铁，我以后不在这里工作了，有机会再来看你。"

"你不是请我喝咖啡，是来和这只狗道别的？"聂辰泽问道。

季桐莞尔一笑，没有应他。这家咖啡店在这儿开了数年，季桐记得来这里第一次喝咖啡就是因为看到主人养了一只哈士奇，虽然和佐罗长得不像，但已经足够吸引她停下脚步，进门买一杯咖啡。

现在，她要离开这片工作区域，往后也不会常来，自然就来与自己老相识拿铁说声"再见"。

聂辰泽说得没错，她有与化妆品类似的化工销售背景，又是女人，选择化妆品行业转型是最合适的。不过，要想在化妆品行业做出些成绩，她还需要积累些经验。因而，与聂辰泽分别之后，她就选择投递简历给化妆品行业的企业。

两周之后，她就收到了千羽化妆品公司的面试通知。

千羽化妆品公司虽然在市场上不过是二三线的本土化妆品公司，但其发展势头良好，净销售额增幅达到了百分之十。比起泓高在行业领域里数一数二的地位，千羽在行业里的地位要低得多，也因为如此，季桐才能在这个新的行业中有体现价值的机会。所以，千羽就是她进入这行业的踏板。

"季小姐，你之前是在建筑行业做销售，销售方式是代理商机制，还是直销？你参与哪类销售？"千羽的面试官由人事部刘子姗与销售部主管潘伟组成，向季桐提出这一问题的正是潘伟。

在招聘网上的这份简历，季桐故意写低了职位。原因很简单，如果写的职位过高，就意味着会失去很多机会。因为几乎所有人都会疑惑，为什么一个著名公司的销售高管会到自己公司做名普通销售员，所以她只能把自己写成一个普通职员，而普通职员的跳槽就变得非常正常。

“泓高公司的销售队伍一共有一百多人，分布在全国各个地方，我在上海，属于华东区，总部也在这儿，销售团队有十多号人。接触的有代理商销售，也有项目直销。上海大大小小的代理商，分配到我管理的有三家，项目的话，参与过的大约有五个大项目，二十多个小项目。大项目的话，像我们这栋写字楼附近的万华小区防水项目、距离这里四五千米的清河天桥地下过道项目，还有浦东地区的金尚公寓、市区的晋通中心，以及松江地区的风华园项目。”季桐对泓高上上下下所有的项目都了如指掌，随口说出几个能让面试官有所耳闻的项目并不困难。

潘伟很欣赏季桐对过去工作记录清晰的态度，这表明她不是一个混日子的人。接着，潘伟又问道：“照常理来说，你在泓高这么些年，参与过这些项目，按理应该有升职的机会。可我从简历中并没有看到你升过职。”

“是的，这就是我会跳槽来化妆品行业的原因。因为建筑行业平时和水泥黄沙打交道，女销售升职空间很小。我是化学专业毕业的，化工建材和化妆品都是对应的专业，做了几年的化工销售，感觉还是更女人一些的化妆品行业销售更适合我。”季桐微笑着回答。

“那你对我们这个化妆品行业有了解吗？”刘子姗突然提了个问题。

“说实话，我了解得不够。不过，我知道一些大公司的销售同比增长率大部分还不足百分之一。千羽今年的发展比这些公司都要快得多，我觉得很有前途。”

季桐想要了解点行业信息丝毫不难，但对一个并不太精通行业销售的人事刘子姗来说，这样的答案已经足够了，一来能说点数据，代表自己曾经了解过；二来说的不能多，以防止对方的猜疑。

季桐说完后，看到刘子姗与潘伟交换了下眼色，之后，潘伟又问了几个问题，而刘子姗则问了季桐对薪水的要求。

面试结束后，季桐走出会议室，外面已经等了好几位候选人，都是年轻时尚的女孩。

“郭甜甜到了吗?”刘子姗的下属见季桐出来后，便喊了郭甜甜的名字。季桐看了眼那个叫郭甜甜的女孩，她长着一张可爱的包子脸，笑容灿烂，让人一眼就觉得很舒服。她想这女孩该会成为她在千羽的同事吧。

初冬十一月，季桐在面试后的第二周就收到了录用通知。

千羽化妆品公司位于徐家汇港汇附近的一栋有十几年历史的写字楼，因为办公室有些陈旧，公司进行了一次提升形象的翻修。因此，季桐一踏进新办公室区，就闻到了熟悉的工地味道，一些穿梭在办公室中的工人们正做着墙面修补工作。焕然一新的办公区比之前更为亮堂，墙面也由之前的白色换成了对比强烈的红色与黑色，正是千羽的企业标识色。

新入职的销售一共有五个人，其中两位是派往江苏省的，剩下三位是留在上海总公司的：季桐、郭甜甜、冯颖。

“入职表和薪资确认单，你们先填一下。”季桐与郭甜甜被刘子姗安排到了一间小会议室中签文件。

郭甜甜问刘子姗道：“刘主管，我们好像还有个人没到呢，是不是等等她。”

郭甜甜提这话是好心，季桐抬头看了眼刘子姗，见她目光微有些尴尬，回郭甜甜道：“没事，你们先填吧。”

看样子，冯颖是走后门的。

刘子姗说完后，就离开了会议室。郭甜甜笑着与季桐自我介绍道：“我是郭甜甜，你叫我甜甜就好。”

“我叫季桐。”

“那没来的就是冯颖了。”郭甜甜穿着一件粉色毛衣，包子脸笑起来很是可爱。季桐笑笑以示回应。

“你原来是做销售的吗？”郭甜甜问道。

“是的。”

“也是做化妆品吗？”郭甜甜睁大了眼睛说道。

季桐拿笔指了指桌上的纸说道：“我们得先填完表格，不然给人事部的印象不好。”

“噢，对对。”

季桐看到了薪水栏写的是五险一金，税前底薪六千，奖金按照绩效发放，这只有泓高十分之一的薪水对她来说，哪是可怜二字可以形容，分明就是凄惨，不过，此时非彼时，能做好自然不怕钱少。季桐很爽快地签完了文件。

只一会儿的工夫，刘子姗进来，收了两人的表格后粗略地看了下，接着将两人带到了销售部。她看了眼销售主管潘伟的办公室，里面空无一人。

一个女孩见刘子姗带人过来，说道：“潘主管在丁总办公室里。”

此时，办公室过道尽头的门被打开了，潘伟从里面走了出来，还带着一位年轻清秀的女孩。

“潘伟，季桐和郭甜甜来报到了。”刘子姗把季桐与郭甜甜交接给了潘伟。

潘伟道谢后，朝着在大办公室里的同事宣布道：“大家过来一下，我来给大家介绍下新同事。”

座位上的同事慢悠悠地放下手里的活儿抬起头。

“这位是冯颖，德国汉堡大学的研究生。”潘伟刚介绍一半，季桐就听到底下有人在说，海归研究生来做什么销售啊。看得出，潘伟控制不住手下这种自由散漫的行为。冯颖对同事们的反应表现得有些失落，唇角微扬起的笑容已经消失得无影无踪。潘伟花了不少力气介绍冯颖后，简要地说了下季桐与郭甜甜的工作经历。底下的同事更是不屑地埋头打起字。

季桐看着潘伟，只觉得他的“涵养”够好，销售部的同事能够这么放肆，他招人的目的也有扩充自己势力的原因吧。

“王芸，就由你带这几位新同事吧。”潘伟朝一位瘦高个的女人说道。

潘伟将她们三人交给了王芸，王芸朝冯颖说道：“你的办公桌在这儿。”

“那我和季桐的呢？”郭甜甜问道。

王芸抬抬眉，嘀咕了一声，领着季桐与郭甜甜往走廊另一头的角落走去，拉开一个门说道：“你们坐这儿吧。”

“这儿？这不是资料室吗？”郭甜甜朝里面看了看。

季桐看得明白，这间所谓的办公室其实就是一间资料室，只是放了两张比外面大办公室小上三分之一的桌子，几排陈旧的柜子。

“外面的办公室已经没有工作位了。这里以前是资料室，不过都是旧档案了，审计不让扔，所以就放这儿了，也碍不了你们事的。你们放好包，五分钟后到2FA会议室来开会。”王芸说完后就离开了办公室。

郭甜甜嘟囔着嘴，拉着季桐说道：“为什么要区别对待呢？”

“你不觉得这里很好吗？”季桐打开了办公室窗子说道，“就我们两个人，而且空气很好。”

“可外面很新。”

“新又不能当饭吃，这里就我们两人办公，很清净。”季桐这么一说，郭甜甜觉得很有道理，一下子就不纠结了，还比画了下身后的架子说是要放些多肉。

季桐并不在意这些，依她性格，本来是不情愿在这里的。可她鼻子很灵敏，外面新装修的办公室还有较高含量的游离有害物质，尤其她看到工人手里提的施工桶，那家公司的产品一直都没有通过 GB18583 的测试。

眼下正是秋冬季节，公司打了暖空调，这些物质就会挥发得更快，人必然不舒服。

她拿了纸笔说道："去开会吧。"

"你心态真好。"郭甜甜说道。

"没有好的心态，怎么做销售?"季桐笑笑，与郭甜甜一起去了会议室。

王芸紧随其后到了会议室，见冯颖没有到，便默不作声地等了会儿。过了十分钟后，冯颖才姗姗来迟。

王芸这才介绍起千羽的销售架构来："我们千羽的销售和市场是同一大部门的，潘主管负责我们的销售，薛绍文主管负责我们的市场。销售组有分国内和国际，国际基本就是做些代工销售，国内的话有直销和代理，我负责的是超市，也是今年刚开的销售线。冯颖呢，和我一起负责沃客、海润等 NKA（National Key Account，全国重点客户）的销售，你们俩就负责 LKA（Local Key Account，本地重点客户）吧。"

"那目前千羽有几个 NKA，几个 LKA 在做?"季桐问道。一旁的郭甜甜听得云里雾里，脑子里一直在搜索什么是 NKA，什么是 LKA。

"我已经开发了五个 NKA，至于 LKA，暂时还没有，所以你们的任务就是开发。"王芸说道。

季桐问这问题时就已经知道王芸会把一个摊子扔给自己。不过，能在一年不到的时间内谈下五个 NKA，说明这王芸还是有她的长处，这是自己不能小觑的地方。

“开发新客户，没有老销售和我们一起吗？”郭甜甜问道。

“我听说季桐已经做了几年的销售了，她不就是老销售嘛。再说，你们又不是应届生，还想公司给你培训后再上岗吗？噢，当然，必要的产品培训还是会有的。”王芸瞟了眼季桐，眼里难免生出鄙夷之色，好似在嘲讽她这种工作了几年的人还要来和年轻人抢饭碗。

季桐并不理会，从零到有才能体现自己的价值。王芸把这样的机会给自己，显然还不懂这道理。郭甜甜是年轻人，自然是希望学习的，她能指望的只有季桐，可季桐并不是化妆品行业出身。她可爱的包子脸上写明了“失落”二字。

“这里是一份产品培训计划，以及公司的差旅标准。”王芸从带着的文件夹里取出几份资料分发给三人，“你们两个负责的是LKA，所以也不会出什么远差，原则上，公司是不报销打车费的，至于招待费也是有标准的。还有，我得提醒你们一件事，LKA对应的市场部同事是查丽，你们针对LKA做的市场销售策划，和她商量后再找我审批吧。不过，我得提个醒，公司给的预算不多，我开发NKA时候已经用了不少，所以，不该提的策划案就不要提了。”

“不能带来销售的策划案，我们当然不会提。”季桐说道。

“知道就好，在你们之前公司招过两个销售做LKA，都没过试用期。你们有时间的话，看看他们手头跟的Case（案子、项目）。”王芸抬手看了下手表说道，“好了，我要交代的事情已经交代得差不多了。试用期能不能做出成绩，意味着你们能不能留在公司。其他的我就不多说了。公司电脑里有个公共盘，你们也可以查询到相关的一些资料。”

整个会议，冯颖并没有提问，虽说不上三心二意，但却一直看着手机。季桐看得出，这位不知什么背景的冯颖显然没有危机感。

没有危机感，并不是一件好事，因为没有危机感，就不会有拼搏的劲头。

郭甜甜回到办公室后，便问季桐道："季桐，我们现在一穷二白的，能干成事吗?"

"当然能。你忘了，我们在的可是资料室。"季桐指了指周围的柜子，再拿起手里的培训计划，"好好学习产品是第一步。"

郭甜甜的脸上瞬间又变得很开心。季桐很喜欢郭甜甜的笑容，阳光而富有朝气。在接下来的一周中，季桐与郭甜甜白天就在公司参加产品培训，晚上就在办公室里看老文件。说是老文件，季桐发现其实很多去年的文件也被放在了里面。结合着白天学习的产品，季桐在文档中寻找自己需要的线索。

一周之后，季桐开车与郭甜甜一起去看千羽在沃客的销售情况。郭甜甜很是好奇，问道："沃客不是王芸和冯颖负责的吗？我们不是该去罗琪之类的本地超市吗?"

"是啊。"季桐应道。在化妆品界，她自然就要去看看化妆品界的第一大 NKA。

"那我们为什么要去沃客啊?"郭甜甜撇撇嘴。

"那你去看罗琪，我看沃客，看完后，我就到罗琪来找你。"

"不，我还是和你在一起。"

"我们公司在沃客的商品一共有八种，另外，还有两种是代工产品。"季桐走进沃客，凭着自己对公司产品的认知看起货架来。根据她从公司公共盘上看到的销售第三季度销售业绩展示，千羽在沃客卖得最好的产品是面膜。

在沃客发布的 TOP10 化妆品品类中，面膜也是销售火爆产品之一。也就是说，在进超市买化妆品的顾客中，买面膜的客户占了相当大的比例。

"甜甜，你平时用面膜吗?"季桐问道。

“当然用啊。至少两三天得用一片，各种样式的面膜，我都尝试过。”郭甜甜看了看货架，立刻就从上面拿了一张 Line 卡通造型的面膜，“呀，Sally 的面膜到了。”

“小黄鸭?”季桐问道。

“不是啊，它是一只小鸡，大家都以为它是一只鸭子。可官方说了‘Sally is a chick who usually helps her friends. She often stays in the windmill tree hollow in the park. She likes karaoke’（莎莉鸡是一只小鸡，她经常帮助她的朋友们。她总待在公园里的风车树洞中。她喜欢卡拉 OK）。”

鸡还是鸭对郭甜甜来说是角色上必须认知的事儿，但对于季桐来讲，这并不是重点，重点在于购买面膜的是什么样的群体。季桐拿了一片放在手上。

原来这面膜是贝莱中国的。正当季桐想着手里的面膜与悦然的新生系列同出一个公司，王芸却不知什么时候出现了：“我以为你们俩去开发客户了。没想到你们在逛街。”

“我们没有逛街。”郭甜甜立刻反驳道。

“这里是沃客，你们不是该去开发本地客户吗?”冯颖从王芸身后站了出来，与上周穿着不同，今天的她穿了一身套装，而王芸也是正装在身，看样子，她们是要见客户。

“王小姐。”冯颖刚说完话，只见一个穿着米色 V 字领裙的女孩甜甜地喊了王芸。季桐看着这女孩很面熟，正想着是在哪儿见过。

“嗨，Lina，你怎么在这儿?”王芸一改刚才的态度，拉着身旁的冯颖介绍道，“这是我们化妆品行业顶级推广公司柯林老板的助理 Lina。”

“你好，Lina，我是千羽的冯颖。”冯颖正向 Lina 打招呼，Lina 却也在打量季桐。

王芸见状，便提了下嗓音："是不是聂总也在这儿？"

"对啊，聂总与贝莱中国的销售总监 Frank 在这儿巡店，刚好有些事情要谈，就让我过来看看上个月推的面膜怎么样了。" Lina 说道。

季桐在一旁听着，看样子，聂辰泽与这家化妆品行业的巨擘之间关系深厚，不仅与 CEO 卓澜韬之间是旧识，与销售总监 Frank 也往来密切。

看着王芸对 Lina 巴结的态度，就能看出聂辰泽在这行业里的地位。

"那还用说，你看看这货架上，百分之五十都是你们做的推广。这排在销售头三位的面膜有两家都是你们柯林做的推广。" 王芸说着，低声道，"我上次和你说了，我也有项目想找你们做推广，不知道什么时候有时间可以谈谈？"

"你知道我们老板不是所有 Case 都接的，而且，我只是助理，说不上话的。"

Lina 刚说完，王芸十分熟络地挽起她胳膊说道："Lina，你这是说笑了，来，我们到边上说。"

王芸正要把 Lina 往边上拉，没想到聂辰泽却在这时进了沃客，她不由愣怔了下。

"聂总。" Lina 从王芸手中抽出手臂来，走到聂辰泽身旁。聂辰泽看着面膜货架旁的几个女人，一眼就认出了季桐。这就如季桐一眼认出了他一样。

"她们是……" 聂辰泽并未表露出自己认识季桐，只是问一旁的 Lina。

"噢，聂总你好，我是千羽化妆品公司的销售王芸。" 王芸赶紧趁着这千载难逢的好机会与聂辰泽套近乎。

"王小姐。" 聂辰泽应道。

“聂总，我们千羽和贵公司有些合作，项目非常成功，不知道我手头的项目有没有机会和贵公司合作?”王芸问道。

“今天，我只是巡店经过这儿，王小姐有项目的话，不妨把资料交给我的同事，我们会在分析后做出决定。”聂辰泽回应道。

“没问题，我相信我的项目一定能让我们双赢。”王芸满脸堆笑，目光谄媚，与平日里的高姿态判若两人。

“请问柯林是不是根据项目本身推广的难易来选择合作与否的?”季桐突然发问道。

“当然不是。”Lina 脱口而出，立刻意识到唐突，赶忙噤声。

“不好意思，Lina 想说的是，我们公司会根据产品本身特点、亮点、市场性、是否与主要客户存在正面市场竞争等来衡量是否可以进行合作。”聂辰泽回道。

“那如果项目小，是不是柯林就看不上了?”季桐紧追不舍地问道。

“喂，季桐，你疯了。”王芸低声说道。

冯颖与郭甜甜都没有想到季桐会这么直白地问聂辰泽。

聂辰泽应道：“我只能说，我们会让客户付出的钱得到最大化的回报。”

“如果我有新的合作模式，不知道聂总会不会愿意尝试呢?”

“新的模式?”

“新的模式。”季桐耸耸肩，微笑着说道，“过些日子，我想和聂总聊聊。这该不是你的同事就能决定的了吧?”

“没问题。”

“现在不妨碍你们了。”季桐说完，目指了下货架上的面膜，朝聂辰泽说道，“我很喜欢这创意。”

接着她便与郭甜甜一起离开了沃客。

第七章
破　冰

郭甜甜坐在车上，长吁了一口气，满脸崇拜地惊呼道："原来沃客那个 Line 面膜也是柯林推广的。哇呜，真是好厉害，噢，对，最近还有贝莱中国旗下悦然品牌的新生系列，都成网红产品了，卖到断货。"

"甜甜，你提醒我了。"季桐说道。

"什么提醒你了？"

"卖到断货。"季桐眯眼笑笑，虽然现在大家对饥饿营销已经不怎么感冒了，但如果一个商品好到卖断货也是个噱头。营销本就是一个学问，不是看两本书、听几堂课就能懂。要真这么简单，老师们早就成了亿万富翁了。

季桐带着郭甜甜花了一天时间看了几家罗琪超市，结合之前没过试用期的那几位销售留下来的考察资料，心中大抵有了想法。每家罗琪超市的规模大约与全家差不多，虽然是本地超市，但是比较标准化。化妆品与日化品都放在一起，都不属于店内畅销品，一般这样的二十四小时小超市，最受欢迎的还是食品。不过，这并非就意味着没有希望。因为罗琪超市分布较广，小区、学校、医院都有其身影，能设计出一套适合各类门店的不同的营销方案，对千羽的销售来说是至关重要的。

“甜甜，这两天，我们得把计划书做出来，你想办法联络罗琪超市的负责人。”季桐与郭甜甜分别时说道。

“你真的有信心啊?”郭甜甜脸上的酒靥深深的，很是可爱。

“我喜欢往好的方面想。对了，甜甜，最近销售大办公室有人不舒服吗?我好像看到有几个同事都不在。”季桐问道。

“啊，你说到这个，我想起来了。”郭甜甜睁大眼睛神秘兮兮地说，“我那天上去拿工资卡的时候听到人事和行政在那儿说销售好些人都出差了，还说其他部门有些人都请假了，两人还说是不是装修的问题。人事部的同事也说自己自从待在新办公室就老是有种头晕的感觉。对了，你在建筑行业做过销售，是不是早就知道装修有问题，所以才说在小房间好?”

郭甜甜好似明白了这件事情，佩服感激地看着季桐，季桐摆摆手，笑道：“我可没有替我们选办公室。”

“那倒是。我猜王芸和冯颖今天去沃客说不定也是避装修污染的。”郭甜甜说道。

“装修肯定就会有污染，你不是最近和大办公室里一个和你差不多年纪的女孩聊得不错吗?大可以把装修污染的文章给她看看，让同事们多通通风。”季桐已经心有盘算，计划书出来，办公室装修问题也能拿出来做文章了。

如季桐所料，郭甜甜与那女孩聊了装修污染之后，办公室里的人更少了。尽管可以开窗通风减少污染，但化妆品行业的销售们向来穿得少。他们宁可称自己出门见客户，也不情愿待在污染环境中。

季桐花了两天的工夫把计划书做好。郭甜甜出力不多，季桐却并不在意。刚入千羽，她并不是来树敌的，她要的是成绩。当两个人的方向是一致的时候，一加一就算不是二，那至少也比一强。尤其郭甜甜毕业不过一年多，心态与学生很接近，对于青春系产品有很好的认知。

“甜甜，我们出发。”

就在季桐喊上郭甜甜打算出发的时候，王芸喊住了她们："你们去哪儿？"

"我们去罗琪那儿谈事。"郭甜甜抢先回答道。

"谈什么事？为什么都没和我说过。"王芸沉下脸，端出一副领导的模样来。

这时，冯颖走了过来，低声对王芸说道："柯林拒绝了我们。"

"季桐，要不是你那天对聂辰泽说那番话，也不会影响到我的推广。"王芸突然来气地指责季桐。

季桐回应道："我们是客户，为什么要迁就他们？"

"到底是低层次行业来的，根本不懂我们化妆品行业的事。"王芸白了一眼，总算是把自己憋了多天的话给说了出来。

"我只是觉得甲乙方应该清楚自己需求，柯林拒绝接你的 Case，也许是眼光不行。噢，我和甜甜拜访罗琪是去看看有没有合作的机会，等有了眉目一定会汇报的。"季桐给了王芸一个台阶，但实则是不想她再浪费时间阻拦自己。王芸果然没有再为难，由着她和郭甜甜离开了办公室。

"谈谈，哼。"王芸冷眼看着季桐离去的背影，料定她们不会有所成，就没有阻拦。只是她刚哼完就连着咳嗽了两声，冯颖在旁说道："这里肯定有甲醛或者苯，办公室里的人越来越少，都借着拜访客户的名义躲着呢。"

"真是的，建材这种低档次的行业，能做得好吗？"王芸自言自语。

季桐与郭甜甜一起到了罗琪公司，因为早于会面时间，负责人张总还在另一个会议中，两人便在接待区等候。罗琪的陈列架上摆满了各种本地名牌，区级、市级的奖项铜牌、奖杯。

"我先去下洗手间。"季桐让郭甜甜继续等待，自己则到了办公室区，顺带看了下会议室。其中一间正好有人在开会，透过半磨砂玻璃，能够隐约看到里面的人。

聂辰泽？

没想到在这地方会见到他。

玻璃会议室的最大缺点就是做不好粘接会影响隔音效果。她清楚地听到聂辰泽提到了广告位的事，接着传出一个男人哈哈大笑的声音，说是未来一年的罗琪在化妆品上的广告位置肯定是柯林的。想来那男人就是张总。季桐还想听得清楚些，一位罗琪的员工问她找谁，她只能称找洗手间，离开了那儿。

十多分钟后，张总与聂辰泽、Lina 等人从会议室中走了出来，谈话的声音也愈加地逼近接待区。

季桐与郭甜甜站起身。

“下周六记得打球。”张总拍了拍聂辰泽的肩膀。

季桐便迎了上去：“张总，我是千羽的销售季桐。”

张总见季桐上前说话，想起与千羽的销售还有个会议，放在聂辰泽肩膀上的手便收了回来。没想到季桐却在这一刻，朝张总身旁的聂辰泽说道：“你也在这里啊？”

“是啊。”聂辰泽想看看这季桐究竟在玩什么把戏，就耐心地回道。

“前两天见到你，怎么没听你提啊？”

“没想到这么巧。”

“我是特意来找张总的。早知道你和张总这么熟，就不用大兜圈子了。”

“啊，辰泽，你和这位季小姐很熟嘛。”张总见季桐与聂辰泽谈话好似很熟悉，就问起了聂辰泽。

聂辰泽自然明白自己是被季桐利用来套关系的，也不便多说，只是笑笑。笑的含义有很多种，只能由张总自行体会。季桐向张总说道：“算不上很熟，我认识他的时候，还不是这个行业的人。”

“噢？那你是什么行业？”张总饶有兴趣。

“化工建材。”季桐回道。

“化工建材？哟，那我还真得向你讨教讨教，最近这办公楼呀，顶楼老是漏，不知道有什么好办法？”张总皱起眉头，眼睛骨碌碌地转了下，那圆盘似的脸显得有些滑稽。

“好啊，我们进会议室谈？”季桐朝身后看得茫然的郭甜甜使了个眼色，张总则与聂辰泽道别。

季桐不忘朝聂辰泽说了句：“改天我去找你。”

说着，她便与张总等人一起朝会议室走去。

“聂总，怎么有她这么厚脸皮的人？明明不认识，还装得很熟的一样。”Lina 见聂辰泽脸上并未有不悦之色，不禁在旁咕哝。

“脸皮不厚，怎么做销售？”聂辰泽忍俊不禁。

Lina 撇撇嘴说道：“该不会真来找我们吧？”

“做化妆品的，找我们不是正常吗？”聂辰泽说完后便上了车。

这一头，季桐和郭甜甜跟张总谈着合作的事：“张总，我知道贵公司在布局上是很考究的，所以针对贵公司的布局，我做了方案。不同的功能区域超市有不同的需求。比如学校，就侧重青春型产品，医院就侧重简单便利的产品，至于住宅区，相对比较复杂，那配货也会有所区别。”

“一看季小姐，就知道是个老销售了。说的事简单明了，写的这方案啊，我一看就懂。不像有些公司，扯了一堆的洋文，什么 SKU（Stock Keeping Unit，库存单位），产品就产品嘛，非搞个洋名儿。”张总认真地翻阅计划书。

其实，为了做这份计划书，季桐并未少做工作，当她从郭甜甜口中得知负责人是张总的时候，就查找了相关资料。这位张总正是罗琪创始人的哥哥，整个罗琪超市的规划也是他们兄弟两人一起做的。针对罗琪布局进行产品资源的优化配送，自然是最吸引张总的地方。

“我和张总您一样，虽然外文毫无问题，但和中国人做生意，还是喜欢说中文。”季桐附和道。

“这份计划书不错，先留我这儿，让相关部门的同事瞧瞧。”

“嗯，张总有任何问题都可以随时找我。其实，千羽卖得好，也就是罗琪卖得好。如果有幸能和罗琪合作，那我们一定会提供专业的服务。噢，对了，张总，您刚才说的楼顶漏水，我上去给您瞧瞧。”

郭甜甜因为害怕上楼顶，就留在了会议室。

初冬的天已是冷风阵阵，季桐随张总上屋顶后，蹲在地上仔细查看了漏水的地方，又瞧了下周围，朝张总说道：“张总，您瞧这儿，女儿墙边的沟有一定的倾斜度，所以一下雨啊，水就顺着这斜度都积聚在那头了。这屋面做的时间久了，上面的沥青已经开裂。已经用沥青毡子修补过吧？”

“对啊，可还是没有用，之前还有人说用水不漏，但用了没啥效果。”

“水不漏可不用这儿。张总，您这事儿包我身上，我给您想办法解决。”季桐又蹲下去各处仔仔细细检查了一遍。

这倒让张总很不好意思，从没见过一个女销售这么认真的，连忙说道：“小心。”

“没事儿。”检查完后，季桐站起身拍拍土说道，“我有数。”

“那施工费，我们出。”

“嗐，张总，这花不了几个钱。关键是要解决问题。”季桐说道。

“那哪成，这，这不欠人情嘛。”张总圆圆的脸上堆满了不好意思的笑容。

“张总，实话说，我刚做化妆品行业不久，得多认识人。今天也是缘分，不管以后合不合作，您也是我拜访的第一个客户。”

“季小姐真是直爽人。”

两人去了一趟屋顶后，竟是有说有笑的，张总还把建楼时的事儿说给季桐听，时不时赞许季桐能干，郭甜甜听得一愣一愣的，不过一刻多钟的工夫，季桐竟然与这位客户的关系又进了一层。直到离开罗琪，郭甜甜才有机会问季桐：“你是用了什么法子啊，上趟屋顶关系就熟起来了。”

“我能有什么法子？我就是给他看了看漏水的事儿。别看张总现在态度好，但还是得具体落实了事儿才成。”季桐说完便启动了车子，谁知车才拐出罗琪楼不过百米的地方，只见 Lina 站在路旁。

“这不是聂辰泽的助理吗？”郭甜甜说道。

“她是专程等我们的。”季桐停在了 Lina 身边，落下车窗。Lina 将一张名片递给了副驾驶的郭甜甜，态度冷冰冰地说道：“这是聂总让我给你的。”

“谢了。”季桐把名片放到了储物格，顺手关上窗。

Lina 被季桐气得直跺脚，既然这态度，刚才就不要利用聂总啊！之前在沃客就见她不顺眼。Lina 越想越气，打电话给了聂辰泽：“聂总，那个季桐收了名片就随处扔，一点儿都不尊重我们。”

“没关系。”聂辰泽在电话那头笑了笑。

“什么意思？”Lina 听不懂这话。

聂辰泽并未解释，他自然清楚季桐的这招欲擒故纵已是玩得炉火纯青。不过，他更感兴趣的是季桐在罗琪这客户上能有多大的能耐。

季桐一回到办公室就安排了之前在泓高时最相熟的施工商老王帮忙解决罗琪超市屋面漏水的事，老王答应第二天一早就去罗琪施工。老王做事，季桐是十分放心的，她把自己的安排发给了张总。张总问季桐要了微信号，说是施工好了返个图给她。季桐想着张总与聂辰泽关系好，自己当着张总的面，又表现得与聂辰泽很熟络，那她应该有聂辰泽的微信号才对，万一哪天需要派上用场，自己没有就显得尴尬了。季桐搜索了聂辰泽的手机号后发了添加请求。

季桐一心在想怎么去啃罗琪这块骨头。就算现在张总同意合作，她还得搞定千羽内部的人。先前在泓高的时候，周围的人无不是看着她头衔做事的，说到底，除了唯唯诺诺的施小文之外，她没有一个自己人。这一点，她必须得改。目前为止，她能用的就是同自己平级的郭甜甜。当然，在郭甜甜眼中，自己似乎已不知不觉成了她的老师。

"季桐，你在想什么呢?"郭甜甜见季桐发呆，不由摆摆手问她。

季桐刚想说没什么，门外传来王芸与冯颖边说边走的声音，她忽而心生一计，朝郭甜甜说道："没什么，我有事去趟潘主管那儿。"

"噢，好的。"郭甜甜也不多问，季桐暗自在手机上设了个提醒，反过来放在桌上，人则朝办公室外走了出去。

果然冯颖正站在王芸办公桌前说着话，季桐故意放慢了脚步，身后郭甜甜听到了手机铃声，赶紧拿着手机追到办公室外："你的手机落办公室里了。"

"啊，我这个没脑子的。一会儿要是张总打电话说OK，我没接到的话就惨了。"季桐这话并不是说给郭甜甜听的，她是想让王芸与冯颖听到。如她所料，当她眼角的余光掠过两人时，见她们压低了声朝自己瞥了一眼。

季桐接过手机往潘伟办公室走去。潘伟的办公室正空着，当然，他的办公室大多时候都是空着的。从郭甜甜打听到的消息中可见，潘伟是从一个普通销售升职做到了主管位置不久，所以曾经的同事多少都心有不甘。

“潘主管。”季桐敲了敲门。

潘伟推了下眼镜，有些惊讶，问道：“你找我？”

“是的，你在忙吗？”季桐见潘伟看上去有些疲倦，就知晓他这段时间压力很大。

潘伟微叹了口气，说道：“没事，你说吧。”

季桐特意关上门，坐到潘伟面前说道：“潘主管，最近同事不是拜访客户，就是请假了，好像都是因为装修的问题。”

“是啊，本来还不觉得，这周好像眼睛特别涩，啧，不知道是不是这问题。”潘伟抬了抬眉，季桐发现他眼睛里果然是有些血丝，应是因为干涩揉出来的。

“这是 TVOC（Total Volatile Organic Compound，总挥发性有机物）超标的缘故。”季桐说道。

“噢？你这么一说，我倒是想起来了。做化妆品行业久了，反而把这些基础的东西给忘了。”潘伟面露尴尬。

就在这时，王芸敲门进来了。

“潘主管。”王芸象征性地朝潘伟打了个招呼，便同季桐说道，“你应该向我汇报项目，为什么直接到潘主管这儿了呢？”

“汇报项目？”季桐知道王芸此刻是来兴师问罪的，很显然，她根本没有把潘伟放在眼里。这让潘伟也感到很不自在，仿佛所有的权力都被人牢牢地控制在手里。

“你和罗琪的项目应该是向我汇报的，然后由我再向潘主管汇报。”王芸特意放慢了语速。

“罗琪的项目？”潘伟也不甘于做个被架空的老板，听说季桐在谈罗琪的项目，就问了起来。

“噢，是的，项目还在进程中，我想等有着落了，找王芸汇报呢。”季桐说道。

“你不是来说这件事的？”王芸本认定了季桐是越级汇报抢功

劳，没想到竟然扑了空，反而把这项目兜了出来。

“季桐在和我说这办公室装修污染的事。”潘伟正色道，毕竟他是个主管。

“是啊，我在和潘主管说，TVOC超标的事儿，看看能不能想办法替同事们解决下问题。”季桐心中暗笑，她当然知道王芸疑心自己越级汇报，王芸这算盘是打得好，如果罗琪项目做不成，她自然就可以百般数落自己，但如果做成了，她也能把这功劳往自己身上揽。

她出这招就是要让王芸把项目的事儿给扯出来，这样，她既没有越级，也能让潘伟知道自己在做这项目。

“这种事情，有什么好说的。”王芸见自己闹了个乌龙，又无意间透露了项目的事儿，有些不乐意，撇撇嘴朝潘伟说道，“那没什么事，我先出去了。”

“等等。”见王芸要走，潘伟喊住了她，“以后罗琪这个项目，所有的进程，季桐邮件发送的时候都要抄送给我。”

“知道了。”王芸只能应承。

季桐看得出，潘伟总算是在新下属面前挣了口当领导的气。

“潘主管，我会尽力做好罗琪超市这个项目的。”季桐说道。

潘伟轻“嗯”了一声，接着问道：“说到TVOC的事，该怎么处理呢?”

“最好做个检测，看看是不是TVOC，还是存在甲醛和苯系物的污染，然后再做应对。因为涂刷已经完成，不可能再有有效的办法去除污染，所以只能净化。这么大的空间，普通的净化器是没有什么效果的。如果做强排通风，物业不会同意。我建议做新风系统，将内外空气进行过滤交换。”季桐侃侃而谈，对于这方面，她是再熟悉不过了。

“嗯，我也听过新风系统，就是不知道这成本多不多。唉，装修是行政办的，如果直指他们办事不力，怕是被人说手伸得太长。”潘伟长叹了一声。

“在这大环境中，健康才是第一重要的。新风系统的造价并不贵，但我们提的也要有理有据。我会想办法的，毕竟这是为大家考虑的事情。”季桐说道。

“看样子，你倒是因祸得福，在资料室里呼吸新鲜空气。”

“这是大环境，谁也不能独善其身的。”季桐笑道，揣度潘伟的心思。

“OK，你想到后告诉我。另外，项目上有什么需要我帮助的，也尽管提，虽然王芸带你们做超市那块的开拓，但公司还没有给她头衔，对她来说，做事也会有她的难处。”这话明面上是偏帮王芸说她有困难，实则暗示季桐要是真有大项目可以直接告诉他。

“我明白。”季桐心知肚明。

季桐回到办公室的时候，郭甜甜担心地说：“刚才王芸过来问我你进潘主管办公室干吗，我说不知道。她好像很不高兴。”

“没事，和潘主管建议装个新风系统解决污染问题。”季桐明白，利用好潘伟的所需所求是至关重要的一步。

她话音刚落，微信上跳出了聂辰泽通过添加好友的信息。不过，对话框里没有任何字句。季桐并不在意，反正加聂辰泽不过是一个号罢了。

第二天，刚过午饭点，季桐就收到了张总发来的图片，看样子颇是满意。季桐要给老王打款，老王忙不迭地拒绝。季桐只能在电话里连声谢他。

这时，有个熟悉的身影从面前走过，她跟了上去，只见那人背微驼，穿着灰色工装，戴着一副手套，正要往楼下走。

“老丁?”

第八章
反　杀

那人立刻转过头，惊愕道："季经理。"

季桐打了个噤声的手势，朝老丁说道："老丁，我在这儿就是个普通销售。"

"你怎么到这儿了？"

"说来话长，有机会的话，一定和你细细道来。这里的装修是你承接的？"

"朋友介绍的活，你知道，我都很久没做工装了。"

"这工装的钱也不少吧？"

"本来还成，但是……"老丁伸出手打了个手势，季桐双手叉了下腰说道，"怪不得了，瞧你选的都是什么材料。"

"嗐，那我有什么办法呢，羊毛出在羊身上，总不能做亏本买卖吧。"老丁苦笑着，脸上的褶子更加明显了。

"是行政的人吧？"季桐见楼梯上下没有人就问起了老丁。

老丁是聪明人，本不会多说，但季桐又曾是圈里人，没什么能瞒过她的，自然就跟着点了下头。

"你放心，我只会让你的生意做得更多，不会坑你的。"

"我当然信你了。"

季桐笑了笑回道：“我会说服那个薅你羊毛的人，让她想办法给你增加新风预算。到时候，你把事儿给办妥了。”

“季经理，就数你脑子灵活。”

“说了以后不要叫我季经理，叫我小季。”

季桐回办公室的时候，郭甜甜扑面就来了个大拇指夸赞季桐什么都懂，连声说自己刚查了新风系统的优势。

郭甜甜的性格最适合感染别人情绪，季桐又鼓励郭甜甜和同事们宣扬新风系统，郭甜甜想都没想便答应了。

过了两天，季桐见外面的同事已经开始纷纷谈论新风系统，就知道这时机差不多了。她趁自己到行政部门上缴停车证资料的时候，打算找负责装修的行政主管万欣。

万欣正与刘子姗在一起谈事，刘子姗正为员工反映装修污染的事而发愁，盯着万欣想办法解决。万欣打着太极，说一定会处理好。季桐等刘子姗出来后，才拿着年度免费停车证申请单进去签字。

“万主管，麻烦签个字。”季桐打量着万欣，这是一位三十多岁的女人，V字脸，皮肤白皙，薄唇上用了橙红色唇膏，显得气色颇佳。

“好了。”万欣并未仔细看季桐，只是拿起笔很快地签了名。季桐转过身，关了门。万欣吃了一惊，坐直了身子，盯着面前举动奇怪的女人。季桐只是微微一笑，说道：“万主管，你不是在为装修的事烦恼吗？”

“你……”万欣不认识季桐，刚才不过是机械地签字，眼下被她这么一说，不禁盯着她胸牌看：销售部，季桐。

“你放心，我是来帮你解决问题的。”

“解决问题？”万欣狐疑地看着季桐，心里打鼓这女人究竟是什么来头。

“你和装修公司之间的那点事，我想，不用我讲明，你应该懂我的意思。”季桐说得隐晦。万欣能做到主管的位置，必然不是一个傻子。

万欣果然是心领神会，只是她万万没想到这么隐秘的事情竟然会被季桐所知。刚才还是元气满满的脸孔一下子黯然起来：“你想说什么？”

“我是个新来的，看到同事们身体不太舒服，而你又成了矛头所指的人，总觉得想做些什么化解眼下的问题。”季桐不紧不慢地说了起来，“其实，要打消大家的疑虑，最好的方式是做个第三方检测，当然，如果不合格的话，我想万主管就比较难堪了，所以我觉得还是先做措施，再做测试。”

“什么措施？”万欣听着季桐讲的话，觉得不无道理，便让她继续说下去。

“装个新风系统，我想你的装修公司在这方面肯定很专业。”季桐说道。

万欣听过新风系统，而季桐提到用“你的装修公司”，自然是指给她后路走。可季桐为什么要来管这件事呢？难道真的是为同事，为自己吗？

万欣当然是不信的：“预算可没有这笔费用。”

“我相信万主管有能力说服高层。”

“你为什么要替我出这主意？”

“我是新来的，就想和同事们搞好关系。你放心，我没有别的意思。”

“行了，我会考虑的。”

万欣生怕自己的事被更多的人知晓，既想拉拢季桐，但又想在这普通新员工面前端个架子，便只是说了这么一句话。

季桐也不逗留，手里揣着签字的文件便离开了万欣办公室。

下午，季桐看了时间，距离罗琪公司屋顶施工已经过了四十八小时。她便拿起电话打给了张总，张总接得很快，电话里的声音很是高兴：“哎呀，小季，我本来想打电话给你，辰泽啊，在我这儿呢。”

“噢，是吗？他又去您那儿啦。”

“是啊，我刚和他说呢，午饭的时候，我让人上屋顶测试了，现在好好的。哎，我要是早认识你多好啊。我之前有栋别墅把地下水给打爆了，哎哟，最后还得抽水重新弄。对了，今晚辰泽请吃饭，你要是没约人，就一起来吃吧。”

张总虽然只字未提合约的事情，但俨然已经将她当作了熟络的人，连称呼都改成了“小季”。季桐感慨自己的运气也是极好的，之前郭甜甜还说约张总的时候，没少被那秘书为难，觉着张总肯定也是个不好相处的人。没想到自己能有机会和张总结交上。她立刻回了张总道：“没约会，您给我个地址，我保证准时到。”

季桐结束和张总电话后直奔潘伟的办公室，告诉潘伟，装修污染的事应该很快就会解决。潘伟虽好奇，但只问了季桐罗琦超市的进展。

季桐离开潘伟办公室穿过销售大办公室的时候，只听王芸在那儿拍着桌子说道：“简直是垄断！”

“芸姐，你少生气啊。”

冯颖在旁也是愤愤不平：“怎么能不生气？这不就是垄断行为吗？沃客的广告位置都被柯林订了，据说全预留给了贝莱中国。”

“这也是正常啊，贝莱中国本来市场占有率就高，如今又是柯林最重要的客户，好的推广位置不得留给他们吗？”

“关键今年菲莫斯怎么这么不给力啊？我想找他们推广也不行，他们在 NKA 上一点优势都没有。”王芸愤愤地说着，眼神刚好瞥过季桐，想起先前在潘伟办公室的事，更觉得来气，便朝季桐说道，“你这又是去哪儿啊？”

“噢，刚和潘主管说新风系统的事儿。”季桐回道。周围其他同事竖着耳朵听到新风系统，立刻就想起之前办公室传阅的那些公众号文章，离王芸座位最近的销售凑过来问了句：“我们会装新风吗？”

“潘主管肯定会为大家考虑的。”季桐就是等着别人来问，待她说完，办公室里立刻传出各种压低嗓门的讨论声。

“要是装新风倒是很好啊。”

“对啊，难得他也为我们考虑。”

“你傻啊，他自己待的办公室也有污染哪。”

王芸见大家转了话题，心想别让季桐得了便宜，便交代她赶紧回办公室做事。季桐心想大家都知道是她与潘伟在促成此事，等新风系统做出来后，对她也会另眼相待。

不过，今天最重要的事便是见张总，毕竟作为一个销售，业绩决定了地位。傍晚时分，季桐如约到达了饭店。

她特意补了下妆，穿着一身刚入手的浅灰色套裙进了酒店包厢，这是一间江南特色的酒店，包厢名字用了园林的名字，张总安排的晚宴在怡园。

季桐推门进去，里面却只有一个人：聂辰泽。

他穿着深蓝色斜纹衬衣，配套的袖扣十分别致，见到季桐进来，便微微一笑。

“张总还没到吗？”季桐放下包问道。

“他不来了。”

“不来了？”季桐转过身看着已经放在桌上的四小碟冷菜，明明张总喊自己来的饭局，没想到就剩了聂辰泽一个人。

“日本的工藤商社向罗琪发出了收购邀约，张总自然就没有空来吃饭了。”聂辰泽答道。

“工藤商社?”季桐边坐，边重复了一遍这日本公司的名字，忽而记起工藤商社在华有两家不同名称的二十四小时连锁超市，在上海也颇有名声，罗琪对他们来说应是本地竞争对手。看样子，工藤商社是来者不善。季桐长叹了一声:“这年头，市场上搞不过别人就买下来。”

“资本博弈很正常。”聂辰泽见季桐自顾自地坐了下来，便提了句，“你还吃得下?罗琪要是卖给工藤商社，你的项目不就泡汤了吗?”

“我的项目泡汤，你的项目不是同样泡汤吗?”季桐笑了笑，指着四碟冷菜，说道，“你别告诉我，你请客就只有冷菜。”

“罗琪是你的第一个客户，拿我打幌子，花这么多心思跑楼顶上给张总查勘漏水，不就是为了拿项目吗?”聂辰泽刚说完，服务生端上了一盆白鱼与一盆手剥虾仁，一小碟醋放在一旁，香味瞬间弥漫了整间包厢。

“拿你打幌子也得你配合，在张总面前，你并没有揭穿我，又让 Lina 给了我名片。况且之前我就说了，我绝对不会浪费你这个资源的。”季桐用小勺盛了点虾仁，倒了少许醋放进嘴里。

聂辰泽保持缄默。

季桐则未停下手中的筷子:“很好吃，为什么不尝尝?”

“放着贝莱中国的销售经理不做，到千羽做一个普通销售。”聂辰泽饮了一口桌上的菊花茶，朝季桐说道。

季桐盛了勺虾仁，抬头看着聂辰泽继续道:“我在千羽，才能有更多的时间熟悉这个行业。再说，据我所知，贝莱中国还在委托猎头寻找销售经理候选人。

“为了做一个普通销售，你在简历上作假，但 Reference Check (职场背景调查) 作假并不是容易的事，能过千羽人事的调查，也挺有本事。”

“都离开那行业了，我这个无害之人要办到这点并不难吧？”

“装修污染、新风系统、工程贿赂，你在新东家算准了每一步，只要罗琪的项目成了，你也就能立足了。”

“没想到你在千羽的眼线还挺多的。”季桐捏着筷子的手不觉微颤了一下，没想到聂辰泽对她在千羽的每一步都了如指掌，这让她隐隐感到不安。聂辰泽的眼线究竟是谁？刘子姗、潘伟，还是另有他人？是一个人，还是两个，或是更多？

“千羽也是我的客户。”

季桐放下筷子，眯眼一笑：“聂总，请问你是看上我了吗？”

“是。”聂辰泽的回答简单干脆。

“没想到被人传作不苟言笑的聂辰泽竟然这么会开玩笑。”季桐脸上的笑容变得有些僵硬。

“什么时候愿意去贝莱？”

“等我做出业绩后再去。我做事，不喜欢半途而废。”

“你知道机会不等人。像千羽这样的企业，丢失了罗琪超市，恐怕你很难在短期内有什么成绩。”

“如果有人能胜任贝莱那位置，我没有怨言。”季桐说完后，忽而冲聂辰泽露了个迷之微笑，低声道，“上海这边的专业猎头找候选人已经找了一年，先后有三个候选人做了三个月不到就离开了。这该不是一个吃人的岗位吧？”

季桐自然也有自己的猎头人脉，自从知道聂辰泽在替贝莱中国招销售经理，她便已经打听过。猎头告诉她，多家猎头公司在为贝莱中国寻找销售经理的职位，然而，每个看似很合适的候选人都待不满三个月就离开了。在猎头圈里，贝莱中国这个销售经理的职位仿佛被人下了咒似的，谁去谁倒霉。

诚如季桐所说，若不是猎头寻不到合适的人，聂辰泽是绝不会应承 Frank 之托的。他见季桐有意试探，便抬眉问道：“你怕了？”

“吃人的岗位，怎么不怕？”季桐莞尔一笑，舀了勺虾仁吃到嘴里，不想浓香的醋液一下进了喉咙里，她赶紧捂着嘴咳嗽起来。

聂辰泽原以为她是故意装腔，不想她咳得两眼落了泪水。

这时，服务员进来送壶热水，见季桐泪眼迷离地一把抓着聂辰泽说“你信了吧”，忍不住瞅了一旁干坐的聂辰泽有什么反应。

聂辰泽有口难辩，只得拿了纸巾递给季桐。季桐可怜兮兮地也不接纸巾，服务员叹了口气后离开了包厢。

季桐这才从聂辰泽手里抽过纸巾，聂辰泽没好气地拿起手旁的水杯喝了一大口，险些也被水呛到。季桐坏坏一笑，将纸巾送到他的面前：“礼尚往来。”

“你要不是对这位置感兴趣，何必去让猎头调查？”

“小心驶得万年船。以你在化妆品行业里的地位，拉我这个行业新人去一个高薪厚禄的岗位，于情于理也说不通哪。”

“千羽并不适合你。”

“好了好了，等我做出业绩，那位置还空着，我就立刻去。OK？”季桐打了个手势，继续吃了起来。

在吃完饭离开包厢之后，季桐的脑海里反复地搜罗起千羽公司的人，究竟是谁能把自己的每一步都透露给聂辰泽呢？

难道是她？

就在一个名字跳出来的时候，季桐被一个男人挡在了走廊的一间包厢门口，这男人正是失踪了一段时间的前未婚夫顾铭。

“走这么快干吗？怕我？”顾铭换了一副眼镜，偏分发型都改了短发，较之前看上去显得更精神。他说着话，一股酒味扑面而来。

“我为什么要怕你？”

“你可真够狠的。把我在研究所的前途毁了，还断了我去泓高的路。非要逼我去街上要饭，你才开心，是吗?!”顾铭借着酒劲，将季桐一把按到走廊墙上。

“放开我。”

“可惜啊，你打错了算盘。我一个海归博士，多少人抢着让我做研发总监。”顾铭微醺泛红的眼睛打量起季桐，嘲讽道，“而你，这个自以为是的女人，却从高高在上的跨国公司销售领导变成了和年轻人抢饭碗的小销售。”

她推了下顾铭的臂膀，却被他生生地挡了回来。她冷嗤道：“没想到你做了研发总监后，人变得更无赖了。”

这时，包厢里又出来个男人，也喝了不少酒，见顾铭在与一位陌生女人说话，便上前问道：“铭哥，谁呀?”

“我前任。”顾铭放声大笑，手指着季桐，与那男人说道，“以前可是泓高的销售领导，你知道泓高吧?”

“当然知道，嫂子可真厉害。”

“什么嫂子，是前任。”顾铭挥了下手，朝那男人继续说道，“那行业可都是男人啊，你知道她是怎么爬上去的吗?”

“怎么爬?”那男人打了个酒嗝。

顾铭狠狠甩出一字：“卖!”

自上次在自己家门口撒泼，季桐对顾铭已经彻底失望，此刻，他一副无赖的样子，将一盆脏水往她身上倒来，她便一手挥了上去。然而，她的手腕却被顾铭一把捏住。

这时，包厢里又出来一个男人，正是顾铭的大学室友张藤。张藤知道外面有事，便朝包厢里招呼其他人把那醉酒的男人拉了进去。当他正要劝说顾铭，却见顾铭拽住季桐说道：“这么久不见，也不陪我喝几杯？你不是陪惯了的嘛。”

“松手。”季桐斥道。

“顾铭，少说一句!”张藤使劲儿地把顾铭和季桐分开，季桐乘势走进包厢，从桌上随手拿起一杯酒往顾铭的脸上猛地一泼，“顾铭，你是不是觉得被研究所开除还不够丢脸！”

包厢里的人瞬时惊愕地看着顾铭，酒滴从他脸颊上凌乱地滑落下来，湿漉漉的玻璃镜片后的那双眼睛仿佛要将面前的女人吞噬。他愤怒地想要再次抓住面前的女人，不想被人一把推到了墙上。

“你什么人?”顾铭愤懑地盯着眼前这个多管闲事的男人。

“不用理他。”季桐见是聂辰泽，不想让他蹚这浑水，便趁着张藤拦顾铭的机会，朝包厢外走去。

聂辰泽不过是经过时看到季桐被顾铭为难，眼下事主既然不追究，自己也无意掺和，也就出了包厢。

季桐边走边理了下凌乱的发丝，几位目睹刚才一切的服务员投来异样的眼光，季桐并不理会，只是加快了脚步。

“没事吧?”

“没事。”季桐避开聂辰泽，径直朝自己的车子走去。与顾铭分手的初时，她还会念及过往曾有的情感。现在，她已然没有了半点的挣扎感。

工藤商社邀约并购罗琪超市的信息很快就传遍了上海的每个角落。对于大多数人来说，罗琪超市的名字实在是日常可见，因而也成了大家茶余饭后的谈资。在千羽，谁都知道季桐与郭甜甜正在开发罗琪超市这个本地客户，时不时地会有人去打探消息。

从媒体爆料工藤商社的邀约金额来看，季桐想罗琪或许真会同意应约被收购。如果真是那样，她的项目一定会被搁置，最重要的是工藤商社是NKA，属于王芸管辖。

“新风系统批下来了，说是周末就开始铺装。”销售部的消息总是很灵通，铺装新风系统的决定才刚做出，立刻就已经成了办公室讨论的话题。本来不受人关注的季桐，被同事们拉去八卦是不是潘伟的主意，或是直接问她是不是她给潘伟提的建议，毕竟她原来是搞建筑的。

季桐自然是把功劳推在潘伟头上，自己的角色不过是潘主管的咨询者。这么一来，她有功，却也不是头功。至于万欣，她追加了工程款，既得了好，又与人事部等部门联络好了感情，可谓一举两得。再看千羽的高层，这点钱算得了什么呢？能花点小钱，买个员工太平，还能被人称作好雇主。

不知什么时候，王芸与冯颖出现在她面前。王芸冷淡地喊了声。

虽然季桐在销售部的地位骤然有了变化，同事们不再排挤，反而还向她咨询装修的事，但她眼下的心思却是罗琪超市，被王芸这么一喊，立刻回过神来。

“我问你，罗琪超市做得怎么样了？”

“我在跟进。”季桐回道。

“是吗？你没听说罗琪要卖给工藤商社了吗？这么一来，你可就没有业绩了。”王芸特意强调了最后几个字，好让周围的人听到季桐就算是在新风系统上出力，但却是个碌碌无为、毫无业绩的人。别为了眼下一点“小事”就赶紧拉帮结派的。

“这不是还没卖吗？”

“我看你是不知道工藤商社有多大吧？他们给这么多钱，罗琪的老板能不心动吗？据说，前两年罗琪还想上市呢，现在这买卖岂不是正中下怀？”王芸抬起手腕，看了下自己新做的指甲说道，“也对，你以前是和水泥黄沙打交道的，这种商业上的事怎么可能知道呢？”

“说的是。”季桐不想与王芸逞口舌之快，就随意顺了王芸一口，倒让王芸把接下来准备的话给吞了回去。

待到季桐回到办公室，郭甜甜便上前说道：“罗琪的项目是不是真的要泡汤啊？”

“未必啊。”季桐仔细地打量起郭甜甜——阳光、可人，一副无害的样子，她怎么会是聂辰泽的眼线。自从那晚与聂辰泽吃过晚饭，她就开始怀疑郭甜甜就是聂辰泽的眼线。那日在沃客，她竟然是一点都没有看出端倪来，显然，这女孩还是有些“道行”的。

要想阻止罗琪超市被工藤商社并购并不是件容易的事，可不是说完全没有办法。这世上能抵抗住金钱诱惑的并非没有，情怀就是很重要的武器。

季桐想如果有媒体黑化这次收购事件，也许能够惹恼罗琪超市的张家兄弟。她手头没有媒体资源，聂辰泽是做推广的，不缺媒体资源。可她是不会主动和聂辰泽说这件事的，她想借人之口。

于是，季桐清了清嗓子说道：“我们见张总的时候，你能感受到张总对罗琪的热爱吧。”

“那是当然。”

“罗琪就像是张家兄弟的孩子。”

“对啊，可毕竟不是真的孩子。”

“工藤商社是家日本企业，罗琪在上海可是本地名牌。要是媒体不停地煽风点火，说张氏兄弟一定会趋利卖企业的话，那本地就再无本地名牌能够坚持初心了。”

“你是说，用媒体来给罗琪压力？”

“当初放弃上市并不是因为罗琪不够条件，而是张氏兄弟怕管理权丧失。那天我提出方案之后，张总对于付款账期的事一字未提，说明他们不缺钱。这些年，罗琪超市也从不外扩，说明他们只想做好本地，所以对一家不缺钱的公司而言，道德和情感在管理者心里的位置就更重要了。”季桐说完后，长长地叹了口气说道，“可惜，我不认识媒体。”

“没关系啊。”郭甜甜脱口而出，见季桐别过脸看自己，便立刻改口道，“兴许就有媒体不想看着罗琪卖给日本人呢？”

季桐心中一笑，她要的就是郭甜甜把这信息透给聂辰泽。当然，她也希望自己算准聂辰泽的心思。毕竟，罗琪超市只是聂辰泽的一部分业务而已。罗琪超市对她却是十分重要，因为只有搞定了罗琪超市，才能与其他超市更好地谈判。

两人说完罗琪超市的事之后不久，公司邮箱里跳出一个会议邀请，邀请销售去参加一个新系列的面膜产品介绍会。

面膜是易耗品，能够迅速地提升销售业绩。季桐打算提前到场，郭甜甜则称自己要去趟洗手间。季桐暗笑她该是去找聂辰泽说自己的计划了。

千羽的新面膜系列主要针对黑眼圈，季桐瞬时脑海里浮起各种广告来。研发与技术部门的同事打了鸡血一样说这款面膜多么好用，各位在场的销售只能听着这些话自行脑补这面膜的作用。

潘伟作为销售主管，在技术同事结束介绍之后，又向与会的销售指出，这款去黑眼圈的面膜可以接受批量定制，也就是说，有足够销售量预测的时候，这款面膜的包装可以随意定制设计。

黑眼圈。

季桐反复念叨着黑眼圈。

这时，郭甜甜摆弄好手机，凑过脸问道："你说了几遍黑眼圈，有什么好想法吗?"

王芸和冯颖坐在不远处的位置。

"有啊，一大堆的想法。"季桐故意说道，"不过，我得整理整理，才能想出好的方案。说不定能帮助我们咸鱼翻身呢。"

会议结束后，季桐合上本子正要离开，潘伟喊住了她。

王芸放慢了脚步想要听他们在说什么，却见两人没开话题，碍于其他同事都已离开了会议室，怕自己太过显眼，只能讪讪离开。

"季桐，你对罗琪有什么打算?"潘伟问道。

"罗琪只要一天不卖，就是我要开发的客户，如果卖了，我自然会退出来给王芸。”季桐回答道。

潘伟若有所思地点了下头道：“在办公室装修问题上，你为同事考虑得很周到，不过我们毕竟是销售部门，所以还得靠业绩说话。”

“这是当然。我会想办法克服困难，为公司拿到新客户。”季桐特意加重了“困难”二字，她与潘伟都心知肚明，“困难”二字并不单指外面市场局势，还有内部王芸等人的阻挠。潘伟不会在明面上公然支持，但先前告知季桐要抄送项目进程就已经流露出了自己与王芸之间的罅隙。

季桐回办公室后，便问郭甜甜道：“你还记不记得，先前我们去罗琪超市考察的时候，学校、小区周围都有个药品、化妆品自动贩卖机？”

“是啊，他们那辆贴了广告的依维柯还停在了我们边上，叫什么……”郭甜甜使劲回忆着。

“叫微康。”

“是啊，叫微康。啊，你这么一说，我记起一件事，这家微康公司是大学生创业项目。去年上过一台综艺节目，赢了比赛后得到投资人不少钱，风光过一阵。不过，最近网上在传，当时承诺的资金并没有完全到位。具体的，我也不知情。”

“我平时很少看电视，刚巧那次在飞机上无聊，看了这档综艺节目，看样子，有时候看看电视也有意外收获。”季桐心里已经有了打算，便与郭甜甜继续说道，“我们这周联系下微康负责人吧。”

“你打算和微康合作啊？”郭甜甜问道。

“只要能卖产品，任何潜在客户都不能放过。”

“那倒是，微康目前只在上海做生意，可是资金要是不行的话，那也只能算是个劣质客户。”

“别小瞧了创业者。比如说柯林公司。”季桐故意提了一句柯林公司。

郭甜甜显然没有发现季桐故意设下的试探，连声回应季桐说她讲得有道理。不过，季桐也明白，虽然自己口上说不能小瞧创业者，但客户资金链断裂的话，对公司而言，也是巨大的风险。也基于此，季桐在接着的两天里对微康进行了一系列的调查研究。

王芸因看到季桐没有什么行动，觉得她不过是打个嘴仗，故弄玄虚。眼下，由于媒体的煽风点火，加上工藤商社的步步为营，张氏兄弟两人竟然闹出了拆家的纷争，由于张总在公司所占股权低于自己的弟弟，因而极有可能在弟弟售卖罗琪之前就退出了公司管理。季桐丢了罗琪这个潜在大客户，应是意料之中的事了，因而王芸只需要坐收渔翁之利就好了。

这也是季桐万万没有想到的事情。她不过想借聂辰泽的手，让张氏兄弟拒绝收购而已，现在反而闹出了这么一件事来，心里多少有些愧疚。

周四傍晚，季桐整理好微康的资料，突然收到聂辰泽发来的一条微信，约她在徐家汇附近的一处酒吧喝酒。

莫非是兴师问罪?

季桐心下琢磨，既然自己在微康的新计划里放上了柯林，眼下就算是个鸿门宴，她也得去。于是，她答应了聂辰泽。

夜晚的上海浸没在灯红酒绿之中，显得格外繁华。聂辰泽选的这家酒吧，是间闹中取静、老式洋房改造的静吧。法国香颂悠扬地回荡在每一处角落，坐在吧台与卡座的客人们放松地品酒相聊，毫无一般酒吧的喧闹。服务生是位菲律宾女孩，见季桐进来，招呼两句就带她上了三楼。

季桐走着微微发出咯吱声音的地板，每一声都告诉她，这栋房子已经有些年头了。三楼是除了阁楼之外最高的一层，一半是大阳台，一半是房间。季桐进入房间后，看到聂辰泽与张总正坐在里面。

第九章
空手套白狼

他们两人怎么还在一起？难道说张总不知道外面媒体的风声是聂辰泽搞出来的吗？季桐微微迟疑了下，微笑着打起招呼。

“小季，你迟到喽。”房间里的灯并不太亮，但照得张总的脸庞很是清晰，张总似乎并没有像她想象的一样，被收购一事搞得心烦意乱。

季桐笑笑，忙赔罪道：“加了会儿班，以为能准时到的，没想到错误判断了自己找路的能力。这儿真的是特别难找。”

“聂辰泽挑的地儿，幸好，我这个老上海对老房子还算熟悉。第一次来这儿也费了好一会儿。”张总朝聂辰泽看了一眼说道，“你没喊小季过来喝过酒啊？”

今晚的聂辰泽穿得很随意，一件纯黑色毛衣，除了手腕上半露的手表外，没有任何的修饰。见季桐与张总说完话，聂辰泽站起身，替她拉了位置说道：“有目标后，做事很有动力，加班到这么晚。”

“当然，单子又不等我，我不努力，怎么行？”季桐回聂辰泽的时候，紧盯着他的双眼，似是在寻找今晚这次邀约的目的。

“小季，我看罗琪这儿，我帮不了你了。”张总微叹了口气。

聂辰泽倒了少许红酒进季桐手旁的波尔多杯中。

张总继续说道：“我想你也知道，工藤商社邀约收购罗琪，我弟弟他是公司大股东，决定和工藤商社谈，我呢，就打算提前退休，享受享受生活。”

张总平静得让人不得其解，一个为事业奔波了大半辈子，连屋顶修缮都要亲力亲为的人怎么可能说放弃就放弃了？就算是亲兄弟，这撞破头争权的事并不少见。季桐暗忖，张总这张看似平静和善的脸后，究竟藏着什么锋刀利剑呢？

“我那些事都是小事。即使做不成罗琪的生意，能认识张总您也是缘分啊。”季桐有些口渴，聂辰泽递酒过来，她便权当饮料喝了。

这让张总忍不住大笑起来：“小季，这可是聂辰泽的珍藏啊，你这咕咚两口就没了，味儿品出来了吗？”

“珍藏？”季桐全然没有注意什么珍藏红酒。在以前的行业里，那饭桌酒吧，不管是茅台，还是高级红酒，那和客户喝起酒都是“干杯”，哪有什么品酒的事。季桐吐吐舌头，拍了下聂辰泽的肩膀说道：“没事，辰泽他早就习惯了。”

“打住，我不是习惯，我是在习惯的路上。”聂辰泽被她弄得没好气，可碍于先前在张总面前已经与季桐装作是相熟，自然只能顺着话说下去。

张总笑着说：“小季，我问你，你多少酒量啊？”

季桐竖起拇指直指聂辰泽，说道：“干倒他，不成问题。”

“不要得寸进尺。”聂辰泽说道。

“哈哈！”张总被季桐逗乐了，说话也似乎更亲近了一些，“不过啊，女孩子在外面应酬还是得注意安全。我女儿在国外读书，我就让她别沾惹酒精，外面有些人心思不正，女孩子容易吃亏。”

“是啊。张总您女儿在国外啊，那您以后也去国外吗？”季桐问道。

“在考虑中呢。我女儿啊，在美国读书，还说做什么创客，搞网络，还要做什么创业的。嗐，我也不懂。不过，想到她也要创业，我这做爸的，肯定要支持她了。年轻人创业不容易啊。当年，我弟从一间小店开始做起，那会儿我还在厂里上班，能给他凑点本钱就凑些。后来厂里转制卖给外国人了。我也买断下岗，干脆去给他帮忙。罗琪到今天这规模，其中的苦，也只有我们自己才能体会得到。”

季桐发现说到这段话的时候，张总刚才脸上的笑意已经一扫而光，一种追忆的沉重感满布双眼。她知道自己注定要失去罗琪这个客户，既然如此，不如把对张总生意上的期冀转成人脉的期冀。于是季桐说道：“说起创业的事儿，张总，您有考虑给国内的创业大学生投资吗？”

“噢？”张总坐直了下身子问道，“你有项目？”

聂辰泽也疑惑地看起季桐，季桐趁势朝他挤挤眼，示意还是给她递来桌上的汤力水，免得又误伤了“珍藏”。聂辰泽干脆把汤力水推到季桐面前，季桐拧开后直接喝了一大口说道：“我明天要去见微康的负责人。张总应该对微康不陌生吧？”

“当然，我们每开一个店，他们几乎都在边上设一个，不，也许是两三个的自动贩卖机。”张总砸了下嘴，说道，“微康也挺厉害，听说都是一帮大学生搞出来的，拿到了医药售卖许可证。我这老头，想要申请医药售卖许可证，流程上卡了好几次后干脆放弃了。”

“你是想让张总投资微康？怎么，把这当作你销售产品的砝码？微康，可是卖药的。”聂辰泽轻捏着酒杯脚摇晃了下。

“开酒吧还卖汤力水呢！卖药的就不能卖化妆品吗？国外又卖药又卖化妆品的店海了去了。香港的雅宁开遍大街小巷，药和各种产品都在卖。”季桐瞟了眼聂辰泽，接着又转了个笑脸朝他继续说道，“再说，这不还有你吗？以前的行业，我没法指望你，现在，咱俩一个行业里的。论策划，柯林不是业内首屈一指吗？”

“哈哈哈……”张总在旁大笑。他自然不清楚季桐与聂辰泽之间并不若他想得那么熟悉，只觉着季桐把聂辰泽的揶揄以这种方式挡了回去，颇是好笑，便在旁说道：“小季，你在千羽做个小销售真是亏了。要是我还能在罗琪说得上话，我得请你过来帮我。”

“张总，谢了。我可不能去您公司。”

“为什么？”张总愣了下。

“张总，我要去了您那儿，那您就是我老板，我就不能和您像现在这样没大没小地喝喝酒，开开玩笑了。”

“小季，你是真会说话。”张总笑呵呵地说到一半，手机突然跳出个微信。张总低头看了下，立刻收敛了笑容，朝着季桐与聂辰泽说道：“我家夫人在催着回家了。嗐，我都这把年纪了，还不放心呢，搞得我又扫你们的雅兴了。过两天我做东，找你们俩好好聊聊。”

张总起身的时候，聂辰泽已经从架子上递过了外套，张总接过去穿身上后，对季桐说道：“微康的事儿，你要有什么想法，记得直接找我。”

“行。”

季桐与张总道别，聂辰泽送张总到楼下后再度折返，见季桐无聊地在拨弄汤力水上的标签，便说道：“怎么？你真打起微康的主意？”

“罗琪这个客户丢了，我总不能干等着天上有馅饼掉下来吧。”

聂辰泽将红酒倒入季桐面前的波尔多杯中，季桐朝他看看说道：“你不怕我浪费你的珍藏了？”

“我没有留半瓶酒的习惯。”聂辰泽回到自己位置。

“没想到媒体这么一掺和，把事儿给搞砸了。”

“所以说，你出的是馊主意。”

“我出的馊主意，你不是还去做了吗？”

“我没做。”

“不是你喊的媒体吗？”按她判断，郭甜甜是聂辰泽的眼线，难道说不是聂辰泽干的？可聂辰泽说自己出的馊主意，代表他的确收到了自己传递出来的信号。

“当然不是。”聂辰泽品了口酒，手指了指说道，“我不是信号接收器，收到信息就会执行的。”

“你承认郭甜甜是你安排在我身边的眼线。”

“郭甜甜不是我安排在你身边的眼线，是你把她当作传送器，向我输送些毫无用处的信息。”

“不要狡辩。”季桐喝了口红酒后，继续道，“你的意思是说，这事儿和你没关系。”

“没人告诉你，工藤商社和我也有合作。我犯不着为了罗琪，与工藤商社闹得不愉快。这件事本就是罗琪自己的事。”

季桐倒是没有想过这一茬，如果工藤商社与他有合作，那就怪不得他不会掺和进去了。也就是说，其实这媒体的舆论压力与他们都没有关系。这么一想，自己对张总的亏欠感瞬时消失得无影无踪。

“那你突然找我喝酒，不是为了罗琪的事？”

“我要了解的事已经了解了，至于罗琪，我想，对你、对我都已经不是重点。”

季桐打量着面前这个英俊的男人，虽然年纪轻轻，但也是条老狐狸了。就刚才那些话，他就已经了解了他想要知道的信息。整一颗八卦的内心，非要掩饰得这么冠冕堂皇、深不可测。

“呵，看样子，男人间的友情也是塑料花。我告诉你，如果我能和微康谈拢，策划案，你得给我做了。”

“谈拢再说。”

“你别忘了，是你先看上我的，我这头做好了，你不配合，那是你自己拆自己的台。贝莱中国的销售经理位置到现在还空着呢。”

“那也得值得我做。”

“当然值得。对了，郭甜甜为什么会帮你？”季桐的食指轻敲了下杯沿，把自己一直疑惑的问题提了出来。

“每个人的选择而已，你要是好奇，可以直接问她，我没有替别人作答的习惯。”

季桐皱皱鼻，也不再多问。眼下郭甜甜对自己来说并没有什么威胁，最多不过是把一些想法传递给聂辰泽罢了。于是，她指了指一旁的红酒瓶说道：“难得静下来喝酒，感觉挺不错的，到底是珍藏。”

“牛吃蟹。”聂辰泽冷嗤了一句。

“我对红酒是不了解，不过，我觉得你还在为刚才我在张总面前说‘干倒你不成问题’耿耿于怀。”季桐挤挤眼，说道，“改明儿，我们可以比比，谁的酒量更好。不过，今晚我得好好准备明天的会。”

夜晚十点多，季桐与聂辰泽在酒吧分别。

这一晚的短暂见面，更加坚定了季桐要拿下微康这个客户的信心。不管张总是真的放弃罗琪管理权，还是另有打算，诚如聂辰泽所言，这都是罗琪的事情，外人是插不了手的。

这样也好，表面上她得继续努力跟罗琪这个客户明修栈道，背后则暗度陈仓搞定一个新的潜在大客户，未尝不是好事。

第二天，季桐直接到了微康公司总部，郭甜甜临时称自己身体不好，不能与她一起拜访微康。季桐心想郭甜甜这病，怕是临时编的。

微康总部在莘庄的一处极普通的写字楼中，说不上破旧，但楼道很是昏暗，这与当初电视上那个意气风发的团队感觉完全不同，不知是不是同网上所传闻的一样，微康出现了资金链问题，才只能节衣缩食。

“您好，您是千羽的季小姐吧？”季桐怀揣着疑惑走进微康的办公区，前台一位年轻的女孩立刻招呼她。

看样子，微康都没有人拜访，否则这位前台怎么会一见面就能喊出她名字。

得到季桐的肯定答复后，前台又说：“我们陆总刚出去，一会儿就回来了。我带您去会议室。”

前台带着季桐到了会议室。与其说是会议室，倒不如说是堆放杂物的储物室。

“我们刚搬家，所以比较乱。”

“噢，你们刚搬家啊？从哪儿搬来？”季桐故意再提了一句。

“我们原来在静安寺那儿的写字楼，现在……”

“是季小姐吧？”前台说到一半的时候，一个年轻男人走了进来，打断了她的话。季桐认出他是曾在电视中出现过的微康创始人之一的陆一帆。

“陆总，您好，我是季桐。”

季桐打招呼的时候，前台退出了会议室，陆一帆请季桐坐下，自己则随意地找了一把椅子入座。

陆一帆长得很高，一双大大的眼睛下黑眼圈很严重。季桐看得出，陆一帆是太累了，以至于整个人一副疲累浮肿的样子。

“不知道季小姐找我们微康谈什么合作呢？”电视上的陆一帆朝气蓬勃，在那些咄咄逼人的投资者们面前对答如流，丝毫没有半点的畏惧。此时此刻，他说话的时候却是有气无力。

“微康在上海的布点很多，这些点也正是我们千羽想要投放产品的地方，所以想了解下，微康是否能给千羽彼此合作的机会?”

“季小姐，我们微康是做二十四小时药品自动贩卖机的，并不是售卖化妆品的。”

“我知道。微康布的点，有百分之九十五都与罗琪超市重合，我想，陆总当初布这些点不是简单的巧合吧?”

“这是我们经过考察后得到的方案。”陆一帆脸上闪过一丝不安，但很快就掩饰了过去。

“陆总，‘我们’是指您和您前女友吧?”

“你……你想说什么?”他警觉地看着季桐。

“您的前女友张鑫曾在罗琪超市企划部待过，对罗琪超市的位置布局很熟悉，而且罗琪超市曾有想法兼营医药零售，不过后来由于申请流程复杂，最后计划只能搁浅。张小姐帮助您参加了电视台举办的创业大赛，并且，你们通过自己的努力获得了成功，得到了首轮融资。可惜的是，您和张小姐分手，导致了公司企划融资方面沟通缺失。微康运营没有预计的那么顺利，投资客们就断了后面的资金。我想，此时此刻，陆总应该很困扰。”季桐说这番话的时候，目光一直盯着陆一帆，陆一帆脸上的阴晴变化刚巧印证了此刻困窘的境地。

“你到底是来谈合作的还是来说这些无聊的话的?”陆一帆皱起了眉头，要不是季桐是个女人，他差点就站起来让她滚出会议室。

“陆总，您先别生气。我当然是来谈合作的，这份是我做的计划书，我认为在贩卖机中最适合销售的化妆品是面膜。我们公司这款新上市的面膜可以量身定做，也就是说，微康在哪儿有自动贩卖机，我们就可以有不同的定制化面膜配套给目标客户。”季桐递过计划书，在陆一帆翻阅计划书的时候，继续说道，“就微康目前在学校网点的这些布局，如果配套上我们的面膜，加上化妆品界首席推广公司柯林的推广，我相信微康一定会得益于此。”

“首席推广公司？”陆一帆疑惑地看着季桐。

“是的，柯林公司拥有大量的推广资源，届时，我们千羽会请柯林公司进行推广，而微康不需要出任何费用。”

“你认为我会相信天上会掉馅饼下来？”陆一帆嗤了一声。

这一切当然在季桐的料想当中，她继续道：“这不是馅饼，您付出的就是资源。微康之所以能够吸引投资客，不是因为它是个贩卖机，而是它能够进入各个学校、社区和公共区域。脱开这个前提，以自动贩卖为营销模式的公司已经倒了一批又一批了，为什么投资客还要投资微康？”

“他们是玩资本的。”陆一帆叹了口气。

“投资人不玩资本，那还叫投资人？我知道您的初衷是想让大家方便快捷地买到药，在综艺节目上，催泪的故事固然能打动观众和在场的投资人，可对于企业的长期发展而言，光靠几个故事是不足以支撑它运营的。微康布了那么多的点，为的是卖东西。千羽的产品能帮助微康扩大销售范围。我看过微康的经营范围，化妆品、药品都在里面，卖化妆品并不影响。”季桐说得头头是道，陆一帆从适才的生气，到叹息，到此刻变得专心致志。

“可眼下微康没有足够的流动资金支付千羽的货款，我这儿给医药那头的货款还有欠着的。”

“陆总，我知道您的资金链有问题。所以，我现在提给您两个方案，一个方案是寄售，也就是说，我们给您货，卖掉后再结算钱给千羽。还有一个方案，就是找人继续投资微康。不过，这两个方案的前提是您答应和我们千羽合作。”

“你一个千羽的销售，能决定这么多事？”陆一帆脸上再度出现疑惑的神色。

季桐回道：“一个人的资源和他本身的工作岗位并没有直接联系。”

陆一帆若有所思，季桐紧追不舍地与他详述了计划书中的内容，两人在合作上的隔阂渐渐消失，两个多小时后，才结束了洽谈。从刚开始的陌生甚至敌对，到会议末了的时候，陆一帆竟然生出了想要加快合作的想法，并同意当周就签订意向书。

他渴望成功，渴望改变目前的境遇。

抓住了陆一帆的这一欲望，也就知道如何去引导他走向合作。

季桐在离开会议室之前，陆一帆问道："你是怎么知道张鑫和我的事？"

"有时候，世界很小的。"

陆一帆听后并没有再追问，只是耸耸肩朝她笑笑。

微康的合作意向基本达成，但季桐还面临着三件事要做：一是说服聂辰泽，二是说服潘伟同意寄售，三是说服张总进行投资。不过，与微康合作本就是空手套白狼，如今得到了至关重要的一环，她自然更有信心套住其他人。

季桐回到公司找到了潘伟，潘伟见她敲门，第一反应便是罗琪超市的项目，于是请季桐坐下，说道："怎么？罗琪超市有新进展？"

"噢，潘主管，我来找您是想说另外一个项目的。因为这家客户不属于我们传统意义上的超市类别客户，所以我经过了调查后才与您来说这件事的。"季桐拿出手头另一份做好的资料递给了潘伟。与此同时，她看到桌上放着一份要潘伟签署的推广文件，文件上写着柯林。文件旁贴了贴条，写着"冯颖"的名字。

看样子，她们俩最终还是拿到了柯林的推广。

"微康，我们小区也有他们的贩卖机，我儿子学校里也有一个。他们不是卖药的吗？"潘伟边翻季桐的计划书边问道。

"是卖药的，之前参加过创业大赛，反响很不错。我们公司的面膜如果能放在里面销售，借用微康庞大的网络布点，一定会很不错。噢，对了，他们经营范围许可可以售卖化妆品，不需要额外再申请。”

“噢。”潘伟点点头，目光仍在计划书上。季桐看得出潘伟对这份计划书很有兴致，尤其是能用上新产品。

“不过，因为自动贩卖机比较特殊，所以回款上也会比较特殊。”季桐试探道。

果然如她所想，潘伟立刻抬起头问道：“怎么特殊？”

“是寄售回款，相当于卖了多少，他们给我们多少钱。”

“寄售？这个……”

“我们可以要求寄售时间，比如说半年没有销售出去的，可以再拿回库进其他渠道再售。”

“这是一个新方法，可你要知道，我们同意寄售就是开先例，开了先例后如果没有成效，反而会被说成雷声大雨点小，破了公司的回款机制。”

“我知道这有风险，而且销售对回款肯定很重视。不过这是一个新的尝试，不光是我们千羽，就连柯林也会尝试新模式。”

“柯林？”

“是啊，柯林会给我们做推广，然后按照我们销售的费用回款推广费。”

“他们同意了？”

“对啊，不过，得我们同意这种营销方式，他们才会和我们签约。”

“他们能接受这种方式？”

潘伟难以置信地看着季桐，季桐点点头说道：“潘主管，只要您同意这种营销模式，我就可以让聂辰泽做这一单。”

“你和聂总很熟悉吗？”

“潘主管，我想公司不会拒绝尝试一种能赚钱的新销售模式，特别是面膜的成本低，就算回款慢些，影响也很低。”季桐避过了潘伟的问题，这令潘伟十分好奇，不禁开始揣度她与聂辰泽之间的关系。这便是季桐要的效果，有时候直接回答“熟悉”反而比不上不回答这样更耐人寻味。

“你说的不无道理，面膜对于我们现金流的影响很小，关键是把这款面膜做出业绩来。噢，对了，你和王芸说过这个项目吗?”

“暂时还没有，我找不到她。因为微康在等我们的回复，所以，我就急着来汇报了。”

“不打紧。她忙着和冯颖 NKA 新产品推广的事，也顾不到你这头。微康的事，我和丁总商量后尽快回复你。”

“谢谢。”

季桐站起身正要离开，潘伟突然喊住了她：“季桐。”

“嗯?”

“没想到，你来千羽几周的时间，能做得这么好。”

“罗琪超市项目中断，我一个销售总得想办法找下一个客户。”

潘伟点点头，面前的这个女人身上似乎藏着很多秘密，轻而易举地就把新风系统的事情解决了，还把这功劳给了他。不仅如此，她与罗琪的张总、柯林的聂辰泽之间还有不同寻常的关系。怎么看，她都不像一个普通销售。

季桐离开潘伟办公室后，见到冯颖从丁总办公室走了出来，脸色并不好，从她面前走过的时候，甚至都没有看上一眼，只见冯颖拿出手机去了楼道。季桐跟了过去，特意往楼上拐角走了几步避开冯颖的视线。

“妈，舅舅就知道说我。”冯颖在电话这头埋怨起来。

原来丁总是冯颖的舅舅，怪不得他们都要讨好冯颖。

“我知道，他让我学习嘛。我已经很努力了，再说，那王芸也是他关照带我的，我哪知道她利用我。”冯颖有些气急败坏，在电话里呜呜咽咽地说起王芸来。季桐听得一清二楚。因为王芸要推广新产品，但在沃客和另一家 NKA 那儿受到了阻力。于是，她就让冯颖借丁总外甥女的名头去拉关系。虽然千羽不是一流化妆品企业，但丁总在这行业里也有一定地位，两家客户卖丁总的面子给了新产品上架的机会。王芸得到机会后，让冯颖买超市卡直接送两家客户的具体经办人，这样好多进些货提高销售业绩。没想到沃客的经办人把超市卡上交给了负责人，负责人便一个电话打给了丁总。

不仅如此，王芸还利用冯颖在柯林有同学的关系，让冯颖给那位同学送了只名贵包，与柯林签订了一份推广协议。

虽然这种送礼的行为在日常的销售中并不是什么新鲜事，但王芸却处处利用一个刚刚毕业入行的新人，不得不说手段卑劣。

兴许是母亲在电话那头安慰了很多话，冯颖不再说下去，抹着眼泪挂了电话。季桐明白像冯颖这样家境优渥读书又好的名校学生，对被人安排做送礼行方便的事心里本就抵触，更不用说还被舅舅给教训了。

“冯颖？”

季桐特意朝冯颖走去，冯颖还未从电话中缓过神来，见季桐，便警惕道：“你怎么在这儿？”

“噢，电梯那儿一直有人按着，我想走楼梯下去办些事。”

冯颖将信将疑地打量了下季桐说道：“你听到了？”

“我不过是碰巧听到。”

季桐的坦白让冯颖一惊。

“那你知道我和丁总的关系？”

“我相信这公司不止我一个人知道。不过，作为一个过来人，我得提醒你重新思考自己对职业的定位。”

“什么意思？”

“其实，你不用和我这么敌对。这些天来，我并没有给你或是王芸制造过麻烦。”季桐放缓了语速，见冯颖不再那么抵触自己，便继续道，“我知道你过往成绩都很好，可职场和学业是两回事，并不是说学霸就一定会在职场上如鱼得水。我们做销售的，少不了放低身段，如果你从心底抵触，我认为你可以重新考虑下职业发展，比如研发，或者产品发展。”

“你看低我？”冯颖双眼里仍旧充满傲气。

“我没有看低你，我相信你到千羽来也是锻炼和积攒经验。作为销售，卖一个产品的核心是卖产品并不是出卖自己。如果你不是在千羽，而是在贝莱，恐怕没有丁总提醒你了。”季桐手轻拍了下冯颖的肩膀说道，“好好考虑下我说的。”

季桐留下冯颖独自一人思考。冯颖视王芸为职场上的第一个导师，没想到导师会利用自己。季桐想，这样的她不就是当初的自己吗？只不过，陈瑞的道貌岸然远是王芸所比不上的。曾有一部电视剧，警察的导师犯下累累重罪后，面对徒弟质问时回答道：“我讲的是一回事，我走的路是另一回事。”这样，才是最让人悚然而心凉的。

第二天，郭甜甜正常上班，见了季桐连招呼都打得唯唯诺诺，季桐见她憋得难受，便主动问道：“肚子好啦？”

“好，好了。”郭甜甜瞥瞥季桐，吞吞吐吐道。

“不用这样，不就是帮聂辰泽做内应吗？”

“不是这样的，我不是聂总的内应。”郭甜甜圆圆的脸庞微微泛红，手捏成了空心拳。季桐搡了一下她肩膀：“那是什么？”

“我本来一心想要去柯林上班，但柯林说我经验不够，让我还是在化妆品行业里多锻炼，我就来千羽上班了。Lina 主动联系我说是聂总让我留意你，我就如实告诉他们了。”

“看样子，你对柯林比对千羽忠诚多了。”季桐端起自己的咖啡杯喝了一口。

“我不是忠诚，我只是想找聂总这样的老板。”郭甜甜说着说着，露出一副花痴的样子。

季桐愣了愣，很快反应过来：“你不是喜欢聂辰泽吧？”

郭甜甜倒是不回避，直接点点头说道：“是啊，有次他去我们学校上课，我就喜欢他了。”

原来自己身边的不是聂辰泽的眼线，而是他的迷妹。说来倒也能理解，聂辰泽长得英俊又有钱，郭甜甜喜欢他的确无可厚非。

“季桐，你和聂总到底什么关系？我看你在沃客那会儿和他完全不认识，可后来在罗琪，你们好像又很熟悉。可既然这么熟悉，Lina 为什么还要从我这儿了解你的情况？”

“我和他？”季桐扑哧一笑。这时，潘伟打来了电话让她去办公室谈微康项目。季桐只得暂停了与郭甜甜的聊天。

就在她走向潘伟办公室的时候，王芸抢先进了潘伟办公室，只听里面传来王芸的声音：“说我教坏冯颖，所以冯颖才调部门？丁总和你都是销售，做销售的送礼怎么了？讲关系怎么了？他们也真是奇葩，这事儿有什么好汇报的？胆小不敢收，就别收啊，收了还要向领导去汇报。我打包票是我们送的不够，一定是个立牌坊的婊子，才这么不要脸！”

“够了，王芸，这里是办公室！”潘伟训斥道。

“丁总现在把这事儿都怪我头上了？年底升职的事儿也泡汤了。要不是你把冯颖派给我，会出这乱子吗？好没有占到，坏全是我的。”王芸依旧在谩骂。

昨天的那番话就是让冯颖抽身离开，这也是对王芸的一番教训。王芸因为这件事，丢失了升职的机会。得罪了客户，还得去维系，更没有时间来插手自己的项目。

“潘主管。”季桐推门进去。

“你来这儿干吗？没看见我在和潘主管说话吗？”

"是我让季桐来的。"。

"怎么？罗琪这个客户丢了，找些小散户给公司吗？"

"你昨天不在公司，我想向你汇报微康项目的。"

"微康？"

"季桐，微康的项目，以后直接向我汇报就可以了。"就在王芸还在费尽心思去想这微康是什么客户的时候，潘伟已经向她摊牌。潘伟想要压灭王芸嚣张的气焰已经不是一天两天了，眼下正是一个好时机。

"潘伟，你这是什么意思？"王芸瞪大了眼睛。

"以后，季桐单独负责 LKA，郭甜甜会向她汇报，你不用再管她的项目了。"

"什么？你让一个还没过试用期的人单独管 LKA，还带人？"王芸气急败坏地指着季桐，再度质问潘伟。

"我认为你暂时没有能力同时管理 NKA 及 LKA，而季桐有能力做好 LKA。好了，我还有事与季桐谈。你有什么事，过会儿再说，出门的时候把门带上。"潘伟下了逐客令。

王芸在原地愣了几秒后，愤愤地离开了潘伟的办公室。

潘伟告诉季桐公司同意了微康的付款方案，但要求必须季度结款，同时，潘伟也提醒季桐，这一切还得基于柯林公司能兑现承诺进行推广。季桐答应潘伟迅速与柯林达成协议以推动微康项目。

微康与千羽都同意了合作模式，那么留给季桐的事就简单得多了。出了潘伟办公室后，季桐便发了微信给聂辰泽，约半小时后见面，聂辰泽回复季桐让她到佘山的高尔夫训练场找他。

季桐拿着计划书，风风火火地赶往佘山。

由于高尔夫训练场是会员制，季桐到了那儿便被人拦住，经过一番确认后，方才进入了训练场。聂辰泽一身白色运动装，一个转身挥杆，高尔夫球飞向天空，划出一道完美的弧线落在了远处。

“来了，一个人？”季桐还在看那球的落点，聂辰泽已经转过身，将手中的高尔夫球杆递给一旁的人。

“没看到你的迷妹很失望？”季桐眯起眼睛揶揄起来。

“什么意思？”聂辰泽看她一副调侃的意味不禁问道。

“郭甜甜之所以事无巨细都和你身边的 Lina 说，是因为她喜欢你。”季桐盯着聂辰泽看，只见他尴尬地避开她的目光，刻意地低头拿起高夫尔球盒看了下。

“你不知道吗？”

“你来这儿，不是为了微康项目吗？”聂辰泽转移了话题。

季桐忍不住扑哧一声笑道：“我来当然是说微康项目。”

“进去谈吧。”室外虽然无风，但因为受寒潮影响，温度较之前一天低了五度，聂辰泽见季桐的鼻子冻得发红，便提议进 VIP 休息室再说。

两人到了 VIP 休息室后，季桐见聂辰泽脱下手套，便顺手递过计划书，冰冷的手碰到聂辰泽温暖的手，尴尬地收了回来，继续把话题引到微康项目上：“记得之前我和你说，我有新的模式想请柯林尝试的，阿嚏——不好意思。”

季桐说到一半，打了个喷嚏。

“你开车来还冻成这样？”聂辰泽边说边让服务生端了热水进休息室。

“我不知道今天要来佘山，车子油不多，路上又没看到加油站，只能把暖风关了。我没事，阿嚏——”季桐从一旁拿了纸巾，擦拭了鼻子又再次把话题转回到微康项目上。

“暖风又不费油。”聂辰泽嘀咕了声，手里翻阅着计划书，时不时地看着打喷嚏的季桐，直到她将所有内容解释完，向自己摊手道，“现在就差柯林这一环了。”

“空手套白狼，你倒是套了两头狼。”聂辰泽靠在沙发上，看着面前的女人。她竟能在这么短的时间内说服了微康的陆一帆，以及千羽的销售管理层接纳计划书上的方案，这是他没有预料到的。当然，他更没有想到她会提出推广费与产品售卖挂钩的方案。

“我知道，你那儿做学生群体化妆品推广的几位美妆直播粉丝非常多，只要她们一起推，生意就会起来的，等微康运转起来，我想张总兴许也会愿意投资微康的。微康一旦度过了创业最艰难期，柯林和我们千羽都会有钱收。微康这个资源真的非常好，只要利用好了，各方都会有不错的收益。”季桐兴致勃勃地说着，全然没有察觉聂辰泽的目光一直落在她的脸上。

季桐说完后，整个休息室寂静无声，聂辰泽迅速敛回目光继续看计划书。季桐见他没有反馈，以为没有把意思表达清楚，便站起身坐到他身旁，指着计划书里最重要的一部分强调了一遍，接着把对新产品的策划想法说了一遍：“上次你给贝莱的面膜提供了当下火爆的卡通形象授权。你还有没有这方面版权在手？又萌又知名的？”

“你就这么肯定我会帮你？”

“喂，你不会说话不算话吧？”

“我只说过你们谈拢后再说。”

“聂辰泽，你说话能不能负点责任？”季桐一下子转过身，一双眼睛紧紧地盯着聂辰泽，恨不得把对方按在沙发上。

聂辰泽一旁已是沙发扶手，退无可退，见季桐靠自己这么近，竟是有些慌乱：“OK，我答应。”

“这还差不多。”季桐见聂辰泽答应了自己，方才转过身回到自己座位上收拾道，“我急于拿下项目，贝莱急于找销售经理，我这么做，对大家都好，你没有理由不同意的。”

“那你就得尽快落实这项目。”

“你和贝莱除了合作关系之外，还有什么其他不为人知的秘密？”

“你到时候自然会知道。”

“那你一定得好好做推广，要知道这是我第一次和你合作，让我看看行业里排行第一的推广公司能推广出什么效果来，阿嚏——”季桐忍不住打了个喷嚏，尴尬地耸耸肩打算离开。

聂辰泽伸手递出一把钥匙说道：“我的车停在会员车库，你开我的车走，明天，我让司机去千羽和你换车。”

季桐玩味地眯眼一笑：“我要开了你的车到千羽的话，明天就上千羽头条新闻了。”

“你会在意这些？”

“难道你不知道车不能随便借吗？”季桐见聂辰泽一脸懵懂，说道，“好意心领了，我自己导航加油。项目成了后，请你喝咖啡。”

“是去看‘拿铁’吧？”

“喝酒也可以，我怕你喝不过我。”

“你说的，不要后悔。”

季桐撇撇唇，做了个手势后便离开了休息室。聂辰泽收起自己的汽车钥匙，看着季桐从面前走过，唇角扬起一抹笑容。

“车子不能随便借。”这是为什么呢？聂辰泽自嘲了这番莫名而起的好奇心，摇摇头拿出震动的手机接听起电话：“嗨，Frank。”

第十章
抉　择

季桐从高尔夫训练场回来后便一直感冒发烧，但为了确保整个项目顺利落地，从法务部起草新合同开始，季桐就盯着项目的每一个环节，郭甜甜也跟着忙前忙后。

一周后，微康项目的合作合同与柯林的推广合同都已回签，季桐靠在椅子上看着两份合同，边咳嗽，边露出了笑容。这是她来到这个新行业后的第一个客户，也是她经历了天鹰广场事件后第一件值得欣慰的事。

正在这时，郭甜甜气呼呼地回了办公室，说道："那个查丽分明是故意拖延。"

"怎么了？"季桐问道。

"你不是让我去和她确认面膜的设计稿有没有打样吗？"郭甜甜一叉腰学起查丽的样子来，"哎呀，打样要找市场部主管签字的啦，不是随便就能打样的啦。"

"咯……咯，我们手续应该已经都齐全了。"

"是啊，我就这么回她的，结果她又说自己这阶段都在忙电商销售那儿的设计打样。她太忙了，所以记不住了。"郭甜甜怒火中烧地恨不得拍桌子骂起来。

看样子，查丽拖延是有原因的。查丽是王芸指派给她们的，显然是王芸的关系人脉。如今王芸被剥夺了 LKA 的管理权，心里一定是非常不服气，给季桐穿小鞋也是正常不过的事。

“没事，晾她两天。”季桐说道。

“晾她？”郭甜甜睁大了眼睛，微康项目可是她们 LKA 组第一个也是目前最重要的客户，为了这个客户，她看着季桐每天带病工作到半夜，整个人都消瘦憔悴了不少。如今却说晾两天？可既然季桐这么说了，郭甜甜想季桐总有她的道理吧。自从季桐在千羽搞定了新风系统，与罗琪的张总建立了关系，随后又在短时间内拿下了微康，郭甜甜已经对季桐佩服得五体投地。季桐的计划，她总认为是对的。

“对了，喀喀，你有请查丽去柯林看推广的具体方案吗？”

“请了，她说没空，还说柯林做的肯定没有问题。”

“没事，既然这样，我们收拾下，马上去柯林看方案。”季桐说完后站起身，只感觉头一阵眩晕，一下坐了下来。

郭甜甜见状忙问道：“没事吧？我看你得去医院。”

“没事，一会儿和柯林开完会就去医院。”季桐说完后从抽屉里拿出一片退烧药吃了下去。为了不嗜睡，她不敢吃一片感冒药。

季桐与郭甜甜一起下楼取车，当季桐开门的时候，身后传来王芸的声音：“去柯林啊？”

“是啊。”郭甜甜回道。

“季桐，我看你生病了吧？还这么拼？”王芸冲着季桐说道。

季桐微微一笑，应道：“谢谢关心。”

“你还是别去柯林了，免得病得更厉害。”王芸说道。

“开会而已。”季桐示意郭甜甜上车。

“你还不知道吧？柯林已经收回了魔力丫的版权授权书。”正当季桐坐上车的时候，王芸拉住了车门说道。

"什么?! 不可能! 查丽都准备打样了。"已经坐进车里的郭甜甜一听，提嗓争辩道。

"贝莱看中了魔力丫，柯林就算是毁约也得讨好贝莱。"

贝莱在这个时候看中魔力丫，这背后必然有所隐情。季桐朝王芸看看淡淡一笑道:"谢谢你的提醒，我们现在要去开会。"

说完，季桐丢下扬扬得意的王芸开车离开。

"王芸一定是胡扯，柯林怎么会反悔呢? 聂总肯定不会这样的。"

郭甜甜这个小迷妹自然是笃信聂辰泽不会反悔，可这商场的事风云变幻也很正常。车子即将到柯林的时候，陆一帆与潘伟先后打来了电话，问季桐是不是方案有变，季桐回答没有任何变化，请他们完全放心。

"会不会真的有变化?"郭甜甜本是义愤填膺地认定柯林不会反悔，听季桐接了两个质询电话，一下子就没了底。

"有没有变化，上去了再说。"

柯林负责微康产品推广的是Suki。Suki曾在雅诗兰黛任职，是位经验丰富的推广人。她身材高挑，漂亮却不失亲和。

"我们现在遇到些麻烦。"Suki让接待的同事端上茶水之后，与季桐说道。

"什么麻烦?"季桐看着Suki微蹙起的眉头，知道王芸所言是真。

"是这样的，我们原本答应给贵公司的魔力丫版权授权书暂时不能兑现了，当然，由此造成的损失，我们柯林会一力承担。"Suki说道。

"是因为贝莱?"季桐问道，一旁的郭甜甜瞪大了眼睛。

"不好意思，季小姐，我不方便回答您这个问题。要不这样，您先看看我们几位校园美妆博主为新产品做的推广预告?"

“没有设计就像没有了脸皮一样，产品能否成功，它的设计占了很大作用。我想，这一点，你比我更清楚。Suki，我要见聂总。”

“季小姐，聂总今天有很重要的会议。”

“没关系，我去他办公室等他。”

“季小姐，我们也在为千羽选择更合适的卡通形象版权授权。”

Suki 极力地劝说季桐，季桐断然不会坐以待毙，她起身拿出手机对 Suki 说道：“Suki，我也不想为难你。如果你不愿帮忙安排，我会直接打电话给他。”

“那我去问下 Lina，看看能不能安排时间。”

待 Suki 离开，季桐轻叹了一声，郭甜甜在一旁说道：“不是吧，真给贝莱了。王芸怎么知道这件事，她和柯林的关系不过如此啊。”

“她和柯林的关系不代表她和贝莱的关系不过如此。”

“你是说，她让贝莱的人抢我们的魔力丫授权？”

“她煽风点火的能力还是不可小觑的。”

“嗯。”

“季小姐，Lina 请您到聂总的会议室等他。”Suki 回来与季桐说道。郭甜甜正要站起来，Suki 说道：“不好意思，郭小姐，聂总想单独与项目负责人季小姐谈这件事。”

季桐跟着 Suki 上了管理层楼层，这一层装修风格完全与柯林其他楼层不同，是全水泥基调配以北欧风格的家具，从两边落地玻璃可以清晰地看到房里的各种艺术摆设。

“Suki，你先去忙吧。”Lina 已经迎了出来，请季桐到会议室。两人刚踏入会议室，会议室的灯瞬间亮起，玻璃周围的百叶窗自动落了下去。

季桐咳嗽了两声，Lina 看了她两眼，目光并不友好，只说了句“聂总开完会后就过来”，随后便离开了会议室。季桐并不在意 Lina

的态度。在项目出现状况的时候，吵闹并不能解决问题，她要的只是解决方案，而她相信聂辰泽不可能没有后招。做生意到他这个位置，如果出不了方案，那根本无从成为行业领军人物。

季桐坐在会议室，喝着热腾腾的水，紧张的神经慢慢放缓了下来。会议室尤其安静，她能清晰地听到钟摆声，那是会议室角落里一只彩色布谷鸟钟发出的声响。整间会议室，除了这只布谷鸟钟外，几乎找不到其他色彩的物品。

这么清冷的装修风格。聂辰泽究竟是什么样的人？五年前的贝莱对中国品牌莹丽的并购案背后究竟是什么？短短五年，聂辰泽能在推广界傲视他人，又与当初有深仇大恨的卓澜韬合作，真的如耿恺的妻子所说是“忘恩负义”吗？

季桐胡乱地想着柯林主人的故事，渐渐地，眼皮垂了下来，打了个冷战，为了摆脱困意，季桐掐了下自己。正在这时，会议室的门打了开来，进来的正是聂辰泽。

“这是星座懒宝的品牌授权书。”在季桐发话之前，聂辰泽已经将一份文件放到了她的面前。

季桐笑了笑，拿起聂辰泽放在桌上的文件，不想喉咙一阵犯痒，连着咳嗽起来：“我就知道，咯咯，你肯定有，咯咯，后手。”

“你病了？”

“没事，就是那天着凉了呗。咯咯，这份文件的红章还是刚敲的，你刚刚，咯咯，在和他们开会？”

聂辰泽点点头说道：“星座懒宝比魔力丫更出名，我花的代价也更高。”

“你的代价是因为自己没有实践承诺，对我而言，只能算是补偿失误。咯咯……”季桐拿起文件站了起来，起身的刹那，眼前突然一黑，人往后仰了过去。

“季桐！”聂辰泽也没有想到前一秒还在揶揄自己的女人竟是一

头往后仰了过去，一把托住后，他才发现季桐的脸庞涨得通红。聂辰泽抱着季桐，交代 Lina 有事电联，坐上自己的专梯直达地下车库后送季桐到了附近医院。

季桐晕了过去，但手里却一直紧紧地拽着文件。到了医院后，嘈杂往来的人声此起彼伏地在她耳边响起，她只感觉梦与现实仿佛反复地在交替，待她完全清醒过来，自己已被护工们搬到一张单独病房的病床上，护士进出了两次后推了一辆小车进来，说道："季桐，对吗?"

"是啊。我怎么在这儿了?"

"你晕倒了，高烧四十度，细菌性肺炎。"护士一脸厌弃地看着还不知状况的季桐说道。

"什么？肺炎!"话声刚落，季桐又连着咳嗽了几声，护士兀自准备挂水的针头。

"躺好了，这是今天的第一袋水。"护士将药挂在了架子上。

季桐从小最怕打针挂水，每一次打针挂水就能哭得和孩子一样，因而，她总是自己吃药对付感冒发烧，此刻，看到护士拿着针和皮绳。她一下子就坐直了，手缩到背后道："我不挂水!"

"细菌性肺炎必须得挂水才能好，你都这年纪了，怕什么怕，手伸过来。"护士冷冷道。

"我不挂。谁把我送来的?!"季桐急着要下床。

护士在一旁一脸不乐意，瞪了眼道："躺好！要挂十天呢。"

"我不挂，我不挂，我不挂。"让她做什么事儿都可以，烈日下看工地，寒风大雪中爬屋顶都行，让她挂水那是万万不行的事儿。每年体检，她都避开同事独自去体检，因为一抽血，她就得哇哇大哭，周遭的人看得直笑。

现在，要她挂上十天的水，留置针又粗又长，那一针下去，岂不是要了她的命。她一把抓过枕头对着护士说道："我是病人，我有权不挂。”

“我很忙的，快点!”那护士也不是省油的灯，朝着季桐便教训道。

“我要出院，出院，咯咯。”季桐边盯着针头边叫嚷道。

“你男朋友已经帮你办了入院手续，再说，刚才你又不是没抽过血。快！躺回去!”护士说道。

抽血？季桐一拉手臂，果然已经有一个红点，上面还沾了些棉絮。

“护士，今天挂八袋对吗?”季桐正看着自己手上的抽血孔发愣，聂辰泽走了进来，向护士问询情况，见季桐醒来便说道，“你醒了?”

“你来得正好，你女朋友啊，不肯挂水，你劝劝吧，多大个人了，像小孩似的。我还有很多事要做呢，总不能耽搁在这儿吧。”护士腾出个位置给聂辰泽。

“你……”聂辰泽也不知该说什么，尴尬地看着面前蜷缩得像只小猫的季桐。在他眼里，这个女人该是什么都不怕的，就算是在天鹰广场的玻璃平台出了事故，也没有像此刻这样。

“我要出院，我不戳针。”季桐喃喃道，不想被聂辰泽看到自己出丑的样子，当作未来的笑料。

“你不挂水就好不了，微康项目怎么办?”

“不戳。”季桐噘起嘴，两只手臂紧紧抱着，别过脸去，像个孩子似的。

“我告诉你，你要是不挂水，我就不给你授权书。”聂辰泽拿出刚才好不容易在抽血的时候从她手里抽出的授权书，在她眼前晃了晃说道。

“喂，别用这事儿来威胁我。”

季桐一看授权书，想都没想立刻转过身去拿，不想被聂辰泽抓住了手腕。聂辰泽顺势坐了下来，将她手臂控制住，朝护士说道：“扎针吧。”

“哇，聂辰泽，你个混蛋，大混蛋，哇，痛！哇，痛……”

护士手脚麻利地下针后叹着气推了小车出去，她还沉浸在打针的痛苦中，哭得和孩子一般。聂辰泽只好把她的手放回原位，转身看她一副受了极大委屈落满了泪水的脸庞，忍不住笑出声来。

“我警告你，这件事不许对别人说！咳，咳咳。”

季桐生气的样子，再度惹得聂辰泽笑了起来：“我有这么无聊吗？对了，郭甜甜马上就到了。”

“你能别笑了嘛。”季桐想起刚才在聂辰泽面前丢脸丢到了家，恨不得此刻打个地洞钻下去。

“好了，没有想到你会怕……”聂辰泽站起身忍不住又轻笑了下。他已经很久没有这么笑过，此刻看着床上这个女人，竟觉得她有些少女的可爱。

“这份授权书我收下了。咳咳，贝莱为什么会盯上魔力丫呢？”季桐使劲儿地擦干净眼泪后问聂辰泽道。

“这件事，你不用插手，我会处理好。”聂辰泽方才忍俊不禁的脸庞上迅速闪过一丝不安，但被他很快地掩饰了过去。

季桐看得出，聂辰泽在魔力丫版权授权问题上的压力并不小，看样子贝莱中国与他的关系真是很复杂。

“你要吃什么？我去买。”

“不用了，肺炎要传染，咳咳，你走吧。一会儿郭甜甜过来，我让她去预订下医院病号餐，让她也早点回去。”

“细菌性肺炎传染性很低。微康项目，我已经投入不少，不希望搭档又病又饿的。”

聂辰泽话音刚落，郭甜甜急匆匆地冲了进来，肩膀上挂着的季桐的包甩到了胸口：“季桐，你没事吧？”

“我没事。”

“聂，聂总?”郭甜甜还没等到季桐的回答，见自己男神坐在季桐身旁，很快意识到胸口的包严重破坏了自己的形象，立刻把包取了下来。

“这份是柯林新的授权书，你交给查丽，喀喀，我后天去公司。”

“不行。”

“不行。”

聂辰泽和郭甜甜不约而同道，郭甜甜旋即偷瞥了下聂辰泽，只见他说道：“你要住院十天，不能中断治疗。”

“这是我们千羽的事，微康项目，一定不能，喀喀，不能有闪失。”季桐把授权书递给了郭甜甜。

郭甜甜接了过去，把季桐落在会议室的手机递了过去：“你的手机落柯林会议室了，响了两次，都是潘主管打的，我就给他回了电，说了你的情况，他让你好好养病。”

“谢谢。”

“你手机屏幕上的哈士奇是自己养的吗？好可爱啊。对了，你男朋友怎么没来啊?”

郭甜甜一口气问了很多问题，季桐叹了声说道：“是我在小动物保护协会领养的，不过是几年前的事了。喀喀，后来每天不是出差就是开会，寄养宠物店又特别贵，没办法只能送回小动物保护中心。你看到的这张照片啊，是现在的狗主人拍的。是不是很帅气啊？住的狗窝那么漂亮。他一定是遇到了个特别好的主人。”

“你没有男朋友?”郭甜甜再度提及季桐的个人问题。

季桐摇摇头，七年的感情早已终结，事业上的起伏令她无暇顾及爱情。此刻被郭甜甜提起，不免心中泛起一片黯然，说道：“好了，麻烦你帮我去预订下病号餐后就早些回去吧。我也累了，想睡会儿。”

“噢，好的。”郭甜甜若有所思地喃喃了一句，却又十分担心季桐无人照顾，便又说道，“那你一个人没人照顾怎么行啊？要住院十天呢。”

“我没事，你看我手脚灵活。你帮我把项目落实到位，那才是实实在在地帮我。”季桐再次催促郭甜甜离开。

“让她休息吧，我想她能照顾好自己。”

聂辰泽起身道别时季桐喊了声：“喂，谢谢。”

虽然声音无力，但他能感觉到这声道谢的真诚，他回头笑了笑。郭甜甜呆呆地看了眼聂辰泽的反应，随即跟着聂辰泽出了门。

“聂总。”聂辰泽并没有等郭甜甜，只是兀自朝楼道里走。郭甜甜大步追了上来，朝聂辰泽说道：“你是不是在追季桐啊？”

聂辰泽被问得莫名其妙，嗤了声否认道：“你想多了。”

“Lina 说，你想知道季桐每天在公司都做了什么。今天，你又为了微康项目花了很大代价拿了这份版权授权合同，不是为了季桐才做的吗？还有啊，Lina 说是你抱着季桐来医院的，公司还有一堆文件没来得及看呢。”郭甜甜一口气把自己所有的推论都说了出来。

“你听着，我和季桐只有合作关系。”聂辰泽继续朝走廊电梯走去。

郭甜甜撇撇嘴，咕哝了几声，想来也是，聂辰泽是什么人，平时接触的可都是超模、艺人、美妆博主这类美女，怎么会追求一个既是工作狂，又不打扮自己的女人呢？想到这儿，郭甜甜拍了拍脸，看样子自己是真想多了。不光是自己，她觉着满脸妒忌的 Lina 一定也想多了。

夜晚，聂辰泽照例运动后躺靠在沙发上查看邮件，熊猫本应在落地窗前看滨江璀璨的夜景，这是它最爱做的一件事，今天却一改习性趴在了聂辰泽的手旁，时不时地侧过头去看电脑屏幕。

“你今天怎么了?”聂辰泽把笔记本放到了茶几上，抚摸起熊猫的下巴，忽而闪过一个念头，是不是因为自己抱了季桐，而熊猫还记得自己前主人的味道。但很快，他便笑自己想多了。熊猫已经在自己这儿几年了，又怎么可能还记得小时候那个主人?

“呜……”熊猫呜呜了两声，全然忘记自己是条大狗，直接上了沙发求聂辰泽抱，聂辰泽拿过手机翻到季桐的手机头像放大后放到熊猫面前。

熊猫立刻甩了甩脑袋，直愣愣地盯着屏幕看了起来，脑袋一会儿侧向左边，一会儿侧向右边。

“你还真记得她?”聂辰泽问道，只见熊猫又“呜呜”了两声，伸出舌头就往手机屏幕上舔。这一次，他确信熊猫还记着季桐。

她究竟是一个什么样的女人?工作到丢了自己爱情的粗糙大女人，还是仅仅挂个水就能哭成孩子样的小女人?

这时，Lina 的电话打了过来。

“聂总，我已经与医院打过招呼，会安排专门的餐饮配送，另外，负责照顾季小姐的特级护理师也都安排了。”

“OK。”

“聂总，我们为什么要对季小姐这么好?”

“她是在我们柯林晕的，不管是什么病，我们柯林对她负责也是理所当然的。对了，这个月二十七号不要给我安排日程。”

“我明白，我会提前了解耿太太什么时候去。”

“好。”

“聂总。”

“还有什么事?”

“没，没有了。”

Lina 欲言又止，聂辰泽却并不在意，挂了电话后，拿起茶几上的笔记本想继续看会儿邮件，却觉得特别疲累。

季桐在病床上也未闲着，但凡有空就在手机上查询邮件，并与陆一帆讲了新的方案，好让陆一帆放心项目进度。Lina 安排了特级护理师，季桐本想着要回绝对方，可生了病之后，许多事做起来的确是力不从心。既然柯林帮了她，她就全盘收下。

一如所料，查丽果然故意延迟打样。这一切都与王芸脱不了干系。季桐知道，王芸打算让她在微康这项目上吃苦头，好把她踢出千羽。可她偏偏最不喜欢做的就是让这些心理阴暗的人遂愿。

周五一早，季桐突然出现在了千羽公司。王芸刚好与查丽有说有笑地走回办公室，见到季桐，两人惊得站在了原地。

“查丽，微康的打样呢？咯咯。”

“在排队准备了。”查丽打量季桐，面前说话的人不该在医院吗？

“排队准备？我们是加急打样，难道你不知道吗？”季桐冷冷道。

“公司流程啊，我的加急打样也在查丽那儿呢。”王芸立刻解围道。

“我记得你的 NKA 可不是在查丽这里做。”季桐说道。

“我项目这么多，分给查丽做有什么奇怪的？”王芸扬起眉毛轻蔑道。

“查丽，你必须立刻做微康项目，这事儿没得商量。第一，微康是我们公司本地新客户；第二，柯林为了微康项目给了我们更好的版权授权。如果你认为这两条不重要，没问题，你现在就和我一起去潘主管那儿。”

季桐说完，王芸冷嗤了一声：“别处处都拿柯林来做挡箭牌。你这微康项目不过是放自动售卖机卖东西，和地铁里卖水的有什么区别，说得好像无比重要似的。”

“是吗？”

“你以为?”王芸挑眉道。

“OK，查丽，既然有人替你回答问题，那我只好找潘主管了。”季桐回千羽公司的路上，就看到王芸与查丽从公司一旁的超市出来，她是特意候着两人。查丽这样的普通老员工别看平时欺压新人没商量，但真让她担上责任，心中却是极害怕的。

销售部的大办公室是敞开的，办公室内的人都听到了季桐的这句话。与王芸这样的资深老销售对着干，也是头一回。他们特意用电脑屏幕做起掩护，窥视季桐与王芸、查丽之间的冲突。

季桐进了潘伟的办公室，潘伟惊愕道：“你不是住院吗?”

“咯咯，潘主管，项目进行到关键部分，我不能看着它出岔子。”季桐咳得很厉害，一半是真，一半是假，她故意在领导面前示弱以获得潘伟的同情。

潘伟自然是不会怀疑，见查丽与王芸在一起，便立刻质问查丽道：“什么事？微康的项目出问题了吗?”

“没，没有出问题啊。我正在准备打样。”查丽立刻说道。

“刚才，你可是说在排队。你要知道，魔力丫版权被柯林收回后，丁总和潘主管有多关注这件事，我们好不容易拿到更好的星座懒宝，咯咯，版权授权，绝对不能再晚了。”

“排队也是排第一个啊。”查丽狡辩道。

“潘主管，我觉得不用这么急。谁知道这星座懒宝会不会被柯林收回呢？如今，柯林可谓唯贝莱马首是瞻。”王芸朝潘伟说道，“收费收那么贵，还来个反悔，这责任到底算谁的?”

“微康的项目，柯林目前没有收过我们任何钱，另外，聂辰泽也为先前的事向丁总道歉了。”

“没收钱？不可能，星座懒宝这么大一个授权竟然没收费?”王芸本扬扬得意，听到潘伟这么一说，难以置信地惊呼出来。

“当然。”季桐答道。

“不可能，柯林做什么事费用明细都清清楚楚，怎么可能没收费？”

“王芸，这就是我和你的区别。”

“你……”

“王芸，这个项目是季桐的，也是丁总和我很看好的一个 LKA 项目。你负责好自己的项目就可以了，以后不要再插手季桐的项目。另外，魔力丫授权的事，我想你不用我提醒你这背后有什么故事吧？”王芸还想说什么，被潘伟一下截断了对话。他目光炯炯地盯着王芸，使她把到嘴的话生生地吞进了肚子里。季桐在旁看得清清楚楚，魔力丫被收回授权与王芸有关，而潘伟已经对此清清楚楚。

“潘伟，不用你提醒我。”王芸狠狠道，刚要甩门出去，丁总却推门走了进来。

季桐很少看到丁总，更没有直接接触过对方。因为此时，她的身份不过是千羽的一个普通销售。丁总五十岁上下，戴着眼镜，看上去学究气息浓厚。据公司的人说，丁总技术出身，是千羽老板的朋友，在销售部做总监是帮老板盯着这块敏感部门。

“丁总。”大家同时称呼道。

“小季，我听说你在住院哪。”丁总看了下大家说道。

“谢谢丁总关心，我想着微康，咯咯，微康项目，所以回来一趟。”

“微康项目，是个好项目，你的点子很大胆，我很看好。不过，究竟成果好不好，我拭目以待。另外，身体是革命的本钱。快回医院吧，这儿有潘伟看着，绝对不会影响项目进程的。王芸哪，公司新人就是新鲜血液，我招新人进来，一方面是业务发展，另一方面是靠新鲜血液来带动我们这些老员工。脑筋别老在一个坑里拔不出来，这样的话，企业发展也会受限。”

“丁总说的是。”

“特别是一些旁门左道，我是看不惯的。公司也是零容忍的。”丁总特意强调了最后一句，这句话是说给王芸听的。

王芸唆使冯颖做出的事就属于旁门左道，如今，她又在背后搞鬼，使公司失去了魔力丫，同样也是旁门左道。

季桐心中叹息，这样的人总是出现在职场上，可恰恰又有很多这样的人能够如鱼得水，若不是自己运气好，能拿到微康这项目，又得到聂辰泽的帮忙，她与王芸相比，几乎没有胜算。

正想着这些事，丁总对她说道：“小季，你病着就回医院吧。我正好要出门，顺路把你捎过去吧。”

王芸愣怔地站在原处，潘伟向季桐递了个眼色，季桐也不推辞，跟着丁总出了潘伟办公室门。

“小季。”丁总在车行了五分钟后喊了一声。

“丁总。”季桐听得出丁总是有话要说。

“我们千羽委屈了你这人才。”丁总侧过脸，那学究做派的脸上拂过一丝难以琢磨的神色。

“丁总过奖了。”

“你在泓高可是销售经理，如今，在我们这里委曲求全地做个普通销售。”丁总并未看她，但季桐从司机前方的后视镜里看到丁总表情肃然。

她知道丁总说这话必然已是对自己调查得清清楚楚，于是便承认道：“化妆品行业是一个新行业，我从头学起。喀喀。”

“就这么简单吗?”

“就这么简单。”

“我可是听说泓高的CEO许诺了你销售总监的位置。泓高在建筑化工的地位，堪比贝莱在化妆品界的地位，那位置足够高啊。”

“丁总，这段已经是过去式了，我在千羽重新开始，并没有觉得不适应。”

“人往高处走，水往低处流。”丁总叹息了声，季桐默然不接话，他便继续说了下去，“我是真欣赏你在销售上的新策略，也真想看看建筑化工行业年轻销售经理在我们这行业里的第一个项目究竟能做出个什么样。”

“谢谢丁总的欣赏。”

“你和冯颖说的话，让她很受用。之前，她觉得只有销售做出业绩，才能让大家看到她。年轻人气盛得很，被人利用也是因为求胜心切。你让她能定下心重新思考自己，这很不容易。”

“每个人都有一条适合自己的路，冯颖天资很好，她一定会选择对的。”季桐咳嗽了两声。

“小季，不管你有什么想法来到我们千羽，有没有兴趣长留在千羽?”

丁总终于说出了他想说的话，言外之意就是许诺季桐更好的职位与发展，好让季桐断了去其他公司的念头。可她已经答应了聂辰泽，微康项目成功之后，她会考虑去贝莱中国。不过，她也并不想得罪这位在行业里颇有名声的销售总监，于是说道：“丁总，千羽是家好公司，我没有太多的想法，只想做好眼下的项目。”

“呵呵。我看，良禽择木而栖吧?”丁总哈哈大笑后，长叹了一声道，“你会去贝莱吗?”

丁总再一次的试探让季桐感觉到这位经验老到的人虽然一直在办公室很少出来，但人脉圈确实非常的广，既知道她的过往，又了解她的未来动向。

“小季，你要是心里打算去贝莱，我得给你提个醒儿，你要听得进去就听着。”丁总口吻变得同长辈关照后辈一般，“贝莱是个好公司，但它太大了，就像一棵巨树，树大根深。”

树大根深。

泓高也是如此的情况。想来任何一家行业巨擘能够如航母一样行驶在行业巨海之中，无论是红海搏杀还是蓝海创新，都能屹立不倒，也是树大根深的缘故。有复杂如蜘蛛网的人情关系，也有令人瞠目的利益链。

丁总的意思便是贝莱中国也暗藏着各种“杀机”，可哪里会没有杀机呢？就算是千羽，也有王芸这样的人。

“谢谢丁总的教诲。”

“小季，好好考虑下我的话吧。噢，你不用现在回复我。”

汽车开到医院之后，季桐下车前，丁总突然说道：“聂辰泽这个人，不是你想的这么简单。”

为什么他要在末尾说这句话呢？季桐看着丁总的车淡出自己的视线。

季桐躺回病床的时候，发现桌上留着一只焖烧罐，便问护理师谁来过。护理师说是病号餐的汤。季桐狐疑地看看，配送病号的汤也会这么高端，用焖烧罐装？

季桐出院后一个星期，穿着星座懒宝“衣服”的面膜上市。她邀请了陆一帆、丁总、潘伟、郭甜甜等人在会议室看了柯林公司准备的首轮美妆直播秀。这是柯林第一次以这样的营销模式去推广产品，最重要的是这产品的销售渠道既不是传统商场卖场，也不是电商渠道，而是自动售卖机。

数据是最好的结果诠释。在推广后的当天，几乎所有校园网点的星座懒宝面膜告罄，不光如此，星座懒宝的公众号作者也联合推广，粉丝们把各个住宅点的面膜也买个精光。

这是大家都始料未及的，虽然公司还有库存，生产速度也很快，季桐还是让陆一帆贴出了补货通知。虽然饥饿营销已经不再是创新的营销方式，但短期使用这样的方式还是相当有用。

陆一帆是这场营销的极大受益者。

在短短一个月中，销售额增长迅猛，卖面膜还带动了大家对他微康机器的认识。特别是流感易发的寒冷天气，学生也好，住宅居民也好，可以很便捷地买到治疗的药品。

不消一个季度，微康项目已经成了千羽公司的标杆项目。陆一帆很讲信誉，早于约定的时间就把款项结给了千羽，当然，千羽也将推广分成给了柯林公司。

季桐这招空手套白狼的计策，在微康项目上卓有成效。

一月底，上海迎来了一场大雪。瑞雪兆丰年，季桐站在千羽公司销售部资料室的窗玻璃前看着外面。早晨的时候，潘伟让人来撤走资料室的文件柜，准备为季桐好好重整一下办公室。季桐拒绝了，如果不是有这么多的资料，她也不可能这么快地熟悉这个行业。

“季桐，多亏了你，我拿到了公司的正式合约，人事部还说，我们做得很好，有一笔很高的年终奖，会在这个月到账。哈，也不知道是多少钱，这次过年回老家有底气啦。”郭甜甜欣喜地进了办公室说道。

正式合约。

季桐在千羽的正式合约是销售主管。刘子姗说是丁总的意思，让她考虑一周。聂辰泽也已经正式向她提了去见贝莱中国的销售总监 Frank 的邀请。季桐还未做出决定，是选择在千羽当个销售主管，还是选择树大根深的贝莱。

“你在想什么呢？难道还没签正式合同吗？”

“不，不是。”季桐转过身，看着满脸朝气，堆着笑容的郭甜甜说道，“你回家有底气是好事啊。”

“是啊。不过，一回家，我爸妈铁定给我找男朋友，七大姑八大婶全来了。读书那会儿让我别恋爱，一毕业，就开始各种催，恨不得我立刻就恋爱结婚。都这么急，我怎么能遇上聂辰泽这样的男人啊？”郭甜甜说着说着，又露出一副迷妹的模样。

“你啊，真是没救了。”季桐说着回到了座位。她几乎忘却了在郭甜甜这个年纪，每年过年和远在国外的顾铭打电话的时候，自己脸上就情不自禁地流露出期待与欢喜。

季桐的手机响了，电话那头是陆一帆的声音：“季小姐。”

“陆总？”

“你今晚有约吗？”

“没有啊，怎么了？”

“今天罗琪的张总来找我，说愿意投资微康，他说是你推荐的。你还记得当时给我的承诺啊。要不是你想的方案，我们微康还在困难期呢。所以啊，我必须得请你吃个饭。”

“张总能给您投资证明是您运营得好，我不过是提过而已。”

工藤商社对罗琪超市的收购邀约在经过多轮洽谈后失败。其重要原因是罗琪内部的股权发生了重要变动，张总得到了其他股东的支持，回购股份，成为罗琪第一大股东，拒绝了工藤商社。罗琪超市作为本地最有影响力的超市连锁店，保留了下来。

没想到这场并购风波过后，张总还记得当时她提的事。

“季小姐，说实话，我私人也想请你吃个饭。”

“那好吧，您把地址给我。”

季桐挂了电话，一旁的郭甜甜凑了过来，神秘一笑道：“你说一个失恋的男人，遇到事业帮扶对象，会不会以身相许啊？”

“你想多了。我和陆一帆吃个饭而已，他谢谢我也是正常。”

“都是销售请人吃饭，现在客户请你吃饭。快看看，他请你的是什么地方，就知道是真吃饭还是别的目的了。”

郭甜甜猜得很准，季桐查了陆一帆发来的短信，约会的餐厅

“One Life”是一间西餐厅，在点评网站上，还有最佳约会地点的标签。

难道说陆一帆真的有这心思？

手机再次响了起来，打来电话的是聂辰泽。

郭甜甜探身想看来电人，却被季桐接了起来。

“晚上有空吗？”

“没空。”

“有人约了？”

“张总给微康做了投资，陆一帆想谢我，请我吃个晚饭。”

“在哪儿？”

“One Life.”

“那我一起。”

“你？”

“做了这么久的微康项目，我还没有见过陆一帆，一起吃饭有问题吗？”

“没问题。”

季桐想聂辰泽怕是在盯着自己做决定，恰好，自己不知道如何应对陆一帆的这次邀请，带上一个大灯泡过去，再浪漫的氛围也会被打破得无影无踪。

陆一帆约季桐晚上六点半在One Life见面，因为One Life距离千羽的距离不过五千米左右。季桐打算六点出发，没想到自己刚下楼准备取车，聂辰泽已经出现在了停车场，朝她说道：“上车。”

这位非要凑上来吃饭的程咬金真是没得说。

“来这么早？”

聂辰泽没有回答这问题，只是开车离开了停车场，直到车子平稳地开在路上，他才开口道：“考虑得怎么样了？”

“我就知道，你找我是为了贝莱中国的事。”

“如今，微康的项目已经落地。先前，你答应过我，只要贝莱的销售经理位置空着，你就会去的。现在，位置还空着，我想不出你有什么理由拒绝。”

“贝莱的销售经理为什么这么久都没有人去？难道整个化妆品行业就没有人能够胜任？我不傻，更不想去做傻子。”

聂辰泽沉默片刻后说道：“千羽是不是许诺了你什么？”

“你应该猜得到。”

“你没有接受，对吗？”

“我也没有拒绝。”

两人彼此看了一眼对方，聂辰泽回过头，开车往 One Life 餐厅方向驶去，只不过车速很慢。季桐曾催促过聂辰泽说要迟到了，聂辰泽却借口说要避让行人，结果车在六点三刻才到了 One Life 的专用停车场。

季桐没有迟到的习惯，尤其陆一帆眼下还是自己的客户，但聂辰泽，她也不想得罪，因而只能在心里默默骂他。

“我先下车。”

One Life 果然是一个约会之地，季桐看到人来人往的都是成双成对的男女。

陆一帆穿着一件长款大衣站在进门的地方，看上去已经等了她很长时间，脸被寒风冻得红彤彤的。

季桐走上前说道：“对不起，我迟到了。”

“没关系，今天下雪，路上堵很正常的。进去吧，外面太冷了。”陆一帆让出一人的位置，礼貌地请季桐先走。

季桐尴尬地说道：“那个，等一下。”

“怎么了？”

“是这样……”

季桐才说了一半，聂辰泽已经大步流星地到了她身边，伸手向陆一帆介绍道："你好，陆总。"

"你是……"陆一帆愣愣地看着突然出现在自己面前的男人。

"聂辰泽。"聂辰泽微笑着回复。

"聂总？没想到在这里遇到你。"陆一帆朝季桐看了一眼，猜到季桐刚说的"等一下"就是在说等聂辰泽。

"我和季桐一起来的。外面这么冷，不如我们进去再说。"聂辰泽边说，边把手轻放在季桐背后，护着她一起进了 One Life。

"聂总，我今天只订了两个人的包厢，我怕不方便。"陆一帆皱着眉头，一路盯着聂辰泽的手，进了 One Life 后，他便下了逐客令。

可聂辰泽似乎并不在意，说道："没关系，边上加个位置就可以了。"

"这样不妥吧?"

"我不介意。我想季桐也不介意。"聂辰泽放下了护在季桐背后的手，问起身旁的季桐。

季桐本就猜出陆一帆的意思，正对此刻的场景感到尴尬，有聂辰泽在反而觉得轻松了不少，于是朝陆一帆说道："我也不介意。大家合作这么久，你们还没见过面呢。"

"那好吧。"陆一帆颇是失望，领着两人到了包厢。

进了包厢后，陆一帆的意图便更明显了，桌上放着一大束红玫瑰。季桐拿手摸了下鼻子，尴尬地看着陆一帆。

陆一帆拿起玫瑰花递到了季桐面前说道："我知道红玫瑰有些土，但希望你不介意。"

"给我吧，一会儿我放车上。"聂辰泽见季桐没有接过红玫瑰，伸手就把红玫瑰从陆一帆手里拿了过去。

"陆总，其实……"

"你喊我一帆就可以，毕竟现在不是在公司，我们随意点就可以了。”

“也好。”

“聂总，你看这里是不是比较局促啊?”陆一帆再次想请聂辰泽走。

聂辰泽却已经喊服务员摆了一把椅子与一套餐具放在两人之间，接着，像主人一样，要来了菜单。

陆一帆请季桐入座，随后坐到季桐对面的位置上，可他没想到自己原以为最浪漫的位置方式却被聂辰泽的“灯泡”座位搞成了隔岸观望。

聂辰泽打开菜单，递给了右手旁的季桐，随后他朝服务员说道：“麻烦把这两个红酒杯撤了吧。噢，陆总，你喝红酒吗？季桐不懂品酒，喝了白喝。”

“我的这个也撤了吧。”陆一帆说道。

陆一帆手拿菜单，朝季桐说道：“我看点评上都说这家的安格斯牛眼肉好吃。”

“是吗？我倒是觉着这儿的阿根廷烤牛排不错，你可以尝试下。”聂辰泽朝季桐指了下菜单，随后，又向陆一帆说道，“陆总也可以尝试下。主厨James做的阿根廷烤牛排很不错。”

“听你这么说，那我一定得尝尝。”季桐与聂辰泽先后点了菜。

陆一帆的心情被“灯泡”打扰得落了谷底，便随手点了一个。

一顿精心准备的烛光晚餐成了三个人的商务餐。于是，三个人的话题再次兜回到了公事上。

季桐向陆一帆又提了新想法，陆一帆算是心情舒畅了些，阴沉的脸孔总算露出了笑意。

“不好意思，我接个电话。”

晚餐行将结束的时候，聂辰泽出了包厢去接电话。

陆一帆一副“守得云开见月明”的样子，立刻问季桐道：“季桐，我问过你同事，说你还没有男朋友。”

季桐微微一笑，并未回答。她知道陆一帆指的同事一定是郭甜甜无疑。

“我今天其实是想问你，我们以后能不能成为朋友。我说的朋友，你该知道的，不是客户和合作商的那种朋友关系，是男女之间的朋友关系。”

“陆总，对不起，我想你一定是误会了。”

“难道你有男朋友了？聂辰泽是你男朋友？”

“当然不是。我以为你请我是商务宴席，他正好找我有事，想你们没有见过面，就借个机会一起吃个饭。我确实没有想到你准备的晚餐是……”

“那你愿意吗？”

“对不起，我暂时不想考虑爱情。”

“呵，是我太唐突了。毕竟，我们之前都是合作关系，一下子转换不过来，也是很正常的事。”

“陆总，我觉得我们还是保持客户与合作商的关系更好些。”

“季桐，是我哪方面不够好吗？”

“不是，你很出色，是我真的没有准备谈恋爱。”

“第一次见到你的时候，我对你的印象并不好。但后来我发现，你身上那种独立坚持的魅力，令我着迷。真的，你给我一次机会好不好？哪怕，现在你没有准备好，我们可以多些交流，比如登山、漫步，或者看电影、吃饭，你喜欢什么，我们可以一起尝试。”陆一帆坐到了聂辰泽的位置上，如此，可以靠季桐更近一些。

“陆一帆，我们不合适。”

“我们哪里不合适了？”

正在陆一帆追问的时候，聂辰泽回到了包厢，陆一帆见他回来，只能重新坐回原位，目光却在征询季桐的答案。

“我把笔记本落在办公室了，你送我回去拿下吧。”季桐站了起来，朝准备回座位的聂辰泽说道。接着，她向对面的陆一帆说道：“对不起。”

“OK。”聂辰泽从衣架上拿了季桐与自己的外套，准备拿起一旁放着的红玫瑰。季桐却伸手挪开了聂辰泽的手，向陆一帆说道：“这花，我不能收。”

“季桐……”陆一帆略带乞求地看着她。

然而，季桐留下一句“对不起”后，就径直走向了门口。

第十一章
贝　莱

路上，季桐手肘搁在车窗沿上扶着额头，漫无目的地盯着中控显示屏。她不知道自己拒绝陆一帆会不会影响到微康与千羽的合作，她只知道自从顾铭出轨过后，就再也没有想过爱情，是因为害怕沾染，所以才这么逃避吗？

“你刚才为什么假装打电话中途离开？”季桐的目光从中控显示屏挪到了聂辰泽的脸上。

“给你机会拒绝他。”

“你这么确定我会拒绝他？陆一帆是个不错的选择。”

季桐话音刚落，聂辰泽瞟了她一眼。季桐见他一副不屑的样子，轻哼了声：“不用这样，好歹他也请你吃了顿饭。再说，他看上的是我，又不是你。”

“这顿晚饭，我买的单。”

“你买的单？”季桐直起了身子，看向聂辰泽。路灯的橙光落在他的脸庞上，少了平日里的冰冷气息。

“这样，你就不必欠他一顿饭。”

“那我不是欠你一顿饭了？”

“季桐。”聂辰泽将车开到一处僻静的地方停了下来，侧过身看着季桐说道，“你欠我的不止一顿饭。”

聂辰泽本就不是一个简单的人，其实不用丁总提醒，季桐都很清楚这一点。她的确欠了聂辰泽三次人情，天鹰广场、微康项目，以及生病送医院。今晚的饭比起这些来，根本谈不上欠或不欠的。

“所以，你的意思是为了还你人情，我必须得去贝莱，对吗?”

“你可以这么认为。”

“好，我答应你，就当还你帮过我的人情。”既然聂辰泽把帮助她作为交易，那她就此还清不就够了吗？说完，季桐立刻解开安全带要下车，就在离开座位的刹那，手却被聂辰泽一把拉住。

“季桐。”

两人的手紧贴在一起，季桐看着面前的男人，竟是一阵慌乱，适才那番突然涌上的愤怒也已然消逝得无影无踪。她下意识地想抽回手，可他却拉得很紧。

“我只信你。”他突然说。

聂辰泽，一个何等孤冷的男人，此刻，在她的面前却没有半分平日里的冷傲。

“信我?”

“就和你信我一样。”聂辰泽微蹙起双眉，眉宇下的眼睛仿似藏了许多难以言语的秘密。

季桐无法反驳，的确，在天鹰广场，她把还自己清白的期冀全部交给了聂辰泽。之后，无论是罗琪项目，还是微康项目，她都认为聂辰泽一定会帮自己，事实上也的确是因为聂辰泽的帮助，她才获得了一次次的成功。

如果说这样的信任在天鹰广场那次是盲目的，那后面的每一次，她都是经过深思熟虑后才做出的决定。

“你让我去贝莱，是另有目的吧?”

“我说过你以后一定会知道。”

“好，我信你。你要是敢骗我，我一定不会让你好过。”

季桐的回答仿佛一剂良药，聂辰泽立刻舒展了眉宇，欣慰之余，将季桐的手拉得更紧。若不是季桐再一次往回收，他几乎忘记了自己的举动多么不合乎他平日里素来的冷静。他低声道歉：“对不起。”

“你还有比上次更好的红酒吗？”

“有。”

“带我去喝。”季桐重新系上了安全带，朝聂辰泽催促道，“刚才你请客没有红酒，一定得补偿下。”

“好。”

两人一同去往先前与张总一起喝酒的酒吧，季桐挑了一瓶聂辰泽的珍藏红酒，聂辰泽为她讲了那瓶红酒珍藏的年份与酒厂故事。季桐一如以往，“牛吃蟹”地喝了聂辰泽的珍藏红酒，大有一番一定要让他心痛的打算。

聂辰泽也跟着放开怀，学着季桐的“牛吃蟹”方法喝光了另一瓶珍藏红酒。

这让酒吧里的招待瞪大了眼睛，像是在确认面前的男人是不是那位极讲究品味的聂辰泽。

瑞雪飘过的夜晚，两人约定在季桐进入贝莱后继续合作。

第二天晚上，季桐按照聂辰泽的安排到了瑞吉红塔行政长廊酒吧与贝莱的销售总监 Frank 见面。

Frank 是位极典型的法国人，一米七多的个子，一双褐色眼睛，栗色头发梳得一丝不苟，脖子里系着条形丝巾，深蓝色的西装露着恰到好处的衬衣袖口。

“你好，我是贝莱中国的 Frank Fox，没想到季小姐这么年轻。”Frank 微笑着打开了话匣子。

果然是一位经验老到的销售总监，名字中还带了狐狸。明明已经知晓她的履历，开场白还是先把人夸上一句。季桐腹诽着微笑回应：“你好。”

“我听辰泽说季小姐之前在泓高工作。泓高可是我们欧洲的知名公司，我们法国很多项目都是泓高提供的技术支持。你从普通销售做起，短短几年升职到了销售经理，很厉害啊。”

“我运气不错，遇上许多大项目，客户又都很讲理，所以晋升还算顺利。”

“泓高可不是靠运气就能升职的。”Frank 眯起双眼，审视起季桐来。

季桐自然知晓他话中有话，于是说道：“贝莱是化妆品行业巨擘，泓高就是再知名也比不上贝莱在国际上的地位。”

“哈哈，毕竟我们是快消行业嘛，大家每天都要用到，所以记得住我们。”说着，Frank 颇为自豪地介绍起了贝莱庞大的组织架构，顺带也将自己如何爱中国，特意向总部申请前往中国任职的事告诉了季桐。

他究竟爱不爱中国，季桐不得而知，因为大多数被派遣来中国的外籍高层无一例外地都会说自己是爱中国的。当然，他们中有一部分是真爱中国，另一部分则是总部故意放到中国的眼线。

季桐问过聂辰泽，虽然 Frank 不是贝莱总部第一个派往中国的管理层，但却是这五年里唯一来华的销售总监。季桐预感 Frank 就属于后者。

“啊，我在想，我说的这些，辰泽应该都和你说过了吧?”Frank 试探地问季桐。

“我们并不熟悉，他只对我说，贝莱中国在找一个销售经理。”季桐表现得与聂辰泽关系疏离，这也是聂辰泽先前交代的。

“噢?”Frank 的手指在桌上有节奏地敲了下，仿佛在思考这话的可信性，他接着说道，“也是。他同我说是在一个项目上认识的你。对了，和我们贝莱有关系，好像是一个卡通人物的授权版权。”

“是的，柯林本来承诺给我魔力丫版权，但是突然改了主意。虽然过程有些波折，但结局不错，项目还算顺利。”

“季小姐，这正是我好奇的事儿。为什么你会选择去千羽这么一家……”Frank 耸耸肩，脸上一副不屑的样子，“小公司呢？毕竟，这样的公司比起泓高来，那是天壤之别。你当时就该来贝莱哪。”

“我也是帮朋友而已，没想在那儿多待。”季桐知道，Frank 所谓的好奇，无非是觉得千羽是个小公司，想借此显示贝莱的领军地位。她编造的帮朋友这类的解释，其实也并不重要。

“不过，这都不重要了。我相信辰泽推荐的一定不错。”

“真不知道聂总说了我些什么话。我对这行业了解还不多，毕竟过去的几年我都一直和水泥黄沙打交道。”

“辰泽做这推广行业很有经验，普通人他是看不上的。他就同我说了一句话，说你做事很有办法。所以，不管你是什么行业出身都不重要。这是好事，我可不希望我们贝莱的销售经理与我们的服务商能力有差距。”

“看样子，柯林在贝莱眼中完全是‘乙方’的角色。”季桐很快意识到，在千羽眼中高不可攀的柯林，在贝莱眼中不过就是服务商。因而发生贝莱想拿魔力丫就拿走了的事也不足为奇。这或许就是跨国企业骨子里的高傲，不管本地的企业有多厉害，都不可能被其真正放在眼里。竞争对手也好，合作商也好，甚至客户也是如此。

“哈哈，即便是这样，我们也得靠柯林拓宽市场。”Frank 大笑说道。

“我前公司楼对面的LED屏幕一直播放悦然的新生系列，我就属于被拓宽的‘市场’客户之一。”

“所以，你选择到贝莱就对了。”

“我也认为这是一个正确的选择。”

“看到Package（年薪）后，你更会觉得正确。”Frank做出个保持神秘的手势，“人事部经理Lucy会跟进你到贝莱的一切事宜。这些天，你处理完千羽的事，刚刚好过了中国新年就来贝莱。相信我，你在贝莱一定会感到家一般的温暖。真的，完美。”

“谢谢。”

“那我就提前欢迎你加入贝莱中国。”Frank站了起来，伸手去握季桐的手以示庆祝，“明天，我和辰泽打球，你来吗?”

“我的高尔夫球水平太次，到现在还是七号杆，就不去丢人现眼了。”

“哈哈，让辰泽教你，他要是不在现在这行，说不定能上职业赛拿个绿夹克。”Frank说起高尔夫球便来了兴致，“不过，女人天生不爱打高尔夫球，怕太阳晒。哈哈。从没有见过辰泽带女人来，狗倒是带过。”

“带狗?”

“看样子，你和辰泽的确还不熟悉。他有一条哈士奇，虽然不纯种，但很聪明。哦，那条哈士奇眼睛还很特别，颜……不好意思，我接个电话。”

哈士奇，眼睛还很特别，季桐一下想到的便是自己的佐罗。聂辰泽从来没有向她提过自己有只哈士奇。那时，他还曾看到过佐罗的照片，如果真是佐罗的话，他一定早就告诉自己了。季桐不禁暗嗤自己太过敏感。

Frank接完电话后，便不再继续刚才关于哈士奇的话题，只说是朋友等他参加周末派对，不能再聊了。

看得出，虽然聂辰泽的柯林在Frank的眼里不过是一个服务商，但聂辰泽与他之间的关系非同寻常。聂辰泽推荐的人，他心中自然已经打了钩。这一点，昨夜喝酒的时候，聂辰泽就已经告诉季桐，只要她决定去贝莱，Frank的面试就是走一个过场。

周末的时候，季桐写好了辞职信。周一一早，潘伟去了丁总办公室。季桐想既然是这样，刚好向两位道个别。

季桐敲了丁总办公室的门，潘伟开了门，他显得有些错愕，问道："季桐?"

"丁总，潘主管。"

"小季啊，你想好了?"丁总的第一反应是季桐答应留在千羽，可他万万没有想到，季桐递上的会是辞职信。

他刚扬起的笑容一下消失得无影无踪，一旁潘伟见丁总半晌没出声，便对季桐低声道："季桐，你的升职，我也是很赞成的。"

"谢谢，我辞职和你没有关系。"

潘伟正想说什么，丁总沉声道："潘伟，我与小季单独谈谈。"

话落，潘伟便轻声离开了丁总办公室。一时，办公室只剩了季桐与丁总两人，丁总示意季桐坐。

"你决定去贝莱了?"

"是的。"

"是聂辰泽让你去的吗?"丁总意味深长地问道。

"做决定的人是我自己。"

"你该知道聂辰泽与贝莱的渊源很深吧，我和耿恺是旧友了。"

"莹丽的创始人吧?"季桐还记得当初第一次见聂辰泽的时候，就是耿恺的妻子骂聂辰泽是忘恩负义的畜生。

"创始人之一。说起来，当年的莹丽可是国内一等一的企业。聂辰泽的父辈与耿恺的父辈是战友，在耿恺创业时，聂辰泽也是创始人之一。当然，如今的贝莱中国总裁卓澜韬也是联合创始人。他们三个人当年真是情同手足。”丁总慢慢地讲述起莹丽的发家史，这也是季桐第一次那么详尽地听到莹丽的故事。

“贝莱在大众消费市场斗不过莹丽，因此就动了收购的心思。你该知道，但凡在中国市场斗不过本地厂商的时候，跨国企业最擅长的一招就是收购。不少企业在被收购之后，品牌没落，最后淡出市场，所以要创造一个百年化妆品品牌是很困难的。”

丁总悠悠地叹了口气。季桐虽常年在外企工作，但看到大量本地品牌因为受不住资本诱惑而被收购导致了品牌丧失，也是感慨颇多。

“就如大家所知，卓澜韬背叛了耿恺，莹丽被贝莱收购，耿恺因为痛失自己亲手创立的公司，心脏病发撒手人寰。走的时候，他还真是很年轻，孩子也还小。聂辰泽在耿恺去世后消失了一个月，谁也不知他去了哪儿。当初，圈子里有人说，卓澜韬之所以能够将莹丽卖给贝莱，是因为聂辰泽从中协助。这事儿一直都没有被证实。几年后，卓澜韬已经成为贝莱中国的总裁，而聂辰泽在今年与贝莱成了战略合作伙伴。这背后，耐人寻味啊。本来有个事要爆出来的，后来这事儿也被人压下去了。”丁总若有所思，对于这样的猜测，季桐想他应该也是信了的。

“什么事?”

“就是去年十一月二十七日。耿恺的忌日，我们几个旧友有去，上海这儿的规矩，得一早去的，但因为耿恺的儿子学校周末有活动，所以耿夫人同我们说十点半去。我们想想也就改了。结果，在那儿看到了聂辰泽。耿恺儿子还小，不知道大人间的事，非找聂辰泽玩。耿夫人忍不住，就破口大骂说聂辰泽害死了耿恺。耿恺儿子一开始懵了，后来突然拿地上的砖块砸聂辰泽。耿夫人也要冲上去。我们就立刻上去拦住。卓澜韬呢，也到了墓地，刻薄挖苦了一番。这事儿，我想来真后悔没上去给卓澜韬一拳。”

丁总越想越生气，手紧攥起了拳头。

季桐虽然不在场，但也能大概猜到当时的情景。她还记得十一月二十七日，是她出院后的周末，她曾打过电话给聂辰泽，却一直没有人接。

“丁总，这并不能说明聂辰泽与卓澜韬当年背叛莹丽有必然联系。”

“不，卓澜韬当着我们的面说了，幸亏聂辰泽帮忙，要不然他如今也不会是贝莱中国的总裁。”

“丁总，我知道您很生气。可您在行业里这么久，应该知道很多事的背后很复杂。”

“小季，老实说，你是不是与聂辰泽有别的关系？”

“没有，我们之间只是合作的关系。可能是我在这个行业还不久，感受不深。这次我选择去贝莱，的确是自己做的决定。您知道，任何人逼迫不了我这性格的人。”

“我看，你做了这决定，也不会轻易改变了。这样吧，我这儿的位置还是给你留着，倘若以后，你想回来就回来。”

“谢谢您，丁总。”

季桐从没有想到，在这么一个工作不过几个月的地方，一个见面不过几次的前辈对自己这么照顾。她经历了那么多年职场，第一次有种泪涌的感觉。如果她当年进入泓高的时候，遇到像丁总这样的人，那今天，她也不会有此时此刻的性格与处事方式。所谓逆境，在有的时候，就是一种无形的动力，鞭打自己不能停下脚步。

丁总最后语重心长地说：“小季，好好做。”

季桐走出丁总办公室的时候是带着笑容的，不过她知道，这样的温暖是稍纵即逝的。因为，未来的道路，她自己都不知会有多少荆棘。

聂辰泽与贝莱之间的关系远不像大家看得这么表面。聂辰泽当初对她说“我只信你”，这句话时不时在她脑子里回荡。

得到丁总的特批，季桐无须待满一个月就可以离开千羽。季桐与郭甜甜交接了手头的工作。

与离开泓高不同，季桐正式离开千羽的那一天，郭甜甜主动帮助季桐搬东西，两人有说有笑。只是待到东西全部收拾完放进季桐的后备厢时，郭甜甜的双眼竟是蓄满了泪水。

“我又不是发配到边疆，大家都在上海，随时可以约了见面啊。”季桐抱了下郭甜甜。

“要是以后我能力上去了，你也招我去贝莱吧。”

“好。”季桐闪过一个念头，如果有郭甜甜这样的人在身边，她在贝莱的路兴许会更顺当一些。可自己到贝莱究竟是踏上了一条什么样的路呢？

“哟，这不是季桐吗？辞职走啦？”

季桐不用看就知道是王芸，她的尖酸刻薄一如以往没有半点改变。季桐在职场这么多年，遇到这么多的竞争对手，王芸属于最弱却还不自知的那类。

看她一副挖苦的样子，显然王芸连她辞职后去贝莱中国都不知情。

“你是来送我？”

“呵呵，我是来看你走得多么灰溜溜。”

“什么灰溜溜啊？季桐辞职是因为要去贝莱。”郭甜甜很仗义地替季桐说话。

“贝莱？”王芸错愕地看着季桐。

“对啊，季桐低调，不想大家都知道啊。”

“你去贝莱？”

“你和贝莱的人这么熟悉，我以为你会知道。”季桐淡淡说道。

王芸愣怔地看着季桐，季桐只是笑着回应道：“希望未来，你有能力成为我的对手。”

“季桐，你……”

“就快新年了，提前祝你新年快乐。”

说完，季桐朝郭甜甜道别，开车驶离了停车场。

没想到陆一帆站在了停车场外，等候着她。

“郭小姐告诉我，以后我们微康的订单都由她负责了。”

“是的。”

“你是因为我才离开千羽的吗？”

“不是。”

“那未来我们没有合作关系，还能成为朋友吗？”

“陆一帆，我们能成为朋友，但我们不可能成为男女朋友。你是一个很好的人，你会遇到比我更好的女孩。”

“是吗？如果我真有这么好，那为什么张鑫离开我，你也不愿意给我机会？”

“你是位很好的创业者，坚持自己的梦想，一定会遇到和你相伴的那个人。”

“季桐。”

“我还有些事，改天我们再聊。”

尽管陆一帆很优秀，但是顾铭给她上了一堂可怕的爱情课。那么多年的感情，变质的时候，比臭粪还不如。现代职场，一个见识过那么多尔虞我诈的成熟女人，不踏踏实实赚钱，倒要去奢望不知道什么时候就会变质的爱情，不是愚蠢是什么？

季桐在春节的时候回了家乡。父母没有在季桐面前再提顾铭的名字，可她却得知，顾铭的父母曾来替他们儿子讨要回彩礼以及上海房子的首付款，还说如果不给的话，他们会去法院上诉。

她那对老实善良的父母把自己积攒的定期存款都拿出来给了对方，还了首付款的百分之七十。银行里的同学告诉季桐，她父母把平日里存她同学那间银行的钱全取了。对此，她父母只字未提。

年三十晚上，季桐看着父母按照往年的习惯，把给她——这个未出嫁的独生女儿的压岁钱放在枕头下时，她再也忍不住内心的酸楚，冲下楼，任冷冽的寒风吹过自己湿润的脸庞。

她的手机铃声响了很多遍，她才接了起来："喂。"

"是我。"

"噢。"季桐反手擦了下眼泪，尽力克制住自己的情绪。

"哭了？"

"瞎说，我怎么可能哭呢？大过年的。"

季桐再擦了下眼睛，却看见聂辰泽站在离自己五六米的路灯下，灯光落在他的身上，一如以往的俊朗。他放下了手机，说道："是吗？"

"你，你怎么会在这儿？"季桐难以置信，他竟然会在这个时候出现在自己家门口。

"我和你一个城市的。"

"你不是上海人吗？"

聂辰泽走到她面前，浅灰色的羊绒大衣，一条格子围巾系在脖子上，恰到好处："不能因为我在上海有房产和公司，就认为我是上海人。"

"那你怎么知道我住这儿？"

"我很怀疑自己是不是认错人了。"

"好了，别取笑我了。"季桐忽而想起那日曾经给聂辰泽看过简历，简历上有紧急联系人住址。她侧过脸自嘲了下刚才的愚蠢问题。

“过年什么打算?”

“在家陪陪父母，走走亲戚。”

“有空的话，我带你去各个商场看看贝莱的产品，算是给你做个免费培训。”

“怎么，怕我过年后一去贝莱就给你丢人现眼?你不是吧?还说相信我。”季桐说着，两人对视了一下，笑了起来。

“桐桐，你朋友啊?”季桐的母亲找不到女儿便下楼来找，没想到看到女儿正与一个男人在说话。

“妈，他是……”面对突然杀出的母亲，季桐竟是一时想不出应该如何称呼聂辰泽。

“伯母，我是聂辰泽，季桐的朋友。”聂辰泽说道。

“噢，朋友啊。天这么冷，要不到家里去聊吧。”

季桐听到母亲这么说，立刻使劲儿朝母亲递眼色，随后对聂辰泽说道：“你不是说有事吗?一会儿微信上聊吧。”

聂辰泽见季桐一脸窘迫，没想到在父母面前，她完全变了模样。他会心一笑，递给她一个薄牛皮纸信封模样的东西。

“新年快乐，伯母，我有事先走了。”

聂辰泽转身离开。

季桐拆开信封，原来里面包着一条灰紫相间的羊绒围巾。

“桐桐，这男的是谁啊?”母亲问道。

“朋友啊。”

“上海认识的?”

“是啊。”

经历了顾铭的事之后，母亲对她的情感特别在意。这就是母亲对女儿的爱，生怕她再次受到伤害。只是她与聂辰泽之间不过是合作关系，要不是之后要进贝莱，他也不会主动来找她。

季桐原以为自己在千羽的半年多时间里已经对这个行业了解了

许多，没想到不过两天的时间，聂辰泽就告诉了她两年都得不到的知识。

这两天，聂辰泽带着季桐一起逛了城市中每一个商场。在黛尔奢宠季护肤专柜，季桐拿起眼霜旁的细棒问聂辰泽这是干吗用的。聂辰泽却拉住她，让她站那儿别动，随后一手轻抬起她下巴，一手用小圆珠棒在她右眼周围划了几个弧度，接着，她还等着他划一下左眼，谁知才刚闭上眼睛，听到的却是BA小姐在旁说道："请问您要买这款眼霜吗？"

离开眼霜架，季桐问聂辰泽为什么自己用了粉底后脸上总是会起皮，聂辰泽告诉她，可以在粉底液中加入精华。这一次，他没有把试用装涂上她的脸，而是与寻常BA一样涂在她的手背上。

他的手法很温柔。

这是第一次一个男人如此温柔地教她如何推开粉底液。

就在他得意扬扬地问她懂了没有的时候，季桐立刻用手边顺来的口红往他脸上画了一道。在BA小姐的暗笑声中，聂辰泽只能借了卸妆水把口红卸了。

季桐故意站在离他两米远的地方拍了照，说是留个艳照门以备后用。没想到他追了过来，季桐立刻往中庭跑去，刚好与正在撒金元宝糖的财神爷人偶撞了个满怀。财神爷的金元宝往天上一抛，周围的小朋友抢得欢乐极了。他们在人群中，相视而笑。

当他们在架子上翻看印着魔力丫的致臻系列熬夜面膜时，季桐拿起面膜，愤愤地朝聂辰泽哼了几声。聂辰泽却说她的嘴就和魔力丫一样，惹得两人又是一番小争论。

无人知晓他们是在彼此交流产品知识，只是艳羡地看着他们欢乐嬉笑、成双入对的背影。

春节总是在满满的计划中到来，又匆匆地从指缝中流走。

新的一年，季桐神清气爽地来到了贝莱中国的大楼。

因为早到了半小时，季桐在展厅看起了贝莱的产品。展厅主题色为深灰和浅灰，展架呈半圆弧与正方形状，间隔放置。

季桐走在展厅中，看着琳琅满目的产品。想起春节两天里，聂辰泽给她做的培训。他什么都替她考虑到了。

“季小姐，真是不好意思，不知道你早到了。”季桐的身后传来一个清甜的女声。

季桐转过身，只见一个三十多岁模样的圆脸女人笑眯眯地跟她打招呼。圆脸女人虽然热情有礼，可季桐知道她绝非人事部经理 Lucy Wang。

亏得 Frank 说她来贝莱会有一种家的感觉，这么大的公司，又如何会有家的感觉？

“你好。”季桐不露声色道。

“我是薪资福利专员 Fiona。”Fiona 见季桐没有挪动脚步，便说道，“Lucy 正在开会，你放心，她已经交代好我所有的事了。”

“没关系，我等她开会结束。”

“季小姐，文件都准备好了，不如我们先到会议室去看看。”Fiona 再次试图劝说季桐。

“如果文件中有问题，你有权力更改吗？”

“这个……有问题，我会向 Lucy 提。”

“Frank 说，贝莱中国的人事部会让我有一种家的感觉。可我觉得与想象中的差距还不小。”

季桐并非看不起对方的职位，只不过接待什么样职位的员工，在外企是很有讲究的。贝莱是化妆品行业巨擘，人事部不可能不懂这规矩。Fiona 显然也知晓自己不过是被领导特意派来压压季桐的，但她毕竟是人事部出身，接待的人不计其数，应对还算得上自如。

Fiona 说道：“季小姐，要不，你先在会议室看会儿文件，我去看看 Lucy 开完会了么。”

季桐淡淡道了声“好”，才在 Fiona 引导下到了人事部会议室。

贝莱的会议室与展厅一样都是以深灰与浅灰色为背景的，在会议室的前部有一块自动打印的白板，后面墙上两只橘色的挂钟标识了中国时间和法国时间。

Fiona 递过文件，季桐翻了起来。她想起父母先前为自己付给顾铭家的首付款，现在，她需要赚很多钱还给父母。

与人相爱的时候，钱仿佛都是身外之物，而当两人分手后，只剩了钱的算计。季桐在上海的这套房，房价的百分之三十首付款是由顾铭支付的，但所有贷款都由季桐来偿还。如果说选择到贝莱有聂辰泽的原因，那么此时，她是真的需要只有贝莱才能支付得起的薪水。

文件上用中英文标注了刚刚达到七位数的年薪，季桐知道这样的年薪已经能让很多人艳羡，但对她而言，希望争取更多。

“季小姐，我是 Lucy Wang。不好意思，刚才一直在会议中，所以就请 Fiona 先给你文件。”Lucy 的个子不高，卷曲短发刚好到耳根，细弯的眉毛下一双眼睛虽然不大，却是非常有神。她的声音沙哑，季桐一度以为 Lucy 的长相会是粗犷型，没想到却是这般秀气。

“你好，人事部经理是公司要职，忙碌也很正常，我在这儿等等无所谓。”

“人事部是服务部门。”Lucy 是贝莱中国的人事经理，自然谙熟与人打交道的方式，更懂洞察对方的心思。

季桐并不掩饰自己对薪资的期盼，单刀直入地说道：“我看完文件了，但这样的 Package 对我来说并没有什么吸引力。”

“我们贝莱中国的薪水体系在行业里是出了名的好。”

“这我相信，就和泓高一样。不过，这并不意味着每个职位都得到绝对好的 Package。我说的对吗？”

季桐意味深长地看着面前的女人，整个会议室被一种紧张的气氛包围起来。Lucy 脸上的笑容一直未有改变，她低垂眼睑看了下文件，说道："那多少才能让你满意呢？"

"加 20%。"

Lucy 淡笑，再度抬头看季桐："季小姐，公司每个职位的薪酬范围是有标准的。"

"范围可左可右，这文件中的应该就是范围的左边，而不是右边。贝莱中国招了这么久的销售经理，我相信这岗位不应该只值范围的左边。"季桐用手指在会议桌上比画了范围。

"我们的确招了很久，其中不乏一些价格没有谈拢的候选人。"

"Frank 只提过会让我满意，只字未提那些价格没谈拢的候选人。不同的人，不同的价值。"

"季小姐，按照公司流程，你这职位可不是 Frank 一人说了就算数的。"

"当然，所以我把这要求提给了你。你更了解市场，更何况 Frank 说有什么事你都能解决。我相信 Frank 说的是真话。"

Lucy 挑了下眉，摇摇头笑道："看样子，我真得好好说说 Frank 了，他手下三个销售经理，都这么能说会道。"

季桐一愣，没想到贝莱中国有三个销售经理。Frank 果然是条老狐狸，一句话都没有提到这档子事。聂辰泽更是该死，与她都这么熟悉了，还故意隐瞒。一个销售经理，她讨价还价的砝码多，而三个销售经理，她的筹码就变得不同了。

不过，在任何谈判的场合中，及时应对突然变化的条件，才能成为高手。因为你来我往的谈判，无非是在互相交换条件。

季桐虽然第一次听到这件事，但并未表现出惊讶，只是笑着应对 Lucy："为自己争取更多的权益，才能有更多的动力为公司赚取销售额。我相信，其他两位销售经理，一定为公司赚取了比自己薪水多得多的销售额。”

“那是自然的。”这一次轮到Lucy吃惊，她目光再次落在了文件上，手放在上面，说道，“Frank真是什么都和你说了。这样吧，增加10%，你看怎么样？”

“20%。”第一次的让步，绝不是最后的让步，季桐仍然坚持地说了20%，当然，她知道Lucy最终能同意的一定高于10%。

“季小姐，这10%已经很高了，现在许多企业每年涨薪都到不了这么多。”

“今年贝莱中国的平均涨薪在12%，10%连均数都没有到。”

“我们不能这么对比，是吧？你的薪水基数高，这10%一涨，可就是十多万元钱。”

“那是自然，不过，经理级别的薪资水平和普通员工的计算并不同。坦白讲，Lucy，我很欣赏你的爽气，以后大家都是同事，没有必要为了这件事太过斤斤计较。不妨告诉我你最高能给我多少，你说多少，我就同意了，将来我也会记着的。”

工资说白了也是公司赋予人事部的权力。Lucy心想Frank要定了季桐这个人，那她作为人事部经理何必与Frank过不去。更何况经过短短的交锋，她已知晓季桐远超过先前的候选人。与季桐处不好，对自己也没有好处。既然这样，拿公司的钱为自己买个顺水人情，何乐而不为呢？

Lucy想了想，对季桐说道：“大家都是同事，我这儿的权限到15%。再高的话，可真是得卓总批了，我想你不会为难我吧？”

“那就15%。”季桐一达目的，便立刻收手，果断地结束了两人的谈判。

完成签约流程之后，Lucy带季桐前往Frank办公室。

“Frank。”

Frank办公室的门敞开着，Lucy刚跨入门口便十分热情地喊起了 Frank。Frank 并未坐在老板椅上，而是站在咖啡机前做咖啡。他见 Lucy 带着季桐进来，满脸笑容迎了上去，与 Lucy 行了个贴面礼，又与季桐握了手，说道："一下子来了两位美女，我都不知道该和谁先说话了。"

Lucy 莞尔一笑，朝 Frank 说道："当然是你的新销售经理，我今天还有事，得赶紧去做了。"

"等等。"Frank 说着，在自己桌后的小冰箱里取出一块巧克力递了过去。Lucy 笑笑接过，离开了办公室。

"怎么样？让我听听，你有没有家的感觉？"Frank 舒展了下双臂，拍了下手，等候季桐的回答。

"如你所说。"

"哈哈，我就说，Lucy 这样充满魅力的女人做人事部经理，真是太完美了。"Frank 又站回了咖啡机面前说道，"意式浓缩，要来一杯吗？"

"可以，谢谢。"

"说起咖啡，这周末，辰泽找我和他一起进行咖啡杯测。"Frank 递过一小杯意式浓缩，眨了下眼，"虽然我很爱咖啡，不过这也是头回去咖啡杯测。"

意式浓缩对季桐来说太过味苦，平日里，她更喜欢法式欧蕾，不过，既然是 Frank 邀请的，勉为其难也要喝了。听他提起聂辰泽，就想起他与 Frank 刻意隐瞒贝莱有三个销售经理的事，季桐恨不得把他立刻大卸八块。

不过，看得出，Frank 对于她同聂辰泽的关系还是颇有怀疑，否则不会一而再再而三地提起聂辰泽来。

意式咖啡杯子奇小，只两三口的样子就喝尽了。Frank 愉悦地向季桐说道："来，我带你参观下办公室。"

季桐的新办公室就在 Frank 同条走廊的斜对面七八米的地方，

走廊的两侧均是会议室。这是一间非常舒适的办公室，季桐简单一眼就能看出这办公室里的材料与家具都非常名贵。

“Lucy 做事果然很周到。” Frank 本已踏入办公室，忽而退后两步指了指门上，“瞧瞧，你的名字已经在上面了。”

季桐转身去看，门上写着第三销售事业部（BU3）销售经理、季桐中英文的字样。于是，她便指了指：“一共三个事业部?”

“对，啊，真是我的疏忽，我忘记和你介绍下我们的架构了。” Frank 似乎意识到什么，而季桐却明白，这老狐狸是故意揣着明白装糊涂。

Frank 滔滔不绝地介绍起整个销售部门。

贝莱中国的销售部按照品牌进行划分，高奢产品事业部归属第一事业部（BU1），经营黛尔等高奢品牌，销售经理是朴慧；中等产品线如丝丽、悦然、臻醇等品牌归属第二事业部（BU2），销售经理是吴彬彬。

当介绍到第三事业部的时候，Frank 未提产品线档次，季桐便微笑着朝他道：“那我这个销售事业部就是贝莱最低端的产品线，对吗?”

“啊，不不不，不是低端，是大众产品线。” Frank 偷换了下概念，对季桐说道，“五年前，我们贝莱收购了国内数一数二的大众品牌莹丽。”

“那就是说，这第三事业部就是原来的莹丽。”

“也不能这么说，因为我们贝莱也有大众产品线，当初在中国市场运营得并不太成功，所以就收购了莹丽，目前，莹丽持有的品牌比如致臻仍然在公司销售前两位。噢，之后，我们也收购过其他厂家，但品牌没有保留，只用作生产。”

季桐若有所思。莹丽是耿恺、聂辰泽、卓澜韬三个人创办的企业，如今她要进的部门正是以当年莹丽产品为主的销售部门。对贝莱中国而言，这就是一个“爹不疼、娘不爱”的外来部门。

聂辰泽让她来这里背后必然有很大的原因。

“Frank，莹丽的人都裁员了吗?”

“没有，第三事业部有百分之七十的员工都是原来莹丽的老员工。噢……”Frank说到一半，朝着门外走过的两人喊了声，“吴，朴慧。”

一男一女应声走进办公室。

“我给你们介绍下我们第三事业部新来的销售经理季桐。”Frank笑盈盈地指着穿着白色低领羊毛套裙、银色高跟鞋的朴慧说道，“这位是第一事业部销售经理朴慧。”

“欢迎加入贝莱中国。”朴慧微笑着说。

“谢谢。”季桐主动与朴慧握了手。

季桐看得出朴慧人如其名，是一个慧心灵性的女人。她说话时声调温柔而不失力量，美丽的面容持重而无半分妖娆。季桐心想如果她是一个男人，必然会对这样宠辱不惊的女人而一见倾心。

“这位是第二事业部销售经理吴彬彬。”

吴彬彬短发，穿着黑色圆领毛衣，下身一条八分长短橙色西裤，裸脚踝，穿了双深褐色皮鞋。季桐吃惊地发现，吴彬彬上了粉底，还画了眼线，她能想到的只有“伪娘”二字才足以形容吴彬彬。

她伸出的手，对方竟然没有回应。

朴慧见此尴尬情形，就对季桐说道：“彬彬是这样的，不用放在心上。”

“你就是那个从水泥黄沙行业来的季桐?”吴彬彬一手托着另一手的手肘，上下打量着季桐。

“我是泓高来的。”季桐回应道。

“哈哈，吴，你大概不知道泓高吧？在我们法国，无论高楼大厦，还是道路桥梁，可都有泓高的身影。”Frank 在旁朗声笑道。

吴彬彬收敛了少许鄙夷，这并不是因为季桐，而是因为发觉自己这番露骨的轻蔑被 Frank 看得一清二楚，失了自己的身份。

“记得晚上参加季桐的 Welcome Dinner（欢迎晚宴）。”Frank 提醒朴慧与吴彬彬，接着对季桐说道，“我再带你去楼上见见卓总。”

季桐并不在意什么欢迎晚宴，但对卓澜韬倒是颇有兴趣。

Frank 与季桐到卓澜韬办公室的时候，总裁秘书刚好不在，Frank 探身看了两眼后，敲门进了卓澜韬的办公室。

“嗨，Terry。”Frank 向办公室里的卓澜韬打着招呼，季桐很快扫了一眼这间办公室，目光停落在办公室里熟悉的身影上——聂辰泽。“Frank，你怎么来了？是来找辰泽？”卓澜韬看了眼季桐，问 Frank。

“噢，不不，我都不知道他来了。”

卓澜韬与 Frank 互相寒暄，聂辰泽则起身同 Frank 打了招呼。

“Terry，我是来向你介绍今天上任的 BU3 销售经理季桐的。”Frank 向卓澜韬介绍身旁的季桐。季桐早已把落在聂辰泽身上的目光挪到了卓澜韬身上。

卓澜韬比聂辰泽矮一些，约一米七五的个子，戴了一副细灰紫色眼镜，身形不胖不瘦，模样相较新闻上看到的更英俊也更沉稳，若不是他鬓边花白的头发，季桐不会想到他已有四十岁。

“哦，你就是季桐。欢迎到贝莱中国。”

卓澜韬伸手去握，季桐刚伸手，卓澜韬便侧脸与聂辰泽说道：“我听说，季桐在千羽做过销售，你们应该认识？该不是你把她介绍给 Frank 的吧？”

季桐暗道卓澜韬果然是非常狡猾，对聂辰泽的警惕性相当之高，可见两人之间的关系绝非丁总说的那般亲如兄弟。

Frank 在旁哈哈大笑道：“他和季桐为了个授权的事儿都闹不愉

快了。我都没和他提过会招季桐到贝莱来，哈哈。”

“噢？是吗？古话说，不打不相识嘛。来，握手言和下。”

“这事儿算是翻篇了。”聂辰泽边和卓澜韬解释了句，边伸手朝季桐说道，“之前的事，不好意思，现在你到贝莱，我想不会再发生这种事了。”

这房间的每个人都不简单，个个都如同戏精上身，对任何情况应付自如。

季桐自然也不能表现拙劣，尤其是在卓澜韬前。当然，她也不会放过报复聂辰泽的机会，在握手的时候，她悄无声息地用指甲使劲掐了聂辰泽的手一把，说道：“以后多多合作。”

这一招是过往她对付那些色狼客户的，没想到此时此刻倒是用上了。聂辰泽痛得又不能有表情，季桐暗自窃喜了一会儿。

“你这个部门的担子可不小。”卓澜韬见两人握手后，方才脸上揣度猜疑的表情立刻舒展开来，“我想 Frank 已经和你说过，这个部门的许多同事都是莹丽的。我以前就是坐你这个位置的，所以，要找个合适的人不容易。”

这番话意味深长。

树大根深。

这部门本该都是卓澜韬的人，也是他关系最深的派系。

尽管他们是贝莱集团不疼不爱的部门，但与卓澜韬的关系并非这么简单。这样的团队是最难管理的，就如卓澜韬自己所说，找个合适的人不容易。想来这也是卓澜韬刻意造成的。

季桐想到这里，便说道：“希望我不会令卓总失望。”

“我也这么希望。”卓澜韬再次看了眼面前所有的人，眼神里隐隐地透着令人难以捉摸的光。

“Terry，我先带季桐看看部门里的同事，你和辰泽聊吧。”

Frank 就这么把季桐带出了卓澜韬的办公室，季桐临走时眼角处还能感受到卓澜韬犀利的目光。

Frank 带季桐到了第三事业部的大开间那儿，向大家宣布道：“这位是季桐，从今天开始就是我们 BU3 的部门经理。”

BU3 的座位有二十多个，每个座位上都有名字与职位，其中有四个位置相较于其他位置大上一半。季桐看得清楚，这四个位置分属四个区域，也就是大区经理的位置。

“大家好，我是季桐，很高兴能和你们一起共事。”

“这位高挑的美女是华南区大区经理张琦。啊，这位是北方区大区经理陈烁，他人缘特别好，公司上上下下都认识他。还有黄子涛，西北区大区经理，出了名的酒袋子，连代理商见了都害怕。”Frank 向季桐介绍着大区经理，季桐与各位大区经理握手，只缺了华东区大区经理，名牌写着“庄磊”。

Frank 似乎看出了季桐在想什么，特意指了指庄磊的位置说道：“噢，华东区大区经理庄磊说是家里有些事，晚上 Welcome Dinner 能遇见她。”

华东区在各个行业都是最重要的销售区域，从庄磊座位的位置就能看出这个女人的重要性。她之所以没有来，是在给自己一个下马威做试探吧。

庄磊。

她应该就是自己第一个得面对的障碍吧？

在贝莱这样的企业，管理层的入职培训主要由直属上司安排。Frank 把培训内容以邮件形式发给了季桐，在未来的两周内，她不仅要到研发部学习产品，还需要去重点城市巡店，熟悉当地的销售情况。

季桐看着这些安排，想起那位被她掐得生疼的导师聂辰泽，既然如今已经入职贝莱，那有些事情，他得交代清楚。她拿起手机，打算发个信息给聂辰泽，但很快又放了下来。如果此时聂辰泽与卓澜韬还在一起，那自己的信息会惹来极大的麻烦。

季桐并不知道聂辰泽在她与 Frank 离开卓澜韬办公室不过五分钟后就离开了贝莱中国。卓澜韬是个多疑的人，对季桐的背景已经调查得一清二楚，聂辰泽之所以选择在季桐入职这一天来贝莱就是为了打消卓澜韬的疑虑。

正所谓虚则实之，实则虚之。

不过，当聂辰泽看到季桐站在卓澜韬办公室的时候，不知为什么，瞬间有种不安的感觉。即便他已经回了办公室近一小时，这种不安仍然没有完全消失。他的手落在丝丽裸妆粉底液代言人候选方案上，却集中不了精神做决定。

他的目光落在自己的右手上。季桐，真是个不能得罪的女人，哪怕是点滴的机会，她都要报复得彻彻底底。

看样子，他必须约季桐出来和她说清楚第三事业部的事。

聂辰泽拿起手机，却又犹豫该用什么做开场白。

或许，发个表情。

手指悬在表情图上，聂辰泽只觉着自己此刻竟是这么幼稚，居然连写个微信还需要考虑。

“聂总，咖啡。”Lina 走了进来，把咖啡放在了桌上，朝聂辰泽说道，“Sally，Nicole，她们几个要过来做直播排练，品牌单已经都准备好了，需要再看一下吗？”

“噢，放那儿吧。”聂辰泽的目光盯着手机屏幕，一手去拿咖啡杯。

Lina 提醒道：“聂总，杯子在前面。”

聂辰泽微微一怔，尴尬地笑笑，见 Lina 还站在自己面前，便说道：“过十分钟来拿。”

Lina 看了两眼聂辰泽，自打今天从贝莱回来，她这位老板就显得心不在焉。

没想到，她走到门口，就听聂辰泽说了句“该死”，咖啡杯砰地放在了桌上，回头一看，咖啡溅了一片。

“没事，我自己处理。”

“噢。”

“我找你的时候再进来吧。”

聂辰泽确定Lina走后立刻打了季桐的电话：“是我，聂辰泽。”

“你好意思打我电话吗？”

“刚才不小心碰了下微信，所以你……就当没看到吧。”聂辰泽想到自己不小心发了个亲吻的表情，虽然已经撤回，但这举动太过愚蠢。此刻，他猛地意识到打这通电话更是愚蠢。

“我在看资料，没空看手机。”季桐冷冷道。

“那没事了。”

聂辰泽刚想找借口挂电话，电话那头的季桐却说道：“你没什么要和我解释的吗？”

“你有空？”

“我这周入职培训两天，之后五天飞北京、西安、广州、长沙，自己看着办。”

“把广州安排在最后一天，航班号给我。”

“你知道要是不出现的话，会有什么样的后果。”

季桐的声音听上去没有半点商量的余地，聂辰泽想起早晨被她掐得生疼，便连声答应。不过，这通电话之后，先前惴惴不安的心绪竟消失得无影无踪。

第十二章
初　探

季桐在接到聂辰泽的电话后总算舒了口气。她本还在琢磨聂辰泽什么时候会离开卓澜韬办公室，现在看来完全是多余的，他一定会给自己打电话。

至于那个亲吻的表情，他撤不撤回消息都无所谓。这么低级的错误，丝毫不像是聂辰泽的作风。

晚上，季桐参加了 Frank 秘书 Jessica 精心安排的欢迎宴。晚宴设在浦东南路的菲斯特花园西餐厅，这是一家法国餐厅，想来 Jessica 也是投自己老板所好。不过，这也看出贝莱与泓高的区别。如非特殊，泓高的宴席大抵都是在中餐厅，大家都在包厢里喝酒谈生意。

菲斯特花园西餐厅的环境雅致，木质的台阶两旁是绿色爬藤植物，夜晚亮起的橙黄色灯光更添了一些浪漫的气息。

“Frank，我刚才催过庄磊了，她堵在路上，要晚些才能到。”欢迎晚宴邀请了第三事业部的几位大区经理，以及朴慧与吴彬彬。

Frank 眼睛微眯了一下，面露不悦之色。整个长条桌的气氛一下凝重了起来。季桐知晓这顿饭是 Frank 请，庄磊不准时到，不仅是给自己下面子，还驳了 Frank 的面子。

朴慧微微一笑说道："Frank，庄姐家在市中心，离这儿虽说不算远，但是下班高峰期容易堵上。季桐，你也别在意。"

"我不在意，我想庄磊一定不会想大家饥肠辘辘地等待。Frank，我们可以先开宴席，我很期盼能听到你的祝酒词。"

季桐这句话令 Frank 很是高兴，而周遭坐着的几个人不免互相递了个眼色。Jessica 动人的眼睛时不时地去瞥 Frank，见 Frank 附议了季桐的话，立刻招呼服务生上前菜。

只是一会儿的工夫，每人桌前就已经放上了前菜，预先准备的红酒也经过醒酒后，请 Frank 品尝完，上到了桌上。

Frank 对大家说道："这酒不错，大家可以尝尝。"

"欧洲最近有些酒庄在抛售些好酒，我对红酒的认识不足，改天得请你参谋参谋。"吴彬彬翘着兰花指拿起勃艮第杯晃了晃，小啜了一口，朝季桐说道，"听说，你们和水泥黄沙打交道的喝起红酒来都只会'干杯干杯'的，从来不知道品酒。对吗?"

"不是喝红酒只会'干杯干杯'，是喝什么酒都是'干杯'。"季桐知道吴彬彬是在笑自己的背景土气，比不上他们这些常年与时尚打交道的化妆品从业者。他连看自己的眼神都是自上往下，充满了鄙夷的气息。她自黑起来从来不带客气，也深知这种自黑很容易拉近与下属的距离。只要她想，她就能做到。

"哈哈，建筑行业果然不同，很豪放啊。黄子涛，说不定你还喝不过你的新上司。"Frank 调侃起一旁的黄子涛来。

黄子涛圆胖脸庞上镶着的一双小眼睛眯成了缝："这下我可以把酒袋子这名号给扔了。"

众人听了笑了起来。

Frank 见气氛活跃起来，便拿起一旁的杯子说道："我代表整个销售团队欢迎我们的新同事季桐入职贝莱。虽然季桐来自另一个行业，但也正因为如此，能够给我们带来更多的思路。希望大家能给季桐更多的支持，也期望 BU3 今年的业绩蒸蒸日上。”

Frank 说完后，低声说了句“干杯”，在座的人纷纷举杯。

季桐喝了一口后，再次端起酒杯朝众人说道：“谢谢 Frank 的祝福，希望我的加入能让 BU3 发展得更好，当然，未来我也会有许多事要向朴慧和吴彬彬两位经理请教，先在这里谢过了。我干了，你们随意。”

季桐喝完了酒杯中的红酒，除了黄子涛之外，众人都只喝了一小口。季桐发现吴彬彬连酒杯都未端起，虽然一旁的朴慧给他递了一个眼色，他却依旧我行我素。

“庄姐来了。”Jessica 低声朝张琦说了一句。

张琦应道：“我去接她。”

“张琦，我想庄姐应该自己会上来。”季桐阻止了张琦。张琦尴尬地点点头，又收回大长腿回了座位。

“季桐，庄姐可是 BU3 的一姐，谁都知道庄姐顶着 BU3 的大半边天哪。”吴彬彬故意重新铺了下餐巾，朝一旁服务生说道，“今天的鹅肝可不够鲜嫩。”

“对不起，先生。”服务生欠着身子道歉，“我会将您的意见反馈给厨房的。”

“算了，人微言轻。”

服务生不知何意，只是欠身又做了一番道歉。

“庄姐。”

正说着，季桐只见坐对面的张琦与陈烁不约而同喊了一声“庄姐”。黄子韬立刻站起身，好腾出更多的地方给庄磊入席。

庄磊。

一个四十五岁、身材匀称的女人。她穿了一身藏青色大衣，来了后只是朝 Frank 招呼了一声，脱下外套交给服务生后便兀自走到位置上坐了下来，缓缓说道：“浦西过来遇上堵车，你们都吃上了？

也是，不用等我的。”

庄磊旁边的张琦与陈烁露出尴尬的脸色，季桐却不以为然，对她来说，这个女人就是她在贝莱中国立足的关键一步。既然庄磊能在第一天就给她下马威故意不到公司，此刻又迟到了半小时，就是特意向她示威——这BU3部门，她庄磊才是一姐。

对付这样的人，决不能退让。

季桐笑笑，说道：“做销售的，等客户是理所当然，自己人，就不用这么讲究。”

说完，季桐便站起身，主动向庄磊伸手，庄磊只得起身应承道：“季经理吧？”

“以后我要多多向你学习。”

“哪敢？季经理在千羽不过短短半年时间，就将微康项目做得风生水起，令人刮目相看。”

“什么？你还在这家不入流的化妆品公司工作过啊。”吴彬彬在一旁再次冷嘲道。

“吴经理不能这么说，同样是卡通版权授权的学生流面膜，我们贝莱在上海的销售竟是连续三个月没有卖过千羽。”庄磊坐在季桐的斜对面，搭吴彬彬话的时候，目光看着季桐。这双丹凤眼里透出的气息并不友好。

季桐明白魔力丫的版权授权就是被现在的BU3给拿走的，庄磊负责华东区，她对这件事一定是非常清楚。

“哈哈，又谈上这事儿了。早晨在卓总办公室遇上聂辰泽，就谈论了这件事。在千羽的时候，我没想过要和贝莱争市场，只不过是替千羽寻求一种新的营销方法。微康不过是一个案例而已。我想，这也是Frank请我来贝莱的一个原因。做一个行业久了，思想固化很正常，加些新鲜的想法进来，也许就成功了。”季桐坦然地应对。

吴彬彬丢了个白眼，没趣地吃了一点开胃菜。

“季经理说得有道理，不过，如果没有星座懒宝的卡通授权，微康项目怕也不会这么成功。”

“是啊，如果魔力丫授权没有被临时抢走的话，千羽就不会得到星座懒宝的授权，很多事情就是有前因后果的。当然，这也说明，不是先到的就一定会赢。”

季桐这句话一语双关，令庄磊一时语塞，Frank 趁这时候与服务生要了主菜。接着，他便跟在座的下属们聊起过年都去哪儿度假了。大家开始欢乐地谈论起春节期间各种境外度假，美食、美景，加美酒。

“看样子，春节对中国人来说不再是家庭日啦。季桐，你出去度假了吗？”

“没有，先前在泓高很忙，去年过年的时候，只待了两天就到现场勘查施工条件了，今年借了跳槽的光总算有了空，就陪陪家人。”季桐吃了一块刚上的牛舌，醇香留齿，的确是非常好吃。

“以前的工作很辛苦，皮肤一定受损严重，明天，我给你一套黛尔奢宠白金系列，对皮肤修复很好。”朴慧温柔地与季桐说道。

“谢谢。”季桐谢过朴慧。一旁的吴彬彬嘀咕了声，朴慧并没有理会。

朴慧这番好意的最大作用是平和这顿晚宴的气氛。无论是吴彬彬，还是庄磊，似乎对朴慧格外存有敬意，就连 Frank 也对朴慧尤其绅士，闲谈中，他每每与大家开玩笑，却从不拿朴慧开涮。

或许就是因为这个女人身上透出的完美气息吧？

可是，职场上会有这么完美的女人吗？

晚宴结束的时候，季桐特意与庄磊说道：“庄姐，我希望明天你能准时到办公室。”庄磊嘴角微微抽动，良久才回了句“好的”。

第二天，庄磊准时出现在公司，季桐已在晚宴当晚发了邮件通知各位大区经理在中午十二点之前将北京、西安、长沙、广州、上海五地的专柜与商超上架 SKU（Stock Keeping Unit，库存单位）品类都发给自己。

季桐陆续收到了大区经理的邮件，第一个发的竟是庄磊，最后一个是张琦。他们无一例外地直接将系统导出的初始数据表格直接发给了她。由于系统自动导出的数据庞大，每个 Excel 表都有二十多兆，其中存在大量毫无价值的数据。

季桐知道大家这么来回复自己的邮件，怕是庄磊出的主意。可季桐没有空闲由着他们想当然地敷衍她。

她走向 BU3 销售办公室，见庄磊正与其他几位大区经理聊着天，穿上外套打算出门吃午饭。

“吃午饭?”

黄子涛应道：“是啊。”

“好，等你们回来后，把上午发给我的报表重新整理好。我只需要我邮件里提到的数据。下午四点半会议室开会。”

“季经理，我们以前一直都是这么做报表的。”庄磊果然如季桐所料，反驳了她的指令。

“是吗?”季桐看着庄磊，笑笑道，“那从现在开始，所有的报表按照我的要求发，我不希望再看到这么随意的报表。”

“季经理。”

庄磊还想说什么，却被季桐打断：“行了，我不打扰你们午餐。”

在场的几个人面面相觑，季桐却回了办公室，留下他们窃窃私语。

在接下来的几天巡店中，她得利用有限的资源大体摸底这几个大区的情况。当然，这不过是第一步，最重要的是熟悉贝莱中国的客户。与千羽不同，她作为一个销售部门的经理，必须在短时间内熟悉部门内所有业务，不仅如此，她还得对部门内现有的业务进行梳理。

一旦短时间内没有抓住重点，她便有可能被庄磊压过势头，从此在部门内失去威信，这是做管理者最大的危机。

季桐随意地吃了些饼干充饥，在四点钟前完成了当天的入职培训。培训到会议之间的半小时内，季桐查收了邮件，只有张琦与黄子涛把报表发了过来。

待到季桐准时出现在会议室的时候，陈烁急匆匆地走了进来，与她说道："季经理，我刚把报表发了。"

"先坐吧。"季桐应道，见众人都已经坐了下来，便开始了会议议题，"我在开会之前已经收到了张琦和黄子涛的报表，陈烁，你的报表，我稍后也会看一遍。不过，我期望下次能够再早一些。目前，就只剩下华东区的报表。庄姐，是报表上有什么问题吗？"

"噢，季经理，我们的部门助理今天请病假了，所以庄姐的报表没有来得及做。"陈烁在旁解释道。

"庄姐的报表一直都是部门助理做的吗？"

"是啊，没办法，我不会英文，办公自动化软件也不熟悉，一直都是助理 Mandy 做的。"

庄磊不会英文，这让季桐不禁有些吃惊，在贝莱这么大一个企业，位置做到大区经理，竟然不会英语，甚至对办公自动化软件都不熟悉。说出去，都极少有人能理解。这或许就是庄磊来自莹丽的缘故。可即便是学英语难，那办公自动化软件速成又有何难的？

这一切，也就是个托词罢了。

"好，我会请人事部为庄姐做一份办公自动化培训计划，我希望在培训计划之后，庄姐能够自己做报表。"

"季经理，我们第三事业部的工作重心一直在维系和开发客户上，报表这些纸面功夫，耗费时间大，并不实用，所以过去我们每个大区的同事会汇总给Mandy，由她做完后再发给我们几个大区经理。”陈烁见季桐在众人面前下了庄磊的面子，便想了法子为庄磊开脱。

“我承认你说得很有道理，如果，现在我想要你说出北方区Top客户在上个季度销售前十个SKU的销售额及百分比，你能立刻告诉我吗?”

“这……不过，虽然我不能给出数据，但是大致百分比还是了解的，经过计算还是可以得出的。”

“我相信，在座每一位对自己的业务都非常熟悉。可就是因为太熟悉，很多事就变得懈怠了。贝莱是一个跨国公司，销售都是用数字说话，而不是靠人的嘴去解释。”

“其实……”

陈烁还想说什么，庄磊阻止道：“季经理说得对，我们过去对自己的要求不够高，既然季经理有要求，我们就应该努力去执行。”

“另外，我想问下大家多久去一次自己管辖区域的办事处?”

“我一个月去一次。”张琦说道。

“我大概也是三四个礼拜去一次，子涛也差不多这样。”陈烁说道。

“我就在华东区，华东区的几位销售会经常到上海汇报工作。”庄磊回道。

“OK，这周我安排的巡店时间很紧，不需要各位和我一起。不过，从月底开始，我会和你们一起去各个重点城市拜访客户。在拜访之前，我会先和你们单独开会确定拜访客户的名单。”季桐说完自己的安排后，进入了会议的正式议题。

虽然季桐到贝莱不过一天多的时间，尚未结束研发部门对她的产品培训，但会议室的几人却发现她对贝莱的产品熟悉程度远远超乎他们的想象，也就明白季桐并不简单。

他们之间的角力才刚刚开始。

庄磊，从强硬一下转为附和，这看似波澜不惊的脸孔背后，一定藏着许多招数。

会议之后，自周三拂晓开始，季桐就开启了重点城市的巡店之旅。

尽管大区经理们都没有陪同，但他们都早早把消息交代给了当地的销售，因此，季桐无须顾忌交通，只需要在有限的时间内进行巡店。与第一线销售人员及 BA 交流，对季桐来说更重要，因为她会根据情况，临时提出各种问题。不过她也发现，到了华南之后，销售的话便少了，这应是她去了北京和西安之后，陈烁与黄子涛根据销售的汇报将信息透露给了张琦。张琦便交代自己的销售“言多必失”。待到季桐去广州的时候，她几乎每次想要提问的时候，广州陪同的销售 Eric 都对她说：“对不起，季经理，客户来电话了。”

这也导致了季桐在专柜耽搁了许久，待到驱车赶往白云机场的时候，差点延误了班机。

季桐顾不得去责怪 Eric，拿着行李就往机场内跑。

“简直了。”季桐经紧急安检通道后，发现所有专送车都开了出去，自己距离 B281 号登机口起码还有千米的距离。看着脚下已经磨破了她后跟的高跟鞋，季桐愤愤地骂了一句，脱下高跟鞋，拎在手里，朝着登机口飞奔过去。

一路上，周遭的人无不看着这个一手拖着拉杆箱，一手拎着鞋子和机票，赤着脚飞奔的女人，而机场的广播里则反复地播报着她的名字：季桐。待她飞奔到 B281 号登机口的时候，东航的工作人员已经在互相交接打算结束旅客登机，通知关闭舱门。

“等等。”季桐大口喘着气，狼狈地递过登机牌，“不好意思，我必须回上海。”

负责验证登机牌的工作人员低头用对讲机与机舱确认了一下，

其中一位空乘立刻替季桐拉着行李往里走。

总算，她是坐上飞机了。

“小姐，您可以先到位置上休息，我帮您把行李放到架子上去。”

季桐来不及打量这位温柔英俊的空乘，连说谢谢的力气都没有，一下瘫坐到了位置上，丢下鞋子便拿手扇起被汗水打湿的脸孔。

真是可怕的奔跑过程，上一次这么狂奔还是中考那会儿的八百米体育考试。那时候，她还是年轻少女，现在，她都快跑断了气。季桐想到这儿，再次使劲儿地给自己潮红的脸庞扇起风。

“喝口水。”

季桐又累又渴，也顾不上谁在说话，一把拿过依云矿泉水咕咚咕咚地喝了起来，好不容易缓了过来，往身旁一看，张大嘴巴惊愕道：“你，你怎么在这儿？”

“不是你告诉我航班号的吗？”

“我以为你到机场等我。哈……你打飞的？不是吧？”

季桐撩起沾在脸庞上的发丝，剩下一缕贴在唇间亮着矿泉水的水光，红润的脸孔被一旁窗子斜射而入的阳光打上了薄薄的金色。聂辰泽看着她，只见她的睫毛上还挂着细密的水滴，扑闪了两下，似乎并不相信自己会打飞的来接她。

“广州有个行业会议，我过去参加会议，所以才让你最后一天选择广州。”

“我就说嘛，你会跑广州来被我兴师问罪？”季桐正打算再喝一口水，瓶口靠近嘴唇的时候，突然想到了什么，立刻侧脸问道，“你是不是喝过这水？”

“是啊。”

“那你还拿给我？”

"你不是很渴吗?"

"那也没到饥不择食的份上。"季桐拧上瓶盖还给了嗤笑自己的聂辰泽，反手擦了下嘴，"真是的。"

"安全带系好吧。"聂辰泽提醒道。

"你今天用过手绢没?"季桐仍觉得自己浑身冒汗，一手放在背后把头发抓了起来，问起聂辰泽。

"用过。"聂辰泽故意回道。

季桐搡了搡他的手臂说道："就知道你在瞎说，拿出来。我发圈放在箱子里了，拿你手绢扎一下头发。"

这年头几乎没有人会用手绢，上次在专柜划了聂辰泽一道口红印，他借了化妆水擦拭干净后就用的手绢。季桐还记得当时笑话过他这么讲究的人竟然还配手绢，结果被他反过来教育了一番，说是某牌子的限定品，不同的衣服配不同的手绢。

见聂辰泽没反应，季桐便转过身背朝他，手里拿着束起的发根，催促道："别小气，快，我手酸死了。"

"好了好了。"聂辰泽拿季桐没有办法，便拿出手绢。

季桐一手抓着头发，一手悬在半空胡乱去抓，一把抓住了他的手。

聂辰泽一分神，忘了把手绢递过去，只见季桐纤细的手指在他手上乱摸一气，直到摸着手绢后，绕在了发束上。

她细柔的发丝贴着后颈白皙的肌肤清晰地落在他的眼中，他再度失神了，直到季桐扭过头看他道："知道了，高级手绢嘛。不用这么盯着，一会儿还你就是了。"

她是故意的，还是无意的?全然没有在意他是一个男人。

"你不是有事要问我吗?"

"是，你有纸笔吗?"

"有。"聂辰泽从一旁随身文件包里拿出笔记本与笔来。

“把我部门里原来莹丽的人都写下来，最好连职务也写下来。”季桐交代道，不待聂辰泽张口，季桐的手指就放到了他的双唇跟前，直起身子靠近他道，“别说不知道。”

温柔的气息轻柔地扑在聂辰泽的脸上，他真不知道此时此刻如果自己出口一句“不知道”，面前的女人会做出怎样的事来。他避开季桐咄咄逼人却又充满诱惑力的脸孔，侧过脸，拿起笔说道：“飞机平飞后，我就写下来。”

“这就对了，很明白坦白从宽的道理。”

飞机起飞一刻钟后就进入了平飞状态。季桐终于从刚才的紧张中完全放松了下来，看到聂辰泽把笔记本放在桌板上认真地写起名字，她总算满意地干起了自己的事。

她弯过身去检查自己奔跑后破成了乞丐版的连袜裤，这才发现脚后跟被高跟鞋磨破了皮的地方还沾着血。

“真不懂，女人为什么要穿高跟鞋？”

“以前男人也穿，后来才是女人的专利。”

“是吗？嘶……痛死了。”季桐发现自己不仅仅是脚后跟被磨破了，刚才因为奔跑，不知在哪儿踩了粗糙的东西，脚底也被磨破了。

“我和你换个位置。”聂辰泽本在写名字，见季桐低下身在喊痛便去看了一眼，不想看到斜对面的男人正侧过脸，色眯眯地盯着弯腰的季桐。同是男人，他当然知晓那男人在看什么，遂向季桐提出换座位。

“你怎么知道我也想和你换座位？”季桐微弯着腰，侧身朝聂辰泽眨了下左眼。

尽管聂辰泽早已习惯周围的女人为了接近自己而使出各种诱惑的手段，但在此时此刻，面对领口耷拉下来半遮着胸口，脸庞仍泛着淡红色的季桐，他竟感觉有些不知所措，只好低声道：“你能不能起身再说?”

季桐顺着聂辰泽眼角的余光瞅了眼险些走光的衣领口，顺手将衣领往锁骨上方提了一下，便站起身与聂辰泽交换位置。

她看到聂辰泽的笔记本上已经写了一连串名字。

认真的时候，季桐总是那么投入。她盯着名单看，聂辰泽则很快把箱子取了下来。

季桐边想边从箱子里拖出一条裤子、一件外套和一双平底鞋，与聂辰泽说道：“好了。”

聂辰泽又放了上去，这一次，连“谢谢”都被省略得干干净净。他也不想计较，只等着季桐从位置上出来去洗手间换裤子。

没想到，季桐出神地看了会名单后，对他说道：“你干吗站着?”

“你不是要换吗?”

季桐朝他招招手，示意他坐下，随后说道：“洗手间太脏了，我没穿鞋，就在这里换了。”

“这里?”

聂辰泽打量着狭小却公开的地方，这主意怎么就能被季桐想出来?

“你把桌板翻下来，继续写你的，帮我挡着，我自己解决换裤子的事。”

“不是，你想……”

“认真写，不许偷看。”

聂辰泽只能拿起笔再在纸上写起第三事业部所有原莹丽的销售名字及原本的职务。身旁的女人一会儿半躺，一会儿直起身，他眼角处尽是她的腿晃动的影子。

他想，这该不是她第一次这么换裤子了，以前，她身边坐的是女人，还是男人?

聂辰泽看了眼方才偷瞥季桐的男人，不禁有些生气，于是，他拿起盖毯垂放在桌板上，刚好挡住一旁正在换裤子的女人。

“OK 了。”

季桐换完后，叠起裙子，冲聂辰泽的纸看去：“你不是吧，这么久才写这么点。”

聂辰泽只觉自己冤如窦娥，为她考虑这么多，她却还揶揄自己写得慢，他不想与她有口舌之争，没好气地起身去洗手间洗手。

“小肚鸡肠。”季桐并不知晓这些事，正收拾自己的物品，一位身姿曼妙的空姐走了过来，抬头看了下座位号，低头放下一盒哈根达斯与纸巾。

“为什么聂辰泽有冰淇淋吃？”

“聂先生一直是我们的头等舱客户，柯林公司与我们航空公司有合作，每次聂先生坐航班我们都会准备冰淇淋。”

“是吗？很不错的待遇。”季桐嘴上这么说，心里却有了好的盘算。

待到空姐离开，她立刻揭开盖子舔了一口，又物归原样放回了座位。

谁让聂辰泽给她喝了自己喝过的水，现在以彼之道还施彼身了。

季桐想到这儿不禁笑了起来。

聂辰泽回到座位，把冰淇淋放到她面前说道：“吃吗？”

“这么好心给我吃？”季桐琢磨着，莫非被这男人看出了端倪？可她仔细看了一眼冰淇淋盒子，并没有留下任何犯罪痕迹。于是，她摇摇头拒绝了他的好意。

“不吃我吃了。”

“就知道你不舍得给我吃。我不夺人所好，你赶紧吃完，我还有事得问你呢。”

季桐心急着看结果，但又不能流露心中的小激动。

聂辰泽显然并不知情，见自己好意被季桐拒绝，就把冰淇淋拿了回来。

“怎么有些化了？”聂辰泽嘀咕了一句，便用小勺舀了两勺吃了起来。

“哈哈。”季桐指着冰淇淋笑道，“我的口水好吃吧？”

然而，这放肆的笑声很快轻了下来。聂辰泽坚实的手臂将她抵在椅背上，他本想说什么，但彼此目光交汇的瞬间，竟变得词穷了。

“你不会想还给我吧？”季桐抬手，纤细的手指放在聂辰泽唇前，冲他笑了笑，手指便滑向他手臂推了开来。

聂辰泽立刻敛回了目光，边吃冰淇淋，边书写起来。

“庄磊之前只是普通销售员，可现在却是第三事业部的一姐。她和卓澜韬没有别的关系吗？比如，同学、亲戚，或者情人？”季桐很好奇，五六年前的庄磊也就是个科员，怎么就爬到了现在的位置，黄子涛原来是管理华东区的销售经理，如今，却屈就于西北区大区经理。

“他们不是亲戚，也不是同学。”

“情人？也许是情人。”

“卓澜韬比庄磊小五岁，卓澜韬当时在公司主管销售，庄磊是他下属，我看不出他们会有感情上的交集。”

“感情这种事情，没有逻辑可循。”

季桐说完后，瞥了聂辰泽一眼，聂辰泽刚好也看了她一眼说道：“我不认为他们是情侣。”

“说起这件事，我还想问你一个人。”

“谁？”

“朴慧。”

“她不是莹丽的人，她在贝莱已经快七年了。”

“我要是卓澜韬，一定会喜欢上朴慧这样的女人。”季桐撑着头看聂辰泽征询他的答案，见他保持沉默，便奸笑地调侃道，“你是不是也喜欢朴慧？”

“我对她没兴趣。你关心这些八卦做什么？”聂辰泽没好气地回道。

“装吧。我感兴趣的八卦一定是对我有用的。”季桐在琢磨这些人彼此的关系，贝莱这棵大树，盘根错节的关系一定非比寻常。卓澜韬既然曾经是第三事业部的销售经理，而且就是从这位置升职到了如今的中国区总裁，那他背后的莹丽关系网一定很强。因而，她想尽可能知道这关系网牵扯的人。

“朴慧是前任贝莱中国区总裁 Schmidt 从法国总部带来的销售经理。至于卓澜韬，他三年前离婚了。”

“那就是说，他们之间或许真有关系。”

“为什么从庄磊突然说到朴慧？”

“一个处处给我使绊子，一个处处帮我。”季桐看了眼聂辰泽写的名单，叹息道，“她们两个都不是简单的人。”

“我的确没有考虑过庄磊和卓澜韬的关系。”

“那就交给你去调查了。”

“我为什么要去调查我客户的员工？”

“那你为什么要把我诱骗到贝莱？”季桐瞪了聂辰泽一眼，一把将聂辰泽写的纸拿回来塞进外套口袋里警告道，“我告诉你，我要是在贝莱玩完了，你这张招供单一定会出现在卓澜韬桌上。”

“季桐，你……”聂辰泽低沉的声音里满是愠怒的气息，以为这是补偿没告诉她销售经理的真实情况，没想到却被她下套变成了把柄。

“宁得罪小人，别得罪女人，更不要得罪我。”季桐怕聂辰泽打劫自己似的，抱着外套背过身去。

聂辰泽半晌说不出话，两人剩余的旅程在冷战中结束。其间，聂辰泽几次看她，都只见她猫在那儿休息，便没再主动说话。

飞机降落在虹桥机场，季桐这才从困乏中醒了过来，抬眼的时候聂辰泽已经把她的箱子拿了下来。她正想站起身拖箱子，脚底和后跟的疼痛一下子袭了上来，人本能地撑在了前排椅背上。缓了缓，她的手刚要落在把手上，聂辰泽的手先于她落在了上面，接着，箱子便跟着他跑了。

“喂，等等。”

幸好这班飞机停靠在廊桥，季桐不必忍受下楼梯的痛苦。待到她好不容易追出去，只见聂辰泽在外面等自己。

“还能走吗？”

“不走的话，你背我啊？”

季桐说完，两人不禁相视一下，不约而同地看向长廊，离出口还有很长的路。聂辰泽要真背着季桐走，那第二天怕就成了社会新闻了。

季桐四下看了眼，指了指一旁的推车说道：“拿辆推车，箱子放推车上，我坐箱子上，你推我走就是了。”

纵使聂辰泽在化妆品的推广策划行业游刃有余，却没能想出比这更好的法子来。

就这样，聂辰泽推着季桐和箱子往前走，直到经过洗手间，季桐提出去清理下脚上的伤口，聂辰泽才有了间隙可以接听 Lina 的电话。

五分钟后，季桐从洗手间走了出来，只见聂辰泽跟前站着一个风姿绰约的女人，黑色长款立领风衣，内搭深灰色套裙，领口的钻石在灯光下璀璨夺目。

“聂总，会开了一半就走了。我以为你去香港找 Corina 了，看样子不是啊。”

聂辰泽并不回应对方，季桐只见风衣女人低头看了眼推车的箱子，笑着揶揄道：“什么时候，聂总也看得上秀俪这种牌子了？”

“没记错的话，秦总的菲莫斯为凡氏最新做的推广用化妆箱就是秀俪的。”

“唉，丢了贝莱这个客户，我当然得好好讨好其他客户了。凡氏最近有意大幅度扩大在华产品线，我也是借光了。凡氏的 Philip，很好相处。倒是你，卓澜韬还好伺候吧？”

原来，她是菲莫斯的总裁秦言。

季桐虽然是第一次见到秦言，却知道菲莫斯是柯林最大的竞争对手，与柯林一样，掌握着许多 KOL 资源。以前，菲莫斯是贝莱的唯一推广策划公司，现在被柯林所取代。看样子，这女人是来挑衅的。

且让她好好看看聂辰泽是怎么应付女人的。季桐故意不上前，只站在原地假装打电话。

“我和卓总已经认识多年，彼此合作很默契。”

“我差点忘记了，当初你也是莹丽的股东。传闻耿恺的死和你有关？算啦，我相信那一定是无稽之谈。对了，有人说卓澜韬这半年经常出入 Corina 香港的寓所。你应该知道吧？”秦言撩了下耳旁的头发，目光再次落在秀俪箱子上。

“Philip 没邀请你参加今晚七点的晚宴吗？”

“当然，难道你也收到了邀请？”

“如你所说，Philip 很好相处。”

秦言本想等箱子主人出现，却因为聂辰泽这简单的一句话而变得有些紧张。菲莫斯丢了贝莱这个客户，如今，手头上最大的客户凡氏竟邀请了聂辰泽赴晚宴。要是再让聂辰泽把这个大客户给抢了，她秦言还怎么在这行业混下去？

“那我们一会儿再见。”当然，秦言也绝非一般人，脸上的紧张稍纵即逝，丢下句话后又自信满满地走了。

“聂先生，请问 Corina 是谁？你的前任吗？”

季桐见秦言一走，便转过身对聂辰泽说道。

聂辰泽并不否认。

“你劈腿，所以分手了？”

“没有。”

“那她劈腿了？”

聂辰泽缄默了，他正想催季桐上推车以避过话题，季桐却突然踮起脚尖，双手把他抱住：“两件事，一件是秦言一定会回头看你，另一件……”

他低眉望了下怀里的女人，再看往远处，秦言果然如季桐所说回头在看，他的手臂便自然地放在了季桐的背上。这样的拥抱，在此时此刻，分外的温暖，他情不自禁地又收拢了下手臂，仿佛怀中的她一下会溜走似的。

然而，她终究还是离开了拥抱，坐回推车的行李箱上，从外套口袋里拖出一条皱皱巴巴的围巾将自己裹得严严实实。聂辰泽认出这就是他送的那条限定品围巾，能够蹂躏成这样的，怕也只有她了。

两人就这般，一个推着，一个坐着，出了机场。

“另一件事是什么？”两人绑好安全带，聂辰泽舒了口气问道。

“同病相怜，被劈腿喽。”季桐轻嗤了声，说道，“你不用谢我，我就是看不惯秦言这样的人。她不是好奇你和什么样的女人在一起吗？那我就让她好奇到一晚上睡不着。”

聂辰泽忍俊不禁，在报复别人的这条道路上，他们俩还是很有默契。

“对了，我们部门的产品线在长沙和西安两地的推广不是很理想，尤其是西安，整个去年，路演不到十场，在商场和卖场的广告位置也不理想。”

“那儿的市场比较特殊。”

“是吗?”

路上，两人谈论起贝莱中国大众产品线的一些问题，季桐像个学生一样听得很仔细，甚至到了自家小区都没有意识到。

这一次，她不再问聂辰泽是怎么知道的地址，因为他总有自己的办法。

“不介意的话，我想借用下你家洗手间换身衣服。”

“没问题。”

季桐知道聂辰泽七点钟还有约会，自然同意了聂辰泽上楼。

一进门，季桐便倒在了沙发上，本想来个四仰八叉，却碍于聂辰泽在场，只能收敛起自己，靠在沙发背上。五天四个城市的奔波是个强度极大的出差体验，疲累的身体在这恒温恒湿的房子里很快就被困意包裹，季桐抱着一只靠垫，打算等聂辰泽走后再睡上一觉。

没想到，待聂辰泽换上晚宴的黑色西装出来，季桐已歪倒在沙发上睡着了。聂辰泽捡起落在一旁地板上的睡毯替她盖上，她睡着时的模样完全没有平日里的那种强势，反而恬静得如豆蔻年华的少女。

他静静地端视着静静睡着的季桐，不想她忽而吐了口气，唇边的发丝轻拂起来。接着，她咂巴了下嘴唇，喃喃地呓语：“冰淇淋，唔，冰淇淋。”

明明是爱极了冰淇淋，却因为要报复自己而舍弃最爱。

聂辰泽轻拨开她脸庞上的发丝，只见她抿抿唇，仿似在梦中吃到了冰淇淋。他忍俊不禁，目光恰好瞥见季桐脱在沙发上的外套，露出了他写了名单的那张纸。

他本可以拿回落入她手里的“把柄”，却只默默收回了视线。聂辰泽自嘲了一下，站起身拖着行李箱离开。

就在聂辰泽开门的瞬间，一个男人蓦地出现在他面前。聂辰泽认得这个男人，正是季桐已经分手的未婚夫顾铭。比起上一次在酒店里醉醺醺的样子，此时此刻的顾铭衣衫整洁，看上去颇是斯文。

顾铭似乎也想起了他，眼神很是轻蔑，上下打量了一番后准备进门。

“她在休息。”聂辰泽手里拖着箱子，拦住了顾铭。

“让开。”顾铭冷冷道。

季桐被外面细碎的声音闹醒，见是顾铭，便朝聂辰泽说道：“你先走。”

“听到没?”顾铭临进门前朝聂辰泽丢了个不屑的眼神。

Philip 安排的晚宴在游艇俱乐部。与以往不同，这一次是米其林大厨烧制的精致中餐，一道道的餐点比西餐更为精致，尤其是那摆盘，从小荷露角，到文房四宝，满是中国传统文化的影子。晚宴邀请的不过十来人，都是业内的推广策划精英。这一次，Philip 并非为产品发出邀请，而是请大家为儿子的婚礼做策划。

聂辰泽在赴宴前发了微信给季桐，然而整个晚宴，她都没有回复。聂辰泽也出于这个原因，有些心不在焉。

夜晚回到家，熊猫又一次热情地趴在了他的身上，聂辰泽坐在沙发上，举着手机揉起熊猫的下巴说道：“呵，竟然有人不回我的信息。”

熊猫歪着头瞅他。

“真是，一点都让人放心不下。”

熊猫换了个方向歪头瞅他。

“这女人真是……”

熊猫长叹了一声，继续趴在他的身上。也不知为什么，它的主人这一晚变得这般陌生。

第十三章 欠款

周一的早晨，季桐早早地来到办公室，将自己对除了华东区之外各个区的巡店情况发给了大区经理，要求各位大区经理着手对卖场等能力不足的促销员制订针对性培训计划。同时，她向财务要来了本部门过去三年的客户财务报表。

她刚拿到华东区客户回款报表，部门助理 Mandy 敲门进了办公室说道："季经理，这份是柯林为致臻 V 脸塑颜系列做的策划书。庄姐说，现在这些事都得由您批准。"

"谢谢，放这儿吧。"

Mandy 放下一沓策划书后打算离开，季桐喊住了她："庄姐看过这策划案了吗？"

"庄姐看过。"

"让庄姐在四点半的时候到我办公室来。"

"好的。"

"对了，之前部门里所有的报表都是你做的吗？"

"是的。"

"这周你空吗？我的意思是每天晚上有空吗？我希望你能和我过一遍部门所有的报表。"

“噢。”

“不好意思，你得和男朋友打个招呼了。”

“噢，我结婚了。没关系的，我可以留下来加班的。”

季桐笑笑，没想到 Mandy 这么年轻的女孩已经结婚了，自己倒是不知不觉都要三十岁了。用聂辰泽的话，她就是轻熟女性了。

“那就说定了，过了这周后，你休假放松下。”

Mandy 离开了办公室，季桐低头翻开 V 脸塑颜的策划书，柯林的 Logo 印在页眉。季桐想起昨晚聂辰泽发给自己的微信。顾铭到家来无非是与自己谈剩余的首付款及首付款增值部分的钱款，都已经分手，能谈的只剩了钱。当初，房子的首付的确是顾家出的，她当然会还清所有不属于自己的东西。

顾铭喋喋不休了一通之后便离开了，她吃完泡面就洗洗睡了，短信的事早已抛于脑后。季桐淡淡一笑，继续看起策划案和华东区的客户财务报表。

季桐惊讶地发现，贝莱中国这么大的企业，排在前面的几家大代理商竟在账面上有这么多逾期应收款。

季桐迅速查看了这些客户：雅林商贸、云之上科技、斐飞有限公司……

其中，雅林商贸的最长逾期竟然超过了一年。这家公司是什么背景？季桐迅速打开了先前庄磊交上来的客户 SKU，心中的疑问愈加多了起来。雅林商贸的问题不仅是应收账款高，库存的 SKU 也非常高。外企的报表管控向来十分严格，直觉告诉她，这个雅林商贸一定不简单。

“季经理，你找我？”庄磊准时出现在季桐办公室。

“坐。”季桐招呼庄磊坐下，“之前，我们部门的推广策划是不是都是你决定的？”

“是，不过，有销售经理的时候，就是销售经理批复。只是，我们部门很少有销售经理能够做久的。噢，季经理不要误会，我这话没有别的意思。”庄磊脸孔上的表情变化自如，好似让季桐自己体会这话中含义。

“你觉得这次致臻的V脸塑颜系列推广策划好吗?”

“不错啊。流量明星加线上线下同期推出。下个月的三八妇女节也是个好日子，我预计会有不错的销售额。”

“三八妇女节的确是个好日子，不过，V脸的明星对消费者的说服度太低。这份策划案不行。”

“这可是柯林的策划案。”庄磊目指策划案上柯林的Logo。

“那我只能说，太有失水准了。”

季桐眼睛的余光扫过庄磊，她在想庄磊是不是在猜度自己和柯林的关系。就像第一次见卓澜韬的时候，卓澜韬那狐疑的眼神，好像也要翻出她与聂辰泽之间是否有关系。

“那季经理的意思?”

“重做。”季桐合上策划案。

“重做的话，就赶不及三八妇女节了。”

“柯林应该替我们解决这些问题，他们是我们的服务商，不是吗?”季桐目光凝视着庄磊。

“虽说是服务商，但柯林在这行业的地位高，做的策划案向来都很成功。其实，我不觉得这份策划案有什么问题。”

“不是有问题，是很有问题!没有亮点的策划案，就是一份有问题的策划案。作为决策者，如果不能及时发现，也很有问题。庄姐，我相信你对产品都很熟悉，对贝莱中国的运营模式也很清楚。”

庄磊微眯起双眼，见季桐的语调愈加沉重，若有所思了一番后回道:“那我就只好把季经理的回馈告诉他们。”

“我建议你安排柯林相关负责人来贝莱开个沟通会，同时请几位大区经理和市场部的人都参加一下，大家集思广益，一定会有更好的策划案出来。”

“好的。”

季桐见庄磊已打算起身，便喊住了她：“等等。”

“嗯?”

“雅林商贸是你负责的客户吧?”

“是啊，是我们第三事业部的大客户。”

“欠款这么多的大客户?”

“大客户欠些款也很正常。”

“是吗?”季桐看了眼桌上的小钟说道，“没什么事了，你尽快安排柯林的会议。”

庄磊见季桐不再追究，立刻起身离开了办公室。

这一招不过是试探而已，看得出庄磊与雅林商贸之间的关系非常好，以至于提到雅林商贸的时候，庄磊的神经一下子绷住了。

不过眼下，她还不能贸然出手。

雅林商贸。

季桐在千羽的时候从来没有听到过这家公司，既然在华东区能够与贝莱有这么大的交易额，一定不会是小规模的企业。

聂辰泽必然比她更清楚这家雅林商贸。

季桐在思考的时候，Lucy 打来了办公室电话，告知有同事负责托管她的手机号，以方便公司承担她每个月的手机费。

托管手机这件事，季桐一直心存芥蒂。因为曾有著名外企借托管手机为名，查员工的隐私记录。不过，她初入贝莱，如果断然拒绝必然会引来人事部甚至卓澜韬的怀疑，因而没有提出异议。

不过，为了保险起见，她给聂辰泽发了条微信：“手机托管，以后微信联系。”

“OK。”

“致臻 V 脸塑颜系列的策划案这么失败，几个意思?”

“一个意思。”

“?”

“自己想。”

聂辰泽放下手机，狡黠一笑，这三个字怕是得让季桐想上一会儿。谁让这个女人害他白白担心了一宿。

致臻V脸塑颜系列的策划自然不是什么上乘之作，但也绝非一个差选项。季桐对工作一向高要求，自然看不上这么一个平庸的方案。这么一来，她与柯林之间的关系自然显得很一般，这也是再次让卓澜韬确定他与季桐之间没有关系的方法。

“聂总，Suki有事找您。”

“让她进来。”

Suki很快进了办公室，娇柔的脸庞上浮着不满的情绪，见了聂辰泽便说道：“聂总，刚才贝莱打电话说，致臻V脸塑颜系列方案不好，让我去贝莱重新定方案。”

“你的想法呢?”

聂辰泽有不少知名策划师，Suki正是整个团队中的资深策划师，几乎所有的客户都认可她的策划。此番贝莱突然推翻了她的方案，她自是气不打一处来。

“我认为是他们新来的销售经理故意为难我。”Suki露出嗔怪生气的模样，无非期望聂辰泽多同情自己一分。

“你说季桐?我上次去贝莱的时候，Frank告诉我，她做了第三事业部的销售经理。”

“她肯定还记着魔力丫的事。”

“为什么你不从自身寻找原因?”

“聂总。”

“贝莱约你什么时候去开会?”

“刚约了明天上午九点的会议。”

“OK。”

聂辰泽说完后低下头，Suki 意识到老板下了逐客令，只能默默地退出了办公室。

周二上午九点，贝莱第三事业部的会议室坐了贝莱与柯林双方的人。

季桐到会场的时候，庄磊正要向 Suki 等人介绍季桐，不想季桐已主动向 Suki 握手道：“Suki，很久不见。”

“是啊。没想到几个月不见，季小姐已经成了贝莱中国的销售经理。”

季桐笑答：“我们很有缘分，希望这次，柯林不要让我失望。”

Suki 唇角僵硬地扬起笑容。

为了令大家更透彻地理解自己的策划理念，Suki 自信满满地对整个推广策划中所用到的各种服饰元素、背景选择都做了极其精细的演讲。庄磊时不时地用眼角余光去试探季桐的表情，季桐的脸庞却始终没有变化。

直到 Suki 演讲结束，会议室的灯再次亮起的时候，季桐这才转过身对自己的下属们说道：“你们有什么想法？”

“经过 Suki 的解释，我觉得很好啊。尤其是这位赵萱，最近出演的几部电视剧不错，流量助推营销。”陈烁说道。

“是啊，我们这款产品是红色与金色相间的设计，用在赵萱服装设计上的元素与产品的瓶体风格一致。”张琦紧跟着评论道。

“庄姐、子涛，你们的意见呢？”季桐问道。

“很不错。”黄子涛点头道。

庄磊故意不作声响。

“我承认 Suki 做的方案很漂亮。不过，让大家来开这个会，不是说赞词的，因为产品光靠赞词是卖不出去的。Suki，我希望你再看一下我们这系列的产品，如何做到差异化。流量明星固然有用，但你考虑过我们这款产品的受众是谁吗?”

“贝莱的致臻系列一直都是大众化产品。”Suki应道。

“大众化不代表没有针对性。这款产品针对的是肌肤不紧致、出现奁拉现象的女性。我想这类女性不会再盲目地因为某个明星使用了这款产品变成了小V脸而去购买这系列的产品。她们的购买应该更理性，更追求真实效果。”季桐从座位上站了起来，看着会议室所有的人，目光最终落在Suki身上。

Suki的脸微微涨红，说道：“那季经理的意思是……”

“我认为用普通人会更好。”

“普通人?”

“是，不必是流量明星和网红。可以是全职妈妈，也可以是职场女性，她们通过使用我们的产品，皮肤得到了什么改善，前后究竟有多少变化。拍一个普通人皮肤奁拉问题的解决过程。当然，我说的不是那种夸张的、毫无美感的广告。打个比方，可以是宝宝看到妈妈的脸发生了变化时，也可以是丈夫看到妻子的脸发生了变化时，那种自然流露出来的温馨表情。广告视频温馨、感人、不做作，尽量把‘推销’这个词放在产品效果本身之后。”季桐从位置上站了起来说道，谈吐俨然像一位已在化妆品行业许久的从业精英一般。

Suki的脸涨得更红，却仍然不愿意承认自己的策划缺陷：“的确很好，不过万一没有处理好，看着就会像街头卖药的那样，很虚假。”

“Suki，这款产品虽然是我们第三事业部的大众化产品，但不意味着它的效果是虚假的。作为一个销售，我们对产品的认识和效果应该比任何人都清楚，否则，是卖不好一款产品的。柯林，在产品策划推广方面应该和我们站在同一条线上。我希望，柯林能好好在这方面下功夫。”

季桐话音刚落，只听会议室后门被推了开来，Frank 大笑着朝着季桐走来：“果然是新鲜血液啊。”

他的身后还跟着聂辰泽。

“不好意思，我在后面偷听了那么一小会儿。”Frank 指了指后门，眨了下眼睛，朝大家说道，“季桐说的产品意识很重要，这阶段我也思考了很多。现在，流量明星代言已经不再是唯一出路，我们通过柯林也尝试了网红、广告植入、赛事赞助等营销模式。广告上的浮夸感早晚要被更为理性、接地气的广告策划代替。”

季桐知道 Frank 这次进入会场并不仅仅是被她刚才的一番话吸引来的，更重要的是为了在下属面前挺她，帮助她在自己部门立威。

Frank 的这番言论自然起了效果。

庄磊虽然刻意地保持着轻松状态，但凝重的目光却逃不过季桐的双眼。Suki 斜眼看了几次聂辰泽，却都没有得到自己老板的回应。

Frank 又笑着说：“辰泽，我相信，柯林有能力重新做一份策划书。”

聂辰泽回应了一个 OK 的手势。

Frank 对季桐说道：“这次的推广，最后拍板人就是你。”

“没问题。”

“好了，我不打扰你们开会了。”

Frank 离开了会场，聂辰泽则留了下来。其间，他发了个赞赏的表情给季桐。

季桐只顾忙着与大家交换各种想法。会议室里的人毕竟都是行业里摸爬滚打多年的人，只需把自己的心思放上去便能想出更好的主意。Suki 渐渐放下自己的坚持，融入讨论中。季桐知道虽然这款系列产品并不是本年度的重点项目，但能够用最少的钱来创造最大的价值，加之又是一番新的思路，必定会给自己加分。

会议结束后，季桐与柯林来的人握手，第一个握手的便是聂辰泽。

“希望柯林不要让我们失望。”

“不会。”

季桐在握手的瞬间，又狠狠地掐了他一下。她扬起得意的笑容，只想告诉他丢下“自己想”这样的回答是欠掐的。

聂辰泽冷不丁又遭季桐的黑手，猜到是昨天那条微信惹出的祸端，心里不禁又把面前的女人给骂了一遍：心狠手辣。

不过以季桐的智慧，应该已经猜出了他的用意。

会议之后，季桐见庄磊收到一个短信后便行色匆匆地离开了会议室，她正要跟上去，却被张琦喊住：“季经理。”

“什么事?”季桐再想去寻庄磊踪影，走廊那头已经没有了人影。

“我想找您谈些事。”

“什么事?”

“我们华南区的一些事。”张琦说得很含糊，季桐明白她不想让他人知晓，便招呼她一起回了办公室。

“季经理，Eric那天态度不好，害得您差点误了飞机。我是今天才知道这件事的。”张琦说道。

“没关系。”季桐看得出张琦那双美丽的眼睛里透露出的紧张并不像单为了她周日差点误机的事，“还有什么事?”

“其实，这两年，我对广州的专柜和卖场都梳理精简过了，希望季经理能够考虑不再精简华南区。”

“你的意思是说我会裁员?”

“难道不是吗?”

“我暂时没这个打算。不过，你这是听谁说的?”

“庄姐提了一句，我知道这两年广州的业绩都很平庸，不过，我们真的很努力了。华南区靠近香港，很多人都到香港买化妆品。”

“张琦，这不是理由。现实已经摆在那里，我们能面对的只有挑战。贝莱是全球公司，对外而言，我们的竞争对手有很多，但对内而言，区域与区域之间都是存在竞争的。所以，这问题，我没有办法帮你去解决。我相信，Frank 和卓总也不会在意。你是区域经理，从莹丽开始到现在，已经积累了很多经验，只是需要顺势变化。我相信你能做到。”季桐边同张琦说着，边心下琢磨庄磊究竟为什么要散播自己要裁员的假信息，见张琦逐渐由紧张变作沮丧再到慢慢捡拾起信心，于是她追问道，“庄姐在什么情况下说的?”

“噢，昨天 Mandy 从您办公室出来后灰头土脸的，子涛随口调侃她是不是挨训了，Mandy 说您让她这周加班谈报表。后来，庄姐与我们聊的时候就说 Frank 请您进贝莱的一个目的就是裁员。陈烁问庄姐是不是听到了什么，庄姐说，她也是猜的，说是莹丽被并购了五年，五年前虽然进行了大裁员，但销售牵涉市场，基本保留了下来。如今卓总已经是总裁了，总部派 Frank 过来管销售部，裁员这样的事一定是势在必行。”

“那，庄姐不是随口一提，看样子也做了不少分析。”季桐看得出庄磊这位团队中的一姐还是很有感召力。不过，Frank 从未与她提过裁员的事。庄磊在背后煽风点火，多少有为她树敌的意味。原本莹丽系的员工自然会对她拉起防线，甚至产生攻击。季桐见张琦不说话，便说道:“对了，庄姐平时是不是经常外出?”

“是啊，销售外出很正常，我们不会过问。不过，自从 Frank 来了后曾经关照过我们，所有大区经理以上级别出门都得和 Jessica 报备。”

“OK。没什么事，你去忙吧。对了，麻烦你一会儿请子涛来下我办公室。”

张琦应声后离开了季桐办公室，黄子涛很快就进了办公室，乐呵呵地朝季桐说道：“季经理，你找我。”

“是啊。”

“我本来想问庄姐的，不过，她有事急着离开了。”

“最近她家里的事多一些。”

“她家是不是有什么困难？”

“庄姐很少和我们说这些，只提过家里有事。不过，也就是近半年的事吧。”黄子涛如是说道。

“嗯。对了，子涛，你在贝莱好些年了吧？之前是贝莱华东区的大区经理，怎么后来管起西北来了？”

“噢，这件事啊。”

黄子涛的笑容淡了下来。只是他十分警觉，对季桐这番试探回道：“嗐，庄姐也是管华东区的，贝莱并购了莹丽之后，卓总说我是西北人，管西北肯定更熟悉。我觉得挺好，就这么定了。”

“卓总的安排很有道理。庄姐刚好不在，我有些华东区的事不了解，你知道雅林商贸这家客户吗？”

“噢，从我管理西北区之后，就没再参与过华东区的事。我看，季经理还是等庄姐回来再问问。”

“也就是说，雅林商贸不是贝莱中国原有的客户？”

“呃……”黄子涛这才发现自己落入了季桐的圈套中，只能摇摇头算作回答。

季桐微微一笑说道：“没什么，我只是随口一问。最近有空的话，我找你喝酒。”

黄子涛头回在自己行业里遇到把喝酒说得这么爽气的女人，不禁睁大了眼睛再度审视起这位女上司，愣了几秒后才回答道：“好。”

季桐想也许一喝酒，黄子涛就话多了，爱喝酒的男人，一旦放开了胆子喝上酒，陪着喝酒的男人就是亲兄弟，女人就是亲姐妹。

与黄子涛谈喝酒的事，令季桐想起要约上聂辰泽喝一杯。谁知她拿起手机后发现，聂辰泽在方才会议期间发了个赞赏的表情。

“晚上老地方喝酒。”

“今晚有约，明晚?”

“你付钱，没问题。”

季桐继续忙着手头的活，庄磊在午后回了贝莱，向季桐解释自己家中有事，季桐并未为难她，庄磊对此倒显得有些意外。

对季桐而言，只有让庄磊觉得自己的反应不可预料，才能真正威慑到她。当务之急是梳理出整个部门的业务情况，当她与 Mandy 坐在一起就部门里的业务报表进行分析问询时，BU3 的业务让人有种难以名状的不安。

如大部分跨国企业一样，贝莱也有自己的客户信用系统，这就如同信用卡一样，欠款有一定的额度，满了就不能再欠下去，必须在规定时间内还款，至少还得上最低额度。华东区的大客户在贝莱有极高的额度，账期却比其他区域的大客户都长得多，雅林商贸竟然有一年的账期。

季桐向 Mandy 要求翻找所有的批复单，Mandy 却推说批复单都交给了财务，得向财务申请后才能查看。然而，财务负责文件管理的同事这一周去泰国度假了。这对季桐来说，无疑是一个坏消息。

不过，要翻查这些事，并不是只有批复单才有用。季桐借说想看看过往的内审以此梳理销售内部流程。Mandy 也未多想，立刻从文档中拿出了历年的内审资料。为了避免 Mandy 知晓自己在查什么，季桐假称自己有事不加班了，让 Mandy 先回家。这话正中 Mandy 下怀，立刻脚底抹油地离开了公司。

季桐坐回位置，在密密麻麻的各种内审清单中查找信息，她发现贝莱总部派来的内审人员也曾经向庄磊提过雅林商贸的账务问题，在这一份的内审资料后还附了几份由庄磊批准的特准发货单。

贝莱中国是怎么处理这件事的呢？

聂辰泽发了微信过来。

“到了。”

到了？季桐这才意识到自己翻这些内审资料用了近两个小时。她立刻收起桌上的文件，抓上衣架上的外套往外奔了出去。

电梯在她这一层停了下来，季桐正要踏入电梯，里面站着的竟是卓澜韬。

“卓总。”

“你一来就很拼嘛。”

“想要尽快熟悉业务，只能加加班。卓总也很忙吧？”

“贝莱的产品线越来越多。我听说，那天你否定了柯林的策划案。”

“是的。”

电梯到了地下一层，卓澜韬先跨出了电梯，转身看了眼也已迈出电梯间的季桐说道：“聂辰泽是我朋友。”

“我听说了。不过，卓总，我做事一直就事论事，有不当的地方得罪聂总的，只能对不住了。”

“呵呵。”卓澜韬笑了一声，那眉眼间却并无任何温暖的气息，反而让人感觉不寒而栗。

季桐即使到了酒吧，还清楚地记着卓澜韬的笑容，那是一种令人无法忘记的阴森笑容。

“迟到这么久。”聂辰泽坐在他们俩坐过的桌前，与以往不同，他穿了一身灰白色卫衣，显得十分精神。

季桐并未在意聂辰泽服饰的不同之处，只是自顾自地脱下衣服，怀揣心事地说道：“我在公司查资料。”

“呵。”

聂辰泽一笑，季桐忽而瞪大了眼睛，掰过他正要低下的脸，朝着自己说道："再呵呵一下给我看。"

这突然的举动把聂辰泽怔了一下，但很配合地"呵呵"了一声。

"唉……"季桐往后仰靠在椅背上，长叹道，"没见过人那样笑的。"

"谁?"

"卓澜韬。我刚才从办公室下来的时候遇到他了，那笑容太阴森了。"季桐仰望着酒吧里暖色调的灯光，喃喃地告诉聂辰泽。

"是吗?"聂辰泽看着季桐，灯光落在她的下巴上，别样温暖。

"你不觉得吗？我见过很多人，却没有一个人笑得和他那样的。就说你吧……"季桐忽而坐直了身体，耸肩笑笑说道，"不说你了。"

"他本就是鹰视狼顾之相。"

"鹰视狼顾。"季桐眼珠转了一圈，点点头说道，"你这么一说，倒是有些像，不过我记得历史上鹰视狼顾之相的人可不是善类。"

"司马懿。"

"司马懿。"

两人相视一笑，彼此的答案竟是这么同步。

"不过，我得恭喜你，你的计策已经成功了。"季桐从桌上先拿起了汤力水喝了口说道，"卓澜韬对我说，'聂辰泽是我朋友'。"

"不这么做，他仍会怀疑你是我的人。"

"我想是的。"季桐正要再喝汤力水，却见聂辰泽向她伸手，本能地往后缩了下手肘，"干吗?"

"你把我的水喝了。"

"你的?"季桐看了眼手中的瓶子，果然已经少了一半，果真是聂辰泽的水。

简直了，她又喝了聂辰泽的水。季桐一把递回了瓶子。

“这是庄磊家的地址。她和卓澜韬，肯定不是情侣关系。不过，她家的背景有些复杂。她有个弟弟是个赌徒，一直欠债，把他们父亲气死了，她就把母亲接到了自己家。之后，她弟弟一直伸手问她要钱，导致丈夫和她离异。大概六年前，庄磊的弟弟因为抢劫被抓入狱。”

“六年前，莹丽还没有卖给贝莱。”季桐拿起庄磊家的地址，这地址名称似乎有些熟悉，一拍脑袋说道，“我想这地址怎么这么熟悉，那小区的保安是我朋友蛮牛公司的。那时候小区出现漏水问题，让我帮忙找施工商的。”

“我只能给你这么多信息。你知道我和卓澜韬的关系，我做任何动作、动用任何人脉都有可能引起他注意。以后查人背景的事，你得自食其力。”

“知道了，说的好像我还真是你的人，得靠你才能活下去。雅林商贸，你肯定熟悉吧？是莹丽的大客户吧？”

“雅林商贸是在莹丽被并购后才成为贝莱的大客户，主要负责 BU3 在连锁大卖场销售及电商销售的大代理。在此之前，雅林商贸在莹丽的份额相当低。现在，雅林商贸百分之九十的生意都来自贝莱。”

“怪不得我在千羽的时候没听过这家公司。小公司一下成了大代理，有意思。”季桐沉思了一小会儿，看样子，她必须会会这个神秘大客户。

季桐正想着，手机跳来孙萌的一条微信。

微信是张图片，图片上佐罗戴着一条灰底蓝色星星围兜，端坐在一栋大型乐高积木搭建的狗房子前头。

“好帅气！”季桐严肃的脸孔一下变得和少女一样，手捂了下惊愕的嘴，继而开心地咯咯直笑。

聂辰泽已从她明媚的双眼中看到了图片，克制住自己内心涌动的得意，拿起桌上的红酒喝了一口，佯作毫不知情地朝季桐说道："什么事，这么开心？"

"佐罗的照片，就是我之前领养的那只哈士奇。给你看，这是他主人拍的照片。"季桐把手机转了过来，给聂辰泽看佐罗的照片。

聂辰泽当然很熟悉这张照片，今天下午，他离开公司后就开始搭起了这只乐高狗别墅。这张照片正是他方才坐在酒吧无聊时发给孙萌的。

没想到孙萌这么快就转给了季桐。

"很不错。"对自己的杰作，聂辰泽毫无掩饰地称赞道。

"佐罗的狗日子过得真好，还有大乐高房子住，看样子，他的主人很特别。"

"有多特别？"聂辰泽拿起勃艮第杯晃了晃，红色的液体在里头仿佛跳起了华尔兹。

"以前他给佐罗布置了一个别墅，我觉得他只是多金，现在能用乐高搭出这么漂亮的狗别墅，说明他很疼佐罗，生活不枯燥，过得很有创意。"

"我也会玩乐高。"

"你？"季桐喝了口红酒，揶揄道，"得了吧。我听 Frank 说你也养了条狗，估计就扔个宠物店买的狗窝给它睡吧。哪像佐罗的主人。"

"今天的酒怎么样？"

"还不错。"

"会品一些酒了。"

"谁上次和我一起把这里的酒咕咚咕咚地喝了几瓶的？"

两人同时笑了起来。将那些公司里的秘密抛于脑后，享受短暂相聚的夜晚，这是他们彼此的约定。

周三的早晨，季桐打了电话给蛮牛，拜托蛮牛尽可能地替自己了解庄磊的情况。另一方面，她仍旧决定试探庄磊，要求见雅林商贸的老板于畴明。

谁知，季桐才刚提要见面的事，庄磊便托词道："于总最近一直在加拿大，季经理找于总是为了什么事呢？如果是业务上的事，我想我可以让于总安排公司其他负责人和我们对接。"

"我想聊聊以后的发展，其他人能做主吗？"

"那我和于总沟通下。"

"你问下他什么时候回国。"

"噢，于总有加拿大绿卡的，有时候在那儿要待很久。"

"怪不得雅林商贸一直欠款，看样子是少了拍板付钱的人。"

季桐的这句话令庄磊的脸色一下变得难看，想了想后，她回答道："我还是和于总问问，看怎么安排吧。"

"在我们会面之前，你催下雅林商贸的货款，你告诉于总，雅林商贸放货特批前，都需要经过我的同意。"

庄磊越发紧张，她不知季桐查到了什么，但竭力表现出平和的样子说道："这样似乎不太好，毕竟雅林商贸是我们的大客户。"

"没关系，你就和于总说，你新来的上司不近人情，希望大家能够有机会尽快坐下来谈谈。"

季桐用自己做了个借口，这让庄磊到了嘴边的话又滑了回去。庄磊只能含糊地答应季桐以避过更多的刁难。

庄磊走后，季桐一手拨弄起桌上的笔，一手发了微信给 Victor 问他是否能帮忙查一下雅林商贸的于畴明。

Victor 在第二天的中午时分告诉了季桐，于畴明名下有两家公司，一家是雅林商贸，另外一家是申鸣地产有限公司，主营建筑房产。Victor言尽于此，以季桐在建筑行业的人脉，要打听到申鸣地产的信息并不困难。

季桐收到这消息不过半小时的光景，庄磊向季桐回复雅林商贸很期待与季桐进行一次友好的会谈。

会谈约定在周五。

季桐想，这兴许是自己那句狠话产生了作用。不过，警惕的心思还不能就此放下，如果敌人这么容易就被震慑到，显然不合常理。

周五的会议如期而至，季桐与庄磊来到了雅林商贸。这是一家在闵行区的公司，与传统的代理商不同，雅林商贸看上去更像一家制造型企业。公司占地面积很大，进门之后还有一百多平方米的假山水池，池中还养了些锦鲤鱼。

季桐问身旁陪同的庄磊："你来过几次？"

"来了不少次。"庄磊话音刚落，鞋跟被底下的方砖绊住，踉跄了一下。

"看样子，还不是很熟悉。"

此时，一个穿着短皮裙的女人走出办公楼迎了上来说道："您是贝莱的季经理吧？"

"这位是……"

"噢，是雅林商贸的采购经理徐宁。"庄磊忙不迭地在旁介绍道。

季桐脸上浮起浅淡的笑容，徐宁领着两人上楼进了一间会议室，会议室内浓烈的烟味充斥着每一个角落，深褐色的会议桌上落了些许没有擦净的烟灰。桌旁放着有些凹陷下去的沙发与一只放着茶台的茶几。庄磊显然不适应会议室的环境，时不时地在旁咳嗽。季桐虽然不喜烟味，但在泓高那会儿就已习惯了这种会议环境。由此看出，庄磊对雅林商贸的环境并不熟悉。

此时，一位女孩进了会议室与徐宁附耳说了句话，徐宁立刻笑盈盈道："我们夏总马上就来。"

夏总，应就是雅林商贸的副总夏祎。季桐早已查过雅林商贸，这位夏总是小股东，在雅林商贸持有不到百分之十的股份。

徐宁的话音刚落，一个穿着黑色皮衣的国字脸男人走进了会议室，见了季桐与庄磊，清了清嗓，声音沙哑地说道："季经理，我是夏祎。"

夏祎的牙齿长了烟渍，呼出的气息混杂着烟味与茶味，脸紧绷着没有任何表情。

"夏总。"

"坐。"夏祎说着，坐在沙发上，季桐与庄磊坐在三人沙发上。徐宁开启了茶台的烧水模式，娴熟地用夹子翻起几只杯子来。

"小徐，昨天的白茶味不行，换个茶。"

徐宁放下手头的夹子，出了会议室门。

夏祎又清了清嗓子，与季桐说道："季经理，刚上任就来我们公司了。"

"雅林商贸是我们贝莱 BU3 在华东区最大的客户，我早就想拜访贵司了，只是拖拖拉拉地隔了这些日子。"季桐笑盈盈道。

"季经理，来化妆品行业不久吧？"夏祎从衣服口袋里取出一包烟、一只打火机，眼睛偶尔瞥向季桐。

"是啊，不过，在于总的其他产业所在的行业里倒是好些年了。"季桐应道。她看到夏祎从烟盒里抽出烟的手停了停，便知晓夏祎被她的这句话怔了下。他应是没想到她会对于晦明的产业做了了解。

"噢，是吗？看样子，季经理做过的行业不少。"

"现在到了化妆品行业来，我也是个新人，所以有什么做得不妥的地方，还得请夏总多担待些。"季桐说话的时候，徐宁回了会议室，用新茶叶泡起茶来。

“客气了。”夏祎淡淡地说了一句，等徐宁为双方泡上茶后，才继续开口道，“季经理，过了年，是各个卖场、电商拿货订货的时候。人人都知道我们雅林商贸和贝莱的关系处得不错，如今这些天，我们雅林商贸竟是连货都给不了了。这影响很不好啊。”

“那些客户向雅林商贸渠道里拿货的时候，可有欠款呢？”

夏祎点燃了一支烟，吸上了一口后，把打火机扔在了茶台旁说道：“都合作了这么些年，欠点钱没什么，只要不断货。”

“夏总说得对，欠一点也是合乎常理的，但欠多了，老的合作伙伴也不好办了。噢，对了，于总呢？”季桐说这番话的时候，特意看了眼庄磊。

夏祎抽了口烟，顺手拿过一只烟灰缸倒上些茶水后说道：“于总在加拿大，还没有回来。这儿的事，都交给我处理了。”

“那应付款的事，我找夏总就可以了？”

“我们应该没有到达应付款上限吧？”

“夏总，账期体现的是我们彼此的信任。这些年，我们贝莱对雅林一直非常信任，庄姐也从来没有为难过你们。但是，信任就像银行里的存款，总往外取却不往里存，久了，存款就会越来越少了，您说呢？”季桐说到这儿，小饮了口茶水。

夏祎沉默了一会儿，沉声道：“季经理是来问我们讨信任的啊。”

“雅林商贸的供货来源于贝莱，但贝莱的客户不仅仅只有雅林商贸。雅林商贸是贝莱在华东区首屈一指的代理商，起着表率作用。这两年，华东区的应收账款情况越来越差，怕是受了雅林商贸的影响。所以，我希望雅林商贸能按照协议账期付款。”

“呵呵，是啊。”夏祎喃喃道，连抽了几口烟，仿佛在思考着什么。

“我想夏总也很明白贝莱的战略布局。如果贵司不能按照协议账期付款，那贝莱将会保留分割代理权的权力。”

分割代理权，就意味着将雅林商贸手上贝莱的这块蛋糕切成多份分给其他代理商。对于一个大代理来说，等同于失去对该品牌在代理上的绝对地位。

夏祎非常清楚季桐在说什么，正如季桐也很明白自己放出的这句话分量是何等重。在季桐身旁默不作声的庄磊瞪大了双眼，刚拿起小茶杯的手微微一颤，溅出两滴茶水。

“季经理，您的意思我知道了。”

“那麻烦夏总向于总转达下。”季桐微笑道。

在这般紧张的气氛中，她的微笑含意颇深，这让夏祎淡然自若的脸上不禁浮起揣度的神色来。他抽着烟，喝了两口茶，借说有事便下了逐客令。

徐宁也不如一开始那般友善，只是与季桐说了“再见”后，便撂下茶台上的茶具，吩咐先前进来过的女孩“收拾下”，离开了会议室。

“季经理，分割代理权这么重要的事，你和 Frank 说过吗？先前从来没有提过啊。”回到车上，庄磊忍不住问季桐。

“没有。”

“分割代理权这么重要的事，怎么能这么随……”庄磊刚提了些嗓门，季桐朝她看了眼，那目光凛冽，逼退了她剩下的字句。

“代理商如果长期拖欠公司的钱，分割代理权是一个很正常的处理手段。雅林商贸欠了几年的账，你从未考虑过分割代理权吗？”

庄磊默然不语。

季桐看得出，庄磊虽然处处维护雅林商贸，但在雅林商贸却是无足轻重。她在雅林商贸的人面前似乎就是个透明人，这与庄磊在贝莱 BU3 一姐的地位相比简直是天壤之别。可见，庄磊并不是与雅林商贸牵扯最深的人。在庄磊背后，肯定还有别的人与雅林商贸有关系。那人会是卓澜韬吗？卓澜韬已经是 CEO 了，如果是他的话，对他有什么好处呢？

如果不是卓澜韬，那背后又会是谁呢？

就在这时，季桐收到了蛮牛的微信："庄磊的弟弟已提前释放，最近一年来常过来闹事要钱，周围邻居多有投诉。"

弟弟刑满释放后到庄磊家闹事，这就是庄磊家中经常有事的缘故吧？季桐瞥了眼庄磊，可恨之人必有可怜之处。看似性情刚烈的庄磊，也逃不过现实生活的折磨。

季桐的怜悯稍纵即逝，她要思考的并不只是庄磊家的家事，而是找出雅林商贸在贝莱中国的深根。季桐回到公司后，就着手翻查有关雅林商贸以及华东区各客户的资料，她问 Mandy 要来了雅林商贸近几年的所有出货单以及各类审批单。

堆积如山的文件不过是表象，真正有用的不会多过一桌。季桐顺着内审时的资料调出那一时间段的文件，一页页地翻阅对比。她赫然发现内审审计在末尾的评审中，用英文写了被审计人 BU3 大区经理庄磊提供的文件在财务部有审核签字备案，签字人是财务风险控制主管 Grace。这就是说，整个文件的批复是按照公司流程在走的。

Mandy 曾说过财务部管理文件的同事去了泰国度假，那位财务的同事就是 Grace 的下属。雅林商贸与 Grace 之间有联系吗？

这时，聂辰泽发了微信过来："去雅林商贸了？"

"对。"

"今晚老地方？"

"不去了，我得查资料。"

季桐长吁了口气，到楼下用简餐后再次回到办公室，打算喝杯咖啡提提神。

“咖啡、咖啡。”季桐喃喃地走到茶水间，只见茶水间隔壁的BU2部门会议室的灯开着。虽然到贝莱中国的时间不长，但季桐很少看到贝莱中国的人加班，隔壁BU2的同事基本都是到点就下班。拿自己部门人的话说，BU1的订单是主动投怀送抱的，BU2的订单是自己长腿跑来的，而BU3的订单都是灰头土脸求来的。虽然言过其实，但还是充分表明了三个部门在销售上不同的压力。

“怎么？对我们部门有兴趣？”

季桐走向BU2会议室的时候，身后传来吴彬彬的声音。他一如既往地兰花指一抬，下巴微扬地看着季桐。

“看到灯亮着就过来瞧瞧。”

“BU1借我的会议室开会呢。”

“怎么？你加班？”

“我和聂辰泽谈事。”吴彬彬目指了下自己办公室。聂辰泽刚好打开门，手里挂了件外套，走到吴彬彬跟前，与季桐简单打了个招呼，朝吴彬彬问道：“走吗？”

“OK。”

“看样子你们有约了。”

“我请辰泽到一家新店去品品新的鸡尾酒。本来你在，该请你一起，不过嘛……”吴彬彬上下打量了下季桐说道，“你也不懂这些，在那儿也会尴尬的，还是算了。”

“行了，你们男人间的活动，也不方便请我去。”季桐自然听得出吴彬彬是借机挖苦自己土，她也懒得搭理，转身走向茶水间。只听吴彬彬在背后哼唧了一下，提了嗓音说道：“我们走吧。”

聂辰泽明明和吴彬彬约好了，还与自己说什么去老地方喝酒。“男人的话能信，真是母猪也能上树。”季桐皱皱鼻子，从冰箱里取出仅剩的一瓶纯净水倒入咖啡机水槽里，泡了杯咖啡后便回自己办公室了。

庄磊、Grace，到底还有谁与雅林商贸有关系？

季桐将所有可疑时间段的文件都放到了桌上，喝着咖啡仔细地寻找其中的关联，然而，眼皮却是慢慢地垂下来。季桐本能地看了眼已经喝空的杯子，明明喝了咖啡，怎么还会这么困？

尽管她努力地让自己摆脱突然来袭的困意，但一切只是徒劳。在那厚厚的文件夹前，她趴在那儿，睡得沉沉的。

直到第二天早晨，手机闹铃声才把季桐从昏昏沉沉的梦境中重新拉回现实。

六点半，季桐迷糊地拿过手机，忽而一个激灵，直起了身子。她看了眼周围，自己竟然在办公室里睡到了现在。

她脑子里仅剩的记忆便是昨晚她喝了咖啡坐在自己的位置上，翻阅大摞的文件。

季桐拿起手边的杯子，杯子却是干干净净，没有半点咖啡渍。

文件？桌上的那些文件呢？季桐从座位上站了起来，堆放在角落的文件夹依旧静静地躺着，高度与昨日一模一样，只是桌上那十几个挑出的文件夹却没了踪影。

没有咖啡渍的杯子、被清理的桌子、睡到现在的自己。

季桐有些抓狂，她在自己的办公室踱来踱去，随即立刻加紧脚步去茶水间的咖啡机检查，水槽里的水一滴也没有了，扔在垃圾桶里的那瓶纯净水也消失得无影无踪。

一定是那瓶水有问题。

可是那瓶水是新的。

若不是水的话，那就是杯子。

她从来没有想过在贝莱中国这么大一家跨国公司，竟然会有人用迷药来设计她。这样的情节，她以往只在影视剧中才能看到。

这是一件多么让人后怕的事。如果对方放的不是迷药，而是其他什么药物的话，那后果不堪设想。

季桐回到办公室，看着空空的办公桌，还有那只干净的杯子。那种难以抑制的恐惧感再次袭来，她决定立刻离开办公室，回家洗漱清醒一下。

究竟是谁设计了她？谁拿走了那些文件？一定是贝莱的人，否则怎么会这么轻松地进入贝莱中国，还把所有的线索都清理得一干二净？

难道是庄磊？不，她明明看到庄磊已经离开办公室了。

那会是谁呢？吴彬彬吗？

不，她遇到吴彬彬的时候，吴彬彬应该是从办公室出来的，况且他和聂辰泽在一起。

那是会议室的人吗？那也不可能，因为她从办公室到茶水间，再见到吴彬彬的时候，并没有看到有人从 BU2 的会议室出来。

那会是谁？

就在这时，Jessica 打来了电话，提醒季桐要参加十点的销售经理月度会议。Jessica 在电话中还提了总裁卓澜韬也会参加会议。

卓澜韬。

那个鹰视狼顾的男人。

季桐拍了下脑袋，本想发个微信告诉聂辰泽自己的遭遇，却又觉着聂辰泽知晓后也未必能帮上忙。贝莱中国的事，他要是能插手，就不会拖自己上这贼船了。此时此刻，她能做的事是暂时搁置调查，让下迷药的人认为她已经知难而退。以退为进，怕是眼下最好的方式。

季桐理了下头绪后再次回到了贝莱中国，因为时间紧迫，她拿上笔记本打算直奔会议室，却见 Mandy 正与庄磊附耳低语。

季桐特意交代 Mandy 整理下文件，庄磊与 Mandy 的表情并不慌乱，可见不是昨晚下药的人。

“早啊，季桐。”季桐正想着昨晚的事，Frank 向她打招呼。

“早啊，Frank。”

“我听 Jessica 说，你昨晚加班到很晚。”

“还可以。”

“一会儿开完会，我和你聊件事。”

两人说着便进了会议室。卓澜韬踏着十点整的时间进入会议室，寻了最靠边的位置坐了下来，比起一般旁听者而言，他更像是一个站在幕后的裁决者。

与很多大企业一样，贝莱中国的销售经理月度会议，在满是销售数据与市场分析的过程中开始，Frank 概述了整一个月同比与环比的销售以及息税前利润的情况，同时，还列了各个部门新产品推广方案。

季桐看着这些数字，脑子里却全是昨晚的事，那股冷冷的寒意一次次地冲击而来。直到会议末尾的时候，卓澜韬忽而站了起来，与 Frank 说道：“Frank，我想在这儿强调一件重要的事。”

Frank 点点头，做了个“请”的动作。

卓澜韬开口道：“昨天晚上，我参加了总部的视频会议。大家都知道从前年开始，贝莱集团董事会决定增加收购计划，扩大收购范围，以应对公司总销售额与利润率增长缓慢的困境。今年，整个亚太地区计划收购五家公司，其中，贝莱中国要收购至少一家本地企业。因此，我们在资金上也要格外注意。特别是回款问题，这几年我们重视得不够，我希望你们能够在这方面下些功夫，在下一次的月度会议中，我要看到应收账款的报告。好了，我就说这么多。”

应收账款的问题。

季桐心想，这不就是她在查的事吗？她一直认为庄磊与卓澜韬之间是有关系的，难道她想错了？

季桐再次想起那个道貌岸然的男人陈瑞。有些人，说的话与做的事往往背道而驰。卓澜韬的话与他做的事是否一致，尚难分辨。

Frank 在旁喊了她一声。

“不好意思，我正在想卓总的话。”季桐环顾了下四周，与会的人已离开了会议室。

Frank 半坐在会议桌上，一脚离地，一脚悬空：“你昨天去了雅林商贸?”

“是，我想拜访于总，不过他在加拿大，只见到了夏总。我们聊了聊回款的事，没想到今天卓总也提了回款这个话题。”

“OK。”Frank 若有所思地点点头，接着说道，“公司最近可能会有调岗的同事到你部门来。”

“调岗?”

“公司原本的研发总监被调派到总部去了，人事通过猎头找了新的研发总监。新研发总监对部门进行了调整，调整后部分员工得调岗。噢，这是件很平常的事。”Frank 摊摊手，季桐很快就明白研发部门调岗的人员是每个部门都要吃进的，这样避免公司裁员引发麻烦。朴慧和吴彬彬肯定是不愿意接受其他部门来的人，那么，销售部就只剩下她的 BU3 了。

这虽然是件普通的事，但在季桐看来，Frank 是把自己当作了唯一信任的下属，否则何必特意和她说这件事呢?

“没问题，研发部过来的同事对产品更熟悉些，我觉着调岗是件好事。”季桐笑着回应。

Frank 听到她的回答，表情也轻松起来。

调岗人员的名单很快由 Mandy 送进了季桐办公室，两个调岗的人员都是年轻人，男的叫展鹏，女的叫李薇薇。季桐翻看两人的资料，Mandy 正要退出办公室，却被季桐喊住了。

“季经理，还有什么事吗?”

季桐听得出她有些紧张。她边签字，边问道：“你文件都收拾过了吗?”

“收拾好了，都重新按照年份放好了。”

“有缺的吗?”季桐抬眼看 Mandy。

“缺? 没，没缺啊。”Mandy 回头看向文件。

看得出，Mandy 之所以回头并不是在确认自己的话，而是在掩饰她内心的慌张。她心里应该十分清楚这间办公室里的文件少了。

“没缺就好。把调岗确认信交给人事部。如果方便的话，让他们早些带人过来。”

“噢，好的。”Mandy 见季桐不再追究文件，便拿着调岗确认信出了办公室。

这时，庄磊正要敲门，季桐示意她直接进来。

“找我什么事?”

“Suki 刚送来了新的策划案，说是聂总上楼和 Frank 说些事，问我们是否有时间谈谈新的策划案。”

“看样子，他们是奔着和我们吃午饭了?”季桐看了眼，手机上已经显示十二点多，于是站了起来，拿上一旁的外套，见庄磊杵那儿，便问道，“还有什么事?”

“我家里有些事，想提前回去。”

“难得，你和我请假。行了，我和柯林的人吃饭，你去忙自家的事吧。”

庄磊被季桐说得一脸尴尬，黑着脸沉默不语。

季桐到会议室见到了 Suki 与聂辰泽。

“抱歉，庄磊家有事。我时间有限，一个小时吃饭，一个小时谈策划吧。”

“能请到季经理也是很荣幸的事。”Suki 笑盈盈道。

聂辰泽站在 Suki 身后，冷不丁地朝季桐挤挤眼，没想迎上季桐一句问候：“聂总，今天不和其他销售经理品酒聊天了?”

聂辰泽知晓季桐是在揶揄自己，便说道：“我们今天过来是诚心和季经理谈策划案的。Suki 订了附近餐厅的包厢，我们可以边说边吃，两个小时绰绰有余。”

就这样，三人一同到了贝莱中国附近的一家粤菜餐厅。在等候出菜的时候，Suki 将装有策划内容的 iPad 递给了季桐。

“穿上婚纱的女孩是最美丽的。”

这是策划书上第一句话，虽说平常，却一下揪住了季桐的心。她穿上过婚纱，还记得店员笑盈盈地说很漂亮。当时，她嘴上说这话是店员向自己推销的伎俩，但看着镜子的时候，心里却是赞同的。

“有什么问题吗？”Suki 并不知晓季桐的事，见季桐盯着第一页默不作声，便问道。

“没有。”季桐回道。

“Suki，你去催下菜。”

聂辰泽让 Suki 去催菜，这么一来，包厢只剩了他与季桐两人。他能看得出，季桐的目光落在第一页，应是勾起了她穿婚纱时的回忆。

“我没事，不用特意支开 Suki。”季桐没有抬头。

“昨晚给你的微信，你没回。”聂辰泽问道。

“我昨晚都……”季桐差点脱口而出被人迷晕的事，但话到嘴边，立刻收了回去。她瞟了眼聂辰泽，低头继续看起策划书道：“都在忙，没空回。”

“我听说贝莱研发部来的总监是……”聂辰泽正要说下去，只听包厢门外传来 Suki 与服务生的对话声，他便立刻收住了话。

“聂总，我催过了，马上就上菜。”Suki 说着坐了下来，见季桐正在翻页，也没有向自己提出疑问，便放宽了心。上次开沟通会时，季桐说的那番话，给她留下了很深的印象。虽然 Suki 骨子里还是不愿放下姿态，但根据季桐思路改出的这版策划书，她自己也觉得比之前要好上许多，尤其在介绍“孩了眼中美丽的妈妈、丈夫眼中美丽的妻子”这样的话语时，这份家庭独有的温馨感让她自己也为之动容。

“这份策划书得配合普通人皮肤测试的提高数据来做，研发技术那儿得好好碰碰面。我希望皮肤改变大的，以及有所改变但尚不明显的测试者都要出镜。这样才显得测试真实。另外，这款产品的护手霜去年上市后基本没什么推广。我想，如果把孩子眼中美丽的妈妈，改作孩子眼中妈妈的手变得更温柔，把一套产品同推，会不会更好？当然，这一点，我还是希望听听你们专业人士的意见。”

聂辰泽回道：“孩子眼中的妈妈总是最美的，如果把做在脸上的文章放在手上，这想法不错。不过，以往系列产品做在同一广告上的效果都很差，但在同一主题下两种产品叠加推广，柯林甚至其他同行都几乎没有尝试过。我认为值得一试。”

“聂总，这样的话……”

Suki 正要说什么，被聂辰泽摆手阻止了：“至于，如何做皮肤测试我会安排好。我听说贝莱中国来了新的研发总监，我得和他碰个面。”

“策划始终是我们销售的事。我不管新来的研发总监是谁，该做什么，我们就得做什么。”

“我们柯林也会配合贝莱做出最符合产品的策划。”

“看结果吧。我一向很现实，如果做不好，我只能 Say No。”

第十四章
新研发总监

季桐与聂辰泽、Suki 的工作餐行将结束的时候，收到了 Mandy 的电话，说是人事部带着两位调岗的新同事到了办公室。季桐便返回了办公室。

“季经理。”带两人过来的是 Fiona，“这两位就是研发部调来的新同事展鹏和李薇薇。”

“你们好，我是第三事业部的部门经理季桐。”季桐朝两位年轻人做了自我介绍。男孩一米八左右的个子，长得十分阳光，让人一见就能想起大学校园里篮球场上挥汗如雨的篮球少年。女孩丹凤眼，戴着一副眼镜，看上去斯文内向。

两人是去年毕业的大学生，在贝莱中国从实习到正式员工，前前后后已有一年光景。

Fiona 见自己任务完成，便离开了销售部。季桐则带着两人前往销售部门，向大家介绍起展鹏与李薇薇，并宣布从今天起，展鹏会负责几位大区经理的助理工作，而李薇薇则是自己的助理。

Mandy 方才红润的脸庞瞬时变得土灰，她没有想到自己的助理地位竟会被两个调岗来的新人撬动。

季桐看着 Mandy 脸色的变化，补充道：“Mandy 仍旧是整个部门的助理，展鹏、李薇薇，你们都跟在Mandy身边学习两周，了解部门里要做什么。Mandy，你安排下他们两人的座位，好好带他们学习。”

Mandy的脸色变得更差，她站在那儿迟迟不动，展鹏则开口道：“Mandy姐，这阶段要麻烦你了。”

季桐把展鹏与李薇薇从研发部接收到自己部门，这就意味着可以在部门里培养属于自己的新人。尤其，在经历了昨晚那令人后怕的事，她甚至想过把郭甜甜挖过来帮助自己。

就在季桐安排好这一切的时候，销售部门的长廊里走来三个人。

他！

展鹏与李薇薇同时低声道：“顾总。”

顾铭？没错，走在卓澜韬身边的男人正是顾铭。他穿着一身黑色西装，戴了一副宽镜腿无框眼镜。

他是新来的研发总监？

季桐不傻，她很快反应过来顾铭在贝莱中国的新角色。中午聂辰泽想要告诉自己的正是这件事。

“顾铭，整个这一层是销售部门。Frank刚才向你介绍过，贝莱中国一共有三个销售部门。”卓澜韬边走边说，很快就到了BU3，脚步停在了距离季桐两三米的地方说道，“这位是BU3的销售经理季桐。”

“你好，我是研发部总监顾铭。”顾铭脸上浮着淡淡的笑容，向季桐伸出手。

若干年前，眼前的这个男人也是这么伸出手，向还是新人的她介绍自己：“你好，我是学生会主席顾铭。”

那一次的握手，她怦然心动，从此，两人慢慢地从握手到牵手。

此刻，当顾铭再次做出一样动作的时候，他们之间已经物是人非。大学校园里纯洁的爱情，最终败给了现实。

“顾铭是瑞士苏黎世大学的博士，归国后一直在研究所从事材料方面的研发工作，能请到顾铭加入我们贝莱中国，也是幸运的事。”卓澜韬站在两人身边说道。

季桐意识到顾铭的手还悬在半空。既然他不愿意别人知晓两人的关系，自己也同样不希望旁人知道这件事。

“你好。”她费力地挤出笑容。

“先前有人说我不适合到企业发展，没想到，我就这么进了贝莱集团。”顾铭说这话的时候，脸上仍旧保持着笑意。

季桐明白，顾铭是在嘲讽曾经对他能力表示蔑视的自己。

“那个人，肯定不了解你。”卓澜韬在一旁呵呵笑了起来。

是啊，或许正如卓澜韬所言，自己真的未曾了解过顾铭。季桐心中五味杂陈，收回了伸出的手。只见顾铭脸上拂过一丝冷冽的笑容。

接着，卓澜韬又领着顾铭前往朴慧与吴彬彬的办公室，Lucy 紧张地跟在后面，生怕自己掉了队伍。

“就是他让你们调岗的吗?”

“是啊。”

“我听说还有些老员工去了工厂做技术。”

“看样子，来头不小啊。”

季桐的耳边满是关于顾铭的讨论。经历了被设计的一晚，又遭遇前未婚夫变成同事的事。季桐只感觉整个人十分疲惫。回到办公室后，她仰靠在座椅上，直直地望着天花板的 LED 灯，什么事都不想做。

蛮牛发来了微信，说是庄磊的弟弟挥着菜刀在小区闹事，要庄磊给钱做生意，闹到了派出所。

同时，建筑行业的人发来微信称于畴明房产公司恐已出现资金问题，前天开始大量抛售个人在加拿大的房产，疑似在救自己的房产公司。

这些信息都是季桐关心的，只是看到的时候，她却提不起半点兴致。

她翻开了微信，聂辰泽昨天发了个笑脸的信息。

身心疲惫的季桐扑哧一笑，还以为错过了什么，不过就是个笑脸罢了。就在季桐放下手机的那一刻，微信跳出个好友添加申请。

顾铭的申请。

季桐关了弹窗。自从她与顾铭分手之后，就把顾铭的微信号拉到了黑名单里。现在，顾铭是用了新手机号码提了申请。

顾铭继续发了好友申请："晚上吃个饭?"

季桐再次关掉了申请，站在落地玻璃窗前看着外面广阔的风景。顾铭约自己一定有所图谋，其中必然包括贝莱中国的关系网。他刚到公司就清除了身边不能为自己所用的人，看样子，自己过往真是轻看了他。

"季经理。" Mandy 敲门进了办公室。

"什么事?"

"有只您的包裹。"

"放这儿吧，谢谢。"

Mandy 按照季桐说的，将包裹放在了她桌上，人却站在那儿犹豫着不离开。

"你是想问为什么要安排展鹏和李薇薇做助理?" 季桐一句话点破 Mandy。

Mandy 咽了咽口水，没想到准备了这么久的话被季桐先说了出来。

"他们俩虽然在研发部待了一年，但也是新人，我不能贸然地放到销售岗位上。就算上去了，也扛不了指标。”季桐的话说得冠冕堂皇。

“噢。”Mandy 若有所思地应了声。

“你是不是认为，我想用他们来顶替你？别想多了，等他们熟悉了业务，我会让他们到市场去锻炼的。”

季桐这番话是让 Mandy 放宽心。Mandy 紧锁着的眉头舒展了开来，临走时眼睛不自觉地瞥了眼整理过的文件夹。

“噢，对了，这几天，我可能会经常外出巡店。文件清点下放回档案室吧。”

“好的。”

Mandy 拉走了两车文件后，季桐这才有了空打开包裹，原来是个太阳能向日葵娃娃。

“季姐，祝你在新公司每天乐开花——郭甜甜。”

呵，多日不见，连称呼都改了。季桐笑叹了一声，离开泓高这么久，都无人问候，没想到在千羽遇到了这么一个可爱的女孩。

她放下了向日葵娃娃，一不小心手头的祝福卡翻落在桌上，祝福卡的反面还有一句话。

“我在千羽很努力地工作，希望能够早点到柯林公司，把帅老板追到手。”这句话后，还画了笑脸。

“这男人有这么好吗？”季桐摇摇头，眼前浮现起聂辰泽的样子，继而，又是郭甜甜那张阳光的迷妹脸孔。

她要追聂辰泽，能 hold（掌控）住他吗？

想到这儿，季桐不禁一笑。整一天，唯一让她放肆一笑的，竟是这只太阳能向日葵和这张祝福语背后的鸡汤。

季桐回到家门口的时候，赫然发现聂辰泽正站在自己家门口，地上放着一只深蓝色车载冰箱，手里提了一只塑料袋。见到她回来，他立刻露出笑容。

“自带酒水、海鲜、蔬菜，借只火锅。”

“你也会吃火锅?”季桐仰起头说道，“我记得过年那会儿，谁说自己不吃火锅的。”

“只是那天不吃而已。”

“原来善变的不只是女人。”季桐说着打开了门，让聂辰泽拿着冰箱与啤酒先进客厅。忽而，季桐一眼瞅见自己的沙发上堆满了内衣。早晨回来洗漱的时候，把晾晒的内衣全收在了沙发上，因为急着赶回贝莱开会，她没来得及收拾。聂辰泽突然到访，她倒是忘记这档子事了。

季桐急着进屋收拾，聂辰泽左右手拿着东西便缓了一步，两人刚好挤在门框中间。两人彼此对望着，相视一笑。

“我去收拾。”季桐说完把沙发上的内衣一股脑收回了卧室，定了定神，才到厨房与聂辰泽一起准备火锅。

“嚯，这啤酒也是冰的，吃火锅刚刚好。”季桐摸了摸啤酒罐，打开手提冰箱，里面竟是帝王蟹、生蚝，以及一些说不出名字的贝类。

“日本函馆空运过来的海鲜。”

“真够奢侈的，这样的上品应该做成刺身更好。”季桐说到这儿的时候，忽而伸手摸了下聂辰泽的手。

聂辰泽本准备下火锅调料，不想手被季桐拉住，手心的温度在触碰的瞬间传递到对方手上。

“手这么暖和，做不了刺身。”季桐松开了他的手，走到洗碗机那儿拿了些碟子出来。

“生蚝生吃，其余吃火锅。”

聂辰泽摆盘的速度很快，季桐刚坐下，桌上的碟子已经摆成了梅花形，中间放了生蚝与柠檬片。

就在这时，Lina打了聂辰泽的手机。

“什么事？”

“聂总，贝莱中国的新研发总监想约您周五下午开会，您的行程表上下午三点过后没有安排，是不是约在三点过后？”

“没问题。”

“好的。噢，对了，铃木先生问今天的海鲜好吗？我是不是漏订了晚餐？”

“没有，我自己在家吃。”

“噢，一个人吗？”

说到这儿，聂辰泽瞟了眼季桐，低声道：“嗯，没其他事的话，我挂电话了。”

聂辰泽挂完Lina的电话后，只见季桐正认真地挖出生蚝肉，抬起脖子，将生蚝肉倒进了嘴里，鲜嫩美味的汁液与滑溜的肉呲溜一声填满了整张嘴。

“哇，好吃，太好吃了。”

“你这吃相。”

“好吃。”季桐抿了抿嘴，把唇边溢出的汁液一并吞进嘴里，“你这个秘书对你不是一般的关心。”

“顾铭约了我周五谈事。”

“你不是也想找他谈吗？”

“你们见过面了？”

“要是我和顾铭没见过面，你会特意自带酒水、海鲜、蔬菜上我家要火锅吃？”

“我真该一个人吃的。”聂辰泽自嘲道。

“好东西应该拿出来分享。”季桐说着又拿过一只生蚝呲溜地倒进嘴里。一个陌生手机号在手机上不停跳动，季桐直接按了红色挂断按钮，将手机翻了个儿放在桌上不再理会。

“我怕不是分享，而是被你一人独享。”聂辰泽眼见季桐又拿起一只生蚝来，忍俊不禁道。

“生蚝这么补，你还是少吃。”季桐狡黠地眨了下眼睛，抢过聂辰泽刚打算放入盘中的生蚝，放到了自己盆中。

“你昨天去了雅林商贸?”

“是的，我去催款。”季桐迅速地干掉了第三只生蚝后说道，“雅林商贸应收账款相当高，却总能拿到庄磊的特批。我特意带着庄磊去探探路。”

“结果?”

“我只见到了雅林商贸的副总夏祎，没什么收获。”季桐暂时不想聂辰泽知道昨晚的事，便只提了去雅林商贸无结果的事。

“你提了分割代理权。”

“你的眼线可真多。”

“你不觉得这么做很鲁莽吗?”

“是，我承认。不过，有件事很奇怪。今天开月度销售会议的时候，卓澜韬提了要加强应收款管理。”季桐说着，见火锅汤底已经翻腾，便拿了食材丢进锅里，“当然，这也很平常，只是贝莱中国已经放任了几年的应收账款，却在我去了雅林商贸之后第二天就提要进行管理。”

聂辰泽沉默不语，目光落在因加入食材再度平静下来的汤底上。

“我想不出卓澜韬与雅林商贸会有什么关系，如果真有关系，他大可不必去提什么应收账款的事。至于庄磊，就是‘扶弟魔’一个，与雅林商贸之间不排除有钱上的交易。”

“伏地魔?”

“扶、弟、魔。”

季桐在火锅氤氲的热气那头，用手指在空中比画着，就像孩童在冬季的窗上画着雪花。聂辰泽在这边，透过朦胧的热气，端视起她手指比画时的每一个动作。

“如果我有这么一个弟弟，我一定打断他的手，让他不能再赌。”在比画完“扶弟魔”三字之后，季桐狠狠地说道。

“幸好上辈子没人欠你，这辈子投胎做你弟弟。”

“那你这辈子别欠我，免得下辈子做我弟弟。”季桐说着，拉开了两罐啤酒，递给聂辰泽一罐，说道，“对了，顾铭约你见面，必然来者不善。”

“我想他并不希望贝莱的人知道你们曾经的关系。”

“他想利用我了解贝莱的人事网络，当然不会点穿我。我一直以为他没什么经验，没想到，这方面倒是无师自通。”季桐连着喝了几口啤酒后，指着火锅说道，“不过，对付他，你应该绰绰有余。”

聂辰泽会心一笑，喝起啤酒。

初春的夜晚，海鲜、啤酒、火锅，季桐与聂辰泽两人谈笑一晚。

周五，聂辰泽到贝莱中国与顾铭见面，季桐则带着展鹏与李薇薇到上海的几个柜台巡店。庄磊一连请了几天假，根据蛮牛所说，庄磊在与弟弟推搡时摔下了台阶，可能受了伤。这正好也给了季桐以退为进的时间，将雅林商贸的事暂且搁在一旁。

第二周，Suki 将最终版的策划书交给了季桐。季桐也将方案呈交了 Frank 等待最后的批复。周三下午，Jessica 请季桐到 Frank 办公室开个临时会议。

“Frank，你找我。”季桐到 Frank 办公室的时候，吴彬彬已经坐在里面，照例穿着艳丽的西装，翘着兰花指的手搁在膝盖上，见了季桐便露出一副轻蔑的样子。季桐很快意识到接下来的话题必然与吴彬彬有关。

“是啊。一起探讨下你和吴两个部门的产品策划，不过，我们得先等个人。”Frank 正说着，Jessica 推开了门说道，“Frank，顾总到了。”

顾铭走了进来，他的目光轻掠过已经落座的季桐，朝 Frank 说道：“不好意思，来晚了。”

“临时会议，没这么多讲究。”Frank 说道。

顾铭笑了笑，坐到 Frank 一旁的位置上。

Frank 拍了下手，说道：“OK，现在我们来谈谈策划计划。目前，我们 BU2 和 BU3 有两份策划书，一份是悦然的超级眼霜，一份是致臻的塑颜系列。这两份策划案，都需要研发部配合做推广。不过，顾说研发部手上本地化产品项目多，他正在优化研发部，提高研发部的效率，所以两个项目只能排个先后。”

“我已经尽可能地为销售部门的同事做了考虑，没办法，的确是人手不够。所以，只好请 Frank 来协调这件事。”

“Frank，我想这不用协调吧？众所周知，公司配置策划推广一向都是朴慧部门，我们部门，随后才是 BU3。”

季桐反问道：“是吗？众所周知？为什么我不知道？”

“你刚来，不知道也很正常，这都成惯例了。”

“不好意思，我只看公司流程做事，嘴上的惯例，我不会认可。”季桐冷笑道，“Frank，公司在策划推广上如果没有明文规定的话，我想应该按照市场预期销售额来算。”

“季桐，你们部门的产品都是卖给穷人的，绝对数额当然大，可你别忘了，你们部门的利润率有多低。我们部……”

“吴彬彬，麻烦你多注意自己的用词，如果消费者听到你这样的划等级说法，对我们贝莱的声誉有多大影响。还有，不是戴着百达翡丽的手表就是富人。”季桐打断了吴彬彬的话，目指着吴彬彬手上的百达翡丽手表，继续道，“香港首富李嘉诚戴的手表是西铁城的，价值不过几百美金，那是富人还是穷人？我们部门的产品是面向大众的，没有富人和穷人一说，买产品，用的是效果，不是面子。”

“哈……”被奚落的吴彬彬气不打一处来，鼻子里哼了几声说道，“偷换概念。我不和你进行口舌之争。推广的事，我势在必行。”

“麻烦尊重下先来后到。我们塑颜系列的策划案要早于你们的悦然超级网红眼霜，而且，你们这款网红产品，柯林已经在去年圣诞节做了大策划案，周期两个月，如今三月份，你又要进行新一轮的大推广。我要是你，有这工夫和我争资源，不如好好研究下自己的渠道代理。”

“季桐，你！”吴彬彬愤愤然地瞪大了眼睛。

Frank 不以为然，只是微笑着问顾铭说道：“顾，我听说你上周和柯林的聂辰泽开了会，不知会议中有谈到这两部门的策划案吗？”

“有谈，还重点谈了这件事。”顾铭说着，目光扫了一眼季桐与吴彬彬，缓缓道，“聂总和我都认为先做 BU2 的推广。从我们技术角度来说，BU2 只针对眼霜做测试，用时也比较短。BU3 则是两款产品做同推，需要的测试相对繁复一些。此外，就如吴经理所言，悦然的品牌层次更高。”

“听听，聂辰泽和顾总怎么说的。”吴彬彬瞬时觉得有人撑腰，语气再度骄横起来。

“聂辰泽做的是推广，自然从简到难，顾总初来乍到，愿意由简单入手，这无可厚非。我还是那句话，市场销售额决定策划推广。我相信 Frank 的选择。”

“哈哈，季桐，我认可市场销售额决定策划推广。吴，你应该向季桐学习。”Frank 大笑道，“顾，我们先做 BU3 的塑颜系列。这是我们第一次把两种产品一起推广，而且，我看过整个策划案，内容温馨感人。我都有种冲动给自己妻子买塑颜产品。”

“既然Frank你这么说，那我们研发部会全力配合。”

Frank最终拍板了推广的先后顺序。

季桐完胜。她明白，Frank一定会挺自己，因为她是Frank招进来建立派系的。季桐刚回办公室，正要关门，顾铭的手却一把拉住了门，快人一步闪进了她的办公室，锁了门。

“这里是公司。”

“我知道。”

“趁我现在还剩点耐心，麻烦你离开。”

“我现在是贝莱的研发总监，而你是销售经理。你不觉得我们之间应该好好谈谈吗?”

“谈？谈钱？我说过，我一定会还给你。”

“我很好奇，聂辰泽和你的关系，贝莱中国有多少人知道?”

“威胁我?”

“怎么说我也是你前未婚夫，了解下我前未婚妻有没有男人，不是很正常吗?”顾铭说着，走到了季桐桌前，拨弄起桌上的向日葵娃娃。

“顾铭，你最好马上离开，否则，你该知道我有办法让你滚出贝莱。”

“季桐!”顾铭倏地转过身，眯起双眼盯着季桐的脸孔，忽而放声笑了起来，“也对，聂辰泽要推的是吴彬彬的项目，不是你的项目。想想，聂辰泽身边这么多女人，也不至于在你身上大费周章。”

“不过可惜，聂辰泽还是你，都做不了主。”季桐坐回了自己的办公椅，目指了办公室门，再次下了逐客令，“出去。”

“既然你不愿意和我一条战线，那就别怪我以后不留情面。”

“出去。”

“OK。”顾铭做出一副双手投降的姿势，转过身，双手插回了裤袋离开了办公室。

Frank 明确了 BU3 塑颜推广的项目先行，而以往一直占有推广资源优势的 BU2 却意外被排在了后面。这对 BU3 的人来说是一次扬眉吐气的胜利。庄磊休完病假回到办公室，已然知悉了塑颜项目即将落地的事。本来这策划案是她给季桐的第一道关卡，没想到被季桐反利用成了树立威信的一步棋。BU3 部门从普通销售到大区经理，无不翘首期盼策划案最终落地成功。

这一天，聂辰泽亲自拿了策划推广成品叩开了季桐办公室的门。

“你猜外面的人下了多少注，赌你给我吃闭门羹。”

“聂辰泽对顾总说，塑颜的策划无关紧要，应该先推悦然的超级眼霜。季桐知道后非常不满，拒绝与聂辰泽直接谈项目。无奈之下，聂辰泽只能亲自上阵监督项目进度。”季桐微笑着，这一切虽然没有剧本，但听上去却很合理。就连 Frank 都以为季桐因为聂辰泽偏帮吴彬彬而心怀不满，私下为聂辰泽说情，称聂辰泽毕竟也是她进贝莱的推荐人。

“那今天，我怕是连杯茶都喝不上。”

“这么多天靠咖啡和红牛顶着，还喝什么茶？来——”季桐递过刚从超市买的一瓶矿泉水，“给故事再添点料。”

“Frank 那天问我，我到底和你什么关系，人是我推荐的，反倒没好脸色看。”

“呵，他比谁都狡猾，即便顾铭说你赞成推悦然的超级眼霜，他还是会力挺我。”

“那也得你有理由把这皮球踢还给他，好让他的决定最终成为英明的决定。”

“没错。”

说着，季桐拿走成品，丢下聂辰泽一人坐在矿泉水瓶前，出了办公室。BU2 的两个年轻销售故意晃悠在季桐办公室门外，见到季桐出来，又窥视到聂辰泽被扔办公室的窘态，立刻避开季桐的目光，假装一起去洗手间。

“薇薇呢？”季桐走到销售大办公室，见张琦、陈烁等人不在位置上，便问了一旁的展鹏。

“噢，她刚还在，好像接了个电话就出去了。”展鹏回道。

“通知大区经理都到会议室看塑颜广告成品。”

“有成品了?! 太棒了，季经理，你是我偶像。”展鹏阳光帅气的脸庞满是崇拜。自从他了解季桐过往的打拼史到眼见塑颜推广项目落地，他抑制不住地把季桐当作了自己的偶像。

季桐扑哧一笑说道：“好了，这只是第一步，推广是助力产品，不是包票产品大卖的。”

展鹏做了个“OK”的手势，立刻打电话给张琦与陈烁。庄磊慢条斯理地站了起来，黄子涛听得清楚，迈步走向会议室。

Frank 不知何时到了季桐跟前，探了身子往四周望望，问道：“辰泽去哪儿了?”

“在喝冷水。”聂辰泽从季桐办公室走了出来，回答了 Frank 的问题。

“嗨，工作上的事，别这么小气。”Frank 拍了拍季桐的肩膀，附耳低语道，“最近，他拿下了上海最重要的几个商业圈的最佳广告位，我们得适当地讨好下他。”

“他是我们的服务商。”

这句话，当初是 Frank 与季桐说的，季桐这么一说，Frank 很是高兴，再次凑近季桐耳旁道：“服务商有时候也是需要讨好的，我相信，你有这本事。”

“没问题。”季桐笑答。

“我去检验下你拿来的成品。”Frank 见季桐答应，立刻朝聂辰泽递了个“一起去”的眼色。聂辰泽则走在季桐身旁。

会议室很快亮起了塑颜推广策划的成品，短视频不过一分钟的时长，却满是温馨。孩子的一双小手握着妈妈柔软的手放在脸蛋上，丈夫轻抚妻子紧致的脸庞温情地微笑，曾经的婚纱摄影师拍了全家福。家庭的温馨在这六十秒的点滴中呈现，直到最后再次出现致臻塑颜系列的产品，观看的人都还在回味那份暖融融的感觉。

聂辰泽与季桐互望了一眼，交换着彼此喜悦的微笑。他们很默契，知道彼此需要的是什么。

会议室的灯在视频结束后的半分钟才被打开，方才沉浸于短视频的人赞叹起短视频广告的好来。

“辰泽，这可是我见过你做得最好的视频广告。”Frank 朝聂辰泽说道，那一双褐色的眼睛里还蓄了些眼泪。

“有了压力，才能有动力。我怕过不了季经理这一关，只能天天盯着。成品确认后，剪辑版和正常版会在各个渠道登陆。我有信心，短视频推广加上线上线下的推手努力协作，对塑颜系列的销售会起到很大作用。”

“那我拭目以待。”季桐说道。

如同聂辰泽说的那样，致臻的塑颜系列推广非常顺利，销售额比同期增长了十五个百分点，这对于一个常年稳步发展的品牌来说已经几年未见了。不仅是 Frank，卓澜韬也特别赞许了这次的成功。朴慧甚至还到了季桐那儿，在明曰取经、实际在赞赏的同时，也想缓解季桐与吴彬彬之间的矛盾。只可惜，即便季桐愿意，吴彬彬也怨气难消，因为悦然超级眼霜的广告推广晚了一个月，竞争对手凡氏在菲莫斯的帮助下上了类似的广告，使得悦然超级眼霜推广效果差于预期。

吴彬彬每逢遇到季桐，头扬得更高。季桐则不以为然，只觉得他实在太过好笑。

眼下，对季桐来说，自己赢了一次对外的仗，但是对内，她还没有赢。以退为进的策略过去了一个多月，转眼已到了四月。雅林商贸的事如鲠在喉，虽然庄磊的气焰被季桐这位新上司压了半边，但并不妨碍她在华东区的地位。

季桐左思右想，决定从黄子涛入手，因为在上一次与黄子涛的对话中，她能感觉到他对雅林商贸的事是有所知的。正逢销售创了好成绩，季桐也有理由请大区经理庆祝一下。

宴席间，季桐与大区经理们的关系比先前要好一些，彼此间的交流不再停留在工作上，还拉了家常说了些外头的新鲜事。

季桐的酒量很好，她明白一个人的酒劲上来后就很难灭下去。于是，在宴席间没少让黄子涛喝酒。这样，待到宴席结束的时候，她也好扯上一句："隔壁有个酒吧不错，有人一起吗?"

对于上司的邀请，习惯职场的大区经理们，除了庄磊之外，自然都跟去了。只不过，喝到十一点的时候，陈烁、张琦实在是不胜酒力，只能提前离开。这一点，当然在季桐的意料之中，她的最终目的就是和黄子涛喝酒了解更多的事。

"到底是酒袋子，面不改色。"季桐又点了两扎啤酒。

酒一多，同事走了，只剩下了季桐，黄子涛的警觉性也降了许多："嗐，现在年纪上去了，喝得不如以前多。上海这地方吧，爱喝黄的。我虽然姓黄，可不爱黄，黄酒实在太甜了。"

"你们西北，我以前去的时候喝西凤酒，给劲得很。那时候，还是做建筑行业，你知道，没什么女人，喝起来，那都是拿个大杯子倒白酒。那种小酒盅完全只能是摆设。"季桐喝了一大口啤酒，一脸豪爽地回忆起来。

"那是，小酒盅可不就是摆设的嘛。"

“你老家是西安户县的吧?”

“季经理，你去过?”

“去过啊。我还吃了户太八号葡萄呢，又大又甜，一点儿都不比上海的马陆葡萄差。”

“你咋去的户县呢?”黄子涛听说季桐去过户县，一下子亲近许多，大口地喝起啤酒来。

季桐看得出，黄子涛正在往自己下的套子里钻，于是说道：“你这就不知道了，户县好多做建筑材料的，朋友请我去吃了户县户太八号，还有正宗凉皮。现在想起来都在回味呢。”

“嗐，下回出差，我带点回来。”

“不用，下次我和你一起看看西安市场。都说西安市场有点特殊，我认为是产品线排布的问题，改明儿和你探讨探讨。”

“说起来，我虽然是个西北人，其实对西北市场还真不熟悉。”黄子涛连喝了几口，讲述起这几年在西安的遭遇，季桐则点了更多的酒。

待到黄子涛有了七分醉意的时候，终于忍不住酒话连篇起来：“我在贝莱这么多年，想逼我走是不可能的。想用轮岗这种骗新人的方式来糊弄我，庄磊这点能耐，只能做个傀儡。别看我每天都喊着庄姐庄姐，她和那些代理商的事儿，我还能不晓得吗?我就是揣着明白装糊涂。张琦虽然也是莹丽的，做得都比庄磊好。可没办法，谁让她嫁了个不中用的男人，那个 Eric，你知道吗?就是她老公。不是我说，庄磊的能力连陈烁都不如。”

原来 Eric 是张琦的丈夫，怪不得张琦那次这么紧张。比起聂辰泽手写的那份名单，黄子涛此时说的话更有意义。

“那也不是这么说，雅林商贸、云之上科技这些代理商不是做得很不错吗?”

“欠钱的代理商能叫不错吗?雅林商贸那公司就是鬼公司，以前贝莱没收购莹丽的时候，那烂公司，别说门槛了，我连台阶都不会让他迈进来。卖山寨货的公司啊，那老板于畴明原来可是靠专卖山寨货起家的。丫的，打假都打过他几次。现在倒好了，成贝莱的座上宾了。”

黄子涛骂骂咧咧的，已然忘记了自己在说什么。季桐也喝了很多酒，她渐渐感觉到自己要是再不送走黄子涛，怕是自己都要倒在酒吧里。

季桐趁着自己还清醒，让服务生替黄子涛喊了代驾后送他回家，自己试图整理刚才听到的信息，生怕断片后都忘记得一干二净，于是，拿着手机录了下来，随后，发了微信给聂辰泽，让他来送自己回家，连大门密码都写在了微信上。

聂辰泽本在外参加行业组织的派对，认识的美妆博主、模特，甚至邀请来的演员接二连三地与他搭话，好不容易有了些空闲，打开手机看到了季桐给自己的微信，他未有半分的犹豫，直接离开了派对，去了季桐微信中提到的酒吧。

穿着风衣的英俊男人进了酒吧后，便吸引了吧台边几个正在聊天的女人投来的目光。只是，他并未停留，直接在酒吧里找了起来，终于在角落里找到了那个醉得满脸通红的女人。

“季桐。”聂辰泽试图喊醒季桐，季桐费力地睁开了眼睛确认他的脸孔。经过的服务生见有男人来照顾这个醉了的女人，便说道：“她已经买单了，你带她走吧。”

聂辰泽朝那服务生笑笑，低头看着怀里的女人，嗔怪道：“喝这么多。”

季桐闭着眼睛，唇角微扬，似乎还在回味酒的味道。

聂辰泽脱下风衣裹在季桐身上，横着抱起她往酒吧外走去。十二点的上海马路已恢复了宁静，路旁的晚樱飘落了下来，在橙黄的路灯下就似一阵春雨温柔来袭。风拂过季桐的脸庞，她本能地靠近他心脏的位置，这样才更温暖。直到聂辰泽放下她的时候，那突然离开的温暖令她不由直起了身子，一把拉过他即将离开的脸亲了上去。

聂辰泽被这突然的举动惊了一下，他俯身去看躺在后排座椅上的季桐，她闭着眼睛，脸上的潮红仍未褪去，路灯照在她微扬唇角的双唇上。

恍惚间，他有想要继续吻她的冲动，但他很快就从这恍惚中清醒过来，离开了车门。

她是醉了。

可自己并没有醉。

聂辰泽开着车，时不时地看着反光镜里的季桐，往昔的平静如水被一种难以描述的力量搅弄起了涟漪。

此时，Lina 打来了电话。

“聂总，我本想提醒你明天去三亚的事，但是看到你刚才匆匆离开派对了。”

“回家了。”

“我安排司机明天六点半准时接你去机场。”

“不用了，我自己去机场。”

聂辰泽心里感谢 Lina 的这通电话，不然，他不知如何从仅有两人的空间中恢复自己的冷静。

然而，他没有意识到这一夜，注定不会平凡。

周六，临近中午的时候，季桐突然醒来，一个激灵坐了起来，望了眼周围，确认自己正在家里，才又倒了下去。

她喝了太多的酒，昨晚的记忆已经支离破碎。她唯一记得的事是把黄子涛对自己说的话录在了手机里，随后，她好像给聂辰泽发了微信，让他来接自己回家。

想到这儿，季桐拿过手机翻看起微信。早上六点的时候，聂辰泽发了微信："电饭锅里煮了粥。"

早上六点，也就是说聂辰泽一晚上都在自己家。

一个醉酒的自己、一个单身男人，季桐使劲儿拍了下自己的脑壳，怎么会想到发微信给聂辰泽求帮忙的呢？

想到这儿，季桐抓过手机准备打给聂辰泽，可手刚按下拨出键，她又慌忙挂断了电话。

聂辰泽发了个疑问的表情。

"没事，按错了。"

"昨天为什么喝这么多？"

"我昨天没对你做什么吧？"

聂辰泽隔了许久之后才回道："没有。"

"呼……"季桐长吁了一声，要是昨天求助的人不是聂辰泽，是别人，也不知道此刻会躺在哪儿？或许，自己潜意识里就认为聂辰泽是最值得信任的人。

季桐想了想，翻出断片前录的话，她牺牲了一晚上为的就是这个。

第十五章
再涉险境

周末一晃而过，周一一早财务发了各个部门的回款情况。这是卓澜韬自上次销售月度会议之后对财务部做的要求，财务按照卓澜韬的要求每月给各个销售部门发回款更新表，与此同时，季桐也整理出了一份重要名单。

季桐查看财务报表的时候，顾铭打来了电话："我在楼梯走道等你。"

"我在忙。"

"看下我给你的彩信。"

季桐翻看了一下手机，彩信是一张照片，照片正是周五晚上喝到断片的酒吧门口，聂辰泽横抱着一个女人朝停车位上的路虎走去，那女人身上披盖着聂辰泽的外套。

不用想，那女人正是自己。

季桐知道顾铭能有一张照片就意味着有更多的照片，她立刻挂了电话后到了楼梯走道，只见顾铭手插在口袋里，靠着楼梯扶手。

"我就知道你会来。"

"你找我什么事？"

"问你要债。我知道你现在手头紧，不过，聂辰泽他有钱，你问他借钱应该很方便。”顾铭拿出手机，狡黠地笑道。

“你疯了。”

“我要买房，最近股票亏了很多，钱周转不灵，父母年纪大了，也不会再落下面子去你家要钱。你问聂辰泽借，他一定会借给你。早些把欠我的钱都还给我，我们就互不相欠了。”

“我警告你，如果再去骚扰我父母，你一分钱都别想从我手上拿走。”

“行啊，那你找聂辰泽周转。那天他可是在你家过的夜。”

“你一直跟踪我？”

“别说这么难听，只是碰巧要去 Jolly 酒吧的时候看到他抱着你出来，行车记录仪拍的。怎么样？你问他借钱，把我的账还清吧？”

“无耻！”

季桐用力甩开顾铭，大步朝楼道门走去，顾铭正要追上来，楼梯传来高跟鞋的声音，他立刻收住脚步，装作没发生任何事。

回了办公室的季桐苦涩一笑，曾经的顾铭是不是一直戴着伪装的面具，如今这个他，才是真正的他。为了钱，能够逼前未婚妻问另一个男人要钱。他当她是什么？季桐一把抓起桌上的笔扔了出去。

庄磊刚好叩开季桐办公室的门，笔滚到了庄磊脚下，被她的粗高跟鞋踩得粉碎。

“什么事？”季桐立刻掩饰住自己的愤怒。

“噢，雅林商贸申请新的 SKU，这是申请表。”

“新的 SKU？”

“就是我们重推的塑颜 V 脸精华，他们一个月以来给不少回款，我查过了，财务说可以申请。”

“申请表放这儿。”

“放这儿？”

“下午开部门会议了，我有些事要说。”

“季经理，这申请应该很寻常，也照着公司流程在走，应该没有理由不批吧？”庄磊说道。

多日不提雅林商贸，庄磊似乎认为季桐已经将向雅林商贸提及的分割代理权一事抛到九霄云外。

季桐这么聪明的人不可能不识趣。

季桐把庄磊的心思摸得一清二楚，也应付得冷冷淡淡。黄子涛所说的安排轮岗以及把庄磊当作傀儡的人，究竟是不是卓澜韬，还是另有他人？黄子涛被自己灌倒之后，意识到自己兴许说多了话，一早与她打招呼的时候，神情忐忑。她想自己应该很难再从黄子涛口中得到更多消息。能到大区经理都不是普通的职场菜鸟，黄子涛不会在一个坑上栽两次。

下午的销售会议准时准点地召开了。

季桐看到在座的几位大区经理似乎面色沉重，进会议室的时候，陈烁与庄磊还说了几句话。想必，庄磊又在背后做了什么小动作。

季桐吩咐李薇薇把表格分发给各个大区经理。

“相关邮件，我在会后发给你们。”季桐拿起自己身边的副本继续说道，“卓总在上个月月度销售经理会议上提过，应收账款将成为我们贝莱中国销售关注的一个重点方向。我们的财务部每个月会更新回款情况给我们三个部门的经理，Frank 对此也非常关注。我们部门的代理商是最多的，应收账款也最高，同时拖欠也最厉害。”

座位上的几人看着手头的表格彼此交换了一下眼神，先后看了眼庄磊，随后又收回目光。

“大家手头表格上是各个区域的部分代理商。其中一些代理商可能太小，你们自己也记不清名字了。这些中小型的代理商应收账款记录不良，我要求你们与各个城市的销售共同协作，驳回这些代理商的代理资格。”

“驳回代理商资格？”张琦愕然道。

“是的。不合格的代理商也是企业的不良资产，我们过往对代理商管控太松。可你们有没有想过这样的代理商，他不准时付钱，给公司造成了多少损失？现金流影响、库存资产影响，这些事，以往可能我们做销售的不在意。你们可能觉得小题大做。我是建筑行业出身的，我们对代理商资格的审核和复审都很严格，因为市场实在太混乱，利润太薄，所以代理商一旦坏账清算倒闭，或者直接跑路，公司就会非常被动。化妆品行业比起建筑行业是幸运的，但我们不能总靠着幸运过日子。企业清算不良资产是很正常的事。这件事，我已经和Frank汇报，大家如果对表格中所列的代理商有异议，可以直接和我说。如果没有问题，接下来一个月，请各位配合法务找下属一起解决。”

“季经理，这不是一两个、十来个代理商。就我的区域里的，我粗看了下已经超过五十家。”陈烁撇撇唇道。

“庞大的机构都需要减员，更何况贝莱是化妆品行业的巨擘，就这么查下来，已经有这么多家代理商有问题。过去的事，我不想去评论，但既然如今卓总有这要求，我们就得去执行。”

季桐的态度十分坚决，陈烁往庄磊那儿瞥了一眼，庄磊表情复杂，并没有注意到陈烁在看她。不仅如此，张琦与黄子涛也再度瞥过庄磊。

大家都认为，抓这么多的虾米，那“大鱼”雅林商贸是不是也在名单中？然而，在庄磊的名单中却没有雅林商贸的名字。

“季经理，我认为一个月的时间清理这么多的代理商很急促，就像你说的，我们的代理商需要削减，西北区涉及的不多，但一清理怕会引起恐慌。我建议能适当延长期限。”

“Sorry，子涛，这是硬指标，没有商量的余地。”季桐尽管认可黄子涛所提的意见，但仍旧果断地拒绝了他。其实这么大的动作，她何尝不知道有多麻烦，可既然她在这位置上，就必须果敢地下决定。

上司就是这样，可能上周五还在与下属欢庆，这一周就让他们做些难事了。大家很快都意识到这场会议并不是用来协商的，他们能做的只有执行二字。季桐看着庄磊，她想看看庄磊会如何对待名单上的代理商。

会议刚结束，做会议记录的李薇薇接了个电话后，便匆匆地离开了会议室。季桐心下奇怪，李薇薇为什么总是接到电话后就避开大家。Mandy是不能用了，怎么说李薇薇也是个新人，她究竟接了谁的电话，这么神秘呢？

“展鹏。”部门里与李薇薇最熟悉的莫过于展鹏，季桐一回办公室就叫展鹏进来。

“季经理。”展鹏动作利索地走进了办公室。

“薇薇和你最熟悉，她最近是不是有事？我看她总是接到电话后就离开了。”

“噢，是的，我也发现好多次，我一抬头，她就不见了。我周五去财务部走的楼梯，听到她和人打电话说Judy酒吧。”展鹏挠了下头，不敢确定酒吧名称。

“Jolly酒吧？”

“对对对，Jolly酒吧。”

那就是上周五，她请大区经理们去的地方。位置是她让李薇薇订的，现在看来，她的行踪是李薇薇暴露给顾铭的。

不过，顾铭把李薇薇他们调岗到了其他部门，难道是安排自己的眼线？这种可能性存在吗？

“你有看到过研发的顾总和李薇薇见面吗？”

“没有。顾总对研发部进行了重组，我和李薇薇都被他赶出来了。李薇薇很想在研发部，都哭了好几次。我吧，就特想来销售。当时学校招聘的时候，没有销售岗位。现在阴差阳错地来了销售，而且还遇到了老大这么厉害的上司。”

“老大?”

“哈哈，不好意思，我们同学间私下都是这么称呼自己上司的。”

“老大，很不错的称呼，感觉有种江湖的意味。”季桐微笑着看展鹏，自己毕业这些年，所有的纯真都已经被残酷的职场给磨灭。郭甜甜、展鹏，他们这些年轻人还有着自己的梦想。

“这向日葵，很配老大的办公桌。”展鹏指了指郭甜甜送的向日葵说道。

“谢谢。对了，你如果方便的话，可以私下问问薇薇是不是家里有事。”

“好的。”

“等过段日子，我会安排你去几个大城市学习一下销售。现在，先去忙吧。”

“太棒了，老大。”展鹏露出欣喜的笑容，眼眸里满是阳光的光芒。

展鹏刚离开不过一会儿的工夫，庄磊便进了季桐的办公室。她表情轻松，似乎认为踏进这办公室就能拿到签完字的申请表。然而，季桐并没有打算给她的意思。

她愣了愣问道：“季经理，您还没批吗?”

“是啊。”季桐淡淡道。

“不是说开完会吗?”

“我是说过，但我现在不能批准雅林商贸。”

“为什么?”

季桐站了起来，走到庄磊身旁说道：“刚才的会议精神，你应该听得很清楚。公司目前要求肃清不良代理商。你们每个人都拿到了清单，你的名单中并没有出现雅林商贸，而谁都知道你管理的雅林商贸是我们部门的最大不良代理商。”

庄磊脸上已经一扫方才的轻松，狐疑道：“季经理这么说是什么意思？”

“庄姐，在这风口浪尖的时候，你给这家最大的不良代理商添货，很不妥吧？”

“季经理是故意的吗？”

“故意？当然没有，我知道你和雅林商贸的关系很好，我既然没有把雅林商贸列在清理名单上，也是看在庄姐的脸面上，出于对雅林商贸和庄姐的保护。”

“季经理。”庄磊低沉道，她意识到自己落入了一个无法辩驳的圈套中。雅林商贸并不在季桐的清理名单里，对其他三个大区经理而言，已经非常不公平，如果这个时候再爆出雅林商贸还在不停地进货，怕是太过招摇。这一点，她显然还没有能力立刻想出应对的方法。

“庄姐，不要让大家太为难了。”

“你早就想好了吧？”

“这份清单是我整理后和 Frank 汇报过的，至于雅林商贸，自从那次我们一起去了之后，我也没有空再拜访他们。噢对了，庄姐，你家里的事情处理得还好吧？你弟弟他最近没来找你麻烦吧？”季桐故意把话说了半截，用眼睛余光扫着庄磊阴晴变化的脸。

庄磊怔了一下，做了这么久的保密工作，被季桐点穿，季桐还知道什么秘密呢？

自从上次被下迷药之后，季桐没少想如何对付庄磊这个傀儡。她借 Frank 的手发布了这份清单，一箭双雕，既可以规范代理商授权，又可以抑制雅林商贸的嚣张。至于庄磊，她藏了多年的秘密，被一下挖了出来，必然担忧其他把柄会否也已握在季桐手里。

一旦庄磊乱了阵脚，就会有所动作，那雅林商贸在贝莱中国最大的幕后受益者会慢慢浮出水面。

“既然公司现在在清理不良代理商，那我就先等等吧。”

“好。”季桐微微一笑。

庄磊竭力掩饰，然而唇角扯出的僵硬弧度却再度出卖了她内心的惶恐。

在黄子涛的眼中，庄磊其实并不是真正的一姐，她一姐的地位，也是大家这些年刻意封的。季桐一层层地剥去她的光环时，她自然显得越来越弱。

庄磊离开后，Frank 打了电话给季桐：“嗨，季桐。”

“嗨，Frank。”

“这周末，你有空吗?”

“有空。”

“啊，哈哈，我美丽的 Miss Sales 居然有空，太棒了。”Frank 神秘兮兮地大笑起来，好一会儿后才继续说道，“我和辰泽都在三亚呢，他说这周再邀请我去杯测咖啡，噢，就是上次我和你说的，实在是太有趣了。你也一起吧。”

“好的。”

季桐猜测，此时此刻聂辰泽应该就在 Frank 的身旁。

正如季桐所料，Frank 挂了电话后不久还追了条短信给季桐，让她记得好好与聂辰泽相处。

Frank 这只老狐狸，分明是想让她帮他一起“搞定”聂辰泽，作为力挺她的回馈。

只是，聂辰泽需要搞定吗？季桐莞尔一笑，放下手机。

接着的几天，大区经理们先后回了自己片区，执行代理商清理的事宜，只有庄磊在上海，偶尔与人开会。季桐在下班之后翻看了庄磊座机的通话记录，其中有个分机号码为6582。这个电话曾出现在两人对话结束后五分钟，通话时间仅三十秒，季桐又翻看了先前的一些记录，这个座机号几乎每天都会与庄磊通电话，但时间都很短暂。

“65”打头都是财务部的电话，在公司的通讯录里，这个6582显示是财务实习生电话。

庄磊当然不会和一个财务实习生打电话这么频繁，那还有一种可能就是这个6582属于另一个人，这人也许也在财务部。

究竟是谁呢？

季桐正站在庄磊的办公桌前，忽然听到一个低沉的声音：“加班哪。”

她猛地抬头一看，竟是卓澜韬。他穿了一件深褐色风衣，两手空空，与她相视时的表情微有些严肃。

“马上就走了。”

“塑颜推广做得很成功，希望能看到你做出更成功的项目。”

“会的。”

“和辰泽配合得很默契，先前，我还以为你故意刁难他。”

“呵呵，卓总说笑了，我喜欢就事论事，先前柯林做得不好，我能做的就是指出来，让他们改。”

“这是优点。我也爱就事论事，譬如说最近提的代理商问题。我听Frank说你已经启动了代理商瘦身计划。”

“是的，名单也交给Frank过。”

“好事啊，我以前管销售的时候，只奔着拿销售额，代理商的事没放在心上。现在管整个公司了，看得也得高些。”卓澜韬微笑了一下，这笑容没有先前看到的那般阴森，然而，季桐总觉得面前这个中年男人似乎很神秘。

季桐再度想到那晚喝酒，她与聂辰泽不约而同地提到卓澜韬像司马懿。在化妆品行业中，他曾经出卖莹丽的创始人耿恺，又在短短五年中，从被收购的人爬到了收购方中国区的总裁。这样的人，难道不是现实版的司马懿吗？

如果黄子涛说的轮岗不是当时贝莱的人，那剩下最大的可能性不就是卓澜韬吗？可如果是卓澜韬扶植了庄磊这个傀儡，将黄子涛调离华东区，他又何必大张旗鼓地来提代理商的事呢？

“对了，卓总在 BU3 的时候也很辛苦吧？”季桐问道。

“呵呵。对了，我同朴慧还有些事要谈，不能和你多聊了。等往后有时间了，咱们可以谈谈业务，我也算是个老业务员了。”

卓澜韬说着，向季桐说了“周末愉快”，便朝朴慧的办公室走去。季桐曾经怀疑卓澜韬与朴慧之间有关系，没想到他毫不避讳地去找朴慧了，他们之间究竟有关系吗？

周六如约而至，Frank 发送的地址在佘山，距离那次见聂辰泽时去的高尔夫球场很近。季桐到了咖啡店后，一个清丽动人的女人上前向季桐打招呼道：“你是辰泽的朋友吧？”

“我是他的合作伙伴。”

“请进。”那女人穿着 V 领紧身的米白色连衣长裙，完美的身材凹凸有致，长长的卷发落在背上，白皙的肌肤为她平添了更多妩媚之色。

季桐发现，这女人的五官线条明显，眼眸是浅褐色的，应该是个混血儿，怪不得有这么曼妙的身姿。从谈吐上看，应是店主。这间咖啡店充满了艺术气息，一侧是落地玻璃，刚好可以望见高尔夫球场，另一侧是暗暖色调怀旧风格的墙壁，挂了大小不同的油画。不知是不是因为要杯测咖啡，这间咖啡店不对外开放，只有女店主一个人。

店里放着《卡萨布兰卡》的电影主题曲，与阴沉的天气格外相称。

这是很久以前的一部电影，恐怕现在都没有多少人会去关注这部美国电影史上“101 部最伟大的电影剧本”TOP1 的电影。季桐想起那一年在大学里选修电影课的时候看过这部电影。英格丽·褒曼饰演的女主角真是太美了，只可惜，最终没有和深爱的男人在一起。那时候，季桐就想着以后有钱了一定要去卡萨布兰卡看看，然而，这些年过去了，她都没有为自己规划过一场旅行。

“辰泽他们应该很快就来了。”女店主放上了一杯飘着清香的茶杯到季桐面前。季桐拿起茶杯旁的白瓷小勺，犹豫了一会儿后又放了回去。上次的迷药事件多少让她留下了阴影，她看了眼精致的杯子，欣赏起瓷杯上的图案来。

“Ella。”

“你来啦。”

季桐的指腹划过瓷杯上的图案，正在此时，聂辰泽进了咖啡店。只见聂辰泽手里拿了一束郁金香，进门便与那位他称呼 Ella 的女店主熟络地进行了贴面礼。Ella 拿着花，轻声在聂辰泽耳旁说了什么，聂辰泽笑了笑，便朝季桐走来。

“这么早就到了?”

“想着天不好，怕堵车迟到就早点出门。看上去，我打搅你了?”季桐目指了下把花放进花瓶的 Ella。

聂辰泽笑笑，坐在季桐对面说道：“这茶水很清甜，不尝尝?”

“噢。”季桐虽嘴上这么回答，但并未拿起茶杯。

聂辰泽微皱了一下眉，似乎想看穿季桐的心思，不想她别过脸避过目光去看落地玻璃外的景色。

“辰泽，这是你的。”

“谢谢。”

“我先去准备。”Ella 朝聂辰泽温柔一笑，继而便去了吧台处准备杯测所需的物品。

“怪不得 Frank 要来这里玩杯测了。”季桐看着 Ella 的背影说道。

“与 Frank 一起品红酒那次，谈到了杯测咖啡。”聂辰泽侧脸看季桐，周五晚上，这张脸在喝醉后变得红红的，与坐飞机那次一样，是一种充满魔力的色彩，将他所有的注意力都吸引住了。

“我以为是谈到了美女。”季桐揶揄道。

“Ella 的确很漂亮，是我在英国读书时认识的校友。”

“看着和你挺配的，而且，感觉她也很喜欢你。”季桐挤挤眼说道。

“她男朋友失踪很久了。”

“失踪？”

“几年前，两人去攀登南美的阿空加瓜山，结果出了事，她男朋友把绳索给了她，她活了下来，但男朋友滚下山失踪了。之后，她一直住在南美，托那些职业登山队员找过很多次，连遗骸都没有找到。在南美的日子久了，Ella 认识了不少咖啡豆庄园主，回国后开了这间咖啡店，那些庄园主便会寄些生豆过来。”

有些人可以为了爱情不顾自己的生命，有些人却是不顾一切地要置对方于死地。爱情，在现实与梦幻中存在各种版本。季桐听完 Ella 的故事，多少有些伤感，拿起茶杯刚要喝却又放了下来。

聂辰泽小饮了两口茶，将杯子放回茶碟上说道：“你真不想尝尝这茶，怕有人下毒？”

“是啊。”季桐见聂辰泽吃惊地看着自己，她立刻摆摆手，喝了一口茶道，“说笑的。”

“你是不是有什么事瞒着我？”

“我不是喝了吗？Frank 来了。”季桐透过玻璃窗，见 Frank 已经朝咖啡店挥手走来，便避开了聂辰泽的问话，向 Frank 摆摆手。

“季桐。”

“别演砸了。”季桐制止了聂辰泽接着的话，低声说道。

Frank 进来后，径直走了过来，揽了下季桐肩膀行了个贴面礼，乐呵呵地说道：“啊，我没有想到，你们都比我先到。”

“我到了两分钟，季经理比我早。”

“噢，辰泽，叫季经理多见外，瞧我，你从来不喊我富总。天哪，谁给我起了这么个中文名，富朗？”Frank 边说边挤挤眼睛朝季桐说道，“周末时间，他喊你季桐没问题吧？”

“可以吗？”聂辰泽顺着 Frank 的提议问道。

“我不介意。”

“瞧。”Frank 指指聂辰泽，与季桐说道，“我在三亚的时候说，你肯定会来。他不信。我看他是被致臻的塑颜项目给整怕了。哈，辰泽可是化妆品行业推广界的意见领袖，第一次被人给晾成这样。”

“结果是好的。”季桐说道。

“非常好的结果，很快就会有更多的项目需要你们合作。”

Frank 神秘地说着新项目，Ella 将杯测咖啡的器具都放在桌上。Frank 立刻喜悦地朝 Ella 打招呼：“嗨，Ella。”

Ella 笑着应他：“今天一共有六种咖啡豆，昨晚烘好的。”

桌上放了十二只瓷白色小杯，每只杯子都有刻度标识，其中六只放了磨好的咖啡粉。浓郁的咖啡味瞬时钻入鼻子，就像是喝了咖啡一样。

聂辰泽打了 OK 的手势，请 Frank 先来。

只见 Frank 拿起一号杯摇了一会儿闻起味道，并在 Ella 递过的卡片上打分，接着又一杯杯地去闻。

“这是闻咖啡的干香，你试试。”聂辰泽递过一号杯。

季桐晃了晃，咖啡豆的香味阵阵扑来。

接着，二号杯、三号杯……

喝了这么多年的咖啡，季桐第一次发现原来每一种豆子散发出的香味都是有差别的。

“你可以把闻到的味道打分。随后，我们进入下一步，湿香的评测。”见 Frank 已经完全沉浸于杯测咖啡，聂辰泽便很快结束了自己对干香的评测。

此时，Ella 走过来用杯测勺将一号咖啡杯里的咖啡粉按重量分别倒入另三只咖啡杯，倒入热水后静置了三分钟，咖啡粉浮出壳渣，Ella 便请面前三位来品咖啡的湿香。

“季桐，Aroma（香气）很重要，看看你能闻出什么味道。”Frank 神秘一笑，仿佛是给季桐出了个考题。

“咖啡的湿香有各种味道，花香、水果香，有些还带酒香。”

“辰泽，你犯规。我第一次来的时候，你都没和我说过这些。你和季桐说，噢，不公平。”Frank 见聂辰泽向季桐讲述规则，佯装妒忌地说道。

“Frank，我这么愚钝，没有导师，会不知道门在哪儿的。”

“啧。”Frank 笑笑，继续闻起咖啡的湿香。

季桐明白 Frank 说这些话，无非是给两人制造好好相处的机会。当然，好好相处的最终目的，是从聂辰泽手里拿到广告位。因为商圈的开放性，广告位的事并不属于柯林公司与贝莱中国的既定合作内容，所以聂辰泽有权将这些广告位给其他公司。

“为什么湿香我闻起来都差不多?”季桐再次仔细嗅了嗅杯子里的咖啡味。

“说明你的鼻子不灵了。”Frank 笑道，继而开始了下一步破渣和品尝的测试步骤。

“是吗?”季桐摸了摸鼻子，再次凑近闻了闻不同的杯子。

一旁的聂辰泽已经完成了湿香步骤，见此时的季桐如孩子一样正与湿香杯子较劲，觉得颇有意思。

Ella 又端上了几只杯子，见季桐盯着杯子难以自拔地检验自己的鼻子，在旁温柔道："可能你第一次做杯测，还不熟悉。没关系，我帮你准备下一道。"

"谢谢。"

Ella 娴熟地用勺子将杯子里浮着的泡沫与壳渣取出，说道："你先尝一下，我帮你把这些都去干净后，你喝一口，不要吞下去，感受下味道，然后吐出来。随后漱漱口。我帮你再弄下一杯。"

与 Ella 纤柔的手灵活摆弄起桌上的杯子相比，季桐笨拙得多。

Frank 和聂辰泽都已经结束了手头的评测，双双看着季桐在混乱中完成最后的杯测咖啡。

"OK 啦，我来看看辰泽的评分。"Frank 很是满意地推过自己的评分表，随后拿起聂辰泽的评分表，仔细看了一会儿后说道，"噢，我和大师差距越来越小了。我来看看季桐的。"

Frank 拿起季桐的评分表，哈哈大笑起来："辰泽，你这导师不行啊。你看看你的学生。"

聂辰泽接过 Frank 手上的评分表，在"湿香打分"一栏，季桐写的全是一样的味道——"咖啡味"。

"我写的可是事实，只有淡和浓的区别。"季桐撇撇唇道。

"瞧瞧，辰泽的大师评测，不光是香味，酸度、咖啡豆的好坏都是这么清晰。"Frank 将聂辰泽的评分表递给了季桐，继而朝聂辰泽说道，"你真是样样都精通，高尔夫球、品酒、测咖啡……啊，等等，我终于想起来一件你不如我的事。"

聂辰泽靠在椅背上，等着 Frank 继续说下去。

"讨女人开心。"Frank 再度朗声大笑起来，"你看，你这学生考那么差，也没见你这位导师安慰一句话。"

"我考得很差吗？"季桐拿起自己的评分表，冲着大家故作一本正经道。

咖啡店里瞬时响起一片笑声。杯测咖啡不过是 Frank 预备的餐前甜点，他要的是季桐配合着他把聂辰泽手里的广告位拿到手。

季桐当然明了，一改先前的态度，对聂辰泽说道："导师，你该不会是因为上次喝了瓶矿泉水，就故意让我拿个差成绩吧？"

"呵。"聂辰泽轻笑一声。

Ella拿起杯测咖啡的评分单看了一遍，与聂辰泽说道："这么说，我得进三号咖啡。"

"我认为三号咖啡的酸度适中，有轻微的花香。我给它的评分是八十二分。Frank的评分也认可了。"

季桐下意识地看了眼自己的评分表，三号咖啡的评分只有六十分，看样子自己果然是不懂咖啡。聂辰泽所提的花香，她是一点都没有闻到。

三人一起在Ella的咖啡店用了午餐，Frank聊得海阔天空，待到用餐快要结束的时候，与聂辰泽提了广告位："辰泽，我们接下来几个月的新品不少，你看几个大商圈的广告位是不是给我们？"

"Frank，凡氏和我们公司三年的广告位合同期今年六月结束，根据合同，我得优先给凡氏。"

"凡氏现在和菲莫斯合作，菲莫斯有自己的广告渠道，我想菲莫斯也不愿意你和凡氏再有牵扯。就像我们也不希望柯林和凡氏藕断丝连。"季桐想聂辰泽既然这么说，就说明目前凡氏并没有与柯林确定下来广告位的事。

Frank听了季桐这番话，立刻把对话权交给了这位新下属。

"兴许吧，选择菲莫斯做合作商，并不是没有道理。菲莫斯在西北区和华北区的推广能力要强于柯林。这两个区域都是凡氏未来三年的潜在发展区域，投入也大。不过，菲莫斯与凡氏并没有签长约。"

"所以，秦言更要扒住凡氏的Philip了。"季桐顺着聂辰泽的话推理下去，而这番的推理却是颇有道理。见聂辰泽并不反驳，季桐便说道："柯林既然与贝莱已经默契合作了，何不再紧密一些呢？”

“看看，季桐说得多有道理。凡氏有钱，我们贝莱也有钱，更何况，菲莫斯如今和凡氏的人打得火热。我听说 Philip 有意让你给他儿子 Alex 做婚礼策划，最后，这策划还是给了菲莫斯。”

“这件事，另有内情，我不方便说。”聂辰泽喝了口水，避过了突然扯出的话题。

“好了，凭我们之间的关系，你提多少价格，我们贝莱全接受。”Frank 按了接连响起的手机，与聂辰泽继续打迂回战。

“与其和菲莫斯撕扯不清楚，不如同贝莱做个清楚痛快的交易。”季桐将刀叉放在餐盘上，与聂辰泽说道。

“我会考虑的。”聂辰泽别有深意地笑了笑。

Frank 向季桐递过了眼色，季桐自然领会了其中的意思，与聂辰泽说道：“我们什么时候能定下这件事？”

“下周五之前，我会给你们一个答复。”

“好极了。”

Frank 与季桐的一唱一和，自然打出了一手好牌，而聂辰泽并不奇怪，因为所有合作伙伴之间的消遣娱乐，最终都归结为应酬。在三亚的时候，聂辰泽就已经知晓了 Frank 的目的。

令他忧心的并不是 Frank 要拿商圈广告位的事，而是季桐似乎在刻意隐瞒着什么。回到家后的聂辰泽跑了半小时步，熊猫在跑步机边侧躺着，仿佛在欣赏自己的主人运动时散发的魅力。

“你那前主人又开始不回微信了。”聂辰泽看了眼自己的智能手表，并没有微信提醒的信息，叹息了声。

熊猫“呜呜”地发出了两声讨宠的声音，继续看着聂辰泽。

“怎么能这样，不回微信？”

熊猫又“呜呜”了两声。

“OK，我承认我以前也这样。”

熊猫翻过身，在跑步机前跑了两圈后躺在地上，仿佛在笑聂辰泽的话。

她到底在贝莱遇上什么事了？终究还是自己把她拉上了这条船，一定得问清楚原因。想到这儿，聂辰泽下了跑步机，抓起手机正要再发一条微信，打字的瞬间，他立刻改了主意：“我还是去一次比较妥帖。”

聂辰泽到季桐家的时候，季桐刚洗完澡，肩上挂着一条毛巾，半干的发丝垂在毛巾上：“你怎么来了？”

“你在贝莱到底遇到了什么事？”

“没什么。”

“说实话。”

“好了，就是被人下了迷药而已。”

“迷药？”这完全出乎聂辰泽的预料，在贝莱这么大的跨国企业，竟然会有人对一位部门经理下迷药。

“你放心，没人要劫色。”季桐转过身，见桌上的手机突然跳出一条微信：“于晦明不仅卖了加拿大、澳洲等地的房产，还正与妻子办离婚及财产分割等手续。”

于晦明这招是在做空自己企业，办资产转移吗？

季桐心里咯噔一下。

聂辰泽却仍然抓着她被人下迷药的事不放，以为季桐是故意避开话题才看手机，便抽走她的手机，神情严肃地问道：“什么时候的事？”

“就是上次你和吴彬彬一起去品酒那天。我后来去茶水间泡了杯咖啡，没多久就睡着了，第二天一早才醒。这事都过去一个月了，我这不是好好的嘛。”

“是你在见过夏祎之后？”

季桐点点头，问聂辰泽要回了手机："雅林商贸的问题不小。"

"不要再调查了。"

"怎么？"季桐踮起脚凑近聂辰泽的下巴，看着他冰冷如霜的脸庞。

"是我把你带进贝莱的，我不希望你出事。"

"上了贼船就下不来了，而且，这贼船也没什么不好，高薪高职位，很多人都想着呢。我正好可以借高薪和顾铭撇清关系。"

她把事说得这么轻松，扬起下巴抬头看他的模样却令他心生内疚。她越是说得轻描淡写，越说明这件事对她的影响不小，否则她怎么会连 Ella 端上的茶水都不敢喝？

"你知道是谁做的吗？"

季桐摇摇头，半湿的发丝沾了几缕在唇边，她下意识地撩到了耳旁，放下踮起的脚说道："肯定是和雅林商贸有关系的人，不过，我想庄磊没这个胆量。"

"听我的，不要再查下去。"

"已经晚了。"季桐用毛巾擦拭起自己的头发，"不过我相信，在这个世界你越软弱，就越容易被欺负。不让那些小人骑到头上的最好办法就是打倒他们，打得他们爬不起来。见识过陈瑞这样的人渣，我难道还怕谁不成？"

"也许有人更差。"

"要是真的更差，那我就赚足薪水后再跑。"季桐冲聂辰泽做了逃跑的动作，然而却并没有打消聂辰泽心里的内疚。

"不要冒险。"

"不提这件事了。对了，今天和 Frank 谈的商圈广告位的事，你一早就决定给贝莱吧？"

"这件事，我的确没有考虑好。"

"我想不出你拒绝的理由。"

“卓澜韬并不想要广告位。”

“你说他不想要广告位？他是贝莱的总裁，销售好对他有利才对。”季桐说完后，又回味了下聂辰泽的话，忽而有所醒悟道，“你的意思是卓澜韬不想让 Frank 把销售搞好？”

若非聂辰泽这么一说，季桐尚没有领会个中的复杂。Frank 是总部派来的销售总监，如果销售成绩斐然，那么直接威胁到的就是卓澜韬的地位，可如果销售成绩稳步发展，那归根到底是卓澜韬管理好，公司稳步发展，Frank 不过起了销售维稳的作用。

“那我该给还是不给？”

“这真是个叫人为难的问题。”季桐虽然回答着问题，心里却在想雅林商贸的事，先前觉得卓澜韬重视代理商回款与雅林商贸一定不会有关系，现在看来也未必。此刻，她正在做清理不良代理商的事，如果处理不当，就会引起恐慌，到时候这罪责是谁来承担呢？当然是支持了这项决定的 Frank 和自己。卓澜韬完全可以置身事外。

卓澜韬真是一个道行很深的人。

“世上不会一直有两全的办法。柯林要运营，利益驱动决定是再正常不过的事了。”

“看样子，你已经决定好了。”季桐擦了下头发，走到柜子那儿，翻出聂辰泽先前借给自己的手绢，“还给你，要是决定错了，还能哭一把。”

聂辰泽笑着接过季桐递来的手绢，上面竟多了个小熊贴布。

“噢，我那次用得皱巴巴的，洗了想烫一下还你的，结果烫了个洞。这样，你的手绢成孤品了。”季桐把自己的失误轻描淡写地滑了过去。

聂辰泽看着歪歪扭扭缝上去的小熊，果真是“孤品”。

“来的都是客，我今晚吃泡面，你要吃的话，我提供库存，不吃的话，那只能看我吃泡面。泡面这种东西，吃的时候未必好吃，但闻起来，你就一定想吃上一口。”季桐从橱柜里拿出两盒泡面晃了晃，问道，“现在，请问，讲究品质生活的聂总，你要选择一起吃，还是看我吃？”

“有没有人告诉过你，泡面也能做出美味来？”

季桐只觉着脑袋上冒出三个问号，吃了这么多年泡面，第一次有人说泡面能做出美味来。然而，这一晚，她真是吃到了世上最美味的泡面，齿颊留香，久久难以忘却。

一周后，聂辰泽同意与 Frank 合作，只是 Frank 原本想要所有商区的广告位最终成了百分之七十的广告位。剩余的广告位，聂辰泽留作他用。

这虽然不是两全办法，但也算得上是折中。季桐看到 Frank 神采奕奕，似乎已经达到了心理预期，而卓澜韬也批了这笔巨额的推广费用，似乎认定广告对销售的直接作用会不如预期。

广告的事告一段落，季桐清理代理商带来的影响却在发酵，一些代理商因为被取消代理权，便在市场上造谣。季桐要求各位大区经理与各地优良代理商紧密合作，以消除不良影响。因为涉及代理商自身利益，取消部分代理商的代理权本身对优良代理商而言意味着潜在销售的增长，市场上的风言风语很快就得到了遏制。

一切看似非常顺利，致臻的新项目防晒喷雾被提上了日程。由于防晒是每个品牌夏季热卖产品，准备工作大体从春季就已经展开。季桐所在的 BU3 部门是大众产品线，防晒产品自然比其他部门更为重要。季桐拿着项目进程表对李薇薇说道：“薇薇，你去催下研发，这款防晒喷雾的审批配方什么时候放出来？”

“好的。”

“研发系统上一放，工厂就进入下一流程。我们和柯林的推广合作已经在做了，产品一定要如期上线。”

“我这就到研发去。”

季桐听展鹏说，李薇薇家并没有事，不过，她与研发的人关系很不错，经常会去研发串门。季桐认为那次顾铭出现在Jolly酒吧就是李薇薇透露出去的。说起来，Mandy是部门老臣，胳膊肘向着别人也是正常，她就不懂李薇薇竟然也会出卖自己。

因此，她特意让李薇薇去顾铭那儿。

不想，李薇薇去研发部一会儿便回了办公室，向她汇报：“顾总不愿意签字。”

“他有说为什么吗？”季桐不禁心中冷哼，顾铭这就是故意找茬的。

“顾总说会和您解释的。”

“好，你去做事吧。”李薇薇出去的时候，季桐发现顾铭已经发了短信给自己，约她在停车场见面。

季桐赴约了。

顾铭一副斯文的模样，这副皮囊背后的无耻在季桐看来是愈发严重。

“你到底想玩什么把戏？我答应过你，欠你的钱，我会按月给你。公司的事，你最好老老实实地按照流程走。”

“我上次提过的事，难道你就没考虑过吗？”

“顾铭，如果你再拿钱的事威胁我，那就别怪我把你先前是怎么被研究院除名的事给抖出来。别以为张教授给你留了情，你就可以为所欲为。”

“你——”顾铭一把将季桐推到了车门上，“如果不是你，我怎么会被除名？你要是抖我的事，我也会把你和聂辰泽的关系抖出来。你可真有本事，居然能勾引到聂辰泽，他周围有那么多的女人，却三番五次地帮你。噢，我忘记了，你进贝莱，应该也是他帮的忙吧？以前，我觉得你缺乏情趣，原来不是，是你心里根本就没有爱过我。”

“你配说爱吗？是，我是勾引他，那又怎么样？聂辰泽在行业里有地位，有权力，我勾引他就能助我在职场上一帆风顺。”

“呵，我就知道，你为了上位会不择手段。”

就在两人附近的立柱后，聂辰泽听着这番对话。卓澜韬约了他谈事，无意间撞到顾铭与季桐争论，没想到在这段争论中，自己会被牵扯进去。难道季桐真的是故意接近自己来获取职场上的成功吗？

每一步都是她设计好的吗？拒绝进入贝莱，求他做微康项目，再到进入贝莱任职，她是在勾引自己？

他周围那么多的女人用尽心机，费尽思量地博他好感，他都淡然处之，唯独眼前的她，让自己一直牵肠挂肚，哪怕没回微信，他都会因此念念叨叨。如果这一切都是她的算计，那也是他心甘情愿被她算计。

“我警告你，你最好老老实实地按流程放配方。否则，别怪我再狠一次。”

季桐推开顾铭，大步流星地朝电梯间方向走去。

顾铭整理了下衣服，四下看了眼，见聂辰泽正看着季桐的背影，便走了上来：“这么巧。”

聂辰泽默然不语。

“看样子，你是听到了我们的对话。其实也没什么，当年她不正是这样把我勾到手的吗？现在换你了而已。”

“住口。”

“聂总，你放心，你们上床的事，不会有别人知道。”

“你要想在行业混下去，最好管住自己的嘴。”

顾铭戴着斯文面具，作风却丑陋不堪，想到他还曾经拥有过季桐，聂辰泽更是对他厌恶至极。他走到电梯间，按了总裁楼层的数字。顾铭忌惮聂辰泽的身份，也未再说话。

季桐对自己走后发生的事一无所知，她把所有的心思都放在了防晒霜项目上。顾铭因为顾忌季桐再次做出疯狂的事令自己一无所有，因而只是推迟了几天放出配方。之后工厂很快做出了样品，交到了柯林，进行推广前的产品分析。

季桐偶尔会想起聂辰泽似乎有段时间没有联系她，但很快就又投入工作中。

这一天，她正在整理所有大区经理对代理商清理的最终汇报，突然来了个陌生电话。

“季小姐，你好。”

是十分陌生的烟嗓。季桐立刻停止了手头所有的事应道：“请问您哪位？”

“季小姐不是一直想约我见面吗？”

“您是……”

“于畴明。”

第十六章
危　机

雅林商贸的老板于畴明。

季桐听到对方自报家门后，瞬间有些惊愕，于畴明竟然亲自打电话给她。据最新消息，于畴明已经离婚，变卖的房产资金走向不明，但是房产事业资金流得到了缓解。季桐不能确定房产变现的资金是否转移资产给了他的妻子，还是救了他的事业。

雅林商贸虽然没有拿到新的SKU，但偶尔会有零星钱款打到贝莱中国的账户上，因此雅林商贸的货还在正常进出。

季桐正想着等手上的代理商整肃结束后就着手解决雅林商贸的事，不想于畴明先找到了她。

“于总，您好。”

“季小姐，我从加拿大回来了。如果方便的话，我们可以见个面。”

“我随时都可以。您定个时间吧。”

“好，下周二的晚上吧，我的司机会来贝莱中国接你。”

“没问题，那下周二见。”

季桐挂了电话，她知道于畴明来者不善。季桐等待庄磊同自己谈起要见于畴明的事，但庄磊未提一字，也就是说，于畴明是单独见自己。为了防止发生比迷药事件更糟糕的事，季桐必须得留个后手。她第一个想到的是聂辰泽，她给聂辰泽发了个太阳的表情，但很快就撤回了信息。她忽而改了主意，因为聂辰泽并不赞成她继续查雅林商贸的事，如果让他知晓自己要单独赴会，他必然会反对。因此，她决定请蛮牛帮忙。

季桐安排好这件事后，将代理商清理的最终结果发给了 Frank。Frank 非常高兴，连着称赞季桐做事效率高。

季桐则说道："不过，过程艰辛点。我们做这件事对 BU2 可能还有影响，估计吴彬彬会投诉我。"

"啊哈，那没关系。我们要的是结果。说真的，一开始我还是有些担忧的，你们中国有句话老话，'牵一发动全身'，我怕牵这么多头发，整个就乱套了。"

"驳回代理权是阵痛，但是这些代理商本身在市场上话语权就低，其他优良代理商能获取我们贝莱更多利益，自然是站在我们这一边的，所以当地市场不会乱。"

"我现在发现，应该早点请到你。哎，这都怪辰泽不好，有这么优秀的人不早些推荐给我。" Frank 提到了聂辰泽，见季桐微微一笑，便说道，"最近防晒霜的项目怎么样了？好像，我都没有看到辰泽和你见过面。"

"防晒霜的项目因为研发那儿晚了一周，整个进度稍晚于我的计划，不过应该没什么影响。这项目并不大，聂辰泽应该不会亲自跟这项目。"

"噢，是吗？" Frank 从抽屉里拿出一份邀请函递到了季桐手上："沃客三千五百店店庆，上海半岛酒店。"

季桐还记得之前在千羽的时候，沃客在中国还是三千两百多家，没想到眼下已经到了三千五百家店。当时，王芸还曾炫耀过她参加了沃客在半岛酒店三千店店庆的事。没想到这次还在半岛酒店。因为贝莱中国的大众产品几乎集中在了 BU3，所以沃客也是贝莱中国的 NKA。与千羽不同，贝莱是个跨国企业，与沃客签订的是全球协议，因此，季桐不用特意为沃客而费心。

当然，沃客这么大的活动是一定会邀请贝莱中国的销售管理层前往的。

“沃客是我们重要客户，虽然我们不用刻意讨好他们，但参加活动，还是要适当展现下我们的品位和档次。”

季桐低头看着邀请函上有排极小的温馨提示：“请您穿着正装礼服出席。”

Frank 上下打量了季桐一番，季桐很快意识到 Frank 所指的“适当展现下我们的品位和档次”指的正是自己的穿着打扮。

虽然进入化妆品行业已近一年，她还没有空闲去在意自己在这样时尚的圈子是只多么土气的独角兽。吴彬彬面对她时总是仰头不屑的样子，多半也有这方面的原因。

“我相信，你会非常漂亮。”Frank 说完后，Jessica 敲门来告诉他聂辰泽到了。

“啊，瞧我说什么来着，刚才我还在说辰泽呢，这会儿就来了。”

“那我先出去了。”

“不不，正巧辰泽来了，我得交代他帮你换个更美丽的形象。”

正说着，聂辰泽走进 Frank 的办公室，见到季桐只是含糊地打了招呼。

“辰泽，我和季桐都要参加沃客的店庆晚宴，我得请你花花心思把季桐打扮得更美丽。”

聂辰泽没想到 Frank 一见面便提了这样的要求。早上，季桐只是发了个小表情，就把他故作冷静的心思打得粉碎。他终于认识到，在他与季桐之间，不是季桐在设计勾引，而是他自己一次次地想要和她扯上关系。

“这对你来说不是难题。”Frank 玩味道。

“当然不是。”聂辰泽一笑。

“那就交给你了。”

“Frank，看样子，聂总还有话要和你说，我先回办公室了。”

“等等，我还有件事得问问你。”Frank 忽然站了起来，走到季桐身边低声道，“雅林商贸，你打算怎么处理呢？”

“噢，还得等等，不过，我相信会有好结果的。”

“雅林商贸真是如鲠在喉。”

“Frank，你的中文越来越好了。”

季桐没有向 Frank 透露细节，但 Frank 相信季桐说的。

这一次的短暂见面后，季桐接到了 Lina 的电话，说是礼服都已经为她准备好，随时可以送上门。季桐急着同于畴明见面，只能推说没有时间，Lina 本也不喜这差事，挂了电话后并未告诉聂辰泽。

于畴明的司机准点到了贝莱中国大楼前的临时停车位上，季桐上了车，那司机一言不发地就开车往前走。按照既定计划，蛮牛的车很快跟了上来。

约半小时的时间，司机开到了一条小巷外，朝季桐说道：“于总在里面等你。”

季桐只身下了车，径直走进巷子。这条小巷既窄又小，灯光昏暗，季桐庆幸身后有蛮牛保护。尽管如此，她仍不免有些紧张。

“季经理，于总已经在里面等您了。”巷子中间的地方站着一个女人，走近后，季桐发现正是雅林商贸的徐宁。

“谢谢。”季桐跟着徐宁进了一间两层民房。准确地说这是一间重新装修过的私房菜馆。外面看似平淡无奇，甚至和边上的民宅一模一样，但内有乾坤。

这里面只有一张圆桌，行话就是“独一桌”。房间里的家具均是明清风格的花梨木，桌边与椅背都雕刻着不同的花纹。一个中年男人正坐在一张花梨木交椅上，花白色头发，额头有些皱纹，一双眼睛炯炯有神地看着她："季小姐。"

于畴明的烟嗓比电话里听着更严重，季桐回应道："于总。"

"这里不错吧？"

一旁的服务生已经为季桐泡上了一杯清香扑鼻的明前碧螺春。季桐坐了下来，与于畴明说道："很不错。我刚还以为是民宅，没想到是间私房菜馆。"

"这是老宅改的，平日里也就这么一桌。说实在的，这房子卖了倒是挺值钱的，开着一桌赚的钱倒是不多。"于畴明说话的时候，服务生已经将几碟精致的菜放了上来。

"市中心的房子向来值钱。不过，于总约我来，一定不只是让我欣赏这宅子与美食吧？"

"季小姐果然很聪明。我听说贝莱中国最近清理了不少代理商啊。"于畴明咳了一声，一旁的服务生立刻递过烟斗。

"于总知道的不少，到底与贝莱中国渊源很深。"

"谈不上渊源。不过是这些年靠着贝莱这棵大树赚些养家糊口的钱。喀喀……"于畴明咳嗽了几声，继续吸了两口烟斗后说道，"不过，季小姐上班不也是为了赚钱嘛。"

"是啊。"

"所以嘛，雅林能在贝莱中国继续做下去，对我们双方都好嘛。"于畴明的目光直直地盯着季桐。

季桐当然听得出这弦外之音，淡淡一笑道："先前我已经和夏总提过，于总如果能考虑回款，我们贝莱中国依旧将您奉为上宾，但如果故意拖欠的话，怎么说，我们都得给其他代理商一个交代。"

"夏祎先前已经转达了季小姐的意思。我们雅林做了这些年，不管是常规商场，还是线上渠道，还有谁能在这华东区比我们做得更好呢?”于畴明说完后，又吸了两口烟。

“事实告诉我，贝莱中国这几年能够扶植一个雅林商贸，就能扶植第二个，雅林商贸一定要遵守游戏规则。贝莱不是一个小公司，与代理商之间的关系，是互相的，而不是受要挟的。”

于畴明听到季桐的这番话，立刻严肃了起来，他没有想到面前这个年轻女人竟然会如此大胆放肆地说话。更令他没想到的是，原本看上去微微有些紧张的季桐反而越说越镇定。

“季小姐，何必动气呢?之前不是说了嘛，出来做事都是为了赚钱。我知道你外面还背着些债没还。要是雅林能和贝莱像往常一样好，那你的那些债，我这个做大哥的就替你还了。”于畴明审视地看着季桐的反应。

“于总，我不是庄磊。我有再多的债，都会自己承担。我知道，您能许诺也能做到，但不好意思，我从来没有习惯称呼我的合作伙伴为大哥。”

“季小姐。”于畴明身后的服务生上前了一步，但很快就被于畴明抬手制止了。

季桐这才发现周围的两个服务生并不是真正的服务生，而是替于畴明卖命的人。季桐并不陌生，在建筑行业里，这样的情景司空见惯。这也是她安排蛮牛跟着自己的原因。她淡定地开口道:“于总，做生意都是讲究信用的。您在房地产上亏了钱，那是房地产上的事。贝莱中国给您的货，您销到了市场上，回款顺畅却不付给贝莱，这就说不过去了。”

“你知道自己在说什么吗?”于畴明听到季桐把他的事也挖了出来，捏着烟斗的手青筋暴起。

“于总说我背债，我承认。我说的话，于总也认可吧?拆东墙、补西墙的事，如果和贝莱中国无关，我无权干涉，可要是有关，我也只能按照公司流程分割代理权，甚至收回代理权，起诉雅林商贸。”

“季小姐是要鱼死网破吗？”

周围的气氛瞬间变得紧张，季桐只身在这么一个场景下，心里本是忐忑不安的，可她知道，她离真相越来越近。于畴明这头乱了，那贝莱中国牵涉在内的重要人物也会浮出水面来。

“不，我不想鱼死网破。我希望雅林商贸能和贝莱中国合作下去。”

“哈哈哈哈。”于畴明的烟嗓咳嗽起来格外阴森，他放下了烟斗，继续道，“季小姐，你以为你不签字，我就拿不到贝莱的货吗？”

“于总，我想，今天的会面并不顺利，如果您还愿意谈的话，我们改天再约？”

季桐刚要起来，那两名服务生立刻上前，这一次于畴明没有拦任何人。季桐淡淡一笑，看了眼左右两旁的服务生说道：“我朋友在外面等我，他脾气不太好，我怕等急了闯进来就不好看了。”

于畴明万万没想到这么一个柔弱的女人竟会软硬不吃，不仅如此，她还准备了后手。一个过去在建筑行业里干得风生水起的女人，果然是不能小觑的。于畴明冷冷一笑说道：“那，我们就改天再见吧。”

近身的两个服务生退到了一旁，季桐出了这栋私房菜宅子，朝着小巷外走去。昏暗的路灯、陈旧的巷子，她只感觉脊背一阵冰凉。

她不敢回头，生怕有人跟在后面看到她的胆怯。到了这个份上，她得自己多加几个胆子。

在小巷外的道路上，她一见蛮牛就立刻上了他的车。在关门的瞬间，她清楚地看到徐宁正在远处打量着她口中“脾气不好”的那位朋友蛮牛。

“放心，有我在。”蛮牛讲义气地拍拍胸脯，发动了车子。

“有你，我当然觉得很安全。”

季桐讲了些事给蛮牛，蛮牛也不多打听，只要是季桐吩咐的事，他绝对是要帮忙的。这就是他认准的理。蛮牛开了三刻钟的车子，将季桐送回了家。

没想到聂辰泽已经在楼下等着季桐回来。

“你怎么来了？”

“给你送明天晚宴的衣服。”聂辰泽见蛮牛挥挥手开车离开，忍不住问道，“朋友？”

“对，就是我说的那个保安公司的朋友蛮牛。”

“你还在查雅林商贸？”

“上去再说，让我看看你给我准备了什么衣服。”

季桐见聂辰泽沉了脸，假作轻松地推着他回家再说。聂辰泽没好气道：“我不是交代你不要再查了吗？”

“有蛮牛在，我一点儿都不担心。”

“我担心。”

聂辰泽嗔怪的口气让季桐愣在了原地。她盯了聂辰泽一会儿后，扑哧一笑：“啊，很久没见你这么严肃地和我说话了。”

“今天去了哪儿？”

“要不这样，你给我再尝尝美味的泡面，我告诉你我去了哪儿。现在真是太饿了，没力气回答你。”

季桐变着花样推脱，见聂辰泽没应声，便拿了他手中的大手袋进了房间，探出身道：“我进去换礼服，你赶紧忙活美食。”

季桐关上门，仰躺在床上，长吁了口气。今晚的事真是惊心动魄，要真是一五一十地告诉聂辰泽，他铁定一句话“不许再查了”。也不知道为什么，聂辰泽最近一段时间对她查雅林商贸的事越来越畏首畏尾，似乎比她还要紧张。

因此，她不能把事情全抖给聂辰泽听，不过，聂辰泽这么聪明，一般谎话很容易被识破。她还得编得像模像样些。季桐起身抓过大手袋，打开了礼服。

这是一条灰蓝色重磅真丝礼服，灯光下，高雅的灰色透出华贵的蓝色，低调却不失美丽，礼服领口是半深 V 领，设计师加了小褶，里面做了防走光处理，背部与前领口一样成 V 型，用薄如蝉翼的面料、半隐背部的线条、前短后长的小鱼尾来传达设计理念。

季桐照着镜子心叹道，聂辰泽给自己的衣服竟然这么合身，到底是做女人行业的，眼光很是不错。

大手袋里还放了两只盒子，其中一只是印了“STUART WEITZMAN”字样的鞋盒，里面放着一双银色高跟鞋，季桐试了下大小，光着脚丫走出了房间。

“裙子很合身啊。”

聂辰泽正在厨房里下着泡面，转过身去看季桐，让设计师赶制的礼服很好地勾勒出了她全身的线条，从颈部到胸口，再到腰际。

“等等。”他突然意识到了什么，走上前，半跪下来查看起季桐的腰际处，说道，“腰这儿好像大了点。”

“那不是因为我还没吃吗?”

季桐咯咯地笑着，平坦的小腹在聂辰泽的眼前微微起伏。他本是专业地在评断裁剪的问题，被季桐的笑声扰乱了心智，一下子涌上某个强烈的念头，但很快又压制了自己。他往后退了一步，目光从季桐充满诱惑力的脚迅速转移到了脸上。

他极尽努力地把自己的思绪调整回来，季桐却全然不知，只是转过身，抓起散落在肩上的头发问道：“我后面拉链到顶了没?”

“到了。”

“鞋子大小没问题，对了，还有个盒子是首饰?”

“是的。”

“要不要这么隆重？好不习惯哪。”

虽然季桐不是他见过最美的女人，甚至连前几十都排不上，但她似乎散发着一种令他难以抗拒的魅力。也许，这就是一种无心的勾引。聂辰泽很清楚自己在想什么，他也有本能的欲望。

季桐在他面前俯身，背上的发丝尽数滑到了一旁，隐隐透出的后背令他的内心不免再次骚动。他突然有些埋怨自己，为什么会让设计师设计这样的衣服，若是明天她弯下身，那身后的男人是不是都会如自己一样难以自持？

“Enzo？”正想着，季桐已经起身，见聂辰泽有些失神，便朝他晃了晃首饰盒。

“Enzo 虽然不是奢侈品，但设计不错。你这件礼服，配上它的‘银河之眸’系列，很相称。”

“‘银河之眸’？现在的名字真是好听。把它戴上瞅瞅？我以前从来没有这么打扮过去参加晚宴的。”季桐坐到沙发上戴好耳环后，将项链交给了聂辰泽，“帮个忙。”

聂辰泽小心翼翼地将项链戴在季桐胸前，他坐在她的身后，拨开她垂披在背上的发丝。季桐光洁的后背再次一览无余地落在他的眼中。

“好扣吗？”

季桐一下扭过头，她没有意识到自己突然的举动，撞上了正在低头给她扣项链的聂辰泽，双唇贴在聂辰泽的脸颊上，落下两道红印。

“我的唇膏。”她笑得厉害，很快发现聂辰泽脸上一片僵硬，目光正端视着傻笑的她。她唇角方才扬起的弧度不禁停滞了。本是毫无准备的一次触碰，她权当是一个笑料，却没想在聂辰泽的这番凝视下变得暧昧起来。

他低下头，在寻求她的同意。

忽然，“滋——”的一声，灶上煮泡面的水溢出了锅子。

“我的面。”季桐瞬间从一度的陷落中走了出来，推开聂辰泽道，“完蛋了。”

聂辰泽被她这么一推，完全清醒过来，低声道：“别动。”

只一秒的工夫，他就扣完链子，抽身解决厨房里的事。

季桐轻拍了两下自己的脸颊，聂辰泽这家伙，明明扣链子的事能做得那么利索，竟然还扯了那么久，害得自己一时胡思乱想起来。她站起身，在穿衣镜前仔细打量了一番。就如聂辰泽所说，Enzo 的这一款“银河之眸”，把她整个人的气质又提升了几分。季桐咬着下唇，侧过身嘚瑟地看起自己的样子。

没想到，自己居然也能 hold 住这么女人味十足的礼服。比起婚纱来，这衣服似乎更贴身，而重磅真丝的舒适度要好得多。

“还好泡面没损失。”聂辰泽盛出两碗面放到餐桌上，招呼季桐过来吃面。

“我先把礼服换了。”季桐光着脚丫从门口的穿衣镜走到了房间里。聂辰泽则到了卫生间擦拭她留在自己脸颊上的唇印。想到刚才自己的那番冲动，聂辰泽打开了水龙头洗了下脸。

只有冰冷的水才能浇灭他不该起来的欲望。聂辰泽看着镜子里的自己，虽然他真的很想吻下去，但他明白自己还没有完全做好准备。像他这样不乏女人簇拥的男人，也会在情感上有些犹豫。他犹豫的并不是自己的勇气，而是一旦说出来，他们之间的关系就不会像现在这样。季桐经历过感情的失败，虽然她极力地表现出自己对过往无所谓，但心里应是十分在意的。

“你也没吃饭?”季桐换了礼服后坐到了餐厅。

“我明天一天都有安排，怕 Lina 误事，有负 Frank 所托，没来得及吃饭，就先把礼服带过来了。”聂辰泽走出洗手间。

季桐注意到聂辰泽前额上的发丝还落着些水滴，想起刚才那“惊鸿一转头”，忍俊不禁起来。

“你刚才去见于畤明了？”

“果然什么都逃不过你的眼线。我和于畤明是见面了，不过没谈妥。”

“在雅林商贸的问题上，不要擅作主张。”

“你少费心雅林商贸的事，拜托帮我把防晒霜的推广做起来。另外，Frank 已经答应我，你给贝莱中国的一些商圈广告位给我们部门的产品放广告了。”

“Suki 这次做得很上心，一定不会让你失望的。”

“是吗？某人现在对自己的女下属都很有信心嘛。”季桐说着指了指聂辰泽响起的手机。

电话是 Lina 打来的，聂辰泽接了起来：“什么事？”

“Kelly 明天会直接联系季小姐，还会带礼服过去。Sorry，今天季小姐说忙，我就忘记先送给她试了。”

“让 Judy 明天和 Kelly 一起到季桐那儿。”

“她收到衣服了？我没……是你送过去的？”Judy 是柯林的专业剪裁师，Lina 听到聂辰泽提起 Judy，很快反应过来上司已经把衣服送给了季桐。她就不明白，聂辰泽为什么对季桐这个女人尤其上心。

聂辰泽对 Lina 的问题不感兴趣，只是交代 Lina 联系 Judy。

季桐并不在意这些细枝末节的事，她大口地吃着美味的方便面，享受着夜晚的美好时光。

次日的沃客店庆做得声势浩大，半岛酒店的大厅里摆放了各种宣传海报，回顾了这些年沃客在中国的开店历程。

季桐出现在晚宴现场的时候，Frank 本在与人寒暄，瞬间眼前一亮，立刻上前给了季桐一个大大的拥抱：“我的天，你简直就是女神。”

都说法国男人的嘴甜如蜜，真是半点也没有夸张。季桐微笑着，方才和Frank说话的男人也走上前说道：“嗨，Frank，每次见到美女，你就格外热情。”

“噢，Robert。”Frank摊摊手，礼节性地揽过季桐介绍给面前的外国男人道，“这是我们贝莱的销售经理季桐小姐。噢，我的Miss Sales。”

“你好，我是Robert。”Robert长着一张南欧人的脸庞，有着卷曲的头发和有型的胡子。

“嗨嗨，别同这意大利男人多说话，他是个危险人物。”Frank在旁揶揄起Robert。

“噢，不，对美丽的女人，我总是谦谦君子。”Robert说道。

Frank十分满意季桐对其他男人的吸引力。不光对销售，对交际人脉而言，这也是一项必要的资本。他特别兴奋，将季桐一一介绍给沃客的高管，以及自己行业里的朋友们。季桐虽然对自己的这番打扮有些不适应，但借着Frank的介绍，也认识了更多业内的精英。

沃客作为一家接近两百年的企业，是长江和记集团下最重要的零售企业之一，也是中国最大的零售连锁店。

季桐因为口渴去冷餐桌前拿了杯饮料，转身的时候，见距离自己七八米的地方，聂辰泽一袭贴身的黑色西装，一条星辰璀璨的丝巾衬在颈间，显得格外别致。他是那么受人欢迎，各色的人都主动找他与他攀谈寒暄，不知不觉中，他成了一个小中心。

这是第一次，她看到聂辰泽在行业的地位竟是这么高，而他举手投足间，也充满了一个成功男人的魅力。

季桐正失神地看着，Robert与另一个男人走向了她。

“嗨，季小姐，我这同事非说是你同学，还和我打了个赌。”

Robert 说完后，季桐朝他身旁的男人望去，那男人长得不高，脸微微发胖，季桐正在搜索自己的记忆，那男人已经迫不及待地开口道："季桐，我是隔壁班的李锋啊。"

"啊，是啊，我都快认不出了。"季桐虽然说着这话，但心里在嘀咕李锋究竟是谁。

"Robert，你看，我说的是真话吧。那时候，季桐是隔壁班最漂亮的。现在更美了。"

"是吗?"

"季桐原来不是这行业的，要不然早就介绍你认识了。"

"嗯?"

"季桐毕业后去的是建筑行业。"

"噢，不，这么漂亮的女人去干建筑?当年要是我去你们学校招聘，一定把季小姐招到我们公司。"

"建筑行业也是一番经历。"季桐看着两人在自己面前絮絮叨叨，不免觉得有些乏味，可应酬本就是这样，不管是否乏味，都得装作耐心的样子与人谈笑。

"季桐，你和那个学长结婚没?"李锋突然说道。

正在这时，聂辰泽走到了他们跟前，与 Robert、李锋说道："我能借一下季小姐吗?"

"哈哈，聂总，贝莱可是你的大客户，你和季小姐接触不少，何必同我们抢嘛。"

"不好意思两位，我和聂总正好有件公事没谈完，请允许我离开一会儿。"季桐反应极快，不失礼貌地向 Robert 与李锋致歉后离开了他们。

"很不错，知道救我于水火之中。"季桐与聂辰泽到了冷餐桌旁偏僻的地方，长长地吁了口气。

"你今晚看起来女人多了。"

“你是在表扬我，还是在趁机表扬你的化妆师和衣服?”季桐说着，朝身旁的男人瞟了一眼，“我今天才知道，你这么受欢迎。”

“很奇怪吗?”两人靠在角落，一同看着往来走动的人们。

“有点出乎意料。”

“我也没想到，你周围的男人都没断过。”聂辰泽说这话的时候，不免带了些醋意。他进宴会厅门开始，就在搜寻她的身影，不想 Frank 揽着她到处炫耀。经过 Kelly 的化妆，穿上他特意让人设计的晚装，今晚的季桐就像浩瀚银河中轻盈灵动的星辰。只是，他万万没想到，因为这番美引来的诸多目光令他心里不舒服起来。

他想借机与季桐说上话，不是他被人围住，便是她的周围站着不同的男人与她谈笑风生。

“丁总。”季桐看到一个熟悉的身影，与聂辰泽说道，“我去打个招呼。”

聂辰泽连 Say No 的机会都没有，只能眼睁睁地看着季桐走向丁总。Frank 不知何时出现在他身旁，笑着调侃道：“辰泽，你的魅力都去哪儿了，季桐才和你处了这么两分钟就离开了。”

聂辰泽尴尬地笑笑。

Frank 手里拿着鸡尾酒，勾起他的肩膀低声道：“对她有兴趣?”

“说笑了。”

“嗐。”Frank 神秘一笑，搡了下聂辰泽继续道，“你周围漂亮的女人数不胜数，但是又聪慧独立又漂亮的女人少得可怜吧?”

“Frank，你在拿我开涮吗?”

“不，不，我说的可是实话。说到女人这件事，我的经验肯定比你丰富得多。无脑的漂亮女人能让你在床上兴奋，可时间久了，再美的女人都会让人心生疲倦。聪慧独立的漂亮女人就不同，不管是床上，还是生活上，都不会让你觉得乏味。”

聂辰泽低眉轻笑了下。

“征服季桐这样的女人，我会为你高兴的。”Frank 说着，半转过身，凑到聂辰泽耳边说道，“这样，我们的同盟关系才更坚固。”

在离两人不远处的季桐全然不知 Frank 与聂辰泽之间的对话。她正与丁总谈着彼此的近况。

“小季，我听说你最近在代理商方面搞出不小的动静。作为前辈，我还是劝你不要太急功近利。”

“谢谢丁总关心。最近千羽业绩都不错吧？”

“还可以吧。”

“我听说凡氏有收购千羽的计划，不知道是真是假？”

凡氏意欲收购一家中国中型化妆品企业的消息早就不胫而走，舆论普遍猜测是千羽。凡氏是贝莱的竞争对手，季桐试图了解些信息，她看着丁总的表情，丁总却是淡然自若道：“这信息时代啊，消息传得快，当然，我指的消息，有真的，也有假的。”

“呵呵，丁总说的是。”

季桐看得出来，丁总对她是有保留的，尤其是在她决定前往贝莱之后。

临近九点半的时候，宴会到了尾声。Robert 向季桐献殷勤，要送她回家，被她拒绝了。这时，王芸出现在了季桐面前，假作吃惊地说道：“这不是季桐吗？你怎么在这儿？我刚才见了很多人，都没有发现你也来了。”

“是吗？我同丁总聊了会儿。”

“噢，怪不得，我在和凡氏的 Philip 聊天呢。”

“怎么，急着抱新主人的大腿了？你确定，千羽要卖给凡氏了吗？”季桐看着扬扬得意的王芸，只觉得好笑。

“你好歹也在贝莱啊，竟然对此一无所知。”

“王芸，我可提醒你，小心抱错了大腿。”季桐微微一笑，轻蔑地说道，“丁总整个冷餐都没有和凡氏的人搭话，你倒是很积极主动。不知道，你的上司会怎么看你？”

“季桐，你别以为你进了贝莱就有什么了不起。”

“我不觉得自己有什么了不起，不过，每次看到你的时候，我就觉得原来我还挺了不起的。”

季桐冷冷一笑，甩下气得脸发青的王芸前往停车场，没想到车轮胎居然瘪了。

季桐从后备厢里拖出千斤顶，娴熟地走到轮胎旁蹲了下去，打算换上轮胎，不想一旁有人说道：“我来吧。”

季桐抬头，原来是聂辰泽，他刚拿走她手上的工具，她就收紧了手问道：“你和 Frank 在说我什么？”

“没提你。”

“让开。”季桐搡了下聂辰泽，低声道，“换轮胎这种小事，我自己就能搞定。”

“真没说什么。”

“鬼相信你们。我和丁总聊的时候，看到你们两个看着我在嘀咕。”

“那是你看我们时的错觉。”

季桐知道聂辰泽没说实话，男人间的话题，她不会掺和，可要说的是自己，那就得知道。聂辰泽自然不能把 Frank 的话告诉她，只能默默地在旁协助。

“你是不是还不说实话？”季桐换好轮胎后，朝聂辰泽正色道。

聂辰泽打开一旁自己的车后门，翻出一包卸妆面纸递了过去，说道：“没用防水睫毛膏，一出汗全化开了。”

季桐下意识地抬起手背摸了下，果然是一团黑色，扯过卸妆面纸，坐上车说道：“还不是你的化妆师。”

聂辰泽假意说道：“我今天喝酒了，你可以送我吗？”

“喝酒？自己找代驾吧。”季桐瞪了一眼。

真是个得罪不起的女人。聂辰泽心里一叹，不过，这总好过告诉她，Frank 唆使他同她上床吧？要是真坦白了，他非但不会得到从宽的优待，怕是连半岛酒店的门都出不去了。

看着季桐发动了车子，聂辰泽刚要回头去开车，不想看到季桐车后的牌照被喷了漆，赶紧追了上去。季桐一见后视镜里聂辰泽追了上来，猛地刹车将车停了下来。

“你的车不能开了，停这儿吧。”

“怎么了?”

“车牌被人喷了，你这么开出去，十二分全扣光，这一年都别开车了。”

“我去。谁这么缺德?!”

季桐停好车，到车尾一看，果然是被人喷了漆，号牌上所有的字都被蓝色的漆糊得看不清数字了。

“去监控室看看。”聂辰泽提议道。

做这样无聊之事的人，一定与她有过节，她第一个想到的便是王芸，但很快否定了她。王芸就是个嘴上硬的人，这事儿，给她十个胆子都干不了。接着，季桐便想到了于晦明，但这似乎也太过幼稚，不像老谋深算的人所为。

她与聂辰泽一起到了酒店保安室，当值的保安队长听到这件事后很是紧张，立刻安排人翻查地下室的监控记录。

从车辆进入车库的时间开始算起，保安队长加倍速地查看在季桐车前后出现的人。到八点半的时候，有个戴口罩帽子的人走到了季桐车后，摄像头拍不到那人的样子，也不知对方在车后做了什么事。但仅仅凭着这画面，就能够断定，戴帽子的男人正是喷漆的人。

居然是顾铭。

与他认识这么多年，季桐很熟悉他的身形与走路的姿态。

聂辰泽站在季桐的身边，明白她已经猜出了戴帽子的男人究竟是谁，而他也似乎知道了谜底。

“小姐，要报警吗？”保安队长问道。

“不用了，谢谢。”季桐低落地回道。此时，她的手机跳出一条银行短信。

有人往她的工资卡上汇入了五十万元整。

季桐眉头一皱，将手机递给了聂辰泽，聂辰泽马上意识到这件事的严重性，与季桐立刻走出保安室，追问道：“这是怎么回事？”

“我不知道，先问问银行。”季桐很快致电银行，而客服却告诉她查询不到汇款方，建议季桐工作日前往柜台寻求帮助。

“肯定是个圈套。”

“你知道是谁？”聂辰泽见季桐不语，便已猜出三分，问道，“是不是于畴明？”

“他知道我有私债，这五十万一定是他给我设的圈套。如果明天有人举报我私下收受钱款，那公司必然会追责。”季桐背脊一凉，被夜风一吹，忍不住哆嗦着打了个喷嚏。

“我先送你回家。”聂辰泽担忧季桐，不待季桐回答，便已经自作主张地将她送上了副驾驶的座位。

季桐心想，既然于畴明是有备而来，那他一定会使用连环计，直到将自己打趴为止。她不能就这么被人栽赃。在贝莱中国，雅林商贸的内线之深超乎她的想象，至少，这个人在财务、销售，甚至人事上都有人。

“喷漆的人是顾铭？”

“是的。”

“你还欠顾铭多少钱？”

“差不多就五十来万。”

“看样子，于畴明把你的底查得很清楚。”

“他的底，我也查得很清楚，只是没料到，他会出这一招。”

季桐看向窗外，聂辰泽则看向她，如果自己先前把钱给她，何至于到此地步？可是，倔强如她，就算是落到被人算计的地步，也从未向他开口要过半分钱。勾引？他嗤笑自己竟然还曾一度相信。

“把雅林商贸的事交给我处理。”

“别，你好歹是我最后一张王牌。”季桐别过脸，冲他笑笑，“于晦明把我算计得这么狠，那他肯定感觉自己受到了威胁。你只需要给Frank打电话，告诉他我是在不知情的情况下收到的钱就可以了。”

聂辰泽没想到季桐入职贝莱不到半年，就已经触及了贝莱中国内部深藏的利益链。他请她到贝莱的目的，不正是一起挖掘这条利益链吗？可现在，当她真的走向这一目的地的时候，他却只想把她拉回到自己身边，不愿意她受到半点的伤害。

“好。”聂辰泽词乏地回应她，心里却是一番后悔。

第二天一早，季桐先到银行查询五十万钱款的汇款方，等了许久后柜台告诉她由于系统升级，暂时无法查询到汇款方信息。银行留下了季桐的联系方式，告知会在系统升级完善后查询相关信息，再联系她。

得到这么一条可有可无的信息之后，季桐回了办公室，刚刚泡上一杯咖啡喝了两口，Lucy Wang就请她到人事部的会议室相谈要事。

速度真快。

季桐苦笑了一下，前往会议室去解决这一次的危机。季桐能够感觉到掌心变得冰凉，说不紧张是假的，只是这份紧张必须深藏在心里，绝不能让人洞悉。

季桐走进会议室，在这间没有窗户的会议室里，卓澜韬严肃地坐着。会议室简单的摆设，以及 Frank 的缺席，令她内心中的惶恐再度燃起。

“卓总。”

卓澜韬轻点了下头。

“季经理，今天找你过来，是谈一件很严肃，也很严重的事情。”Lucy 请她进来时的那番客气已经一扫而光。

“什么事？”

“我们接到举报，你利用清理代理商为名，向中小型代理商施压，逼他们向你‘烧香’。谁给你‘烧香’，谁就不用被驳回代理商权。”Lucy 劈头盖脸地就说了起来，那语气就像是在审讯犯人似的。

“烧香？”季桐故作不知。

“就是拿钱贿赂你。”

“Lucy，索贿这样的指控可是涉及司法，麻烦你告诉我，你有证据吗？如果没有证据，请不要胡乱指控一个清白的人。”季桐目光紧紧地盯着 Lucy，语气强硬道。

“季桐，我能提出这件事，当然就有证据。”Lucy 有备而来，从桌上的文件夹里拿出一张银行汇款底单复印件，说道，“这就是证据。”

“我看看。”季桐拿过桌上的纸，瞥见了汇款方的名字“风源科技”，又放回了桌上，回道，“五十万？”

“对，你向风源科技索要五十万。”

“我昨天的确收到五十万，但是，我不知道是谁给的。我已经第一时间打电话给了银行查询，早上也去了银行。要不是你给我看这信息，我都不知道这钱是来自风源科技的。”

“你就是承认你收钱了。”

“我当然承认我的银行卡里多了五十万，你不给我看，我都不知道是谁打的钱。你的意思就是风源科技举报了我？”

季桐的话说到一半，Lucy 抢话道：“我们有责任保护举报人的信息，但这件事很严重，情节很恶劣，所以风源科技才交给了我们证据。”

“是吗？风源科技给你打电话，还是亲自来了？如果亲自来了，我倒是想当面对质下，为什么给我五十万？”

“风源科技是通过公司的合规平台进行的。”一直未曾发声的卓澜韬忽然开口了，他的语调虽然不高，但在这狭窄的会议室里显得异常冷厉。

“卓总，我的确收到了五十万，这件事，Frank 也知道。早上我去了银行查询汇款方，无功而返，正要和 Frank 再更新情况，就被 Lucy 请进了会议室。试问，我真向风源科技索贿的话，为什么他们非得给了我五十万后再来举报？另外，我从来没有联系过风源科技的人。如果我要索贿，他们一定与我有过电话。我的手机是公司手机，很容易查询到是否有风源科技的人和我联系过。我看，是代理商故意栽赃嫁祸。”季桐辩解道。

“那他为什么要栽赃嫁祸你呢？风源科技可是贝莱中国的老代理商了，要不是走投无路也不会举报到平台。”Lucy 紧追不放。

“正因为我也想不通，所以，我得和他们当面对质问个清楚。”

“季桐，你……”Lucy 正说到一半，会议室的门被推开了。

突然闯入会议室的人正是 Frank，他穿着一件深蓝色衬衣，领口微敞，进来后便向会议室内的人都打起了招呼。

“啧，这个会议好像没喊上我。”Frank 搓搓手，指了下空座位问 Lucy。

按流程，遇上这样的事，员工直属上司必须到场，除非连同上司都在怀疑对象中。Frank 的这句话一下令 Lucy 很是尴尬。

“Terry，今天这个会议的议题是……”

“公司合规举报平台上收到了风源科技的举报，举报称季桐利用这次清理不良代理商的机会，向代理商索取好处。Lucy 请季桐过来了解情况。”卓澜韬平静地回答道，言语中并没有解释为什么没有请 Frank。这是总裁特有的权力，尽管 Frank 是总部派遣来的销售总监，但也不得不听从他的管理。

“噢，这么严重。”Frank 夸张地说道，接着转向季桐，“是那五十万的事吗？”

季桐在银行的时候就已经接到了聂辰泽 OK 的微信表情，她知道聂辰泽已经告诉了 Frank。

“是的。”

“风源科技是我们的老代理商，规模虽然小，但回款一直正常，并不在我们需要清理的名单中。我从财务部收到的那些问题代理商名单里也没有风源科技，如果不是构陷季桐，我实在想不出有什么别的理由。可为什么他们要构陷季桐呢？我也很想知道。”

Lucy 正要开口说什么，见卓澜韬给她递了个眼色，立刻改口道：“Frank，我们也希望能调查清楚。”

季桐说：“Lucy，既然风源科技能实名举报，那就让我找他们对质。”

Lucy 回答：“季桐，你是涉事人，贸然地去找风源科技，会让外界认为我们合规举报平台形同虚设。你放心，我们人事部会调查清楚的。”

“你们人事部如果有能力调查清楚，何至于风源科技昨天汇款，今天就把我当犯人一样审问？”

季桐的话语如利剑一样戳向 Lucy，令 Lucy 颜面顿失。不过，她终究是人事部经理，应变能力也好过其他人，面对季桐的质疑，虽然她的脸色变得难看，但语气并不急躁，反而把皮球踢给了 Frank：“Frank，你的意思呢？”

“我相信季桐。改革代理商的事，必然会有诸多问题出来。现在季桐想要自证清白，我认为，我们应该给她这个机会。你说呢？Terry。”Frank 在话语末尾的时候特意又将这皮球踢给了卓澜韬。虽说是征求意见，但实际并没有给卓澜韬留余地。

卓澜韬不紧不慢地道：“我同意 Frank。”

季桐得到了喘息的机会。离开会议室后，季桐发现庄磊不知去了那儿，想来是给雅林商贸做眼线去了。于是，她查了风源科技的底，打电话给蛮牛，让他设法找到风源科技的老板万全。

刚过午饭时间，蛮牛就给季桐来了信，说是万全在漕溪新村那儿的一家馆子里。季桐笑叹蛮牛的本事，二话没说就立刻赶往这家叫“礼记”的小菜馆。

礼记菜馆并不大，里面仅有七八张方桌。季桐进去后发现里面一共有七个人，其中一个老板、两个伙计在忙着收拾，另外四个人，一个是蛮牛，两个身强力壮的男人是他的朋友，季桐也见过几次，他们三人与一个瘦小的中年男人坐在一张桌子。那中年男人很是害怕，手里拿了只杯子，眼神里很是紧张。

见季桐来了，蛮牛朝她打了招呼，腾出了位置。季桐坐在了那中年男人边上，那男人见蛮牛对这女人尤其服帖，立刻打量起季桐。

“万总。”

“你是……”万全是个上海人，说了一口沪式普通话。

“怎么？你给了我五十万，还不认识我吗？”

“你是季桐？”万全惊愕道，他再次打量着季桐，怎么也无法相信这么一个柔弱的女人竟能差得动身旁这三个壮实的男人。

“当然，万总，你和我不认识，就给我这么多钱，还到公司举报我。你给我解释解释，这是什么情况？”季桐把手机往桌上一放，声音不大，却吓得万全一哆嗦。

“是啊，是我举报你，因为给你钱，你就会放过我们公司。”万全使出了全身的勇气与季桐说道。

季桐朝蛮牛说道:“万总好像不明白自己在说什么。”

“是吗?我来问问。”蛮牛一转身,在万全身旁一坐,说道,“万总,你说什么?我刚没听清楚。”

“你们,你们是黑社会吗?现在都是讲法律的,你们这叫……非法拘禁。”万全疙疙瘩瘩地说道。

“万全,我告诉你,我们都是有正当职业的人。这家菜馆门开着,怎么会是非法拘禁你?不过既然说到了犯罪,我倒是想问问你,知不知道诽谤罪也是刑事罪,重则要判三年以下的刑期。”季桐朝万全冷冷说道。

“你少吓唬人。”万全故作镇定,声音却是颤抖的。

“吓唬你?”季桐拿起手机,百度出词条放到了万全面前,“敢情我是来给你上普法课的?”

万全看着手机,吞咽起口水。

“我告诉你,你最好老老实实地说出来,谁指使你这么做的?我朋友的耐性不好。”

“听见没有。”蛮牛狠狠地在旁一吼,万全吓得一颤,剩下的勇气也烟消云散,“我,我说就是了,是于畴明让我这么做的。”

果然是于畴明。

“他为什么让你这么做?你凭什么给他干这事儿?闲得慌啊?”

“于畴明说你想搞他的雅林商贸,我是个小代理,和你们贝莱资金往来不多,也不敢欠钱,有时候货没了就问于畴明要。最近还从他那儿拿了些货。他说不要我的货款,就让我帮他把你整了。再说,这五十万也是他的钱,我和这件事不搭嘎的呀。”万全说着说着蹦出一句上海话。

“胆子不小,实名举报我?”

“于总说你是个女人,很好弄的,谁知道会这样?”

“怎么？女人就好欺负？我可告诉你了，好好地做你的代理商，我不会因为这件事为难你，但是，我以后都不想见到你。”

万全瞅了几眼周围的人，见没人再拦着他，便逃命似的往餐馆外跑。

万全走后，季桐朝蛮牛谢道：“谢谢，最近老是麻烦你。”

“季姐，你跟我客气啥呀。”蛮牛憨憨一笑，忽而，眯起眼睛说道，“上次在你家楼下那个男的，是你新交的男朋友吗？”

“不是，是我朋友。”

“嗐，我看他喜欢你呢。”

“瞎说，就是朋友而已。对了，明天你得保护我拿上五十万，去还给那姓于的。”

“那姓于的真不是个东西。”

“午饭吃了没？我请了。”

“早吃饱了。季姐，改天也把那朋友介绍给我正式认识下，我觉得你俩有戏。”

“行了，我知道了。”季桐见蛮牛叨叨地说起聂辰泽来，立刻想办法让他停了嘴，并把第二天的事一一安排妥当。

第二天早晨，季桐在蛮牛的陪同下，从预约的银行里取了五十万现金，临近十一点回到贝莱中国，不由分说地拉上了 Lucy 到自己车上。

“季桐，你这是干什么？”

“请你看场好戏。”季桐正说着，见庄磊也到了车前，立刻招手让庄磊上车。

庄磊见车里坐了 Lucy，毕竟是人事部经理，心下十分紧张，马上就上了季桐的车。没想到她还没和 Lucy 打个照面，说上一句话，季桐就落了门锁，把车开了出去。

“季桐，你带我们去哪儿？”Lucy 提嗓道。

“不是去吃饭吗?”庄磊反问Lucy。

“吃饭?她说带我去看场好戏。”Lucy见庄磊还不知情况，没好气地回道。

“饭要吃，戏也要看。”季桐瞟了眼反光镜上Lucy与庄磊面面相觑的样子，心里只觉着好笑。

这两个女人从没有被人这么架着走，不免很是紧张。

Lucy也是见过风浪的人，稍稍调整后，再次问道:“季桐，你这是什么意思?”

“等看到戏了，你就知道了。”季桐回答。

“那你带我们去哪儿?”Lucy问道。

庄磊看着季桐开车行驶的方向，渐渐明白了季桐要带她们去哪儿，低声道:“雅林商贸。”

“雅林商贸?带我去雅林商贸干什么?”Lucy听到了庄磊喃喃的声音，向季桐求证。

季桐默不作声，不久，车子就停在了雅林商贸门口。庄磊的脸色变得铁青。

雅林商贸的门卫上前询问季桐拜访的是谁，季桐拿着贝莱的员工证说道:“贝莱中国季桐，后面一辆车也是我们的。”

庄磊和Lucy这才发现在季桐的车后，还有一辆车一直跟着。那门卫一惊，大步跑回门卫室打电话确认，立刻抬杆放行。

季桐停好车，拿起副驾驶上装着五十万现金的包，与车后两个女人说道:“下来看戏吧。”

Lucy搡了下庄磊，低声道:“我们下车。”

待到她们下车，发现另一辆车上四个健硕的男人也跟着下来了。他们什么都没有做，只是跟在她们身后，这让没见过这架势的两人不免更添了紧张和害怕。

季桐走在前面，没有半点的怯意，到了雅林商贸楼下的时候，徐宁已经踩着高跟鞋小跑到了门口。

“季经理。”徐宁打量了下季桐身后的人，眼神满是惊慌不安。

“于总在上面吧？”

“在。”徐宁紧张地应道。

季桐微微一笑，手里拿着包，径直往楼梯上走。

徐宁好一会儿才反应过来，追上去说道：“我先和于总说下。”

季桐可不管这些，既然于晦明能够明目张胆地让人陷害自己，自己光明正大地来讨回公道有什么可胆怯的？更何况，蛮牛和他那些朋友，往后面一跟，什么事都不用做，光气势上就稳了。

倒是庄磊与Lucy吓得不轻，走起路来也全然没了往常的利索。

季桐看到董事长的办公室名牌，立刻推门进了里面。于晦明正与夏祎在里面抽烟，一股浓浓的烟味扑面而来。

于晦明见季桐带了这么多人来，脸色骤然一变，手上的烟灰落在了桌上。他虽然已从万全那儿得知了昨天的事，但万全只提了季桐知道真相，却绝口不提到底发生了什么事。此时此刻，于晦明算是明白了。不过，他是做山寨起家，被人追赶、讨债要钱的事也见得多了，因而对这样的情景，还能应付自如。

他清了清烟嗓说道：“季经理带这么多人到我这儿，请问有何贵干呢？”

季桐朝蛮牛使了个眼色，蛮牛等人便退到了办公室外面。接着，她指了指身旁的人说道：“庄姐，我想于总应该是不陌生的，这位呢，是我们贝莱中国的人事部王经理，也是公司合规平台的负责人。”

“噢。”于晦明长长地叹了一声说道，“王经理。”

“于总，今天，我带着这么多人来，就是让大家知道这五十万块钱，我一分不少地还给你！”季桐说着，上前两步，把手中的包甩在于晦明的桌上，拉开拉链将一沓一沓的钞票放在了桌上，“您好好数数。”

“季小姐，我不懂这是什么意思。”于畴明故作不知。

“万全拿了你的钱汇到了我的账户上，还到公司举报我索贿。于总，你现在正是缺钱的时候，这五十万用来还贝莱的钱，还是用来抵你房产上的缺口都好，你非要拿着钱把我从贝莱踢出来，你觉得心满意足吗？”

“万全？”

“呵呵，您要是记性不好，就听听我这段录音，要不然，就到财务去查查账，回忆回忆这些年，你和万全做过哪些生意？”季桐说完，扔出一只U盘到桌上。

“季桐，你……”于畴明攥紧了拳头，脸上的镇定慢慢垮了下来。

夏祎见状，在旁厉声呵斥道：“你们立刻出去！”

“呵。”季桐冷冷一笑，朝于畴明说道，“于总，你好好收着这些钱，尽快把自己的乱摊子给整好了。贝莱分割代理权的通知函和催款函很快就会由法务部送达贵公司。”

在这间五十平方米的大办公室里，季桐发出的最后通牒如同一块巨石一样砸向雅林商贸的管理层。

于畴明两鬓的青筋暴起，季桐丢下狠话后走了出去。Lucy与庄磊惊惧地看了眼怒火中烧的于畴明与涨红了脖子的夏祎，赶紧慌张地跟上季桐。

季桐只听到于畴明办公室传来他沙哑的烟嗓放出的狠话：“没了雅林，你们一定玩完！”

季桐当然知道，她与雅林商贸之间是彻底玩完了。在离开的时候，徐宁试图和庄磊说话，庄磊却不敢接口。季桐狠狠地瞪了庄磊一眼，在车上，庄磊被吓得完全没有了平时在办公室里的傲气，整个人沉浸在害怕被季桐揭露出自己收受好处的事中，也害怕雅林疯狂报复时抖出她。

“于总，我们该怎么办？是不是立刻告诉他?”夏祎回过了神，提醒于晦明是不是该准备后手反击。

“不!”被一个女人羞辱到这般田地，于晦明压住的怒火瞬间爆发出来，他下了楼大声地命令司机开车去追季桐。不想，一辆路虎停在了雅林商贸门前。

“聂辰泽？你这是做什么?”于晦明怒道。

从路虎车上下来的正是刚从香港开行业峰会后回上海的聂辰泽，他的车挡在了于晦明的车前，于晦明探出身朝聂辰泽说道。

聂辰泽走到于晦明跟前说道:“我劝你不要追了。”

“你这是什么意思?”

“事情到了这地步，你认为卓澜韬会让你的雅林继续和贝莱中国合作吗?”

“聂辰泽，你——”

“不要再让我知道你做越界的事，否则，我第一个不会放过你。”聂辰泽冷冷地丢下这句话后离开了雅林商贸。

于晦明下了车，怒不可遏地踢了下车门。

与此同时，季桐在驱车返回贝莱的途中，接到了聂辰泽的微信，告诉她他已经从香港回了上海。她并不知道聂辰泽其实刚刚与于晦明见过面。

“季桐，那五十万不是风源科技的吗？怎么成雅林商贸的了?”Lucy 从刚才的惊心动魄中回过神来。

“五十万是雅林商贸让风源科技来陷害我的钱，雅林商贸多年来欠下贝莱高额货款，我已经下了通牒，如果再不履行支付义务，就分割他们的代理权。雅林这一招是报复行为，这么恶劣的行径，你认为我们贝莱需要容忍下去吗?”

“雅林商贸是公司重要代理商吧？”Lucy 试探道。

“是啊，非常重要的代理商。庄姐，是吧？”

庄磊正忐忑不安，听到季桐喊自己，人打了个激灵，竟没听到季桐在说什么：“什么？”

“我和 Lucy 在说雅林商贸是我们华东区非常重要的代理商，我说的对吗？”季桐重复道。

“对，对对。”庄磊连声说道。

“季桐，既然这么重要，你做这个决定，有没有事先和 Frank、卓总汇报过？”Lucy 再度抬出大老板来。

“Lucy，有件事，我得提醒你帮忙查查。那五十万是转入我的工资卡里的，你觉得是人事部的人把我的工资卡号给的雅林商贸，还是财务部的人给的？”

Lucy 才转好的脸色再度变得煞白，原想着压压季桐的气势，没想到自己却被她将了一军。既然证实了整件事是雅林商贸设计的圈套，那么就坐实了在人事部或是财务部有雅林商贸的内线。刚才，季桐几次点到庄磊，很显然华东区大区经理的庄磊和这件事脱不了干系。Lucy 作为人事部经理猛然意识到，这件事情不仅仅涉及销售，还涉及人事部或是财务部，甚至还有可能更深。如果真要一一翻出来深究，那必然是一场轩然大波。

Lucy 陷入了沉思。

季桐同样也陷入了沉思。回到贝莱之后，季桐请庄磊与展鹏一起进办公室，交代庄磊与法务部同事跟进雅林商贸的代理权分割事宜，展鹏则做好会议记录。庄磊明白，展鹏名义上是做会议记录，实则是季桐的眼线。

两人离开办公室后不久，季桐借故到大办公室，借机看了眼庄磊的电话记录，果然又出现了 6582 这个分机。

“老大。”季桐刚收回放在庄磊电话机上的手，展鹏在旁喊了她一声。

季桐侧过身，低声道：“空的时候帮我问问 IT，6582 这个分机号是谁的。我之前看到有来电记录，打过去又没人，公司通讯录上说是财务实习生。”

“没问题，我和 IT 很熟悉。”展鹏也没有多问，一口应承了下来。

临近下班的时候，展鹏把庄磊与法务会议记录交给了季桐，并告诉她 6582 以前的确是财务部实习生的，不过已经被 IT 部门收回作废号处理了。

季桐知道展鹏接触的是 IT 普通同事，如果真有人想做手脚，那一定不是普通员工所为。看样子，6582 这个号码背后藏着很多秘密。

“庄姐。”季桐走出办公室，喊住了即将下班的庄磊说道，“你有时间吗？我想和你聊聊。”

“我家里还有事。”

“五分钟。”

作为一个下属，上司要求五分钟的会谈，绝不会贸然地拒绝，更何况，庄磊已经见识过了季桐行事的泼辣。

“庄姐，你现在可以告诉我，谁是雅林在贝莱的幕后指使者？”季桐请庄磊到办公室后，单刀直入地问道。

“查下去，对你没有好处。”

“每个人都应该有自己的底线。我知道，你是为了弟弟，但这不是冲破底线的理由。”季桐回到了自己座位上，继续道，“下迷药，阻止我查雅林，也是你做的吧？”

“事到如今，是我做的，我会承认，但这件事与我无关。我说过，查下去，对你没好处。”

“既然这样，你还是回家处理家事吧。”

季桐知道从庄磊的口中是得不到答案的，可见这根该有多深。不过，既然她已经迈出了这一步，就不打算再停下来。

“6582 是谁的号码?”

庄磊放在门把上的手颤了一下，她并没有回答季桐，只是低声道：“放心，我会辞职的。”

季桐明白，这号码怕是以后都不会有人再用了。雅林商贸出了问题后，庄磊必然无法在贝莱做下去。因为她的名声与这个华东区最大的代理商紧紧相依，谁都会怀疑庄磊收受过雅林商贸的钱。为了防止更多的揣测，当事人辞职也是唯一止损的出路。

在庄磊离开贝莱之后，季桐收拾了心情打算再看会儿邮件。Frank 突然出现在她的办公室，他倚靠在门框上，朝季桐做了个干得好的手势。

“嗨，我们商量商量该怎么处理雅林商贸?”在前往雅林商贸之前，季桐已经向 Frank 汇报过自己的计划，回来后也简单地同 Frank 提了结果。令她欣慰的是，不管 Frank 出于什么目的，对她始终是支持的。

雅林商贸是 Frank 在贝莱中国的眼中钉，现在被季桐拔了出来，他自然要和季桐商量对策。因为这是一颗大钉子，拔出来后，对贝莱中国华东区的生意必然有影响。

“分割代理权只是权宜之计，我们必须找华东区的其他大代理商来接盘雅林商贸的生意，否则就会非常被动。”季桐说道。

“你有什么打算呢?”Frank 坐了下来，细细谈起这件事。

“我想让黄子涛立刻接手华东区。子涛原来是贝莱中国的华东区大区经理，他在华东区有一定的人脉。我会和子涛一起，找几个重要的代理商谈合作。至于雅林商贸，一定会在市场上给我们造成负面影响，我建议尽快结束和雅林商贸之间的合作，做到财务上和库存上两清。我们已经和法务部进行了沟通，希望能够尽快把这件事的影响降到最低。”

“你想的刚好和我想的是一样的。季桐，我真是越来越喜欢你了。”Frank 大加赞赏，他敲了下桌子说道，“庄磊已经提过辞职了？”

“是的。”

季桐话音刚落，卓澜韬竟也敲门进了季桐的办公室。

“Terry，你怎么来了？”Frank 问道。

“我是来找你的。”卓澜韬大步走到季桐办公桌前，就着 Frank 一旁的椅子坐了下来说道，“雅林商贸闹出不小的动静，我想找你谈谈该怎么收尾。既然你在季桐这儿，就更好了。”

“啊，Terry，说起来，你和雅林商贸应该也挺熟悉。”Frank 意味深长地说道。

然而，卓澜韬并不回避，自嘲道：“说起来，雅林商贸也是我一手审批进来的代理商，这些年，于总销的货不少，欠款的事，销售和财务都和我谈过。我也找于总说过几次。不过，他公然对我们贝莱的销售经理做出这么没有下限的事，我的态度是零容忍。”

卓澜韬看上去说得真切，可这办公室里的人，却都不是善男信女。

Frank 把他与季桐先前谈好的方案与卓澜韬说了一遍，卓澜韬在末了的时候说道：“为了避免后续问题，公司应该先行公开与雅林商贸停止合作的信息。当然，这也可能让其他的代理商坐地起价，与我们谈条件。不过，短痛是可以承受的，过了这个短痛期，公司就能彻底摆脱雅林商贸。”

Frank 点点头，也认同了这个观点。

“对了，我这里有个安排，你们倒是可以借着这事儿和几个候选代理商谈谈。”卓澜韬顿了顿，继续说了起来，“今年各大公司都在准备拼防晒霜系列，我同辰泽交流了一下，他刚参加的行业峰会上，推广商也在着手各大公司的防晒霜项目。我打算提高防晒霜推广预算，今年的防晒霜六月到九月的销售额，我希望是去年的两倍，整年销售额至少提升百分之三十。”

“总部似乎没提过这件事。”Frank 一皱眉头，这样的决定，在这么一个不正式的会谈中被提出，完全出乎了 Frank 的意料。

“这是中国市场客观要求。所以，为了提升业绩，防晒霜项目要单独立项，找代理商扩大进货。嗯，这也是给季桐一个契机，可以和其他代理商谈合作。”卓澜韬看了眼季桐后，又将目光移回 Frank 脸上，“现在有空吗？我们上去喝一杯，再聊些别的事。”

“好。”Frank 与卓澜韬一起离开了季桐的办公室。

季桐看得出，Frank 与卓澜韬之间的矛盾比自己想象的要深。不过，眼下她要做的是彻底解决雅林商贸。卓澜韬提的方案很有风险，不过，既然他提到防晒霜项目可以作为条件与其他代理商谈判，这未尝不是一种办法。季桐发了微信约聂辰泽出来喝酒，好与他一起谈谈防晒霜项目的事。只是聂辰泽却没有任何回复。

浦东机场的出境处，Ella 娇柔地笑着问面前英俊的男人：“辰泽，为什么不回微信？”

“没什么重要的事。”聂辰泽看了眼季桐发来的信息，将手机放回了口袋中，随后把拉杆箱递给 Ella，“不好意思，我这里还有多事情要做，不能陪你过去了。到了布宜诺斯艾利斯，记得给我打电话。”

“我知道了，Caro 已经安排好了，一到机场，他就带我去找 Juan。没想到，这些年，Juan 有了新家，还有了新的名字。我去见他也是了却一桩心事。”Ella 说完后，松开拉杆箱，往聂辰泽面前走近一步说道，“辰泽，当年你拒绝我，我才会和 Juan 在一起，结果，Juan 登山的时候为了我出事，我花了几年的时间找他，他却因为失忆已经成家生子。命运有时候真会捉弄我们。不过，我要是告诉你，我现在还爱你，你愿不愿意接受我？”

“Sorry，Ella。”聂辰泽下意识地往后退了两步。

Ella不禁掩口大笑起来：“和你开玩笑啦，瞧把你紧张的。Corina的事已经过去了，我只想说珍惜眼前人，比如，季小姐。”

“你误会了。”

“还是那句话，珍惜眼前人。”Ella冲聂辰泽一笑，拉起拉杆箱往出境安检入口走去。

珍惜眼前人。聂辰泽嗤笑了一声，他并非还想着过去的事，只是不知道眼下该怎么和季桐坦白，因为季桐不是一般的女人。也正因为她的特别，自己才会情不自禁。他掏出手机，正要回复季桐的时候，Frank发了信息约他十点老地方见。

聂辰泽回了“OK”后，只能发微信拒绝季桐喝酒的提议。今天对季桐而言应该很不容易，面对于畴明这样的角色，她是揣着豹子胆去挑事，幸而能够全身而退。聂辰泽想到于畴明那满脸铁青的样子，既好笑，又替季桐担心。

身为她的最后一张王牌，总要做点什么。雅林商贸的事，他又怎么能置身事外？不过，眼下卓澜韬要大规模推广防晒霜，这背后到底是什么目的呢？

遇见独角兽小姐（下）

尼莫小鱼 著

上海社会科学院出版社
SHANGHAI ACADEMY OF SOCIAL SCIENCES PRESS

第十七章
再起波澜

第二天，公司有四个人提出了辞职，除了庄磊之外，部门助理Mandy、人事部的Fiona，以及财务部的Grace都提出了辞职。

果然如季桐所料，Mandy与Grace都同雅林商贸有关。只是Fiona却不在她的意料中。现在想来，Fiona兴许就是那个出卖自己工资卡号的人。偌大一个公司，竟然有三个部门、四个人牵涉进一个代理商案子，其中还有两位是经理级别的人。这样的事并不常见。牺牲四颗棋子与雅林商贸这么大的利益块，幕后主使人仍然能安然不露马脚，可见其在贝莱的地位与势力有多大。

不知道为什么，季桐隐约觉得卓澜韬就是主使人。可她找不出卓澜韬这么做的动因。他已经是贝莱中国第一把手，又为何要涉足这件事呢？季桐百思不得其解的时候，已经习惯于与聂辰泽在酒吧喝着酒，彼此交流想法。只不过，这一周，聂辰泽尤其忙碌，本是答应她见面的，却一再改期。季桐也只能把这些揣测藏在心里。

周三的时候，孙萌发来了一张佐罗的照片，佐罗站在花园的小池塘上，嘴里竟咬了一条鱼，应是看到了主人，那神色慌张失措而滑稽。季桐收到后很高兴，仿佛佐罗就在自己身边，那些烦恼短暂地被抛到九霄云外。

季桐知道自己已经踩到了对方界线上，日后在贝莱中国就更得小心翼翼。她一方面把部门里的组织架构进行了调整，黄子涛同时兼管华东区与西北区，并在西北区选择更合适的候选人来接任西北区大区经理一职，李薇薇由自己的助理改为部门助理，顶替 Mandy 的位置。

因为准备妥当，部门内的影响已经降到了最低。黄子涛回到了华东区，自然非常感激季桐，虽然没有表现在脸上，但从他做事卖力程度来看，他已经完全成为季桐这头的人。季桐与黄子涛马不停蹄地与各大代理商接洽，他们发现雅林商贸的事虽然闹腾得很大，但代理商似乎更在意另一个消息：贝莱中国有意收购一家代理商，实现全渠道整合资源。

鉴于这样的消息，各个代理商似乎很愿意接盘雅林商贸的生意。季桐不知道背后究竟是谁在散布这样的信息，不过，确实对自己很有帮助。

这一天，季桐刚与黄子涛拜访代理商回来，Jessica 已在她办公室等候，见着季桐回来，便立刻说道："你还是和我上去一次吧。"

季桐停车后就接到了 Jessica 的电话，说是吴彬彬在 Frank 面前投诉她。季桐与 Jessica 笑道："怎么，吴彬彬又投诉我了？我和他真是不知哪儿来的仇。"

"他就是这性子，你别怪他，你要是冲他，他保准不让人。"

自季桐去雅林商贸干了一次漂亮仗回来，公司里的人都在传她手腕厉害。她只觉着好笑，权当茶余饭后的笑料了。

"好了，我知道了，Frank 在，我怎么可能去冲他呢？"

季桐与 Jessica 一同上楼，Jessica 沉默了一会儿后说道："有件事，我不知道该不该说。"

"什么事？"

"我听说卓总有意把销售部门的市场策划决定权收回交给公关部。"

“真的?”

“嗯，所以，我想这时候，我们销售部团结一点是不是会更好些?”Jessica 喃喃道。

季桐算是明白了，Jessica 是在替自己老板 Frank 忧心。不过说起来，贝莱中国的组织架构的确特别。按理，市场策划的确不能完全放在销售部，在其他公司，有独立的市场部或者公关部。贝莱中国的公关部似乎形同虚设，只是做些新闻通稿，以及市场部门调研奖励活动。季桐觉着，干脆叫他们文案部比较合适。

Jessica 说到的这个变动，季桐认为是恰当的，可是站在自己的立场上，这么做就是从销售部夺权。季桐想 Frank 是绝对不会同意的。

“你放心吧，我肯定不会揍吴彬彬。”季桐说着进了 Frank 的办公室。

“嗨，季桐，你回来了。”Frank 笑着和季桐打招呼。吴彬彬瞟了一眼季桐后冷哼了一声道:“季桐，你看看你做的好事。雅林商贸的事，就不能在销售会议上谈谈再决定吗? 哼，你可真会自作主张。”

“哈哈，吴彬彬，我处理自己部门的事也是自作主张? 你是替谁鸣不平啊?”

“你!”吴彬彬怕自己牵扯进雅林商贸的事件中，立刻撇干净道，“我为自己鸣不平。之前你整代理商，我就被你影响到了。你知不知道雅林商贸也给我们部门供货? 这也就算了，毕竟雅林商贸也欠钱。可你这么做，影响了我的其他代理商。大家以为我们贝莱在搞什么运动，天啦，你这么没章法，让我怎么做事? 难道我的销售指标你来替我完成?”

“吴彬彬，很抱歉我们部门的事影响到你。不过，贝莱中国最倚靠代理商实现销售的是我们部门吧? 长痛不如短痛，先前卓总不也说了要提高回款吗? 你不用这么纠结。”季桐当然无视吴彬彬的叨叨。

“你说得倒轻巧，你这外行人一进来就把部门搞成这样，代理商清除的清除，分割的分割，下属辞职的辞职，简直是一团混乱。”吴彬彬翘起兰花指。

Frank 打断了吴彬彬的话：“吴，你该看过帕金森定律吧？噢，当然，我在这儿提这件事并不是指责我们销售管理团队的能力问题，而是说，我们也有些大企业病，很多事情看得不全面。有新的思维和新的做事方法，这是好事。我不认为季桐应该为你们部门的问题来承担责任，反而，我认为季桐作为新人，在这不到半年的时间里，能做这么多的事情，承担这么多的风险和责难，很不容易。我们每个人都应该学习，不是吗？”

“学习？”

“当然。难道你希望 BU3 的销售经理是个庸才吗？不，吴，我想你不会有这样的想法吧？”Frank 的问话逼得吴彬彬把气吞了回去。吴彬彬明白，与 Frank 争论是不理智的，因为他明显偏帮季桐。

吴彬彬哼了一下，借故说有事要忙，离开了办公室。临走时他不忘扬头朝季桐丢个白眼。季桐忍不住扑哧笑了一声，向 Frank 说道：“吴彬彬和我真是互相瞧不上。”

“哈哈。”Frank 朗声大笑，“季桐，我知道你最近压力也很大，但你放心，我会支持你工作的。你继续用你的方式来处理问题，将来对你自己的发展，包括我的发展都会很有用。”

“谢谢。”

“对了，之前在你办公室，Terry 提过要销售额翻倍，因此，我们得全力以赴地去实现。新项目一共有四个 SKU，每个 KA（Key Account，重点客户）店，每月每个 SKU 预计两万瓶左右的出货量，全国八千家 KA 店家代理商铺货。季桐，这压力非常大。我希望你和辰泽好好地商量下该怎么扩大推广。Terry 对这项目是开绿灯，没有预算上限。”

“我明白。”

“季桐，这件事必须全力以赴。Terry 已经把项目申报到了总部，并向总部打了包票。你做好了，我六月份去总部开半年度销售大会的时候，脸上也有面子。”

Frank 说的面子是小，卓澜韬已经把项目申报给了总部，也就意味着没有退路。Frank 这是被卓澜韬给逼到了一条胡同里，能把胡同照亮的人眼下也只有她季桐了。

“我会努力的。”

“好好利用辰泽这个资源。噢，他这几天好像身体不太好，你要是有空，记得关心关心他。我的意思，你懂吧?” Frank 特意强调了下。

季桐只知道聂辰泽在忙，对他身体境况并不了解，听 Frank 这么一说，自然要问候他一番。

聂辰泽刚在家开完一个电话会议，把手头一摞资料拿到了面前的笔记本旁，一旁的 Lina 皱起两叶柳眉说道：“聂总，蔡主任说了你洗胃后要注意休息。”

“我没事，明天正常开会。美妆博主的新意越来越少，Sasa 的粉丝掉了那么多。另外，公司储备的所有新媒体号目前情况都发给我，几大平台的广告数据再更新一份给我。”聂辰泽边说边翻阅起来。

“你是为了季桐吧?”

“什么?”

“我说你是为了季桐吧？聂总，你看，我一提季桐，你连资料拿反了都不知道。如果不是为了季桐，你何必和那些人喝酒喝到要洗胃。市场上因为有贝莱要收购一家代理商的利好信息，雅林商贸对贝莱的影响已经降了很多。这事，肯定不是卓总让你做的。”Lina 满腹埋怨，看着聂辰泽不停地忙碌着，既难过又生气。

“这和季桐有什么关系？贝莱中国要把防晒霜的销售额做到翻倍，这是一个大任务。”

“又不是第一次有大任务，以往也不用每次都跟那么紧的。”Lina 嘀咕道，“我去看看粥好了没。”

“天不早了，你回去吧。我自己能搞定。”

“你能搞定就不用这样了。我和雪姨说下吧，她是负责你起居的，现在成了只负责熊猫起居的了。”

“好了，Lina，给我点时间，让我好好处理完手头这些事。”

聂辰泽刚说完，季桐便打来了电话。聂辰泽半点没犹豫就接起了电话：“怎么突然打电话给我了？”

“听 Frank 说你身体不好，所以就打个电话问候你了。”

“小事，只是这几天得忌口，不能和他泡吧而已。”

“要不要我来看你？”

“不用。”

“怎么？你看过我病恹恹的模样，就不允许我来看你病恹恹的样子吗？”

“我都好了，你看不到病恹恹的样子。”

“开个视频让我看看。”

“行了。”

聂辰泽说着，朝 Lina 看了眼，Lina 明白自己碍事，便皱着鼻子离开了书房，嘀咕道：“让我给点时间，还说做事，现在光顾着聊天，还视频对话，幼稚。”

聂辰泽见 Lina 离开书房，便打开了视频向季桐证明自己身体很好。

“看着还成。对了，我给你转张我家佐罗的照片，哈哈，太可爱了，这些天看到它，我就很高兴。”

聂辰泽微微一笑，因为实在太忙碌，他给孙萌发了张先前拍的照片，好让季桐能够放松下心情，现在反而被季桐拿来安慰他了。

“什么时候给我看看你家二哈？”

"以后吧。哈士奇长得都差不多。"聂辰泽还没有做好坦白的打算，只能借故推脱。季桐自然不在意，只是唏嘘了一番。

两人扯了些防晒霜的事，约定过两日再重点谈谈项目。

"粥。我走了。"Lina 没好气地把碗往桌上一放，头也不回地离开了书房。

为了实现销售目标，季桐与几位大区经理开足了马力同各个代理商及直接客户相谈，连日来，除了开会还是开会。大家都以为雅林商贸会出幺蛾子来为难贝莱中国，但雅林商贸却十分平静，针对催款函，慢慢地还起了贝莱中国的钱。季桐虽觉得有些奇怪，但寻思不出对贝莱中国有什么消极影响，就由着雅林商贸去了。毕竟，深藏在幕后的人不会头脑简单到短期内再反复利用这条线。比耐心，她不缺，看谁先耐不住。

柯林为贝莱中国的小粉瓶、小蓝瓶防晒霜的推广做得十分细致，聂辰泽敦促各个负责环节的下属加倍上心，为了帮助贝莱实现销售目标，聂辰泽动用了不少行业里的关系。在与季桐的会面中，他就所有的策划方案与季桐交换了意见，两人几乎没有时间谈项目之外的话题。

聂辰泽夜晚躺在床上，眼前总浮现出季桐拿着文件，对着电脑，偶尔撩起发丝放到耳后，间或咬咬笔头的画面。一幕幕的景象是那般清晰，到了夜晚仿佛更值得回味。他想到自己一次出神地看她边吮吸手指上的番茄酱，边说着话，见他正在瞧自己，立刻摸了一把脸，问他是不是把番茄酱弄到了脸上。

她活得很糙，很简单，很不像女人，可是，她却是他夜里想得最多的女人。

经过多方的努力，各家代理商向贝莱中国下了防晒霜订单，订单数量与期望的数据所差不远，预热之后的上市工作已经准备就绪。

当季桐拿着各个大区经理汇报的数据，再次给大家下达任务的时候，李薇薇忽然闯进了会议室，慌张地说道："季经理，工厂来电话了，说防晒剂原料断货，没法生产。"

"原材料断货?"会议室的气氛一下从欢欣变得紧张。整个生产过程所有的点都卡得刚刚好，原材料断货意味着产品没有办法在既定的时间发到各个代理商及 KA 柜台上。贝莱不仅要面临失去市场的危险，还得面对客户的索赔。

"我之前一直盯着工厂的，都说没问题，各种原材料都正常，没有想到会有这样的事。"

季桐看了下时间，对李薇薇说道："你和展鹏两个人分别打电话给工厂、采购、物流和研发的人，要求他们立刻到这里开会。如果他们有任何理由拒绝，让他们和卓总解释。"

李薇薇听完季桐的吩咐，立刻出了会议室与展鹏一起打电话通知各部门的人。

会议室内，季桐正色与众人说道："我希望在座的各位大区经理暂时不要向客户提起这件事。等有了方案后，再做下一步的打算。"

"知道。"黄子涛应了她，张琦与陈烁也附议了安排。

面对突发事件，季桐迅速结束了会议，与 Frank 商量对策，为了压住其他部门的气势，便于自己运筹整个突发事件，季桐请 Frank 务必一同出席会议。Frank 虽然在销售上身经百战，但突然爆发的事件也让他措手不及。他平日里那张欢愉的脸变得格外凝重，眉头也紧紧地锁了起来。

两小时之后，相关的同事到了销售部会议室。他们都很机警地观察了与会的人，虽然没有见到卓澜韬，但 Frank 这张阴沉的脸孔令他们还是不觉一阵紧张。

"谢谢大家抽出时间来开会。长话短说，我们直奔主题。谁能告诉我小粉瓶和小蓝瓶最早什么时候能交货？”

“这得问我们采购部，我也是今天才知道防晒剂缺货了。”开口说话的是贝莱中国上海生产基地的负责人罗厂长。罗厂长四十多岁，皮肤黝黑，一双黄豆粒大小的眼睛瞅向采购部经理李凯。因为采购总监Paul回法国度假，采购部的事全权交给了李凯负责。

李凯轻咳了一下，直起身子回道：“缺货这件事，我们采购部也是刚刚才知道。工厂的计划给得太晚了，德之歆的防晒剂已经没有库存了，如果要重新生产，周期很长。要是计划早点给我们，说不定还能和人抢个单子过来。现在德之歆回复我，一有货就立刻发我们工厂。”

“李凯，你这么说就是指责我们工厂的计划了？我们的计划交给采购部同事可不晚哪，销售一给预测数据，我就已经按计划赶紧交给你们去找供货商谈判了。这一次需求量很大，你应该很好谈才是。”罗厂长见李凯把皮球踢回给他们，立刻直戳李凯的痛处。

李凯也不示弱，马上补充道：“我们也是立刻做事的。可谁会想到今年德之歆的防晒剂很早就被凡氏和妮雅他们订了呢？”

“你做采购的，难道就没有听到一点风声吗？德之歆可是我们合作这么多年的供应商，这关系你是怎么维护的？”

“销售都不知道凡氏和妮雅有大订单出货，我做采购的，几千种物料、几百家供货商，不可能天天和他们聊天。”

李凯的这句话似乎点醒了季桐，在她所获知的情报中，凡氏和妮雅等跨国公司的确要扩大防晒霜市场，可是就订货量而言，贝莱高出不止一点半点。除非，他们留有后手，又或者他们洞悉了贝莱的计划，特意买空了德之歆的防晒剂，一来用于自己生产，二来击垮贝莱的防晒霜计划。

如果真是后者，那这场商战绝不简单。

“李凯，德之歆是什么时候缺货的？”

“德之歆反馈，在一个月前，许多大厂下了订单。这比以往的防晒剂购买时间要足足早了两个月，我们订得并不晚。”

季桐暗思，一个月前，他们还没有开始做这么大的计划，而当时自己还在和雅林商贸周旋。这样的信息，竟然连聂辰泽都不知道。季桐看了眼 Frank，Frank 面色更凝重。

季桐知道，要想破局，还得从原材料下手。她再次问李凯：“我们是跨国企业，所有重要原材料都有至少两家供货商。”

“季桐，研发部只批准了一种防晒剂，另一家迪斯曼的防晒剂一直没有批准。”李凯说道。

“顾总，请问研发部为什么不批准迪斯曼的防晒剂？”季桐听到李凯的话后，立刻问顾铭。

顾铭推了下眼镜，悠悠地回道：“我们最先测试的是德之歆的防晒剂，出来的效果很好。项目这么急，当时你又催我赶紧放，我就只放了德之歆。至于迪斯曼，我们也是刚刚完成测试，各种文件流程还没有完善，现在……”

季桐拿着手头的销售预测文件夹放到顾铭桌前，一手砰地按在了文件夹上，厉声道：“我问你，迪斯曼的原材料到底能不能用？”

“季桐，这是我们研发的事！”

“你研发阻挡销售，就是我们销售的事！你告诉我，迪斯曼的产品到底能不能用！能，还是不能?!”

会议室的硝烟瞬间燃起，谁也没有预料到季桐竟然当着众人的面，逼问起职位比她高的研发总监顾铭。他们终于明白，季桐果然如传闻中一样泼辣，同时，他们也庆幸自己没有遭遇她这番冷冽的质问而丢失颜面。

季桐站在顾铭的面前，那咄咄逼人的姿态仿佛将顾铭逼到了悬崖边。销售的事在公司就是大事，Frank 坐在顾铭对面，那双深褐色的眼睛紧紧地盯着他。

顾铭僵硬地坐着，吞咽下意欲争辩的话语，说道：“可以。”

“李凯，麻烦立刻联系迪斯曼，问询迪斯曼的交货期。”

“好。”李凯拨通了电话。

Frank 向顾铭提出会议之后务必在批准迪斯曼原材料的文件上签名。在季桐与 Frank 的双重压力之下，顾铭只能应承下来。他没有想到季桐在工作上会如此强势，当着这么多的管理人员向自己发难。他放在膝盖上的手攥起了拳头，他意图反驳季桐，却说不出话。以往她曾讥笑他不能适应大企业，原来，她在职场上的面孔是这样的。

季桐并无心思去体会顾铭的感受，她只想解决断料的事。李凯的电话打通后，他在电话这头所说的每句话都令人感觉希望越来越渺茫。

迪斯曼的货竟然也出现了卖空的情况。

在他们大力推广防晒霜的时候，为什么竞争对手会购入这么多的防晒剂？这是巧合吗？按照李凯从迪斯曼了解到的情况，即使从迪斯曼在其他国家的生产基地进口，怕也无法满足眼下需求。

迪斯曼？

季桐闭上眼睛，她忽然想起一个人来。出于某个原因，她已经避开这人许久了，现在她为了解决眼前的问题，必须找他。是的，也许只有他能够帮得上忙。

“我们能约上迪斯曼吗？”季桐问李凯。

李凯表情尴尬，他实在不愿意吐露自己作为采购经理被对方的销售拒之门外的事，然而眼下，他没有第二种选择：“Sorry，我想他们是给不出货，所以不愿意与我们交谈。或者说，可能，我们这两年调整了防晒剂购买的量，把百分之八十五的量都划到了德之歆那儿了。所以……”

“明天一早，我们就去迪斯曼。”

“你这样去，不会有任何收获的。我会同 Paul 联系，看看欧洲那边的迪斯曼能不能给这边的迪斯曼施加一点压力。”

“OK，我赞成，但是迪斯曼，我们非去不可。”

“季桐。”

“相信我，跑一趟比不跑要强。”季桐斩钉截铁地说道。待到李凯同意之后，她又向其他与会的人说：“我知道销售不该掺和到采购这儿，但情况特殊，我只能和李凯一起去找迪斯曼。一旦我们有了原料，就麻烦我们工厂生产产品，物流部门尽快运输到各个客户那儿。还有研发部门，一定得将批准信息交到工厂那儿。”

在座的人表示赞同，却都怀疑季桐能否拿到原料。这在季桐心里也是未知数，但是，她相信那个人会帮助自己。

Frank 心情低落到谷底，问季桐究竟有多少把握。

季桐回答他：“要么零，要么十成。”

Frank 只能由着季桐放手一搏。

第二天一早，季桐与李凯及采购助理一起到了迪斯曼公司，然而，大客户经理却以开会为借口一直不见他们。

做惯了甲方的李凯按捺不住：“再怎么说，我们也是买东西，这都是什么态度？”

“总部得下午才给你回复吧？”

“是的。早两年，我们肯定不会这么不受待见的。”

“对了，为什么我们要把他们的量切换给德之歆？是价格原因，还是质量原因？”

“噢，倒不是价格原因，也不是质量原因。迪斯曼的产品一向都很稳定，价格虽然不便宜，但是给我们的价格也不错。我们贝莱总部和迪斯曼总部也有合作的。只是，卓总认为我们把采购量五五分，缺乏采购倾斜，所以，让我们重新规划了一下采购比率。”

“那为什么德之歆多，迪斯曼少呢？”

“先前研发说德之歆更适合我们的防晒产品。”

“噢。”季桐若有所思地应声。研发团队已经换了顾铭，但看上去做主的人依旧是卓澜韬。当然，这也合乎常理，毕竟研发部是直接向总裁汇报工作的。他完全可以利用这一优势，对配方，甚至对生产运营起到控制作用。公司里的人，即便是被他影响了，却也不能把原因归咎于卓澜韬身上。就好像这原材料，卓澜韬说要有采购倾斜，这的确是公司管理的需求，这样会让两家公司产生竞争，但是向谁倾斜，这还得多维度考虑，研发当然是最重要的因素。那么，研发说向德之歆倾斜就向他家倾斜了，说起来，又和卓澜韬没有关系。可研发的配方倾斜又是谁提出的呢？这就得打一个大问号了。

“我们还是等总部吧。”

“不，再等下，应该快到了。”季桐看了下时间，她要等的人应该很快就会到迪斯曼。

季桐说完这句话不过三四分钟，迪斯曼的自动门打开了，进来三个男人，走在最前面西装革履的男人身材伟岸，唇上留着一字须，他单手系着西装纽扣，面朝迎上来的前台美女打着招呼，四下环顾，见到季桐，立刻迎面走了上来：“季桐。”

季桐走上前笑着打招呼：“柳哥。”

“你怎么到了化妆品行业呢？”

“想做做女人的行当嘛。”季桐朝他一笑。

“我那段时间去瑞士滑雪伤了腿，都没人跟我说你的事……”那男人看了眼季桐身旁的两人，便转了话题道，“这两位是你同事吧？”

季桐把那男人介绍给了大家：“这位是博润材料董事长柳译，也是迪斯曼在华东区最大的代理商。”

接着，季桐将自己的同事介绍给了柳译。

短暂的介绍刚结束，迪斯曼的大客户经理潘小姐就出来迎接柳译，而且恰好这位潘小姐也是贝莱中国的大客户经理。

未等潘小姐的笑脸变得完全僵硬，柳译已经带着季桐等人一起进了潘小姐事先安排好的会议室。

这是一场非常顺利的谈判。柳译是迪斯曼的大代理商，他与迪斯曼的关系密切，在该公司的地位显赫。迪斯曼答应了贝莱中国调香港和台湾的货来解困，另外，会安排立刻生产以备后续需求。

会议结束之后，季桐长舒了一口气，感激地看着柳译。柳译摊手朝她笑笑，低声道："我们能单独谈下吗？"

"好的。"季桐朝李凯说道，"你们先回车上等我一下，我一会儿就到。"

李凯总算放下了提在嗓子眼的心，见季桐这么说，自然关照下属一起回车上等。

"为什么不打电话给我？"

"柳哥，我没什么事，不想打电话麻烦你。"

"季桐，天鹰广场的事还不够大吗？是，最后你是没事了。但你有没有想过我的感受？你遇到困难孤立无援的时候，就没有想到过我吗？我说过你不用把我追求你的事当作负担，我们还是朋友。"

"我……"

季桐望了眼湛蓝的天空。柳译当年疯狂地追求过她，她却为了顾铭这样的男人而错过了他。如果当年选择柳译，此时的她兴许正过着另一种生活。时过境迁，她若不是万不得已，也不想再与柳译有什么牵扯。

"季桐，你没和顾铭结婚是吗？"

"是的。"

"他有别的女人了？"

"我不想提。"

"今晚九点，Twilight 酒吧，我等你。"

"柳哥，我，我最近很忙。"

“等不到，我不会走。”

“柳……”不容季桐拒绝，柳译说完后就径直走了。

她长吁了口气，抓了头发，看见采购助理愣怔地在一旁看她。

“我，我什么都没有听见。”采购助理慌慌张张地跑向车子往里钻。

季桐暗骂自己的不谨慎，竟然让一个旁人听到了顾铭与她的事。虽然没有任何证据证明柳译口中的顾铭就是研发部的顾铭，但纸包不住火，这件事一定会被传出去。

正如季桐所料，回到贝莱不过半天的工夫，就有人传出她和顾铭之间曾经是情侣，更有传闻说季桐欠顾铭的钱，所以才会在各种场合针对顾铭。

有人的地方就有是非，尤其还牵扯到男女关系，纵然季桐在职场上做事干净利落，但陷入这种情感流言中，也不免身心疲惫。更麻烦的事是柳译会用这样强硬的态度约她。

他是一个执着而果断的商人，当初追季桐的时候，从送花，到送包，再到送车，甚至连房子都准备送给她。可季桐告诉他，自己已经有了喜欢的人，并且会和对方结婚。季桐还记得，最后一次拒绝柳译的时候是夏天，天气阴沉闷热，当时顾铭在实验室做实验没有回来。季桐刚停好车，没想到柳译居然出现在她家楼下。

他们是在大厅外谈的话。柳译穿了件深灰色衬衣，她穿了件浅色 T 恤。她再次拒绝柳译的时候，柳译竟然强吻了她。于是，她扇了他一巴掌。那时候，天上闪了个雷。季桐愣怔地站在那儿，说以后再也不想见到他。可柳译却说她和顾铭在一起一定会后悔的。季桐说自己绝不会后悔。当她转身回大厅的时候，忽然下起了倾盆大雨。她隔着玻璃大门看到柳译站在雨里，全身湿透。

季桐一直认为，柳译追求她完全是把她当作商业目标来看待。她后来才知道柳译是真的喜欢她。听说在那次大雨之后，柳译曾经买醉了一段时间。有次行业展会，季桐遇到了柳译，她正想躲，柳译告诉她不要把曾经的事当作负担，希望他们彼此还能以朋友相待，只要有任何困难，一定记得找他，无论他在哪儿，都会第一时间帮她。

那样的承诺若是出自别人之口，季桐一定不会当真，但她知道柳译是真诚的。也许，男人看男人总是更准一些，一年之后，她与顾铭就分手了。

现在，柳译知道了她的境况，再度约她见面，她想推辞却寻不到理由。

季桐枯坐在办公室里，看着窗外渐渐落下的太阳，心里矛盾地在想该怎么处理。

“没想到，你这么快就找到了原料化解了危机。”聂辰泽的声音突然响起。

“你怎么来了？”季桐转过椅子，看向走进办公室的聂辰泽。

“和卓澜韬开个会，讨论些事。”聂辰泽走到季桐跟前继续道，“一起吃个晚饭？”

“你现在倒是一点都没有避讳了。”

“现在有大项目在做，不需要避讳。”

“那就附近工作餐吧？”

“日料吧，我有段时间没去铃木先生那儿了，他说今天来了新鲜的帝王蟹和生蚝。”

“我……”季桐看着聂辰泽，忽然觉着自己在可笑地寻找一个借口推脱，但似乎又很想和聂辰泽共进晚餐。可她终究是要面对柳译的，就算今天晾他一晚上，但因为这次的再遇，柳译必然会再约她。

以前，她有顾铭，有爱情。

现在呢，现在她没有爱情，也不想再轻易地开始一段感情，哪怕是条件比顾铭要好得多的柳译。

“有约了？吞吞吐吐的，不像你的风格。”聂辰泽拉开季桐面前的椅子说道。在来之前，他已经知道季桐上午去迪斯曼见了谁，又是谁帮助了她。聂辰泽明白在防晒霜这项目上，他竟然对这么大的局失察了。可事情来得太过突然，就算他想出手帮忙，也未必立刻就能解决，更何况，他的一举一动，都在卓澜韬的关注中。

那个叫柳译的男人，他在一个小时前已经查得很清楚。柳译是个优质的男人，有钱、有房、有事业，从照片看上去，长得很不错。聂辰泽从来没有听季桐提到过这个人，这个人却生生地出现在了他们中间。这件事令他很烦心。

“哪里吞吞吐吐了？有个朋友约我九点喝酒。”季桐不知为什么，觉得被聂辰泽这么一说，心里慌慌的，想要掩盖，但又不想欺骗他，只能半遮半掩地回答。

“男的？”

“是啊。”

“今天在迪斯曼帮你的是柳译？”

“你认识？”

“不认识，我听来的。”

“你也这么八卦。”

“我看你并不想去赴约，既然这样，不如和我一起吃日料加宵夜。”

“不行，我不去的话，他会一直等在那儿。”

“为什么？朋友而已，不用这样吧？”

聂辰泽反复地试探季桐，在过去，他对这样的行为特别不屑，没想到此时他正做着这些他原本不屑的事。

“好了，有空在这儿讨论，不如早点吃生蚝。我还想问问你防晒霜的事。”

“我去 Frank 那儿五分钟，我把地址发你手机上，一会儿见。”

虽然聂辰泽心里极力地否认自己开始飘飘然于这种得胜的心态，但事实上，他非常在意与季桐的这顿晚餐。

季桐当然没有洞悉聂辰泽的心思，全然把这顿日料当成了他们平时最正常不过的一顿晚餐。

季桐到日料店后，聂辰泽突然打来电话，说自己不能赴约了，生蚝与帝王蟹已经准备妥当，千万不要浪费了他的好意。

“好你个聂辰泽，一本正经地约我吃日料，原来是专程放我鸽子的。”季桐喃喃道。

铃木先生很客气，特意为季桐准备了一个僻静的小包厢，说道：“聂桑有紧急的事不能过来了，他关照我，一定得好好地招待您。”

“铃木桑，请问聂桑有什么急事？他还没告诉我情况。”

“噢，好像是他家的狗被邻居家的狗咬伤，送宠物医院急诊了。”

“好吧。”这怕是季桐遇到过最奇特的一次放鸽子理由。她敲了下生蚝，如同上次吃火锅一样吮吸起鲜美的肉汁，只是没有了聂辰泽在身旁，似乎缺少了某一种难以名状的气氛。

而此时，在艾瑞宠物医院内，聂辰泽正坐在留观桌旁，揉着戴了伊丽莎白圈、腿上绕了白纱布的熊猫的后颈，嗔怪道：“至于吗，为了一条小母狗和毛毛打架？”

毛毛是另一栋别墅养的金毛，据雪姨说，熊猫与毛毛看上了同一条小母狗，于是，好朋友成了仇敌打了一架，毛毛把熊猫的腿给咬伤了。雪姨只能打电话将聂辰泽喊回家。本来兴冲冲地打算与季桐共进晚餐的聂辰泽不得不中途折返回家，带着熊猫立刻上宠物医院医治。

熊猫瞅了眼聂辰泽，呜呜了两声，趴在桌上，仿佛受了委屈似的，不想搭理主人。聂辰泽拍了它两下，安慰道：“要不是你，我现在正和你前主人共进晚餐，这下倒好，她吃了独食，还要去见姓柳的。”

熊猫忽然站了起来，调整了一下姿势再躺下，歪起脑袋看聂辰泽。它仿佛察觉到这个向来寡言的主人最近变得有些婆妈，而听到前主人这一称呼的时候，它倒是尤其在意，似乎在期待什么。

“聂先生。”宠物医院的梁医生走了过来，把医嘱和药递给了聂辰泽，微笑着说道，“春季的时候，动物容易发情，熊猫这次算是幸运的，下次记得小心一些，大型犬打起架来很危险。”

春季的时候，动物容易发情。

聂辰泽看着梁医生说话时温存的脸孔，仿佛言语中所有的动物发情，不是指的熊猫，而是指的自己。这令他不免有些难堪，熊猫却是有些莫名的兴奋，咧着嘴，哈着气，就像是在嘲笑聂辰泽才是梁医生口中那个“发情的动物”。

聂辰泽抱起这只巨大的哈士奇回了车上。一路上，熊猫总是时不时地回头扭过自己的伊丽莎白圈朝他露出“迷之微笑”，惹得他回家后整晚都在想莫非真是春季作祟。

柳译，难道就是隔壁别墅里的毛毛？

聂辰泽万万没有想到，Twilight 酒吧那儿发生的事比他预想的要戏剧得多。

季桐吃饱喝足了后前往 Twilight 酒吧。她思前想后，绝不能这么拖泥带水地去解决感情的问题。虽然柳译很优秀，但她真的无法腾出半点的空间去容纳这个男人。

只是季桐刚到 Twilight 酒吧，顾铭却突然出现在她面前。

“听说柳译约了你。”

“你想怎么样？”

“你倒是真的毫无感情，在公司那么对我，现在好了，谁都知道你和我先前的关系，你针对我，对你自己的影响也不好。”

“这件事，我还没有和你算清楚。如果不是你故意放消息说我欠你钱，谁会知道这些事情？”

“呵呵，我说的不过是事实。雅林商贸那么大的代理商，给你钱，在销售圈很正常，你把钱还给我，不是很好吗？最后非要搞成那样。”

“顾铭，真不知道什么时候，你变成了这个样子，这么在意钱。”

“你没有尝过缺钱的滋味，当你知道钱的重要性后，就会这么在意。在瑞士的时候，我曾经因为要和你打电话，得把饭钱省下。在瑞士就算是吃一个色拉或是一盘意大利面都要大几十元人民币，学校的宿舍费用也是奇贵无比。我是学校送出去的研究生，不能打零工，我电话费用多了，就得靠下一顿或者几顿饭钱才能省出来。”

“你不是有奖学金吗？”这些事，顾铭过去从未提过。

“你以为国外不讲究人情世故吗？为了能够和人搭上关系，我还得请客吃饭，但是一进饭店，就得大把地花钱。”顾铭把插在口袋里的手伸出来比画道，“到了国内，我为了和你结婚，也耗尽了父母和自己的钱，可你从来没有好好地关心过我。季桐，你太强势了，在感情上从来没有想过我。当然，现在这都成了过去。你可以认为我很无耻，但你别忘了，我只是问你要回属于自己的钱，从没有和你争过房子。”

“你的所作所为，已经不是当年我认识的顾铭了。”

“没有钱，没有经费，生活比狗都不如。”顾铭狠狠地说道，“罢了，都是过去的事情。你和聂辰泽也好，和柳译也好，问他们借了钱还给我。我说过，过去的事一笔勾销，你我两不相欠。”

“季桐欠你多少，我替她还了。”

季桐没想到柳译会出现在他们面前。

“五十六万。”本来一个男人找前任未婚妻要钱，不是多么光彩的事，他不想搞得人尽皆知。他犹豫了下，低声说了个数字。

“账号给我。”柳译说道。

“柳哥。”季桐挡在柳译与顾铭之间，朝柳译皱眉道，“这是我和顾铭之间的事，我不想任何人插手。”

“从现在起，你的事就是我的事。”柳译不由分说地把季桐拉到了一旁，对顾铭说道，“一年前，我没有好好教训你，是你走运。账号给我。”

顾铭看了眼一旁的季桐，拿出手机，季桐却一把夺了过去，朝顾铭说道：“你走！你的钱，我自己会还给你，你立刻给我走！”

顾铭瞥了眼愠怒的柳译，从季桐手里拿回了手机后，立刻大步流星地离开了他们。他需要钱，也可以无耻地问季桐要钱，但是他骨子里最后的那分傲气，让他实在无法当着别的男人的面，去伸手要钱。

他仓皇而去，留下季桐与柳译站在原处。

“季桐，为什么要拒绝呢？”柳译问道。

“是我该问你，为什么要替我做主？这是我和顾铭之间的事，我自己会解决。”

“我不希望我们之间还有一些无法解决的事情。”

“柳哥，我们之间只是朋友。”

“现在，你已经和顾铭分手了，我想不出你有什么理由拒绝我。”

“我们不合适。”

“这不是理由。你愿意来 Twilight 酒吧，就代表你还愿意见我。你可以对我没有感觉，这并不重要，我愿意等你接受我。”

“我愿意来 Twilight 酒吧，就是要告诉你，我们之间是不可能的。我没有想到顾铭会出现在这儿。之前为了工作的事情，我万不得已才找你，这一年多我都没有和你联系，就是因为我担心我的任何举动让你误会。我们之间，过去不会有爱情，将来也不会有。”季桐哽咽地说着。如果不是断货影响了整个大局，她不会向柳译求助。如今，她最担心的事，还是发生了。

她说完就赶紧开车离开了。

她能听到柳译在车窗外喊着自己的名字，她头也不回地开了五分钟后，把车停在路旁，扑在方向盘上，泪水顺着两颊滴落下来。

手机铃声响个不停，直到五分钟后，她才重新整理好情绪，接起电话。

“铃木先生刚给我电话，说见你那么爱吃生蚝，问我要不要下次提前多预订些。”

“好。”季桐嗓音微颤了下。

“你在哪儿?”即便是这么一个小小的变化，聂辰泽就已经发现了季桐的不对劲。

“我在酒吧，里面有些吵，就出来接个电话。”

“我打了你五分钟电话，也发了信息，你都没有回。”

“酒吧嘛，听不到很正常。”季桐怕聂辰泽继续问下去，立刻问起那条受伤的狗，“你家二哈怎么回事?”

“为了一条小母狗，和隔壁金毛打架，结果被咬了。Sorry，我也没有想过今天会碰到这事。”

“原来是为情打架。”季桐扑哧笑出声来，心里的那番难过瞬时消失了。

“是啊。”

“那伤得重吗?”

“还成，腿被咬伤了，现在在我身边趴着，可能受了点伤，赖着不肯回自己窝里。”

“受伤了，当然希望有人在身边。”季桐说的是聂辰泽家的狗，可心里却是在想自己。

“你现在需要人陪吗?”

“我又没受伤。”

“小粉瓶和小蓝瓶的推广数据，我一会儿发给你。现在最重要的就是盯住生产，确保整个项目万无一失。”

“我知道啦，聂总。”

“呵，会调侃我了。好了，你和朋友继续吧，我得继续安抚二哈。”

“好啊，去安抚那只被情敌弄伤的二哈大人吧。”季桐咯咯地笑了起来。

聂辰泽低声道:“照顾好自己，别喝多了，我怕今晚我抱过哈士奇后，抱不动你。”

“啊，你现在越来越幽默了，我有那么重吗?”

两人原说着要挂电话，结果却一直都没有挂断。聂辰泽很清楚，季桐一定没有和柳译在一起，否则怎么会有这么多的时间和他聊天?

熊猫趴在他的身边，一直窃听着前主人和现主人之间的对话，偶尔抬头看看，接着又满意地耷拉下脑袋。

这一晚，虽然他们没有共进晚餐，但季桐感觉聂辰泽好似一直都在身边，即便没有肩膀可靠，却也满是依赖。

不过，这短暂温存的夜晚连着的便是暗无天日的项目跟踪。为了防止再出现不可逆转的问题，季桐安排展鹏在工厂蹲点，关注产品生产，并且一直追踪各种货物的走向。这虽然令其他部门感到被监视的不适，却也保证了项目的顺利进行。

季桐接连在几个区域大 KA 的柜台进行了巡店，两周以来不停不歇，一来为了工作，二来也避开了柳译。

只是，因为过度疲劳，季桐在冷热交替中发了高烧，不得不前往医院，拿完药后打算立刻离开。

谁知，她刚到停车场就看到了一辆沪 A 牌照，末尾三个 8 的奥迪 A8 从自己面前开过。这辆车正是卓澜韬的。季桐看着车子驶向停车场靠墙壁的停车位，接着，上面下来两个女人，其中一个女人身材曼妙，戴了副墨镜，另一个女人长相平凡。季桐一眼便认出那个戴墨镜的女人正是朴慧，而身边帮朴慧拎包的女人却很陌生。

朴慧坐的车是卓澜韬的，他们之间的关系果然不简单。

季桐还记得她向聂辰泽八卦地问朴慧同卓澜韬之间的关系，后来听秦言说卓澜韬经常出入聂辰泽前女友家，这么看来卓澜韬应该是同时与几个女人都有关系。

朴慧走得很快，时不时张望四周，季桐没有能追上，只得开车回了公司。

没想到季桐刚从电梯出来，就见吴彬彬倚靠在电梯旁，单手扶着墙，两腿微交叉站着，与一旁的顾铭谈笑风生。两人见季桐从电梯出来，谈话便戛然而止。

“我回办公室了。”顾铭避过季桐的目光，按了电梯要离开。

季桐同样没有要与顾铭交流的意思，径直走向自己的办公室，正要关门的时候却被吴彬彬拉住了门。

“走这么快干什么？欠了顾总的钱，没脸面见顾总了？”

“吴彬彬，我和顾铭的事，你少来插嘴。”

“大家同事一场，我也是关心你和顾总嘛。”吴彬彬抬起手看了下美甲后的手指，他是季桐认识的男人中第一个也是唯一一个美甲的男人。

“少操你的心。”

“怪不得人家要用钱做文章来举报你，果然是欠了债。”

“你有完没完？”季桐瞪大了眼睛，恨不得一巴掌拍在吴彬彬的脸上。

吴彬彬却不依不饶，冲着季桐低声道："看在我们是同事，我给你指条明路，这回我们去香港开销售大会，顺道跟我去趟澳门，我认识些赌场的人，赌两把把钱赚回来……"

"滚——"没等吴彬彬说完，季桐一把夺过他捏着的门框，吴彬彬一个踉跄，险得跌进办公室里。刚巧 Frank 来季桐办公室找人，吴彬彬一副狼狈的样子，本要跳脚大骂，见到 Frank 进来，只能硬生生地把到嘴的脏话给吞进了肚子。

"吴，你也在这儿。" Frank 虽然没看到他们间发生了什么，但能想象得出吴彬彬是在季桐这儿吃了瘪，拍了拍他肩膀算是安抚。

吴彬彬自讨没趣，借故离开了办公室。

"呵，你们俩真是冤家。"

"放心，对外，我们都是贝莱中国销售部的人。"

"这点，我自然是放心，职业经理人的基本素养，你和吴彬彬都不缺。至于顾铭和你的流言蜚语，我先前也说了，不必放心上。怎么看，你都值得更好的男人。" Frank 笑着进了门继续道，"香港会议多做些准备，特别是这次的防晒霜，作为季度性产品，这个月订单金额已经比去年翻倍了，不仅如此，我们还在市场占有率上达到了第二，比起妮雅就差那么一点点。不过没关系，妮雅防晒霜市场占有率第一的位置已经好些年了，我们这次从第六到第二已经难能可贵。现在，还有好些竞争对手想再买原材料做防晒霜项目，可是已经晚了，哈哈哈哈。"

季桐明白这一次的防晒霜项目是险象环生，如果没有柳译出手，自己根本没有可能反转局面。她心底对卓澜韬的怀疑更重了，尤其是看到朴慧坐卓澜韬的车子去医院，这背后千丝万缕的关系，就更让她猜度了。

"我好像几天没看到朴慧了。"季桐试探地说道。

“噢，朴慧去了法国，陪客户参加古堡游了。你知道，她做的是奢侈品类，这种古堡游特别时兴。回头她会飞香港直接参加会议的。”

古堡游？明明是去了医院。

看样子，连 Frank 都不知朴慧去了哪儿。在贝莱中国，出差流程是非常规范的，朴慧能够瞒住 Frank，想来这背后一定是卓澜韬操作的。

这所谓的法国游变成了医院行，个中缘由不得而知。季桐想到朴慧那张善解人意、完美极致的脸孔，很难想象这会是她的假面。

“光提朴慧，我都忘了你刚去了医院。你脸色还是不好，病着就得好好休息，我放你两天假，把身体养好。”

“谢谢。”

“我看最近辰泽和你有些交流了，这是好事，你们交流紧密，我会非常高兴的。噢，我又老生常谈了。”

“Frank，你的中文越来越棒了。”季桐嘴上赞许了 Frank，心里却在腹诽这老狐狸是越来越坏，这番急切地要拉拢聂辰泽，怕是因为防晒霜项目突发的状况引来的不安。项目是卓澜韬要扩大的，危机也是那个时候发生的。连她都能发现的问题，Frank 自然也发现了。尽管聂辰泽与卓澜韬的关系人尽皆知，可 Frank 显然仍然认为聂辰泽应该是自己手上重要的牌。

这也是季桐一直不明白的事。聂辰泽非引导自己到贝莱中国，究竟是什么目的呢？

“是吗？我中文越来越好了？噢，等你身体恢复后，找辰泽谈谈下半年的计划吧。”

“OK。”

休息了两天后，季桐打算去公司看看情况，却不想聂辰泽约她商议下半年项目的事。

说来，这样的谈话很虚浮，下半年的具体项目还没有列明，能做的也不过是现在的老产品。倒是吴彬彬在她部门推广防晒霜的时候推了几款乳液和面霜，做得有声有色。至于朴慧部门，黛尔主打的奢宠产品在新媒体上的营销也扩大了不少。黛尔的广告高雅而奢华，百分之八十都由总部市场部统一拍摄，请的明星也是好莱坞顶级演员。最新的一款全能霜，更是以罗马时期的浴场为背景，美轮美奂，令人看了后不禁赞叹。聂辰泽在这一块的涉足不多，只是利用手头的新媒体资源在各个 App 上做开机广告及常规推送罢了。

不过，季桐想着倒是有段时间没见聂辰泽了，尤其是防晒霜项目的种种疑点，以及朴慧对外说是去法国，实际去的是医院这件“八卦”，她还没有来得及和聂辰泽说，见一面权且聊聊天吧。

聂辰泽发来了一个地址，关照季桐不要去柯林公司。季桐一愣，这家伙既然已是老板了，难不成还偷偷摸摸地寻个地方开展第二事业？

季桐驱车到了聂辰泽定位的地址。这是位于浦东的一间大车库，车库外面是彩色喷绘，这样的艺术墙在国外很常见，可在这片区域却是格外显眼。季桐到了车库门前，门便自动打开了。

聂辰泽究竟在玩什么花样，搞得如此神秘？季桐怀揣着疑问看起了周围。车库有两层，第一层的内墙用了古砖，与一般建筑使用的空心砖不同，带着历史的厚重感。古砖重新修葺，看样子是从别处移过来的，墙壁北面放了一些照片，靠南边则是一间敞开式的厨房，采用原木色与不锈钢相间的装潢，里面放了一张能容四人共餐的桌子。车库内还放了张工作台，靠西边是三尊形态各异的雕塑，约两米高，分别是黑、灰、白色。季桐顺着铁艺楼梯往上看，上面放着一张原木色的床。

“聂辰泽，你在哪儿？”

“这儿。”

聂辰泽忽然从一尊白色雕塑后面冒了出来。他穿了件白色中袖西装，内搭了浅灰色深V领线衣，俨然一副“行走的荷尔蒙”的样子。

季桐吐了口气问道：“为什么约我来这里？”

“因为，我有很重要的事要同你说。”

“很重要的事？”聂辰泽的脸上闪过一丝紧张，令季桐不禁跟着紧张。

“先看看墙上的照片。”聂辰泽带着季桐到了墙壁前。

墙壁上满是生活照：聂辰泽、卓澜韬，以及一个圆脸宽眉的男人。这些照片应是多年前的合照，那时候的聂辰泽稚嫩得多，身上还满是刚出校园的青葱气息，穿的衣服也远不如现在这般时尚，而卓澜韬与那陌生男人比他都要成熟得多。他们一起踢球，一起喝酒，一起弹吉他、唱歌，一起爬山，一起布置房间，一起挖土奠基，一起扶着莹丽的招牌……

“耿恺？”季桐的脑子里闪过一个人的名字，她立刻转过头朝聂辰泽求证。

聂辰泽点点头。

季桐端详着这个已经不在人世的男人——莹丽的创始人。不知为什么，她的心里莫名涌上难以名状的感觉。第一次看到聂辰泽的时候，便是耿恺的妻子一巴掌打在他的脸上，在这之后，她从丁总口中，从现在贝莱的产品中，都能感觉到耿恺的影子。不过，今天是她第一次看到耿恺的样子。他双眉很宽，脸孔圆润饱满，看上去颇有亲和力。几张照片里，耿恺对聂辰泽，就像一位大哥在关照自己的弟弟，眼里满是关切与爱护。卓澜韬则不同，他脸上的笑容总是同样的弧度，那是一种没有温度的标准微笑。如今，他坐在贝莱高高的总裁位置上，连这种没有温度的微笑也变得极少了。

“莹丽以前是一家国有日化工厂，改革开放后，经历了风风雨雨，20 世纪 90 年代初，凡氏就试图与外厂合资，那时候国企的员工都非常惧怕被外国厂商并购，闹了几次，最后合资计划失败。之后，工厂的生产模式越来越跟不上时代，到了 2002 年的时候，工厂濒临破产。耿恺没读过大学，跟着师父在那工厂做了十来年，妻子也是在厂里认识的，对工厂很有感情。他找了一些老员工一起买下了它。”

“那时候耿恺有三十岁吗？他有钱买厂？”

“耿恺卖了他在浙江的祖宅，又借了些钱，因为出的钱最多，自然成了第一股东，不久将日化厂改名为莹丽化妆品公司。”

“听说每个浙江人都有一颗创业的心，果然一点不假。那卓澜韬也是那家厂的吗？”

“卓澜韬原本是厂里供应科的，经常到技术部门去抽烟聊天，年纪又与耿恺相近，与耿恺很谈得来。本来他在莹丽是没有股份的，但因为后来一些股东急着买房投资，就把公司的股份退让了出来。卓澜韬就成了股东。”

“那你呢？你这个小后辈是怎么挤进去的？”

“我的父亲与耿恺的父亲在支援北大荒的时候相识，关系非常不错。当初，借钱给耿恺的是我。”

“你？”季桐愣了一下，聂辰泽在 2002 年的时候不过十几岁而已，怎么可能借钱给耿恺创业？她不禁侧过身，看起一旁的聂辰泽。

聂辰泽轻叹了一声：“我父亲是建筑爆破专家，早在一项国家海外援建项目中因为事故去世，我们家因此得到了很大一笔抚恤金和长期生活补助。母亲因在学校任教，空闲的时间很少，疲于照顾我和她的学生，身体难以支撑。耿恺和嫂子就接我去他们家住，照顾了我几年。在我眼中，耿恺就如我的父兄一样。”

“对不起。”季桐没有想到这略带戏谑的提问会引来悲伤的回答。

“没事。那笔抚恤金没用过，母亲想着给我读书用，结果没派上用场。”

“为什么？你不是出国留学吗？那需要很多钱吧？”

“我十四岁读了少科班，之后去了国外，都是公费，留学期间一直拿奖学金，做项目还有很多额外收入，钱还有富余。”

“没看出来，你居然是个学霸。”季桐从小对学霸就有莫名的仰慕感，认定那是白马王子的标配。当初和顾铭在一起，也多有这种情结的缘故。

“呵，那在你眼里，我该是学渣？”聂辰泽玩味一笑，指着他们三人在莹丽奠基牌前拍的照片，“当时响应号召把工厂外迁，这是奠基时拍的。我刚好放暑假回来，就一起参加了奠基的活动。因为转制加上搬厂，当时的情况其实很差。不过，耿恺非常强，他在短短十年的光景中，把莹丽打造成了国家名牌企业，在全国的大众消费化妆品类占据了重要席位。”

“所以，贝莱要收购莹丽？”季桐感觉到聂辰泽讲述的事情渐渐地与后来知道的事衔接起来，但她仍愿意听聂辰泽讲述他们三人的恩怨。

“没错，资本本身是冷血而带有诱惑的。我不得不承认，当年，我的确赞成贝莱收购莹丽这件事。”

“所以，你把股份出让给了贝莱？”

“没有。”聂辰泽立刻否定了季桐的猜测，他低眉看了眼季桐，他从未对任何人讲过这些事。她是第一个，也是唯一的倾听者。他顿了顿，继续说道：“耿恺和我提了这件事，当我表示赞同的时候，他沉默了。兴许是在商学院久了，我只认可资本的魅力，直到我回中国后见到耿恺，才知道他多么热爱莹丽。他被并购的事折磨得很憔悴，整个人瘦脱了形。可即便这样，耿恺仍然坚持让我回学院完成论文。与之前国企合资那会儿不同，当时很多人听到贝莱要收购莹丽时都特别高兴，他们开始打探消息，埋怨耿恺为什么不卖掉公司，好让他们也成为世界五百强企业员工。这对与莹丽相互依存的耿恺来说，是最大的精神折磨。后来，我明白了当时传播的消息一部分来自贝莱，而绝大部分则出自卓澜韬的手笔。”

“不用说，卓澜韬是赞成收购的。”

“他表面上是反对的，就连我都认为他反对并购。我几乎不参与莹丽的日常管理，所以，我刚回英国不过几天，卓澜韬就到了我那儿，提出让我把股份转让给耿恺以加强耿恺在公司的威望时，我立刻签了股权转让书。三天之后，贝莱单方面宣布成功收购莹丽，耿恺心脏病发进了医院。我尽快赶到医院，可还是去晚了。当时那样的情况，我不该离开上海的。”

聂辰泽语塞了许久，季桐看着他一向波澜不惊的脸孔因为自责而蒙上了淡淡的阴郁气息。她意识到，聂辰泽错过了见耿恺最后一面，内心深处满是自责与愧疚。她想劝慰他，却不知从何说起。

“嫂子给了我一份银行保险柜的密码。”聂辰泽继续说了下去，“我拿到了耿恺生前留给我的物件。”

“钱吗?”

“不，是耿恺的日志。”

“我记得耿恺妻子曾说过耿恺把钱留给你创业了?”

“是我和她说保险柜里是耿恺留给我的钱。”

“可她并不能接受你与贝莱中国合作。”

“季桐。”聂辰泽突然喊了声她的名字，似乎有很重要的事要说，季桐的心一下提了上来，等待着他的话。

“我有些饿了，介不介意给我做个 brunch（早午饭）?”

眼前的男人语气凝重地要宣布某件事，却突然转移到了另一个话题。这就好比一台评书讲到关键部分的时候，突然就说“下回分解”了。不过，季桐能明白聂辰泽此时的心境并不是一台评书那么轻松。

“看在你做过绝顶美味的方便面的份上，我就勉为其难地做一顿 brunch 给你吃。不过呢，西式 brunch 是没有了，中式盖浇饭 OK 吗？”季桐眨了眨眼睛，打开冰箱道，“来，让我看看你都藏了什么食材。肉、番茄、土豆……这是什么？荔浦芋头？哈，那就做个芋头红烧肉盖浇饭。”

“芋头？”聂辰泽愣了下说道，“那是我给……”

未待聂辰泽说完，季桐已开口道：“我做的芋头红烧肉可好吃了，我家佐罗除了狗粮，最爱吃的就是这个菜。”

“你把我和你的佐罗画等号？”聂辰泽喃喃了声，他一直喂熊猫吃狗粮，偶然一次遛弯，经过毛毛家，熊猫闻到了芋头烧肉的味道，竟是半天没有挪动身子，口水流了一地。因此，芋头烧肉也是他唯一给熊猫烧的菜。他本打算买了这些，过两天带熊猫来的时候可以烧给熊猫吃，不想如今换作季桐烧给自己吃。

“怎么？不乐意？”

“一定要做芋头烧肉吗？”

“怕我做不好？”

“不是。”

“那就等我炖个芋头红烧肉盖浇饭吧。这可是我最拿手的一道菜。”

聂辰泽对芋头严重过敏，他至今还记得那次过敏差点丢了性命。这也许就是“罪有应得”吧，把季桐拖到了自己恩怨的泥沼中，总是要受到些惩罚的。

“对了，你怎么一直在读书？”

“毕业后在投行做了几年，又回学校读了经济。”

“经济？那你之前读的什么？”

“哲学。”

“哲学？”季桐洗着菜，时不时地瞥瞥聂辰泽，她一直以为聂辰泽读的是广告学或者营销之类的，没想到他居然读的是哲学。她第一次接触读哲学的男人，却丝毫读不出这男人脸上有任何思辨的哲学气息。

“我学的哲学，不代表我脸上有‘哲学’两个字。”聂辰泽小心翼翼地抚平墙上的照片。

季桐嘀咕了两句，聂辰泽见她满是狐疑，便说道：“本科是化学，研究生是哲学，博士是经济学。”

“什么?! 你是博士?”

“你这是在崇拜我，还是崇拜学历?”聂辰泽走到白色的雕塑前，用布擦拭起上面的浮尘。洁白的东西最容易沾染灰尘，这正如世上许多纯洁的人，经历了世事，沾染了俗尘后便不再那般纯净了。

季桐没有搭话，只是埋头准备起她的拿手好菜。可对聂辰泽来说，当他闻到芋头红烧肉的香味时，也预感到自己即将迎来“大刑”。

但他转念一想，虽然这是一个极糟糕的点子，甚至掺杂着狗血言情桥段，但未尝不是一个好方案。聂辰泽深谙各种推广策划，但真到了此时，却想不出比这被迫的“苦肉计”更好的主意来。

“怎么样？是不是很香啊?”季桐将出锅的芋头红烧肉倒在了白米饭上，芋头红烧肉的香味混在稻米的清香中。季桐见聂辰泽蹙着双眉，便搡了他一下：“这么好的 brunch，不给掌声算了，别这种态度嘛。”

“我是在想事情。”

“边吃边说。”

“季桐，你手机电量足够吧?”

“够啊，我早上刚充。”

“那就好。”

季桐猜想他或许还未完全从刚才讲述耿恺的事中抽离出来，整个人古里古怪的。

“季桐。”聂辰泽想把先前的话说完后再接受“大刑”，但他忽然改了主意，吃了几口芋头红烧肉。

“哎，有点干，我再去弄个汤。”季桐话音刚落，就看到聂辰泽脸色先红再白，一手捂着颈部，一手费劲地扶着桌沿，豆大的汗珠从额头滑落到了胸口，将浅灰色的线衣浸成了深灰色。

“喂，你怎么了？聂辰泽！你别吓我。”

季桐以为他被芋头噎住了，边打120边用海姆立克急救法去帮助他。

聂辰泽想解释，但芋头引发的水肿堵住了他的嗓子，只能透过沾着汗滴的眼睑去看忙碌焦急的季桐。为了急救，她咬着牙，支起他的身体，将椅背卡在他腹部的位置，使劲儿令腰腹与椅背发生撞击。很快，她发现这样的做法并没有起到效果，便又将他拖到了地上。

在遭遇了腹部冲击之后，聂辰泽又被砰地推到了地上。他亲身体验了“腹背受敌”的滋味。季桐跪在他的身旁，忽而低下身来吻他。准确地说，她是在用人工呼吸帮助他解脱困境，她每次低下身的时候，领口一览无余地暴露在他眼前。聂辰泽的确是受困于芋头过敏，但吃的分量不足以导致极严重的后果。倒是季桐的一番急救，把他折腾得浑身是伤。然而，这些都不过是小事，糟糕的是她柔软的唇瓣呼出的馨香气息挑弄起了他压抑的欲望，他想立刻吻住她的唇，将她压到自己身下。这图谋不轨的欲念猛烈地撞击着他，直到120急救车到了现场，他才从这邪恶不堪的思想中解脱出来。

到医院后，医生很快作了处理，把聂辰泽安排到了病房。

季桐本不觉得累，待到聂辰泽安然地躺到病床上之后，才发觉浑身上下尤其疲惫。

她看着聂辰泽，嗔怪道：“你不能吃芋头为什么不早说？别以为我信你自己不知道过敏这件事，吃之前特意问我手机有没有充过电，你是等着我打120，对吗？”

“所有的事都瞒不过你。”

“说吧，为什么这么做？”季桐虽然责怪他，但想到他也曾反对过吃芋头，终究还是自己造成了这件突发的事故，多少有些过意不去。

聂辰泽沉默一会儿，说道：“季桐，我必须把之前的事说完。耿恺留给了我一本日志，上面清楚地写着他绝对不会把莹丽卖给贝莱，所以我怀疑当时卓澜韬向贝莱提出他已经说服耿恺出售莹丽的说法。贝莱生怕事出变化，立刻单方面宣布了收购成功。耿恺心脏病发去世，根据公司股份特约章程，当公司任一自然股东无行为能力或去世的时候，其所持的股份将由其他持股的自然股东按持股比例进行继承，以确保公司平稳运营。我把股份转让给了耿恺，而耿恺去世了，那么，卓澜韬就顺理成章地成为第一大股东，把莹丽卖给了贝莱中国。是我一手造成的后果，如果当初我没有听信卓澜韬的安排，把股份转给耿恺，那卓澜韬的计谋就不会成功。他一手逼死了耿恺，我则成了帮凶。”

“那你现在是在寻找机会报仇吗？”季桐听完了聂辰泽虚弱的话语，只感觉背脊发凉。那个坐在贝莱中国总裁办公室的男人，竟然是一个冷血的杀人凶手。虽然他没有使用任何凶器，却把自己相处了十几年的兄弟杀死了。

“对不起，是我把你卷入了这场恩怨中。这些年，我知道卓澜韬一直在做不法勾当，却始终查不到。”

“卓澜韬一直不信任你，利用你接近 Frank 来铲除这个总部派来的眼中钉。你通过这种方式来换取他的信任。Frank 很明白卓澜韬的手段，他想通过你达到拉卓澜韬下马的目的。你是他们两个都想利用的人，而你也同时利用他们。”

“季桐，我知道，只要说出前面的事，你便能猜出我和卓澜韬，以及 Frank 之间的关系。卓澜韬很狡猾，我必须找到一个能够信任的人来帮我，而你是我见过最合适的人，所以我千方百计要把你拉进贝莱。”

虽然聂辰泽不过是食物过敏引发了水肿，经过急救挂水后已经无碍，但声音却是虚弱的。她终于知道了聂辰泽要她进贝莱中国的原因。这样的原因太过沉重，与聂辰泽之间单纯的关系也因此变得复杂。

她低声道：“我说过，贝莱的工作挺赚钱，你为什么还要执着地告诉我这些事？”

“因为我不想我喜欢的人再同我一起冒险。”聂辰泽握住了季桐放在床单上的手，他能真切感受到她手中的温度。

“你，我……”季桐被聂辰泽这突然的举动与话语怔住了。

“我试想过用一种更好地方式去表达这件事，但始终想不出来。我一直认为，我选了一个最正确的人进贝莱，但我现在知道，我做了一个最错的选择。”

“你开玩笑的吧？”季桐试图抽回自己的手，却不想被他握得牢牢的。因为他的这番举动，倒流在输液管内的血液显得格外醒目。季桐只感觉到一阵疼痛，她不知道这番疼痛是因为看到了聂辰泽的血，还是因为聂辰泽的话揭开了她尘封一年多的情感疤痕。

“我是认真的。”

“你一定是吃芋头吃坏了脑子。”季桐仍想逃离他，却在目光碰撞的时候，沉浸于那种交缠的感觉无法自拔。

“再聪明的人，在感情面前都会变得愚钝不堪。”聂辰泽能感受到季桐在他掌心中的手犹疑地想要抽回，却又停止了挣扎。她是在意他的，否则就不会在他出事的时候，那般急迫地要救他。就如他想的那样，这是最糟的方式，也是最好的方式。现在的她惧怕再受到感情的伤害，与他相处的时候，她总是以朋友的方式来解释彼此的关系。聂辰泽很明白，捅破这一层关系，意味着没有回头的路。那所谓的朋友关系也随着他的这个决定而消失。

“你还是好好养病吧。”

“我会等你，不过，你必须答应我，立刻离开贝莱中国。”

“我两样都不答应呢?”

“季桐，第一件事，主动权在我，我愿意等，你阻止不了我。第二件事，如果不是柳译突然出现，挽回了局面，防晒霜造成的负面影响足以将 Frank 和你逼到悬崖上。卓澜韬已经失败了两次，他绝对不会甘心的。你越接近他在背后操控的一切，就越危险，而我却无力掌控局面，甚至可能成为他利用的对象。”

“既然我已经赢了两次，为什么不会再赢一次呢?”

“太危险了。”

“聂辰泽，当初是你这么拉着我的手，说我欠你的，让我进贝莱中国来还你。我听你的，准备赚大钱的。现在，你让我退出，你觉得卓澜韬不会怀疑你？还是你想我流落街头？有些事，开始了就不能停了。有我在贝莱，你才能把事情查得更彻底。”

“他放手雅林商贸欠款拿货，好让雅林商贸将销售额挪作房产投资来谋取利益。先前贝莱总部的审计虽有所察觉，却还是被糊弄了过去。正巧，你一来就要查雅林商贸，他起先反对，但知晓动静大了容易被 Frank 抓住把柄，就抢先借雅林商贸给自己洗地。整件事，我到了最后才知道。季桐，我不想迷药、诽谤、陷害之类的事再发生在你身上。”聂辰泽收紧了握着季桐的手，他不能再让季桐涉险。

“好了，我权当你现在这番话是吃了芋头坏了脑袋。总之，我进了贝莱这个狼窝，就一定不会轻易离开。我不是什么圣人，我只知道，谁害我，我一定不会放过他。”季桐挪开了聂辰泽还挂着吊针的手。

聂辰泽这一次未再试图抓住季桐，他明白季桐虽然没有答复他的表白，但他们已经一起在这条危险的道路上走过了许多路程，不可能轻易回头，更不可能轻易松手。

冥冥中，两人是否已经走到了一起？

季桐在回家的途中回想着这一天经历的事。那三座黑白灰雕塑仿佛象征着卓澜韬、耿恺和聂辰泽。她与聂辰泽都是灰色的人，行走在黑白之间，对付那些良心变黑的人，他们可以与之对抗到底。如今，战争既然已经开始，就不可能停下来。至于感情，若非聂辰泽开口，她真的就能将他们这些天彼此无间的合作权当是偿还当初她欠下的人情吗？

季桐回忆起俯身为他做人工呼吸的时候，两唇相遇，那份怦然心动的感觉与稍纵即逝的羞怯，她是不是也早已喜欢上了对方？

可是，她和顾铭，一段从校园爱情出发，持续了七年的纯洁爱情，最终不还是败给了这浮华的现实。

她与聂辰泽相识于浮华又功利的都市丛林，她又怎么敢奢望这土壤里能长出纯洁的爱情？

季桐放下车窗，任晚风吹过自己的脸庞，因为悸动而炽热的脸庞再度冷了下来。

爱情，难道不是一部童话吗？

第十八章
新的追击

季桐全身心地扑在了香港会议的准备中。Frank 是总部派来的人，既然他把她当作亲信一样对待，那何不就顺着这关系继续下去？贝莱不是莹丽，Frank 也不是耿恺。Frank 在防晒霜上险落虎口，自然会更加谨慎。尽管公司里关于市场策划将剥离销售部门归到公关部的传闻越来越多，但始终没有执行。这正是 Frank 与卓澜韬之间的博弈。

贝莱的香港会议不仅包括了贝莱中国的销售，也包括了日本、韩国、新加坡三国的贝莱公司。除了销售人员之外，贝莱在东亚四国子公司的研发管理层也会一同参与会议。因而，季桐也没少和顾铭接触。自经历了 Twilight 酒吧的事后，顾铭未再催促季桐还钱。

“我们部门的美白产品怎么样了?”季桐在去香港前最后一次碰头会后，向顾铭问道。

“差不多吧。最近在做朴慧与吴彬彬那儿的几种新色口红对色调整。你知道，实验室同时在做十来个大项目、几十个常规项目。你们部门的美白系列已经排得很前面了。”

“我不希望再遇上原材料没有备用方案的事。”

“不用你提醒。”

“这样最好。”

季桐说完，拿着外套与笔记本准备离开办公室。顾铭从座位上站了起来说道：“你打算和柳译在一起？”

“这是我的私事。”

“OK。”顾铭双手一抬，表示不再干涉，但季桐隐约看出顾铭对柳译的态度十分不友好。

其实，不光顾铭，季桐对柳译强烈的攻势也显得手足无措。最近，柳译经常约她见面，她以工作太忙为由推脱。不过，柳译对她的影响远不如聂辰泽。不知道为什么，每回一想到聂辰泽她就定不下心思去做事。

因为次日要前往香港，季桐收拾完办公室的东西就提前回了家。没想到她才刚准备上楼，柳译竟出现在她面前，一改先前强硬的语气，温和而带有歉意地说道：“上次的事，很抱歉。”

“没关系，反正已经过去了。”季桐礼貌性地回道。

“这是送给你的，我知道你要去香港开会，好好休息，我明天送你去机场。”季桐再怎么迟钝，也察觉到柳译似乎放下姿态在她面前展现出了不同的一面。

她没有接礼物，正要想个借口拒绝，一个声音说道：“这位是柳总吧？”

柳译递过的礼物被一个穿着星空色衬衣的俊朗男人接了过去。

季桐听声音就知道是聂辰泽，只是想不通他是从哪儿冒出来的。

在顾铭面前显得十分霸道的柳译用一种揣度的目光看着突然冒出的“竞争对手”。聂辰泽喊了他一声“柳总”，而他却还不知对方的底细，这让他不免生出更多的防备来。

“彩虹迪通拿。”聂辰泽腹诽这柳译追季桐真是不惜血本，这只劳力士出品的彩虹迪通拿手表价值七十万，很难预订得到，表盘上的彩钻五彩斑斓，在世界名表中也是数一数二。他玩味一笑，转而递给了季桐。

季桐并不了解彩虹迪通拿，但她果断地将礼物递还给了柳译。无论是什么表，她都明白自己不能收。

“这是我送给你的，没想过收回。”柳译收回打量聂辰泽的目光，并不拿回礼物。

“我看你和柳总还有些话要说，我先上楼了。”聂辰泽熟稔地揽过季桐的腰身，双唇飞快地在她唇上轻点了一下，在她反应过来之前，玩味地冲她一笑，朝柳译道别离开，“不好意思。”

柳译做好了与这男人“拔剑决一胜负”的准备，没想到这男人竟当着他的面亲了季桐，还有那句轻描淡写的“上楼了”，更透露了这男人与季桐亲密的关系。柳译瞬间感到了挫败，这是他在同一个女人身上摔的第二次跤。

她应该还是单身，可是这男人的表现让柳译对这个判断产生了怀疑。

柳译皱起了眉头，试图从季桐身上寻找答案：“那个男人是不是你临时找来对付我的？”

聂辰泽已转身回了电梯间，季桐立刻将礼物塞回柳译手上说道：“柳哥，我一会儿还有电话会议，先上楼了。那个，我改天把他正式介绍给你认识，拜拜。”说完，季桐像恋爱中的少女一般追上了聂辰泽，假作温柔地拉起聂辰泽的手腕，头靠着他的臂弯。聂辰泽十分配合地揽着她的腰，特意朝大厅里愣怔的男人摆摆手。

叮的一声，电梯门一开，两人一起进了电梯，留下柳译一个人拿着礼物，孤独地站在门厅里。

两扇电梯门关上的瞬间，季桐立刻松开了手，被他吻过的嘴唇不自觉地抿了一下。这细微的动作却被聂辰泽在光亮如镜的电梯门上看得一清二楚。

"你怎么来了?"

"我来得不是时候吗?"

"我和柳哥会说清楚的，不用你演场戏。"

"我说过，我会等你，但有人要插队，我绝不容许。"聂辰泽听到季桐称呼了一句"柳哥"，不免生了醋意，说话也强硬起来。

"那你说话归说话，你亲我……"季桐觉着自己对聂辰泽这轻浮的举动质问起来该是掷地有声，没想到抬眼看他的时候竟变得有些怯弱起来，"干什么?"

"你不是也很配合吗?"

季桐努了下嘴，不与聂辰泽争辩，跨出电梯门，立刻按了顶楼的按钮，转过身对聂辰泽说道:"不要跟着我。"

聂辰泽摊手道:"铃木先生问我们什么时候去吃生蚝。"

"你自己去。"

聂辰泽见季桐站在电梯门外，恶作剧得逞一般看着他被电梯送往顶楼。门合上的瞬间，他脸上漾起一抹笑意。

季桐转过身，摸了下嘴唇，刚才他吻她的时候，她是不是闭上了眼睛?如果闭上了眼睛，那就是喜欢上了他?该死，这记忆怎么就像喝酒断片了呢?

还有聂辰泽那句"你不是也很配合吗"，难道说，她不仅闭上了眼睛，还有什么回应不成?

嘭——季桐被脚下的东西撞了一下，她低头一看，竟然是一只红色玫瑰做成的卡通哈士奇狗，狗的脖子上还戴了一条三角围巾。

不用说，这样的礼物自然出自聂辰泽之手。

季桐蹲在门口，手轻抚过玫瑰花狗，心想，又不是不知道我要去香港，还买只花做的狗，放家里等着蔫吗?

她拿起那只玫瑰花狗，才发现三角围巾上绣着英文——I will wait for you（我会等你）。

聂辰泽发了条微信音乐推荐："I will wait for you（法国电影《瑟堡的雨伞》主题曲）。"

"啊，这家伙。"季桐嘀咕着，脸上却笑了。这样使了心眼的礼物，她明明可以扔到垃圾桶里的，可眼下却是欢喜地捧进了家。季桐将它放在了餐桌上，趴在那儿看了好一会儿。

真是一个专门勾引女人消费的行业意见领袖，追起女人来，成本少得可怜，却让她打从心里喜欢。季桐皱着鼻子，伸出手指拨弄了下三角围巾，反省了一下自己，为了惩罚聂辰泽，把这送礼物的人一下送到了楼顶是不是有些过分了？毕竟他是刚病愈的人。

想到这里，季桐抓过手机打给聂辰泽，可转念一想，自己怎么就这么不清醒地被他挖的坑给感动了呢？她慌忙要挂电话，只是慢了半拍，聂辰泽已经接起了电话："想吃生蚝了？"

季桐迅速想到一个别的话题："突然想起一件事。我先前去医院的时候看到朴慧坐了卓澜韬的车，但是Frank说朴慧在法国带客户古堡游。我佯作不知情，借口说自己有邮戳明信片收集癖，找她寄张古堡的明信片给我。她说有空的时候就给我寄，但我猜她是做不到了。"

"所以，你先前提到朴慧与卓澜韬之间有关系的说法有了根据？"

"我不确定。朴慧与卓澜韬本来是不同集团的两个人。按理，朴慧身为BU1的销售经理，是贝莱集团原生管理层，也是贝莱中国最适合做销售总监的人。可偏偏是卓澜韬一再上位。再者，她与卓澜韬的关系不会比Frank与卓澜韬之间关系更好，但现在看来两人关系紧密。他们如果不是情人，那么必定是有密切的利益关系，她从卓澜韬身上得到的东西，是贝莱集团给不了的。"

"也许两样都有。"电话那头的聂辰泽沉思道。

"我想是这样。"季桐发现不知从什么时候开始，她跟聂辰泽之间的配合越来越默契，连思维模式都越来越相似。只是讲完了朴慧的事情之后，她突然想不出更多的话题了。

两人就这样，彼此听着对方平静的呼吸声，静默了半分钟。

“我先开车了。”终于，聂辰泽结束了短暂的尴尬。

季桐总算是松了口气，可以坦然地挂上电话。

“二哈。”季桐看着眼前呆萌的玫瑰花哈士奇，想起那只住在乐高房子里的佐罗。孙萌似乎已经有一段时间没有发来佐罗的照片，也不知佐罗与他主人处得还好吗。只是她的思绪很快又被三角巾上那句“I will wait for you”搅乱了。

她喜欢上聂辰泽了吗？

聂辰泽真的会等她吗？

想想他周围那么多漂亮的女人，她们使尽手段都要和他攀上关系。除却她们，还有他那永远对自己莫名充满敌意的助理 Lina，以及长着太阳花一样脸庞的郭甜甜……蝴蝶漫天飞舞，他能闲下来等她？

季桐忍不住拍了下自己发热的脸颊，提醒自己不能被这花言巧语给骗了。

第二天一早，季桐坐了早班飞机飞往香港，直奔酒店办理了入住手续。Frank 早了两天到香港陪亚太区销售负责人 Benoit 巡店。季桐则打算会议后对华南区进行巡店，张琦也先抵达广州与销售们开会，等待季桐一同巡店。

“对了，请问我们贝莱的朴慧小姐入住了吗？”季桐问酒店前台。

“请您稍等，我查询一下。”对方礼貌地回道，利索地在电脑里查询会务组入住情况。

这时，朴慧穿着一身洁白露肩及膝长裙出现在酒店大堂。她的长发挽起来，耳边流苏耳环刚好触及锁骨，显得干练又温婉动人。

“不用查了，她来了。”季桐关照道。

朴慧走到季桐跟前：“你来了?”

“刚到，还在问她们会务组到了几个人呢。”

“没和彬彬一起来吗?”朴慧一如以往，那脸上扬起的笑容总是恰到好处。

“你知道，我和他合不来，见面就是互相怼。”

“你们上辈子呀，一定是冤家。不过说起来，彬彬人很好的，处久了，就知道了。”

季桐看着朴慧，或许这“好”的字眼太宽泛了，以至于随便什么人都能发张好人卡。她顺着朴慧的话继续道：“也不知道需要多久。”

“对了，先前你要的古堡明信片，我给你寄了。不过，怕是得两周后才能收到了。”

“是啊，要是遇上个罢工什么的，或许还得多等一些时间呢。”季桐心想朴慧难道真的从古堡寄了明信片？为何她要这么主动地提出这件事?

“法国人嘛。不过，这次古堡游真的很有意思，也是托了聂辰泽的精心安排。刚和他一起吃早饭的时候，还在说着这事儿呢。”朴慧再次莞尔一笑。

季桐心想朴慧的这段话充满了信息量。聂辰泽简直是太欠揍了，昨天提到朴慧古堡游的事，他竟然只字未提。还有，他居然到了香港，还与朴慧吃了顿早饭，可见比她还早入住。

“我先去放行李。”季桐说道。

“好，等会儿午餐的时候，我介绍些其他国家的同事给你认识。”

“谢谢。”

朴慧主动邀约，季桐一点都不意外。朴慧每一次恰到好处的话语，都令季桐心中佩服。若是换作别人，兴许已经将朴慧当作推心置腹的好友了。

季桐进了房间，整理了一番笔记本电脑中的邮件，对重要的事进行了安排。西北区的人事筛选也进入了尾声，一旦西北区大区经理人选落定，黄子涛就有了更充裕的时间和精力专心管辖好华东区。

经历了雅林商贸事件，沸沸扬扬地传出贝莱会收购一家全渠道代理商的消息后，整个代理商圈子已经恢复了对贝莱的信任感。至于是否真的有收购，似乎已经不再重要，因为贝莱今年的销售额比去年上了一个台阶。做生意，讲究的不就是“赚”这一个字吗？其他的事相比之下就显得不那么重要了。

季桐处理完邮件后，朴慧打来电话邀她下楼共进午餐。季桐换上了特意为会议准备的衣裙，打开房间门。

刚巧，对面的房门也打开了。

“这么巧？”对面房门里站着的不是别人，正是她与朴慧对话时“分分钟”都想揍一顿的聂辰泽。他穿着一件真丝休闲西装，内搭了深 V 领的 T 恤。

“我从不信有这么巧的事。”季桐瞪了他一眼。

“相信我，这次是真的。”聂辰泽玩味地笑笑，手扶了下门框道，“我想朴慧应该会带你去见其他国家的同事。”

“恕不奉陪了。”对季桐来说，在会务组下榻的酒店与聂辰泽偶遇，不管是不是安排好的，都得按照商务的形式来对话。

因为下午要赶着开会，午餐就安排在了酒店附近的一家轻食餐厅。朴慧把新加坡与日本的同事介绍给了季桐。因为新加坡市场较小，未按照市场受众分级，只有销售总监与销售经理，其中销售总监 Jackie 也跟着去巡店了，销售经理 Donna 是一位四十来岁的端庄淑女，一口英文说得非常好。日本同中国市场接近，来了三位销售课长，其中一位名叫中村秀的课长出席了午餐，其余两位还在机场赶往酒店的路上，而他们的坂本部长同样也在巡店团里。

在下午开会前能与几位素未谋面的销售负责人聊天，那是再好不过的事。季桐看得出大家与朴慧相熟，坐在一起像是久别的朋友。

“中国高奢化妆品的发展真是让人羡慕啊。”Donna 在席间赞叹道。

“是啊，朴小姐的销售业绩更让人羡慕。朴小姐，当初你怎么就推辞了销售总监的位置呢？”

这样的传闻，季桐是头一回听到。贝莱是化妆品行业的巨擘，有些传闻本国公司不知道，姐妹公司却传得沸沸扬扬。这也是常有的事。

“啊，女人还得有自己的生活才好。”朴慧淡笑着说道。

“是啊。做我们这行也真是够累的。”

中村秀叹了口气，忽而传来吴彬彬的声音：“朴慧，你约了这么多美女一起吃饭也不喊上我？”

餐桌旁的人均向吴彬彬点头打招呼，吴彬彬则将身后跟着的男人介绍给了大家：“这位是我们贝莱中国新的研发总监顾铭先生，苏黎世大学的博士。”

“过来坐吧。”朴慧朝吴彬彬说道。

“不了，我也是和顾铭经过这家轻食餐厅的时候，看到你们几个美女在，就进来打声招呼。现在，我得带顾铭到研发的同事那儿喝杯咖啡聊聊。这是卓总交代我的政治任务。”吴彬彬笑眯眯地做了个歉意的手势，同顾铭一起离开了轻食餐厅。

季桐发现换了日常商务西装的吴彬彬与平时判若两人，连语调中的娘娘腔也消失得无影无踪。到底是销售老手，变换了样子的吴彬彬倒是令人耳目一新。当然，即便如此，两人之间也并不友好。

吴彬彬没朝她看一眼，而她也懒得搭理吴彬彬。

也不知为什么，最近一段时间吴彬彬与顾铭走得相当近。季桐甚至还闪过一个可笑的念头，吴彬彬该不是看上了顾铭吧？

下午一点半，销售会议准时开始。

亚太区的销售负责人 Benoit 莅临会场，将销售的数据与市场趋势与大家分享。虽说这些数字大家已经看得有些生厌，但掌声并未因此减少。各国的销售总监们又把自己国家的一些亮点与不足展现给了大家。当然，一如所有的 PPT，亮点写得多，如此也让在座的领导与同僚们真切地感觉自己的实力。

据先前 Frank 所说，Benoit 与他都是法国尼斯人，所以关系也近一些。因而 Benoit 在 Frank 谈中国市场的时候，不忘揶揄道："Frank，下次得在上海开会啊，好让我们大饱眼福。"

"一定一定。" Frank 笑道。

季桐在与 Frank 谈 Benoit 的时候，曾经问过为什么这样的销售会议不在上海召开，而非要到香港来开。Frank 无奈地说卓澜韬并不欢迎各个会议安排到上海，因为牵扯的精力太多。季桐明白，这当然是明面上的话，背后原因是不愿意别人踩到自己地盘上。

Frank 讲述完贝莱中国的业绩之后，邀请季桐上台做演讲。作为贝莱中国的新人，却在短短的数月间在贝莱中国做出了大动作，其他国家的同事当然早有耳闻。季桐在台上分享了代理商整肃和致臻塑颜等最佳方案项目，台下的几位销售同事提了些问题，彼此认真交流了一番。

"对不起，我有个问题想问。" 季桐准备结束问答环节的时候，新加坡的研发经理突然举手。这是个一头白发的男人，头发三七分，梳得一丝不苟，从光洁的皮肤看来，年龄不过四十来岁，嗓音清亮却不失稳重，颇像一位新闻节目主持人。

"请。" 季桐对于场面上这种突然的问题，自然能够游刃有余地应付。

白发男人名牌上写着：Mark Chew。他直起腰板说道："中国公司的市场策划一直都归属于销售，这对于产品的推广售卖必然起到了很大的作用，但其他部门的职能是不是就淡化了呢？销售这么强势的话，会不会影响研发部门对产品的决策呢？"

Mark 的这句话是站在研发部门的角度来说的。每个部门都要表达自己的存在感，研发部聚集了技术上的精英，更是博士、研究生一抓一大把的地方。研发部自然不愿意成为销售的傀儡。

只是，Mark 的这句话令销售们有些不悦，尤其是 Frank，因为 Mark 直指贝莱中国。贝莱中国的销售向来强势，先前管理销售的人成了总裁，所以贝莱中国销售的地位比其他国家的高。可也是基于此，卓澜韬一直有意削减销售部门的职能，好降低 Frank 的权力。对 Frank 来说，Mark 的话未免有些刺耳。

"肯定不会影响到研发部门。研发做出好的产品才能有更多的卖点，研发如果做不出有卖点的好产品，那……"季桐微微拖了下调，将众人的目光调动了起来，随后微微一笑说道，"我们也得卖出去。"

瞬间，销售经理们跟着季桐笑了起来。

"可我听说，你们曾经干涉过研发部在防晒霜项目上的材料选择。"Mark 微撇了下厚厚的嘴唇。一旁不远处坐着的顾铭不禁朝 Mark 这头看来。

季桐观察过顾铭的表情，显然这件事并不是顾铭透露出去的，倒像是一旁若无其事的吴彬彬，他手里正把玩着桌上的笔，一副幸灾乐祸的样子。

"Mark，我想你听说的并不完整。顾总监今天也在这儿，为了准备会议发言，顾总监也和我一起看了今天的 PPT。至于防晒霜项目上的材料选择，我们研发部门与销售部门并没有任何矛盾，只是因为系统录入的问题，原本两家防晒剂原料厂商变成了一家。在开紧急会议的时候，顾总监及时修正了系统问题，帮助我们推动了产品售卖。当然，日常事务中一些小摩擦自然不可避免，就像吃饭咬到舌头的时候也是有的。如今这些小问题被夸大，必然是有人居心叵测。我和顾总监彼此理解就好了。”季桐脸上的笑始终没有改变，但反击的话语让人寻不出反驳的理由。

Frank 原本板起的脸孔立刻舒展开来，他似乎发现这件事是由吴彬彬给挑弄出来的，朝他投去一个极不友好的眼色。因大家都在赞许季桐，除了季桐外没有其他人发现 Frank 这气愤的目光。

“噢，是这样啊。”Mark 自然不会承认自己受人撺掇才发表了这样的言论，他站在研发总监的角度，谈及这样的矛盾也无可厚非。

吴彬彬玩弄笔头的手停了下来，眼梢微微一提，随即若无其事地将笔放在一旁，假意跟着大家拍手鼓掌。

季桐回到座位，也佯作若无其事的样子。这样的问题算不得尖锐，只不过，蓄意地扩大部门矛盾，还提了中国区销售部门管理市场策划的事，真是别有用心。她与 Frank 交流了下眼神，看样子，不仅是在贝莱中国，在整个贝莱，卓澜韬的影响比他们想象的还要深。

夜晚，会晤组所有人一同参加了晚宴。晚宴散了后，相熟的同事各自约了下一场。

季桐打算趁着晚上空闲的时间，去香港的商场看看贝莱品牌的产品。

“季桐。”季桐刚走出餐厅的时候，朴慧喊住了她，“一起去兰桂坊吗？”

“不了。这两天赶 PPT 加上西北区招人，搞得有些累，就周围逛逛后回房间休息了。”

“这样也好。下午做的 presentation（演讲）很不错，Mark 的话不必放在心上。市场策划在不在销售部门都不会影响我们的，不是吗?”朴慧平和地说道，仿佛所有的事都不重要。

“我对这个观点持保留意见。”季桐回以一个笑容，越过朴慧肩头望了一眼，说道，“你们玩得开心。”

“谢谢。”

朴慧的这句话自然意味深长，她转身的瞬间，季桐仿佛看到她皱起的眉头。她们本就不是一条线上的人，如此试探不过是多此一举，不是吗?

季桐走出酒店大堂，礼宾部为她叫来了一辆出租车。她刚钻进出租车，才说了句“SOGO”，只见聂辰泽对那拉门的礼宾部服务生用粤语说了句“一起的”，随后便自作主张地挤上了出租车，而季桐则本能地腾出位置给他。

“你不怕被贝莱的人看到?”

“人家可不像你，不换衣服就出门了。”

“损我呢?”季桐的左手臂搁在车窗上，抬手咬了下手指，瞟了眼聂辰泽。他换了一件亮闪的 T 恤，下身穿了条浅蓝色牛仔裤，像个二十出头的少年，若不是他们处久了，怕真一时认不出来是谁。

“我说的是事实。”

“是吗? 昨晚来香港猎艳了?”季桐别过脸，想到他没向自己提过半字到香港的事，心头就升起无名火。

“艳是有，不用猎而已。”聂辰泽在狭小的出租车后排座椅上调整了下坐姿，“昨晚来这儿参加个私人派对。”

“你不用向我汇报。”

“那古堡游的事，需要汇报吗?”聂辰泽唇角露出一抹玩味的笑意。

“现在说有什么意义?”季桐继续看着车窗外。

尽管光线不佳，但她半侧的脸庞与发丝让一旁的聂辰泽忍不住多看了两眼。他在想究竟是什么时候开始产生那种荷尔蒙带来的冲动感。也许就是那次在飞机上？

“没错，古堡游是我做的策划案，让人联系了当地古堡，安排了 VIP 客户的行程。至于朴慧去没去，不属于策划案交付的内容。况且，你给我的时间也不多。”聂辰泽故意带了些委屈的语调强调了最后一句话。

“聂辰泽，你是在和我抬杠吗？”

“不敢。”

“那请问聂辰泽先生，我现在准备去 SOGO 巡店，请问你去哪儿呢？”

“一起。”

季桐虽然哼了一声，却没有拒绝，反而有些小小的期待。当然，她是不愿意被聂辰泽看穿的。只不过，聂辰泽已看在了眼里，想起那晚，他送醉了的她回家，她那番毫无顾忌的熊抱，令他忍受了肉体和心灵上的折磨。好在现在他已经告知了季桐自己的心意，两种折磨至少去除了一种。说起来，他还有些感谢熊猫，它为爱争夺而被毛毛咬了一口，让他明白喜欢必须得说出来。

对于巡店这样的事，季桐有了聂辰泽相伴自然是非常顺利，而且收获颇丰。他们不仅去了 SOGO，还去了许多临街店铺。在化妆品行业相当成熟的香港市场，她能生出许多的点子，也能及时与聂辰泽讨论。

“感觉这里口红的广告做得很好啊。”季桐指着一张英俊男人摸着唇上的口红印，惊愕窘迫地瞪大了眼睛，一旁对比的广告中，那男人唇上就没有口红印，脸上一脸开心。

“有时候，广告好不代表产品好。”聂辰泽神秘一笑。

“什么意思？我觉得不沾杯的口红很不错啊。”

季桐好奇地问聂辰泽，聂辰泽故意不说原因，甚至还故意往前走了几步，逗着季桐为了知晓答案而追上去。

“告诉我。”

“你告诉我为什么你要不沾杯呢？”

“亏你也是行业里的 KOL 呢，口红沾杯不是很尴尬吗？”

季桐接连问了几个问题。

“让口红少沾杯本身就有好些办法，何必要口红本身不沾杯呢？”

“那为什么不在口红配方上做调整呢？”

“带你去个地方。”

说着，聂辰泽带着季桐到了维多利亚港湾，手里还提了路上买好的啤酒，两人靠在一起，吹着海风，喝起了啤酒。

“你还没告诉我答案呢。”两人喝了一打啤酒，聊了些事，季桐突然想起关于口红的事还没有听到答案。

“你想想为什么所有市面上的品牌口红都不打不沾杯这个卖点，只有一些小众牌子才拿这个当卖点？如果口红不沾杯，你用什么来卸口红呢？着色强是添加剂起的作用，嘴唇很娇弱，而且……”

“而且什么？”

季桐扬起下巴，却迎上聂辰泽低下的头。这张微微泛红的脸完整地落在他的眼中。他轻柔地抬手将她被海风吹乱的发丝绕到她的耳后，不等她反应过来便吻了下去。尽管她本能地轻推了他一次，他们彼此的双唇短暂地分离了半秒，麦芽酒精混着海风淡淡的腥味，仿佛一剂催化的药水，促使他们很快继续了这个既像不经意，又好像蓄谋已久的吻。

那强烈的吻，吞没了周围海水拍打堤岸的响声，也消弭了她对爱情的抗拒，直到两人几乎用尽了所有的力气，才中断了唇齿的缠绵。

季桐微喘着，双手撩起凌乱的发丝，任由海风吹凉自己滚烫的脸庞。爱情面前，她怯弱地想退后一步，但发现身后其实并没有路。

“季桐。”聂辰泽低声唤了她的名字，递过一罐新开的啤酒。正要再说什么，手机铃声响了起来，来电的名字是“Corina”。

季桐曾从秦言口中得知，Corina是聂辰泽前女友，不仅如此，她还与卓澜韬保持着情人关系。

聂辰泽并不避讳，对季桐说了句“sorry”后接起了电话：“找我有事？”

“你在香港？”

“到底有什么事？”

“我想见你。”

“现在很晚了。”

“我和卓澜韬已经分了。”

“我没有兴趣知道你和他的事。”

“是在吃醋？”

“我不需要了解你的事。没什么事，挂了。”

聂辰泽挂了电话，他再度对季桐说道：“Sorry。”

“没关系，你不用向我道歉。”季桐拿起一旁的啤酒喝了起来。Corina与聂辰泽的电话极短，短到毫无内容可言，说明两人的关系的确已经到了破碎后不能复原的地步。这就好比她和顾铭，除了公事之外，也尽量地避免有任何交集。

“今天的presentation顺利吗？”

“还成吧。”

“这次销售会议，中国区只安排了你做presentation，看得出Frank对你的依赖程度越来越高。”

“唇齿相依，他能倚靠的人不多。”

“刚才是真心的?”聂辰泽在一段公事的寒暄后，侧脸问季桐，见她没有反应，便说道，“我是真心的。”

“真心?”季桐扬起头诘问道，“不是存心?”

“都有。”

他们都很清楚那吻是真心的，以至于热烈得几乎到了令彼此窒息的地步，若不是在海边的台阶上，此时此刻，他们兴许已经发展到了另一个阶段。戛然而止的热吻后，两人都有些莫名的尴尬。他们坐在那儿继续喝着手边的啤酒，直到季桐微醺地倚靠到聂辰泽的怀里，手指比画着聂辰泽T恤上的花样：“没想到你这么能喝。”

“以前也很差劲，但是为了应酬总要学着喝。”

“我也是。”

“现实生活，很多事情都身不由己。”

“这就是生活。”

“我觉得现在的生活终于有了滋味。忘记过去，未来比过去更值得我们拥有。”聂辰泽笑了笑，低下头，再次吻住了她。

第十九章
突发事件

香港会议之后，季桐与张琦两人在华南区进行了一番巡店。季桐总时不时地想起那晚与聂辰泽巡店后坐在维多利亚港边的台阶上两人近乎窒息的热吻，那种特别的感觉，她也许这一辈子都无法忘记。

身体总是最诚实的。季桐明白，就算自己抵死不承认喜欢聂辰泽，也不过是自欺欺人罢了。

回到上海，季桐交代李薇薇与研发对接好新项目。Frank 在陪完 Benoit 后也回了上海，特意找到季桐表示了赞许，同时暗示 Benoit 有意支持她未来在贝莱的晋升。

Frank 离开季桐办公室前特意坏笑地问了句："辰泽住在你房间对面吧？"

"呃？"季桐万万没想到这事竟然被自己的上司撞破，瞬间因为尴尬而脸红。

哪知 Frank 摆摆手，做个神秘的鬼脸说道："放心，这是你们的事。"说罢，未等季桐解释，Frank 就离开了办公室。

Frank 是法国人，在他眼里，男女欢爱很是平常。季桐知道 Frank 一定认为她和聂辰泽上了床，于是长长叹了口气。

正在这时，聂辰泽发来了微信：“晚上七点，铃木先生那儿见。”

季桐放下了手机。以往聂辰泽约她的时候，她觉得很是平常。今天，他约自己，那她该以什么身份去见他呢？工作上的伙伴？还是恋人？

这一下变得有些复杂。季桐还没有想好究竟该以怎样的角色出现在他面前。如果是工作上的伙伴，就穿着这身衣服。如果是恋人间的约会，是不是自己得回趟家换一身衣服？

“真是讨厌的事啊。”季桐叹了一声。

她最终还是选择回家换身衣服，到铃木餐厅的时候，聂辰泽在那儿等了半个小时。他见到穿着一身连衣裙补过妆的季桐，忍不住抬手掩饰了下笑容。

“我还在想一直准时的你为什么迟到了。”

“不是你约我吗？”

“是，因为有事得找你谈。”

“工作上的？”季桐特意挑了双高跟鞋，以匹配约会这件事。听到聂辰泽好像要聊工作，立刻三下五除二地将鞋脱了，坐上了榻榻米。

“今天很漂亮。”

“说的反话吧？”季桐将芥末挤到小碟子里，端到聂辰泽面前说道，“把这吃了。”

“我说错话了？”

“是你没把今天的目的说清楚，才搞得我这么狼狈，早知道，我就不回去换衣服了。还有，Frank 竟然知道你在香港住的房间就在我房间对面。”

“没有想到你会为了见我特意回家换衣服。”聂辰泽拉过季桐的手，面露悦色。女为悦己者容。季桐不用说什么，她的这番行为就是对他表白最好的回应。这样刻意的改变她还有些不适应，他多少也觉得有些对不住她。既然她要罚他吃芥末，他就配合着，含着笑一口气吃了下去。

“你还没回答我为什么 Frank 会知道这件事。”见聂辰泽把芥末吃下去后，季桐又说。

“我坦白。”聂辰泽脸上笑着，可是眼睛被芥末刺激得泛着泪光，眨了好一会儿眼睛。

铃木先生送上生蚝的时候，憋笑着说道：“两位慢用。”

聂辰泽尴尬地谢了铃木先生后，对季桐继续道：“你们贝莱是会务组房间，我预订的是行政楼层。Frank 也是行政楼层，但被错误地安排在了普通大床房，因为酒店客满，他将就了一晚，第二天，我刚好入住的时候见到他，他提出和我换房间。我就住到了你对面。不过，我并不知道你的房间在我对面，或许这是巧合，或许是 Frank 故意安排的。”

“那只老狐狸。”

“他特意和你提了？”

“他肯定认为我们上……”季桐说到这儿，立刻收住了话改口道，“不提他了，吃生蚝。”

聂辰泽记得去维多利亚港后第二天早晨用餐的时候，Frank 就笑着拍着他肩膀说：“起这么早？”他刚开始还没有反应过来，不想 Frank 接着说：“到底年轻，身体好。”

这两句话的意思不言而喻，自然是指他与季桐翻云覆雨后还那么神采奕奕。聂辰泽想反驳，可觉得十分唐突，干脆不回应。只是他没想到，Frank 还会去调侃季桐。

“我查过，朴慧的确没有去法国。”见季桐转移了话题，聂辰泽怕她更尴尬，就顺势谈起工作。

“我就知道她没去。”

“她去机场换了登机牌，最后没有上飞机。”

“神神秘秘的。我总觉得她与卓澜韬在偷偷做什么事情。”

“对了，我那天退房的时候听到吴彬彬打电话给顾铭，两人好像约了去澳门。”

“去澳门？澳门除了博彩业外，还有什么东西可吸引他们的？”

“或许他们就是去玩博彩的。”

“不过你这么一说，吴彬彬和顾铭都不在公司。难道说他们还在澳门？”季桐皱起了眉头，想起之前吴彬彬曾经与她说过认识赌场的人，眼前一亮说道，“先前吴彬彬和我说，他在赌场认识人，说是安排我去赌场玩两把，这样可以把赚来的钱还给顾铭，难道说，他带顾铭去澳门赌场赚钱了？”

“吴彬彬和你这么说的？”

“是啊，不过，要真的能赚钱，他为什么非要便宜了我这个和他犯冲的人呢？”

季桐与吴彬彬的关系不佳，这是聂辰泽知道的事。就如季桐所说，如果靠着认识人就能赚钱的话，吴彬彬自己就赚上了，何必要撺掇顾铭去呢？

“看样子他们最近关系不错。”

“是啊，他们最近经常走在一起。顾铭兴许真的去赌钱了。之前，我和柳译约了见面，顾铭问我要钱，结果被柳译撞破后匆匆离开。如果有快速赚钱的方法，他应该会尝试。”

“你担心他？”聂辰泽问道。

“虽然我看不起他的所作所为，也报复过他，不过像他所说的，我们分手之后，他把房子留给了我。我还给他钱，的确天经地义。如果他因为缺钱而去赌博，我也会有些内疚。”

聂辰泽看着季桐微带愁容的脸，心里有些不是滋味，但他也明白季桐的坦白。如果自己为了这件事打翻醋坛，反倒显得过分小气。

“吴彬彬一定另有目的。”

“只是猜不出来他的目的。对了，都说原来的研发总监薛国林去了总部，可是我在公司的全球通信录里并没有查到薛国林的名字。你知道更多的信息吗?”季桐拿起一只生蚝吮吸起汁液来。

聂辰泽失神地看着她，全然没有在意她在说什么。季桐见他没有反应，又重复了一遍自己的话。

聂辰泽缓过神回道:“说是调到总部去了，但究竟去没去就不得而知了。以前听说他与供货商有些内幕交易。不过，这些应该都是供货商传出来的消息。柯林与贝莱合作的时间并不久，我与他交流的机会不多。在我看来，薛国林是个谨慎的人。”

“如果他不是去了总部，那一定是去了别的国家或者是其他行业。至少，我没在这个行业里再听到这个名字。”说完，季桐又连吃了两个生蚝。

铃木先生端了些其他海鲜刺身到两人桌上，问道:“今天的生蚝好吗?”

“铃木桑，你这儿的生蚝超棒。”季桐朝铃木先生竖起大拇指。

“谢谢。”铃木先生欠身谢了季桐，转过身与聂辰泽说了几句日语，聂辰泽并不回答，只是笑着点头。铃木先生说完后，礼貌地欠身退了出去。

“铃木先生和你说什么呢?”季桐好奇铃木先生为什么会跟聂辰泽说日语。

“没什么，让我多吃两个生蚝。”聂辰泽笑笑，指着刺身说道，“尝尝。”

“一点儿都不坦白。”季桐嘴上嗔怪，手里拿过贝类刺身放进嘴里，贝肉弹性十足，丝毫不输生蚝的美味。

“也不是什么不好讲的事。你自己也提过，生蚝对男人某方面有促进作用。”

季桐搜罗了下自己的记忆，她的确为吃生蚝调侃过他。难道铃木先生认为他们俩已经到了那个地步，所以鼓励聂辰泽多吃些生蚝？

“原来是这件事。”季桐掩饰地拿起水杯喝了一口。

“不吃生蚝，也不影响我发挥。”

“喂，聂辰泽，不要得寸进尺。”

“我只是照你说的坦白而已。”聂辰泽故作委屈，看着季桐脸上满是红晕的样子，心里更加喜欢。

季桐埋头吃起海鲜，心里埋怨日本大叔真是好管闲事，能与 Frank 凑成一对国际八卦兄弟。

两人吃完日料后，聂辰泽建议去店外走走消消食。季桐出门后，才发现店旁一条小路上栽满了泡桐树，紫色的泡桐花落了满地，他们两人的影子在橙黄的灯光下清晰地落在了那些泡桐花上。

“很久没有看到泡桐花了。我一直以为我名字里的‘桐’是梧桐的意思，后来，我妈说是因为小时候住的地方门前的石板路旁种了许多泡桐树，一到花季，抬头满是一串串紫色的泡桐花，临近花季尾声，紫色的花朵便铺满了整条路，连同两旁的人行道上也都是泡桐花。我爸妈就给我取名‘桐’。”

聂辰泽微笑着看她，轻拉起她的手。季桐脸上漾起淡淡的笑容，继续走在落满泡桐花的小路上，影子也渐渐地重合在一起。

兴许，儿时那会儿，他们就在老家的某条铺满泡桐花的路上相遇过。因为季桐所说的景象，与聂辰泽记忆中的一模一样。

聂辰泽送季桐回家后，熊猫已经完全康复，本是睡眼惺忪，仍坚持着讨宠，下巴搁在他的腿上撒娇。

“你说，我该怎么向她解释，还瞒了你这家伙呢？”

这该不是什么大事吧？可毕竟也还没有想好怎么坦白。

这时，Lina 打来了电话。

“聂总。”

“这么晚，有什么事吗？”

“华飞说最近会把新推出的美白精华水交给我们做前期预热。”

“华飞并不是大客户，你找 Tina 商量就可以了。不需要大晚上来和我说这事。”

“我是想问，你是不是和季桐在一起了？”

“这是我的私事。”

“那就是了。”Lina 的声音低落下来，答案显然与得知的消息并无二致。

“对了，我不希望这方面的消息被人利用。你知道该怎么做。”

“我明白。”

聂辰泽与各个媒体关系不错，消除一些不必要的麻烦会更妥帖保险。尤其是卓澜韬眼线四布，更不能让卓澜韬知道他与季桐之间的关系，万一他在暗地里使了什么招数伤害到季桐，那会是他最不想看到的。

季桐并不知聂辰泽在做什么，到家后睡了个极舒适的觉。接下来的两周，为了线上大牌促销日活动，季桐也没少操心。李薇薇跟进了美白产品项目，但进程并不理想。季桐偶尔在吃饭的时候遇到顾铭，见他精神不错，就没再试探赌博的事，只是催促他加快项目进程，毕竟夏季是防晒霜销售的主要季节，而美白则是中国女性的刚需。

这一天，李薇薇送来研发部的进程表，称已经放出试样配方，季桐悬着的心算是放下了。

就在李薇薇退出办公室的时候，聂辰泽打来了电话问道：“你最近手头上有精华水的项目吗？”

“没有啊。有的话，你会不知道吗？”

“我手上有精华水的项目，不过是吴彬彬的。”

“你这么一说，我记得在香港会议之前那次月度销售会议上，吴彬彬提过有个美白精华水项目。现在市场上，精华水挺受欢迎的，比起精华来质地更清爽，所以他提的这个项目，我记忆还挺深刻。”

“你能想办法看下系统里的项目进程状况吗？”

“懂得利用我的职务之便啦？”季桐把手机夹在耳朵与肩胛骨之间，手里则打开了系统，吴彬彬果然是四月初就申请了项目，项目进度虽然慢，但也快到了试样的阶段。她把情况告诉聂辰泽。

“有个客户委托我们柯林做推广，产品是美白精华水，用了之后，我旗下的美妆博主的脸上出现了问题，对我们影响不小。客户承认是通过中间商从跨国企业拿的新产品配方，所以不太稳定。”

“你的意思是这不稳定的配方来自贝莱？”

聂辰泽“嗯”了一声。

“不是其他厂商吗？”

“目前看来，贝莱的可能性最高。这事影响到了柯林，我会找到中间商查清真相。”

“吴彬彬这个项目是顾铭直接负责的，我会试探下顾铭，毕竟他曾干过这类事。”

“上次我们猜测他可能去澳门赌博，最近你有没有什么发现？”

“没有。不过，我总觉得有些不对劲。”

“你要小心。”

“我知道了，聂总大人。”季桐娇嗔地调侃了一句，挂了电话。季桐想，刚好可以借着项目跑一趟研发部，于是走出办公室喊李薇薇，没想到李薇薇的位置上空无一人。

展鹏见状说道：“老大，薇薇去研发部了。”

“她速度挺快。”

“噢，薇薇最近经常去研发部，我感觉到她还想回研发部，我听说顾总监也挺喜欢薇薇的，底下几个同事说看到顾总监和她说过好几次话，时间也不短。”因为几个大区经理都不在办公室，展鹏压低了声音，只有季桐能听得清楚。

季桐愣了下，她交代李薇薇的项目并不多，重点项目也就一个，并不需要天天跑研发部。早前李薇薇曾将她的信息透露给顾铭，现在她与顾铭的过往在公司已经传开。李薇薇失去了利用价值，除了日常的那些可以用电话沟通的事务外，还有什么需要经常跑研发部？

展鹏的猜测怕是对的，李薇薇仍想回研发部。

“没什么事了，你去忙吧。”

季桐交代完展鹏后，去了研发部，只是在那儿并没有看到顾铭，也没有看到李薇薇。倒是在她离开的时候，见顾铭从楼梯间走了回来。

“找我？”顾铭问季桐。

“听薇薇说项目有进展，我正好有些空闲，就过来看看。如果你忙的话，等空了再说吧。”

“我一会儿有个重要的午餐，十分钟的时间还是有的。”

“十分钟太少了。对了，薇薇以前是研发部的，你有考虑过让她回研发部吗？”

“我对她不熟悉，你自己的人，何必推我这儿？”

“我没有强求别人的喜好，想走的，我也不会挽留。”

“是啊。”

顾铭推了下眼镜，若有所思地应了声。季桐发现他换了一副新眼镜，虽然对眼镜品牌不熟悉，但看得出这副细框眼镜像是钛做的，价格应是不菲。季桐临走前打量了一下顾铭全身，才发现他的衣服、裤子，乃至鞋子，全是新置的。看样子，他最近的花销不小。

“噢，对了，你那次香港会议之后去澳门了吗？”

“澳门？”顾铭本已转身，听季桐这么一说，转过头看了眼季桐说道，“没有。”

“不知那儿的市场怎么样，还以为你去过，本想问问你。”

“我没有去过。不说了，我还要准备一下。”顾铭抬手看了下表，随后回了自己的办公室。

以往顾铭从不戴表，因为做实验的时候不方便。这些年下来，已经养成了习惯。可是今天，他却戴上了表。

他在澳门赌博赚了钱？还是靠卖配方赚的钱？

季桐边想边回了办公室，见李薇薇从茶水间出来，一手拿着杯子，一手按着微信语音键：“我当然想回研发了，况且，他也给了我承诺。”

“谁给了你承诺？”

季桐突然冒出的一句话吓得李薇薇一颤，手机翻落在地，因为急着去抓手机，另一手的杯子也“啪嗒”掉在了地上。李薇薇慌乱地收拾起来，不敢喘一声。她咬牙埋怨自己是被好事冲昏了头，竟然在茶水间里急着把能回研发部门的事告诉给闺蜜，没想到被上司听见了。

“你到我办公室来一趟。”季桐说完后迈步向自己办公室走去，李薇薇惊慌失措地跟在后面。

吴彬彬经过，见季桐的下属狼狈地跟着她正要回办公室，便提了提嗓子说道：“季桐。”

“怎么？找我有事？”

“你的Assistant（助理）是犯了什么事？”吴彬彬手里拿了瓶汤力水，倚靠在茶水间外的墙上，脸上堆着看好戏的表情。

季桐朝李薇薇递了个眼色，让她到办公室等自己，随后扯出笑容朝吴彬彬道：“真是不好意思，没什么好戏给你看。”

“我至于这么无聊吗？”吴彬彬打开了汤力水，朝季桐说道，“你现在可是销售圈的大名人，我怎么敢看你教训下属的好戏呢？”

“少来。我的项目可远不及你的项目多。”

“没办法，你都这么努力了，我不努力还怎么混下去呢。”吴彬彬喝了口汤力水，手插了下腰，酸溜溜地回道。

“得了吧。说起来，我记得先前你有做过一款精华水的项目。最近几个日本品牌的精华水都卖得不错。你那项目还做吗？做的话和我分享下？”季桐特意引出精华水项目的话题，好套些话出来。

“噢，我打算把那当大项目做呢，还配上微珠眼部精华一起推广。说起来，得找找柯林要资源了。”

“是吗？我以为你想推迟呢。”

“无稽之谈。”吴彬彬昂了下头，直了下腰杆，朝季桐说道，“不过呢，我做得成功的产品，到你手上未必就能成功。毕竟，我们的目标客户不同，你那些客户知道什么叫精华水吗？该不会以为是化妆水吧？”

“吴彬彬，不要低估客户。”

“嗤。”吴彬彬扬了下手，扭动着腰臀朝自己办公室方向走去。

真是一个无法形容的家伙。季桐奇怪的是如果吴彬彬要大推精华水的项目，何必出卖这个配方呢？这对他来说有什么好处？可如果不是他卖的，那就是顾铭？可他和顾铭最近这么好，难道是塑料兄弟情？这似乎讲不通。

季桐敲了下脑袋，回了办公室，只见坐在里面的李薇薇听到开门声吓了一跳。

“我们长话短说。”

“噢。”

“你是不是还想回研发部？”

“我……”李薇薇放在膝盖上的两只手不自觉地拧在一起。

“你不用这么紧张，你如果很想回研发部的话，我不会拦着你，只要研发部愿意接收你。”季桐保持着极其商务的微笑。李薇薇狐疑地看着季桐的脸，揣摩上司说的是真话还是反话。对李薇薇这样的职场菜鸟而言，季桐自然是拿捏有度：“我可以给你一个月时间再考虑下。这毕竟是你自己的职业选择，强扭的瓜不甜。”

“谢谢季经理。”在一番揣摩之后，李薇薇似乎确定了季桐的话是真诚的。她有些迫不及待地想要去找人分享这个好消息。

她离开办公室的时候，脚下生风似的。季桐猜想她应是去找顾铭了。

这时，聂辰泽发了条信息：“有消息说，顾铭中午会见中间商。”

见中间商？顾铭重要午餐的对象竟是出卖配方的中间商。她拽成拳头的手砸了下桌面。顾铭竟是真的走了老路。

一想到这儿，季桐拨通了顾铭的手机：“你出发了没？我忘了和你提，我能晚一天给你转钱吗？”

“没事。”

“你在哪儿？我听不清楚。”

“我在停车场，先挂了。”

“OK。”

贝莱中国的停车场并没有屏蔽信号，季桐听得一清二楚，只是为了确定顾铭是否已经离开贝莱。她立刻走出办公室下电梯到了停车场，只听一个厉声斥责的声音：“不可能！你给我好好待在那儿！”

那声音是顾铭的，他们的车位并不远。季桐趁着顾铭讲电话的时候钻进了自己的车子，准备跟踪顾铭前往他与中间商约会的地点。那通电话必然是李薇薇打来的，季桐轻叹了一声，能够想象电话那头的女孩是多么失望。

李薇薇涉世未深，哪知道职场的残酷。顾铭那些花言巧语不过是来哄骗她做眼线的，心里是半点都没有想过要把她调到自己部门。更何况，她刚刚还与顾铭提过李薇薇调岗的事，顾铭自然更不愿意冒着李薇薇是“间谍”的风险把她放到研发部门来。

季桐这一手直接断了李薇薇的退路。当然，她也是为了李薇薇好。就目前而言，像李薇薇这样不懂得自保的菜鸟，到了研发部，也得不到想要的职业发展。季桐身为她的上司，于公于私，觉得自己都该帮她一次。

季桐见顾铭启动车子离开，便立刻追了上去，路途中还给蛮牛发了定位信息，希望他能及时赶来以防万一。论车技，她比顾铭好很多。为了不让顾铭发现，她尽量保持中间隔一辆车的距离，以阻挡顾铭从后视镜看到她。

二十多分钟后，顾铭的车停在了一家咖啡西餐店门口。季桐特意开过两个车位停在了前面。这是一间外表中规中矩的西餐厅，已到中午，外面停的车辆并不多，想来生意一般。季桐刚走上台阶，手被人一把拉住。

“季桐。”拉住季桐的人正是聂辰泽，见他一身正装，应也是从公司赶来。

“你也查到这儿了。”季桐说道。

聂辰泽点点头，仍不松手：“我来解决。”

“有些事，开始了就刹不住车了。”季桐冲他笑笑。

这时，服务生打开了门说道：“请进，两位吗？”

聂辰泽刚点头，只见顾铭从右侧的洗手间走了出来。顾铭见到眼前两人，立刻意识到不妙，竟是连招呼都没有打，便一把推门跑出了西餐厅。

“顾铭交给我，你去找中间商。”季桐说完后就立刻追了出去，顾铭正跑向自己的汽车，因为没摸到钥匙，又见季桐追了出来，他算定季桐断然跑不过自己，就朝着一条小路飞奔而去。

“顾铭，你给我站住！”

季桐穿了高跟鞋，完全追不上顾铭。

顾铭回头看了眼季桐，继续往前跑。没想到眼前三个魁梧的男人挡住了去路。

“你们，你们是谁？”

“顾博士，你不认识我了吗？”

顾明惊恐地发现，说话的那个皮肤黝黑的健硕男人，正是季桐的朋友蛮牛，而蛮牛看到顾铭的样子，想起先前顾铭如何对不起季桐，恨不得把他揍一顿。

这时，季桐总算是跑了过来，气喘吁吁地朝蛮牛说道：“谢谢了。”

接着，她不由分说地踹了顾铭一脚：“我让你站住，你为什么还跑？”

虽然这一脚力气不大，但顾铭也觉得生疼。季桐不但心狠，这下手也丝毫不犹豫，他吃痛道：“我怎么知道你要干吗？”

“我要干吗？我问你要干吗?！难道你忘了之前出卖配方的事了吗？为什么现在又要卷入这样的事情呢？难道你就不能踏踏实实工作吗？”

“我不明白你在说什么，嘶——”顾铭摸着自己的小腿。

“你别给我装糊涂，我知道你中午约了配方中间商。”

“聂辰泽说的？”顾铭轻哼了一声，“你为了他，要这么对我？”

“我不是为了他。”季桐一把拉过顾铭的手厉声道，“我是为了你！你还记得自己叫什么名字吗？你为什么非要一错再错？为了穿好的，戴好的？”

“不！这都是因为你！你让我一无所有！我同你说我缺钱买房，

问你要钱，你却不问聂辰泽要。那个柳译，故意当着你面，用钱砸我的自尊！就是要显摆他多有钱！我多穷！”

“我不知道柳译会这么做！我说过，我欠你的，我自己会还你！”

“吴彬彬带我去澳门，我想赌一把，谁知道会输那么多钱！吴彬彬，他就是给我下了个套！如果不是输那么多钱，我根本不用偷卖配方。再说，这配方本也是吴彬彬的产品，不是你部门的产品。他都让我卖了，你管这么多干什么呢？”

季桐没想到整件事是吴彬彬监守自盗，还设局让顾铭来经手。那背后藏着的还有多少可怕的黑幕？

她看着顾铭说：“你卖的配方出问题了，你知道吗？”

顾铭大惊失色。季桐一看他的表情就知道他并不知情，于是示意蛮牛带着顾铭回到西餐厅。不想聂辰泽正在西餐厅门外拐角的地方与一个胖乎乎的男人争执。这人应就是配方交易中间商。

“一行有一行存在的理由，你凭什么干涉我们？”那胖乎乎的男人突然提高了声音，蛮牛立刻目示边上一个男人上前帮衬下聂辰泽。

“你还有理了？”聂辰泽还没开口，季桐走上去就骂起了那胖子，“你怎么不说卖‘白粉’也是一个行当呢？你不知道贩卖商业机密是违法的吗?!”

“你什么人?!”那胖子说着，发现边上来了三个魁梧的男人，而约好的顾铭正瘸着腿被其中一人架着走了过来。

“我告诉你，我叫季桐，贝莱中国的人！”

“哼，贝莱中国！我以为你是哪儿的呢？贝莱中国是吧?！你们打着行业巨头的幌子，可是上梁不正下梁歪，偷鸡摸狗的事做得还少吗？你也不用自命清高，你们那儿，蛇鼠一窝，哪个还在靠工资赚钱哪！”

没等胖子说完，季桐一拳砸在胖子脸上，把那胖子左脸一坨肥肉打飞了起来："你才蛇鼠！"

那胖子"哎哟"一声还没有结束，季桐又朝顾铭砸了一拳。

顾铭痛得直捂脸。

"你处理吧。"

季桐甩了下手。

"你的手……"聂辰泽看出了季桐的不对劲，请蛮牛看住两人后，追上季桐，才发现一向坚强的她双眼泛着泪光。她仰起头，试图不让眼泪落下。聂辰泽不愿说破，轻柔地问道："你要回公司？"

"是的。"季桐抽噎了一下，紧紧地抿了下双唇。

季桐的手机铃声响了起来。来电是贝莱公司的总机。

"老大，我，展鹏，Frank 刚才来办公室找你了，好像特别急的样子。"

"OK，我马上回来。"

季桐挂完电话，才发现手机上有一通 Frank 的未接电话。她正思忖着究竟是什么事这么着急，手机又响了，正是 Frank。

"季桐，你是不是在外面？"

"对。"

"Terry 召开紧急会议，宣布开除吴彬彬与顾铭两人，你立刻回来。"Frank 交代完后，立刻挂了电话。

季桐皱着眉头朝聂辰泽说道："公司要开除吴彬彬和顾铭。"

两人立刻明白了什么，聂辰泽走到胖子面前说道："你们是不是来了两个人?!"

"不知道。"那胖子要狡辩，蛮牛立刻站到他跟前。胖子瞅了一眼，不敢再造次，立刻回道："当然。"

果然是这么回事。

季桐与聂辰泽对视一眼，明白另一个没有出现的人已经把这里发生的一切汇报给了上头。他们打草惊蛇，卓澜韬立刻以开除吴彬彬与顾铭为由，阻断了他们对整件事的调查。

季桐十分懊恼，内疚地看着聂辰泽：“对不起，我太大意了。这下会不会给你带来麻烦?”

聂辰泽轻轻揽过她：“别说傻话。”

“我得立刻回公司。”

“一定要小心。”

“嗯。”

季桐临走前又看了眼顾铭。只这么一会儿的工夫，他就成了卓澜韬的一颗弃子。一个海归的博士，堕落到今天这步田地，不只是可怜，更是可悲。

卓澜韬的手段令人全身一冷。

他究竟还藏了多少棋子，准备了多少明枪暗箭来对付他们，她不得而知，但她只能选择面对。幸好，如今她有了聂辰泽，聂辰泽也有了她。

季桐开过第三个红绿灯，转入一条小路时，一辆北京吉普突然超到了车前。季桐一脚猛踩刹车，车停在了北京吉普车后。季桐呼了口气，暗骂前头的司机开车不守规矩。没想到上面跳下四个人，手里拿着棒球棍对着季桐的车子砸了起来。

砸车的四人中，带头的那个拎了棍子就跑到驾驶室旁，敲了一下窗子，大声道：“少管闲事!”

接着，那人又抡了一棒子，驾驶窗的玻璃被打碎了半块。

季桐护住头和眼睛弯下身，以前和人一起打假的时候，被行业里的人教过怎么应对奸商的野蛮报复，车子被砸时应该采取怎样的措施。她没想到，这些技能在建筑行业的时候没用到，如今在化妆品行业却用到了。

沉闷与尖锐的声音撞击着耳膜，一种孤立无援的惧怕啃噬着季桐的勇敢。她只盼着这一切赶紧结束。不知过了多久，也许是一分钟，也许是十分钟，那声音戛然而止。

季桐试图拿起手机去报警，却发现颤抖的手上竟淌了条血痕。

“季桐——”

她听到有人在喊她，还感觉到车门被人使劲地拉动。她努力地直起身子，拨开凌乱的头发寻找喊自己的人。

“聂辰泽。”

她喘息着，慌乱地打开了车门。瞬间，落入聂辰泽紧紧的拥抱中：“你受伤了吗?”

说完，聂辰泽松开怀抱，仔细地检查起她的脸以及身上其他地方，生怕自己忽略了什么。

“还好，手上有点血。”她控制不住还在微颤的手，尽量地掩饰自己的疼痛，“伤口很浅，应该没什么事。”

“我不该让你一个人回贝莱的。”聂辰泽说着，将季桐抱出了车子，放到自己车子的副驾驶，用车上的医疗包迅速地为她清创止血。

“我没事。”

就在这时，Frank 又打来了电话，催她务必立刻参加会议。

“顾铭和那胖子呢?”季桐问。

“蛮牛送他们去公安局了，我总觉得有什么地方不对劲，就往贝莱方向开过来，转弯到这条小路的时候，就看见你的车子停在这儿，亮着双跳灯，地上一片狼藉。我真怕……”

“你看到那几个拿棒球棍的人了吗?”

“没有。”聂辰泽咬牙切齿地说，“他这次应该是找人警告你，吓唬你一下就撤了。如果你再不放手，下一次，就不会只是警告这么简单了。听我的，不要再查了，后面的事，我来办。”

“你觉得我现在就算退出，卓澜韬就会真的放过我吗?我能退到哪里去呢？躲起来吗？躲起来就安全了吗？你听我说，现在最安全的做法，就是尽快抓到卓澜韬的犯罪证据，将他绳之以法！你赶紧送我回贝莱，要不然一会儿警察到了，我还得去做笔录呢。”

尽管聂辰泽不愿季桐再次冒险，但他知道从有“预谋”地将她拖入自己的报仇计划开始，他们就不可能再退出这场战争。敌人越对他们施压，就越表明他们离挖出黑幕越来越近了。

聂辰泽在短短几分钟时间里，脑海里闪过无数个念头。他有一千个理由叫季桐收手，可是他也知道季桐会有一千零一个理由说服他，与他并肩战斗。

他不知道是该忧虑还是高兴。他算计季桐入局的时候，以为自己会得到一个最有战斗力的盟友，怎么会想到，上天给他的，远远超过他的预期。

季桐一看聂辰泽的表情就知道他在担心她，轻声说：“送我过去吧，我们会赢的。”

聂辰泽的心在那一刻几乎停止了跳动。他托起她的手，放在唇边轻轻吻了一下，然后启动了车子。

聂辰泽开车送季桐到了贝莱，他看着季桐缠着纱布的手，想起那次，她因为扎针就哭得像孩子似的，现在，她即使双手本能地因为惊吓而颤抖，脸上却是坚定的笑容。

季桐匆匆赶到会议室门口，焦急的 Jessica 一把拦住了她：“Frank 交代过，一会儿无论发生什么事，都得据理力争。”

“嗯。”

季桐应了她，推开了会议室的大门：“对不起，我来晚了。”

贝莱中国的会议室内，一种压抑的气氛弥漫在各个角落。总裁卓澜韬一改先前坐在角落的习惯，坐在了主席的位子上。朴慧坐在他的左侧，Frank 坐在他的右侧，Lucy Wang 坐在朴慧的身旁，Lucy

Wang 的身旁还坐着法务经理 Gabriel。

“赶紧入座吧。”卓澜韬说道。

季桐看了一眼，走到 Frank 的身边坐下。Frank 见到她手上缠了纱布，本想问点什么，但是碍于当下的情况，只能默不作声。

“既然人齐了，那会议就开始吧。”卓澜韬的声音低沉如鼓，双眉紧皱，一股杀气隐匿在眉宇之间，“我非常遗憾地宣布一件事，吴彬彬与顾铭因为严重违反公司管理条例，对公司形象造成极其恶劣的影响，已被公司即刻除名，他们两人将不再担任贝莱中国的销售经理及研发总监职务。公司保留对两人追究法律责任的权利。”

在座的人都已经得知了这件事，大家的脸上都没有表示出任何诧异。卓澜韬振振有词地给吴彬彬与顾铭判了“死刑”。与陈瑞相比，卓澜韬是个更为可怕的对手，他扮演着一个杀伐果断的明智总裁的角色，背后却是操纵这一切的“教父”。

“这件事发生得非常突然。我必须再次强调，我们的销售、研发等部门务必恪守公司守则。对任何不道德交易，公司的态度就是零容忍。现在我们下半年的销售形势还很严峻，所以必须立刻落实 BU2 的销售工作。”卓澜韬炯炯的目光盯着在座的每个人，当说到落实 BU2 工作的时候，他看了看身边的朴慧，继而把目光投向 Frank，说道，“我提议，由朴慧接手吴彬彬的工作，Frank，你该没有意见吧？”

“我同意必须立刻落实 BU2 的工作，只是季桐比朴慧更适合接手 BU2 部门的工作。”Frank 并没有附议，还否定了他的提议。

“你作为销售总监，对销售事务责无旁贷。季桐进公司的时间不到一年，朴慧是公司的销售元老，论资历和经验都是最合适的人选。我不明白你选择季桐的理由。”

“我很赞同朴慧是一位既有资历又善于处事的销售经理，BU1 的销售也一直稳中有升。不过，BU2 部门突然遭遇这样的事，群龙无首，自然需要一个应变反应俱佳的人。在过去不到一年的时间里，季桐在群龙无首的 BU3 做出了今天的成绩，这一点，不仅我们中国公司予以肯定，就是亚太区，也是别有赞词的。”

“我们考量的是经验。朴慧多年来销售高端产品，也经常与吴彬彬进行项目交流，是最合适的人选。季桐虽然表现突出，应变迅速，但 BU3 针对大众层级的产品，事务繁忙，BU2 如果交给季桐，怕她到时候分身乏术，反而拖累了两个销售部门。”卓澜韬立刻驳斥了 Frank 的说法，他并不贬低季桐，却把真实存在的风险说了出来。

“我认为，我可以承担两个部门的工作。”就在卓澜韬与 Frank 争执的时候，季桐在旁接了卓澜韬的话。她想这就是 Jessica 在她进来之前关照的意思。

因为会议的气氛不容许有任何言语交流，Frank 早已安排好 Jessica 把自己的意思转达给季桐。季桐突然的表态让卓澜韬着实震惊。他盯着季桐，那张戴了公正面具的脸恨不得撕下所有的伪装。

她不怕。既然 Frank 公开向卓澜韬叫板，那就意味着 Frank 已经准备好了一切。

“这件事，我决定了，由朴慧暂代 BU2 销售经理一职。”良久，卓澜韬收回了目光，决定以总裁的身份来结束这场争执。

“Terry，销售经理的人选应该还得由销售总监来决定吧。”Frank 并不买账。像贝莱这样的跨国企业，Frank 决定销售经理的人选是天经地义的，而总裁则是最后批复的人。如果总裁直接决定了销售经理人选，将会落人口实，被人认为这是培养派系的做法。这一点，卓澜韬当然清楚明白。Frank 提出反对也是有理有据。

会议室内的气氛紧绷得仿佛只消一点火就能迅速爆炸。

就在这样一触即发的时刻，朴慧微笑着朝卓澜韬说道：“卓总，我最近身体不太好，如果接手 BU2，怕是精力上顾不及。既然季桐愿意接任，我想以她的能力应该不成问题。”

在季桐眼里，卓澜韬与朴慧是一起的，现在卓澜韬力挺朴慧接手 BU2，显然是为了填补不争气的吴彬彬留下的空缺。可如果这空位是她兼任了，那就意味着 BU2 将落入 Frank 之手，Frank 的势力便更大。

季桐想不通，朴慧为什么在这个时候选择放弃兼任 BU2 销售经理一职？卓澜韬似乎也没有预见到朴慧会唱反调。他盯着朴慧看了两眼，声音低沉地做出决定：“既然朴慧提了，那我尊重她的个人意愿。季桐将暂时兼任 BU2 的销售经理，直到我们有更合适的人选。另外，近期关于销售部的市场策划职能是否会分割出销售部，引来了许多揣测，甚至是不切实的传闻。我将与销售总监 Frank 一起商榷后发布相关信息，希望销售部的两位经理能够尽量安抚好同事们的不安。”

这话听着好像在消除外面的流言蜚语，可实际上是在告诉大家，销售部门要改变组织架构了，否则卓澜韬要与 Frank 商议的事，两位高层之间做出决定，大家执行便可以了。这么模棱两可的话，无非是引来更多的揣测。

Lucy Wang 与法务的同事在整个会议中一声不吭，显然是骑墙观望眼下的局势。至于 Frank，对于架构调整的事不露声色，以一种随意的眼神淡然回应。卓澜韬迅速地结束了这场硝烟弥漫的紧急会议。

季桐在会议散了后，跟着 Frank 到了他的办公室。

“出什么事了？” Frank 朝季桐绑着纱布的手问道。

季桐简要地将顾铭与吴彬彬的事交代了一番。因为她知道此事涉及商业机密偷盗，已经是刑事问题，就算她不说，涉及贝莱中国的配方被卖，Frank 一定会知道。再者，这时候只有和 Frank 走在一条路上，才能有希望查出卓澜韬的事。

“没想到吴竟会牵涉到这件事中。”Frank 皱起眉头，额头上的细纹变得更明显了。看得出，他并没有预料到事情会有这么严重，而吴彬彬，这个在贝莱中国多年的销售竟然会在背地里偷卖配方。

这时候，他的思考重点落到卓澜韬身上。

季桐也同样在思考贩卖配方的利益链，他们是不是一直在利用研发的手达到这一目的？一方面，他们做大项目吸引市场，占据市场；另一方面，用贩卖配方的方式，高昂地卖出初期甚至成熟配方以换取巨额利益。

“季桐，你现在兼任了 BU2 销售经理，更要小心谨慎。不过，卓澜韬能否在这个位置上继续下去，已经很难说了。你付出的努力一定不会白白浪费的，将来，如果我晋升的话，那这销售总监的位置一定会属于你。”Frank 说这话的时候郑重其事，在他少得可怜的内部资源中，季桐是最重要的人。

“我明白。”

“能在顾铭那儿查出些什么吗？”

“我暂时不清楚。”季桐回应道。

就在这时，警方联系到季桐，查证先前被人砸车的事件。季桐不得不与 Frank 提出要去公安局做笔录。

聂辰泽送季桐到贝莱之后，仍旧不放心，他停在距离贝莱约一千米的停车场，打算随时接上会议结束的季桐去处理砸车事宜。可卓澜韬打来了电话，让他立刻到贝莱见面。

卓澜韬语气非常冷硬，这让聂辰泽隐隐感觉到不安。他故意拖了半小时才出现在卓澜韬办公室门口。未想，卓澜韬正锁着办公室的门，总裁助理告知聂辰泽，朴慧在卓澜韬的办公室里，请他稍等。聂辰泽听到里面偶尔有些争执，但并不清楚具体情况。

聂辰泽在外等候时，接到了季桐的微信，她已经前往公安局。他刚想回复，卓澜韬办公室的门开了，他立刻收起手机。

“聂总。”争执之后的朴慧仍然有着云淡风轻似的优雅，见聂辰泽坐在沙发上，主动与其打了招呼。

“朴经理。”

“卓总在办公室里等你。”说着，朴慧便离开了。

聂辰泽走进了卓澜韬办公室，思绪里飘过季桐曾说到朴慧与卓澜韬的关系，不过，很快又调整了回来。

“你知道吴彬彬是我的人，做事的时候，没考虑到这点吗？”卓澜韬边说着话，边走到了一旁的沙发上，指了个位置让聂辰泽坐。

“我并不知道吴彬彬会涉事。华飞的产品导致我美妆博主受到了影响，我必须查个究竟。对我的KOL们来说，脸非常重要。”

“那个女人是怎么掺和进来的？”

卓澜韬喝了口茶，语声低沉。聂辰泽当然明白卓澜韬口中的那个女人就是季桐。他自然也准备好了说辞：“我不清楚。可能是她与顾铭有些牵扯，所以误打误撞地碰上了这事。不过，我真的不知道会牵涉到吴彬彬。”

“是吗？”卓澜韬再喝了口茶，一小片茶叶混进了嘴里，他嚼了下吞了进去，继续道，“辰泽，你向来做事都很谨慎。吴彬彬精华水的项目应该提上来有段时间了吧？”

“是的。”聂辰泽并不迟疑，他知道狡猾如卓澜韬，一定不会轻易相信自己不清楚吴彬彬涉及此事。

“那你查事情前，不与吴彬彬确认下究竟这精华水的事与他有没有干系？”

“华飞不是大客户，产品对接的人不是我。因为出了事，我才查的。精华水的项目，吴彬彬已经搁置了挺长时间，我并没有把两者联系起来。”

“唉。”卓澜韬忽而长长地叹了口气说道，“这事，的确是他的问题，怨不得你。不过那个女人着实让人不安呢。真不明白，她是怎么被 Frank 找到的。”

“不知道。”

“对了，她以前在泓高做过，听说还卷入过一件建筑事故案子里。”卓澜韬喝了口茶。

“以前她在千羽的时候，我就知道她在泓高做过。”

“那案子发生在天鹰广场。我记得，你是天鹰广场的股东之一吧？”

“天鹰广场的事故，的确与泓高有关。我当时也配合警察做了些笔录，不过，没见过季桐。第一次看到她，她就在千羽了，为了个项目，也没少折腾我们柯林。”

“你和她的缘分倒是不浅哪。”卓澜韬再次喝了口茶。

卓澜韬对季桐做了不少调查，话中仍透出对聂辰泽与季桐两人关系的怀疑。聂辰泽深知他的脾性，说话的时候也尽量显得真诚。这样应就与卓澜韬所调查的情况别无二致了。

“不浅是真，不过，这缘分……”聂辰泽故意一笑。

“罢了。你好好准备准备，我打算近期将市场策划的职能划到公关部。不过，我们的公关部能力，我也很清楚，所以，策划几乎是外包给你了。”

“与 Frank 之间要正面斗了吗？”

“怎么？和 Frank 合作久了，不忍心了？”

“并非这样，当初进贝莱也是卓哥点头的，我自然明白该怎么做。”

“做不好，我也不会留什么情面。”

“生意场上无兄弟。”

“柯林这些日子也是赚得盆满钵满了。以后投资这种事，还是谨慎为好。”

聂辰泽笑了笑。当初为了接近卓澜韬，他必须做到行业第一的位置，与贝莱最大的竞争对手凡氏合作，以博取卓澜韬的关注。继而，他做空了自己的公司，将投资失误的事透给了卓澜韬，好彻底让卓澜韬成为他的“救世主”。

尽管他与卓澜韬合作顺利，但是，他触不到贝莱中国的具体事务。卓澜韬也总是以一副正派总裁的样子出现在他面前，与他说的，也不过是跨国公司中，中国高管与外国“奸细”之间的争斗。哪怕是无间道，也只能称之为职场斗争，关涉不到他真正隐藏在身后的黑色利益链。

与卓澜韬又聊了些话后，聂辰泽离开了贝莱中国。今天，是他第一次听到卓澜韬要正面与 Frank 对抗，这意味着卓澜韬也很明白自己的处境。

不过，在聂辰泽心里，最担心的还是季桐。他总设法将季桐归于单一帮助 Frank 而已的角色，避免让卓澜韬感觉出任何的异样。不过，从卓澜韬的口气中，他不难猜出季桐对卓澜韬产生了巨大的威胁。

他担心迷药、砸车的事再度发生。因与蛮牛一起制服了顾铭与中间商，他有了蛮牛的联络方式，便联系了蛮牛，希望能够有人一直保护季桐的安全。为此，他可以给蛮牛支付相当可观的保护费。蛮牛是讲义气的人，保护季桐当仁不让，但拒不收钱。聂辰泽自然不愿意欠人人情，告知蛮牛会把天鹰广场的安保生意拨给他。

这对蛮牛来说比起巨额的保护费更实际。不过，关于保护季桐的事，聂辰泽交代蛮牛务必不要让季桐知晓。对此，蛮牛讲义气，也对聂辰泽看得特别顺眼，一口答应了他，还不忘调侃将来办喜事一定得请他来喝杯喜酒。

聂辰泽交代季桐在公安局做完笔录后一定要等他去接，季桐便寻了一处角落等候。等候期间，她看到顾铭的同学张藤带了一个瘦高个子的斯文男人进了公安局。接着，法务部的同事又匆匆进了公安局。

这件事持续发酵，所以会到哪一步似乎并不在掌控之中。这种感觉真是太糟糕了。季桐在角落坐了许久，也思考了很多事，直到手机上跳出聂辰泽发来的信息，她才立刻大步流星地出了公安局。

“今晚，我住你那儿。”季桐一上车，聂辰泽就立刻说道。

“不用这么紧张。现在警方介入了，他们也不敢擅自行动。毕竟是法治社会。”季桐系好安全带，轻握了下聂辰泽的手继续道，“不过，我们这次真的打草惊蛇了。”

“是我没有考虑周全。”

“我也有问题。这次的事，如果我们缓一缓，好好地想想对策，兴许就不会把主动权让给卓澜韬。我刚在里面看到法务部门的同事进去了。今天紧急会议的时候，卓澜韬宣布即刻开除吴彬彬与顾铭。我们只是抓到了顾铭和中间商，从顾铭口中得知吴彬彬涉事其中。我很确定在质问顾铭的时候，周围除了蛮牛他们几个没有别人。那另一个中间商一定只看到了西餐厅那儿的事。卓澜韬让法务部处理，就可以假借避免事情发酵对公司造成影响，低调处理。”季桐咬了下手指，手拍拍脑门说道，“啊，我怎么这么蠢哪？”

“恋爱中的人智商低下。我不是一样蠢吗？”聂辰泽边开车，边说道，“卓澜韬的低调处理是针对他眼下的局势。我猜，法国总部那儿应该已经有不少关于他的负面信息了。再者，这类中间商本就是非正常存在的行当。卓澜韬也不会与他们为敌。所以，他必然选择避重就轻。不过，我想不出他会怎么处理吴彬彬和顾铭。”

“我们在恋爱吗？”

“这一点需要论证？”

聂辰泽狡黠一笑，季桐则仰头叹气道：“啊，那你说，我们要不要分开一下，这样就智商恢复了。”

“比起智商恢复，我还挺享受难得愚蠢的时候。”

“今天去喝酒吧？”

“不行。”

“我接下来可得把吴彬彬的活儿都接上手了，以后都没时间和你谈恋爱。”

“你手上有伤，酒精对伤口恢复不好。”

“谁说的，医用酒精还处理伤口呢。”

两人在车里你一言我一语，最终还是去了老地方，坐的仍旧是往日的老位置。只是聂辰泽把椅子放到了季桐一旁，宠溺地看着她咕咚咕咚喝红酒的样子，享受着彼此难得的欢乐时光。

次日，季桐正式接手了吴彬彬的工作，整个人全身心地扑在了工作上。

事情正如她与聂辰泽所想，贝莱中国乃至整个化妆品行业都无人谈及贝莱中国研发总监买卖配方的事。华飞也主动找了聂辰泽进行了赔偿，闭口不谈买配方的事。

这件事就这么被淡化了下去。公司里的人谈及这次高管被开除事件，也传出了许多令人哭笑不得的版本，但真正说到点的却一个都没有。

李薇薇在被顾铭训斥之后非常失落，季桐腾不出时间来与她好好谈职业规划的事。幸而，黄子涛有个华东区的项目，季桐便让李薇薇同展鹏一起跟着黄子涛学习销售，好让李薇薇更多地接触销售领域的事情。

几天后，Jessica告诉季桐，吴彬彬似乎准备移民加拿大了。季桐想或许这是卓澜韬给吴彬彬的一条后路吧。可就在她准备将这件事告诉给聂辰泽的时候，聂辰泽却突然打来了电话。

“吴彬彬出事了。”

“出事？”

“出了车祸，现在在ICU。”

“刚刚 Jessica 和我说，吴彬彬准备移民加拿大。”

“现在在瑞金医院，情况不太好。”

季桐记得那天吴彬彬还在茶水间门口用他那一贯轻蔑的眼神与自己说话。没想到才十天不到的工夫，他竟然出了车祸，躺在了 ICU 里。尽管她与吴彬彬不合，但多数不过是两人在工作上的互相不对眼，最糟的也就是他撺掇 Mark 在香港会议上摆了她一道。除此之外，她对吴彬彬在化妆品销售上的能力还是非常认可的。虽然她疾恶如仇，但听到吴彬彬出事，心里还是不由咯噔了一下。

“怎么出的车祸?”

“他是走在路上被人撞的。对了，你联系过顾铭吗?”

“打过几次电话，他一直没接。”

“不知道吴彬彬出车祸是巧合还是有人故意肇事。总之，出事的地方很偏僻，没有监控，连事故附近的监控也正好在维修中。我想你最好联络下顾铭，我怕与先前配方买卖的事有关联。”

“好。”

季桐结束了电话，正要打顾铭的电话，陈烁突然敲门进了办公室，与季桐说道:“季经理，有件急事，我想和你汇报下。”

“什么事?”

“我刚听人说，吴彬彬出车祸进了 ICU。”

陈烁在贝莱的人缘很不错，因为做事较圆滑，自从庄磊走后，他行为处事就变得低调了许多。季桐知道，庄磊走之前，BU3 内部原莹丽派的人都要憋得透不过气来了，但毕竟庄磊走得不光彩，他们自然也会担心自己的未来。陈烁是第一次主动找她，且告知了一个聂辰泽刚刚告诉她的消息。可见，他在贝莱或是说在这行业里的消息获取速度也相当快。

“知道具体的情况吗?”

“不知道。警方在调查，说是在一个很偏僻的地方出的事。”

“没想到会这样。对了，这件事，一定要保密。”

“我明白。”

“OK，我这就去 Frank 办公室。”

陈烁临离开办公室前，低声问道：“季经理，你要是在 BU2 那儿有什么困难需要我帮助的话，随时和我说就可以了。”

“谢谢。”

“噢，别误会。我不是想要调到 BU2 去，我的代理商、客户和他们有不少是重叠的。要是需要什么协调，我想我能帮得上忙。”

季桐点头感谢。陈烁虽口中说到自己不是要调到 BU2 去，怕是已经瞅准了一朝天子一朝臣的潜规则，特意让季桐觉得他是个有用的人才。

当然，她不会戳破这件事。目前看来，原来 BU3 的人，也算是自己的人了。陈烁既然开了口，她也不会因对方有野心而疏远他。

季桐正要去 Frank 办公室，没想到顾铭打电话过来。

“桐桐，是我。”

顾铭的声音压得很低。在他们分手之后，这是他第一次称她为“桐桐”。

“你去了哪儿？我怎么联系不到你？”

“晚上，到我们第一次吃饭的地方碰面吧。七点，我有事要和你说。记得，别告诉任何人。”

在季桐回应之前，顾铭已经挂了电话。他似乎很匆忙，要告诉她重要的事，但又不方便在电话里说。季桐想告诉他吴彬彬出事了，却没有机会。一种忐忑的情绪揪着她的心。

眼下，吴彬彬出事了，而顾铭则在失联后主动联系了自己。这一定不是巧合。

季桐前往 Frank 办公室的时候，遇到了朴慧。朴慧一如以往的温婉高雅，眼神里总是关切有余：“季桐，刚才我接到研发的电话，说是最近排的项目挺多的，放配方都比较慢。我今年的销售做得还不错，你那儿 BU3 肯定也不成问题。吴彬彬刚被公司开除，BU2 怕是人心不稳，要是项目拖久了不销售，恐怕也不是办法。所以，我和研发说了，要是你那儿有大项目，就先做你们那儿的。”

“你说得没错。毕竟上司出了事，底下的人难免心里有想法，我又刚去，自然得做些项目。”

朴慧总是那么善解人意，这是最让人捉摸不透的地方。因为这样的人，你根本无法洞悉她的动机，季桐只能用附和的话来对付，以避过对方的揣测。

Frank 在得知吴彬彬的事后，表现得十分震惊。季桐只道是听来的消息，要麻烦 Frank 确认此事。她之所以这么做，是想让 Frank 用他的人脉圈来调查此事。眼下，卓澜韬与 Frank 的矛盾已白热化，Frank 自然会抓住所有可以抓住的机会将卓澜韬踢下马，甚至请进监狱。

季桐把这事交给了 Frank，自己决定赴顾铭的约。

晚上七点，季桐独自来到了顾铭约她的地方。这是一间做家常菜的小饭馆，饭店老板是一对夫妻，年纪已过了四旬。季桐记得，第一次上这饭店的时候，四周的墙还是白色的，当时饭店新开，那对夫妻不过三十多岁，孩子刚会走路。他们把家落在上海，靠着这饭店营生。不知不觉近八年过去了，他们仍旧在这里。

雪白的墙已经泛黄，靠近桌子的地方藏了些污垢。桌子已经换过了，但看上去也用了段时间，有些抹布擦不干净的油腻。

“您几位?”老板娘仍旧是那么热情，只是原本白净的手已经粗糙开裂，而她那张标致的脸庞也变得有些松弛。

“两位。不过，人还没到。”因为饭店里仅有八张桌子，只剩了三张是空的。她不想占着地方影响这对夫妻的小本生意。

“噢，没关系，坐着等吧。”那老板娘把凳子拉出了些，好让季桐坐下。

季桐来不及推辞，老板娘已经忙着去端菜给其他桌的人。季桐下意识地低头看了下手机上的时间：七点过了十分钟。

聂辰泽发了信息给她，问她在哪儿。

她想了想，回道："稍后说。"

初夏的夜，深蓝色的夜空微微泛白，路灯初上，饭店门前的小路往来了一些人，却没有顾铭的踪影。

他不是一个会迟到的人。

当季桐再次看手机的时候，又过去了一刻钟。不知什么时候，老板娘已经端了杯大麦茶放在了她的面前。

顾铭为什么还没有到？

季桐打了顾铭的电话，这是她到了饭店后第一次打顾铭的电话，可是，电话却被掐断了。她再次尝试，电话仍旧被掐断了。

这让她生出不安的念头，难道说顾铭也出了事吗？

她站了起来，走到饭店门口四下张望。往来的路人稀稀疏疏，却没有顾铭的影子。她恍惚觉得，这个曾经是她与顾铭起点的饭店，是不是今天就要变作终点？

"这位美女，您还吃吗？"

季桐记得，那一年，老板娘喊她"小姑娘"，现在已经随了潮流喊她"美女"。季桐回到了原来的位置，与那老板娘说道："一份拉皮、一份蚂蚁上树，再来一碗米饭。"

"好嘞。"老板娘爽朗地喊了一声。

时间慢慢地流逝，香喷喷的饭菜端到了季桐面前。季桐望着饭菜，夫妻俩的手艺已经娴熟了许多，味道也比以前更好了。

"爸爸妈妈，我回来了。"一个男孩背着书包进了饭店。

季桐打量着他，当年那个刚会走路的孩子，现在应也有九岁多了。

"怎么今天晚了？"

"噢，刚那个路口发生了车祸，有个人倒地了。"男孩说话的时候，手指了指路口方向。

"哎呀，这车祸的事情少看看，快去洗洗手吧。"老板娘嗔怪着帮他把书包放在了账台后面。

车祸。

季桐听到这里，立刻丢下一百块钱，冲出了饭店，朝着路口奔去。她听到老板娘在后面喊了几声。

顾铭。

她看到在路口围堵的人一层层地站在路边讨论。她立刻上前扒开了围在最前面的人，只看到黑色的裤腿，她用了把力再往前挤，这才看到了地上躺着的人。

这是一个送外卖的骑手，人戴着头盔倒在了地上，一旁的送餐箱子随着电动车翻倒在地。看样子，是有人开车撞到这位骑手，不过伤势不重，120的声音也越来越近了。

不是顾铭。

她吊起的心总算是放下了。

可顾铭究竟去了哪儿？他为什么一次次地掐断手机呢？季桐又打了几次电话，直到顾铭的手机传出"已关机"的声音。

吴彬彬已经躺在了ICU里，而顾铭却失联了。

这两者之间是有联系的，所以季桐更担心顾铭的生死。即便不是恋人，甚至连朋友都不是，他终究也是个陌生的熟人。

他失踪了。

再也没有消息传来。

第二十章
滑铁卢

季桐找不到顾铭，他好似突然在世界上消失了一样。聂辰泽没有追问季桐那天晚上去了哪儿，因为负责保护她的人已经告诉了他季桐的行踪。

他猜到季桐单独去找了顾铭，虽然心里有些难以名状的不舒服，却仍旧保持缄默。如非季桐自己告诉他，他绝不会去主动问这件事。

吴彬彬虽然脱离了危险，但却因为脑部受到重创而导致整个人处于昏迷状态。在他出事之前，BU2 留了些项目未完成，因为朴慧主动向研发提出优先做 BU2 的产品，两个大项目悦然美白精华水与微珠眼部精华已经先后放出。其中，美白精华水大受市场看好，因此有了不少订单。季桐着实赞许吴彬彬的销售方案，但因为先前华飞非法获取的美白精华水出过问题，季桐对这款产品格外上心，生怕出现问题。

“薇薇，你能去研发部再多拿些美白精华水的测试报告给我吗？”

李薇薇跟着黄子涛一些日子后，心情好了许多，与展鹏私下聊天的时候，展鹏反复地赞叹季桐的敬业，她都一一看在眼里，每次听到季桐让她做事，总是十分积极地去完成。

“好的，我马上再去研发部和工厂要报告。”

季桐的目光本落在微珠眼部精华的策划书上，听到李薇薇主动地提出还会索要工厂的报告，便抬头看着懂事不少的李薇薇，露出欣慰的笑容说道：“谢谢。”

下午，季桐到楼下便利店买了罐红牛，打算加班的时候能够提提神，没想到当她回到办公室的时候，桌上放了一个文件夹，里面放着一份影印文件。准确地说，像是用手机拍下后打印出来的文件。

悦然美白精华水的配方？

季桐迫不及待地拿起纸仔细地看了一番，果然是美白精华水的配方。与泓高不同，贝莱的配方表并不对销售经理公开，销售经理只能看到配方的状态。

是谁把这份文件放在自己桌上的？季桐拿出放在太阳花娃娃中监视摄像头里的存储卡。

最近这段时间季桐过得比起先前处理雅林商贸事件的时候更为凶险，砸她车的人，警方始终没有头绪，那辆被监控拍摄下来的车子是租赁来的，登记人用的是假身份证。吴彬彬一直躺在医院，顾铭则下落不明。华飞因为闭口不谈配方交易的事，聂辰泽将旗下几位脸部出现问题的美妆 KOL 手头剩余的产品交给了第三方实验室查证原因，结果还没有出来。季桐不得不加强防备，在太阳花娃娃中放置摄像头，以防有人在办公室里做出什么可怕的事来。

给这个文件的人居然是李薇薇。

她仔细地看着李薇薇进房间的表情，似乎很淡然，不像是做贼心虚的样子。就在这时，聂辰泽打来了电话。

“结果出来了。”

“是什么原因？”

“导致脸部出现白斑过敏的原因是配方里含有杜鹃醇。”

“杜鹃醇？”季桐立刻扫过手中的配方表，上面赫然写着——“CAS 号：501－96－2，Rhododendrol”，果然是杜鹃醇。

“这是日本佳那公司研发的美白成分，提取于白桦。美白精华水的外包装盒上写着白桦提取物。”

“就是顾铭偷换了概念，用了杜鹃醇美白技术。”

“不少化妆品实验室对杜鹃醇进行过配方方面的研究。”

“杜鹃醇是有危害的，对吗？”

“并不能这么说。杜鹃醇能分解及阻断黑色素形成，所以能让皮肤变白。但量把握不好的话，对肝脏和肾有损伤。这些在安全数据表里应该都能查验到。一般来说，添加的杜鹃醇比例不能超过2%，但是，从分析结果看，美白精华水里杜鹃醇的含量比佳那公司其他产品多得多，所以 KOL 的脸上才会出现白斑现象。”

“该死，这款产品已经进了渠道，很快就会上市。”季桐握起拳头，没想到这么快就掉进了坑里。她眼下能做的只有一件事，就是召回。她立刻把想法说了出来。

“你要召回所有产品？”

“是的，我手头上有一个配方表，里面也写了杜鹃醇。我相信这是一份真实的配方表。明知道产品有问题，我不可能会让它流入市场。怪不得朴慧主动与研发说让 BU2 的项目先行，我早该想到背后有问题。”

“虽然精华水没有上市，但已经大规模地进入了渠道代理商那儿。整个项目策划也做了一半，就等着正式上市了。你提出召回的事，无论是贝莱还是柯林都会遭受损失。”

“必须召回。”

“呵，果然是我认识的季桐。”

“对不起，我绝不允许这类产品流通到市场上。不过，你的损失会很大吧?”

“傻瓜，我尊重你的任何选择，只是这件事怕会影响贝莱中国的销售架构。”聂辰泽说得极其温柔，仿似金钱与名誉上的损失都与自己无关。他认识的季桐就是这样一个人，可以为了打倒那些小人而用尽心机，但是她绝对坚守自己的底线。

季桐陷入了沉思。卓澜韬与朴慧的布局总是一环套一环。倘若大项目不上线，那 BU2 没有业绩，卓澜韬就能质疑 Frank 对季桐的任用。倘若产品上线，像现在这样大规模召回，贝莱会面临巨大损失，卓澜韬就有理由把责任推给销售，指责销售急功近利，滥用市场策划的职权。至于配方问题，如今已经没有了对证，尤其是测试结果都很正常。

“季桐。”

聂辰泽在电话那头轻唤了声，季桐这才从思绪中脱离了出来，说道:“我在想，卓澜韬与朴慧果然是非常难对付的对手。杀敌一万，自损三千。这一次，就是损三千，都得这么做。”

“做你觉得值得的事情。”

季桐低低地说了声“谢谢”，两人结束了通话。

聂辰泽站了起来，看着窗外鳞次栉比的房子，没想到与卓澜韬之间的斗争竟是如此激烈。不出多久，贝莱就会迎来真正的腥风血雨。

他安排人去寻找顾铭，却一直没有踪迹，他收到消息说顾铭上了人才黑名单。所谓的人才黑名单一般都由行业领袖企业在业内猎聘行业上散播，上了黑名单的多半牵涉公司机密泄露或是严重违反公司条例。跨国公司为了自己在华的颜面，往往不愿意用法律手段对付自己聘用的员工，而会选择用这种方式令一个人在该行业无法就业。

这对顾铭来说是一个沉重打击。

“聂总。”Lina 敲门进了办公室，“有个国际快递。”

“不重的话，拿进来吧。”

Lina 把国际包裹拿了进来，放到了聂辰泽的桌上，说道：“聂总，Corina 找不到您，老是打电话给我。”

“她打给你做什么？”聂辰泽拿过裁纸刀一下打开了包裹，里面放着一块奇特的原石，剔透玲珑的水晶上是透亮的粉红色石头，红白相间，纯净而娇艳。聂辰泽看到这块石头的时候，忍不住摇摇头。

“她就说她回上海了，问您在不在办公室。”

聂辰泽拿起盒子里的一张卡片，上面写着一行字：

Dear 辰泽：

你该知道我送你的是什么吧？听说暧昧时期多看看这个有利于感情爆发。祝你早日嫁出去。

From Ella，于布宜诺斯艾利斯

“告诉她我很忙，有什么事直接和你说就可以了。”

“噢。也许是 Corina 最近曝光率低，想找柯林看看合作机会。”Lina 的目光落在石头上。石头散发出的魅力，令她不由注目。

“她和你提的话，你就让 Suki 她们看看有没有机会。这事，不用和我说。”

“噢。”Lina 应道。她既不喜欢 Corina，也不喜欢季桐，但比起伤害过聂辰泽的 Corina，她却更讨厌季桐。不知道为什么，季桐就是那么令她讨厌。

“让 Suki 来找我。”

“聂总。”Lina 突然喊了他一声，指着盒子问道，“这是什么石头啊？”

"菱锰矿。"

"红纹石就是红纹石，菱锰矿。"Lina嘟嘴嘀咕了声。柯林公司是策划公司，Lina虽然对这石头不认识，但一说菱锰矿，圈里的人都把它喊作红纹石。她察觉到聂辰泽故意避开爱情的话题，心里就来气。说着，她便扭头离开办公室去喊Suki。

聂辰泽自然没懂Lina这是哪来的火气，只觉着Ella送的这份礼物很特别，从盒子里拿出后，就放在了桌上。宝石物语该是女人们的爱好，没想到自己也沦为了宝石推手们的俘虏，他期冀自己和季桐之间的感情能够如红纹石那般热烈。

自那天他提出住季桐那儿之后，也就在季桐家待过一晚。还是个极糟糕的夜晚。

季桐本就加班晚回，他在她家准备给个惊喜，结果，都已箭在弦上，衣服散落了一地，Frank打了个电话给季桐说是开电话会议，害得他本落在季桐内衣搭扣上的手只能乖乖地放下，全程陪她开完会，接着一起看方案。最后，竟是什么都没有做，害得他第二天开会的时候，总是忍不住想起前晚季桐令人迷醉的样子。

"聂总，你找我。"不知什么时候，Suki进了办公室。

聂辰泽迅速从刚才的思绪中抽离，告诉Suki要停了所有悦然美白精华水的策划案。

"Frank，我们必须停了悦然美白精华水的策划案。"另一头，季桐已坐在了Frank的办公室里，告诉了Frank这个糟糕透顶的消息。

Frank皱着眉头，感觉自己不是陷在皮质的座椅中，而是陷在一潭沼泽里。贝莱是化妆品行业巨擘，拥有百年信誉。中国区的这番争斗显然已经将贝莱的名誉放在了刀口上。Frank断然不能让这事发生。

“这项目落地了，就不只是我们销售的事了。”Frank用力地咳了声，试图将噎在喉咙里的那口气也一并咳出来。

“我去向卓总提出这件事。”

“你打头阵也好，下午两点后我会找Terry。”Frank抬手看了下手表，时针刚过十一点，这意味着法国时间还是凌晨。他比任何时候都希望时间能够快一点，这样可以及时联系到总部，绝杀卓澜韬极可能做出的否决。

季桐知道与其说Frank会帮她，倒不如说Frank在帮自己。他要想在贝莱立足且青云直上，必须得与总部有同样的信念。这一点，卓澜韬显然是不如Frank的。

下午两点，季桐站在卓澜韬办公室门前，闭目深吸了口气，这才敲了卓澜韬的门。

卓澜韬正坐在位置上，目光落在一份文件上，见季桐进来，将文件挪到了一旁。

“卓总。”

“有事找我?”

卓澜韬的表情是平静而严肃，一副让人猜不透心思的样子。季桐想着，他这样的红脸与朴慧那样的白脸，真是将两种不同的人表现得完美无缺。可事实上，他们两人是一丘之貉，不过是戴了两副不同的面具而已。

“是的，关于悦然美白精华水项目的事。”

“怎么？Frank不在办公室?”

“Jessica告诉我Frank在陪大客户，一会儿还有电话会议。事出突然，我必须得汇报。”

“到底是什么事呢?”卓澜韬靠在大班椅上，端视着面前这个女人，揣度这女人接下来的话语。

“悦然美白精华水里含有杜鹃醇且超过了推荐值。”

“噢?”卓澜韬沉吟了一声，“你看到了配方表?”

“是的。”

“你该知道销售不该接触到研发的配方表。”

“我知道。”

“那你现在想说什么呢?”

“我想召回悦然美白精华水所有已经进入渠道的产品。”

“季桐，你在说笑吗?”卓澜韬声音更粗沉了些，目光尖锐犀利，仿似要以此让季桐怯阵而收回这荒诞的提议。虽然这一切都在他掌握之中，但他没料到季桐的胆量大到如此。

“不，我是正式向您汇报，要召回所有悦然美白精华水。”

“不可能。”

“为什么不可能?卓总，杜鹃醇过量会导致使用人脸上出现白斑。您看一下，这份是杜鹃醇的功效用途及副作用报告。”

季桐递上了一份资料，然而，却被卓澜韬推到了一旁。

“我问你，杜鹃醇应用最广的是哪家厂?”

“佳那。”

“那佳那出事了吗?”

“没有。想必佳那对于杜鹃醇的量有所控制，但这并不是我们放任有风险的产品进入市场的理由。”

“佳那在日本乃至全球的美白产品销售都不错。你能确认杜鹃醇含量一定没有超量吗?”

“卓总，他们超不超量不是我们考虑自己产品的依据，我们需要针对的是悦然美白精华水有没有超量使用杜鹃醇。”

“贝莱中国投了这么多钱在美白精华水的推广上，不是用来告诉消费者，我的产品是有问题的，而是告诉大家我的产品会让人变白变美。”卓澜韬勾唇冷笑，仿似季桐在与他说着一个笑话。

“消费者不是试验品。”

“杜鹃醇的副作用不是百分之百的。”

“卓总这么说，难道说，这杜鹃醇美白剂是您指定加入的吗？”

“季桐，你，还是我，都有自己的职责。你该做的是把产品卖出去，而不是质疑它。一个优秀的销售经理，贵在能把自己说服。”

“呵呵。”季桐忽而一笑，那种笑容令卓澜韬有些不自在。尽管如此，他仍旧保持着先前的姿态，只是眉眼间多了些不耐烦。季桐继续道：“我以为卓总是站在高处考虑贝莱这个品牌的，没想到您看中的是销售额。”

卓澜韬本来靠在椅子上，左腿搁在右腿上，此刻，两腿交换了下位置，朝季桐说道：“我的位置决定了自己的观点必然站在贝莱上。如果大规模召回产品，意味着悦然相关产品甚至贝莱其他品牌都会受到影响。”

“明知有风险而为之不是一个百年企业该做的事。”

“很佩服，你会有这勇气向我说这些话。”卓澜韬说着眉头一紧，双眼迸发出嗜血的光芒。

“卓总，我们必须召回。”季桐站了起来，尽管身材比之卓澜韬来说娇小柔弱，但话语却是掷地有声。

“不可能。”卓澜韬抬头，褪去先前的伪装，唇角勾起的弧线奸险而肃杀。

就在这时，卓澜韬办公室的门被推了开来。

进来的正是Frank，他径直朝卓澜韬走来，说道：“Terry。”

“Frank。”卓澜韬立刻恢复了礼貌而商务的笑容。

“公司必须立刻召回所有悦然美白精华水产品。”Frank没有半句客套敷衍的话，单刀直入地向卓澜韬挑明自己的来意。

卓澜韬皱皱眉说道：“公司在这项目上已经花了很多钱，为什么要召回？”

“我想季桐已经很明白地告诉了你原因。”

“看样子，季桐是给你打头阵，而不是找不到你。”

“我的确不在办公室。Jessica 同我说了，季桐已经上楼来找你请示，没想到这个决定会这么困难。”

“你不认为这是个可笑的决定吗?”卓澜韬终于站了起来。

在季桐看来，卓澜韬确实坐不住了。

“Terry，这不是一个可笑的决定。你应该感谢季桐为我们躲避了一场灾难。”Frank 并不示弱，与卓澜韬两人面对面地站着，他们用眼神与各自的气场在较量。

“感谢?”

“Schneider 应该很快会给你电话。”Frank 说完后，递过一张打印出来的邮件。

这一次，卓澜韬没有将纸放在桌上，而是接过后拿在了手里，低眉扫过上面的内容。这时，他接到了贝莱 CEO Schneider 的电话。

尽管，在接电话的过程中，卓澜韬只是用“Yes”“OK”这样的字眼来回应，季桐已经猜到 Schneider 要求卓澜韬立刻召回所有的产品。

从卓澜韬办公室出来之后，季桐从 Frank 口中得知，佳那召回了含有杜鹃醇的产品，涉及金额高达五十亿日元。同时，佳那高层向消费者公开道歉。因此，在悦然美白精华水上柜之前，从代理商等渠道全部召回产品成了眼下头等大事。

这次产品召回为贝莱的高层挽回了面子，同时也避免了贝莱陷入与佳那同等糟糕的境地。

不过，项目因为召回报废后需要重新调整配方生产，前期大量投入的策划付之一炬，公司损失巨大。卓澜韬虽被架着脖子批复了召回产品的提议，可他也很快以销售部在产品项目管理上出现重大疏漏，而提出将产品策划职能剥离到公关部，由他直接管理。

季桐对这样的结果并不吃惊。当初逼卓澜韬下召回令的时候，她就已经想到了这一点。策划归属公关部后，销售命脉就像被卡住一样，影响巨大。

这就是卓澜韬最狡猾的地方，前进还是后退，他都能得到好处。只不过，前进的话，能把责任推到 Frank 身上，达到拉他下马的结果。现在，不过是断 Frank 一臂而已。

为了避免项目再出现状况，季桐做事更加谨慎，让李薇薇盯着美白精华水的配方更新进度。季桐没有说破李薇薇拿了配方表给自己。一来，既然李薇薇是偷偷放她桌上的，自然是不想让她知道；二来，毕竟这配方表是偷拍的，不符合公司规定，说破了反而落得尴尬。

作为回报，季桐以李薇薇需要培训为由，为她安排了下半年度长达三周的商务培训。李薇薇非常高兴，对季桐安排的事也更上心了。

至于另一款微珠眼部精华液，季桐把这款产品从悦然品牌中拿出来，放在了臻醇系列品牌下，以避开代理商对悦然美白精华水事件的不安感。同时，她安排了展鹏跟进项目。BU2 的销售架构与 BU3 的大区经理安排有所不同。他们未按照区域划分职责，而是按照产品线来划分。负责悦然的同事因为生育，之前就由吴彬彬直接掌控，但臻醇系列由一个叫吕芳菲的经理负责。

臻醇与悦然都是针对轻熟女性的中级产品，曾经有一度，贝莱中国想取消这条重合的产品线，但一年多前，聂辰泽帮臻醇做了一段时间的线上推广。臻醇系列因为半透明的磨砂瓶子能透出不同护肤品的色彩，意外成了网红产品。贝莱也就搁置了取消产品线的想法。

就这样，臻醇保留了下来。季桐手头的这款微珠眼部精华液是粉色颗粒，配上磨砂瓶子，显得朦胧而美丽。

“季经理，我觉得这么做不妥当。”没想到吕芳菲提出了异议。

“为什么?”季桐打量着这位穿着时尚的女人，她身材修长，脸微瘦，眼睛细长却不狭小。

“这产品本来是悦然产品线上的，强加在我这儿的产品线上不妥。”

“悦然与臻醇都是轻熟女性产品，况且目前臻醇只有眼霜，加入这款眼部精华并无不妥和重复。”

“季经理，您也说了，我们有眼霜，而且我们的眼霜卖得不错。眼部精华这产品上市后，分流的是眼霜买家，增加不了什么销售量。我觉得，还是用悦然更好些。”

“眼部精华液与眼霜还是有区别的，再者，悦然也有眼霜。”

“我知道，可悦然毕竟卖得好，也卖得动。当初，吴经理提项目的时候，说这微珠眼部精华是悦然品牌的。还说，这产品和美白精华水先后上市，可以打两拨大宣传。虽然，现在吴经理离开贝莱中国了，但是他在这产品系列上做的方案还是很有道理的。”

“悦然那儿的美白精华水推后了，所以对这微珠眼部精华的策划推广也会相应改变。难道说，你不想公司在你的产品线上多投入吗?”

吕芳菲微张了下嘴，低声道：“季经理，我怕臻醇承担不了这么大的责任。”

“产品好，剩下的就是我们一起努力了。”

“可您该知道，如今市场策划不在销售这儿，很多事也会不由我们掌控。”

“你只需要好好地销售，策划毕竟是手段。你也不想臻醇销售额提不上去吧?”

吕芳菲似乎还想反驳，但又不愿意与季桐产生矛盾。季桐明白，吕芳菲应该和吴彬彬一样，对于出身建筑行业的她打心眼里鄙夷。不仅如此，吕芳菲对组织架构的调整很敏感，不想完全被季桐所用，但又不愿意撕破脸皮。当然，臻醇对吕芳菲来说就是在贝莱生存的一条生命之绳，她是万万不能松手的。

季桐不得已，只能采取软硬兼施的方法，回应了吕芳菲。吕芳菲只能吃进这一产品，让其落入臻醇系列中。

一周之后，悦然微珠眼部精华项目已经改名为臻醇微珠眼部精华进行试样。为了以防万一，季桐让展鹏取来了小样分发给吕芳菲与自己，同时还联络公关部，让他们尽快安排柯林的美妆 KOL 测试。

微珠眼部精华粉色的颗粒装在半透明的玻璃瓶里，朦胧中透着少女情怀，正迎合轻熟女性那颗不变的少女心。

“老大，这产品里有烟酰胺，您烟酰胺耐受吗？”正当季桐打开小样准备涂到眼部的时候，展鹏突然说了句话。兴许是被杜鹃醇的事吓怕了，展鹏虽看不到配方，却研究了一番成分表。

“我不知道，先前没尝试过烟酰胺产品。”季桐被他这么一说，倒也有些茫然。

“那我来试试。”

“你试？”季桐瞪大了眼睛，很快摆摆手说道，“你一个男生试出来感觉也不一样，我……”季桐指指瓶子继续道：“目标客户，试了才有感觉。”

“啊，也对。”展鹏挠挠头，笑容尴尬却不失灿烂。

季桐为了达到最好的试用皮肤环境，卸妆后用了臻醇护肤品打底，但上了眼部精华液后立刻有了刺痛感。按理，在聂辰泽的精心指导下，她已经注意眼周补水的问题，可不知为什么这疼痛感却愈发强烈。

“你看看我眼睛是不是泛红啊？”

季桐拿着手机照不清楚，便让展鹏看看自己眼周的皮肤。展鹏本拿着样品瓶在手里研究，听季桐这么一吩咐，转过头去看看情况，不想见到季桐眼周泛起了红色，立刻惊愕道："烟酰胺过敏了！"

"不是吧？"季桐蓦地翻出包里放置的镜子照起自己刺痛的眼周，整一圈尽是红色小点，"再过敏能立刻成这样？"

"对啊，烟酰胺过敏也不会立刻成这样。你眼睛周围好像还肿起来了。"

若不是展鹏这么一提醒，季桐还没感觉到自己下眼睑肿胀得好像哭过似的。展鹏见这情形，打开样品准备试试究竟是怎么回事。

季桐立刻拦住道："暂时别声张，你帮我去看看其他人的试样是什么结果。还有，这是我的车钥匙，你帮我把车里的墨镜拿上来。"

"放心，老大。"

比起李薇薇来，展鹏要机智聪明得多，处理事情也更让人放心。季桐见展鹏走了后，便打了电话给聂辰泽。

"怎么了？"

"烟酰胺过敏是什么样子的？"

"红、痒，可能有些小疹子吧，每个人的反应不太一样。"

"会不会大片红肿啊？"

"一般不会这么严重。烟酰胺不耐受的人不少，但可以慢慢建立耐受，如果过敏严重，就不建议使用烟酰胺产品了。怎么，你在试用臻醇微珠眼部精华的时候过敏了？"

"是的。可比你说得严重多了，我现在两只眼睛都快睁不开了。"

"睁不开？你的样品还在身边吗？"

"样品我留着了，会带给你化验。不知道别人是不是也这样，难道又是配方出了问题？"

"一个伎俩不会用两次。你务必留好样品，半小时后，会有人到你楼下取样，你给了样品之后立刻去和睦家医院皮肤科。”聂辰泽刚说完这句话，又不忘添了句“知道吗”，仿佛已经猜到季桐送完样品，就又乐颠颠回办公室干活的样子。

“知道了，聂总大人。”

季桐挂完电话没多久，展鹏就送来太阳眼镜以及其他样品，他神神秘秘地朝季桐说道：“老大，你有男朋友了？”

“净瞎扯。”季桐戴上墨镜，一来遮住了肿胀的眼睛，二来避开了展鹏求答案的目光。

“老大，你男朋友是不是柯林的聂总啊？”展鹏压低了声音说道。

“展鹏，你还想好好待着吗？”

展鹏贼贼一笑：“我有证据——证据一，你车上有块手帕，上次我见聂总放在西装口袋里的；证据二，老大，你手机上亮着聂总给你发的‘吻’。”

不等季桐抄起手机扇过去，展鹏往后一退，喊了一句“绝对保密”，立刻跑得无影无踪。

啊，真是个爱八卦的男生。

季桐相信展鹏是不会说出去的，只是被他识破自己正和聂辰泽恋爱，总归有些尴尬。在她送了样品给到聂辰泽安排的人之后，就驱车前往和睦家医院。

聂辰泽已经等候在和睦家医院，见她戴了眼镜，想来情况比自己想象得还要严重，立刻说道：“让我看看。”

“看了别笑。”季桐把眼镜摘了下来，因为红肿，一双眼睛被压迫成了两条缝。本以为他会笑自己，没想到他却神情严肃起来。她只得摆了摆手说道：“别这么严肃，我这回过敏比你那次好多了。”

“这不是普通过敏。”

“那是什么？”

“至少不是烟酰胺过敏。”

聂辰泽心中生出些想法。季桐进了皮肤科后，医生仔细检查后开了验血单，判断为化学品过敏，安排挂水治疗。季桐如同孩子似的使劲儿拉着聂辰泽的手臂大哭起来，这让聂辰泽不得不把心思放在照顾她上面。季桐像小猫似的依偎在聂辰泽怀里，也只有被扎针的时候，她才会变得这么柔弱。

聂辰泽见季桐眼睛周围的红肿渐渐消下去，提起来的心才放了下来。拿着样品去做检测的人回复聂辰泽，小样中只有季桐那瓶成分与其他的样品不同，里面添加了极少量的甲醇。

聂辰泽听到“甲醇”两个字，不免一惊，幸而对方为了掩盖甲醇的挥发味道而只用了很少的量，如果这量再多一点，季桐怕就不只是眼睛肿起来的问题。

“你说有人在样品里放了甲醇。”

“是的。”

“谁给你的样品？”

“展鹏替我去研发那儿拿的，其他人的样品也是他拿的，每瓶样品上有标签。不过，我不认为是他做的。”季桐知道甲醇的危险，暗自庆幸自己逃过一劫。能在研发部下毒，这人若不在研发部，也必然与研发有紧密联系，否则根本没有机会在里面添甲醇。展鹏如果是凶手，下手机会很多，不需要在样品上做文章。

“你对男下属倒是挺有信心。”

季桐见聂辰泽脸上有些小情绪，抬起未扎针的手抚过他下巴，调侃道：“有人吃醋啦。”

“我需要吃醋？”聂辰泽轻嗤了声，佯作毫不在意地瞥一眼一旁的墙壁。

“那你脸黑成这样。”

“我是担心你。”

“那我看看你是不是真的不吃醋。”季桐说完，打了电话给展鹏。

展鹏在电话中回忆自己去研发部拿样品的时候，研发部只有两位同事。不过，临挂电话前，展鹏突然喊住了季桐：“老大。”

“什么事?”

“我想起来，研发同事说，朴经理之前在实验室找研发代理经理，还逗留了一会儿，说是等代理经理讨论项目进程。”

“噢，没什么事了。”

“老大，你没事吧?”

“没有，我先挂了啊。”季桐挂了电话，朝聂辰泽说道，“应该是朴慧。她试探过我微珠项目是不是快正式生产了。刚才展鹏同我说，去拿样品之前，朴慧曾在实验室逗留过。”

“季桐，如果不是我，你就不会受到这么多的伤害。”聂辰泽看着季桐沉浸在分析中，他认同季桐的揣测，却因此也更自责内疚。

“我发现有人恋爱了以后，不仅智商低下，人也多愁善感起来，怎么说以前也是冰山型霸道总裁啊。”

聂辰泽不知该如何回应，只是把季桐轻轻抱着，低头轻吻过她的发丝。季桐轻轻拨弄着他胸口的 Logo，指甲顺着 Logo 的描线滑动，嘴里低声道：“如果真是朴慧，那就说明他们已经按捺不住，亲自动手来威胁我了。”

“不管是不是，你一定要记得保护好自己。甲醇不是一般化学品，我想办法找到证据。”

“你放心，我机灵着呢。”季桐继续用指甲勾着 Logo 的线条。

“另外，有件事，我得提前和你说。”

“什么事?”

“这些天已经有美妆博主收到了黑榜邀约，准备差评你的臻醇微珠眼部精华。之前，悦然美白精华水召回的事已经让代理商和直销客户不满，这款微珠眼部精华的前景并不明朗。”

“嗐，真是有钱能使鬼推磨。谁这么无聊？”

“可能是秦言，也有可能是卓澜韬。”

“不管是谁，都是想整垮这项目。”

“说真的，我也不看好这款产品。一来，没有特色；二来，眼部精华与先前臻醇类精华型的眼霜差异不大，有产品重叠之嫌。”聂辰泽说了两句后，又怕在季桐体弱的时候说这些丧气的话会令她不悦，忍住了后面的评论。

“好了。”季桐直起身，放下放在聂辰泽胸口的手说道，“我也是形势所逼。吕芳菲说得也不无道理，和你一样，她也不看好这款产品。”

“我会尽可能地帮助你。”

“就算不是卓澜韬发的邀约，他也想整垮这个项目，他会利用权力卡住策划资源。”季桐抬手摸了下眼周，感觉自己的视线又清晰了些。

“既然这样，你有新的方案吗？”

“直觉告诉我，他们已经不耐烦了。我想走一步，看一步。如果他们一直在暗处与我们斗，我们的胜算太低。几次交锋，我们都没有机会直击要害。这一次，如果他们主动出击，虽然危险，但兴许能彻底赢了他们。”季桐心想正是因为一次次地较劲，对方才会用迷药、砸车、下毒这类激进的方式来回击她。如果让对手先出手，那么破绽就会暴露出来。正在这时，季桐的手机跳出一个提醒：“还款。”

这条“还款”提醒并不来自银行信用卡，而是提醒她还顾铭的钱。季桐低头将手机银行的钱转给了顾铭。

聂辰泽全都看在眼里，他不提半句帮她还钱的事，也不提顾铭失踪的事。这是他与柳译完全不同的地方：他懂季桐。

“顾铭失联了，不知道现在在哪儿，希望这些钱能帮他渡过难关吧。”季桐惋惜地叹了口气，很快转回话题道，“我得和 Frank 请几天病假，示弱一下。”

“我陪你。”

“你好好忙公司里的事。没记错的话，这周要去欧洲吧？回来再说。”季桐见聂辰泽要开口，自然抬手按住了他的双唇说道，“不许反驳。我可不想有些人趁机看到我哭的样子。”

聂辰泽只得做了个 OK 的手势。最近一年来，他海外出差的频率下调了三分之二，尤其是在认识季桐后，几乎很少远行，一方面是应对卓澜韬，另一方面是多了个想经常见面的人。这次的欧洲行有着极其重要的事要做，因为需要逗留三到四周，所以对外宣称是回英国学校参加论坛及相关活动，故而无人质疑此行。

季桐的病假很快得到了 Frank 的批复，手头的臻醇微珠眼部精华项目交给了吕芳菲落实。BU3 的工作则由黄子涛暂代。经过几个月的交心工作，黄子涛已经完全成了她的人，做事自然也放心。

周五的时候，吕芳菲沮丧地打了电话给季桐，说是柯林安排的产品预热还没火起来，市场上竟然出现了黑他们这款产品的直播视频，她已经交代给了公关部让他们解决。在叙述过程中，吕芳菲难免露出自己不满的情绪，毕竟这项目是季桐硬塞给她的。如今遇到困难，影响了她的绩效，心情必然不佳。

季桐安慰了两句，提醒吕芳菲加强推动市场策划，及时与代理商和直销客户进行沟通。这一下更激出了吕芳菲的怨气，她满腹牢骚地说因为悦然美白精华水的事与市场策划不足，代理商与直销客户都不愿进新品。

这样的事，都在季桐的意料中，同时，也证明了聂辰泽的判断。毕竟，他是这个行业的意见领袖，看待产品必然比她要有经验得多。季桐告诉吕芳菲会同她一起面对困难，这对吕芳菲来说颇是安慰，多少她说的话，上司是听进去了。

过了周末后，季桐回了办公室，展鹏特意过来打量了一番季桐的眼睛说道：“老大，你这烟酰胺不耐受也忒厉害了点。不过，现在总算是好了。”

“怎么？怕你老大毁容不成？”

“不知道……”展鹏特意不说出来，只用口型讲了“聂总”，接着说道，“怕不怕。”

“好好与吕经理推项目去了。”

“收到。”展鹏笑嘻嘻地离开了办公室。他总是那么充满活力，让人不得不佩服年轻人自带的乐观。

季桐羡慕地看着他离开的背影，心叹自己这些年被各种琐事大事搅得心老了许多。可惜，时光如流水，青春不复存在，那就让自己在职场上的初心继续保持下去吧。

“你回来了？”正当季桐感慨的时候，朴慧敲门进了她的办公室。一袭真丝白裙，其上印了一只蝴蝶，搭配银白色的高跟鞋，令她整个人的样子显得更清婉秀美。

“是啊，哎，别提了，我烟酰胺不耐受，差点毁容了。”季桐只把事情推在了烟酰胺不耐受上。

“烟酰胺这成分是这样的，有些人不耐受就反应大些，可以多使用几次，建立耐受就好了。”

朴慧说得很真切，季桐腹诽要是真的多涂几次甲醇，她即便不是一命呜呼，至少这脸部皮肤也毁得差不多了。当然，面对朴慧，季桐仍得装出一副叹息的样子：“脸上这些也就算了，这项目进程受到阻滞才是麻烦事。”

“你是说策划推广上？”朴慧找了季桐办公桌前的位置优雅地坐了下来说道，“市场策划剥离出去后，各方面的资源受到掣肘也是自然的。哎，卓总这么做有他的道理，可对我们做销售的来说，就会觉得很不自在。”

“是啊。”季桐暗嗤，这戏演得越来越像是那么回事。朴慧在她回公司上班不过半个小时的工夫就来探问，必然有备而来。不如等着她出招后再接。

“先前我听到吕芳菲提到有人在黑新产品，柯林正在多渠道做推广压下负面评论。想来，他们在行业里也是第一了，应该能有办法。再说，这产品外观精致，产品本身又不错，我们女人买东西也是讲心情、论颜值的。”

大家都说不好的时候，偏有人说好，要么就是这人眼光独到，要么就是此人别有居心。朴慧当然是后者。不过，季桐仍得赞许她眼光独到：“我也这么想，所以才压着吕芳菲去做事。希望能有转机吧。”

“试试流量明星把整个臻醇系列做上去?”

“流量明星?”季桐若有所思地沉吟了下，“是个办法，不过预算不够。现在流量明星的报价都非常高，而且要做整个系列的代言人，比起只请明星做个广告来说代价更不同。吴彬彬先前为丝丽请的代言人用了不少预算，美白精华水新配方释放后，为了避免外界揣测，宣传只能多不能少。现在不过第三季度就已经用起第四季度预算。如果臻醇整个系列用流量明星做代言人，那意味着预算会远远超支。即使 Frank 同意，卓总那儿也未必通得过。”

“是啊，如果不是美白精华水配方出现问题，后面也就不会引发这么多麻烦。我知道，上次你为了召回的事，没少惹卓总生气。不过，卓总做事对事不对人，你放心，有值得投入的项目，他一定会支持的。”

“还是你了解卓总。”季桐的话自是一语双关，只是看不出朴慧脸上的变化。朴慧道行太深了，换作庄磊，那必然会露出些马脚来。

朴慧仍然表现得娴静高雅，听到季桐这句话，不过淡淡一笑道：“做这么些年下属，老板的脾气总要摸透些，不然不是给自己找麻烦嘛。”

“你这么完美，到哪儿，必然都受老板喜欢。”

“说笑了。说正事，我这儿的预算今年还挺充裕。你知道的，我管理的产品线多半代言人也都是总部定的，到中国本地市场，也是随着总部策略在走。事实上，奢侈品的广告效应也不如大众消费品大。如果你决定用流量明星，我可以腾出些预算给你。当然，这也得 Frank 同意。”

朴慧把自己想法说了出来，季桐尚无法确定朴慧的目的在哪儿，但必然与这主意有关，自然先行应承下来，并表现出感激之情，约了朴慧一起做 SPA 增进两人的关系。

男人喝酒抽烟是交流，女人做头发做 SPA 也是一种交流。季桐主动约朴慧的事，没有告诉聂辰泽。作为计划的一部分，并不需要时时刻刻都与他商议，免得让他分神。因为臻醇微珠眼部精华的市场情况不佳，吕芳菲约见了若干代理商，代理商们表现得都不积极。季桐自然想到了陈烁，安排陈烁与吕芳菲开会。

会议中，吕芳菲对陈烁没有任何的排斥，在如何与代理商谈判的问题上，吕芳菲还赞同了陈烁的观点。这令季桐颇有些意外。会后，三人一起拜访了若干家代理商。

“你最近一直和陈烁、吕芳菲出差，很累吧？”SPA 室内橙色的灯光打在朴慧曼妙的身上，每一寸光洁的肌肤都跳跃着性感的音符。

“是啊，有些累。”季桐躺下前瞥过朴慧一眼，那是一个令所有女人都艳羡的身材，不输顶级内衣模特。朴慧是一个既能用身体又能用脑子来为自己谋取利益的女人吧？

“女人的生活应该精致些才好，最近，我抽了点空学学国画，你要喜欢，改天一起？”

“国画？不瞒你说，我每周末就想躺床上多睡会儿。”

“顾铭之后，没有再谈恋爱？”

“谁受得了这么忙的女朋友？”

“其实女人不恋爱也挺好的，感情投入越多，有时伤害越大。倒不如，有闲暇的时候，找个男人调剂一下。忙碌的时候，又独身一人享受生活。”

季桐敷衍了声“嗯”之后，闭上眼睛，享受起 SPA 技师在背上的按揉。

“顾铭离开公司后，和你联系过吗？”开背做完后，技师们帮两人翻身后继续按摩，朴慧抛了个问题。

“联系过，和我谈还钱的事。”

朴慧笑笑。季桐明白如果说没有联系，那她在公司手机记录上轻而易举就能看到顾铭打过她电话，说是还钱，这样的解释最无可厚非，反而也最容易信服。

“对了，你知道聂辰泽去了哪儿吗？”

“最近都没见他来公司，市场策划给了公关部后，我很少和聂辰泽接触。我那次听吕芳菲说，好像去了什么学校。噢，Frank 和他关系不错，但没和我提过这事。怎么了？你找他？”季桐很自然地回道。所谓睁眼说瞎话也就是这么回事。毕竟是做销售的，这嘴里的话转起来还是相当得心应手。

“前几天遇上客户在和我聊上次的古堡游，那客户想给自己女儿安排古堡婚礼。我打了几次电话，他都没接。”

“说起来，你们部门的营销活动真让人羡慕。”季桐长长地叹了一口气。

朴慧这番的试探显然没有成果，她转而换了种问法道：“我听说 Frank 还想撮合你和聂辰泽。”

“谁说的？这么好笑。”季桐装出一副好笑的样子，心里却打鼓，莫非朴慧和卓澜韬在揣测她和聂辰泽之间的关系？

“聂辰泽调剂下生活还是不错的选择。”

“你呀，别调侃我了。他周围美女如云的，看我都不带正脸的。除了吴彬彬之外，他估计是最不待见我的人了。”

“哎，不知道彬彬什么时候会醒过来。”

虽然朴慧的这句话说得很不经意，但却让季桐打了个冷战。

“什么时候能醒过来”与“什么时候会醒过来”，只是一字之差，但后者的意思仿佛恨不得他永远醒不过来。想到吴彬彬出事地点是一个没有监控的地方，一种糟糕的念头啃噬着季桐的心。她愈加确定朴慧参与了这件事，并且希望吴彬彬永远都不会醒来。这样的女人是多么可怕，几年的合作之情都可以抛于脑后。

季桐没有接话。技师也刚好在做颈部放松的按摩，她也好避过这让人恶心的谈话。

SPA 结束后，两人在 VIP 包厢内喝着饮料聊了下国画的话题。

接朴慧离开 SPA 会所的是一个外国男人。那外国男人与朴慧非常亲昵，但朴慧并未向季桐介绍那男人的身份。想来，这个男人就是朴慧调剂生活用的。

季桐看着朴慧坐车离开，这才回到了自己车上。聂辰泽用微信打来了语音电话。

“刚才没信号？”

“我按了飞行模式。”

聂辰泽并不追问，只是“哦”了一声。季桐喝了口车上的矿泉水后，与聂辰泽提了部分话题，为免聂辰泽担忧，隐去了与朴慧一起做 SPA 的事。聂辰泽对于将计就计这条策略，并无太多异议，尤其是在他不在上海的时候，这条策略显得最为稳妥。更何况，朴慧的这条计策实施起来，柯林必然会参与，因为在柯林与贝莱的合作协议中，所有非总部直接安排的代言人事宜都要通过柯林来签约。

当然，聂辰泽并不会因为季桐的话而完全放心她的处境，因为熟悉季桐脾性的他知道这女人必然还藏掖了些事情，怕他担心而没有告知。幸而，蛮牛那儿每天都会有信息给到他，从人身安全角度来讲，季桐是安全的。

两人没有煲电话粥的习惯，又是做事利落的人，虽是很想对方，却也没有半丝腻味在里头。然而，就是这般的感情才愈加浓烈，比起天天同连体人似的情侣而言，是另一番成熟而醇厚的滋味。

两日后，季桐与吕芳菲、陈烁拜访客户回程的时候，途经瑞金医院，她决定独自探视吴彬彬。

住院大楼里，消毒水的味道浓烈得有些刺鼻，季桐经过一番询问后，方才找到了吴彬彬的特护病房。季桐推开门，一名护士正娴熟地进行着换药的工作，见她进来并未说什么话，只是收拾着空袋子，嘴上说了句："麻烦一会儿和家属说一下，换过药了，过道不要堆放东西。"

"好的。"

季桐这才注意到这间并不大的特护病房的过道里堆了些生活杂物，看样子是陪吴彬彬的人落下的。无纺布袋、塑料盆之类的叠放在一起，红红绿绿，满是不协调的气息。季桐等护士推车离开，才看到吴彬彬。

没有了名表与浮夸的衣服，吴彬彬苍白的脸孔瘦了许多，以至于闭着的双眼凹陷了下去。这双以往时常露出轻蔑姿态的眼睛如今闭得紧紧的，仿佛要将所有知道的秘密锁在里头。

他究竟知道了什么不该知道的事，落得如此下场？

顾铭约定了见面，却又莫名失踪，是不是也和吴彬彬一样遭遇了不测？

在顾铭失约之后，季桐一直有关注上海地区新闻，怕顾铭成了突发事件中的一人。不过，这样的事并未发生。

季桐正想着，一个刻意压低了嗓门却仍旧声调颇高的妇女在门口与搞卫生的护工们说了几句后进了病房。

妇女穿了件不合身的铁锈红外套，肩头耷拉了下来，手肘处有些磨破的痕迹。她的头发花白，鱼尾纹十分明显，皮肤黄黑，这让她的年龄看上去至少老了五岁。

“你是——”那女人打量起季桐。

季桐见那妇人在打量她，便自我介绍道：“我是吴彬彬的同事。”

“噢，同事啊。”那妇人拖过一把椅子，椅子脚与地面擦出尖锐的声音。季桐不觉皱了下眉头，这才意识到即便是这么尖锐的声音，吴彬彬都没有任何反应。那妇人低声道：“坐吧。”

“不了，谢谢。我过来看看他情况。您是他的……”

“我是他妈。”吴母说话口音微重，提了下嗓后，再度压低嗓门道，“前两天你们也有同事来过了。”

“嗯。”季桐没有想到眼前这位土气的妇人竟是吴母。

“一个很漂亮的女同事，还劝我说要不要换个地方给彬彬治呢。”吴母将凳子又拖回到吴彬彬床前，看了眼儿子后，与季桐说道，“我说这儿挺好，房间也不小，带卫生间，我住着也方便。”

这就是她在过道里放着各种生活杂物的原因。季桐心想这位漂亮的女同事应该是朴慧吧，于是，她翻出一张朴慧的照片给吴母道：“是这位同事吧？”

“对对，就她。说是帮吴彬彬找个私立医院，可以找香港或者海外的医生治疗。我听着就是要花很多钱啊，所以呀，立刻就拒绝她了。”

“瑞金医院的医生在国内首屈一指，我想吴彬彬在这儿也能得到很好的治疗。”季桐看出吴母对朴慧的“好意”怀有敌意，自然顺着吴母的心意去说话。

吴母长叹了一声，整了下吴彬彬身上的被子说道：“彬彬真是造了什么孽，撞成了这样？”

季桐见吴母眼睛里布满血丝，这些天照料与哭过的痕迹仍能清晰辨识，而言语中对肇事者的气愤经过多日的洗涤也变成了无奈。

“伯母，你一个人照顾吴彬彬吗？”

“没办法，他爸和他姐都得下地干活儿，快到卖价的时候了。”吴母说着，讲起自己的家事来。吴彬彬出生在农村，上头还有两个姐姐，全家人供吴彬彬读书，后来吴彬彬在上海混出了名堂，钱没少往家里给，但人却回得很少。吴母自怨自艾地说家里人和吴彬彬生活完全不同，他们也懂不能让吴彬彬在别人面前丢份，所以也不来上海找他。三年前，吴彬彬给了家里一笔钱，让其父和村里人承包了先进的播种机和插秧机，以此多添些收入。

职场里的很多人都会戴着面具。任谁都不会想到向来讲究衣品的吴彬彬自小是在下地插秧的环境中长大的。季桐不免感慨，或许正是因为曾经的寒苦，让吴彬彬更想摆脱这身泥土气息。

“吴彬彬还年轻，我想他很快能醒来。”

“我也盼着呢。那天煞的司机，一定会遭报应的！”吴母忍不住提了些嗓子，一双粗糙的手来回搓了两下。

季桐很久以前就明白一个道理：诅咒坏人得到报应是无用的，只有令那些人得到应有的惩罚才是真正的报应。

离开病房前，季桐给吴母留了手机号与两千块钱，告诉她，一旦吴彬彬醒来，得第一时间通知她，若是有什么困难，也可以找她。吴母再三感谢，拉着季桐的手说了好一会儿后才放她离开。

季桐离开瑞金医院住院大楼不过五分钟的光景，Frank 打来电话告诉她，早前一天递交的臻醇项目系列代言人的预算申请已经得到了卓澜韬的批复。一切就如预想的那样，朴慧出了代言人的主意，而卓澜韬会批复这笔超预算费用。

臻醇系列本是靠着柯林打了翻身仗，才得以延续了品牌。微珠眼部精华预热期间就遭遇业内抹黑，尽管季桐和吕芳菲等人努力与代理商沟通多次，但收效并不大。雅林商贸分割代理权的事过去数月，雅林商贸在六月下旬时因资金链断裂而导致无法偿付货款，与贝莱中国间的账务进入法律程序。虽然雅林商贸有错在先，但业内的大代理商颇有些忌惮。

系列产品用流量明星代言人进行全方位推广的代价很高，Frank 自然谙熟这背后的成本投入有多少，认为卓澜韬是不会批复的。没想到，卓澜韬只提了些常规性问题，最后还是批复了这项申请。

这是 Frank 最意外的地方，他当然不知道，这份申请本就是季桐依着朴慧的意见提出，因而，被卓澜韬批复也是再正常不过的事。季桐挂完电话后就转告吕芳菲这件事。吕芳菲惊愕极了，还在怀疑自己的耳朵。几年了，要不是绝处逢生，她都快和产品一样被砍出贝莱中国，现在产品不仅蹿升为网红品牌，还能被上司眷顾安排系列代言人。这以往都是最好的产品线才能享受的待遇。

季桐知道吕芳菲与臻醇产品唇齿相依的关系，便交代她务必保持热情，立刻约上渠道开拓商商议未来“双十一”“双十二”等大网购节的线上活动。吕芳菲马上都安排得妥妥当当。

“臻醇项目的销售额一定要增长。那些躲在黑暗中的势力也都走出来，真正地较量一番吧。”季桐默念道。

一周后，公关部送来了臻醇系列代言人候选资料，里头一共是五位流量明星的资料。每位明星后都附有广告流量值和她们在各个平台网站热度的大数据分析。季桐拿着资料关照展鹏安排吕芳菲、陈烁和公关部一起开会。

展鹏做事利索，一接到指令，立刻安排妥当了一切。季桐拿着手头的资料走向会议室，迎面遇上了朴慧从办公室走了出来。朴慧拿了只白色手包，似要离开公司办事。

“开会?”朴慧主动问道。

季桐抬手扬了下公关部送来的文件夹说道：“是啊，选人。前两天还说找你吃饭表达谢意，都过去两天了，我还没约定时间。”

“吃饭的事不急。公关部都给你选了谁做代言候选人?方便的话，给我瞅一眼。”

朴慧露出好奇的神色，季桐把文件递了过去。朴慧翻阅了几页后，微微一笑递还给季桐：“我接触过，她们都很不错。上个月，我还和柯凡喝过下午茶。虽然她前段时间没有演戏，但先前拍的戏最近上星，播得挺不错。”

“是吗?这方面，你肯定比我更懂。”

“你谦虚了。如果小组还拿不定主意，我做个候补来替你参考下。”朴慧说笑着，将文件递还给季桐。

季桐笑着取回了文件，看着朴慧的背影，唇角的笑容瞬间消失得无影无踪。朴慧的下一步究竟是什么呢?

进入会议室后，季桐请公关部的同事向大家介绍了策划推广的大致内容，以及推荐过来的流量明星资料。经过几位同事初步筛选，从五位删到两位。一位是朴慧提及的柯凡，另一位则是庞颖。

两人的咖位与流量相当，庞颖胜在一直在拍戏，而柯凡因为先前拍摄的古装剧上星，成了热播剧女主，因此也是个不错的选择。季桐交代公关部同事，务必尽快拿到报价，并确定档期。

就在大家敲定了这两位准备离开会议室时，公关部同事接到了一通电话，朝季桐说道：“季经理，我们签不了庞颖了。”

“为什么？”

“Sorry，是我们核实失误，庞颖两周前已经和凡氏签了代言人协议。”公关部同事面露窘迫之色。这的确是他们的失职。筛查明星是否已经与其他公司签约是分内事，更何况还是凡氏这么大的竞争对手。

季桐想到先前朴慧提过一句柯凡，大家票选的时候也对柯凡印象不错，便回应道：“你再确定下柯凡的资料。如果没有问题的话再回复我吧。”

“好的。”

自从市场策划归入公关部后，各种疏漏常常出现。这种架构造成的沟通障碍，季桐也不想过分纠结，她只要结果。

所幸公关部很快给了她确定的答案：柯凡暂时没有接任何化妆品代言协议。

这么一来，柯凡作为臻醇化妆品系列代言人是不二选择了。季桐交代公关部把事情尽快落实，这头她与线上渠道商沟通，增加接下来一个季度的大幅度推广。悦然美白精华水新配方放出后，季桐也陆续与各代理商进行了沟通，恢复了供货，同时，配合悦然美白精华水的广告营销也如火如荼地开展起来。

聂辰泽因为在欧洲的事有些阻滞，一连几天没有打电话给季桐，待到联系季桐的时候已经是周五晚上。季桐看完了销售们发来的数据，躺在沙发上慵懒得和猫似的，将手机按成了免提搁在一旁茶几上。

“事情进展顺利？”季桐抬起右腿靠在沙发椅背上。

“之前试验有些问题，现在解决了。对了，臻醇系列代言人选定了吗？”

“选定了。你的人没向你汇报吗？”季桐又将左腿抬起后靠在沙发椅背上。

“我还没有接到更新消息。你们选了谁?”

“柯凡。你肯定认识了。你们送上来的名单里有五个人，我们摇摆在庞颖和柯凡身上。啊，说起来，你们公司和我们的公关部效率真是让人生气。庞颖已经签了凡氏代言了，怎么还会是 Candidate (候选人)?”

聂辰泽静默了良久，以至于季桐以为网络掉线，看了番手机问道:“你那儿是不是信号不好?”

“是啊，下周我回上海。”聂辰泽的声音没了刚才的兴致盎然，反而有些落寞，季桐并未察觉。只听聂辰泽问她:“你去探视吴彬彬了?”

“你通过别人名义给吴彬彬付了医药费，吴伯母一定把你当恩人，事无巨细地都得向你的人汇报吧?”吴母曾向季桐说过，吴彬彬一位上海的朋友给帮忙付的医药费，因而在医院里能得到好的治疗。季桐当时就想，这朋友必然不是朴慧或卓澜韬，而是聂辰泽。因而，聂辰泽一提吴彬彬，季桐就更确定了。

“吴彬彬一定是掌握了什么信息，与人摊牌的时候才落得这下场，医治好吴彬彬，很重要。”

“这是当然。你知道朴慧先前去过吴彬彬那儿吧?”

聂辰泽应了声:“她与吴彬彬撞车、顾铭失踪可能都有关系。你一定要十分小心她。”

“知道了，聂总大人。等你回来，好好喝一杯。”

聂辰泽挂了后，直接打电话给了 Lina:“臻醇项目代言人候选名单里怎么会有 Corina 的信息?”

对于上司这劈头盖脸的问题，Lina 回应道:“聂总，Suki 把方案发到您邮箱的啊。再说，您自己说的 Corina 的事儿不用和您汇报的。本来，Corina 曝光率是走低，但是，你在欧洲这些天，两家卫视放了她去年演的古装剧，流量很好啊。贝莱希望有流量明星，找的候选人都符合条件。”

“庞颖符合条件吗？”聂辰泽没好气地诘问道。臻醇项目是季桐的，而Corina就是柯凡，是他的前任女友。尽管他与Corina已经没有任何瓜葛，但是，与卓澜韬都曾有过关系的Corina本就不是一个安分的人，若是她搅和进来，那整个事情就变得复杂。

“聂总，庞颖经纪人那儿确认说是两周前与凡氏签订的合约尚未对外公布，负责这一合约的是菲莫斯公司。Suki也很意外，好像有人算好似的，要和我们抢人。”

Lina的话说得不假，菲莫斯平时不出手，一出手就是要庞颖，别有一种抢人的意味。

“流量明星都是大家争取的资源，没有什么抢不抢之说。对了，雪姨带熊猫回上海了吗？”

“没呢，雪姨说，她还得在老家待两周，得您回来后一周才带回来。”

聂辰泽又交代了Lina两声后挂了电话。不知道，一个月没见面的熊猫是生气还是兴奋？季桐呢？一个月没见，她会想念他吗？

他不知道，此时的季桐一门心思扑在工作上，半年都没有空余的时间。

一周不过七个昼夜，季桐几乎全身心地扑在了臻醇系列推广上。公关部发来了柯林公司制作的柯凡对化妆品的三生三世情缘的试镜。季桐对花絮很满意，与柯凡的代言人合约走得也非常顺利，整个系列代言讲述了柯凡扮演的女子在古代、民国和现代对化妆品的追求，令人耳目一新，无论是Frank，还是吕芳菲见到后都颇为欢喜。

季桐尚未觉察出朴慧在这项目中会使出什么招数，就目前看来似乎一切都很正常，甚至可以让人放下忐忑不安的心。季桐长吁了口气，目送吕芳菲离开办公室后，看了眼手机。聂辰泽的航班在中午抵达上海，他一下飞机后就直奔公司。季桐曾发了个消息赞许柯林公司做的臻醇项目预告很不错，希望正品能做得更完美。然而，对面却没有任何的回音。

人一旦忙起来就没有停歇的时候，更何况他离开公司已经有一个月的光景，更需要到公司里了解情况。季桐没有丝毫怨言，就像她忙起来的时候，没空搭理聂辰泽，也从未被他埋怨。彼此尊重工作习惯，这也是他们之间更成熟的一种情感交流。

季桐随便吃了些后驾车驶向聂辰泽下飞机时给自己发的家庭地址。这是她第一次去他家，说来也有一个月没见到他了。月色撩人，季桐不免生出小鹿撞怀般的感觉来。就在季桐即将到聂辰泽家的时候，聂辰泽打来了微信电话："快到我家了吗？"

"怎么？等我啦？"

"早知道你会晚，我就去接你了。"

"我马上就到。"

即便是马上就要见面，这样简单的对话也着实让人心起涟漪。

季桐进了小区后，找寻了一番聂辰泽的别墅。原以为他会在门口来个拥抱，她却只看到一个戴着口罩的女人站在聂辰泽家门口拉着聂辰泽。聂辰泽往后退了一步说道："Sorry，我这里不欢迎你。"

"辰泽，柯林和我合作，不就是你暗示会和我复合了吗？"

"选你做代言人是贝莱中国的决定，不是我的决定。我不会和你复合，你现在最好离开，否则我就喊保安了。你知道自己的身份，一旦曝光会有什么后果。"

"你真狠心，我就是不走。"

季桐下了车，她看着小路对面那栋别墅前，一个女人往聂辰泽的身上靠上去，聂辰泽越过那女人的肩头看到了季桐。

他并没有半丝惊慌，也没有任何逃避，只是拿起手机准备拨打号码。这一简单的动作触动了那女人的神经，她气急败坏地蹬了下脚，带着撒娇意味地哼了一声，半遮着脸孔仓皇地逃离了别墅。

代言人？

季桐看着那女人的背影，尽管她很快消失在了黑暗中，但她仍旧从刚才对话与她那撩人的身型中判断出她的身份：柯凡。

难道说柯凡就是 Corina？

“季桐，听我解释。”

“你想向我解释什么？”季桐站在原地不动，聂辰泽已经走到了跟前，低眉看着这个已经一个月没有见到的女人。几乎每天晚上，他都会想起她。

原本，他正站在门口等候季桐，没想到，第一次邀请她到自己家就遭遇了柯凡闹事的尴尬。

虽然他与柯凡之间的牵扯不大，但他看得出季桐犀利的目光要的是什么答案：“柯凡就是 Corina，上次没有在电话里告诉你，是我的错。因为我觉得整件事太过巧合，所以想先找出背后的原因。我和她只有过去，没有现在和将来。我只想珍惜一个人，和她一起拥有现在和将来，这个人就是你。”

“花言巧语，谁在意你和柯凡是不是有关系呢？”季桐别过脸，心里虽未怪过聂辰泽，只是看到柯凡主动亲昵的举动，不免生出酸意。

聂辰泽全然看在眼中，她说自己不在意，其实便是在意。就如他即便装作不屑于顾铭的存在，但每回见到顾铭，总觉得对方尤其不顺眼，也就是因为那个男人曾经拥有过季桐的感情。

“在不在意全写脸上了。”聂辰泽玩味一笑，将季桐别过的脸轻轻拨正，“我向你保证，我对柯凡已经没有任何感情。现在心里所有的位置都留给了你，没有任何空间再给其他人。”

说完，聂辰泽趁着季桐没有反应过来，打横就把她抱了起来，惹得季桐一紧张，嗔怪地敲了下他肩膀：“放我下来。”

第二十一章
背后的关系

聂辰泽并不理会，打开指纹锁后，抱着季桐沿着一条花园小径走进别墅。房子未开大灯，只是点亮了壁灯与装饰地灯，暖色的光线恰到好处地落在室内的每一处角落。进门的白枫木地板台阶的两旁摆满了蓝白色交替的紫阳花。

北欧风格的原木色餐桌上放了一座银色枝叶形状的烛台，烛台上插着蓝白色相间的蜡烛，橙黄色的火苗正跳动着，两副银色餐具放在桌上，垫在餐具下的铺布均是蓝白色的，整间屋子回荡着悠扬的法国香颂，空气中浮着淡淡的栀子花香。

聂辰泽放下季桐，从后揽着她纤细的腰身，低头问道："喜欢吗？"

两人仿佛置身于夜幕下的圣托里尼：宁谧的蓝色大海、纯洁的白色建筑。

"你不是回公司了吗？"

聂辰泽低头贴在她的锁骨上，抬起手表指了指时针，凑到她的耳旁低声道："每一刻都在想你，开不了会，也听不了汇报，只想立刻回来等你。"

"等我？"

他修长的手指轻抬起她的下巴，她微微泛红的脸庞刚好落在他星辰般的瞳仁里：“只属于我们两个人的夜晚。”

“你做了什么菜？”

“还没做。”

“没做？幸好我吃了。”

“现在开始做。”话刚落下，聂辰泽吻住了季桐的双唇，打横抱起她放到了一旁铺着白色羊毛垫的沙发上。

烛光努力地踮起，试图窥视沙发上起伏的身影，音乐使劲地爬上高潮，淹没了一切声响。月亮越过枝头，不经意地看到纱帘后，荷尔蒙的气息混着飞溅的汗滴，弥漫在沙发的周围。

直到他将她整个人拉起后贴到胸前，月亮才看到那个幸福的女人面色绯红，闭着双眼，紧咬着唇瓣试图阻止自己发出声音，然而，这一切不过是徒劳。直到最后，她发出了令月亮都羞赧的声音，他才轻轻地将趴在他肩上的她放了下来。

“累了？”

聂辰泽轻吻了下她的额头，低头看着身侧的她，她的身体陷在白色的羊毛垫中，散发出妩媚的气息。

“才不累呢。”她嘴硬地拉起羊毛垫遮掩起身体，却不想这句“才不累呢”令她自食其果。他多日来积藏在内心的热火本想慢慢地释放，此刻却是一泻而出，任凭她怎么求饶，他都全然不再理会，好让她尝尝挑衅他的后果。

待到摇曳的烛火因多觑了他们几眼而滴下烛泪，音乐重复了无数次的高潮恢复了平和，他才停歇下来，将她拥入怀中。

这一次，沉浸在他安抚中的女人再也不敢提半句“不累”的话，以防自己一言不慎，再次堕入极乐的深渊。

“饿了吧？”聂辰泽问道。

季桐眨巴着灵动的眼，保持着缄默。聂辰泽忍俊不禁，抚了下她热烫的脸庞，宠溺地说道：“放过你。”

“那么，有吃的吗?”

“都准备好了。”

“我都饿坏了，刚出办公室时吃的都消化得精光。”

的确，她已是饥肠辘辘，明明进这房子那会儿不过七点而已，此刻却已是九点半。聂辰泽拿出海鲜摆盘的时候，她恨不得立刻扑上去。然而，她却连站稳的力气都没有，全靠聂辰泽抱她上了座位，才能好好地坐在椅子上吃起诱人的海鲜。

“这个不许吃！全给我!”

聂辰泽刚要吃生蚝，季桐就立刻拿起刀叉插了上去。聂辰泽忍俊不禁，抬手让出生蚝道：“我说过，吃不吃都不影响我发挥的。”

“坏得很。”

“真的?”

“真的。”

“那我要好好反省。”

“嗯，好好反省。”

季桐得意扬扬地吃起手里的生蚝，却只听聂辰泽说道：“反省如何变得更坏。”

烛火跳动着，季桐绯红的脸庞映在他的眼中。他爱她就如这烛火一样炙热，在拥有她的那一刻，他感觉自己的心被她牢牢地占据了，所有的思念都化成了动力，只想带着她一起翱翔在云端。

正餐之后，聂辰泽盛了养胃的粥给季桐。季桐尝了一口，那似曾熟悉的味道令她立刻意识到当初医院里的粥竟是出自聂辰泽之手。也许，爱情的星星之火，在猝不及防的时刻已被点燃。

她说如果可以，想一辈子都吃他为她做的饭菜。

他说可以，他愿意花一辈子的时间把她养成一只大胖猪。

一夜风过，树枝上的银杏叶泛出了黄色。季桐如往常一样坐在办公室里处理公事，代理商因为听到柯凡会成为臻醇系列的代言人，拿货的态度发生了微妙的变化。尽管如此，季桐的策略已经由大比例依靠线下代理商转成了线上代理商。贝莱中国计划选择上海的某座商场来做臻醇系列产品首秀宣传，届时各个平台会以直播方式为“双十一”预热。

“季经理，公关部打来电话，说是柯凡生病了，暂时不能拍摄。”吕芳菲敲门进了季桐办公室汇报道。

“病了？”

季桐放下手中的笔，脑海里迅速跳出个念头：柯凡装病。这是对聂辰泽拒绝复合后的反击。女人狠起来什么事都做得出，更何况装个病，根本算不上手段。

柯凡生病，就会影响到臻醇系列宣传。在代言合同中，虽然对代言人在配合拍摄宣传方面有条款约束，但真要谈解约需要一定时日，更何况贝莱中国已经打了款，要的是宣传上市，而不是合同解约。因此，当务之急自然是说服柯凡按期拍摄并出席首秀宣传。

“公关部有提供解决方案吗？”

“暂时没有，他们想让柯林解决这件事。”吕芳菲难免担忧，她低声道，“听说柯林的聂总已经回上海了。柯凡是他的前任女友，总有办法解决这件事的吧？”

“无论如何，必须压着公关部找柯林解决这件事。”

“我知道。”吕芳菲赞同道，接着，她又把线上渠道的宣传进度汇报给了季桐。季桐边听边想着柯凡会怎样威胁聂辰泽。

直到吕芳菲汇报结束离开办公室，季桐正打算打电话给聂辰泽，手机上跳出聂辰泽的微信：“我会妥善处理好柯凡的事，Sorry。”

季桐想了会儿，回了“OK”。

虽这么回复了，但心里总有块疙瘩。柯凡势必用代言合同来要挟聂辰泽，若聂辰泽拒绝，很可能导致合约终止，那受损失最大的还是贝莱中国与柯林。没想到，在她与聂辰泽执手同进退的时候会突然杀出个柯凡来。

就像聂辰泽说的，整件事真的太过巧合。最终决定由柯凡出任代言人的是贝莱中国，而组织投票事宜的是她自己。季桐想到这儿，拨打了公关部负责臻醇项目的主管 Zoe 的电话。

"Zoe，是我，季桐。"

"季经理，你是想问柯凡的事吧？我刚和 Suki 沟通过，他们会负责与柯凡沟通，确定录制宣传片的时间。"

"我是想问，如果柯凡生病导致广告拍不成的话，你们还有备选人吗？"

"因为代言人的合同刚刚签订，不方便立刻与其他备选人沟通，所以暂时没有应对的措施。如果一旦出现柯凡拒绝拍摄导致合同终止的情况，我们会立刻联系其他明星。当然，流量明星档期是个问题。如果我们为了产品上市非要请明星挤出档期的话，那对方要价肯定不是一点半点。"

"我明白。"季桐若有所思地沉吟道，"啧，对了，之前五个明星的资料是柯林和你商议后提出的吗？"

"他们有口头提过，毕竟他们掌握着市场数据，我们也只能依赖他们的调查。"

"柯凡也是他们提出的吗？"

"季经理，我想你该还不知道柯凡是柯林公司老板聂辰泽的前女友吧？柯林的'柯'字就是柯凡的'柯'啊。行业里很多人知道他们俩曾经是一对情侣，所以柯凡出现在名单中也很正常，况且，我们最后不也是通过投票决定的她吗？"

"是吗？我对八卦新闻不了解。"季桐听着 Zoe 的话有些不是滋味，尤其提到“柯”字的时候，更是无言以对。看样子，不管是哪方面的人，柯林还是贝莱，都觉得签约柯林老板前任女友做贝莱产品的代言人是不二选择。如果这是一个局，那就是一个天衣无缝的局。

季桐想到自己也投了一票柯凡，感觉自己就是那个被人卖了还替人数钞票的傻子。她挂了电话，有些气馁地扶着额头。如果早一步知道柯凡就是 Corina，她就不会同意让柯凡做代言人。忽而，她意识到了什么，直起身子打起精神来。

柯凡难道是朴慧用来试探她与聂辰泽之间关系的吗？在做 SPA 的时候，朴慧也这么试探过一回。

季桐记得当天选择柯凡之前，朴慧曾提过与柯凡喝过下午茶。她谁都不提，却提了柯凡，很明显是在试探她是否在意柯凡？女人总是对另一半“前女友”的存在表现得很敏感。季桐正是因为不知道柯凡就是 Corina 才表现得那么陌生，否则，她一定会流露出吃醋的神情，被朴慧这样精明的女人牢牢地抓住不放。

季桐庆幸起来，她与聂辰泽之间的关系还未被朴慧与卓澜韬识破。不过，她不能再留宿在聂辰泽家，因为保不准什么时候，就被撞破了他们在一起的事。

想到这儿，季桐不免又有些沮丧。他们明明都未做过任何伤天害理的事情，却不能公开恋情，因为恋情一旦暴露，整个计划就会功亏一篑。

柯凡，这突然闯入的角色还有什么作用呢？

季桐陷入了沉思。

聂辰泽在得到柯凡生病的消息后，立刻关照 Lina 道：“联络 Corina 的经纪人，我要立刻见她。”

“好的。”Lina 刚要转身，却被聂辰泽喊住，命她当面打给柯凡的经纪人。Lina 只能照做，柯凡的经纪人在电话里提到柯凡想和聂辰泽通话。Lina 尴尬地朝上司指指手机。

聂辰泽伸手接了过来："你是不是故意的？"

"你这什么态度？人家身体不好，你问人家是不是故意的。"

"昨天你还好好的。"

"你到我的寓所来不就知道我是不是病了吗？"

"柯凡，我警告你，如果你要花招，导致贝莱中国宣传项目出现问题，我会立刻和你解约。"

"你就这么狠心嘛，我真病了。"说着柯凡就在电话那头咳嗽起来，听起来倒有几分真切。

"病了赶紧吃药，明天正常拍摄。"

"你来看我，我明天就来，哪怕发烧也过来。"柯凡抓住聂辰泽缓下的语气，立刻示弱道。

"知道了。"

没等柯凡窃喜，聂辰泽挂了电话，将手机递还给了 Lina："去柯凡寓所。"

"我马上安排。"

"你一起去。"

"为什么？她只想见您啊。"Lina 极不情愿地回复聂辰泽，柯凡是她第二不喜欢的女人。她当然不愿意卷入这种情境。

"这是公事，不是私事。"聂辰泽回道。

柯凡穿着一条深 V 领的粉紫色连衣短裙，短到刚好盖住曲线优美的臀部，她打开门看到眼前不只站了企盼已久的聂辰泽，还有 Lina 那张极不情愿的脸孔。

"你为什么带她来？"柯凡白了一眼 Lina，考虑到把 Lina 拒之门外应会招来邻居的好奇而引发不必要的麻烦，只能让 Lina 一起进来。

“我现在到了，你明天正常拍摄。”

“毫无诚意。”

柯凡坐在沙发上，一旁的茶几放了瓶红酒与两只勃艮第杯。

“你想要什么？”

“你明知故问。”

“我说过，我不会和你复合。”聂辰泽冷冷一哼说道，“你今天在影视圈的地位不需要再利用我，又何必谈什么复合呢？”

“怎么？我就不能谈感情吗？”

“你有吗？”

“聂辰泽，你要是不想和我复合，就不需要做那么多事。”

“我有做过什么让你误会的事？”

“你在意我，所以才会搅了我和卓澜韬之间的关系。”柯凡站了起来，走到聂辰泽的身旁，手搭在他的肩上淡淡笑道，“无所谓，他一点儿都没情趣。”

“我说过，你和他的事，我不感兴趣。”

“那你为什么要在办公室里放红纹石，还把贝莱中国的代言人位置特意留给我呢？你知道那份候选人名单，也就我和庞颖最有竞争力，她为凡氏代言，剩下的不就是我了吗？”

柯凡眼神挑逗地看着面前这个俊朗的男人。他们曾经有过三年的感情，就算没有，男人又怎会拒绝她这样妩媚漂亮的女人呢？

“红纹石和你没有关系。至于候选人名单，我很抱歉会发生这样的错误。”

聂辰泽推开柯凡放在自己肩上的手，冷冽的目光让柯凡不禁心头一寒。

她盯着聂辰泽看了许久，不愿承认自己听到的是这个答案，强作镇定地说道：“不可能。”

“如果是这些让你产生复合的幻觉，我只能说 Sorry，你误会了。”

“哼。你有别的女人了?”柯凡狠狠地瞪了眼站在玄关处的Lina，Lina畏缩地往后退了一步，否认话语中那个“别的女人”与她有关。当然，在柯凡眼里，Lina也配不上“聂辰泽的女人”这个角色。那个女人究竟是谁，她真的存在吗？还是聂辰泽为了甩掉她而故意捏造的事实。不，一点儿都不像。聂辰泽虽然冷漠，但越冷漠的人，遇到爱情的时候，就会变得尤其炙热。柯凡能够感觉到聂辰泽是真的有了一个女人。像他这样从来不迷信爱情守护石的人，居然在办公室里放置了红纹石，该是多么在意这个女人。

“这是我的事，和你没有关系。”

“呵，柯林公司创始人竟然连女朋友都只能生活在黑暗中。什么时候，你们这圈子也和我们娱乐圈一样必须时时刻刻地警惕狗仔了?”

“柯凡，我很清楚地告诉你，我和你之间除了商业合作之外，不可能再有别的感情。”

“你很爱她?”嫉妒像是蠹虫一样啃噬着柯凡。

“这和商业合作没有任何关系。”

“你告诉我答案，不管什么答案，我明天都去拍摄。”

柯凡仍旧不死心，她想知道自己在聂辰泽的心里还有多少地位，而站在玄关边的Lina同样攥紧了拳头，揪心地等着聂辰泽的回答。虽然在此之前，Lina已经知道了答案，可依旧想听到聂辰泽说出口，好让她彻底死心。

“我很爱她。”

聂辰泽给了答案。昨晚之后，他比先前更爱季桐。一早起来，他宠溺地吻了还在沉睡的季桐，为她做了早餐。这不仅仅是因为他们发生了关系，更重要的是季桐把身心都交给了他，这让他从心底深处感受到了幸福与欢愉。如果不是因为他与季桐还担负着复仇的重任，他一早就会将自己爱的人暴露在阳光下，与人光明正大地介绍说：这是我的女朋友季桐。

柯凡止不住落下了眼泪。她是聂辰泽的初恋情人，他们一起过了三个春秋，他都没有说过一句“我爱你”，如今，他却大方地站在她面前说“我很爱她”。这是多么讽刺的事情。那时，她还非逼着聂辰泽说“我爱你”，聂辰泽却说那不过是言情桥段的情话罢了。现在，他不仅毫无顾忌地说“爱”，还真真切切地加了个“很”字。

她瘫坐在沙发上，哽咽道：“够了，你走！”

“履行好你的承诺。”

聂辰泽无意看柯凡哭泣的样子。她当初背叛他的时候，就从未想过今天的局面。既然能够那么狠心地踩着他爬上想要的地位，又何必在这儿惺惺作态地提出要复合？他的心已经牢牢地被季桐占据，不可能再去关注柯凡或任何其他女人。

他甚至在早晨凝视季桐时，已经开始遐想与季桐的未来，一年、两年，甚至很多年。

“走。”聂辰泽经过玄关的时候催了下发愣的 Lina。Lina 在这个无人关注的角落清晰地听到了聂辰泽的答案。意料之中却又出乎她对上司的认识。

季桐。

都说近水楼台先得月，可她尝试了那么多次，都得不到聂辰泽半点的垂爱。季桐是怎么抓住他的心的？论漂亮，季桐不爱化妆，比不上上司周围那些形形色色的女人，甚至还比不上她。论处事，季桐满腹计谋，奸猾得像只狐狸，行事的时候又野蛮得像匹狼，没有半点温婉可人的地方。

可他却说“很爱她”。

爱情就真的这么没有逻辑可言吗？

临近中午的时候，朴慧约了季桐吃工作餐。季桐自然应允，知己知彼，才能更清楚对方的目的。

“臻醇项目还顺利吧？”

“还挺好的。”

“早晨在茶水间的时候，还听吕芳菲心急火燎地在同 Zoe 打电话，说是柯凡病了。也不知现在怎么样了。”

“刚听到这消息的时候，我挺紧张的，不过，Zoe 刚和我打过电话，确认过柯凡只是有些不舒服，明天会正常拍摄的。”

“不影响公司就好。说来也真巧，你们开会选了柯凡。”

“缘分吧。”

“双赢合作。”

“哦？”

“柯凡最近想和聂辰泽旧情复燃。噢，你该听说过他们先前是情侣的事吧？现在贝莱请了柯凡做代言人，两人见面的机会变多，待到八卦新闻拍到，怕已经重新共筑爱巢了吧？”

“没想到你也喜欢看娱乐八卦。”

“都是熟人，也祝福他们能重拾爱情吧。”

“没想到选个代言人还能扯出段感情来。”

季桐心里虽不是滋味，但在朴慧面前也只能附和，毕竟是心有准备，言语中也未有纰漏的地方。

朴慧笑笑，两人又聊了些工作上的事。就在季桐与朴慧一同走出电梯门准备各自回办公室的时候，季桐接到了一个电话，原以为是房产中介，没想到却是一个女人的声音：“小心朴慧。”

接着，电话就挂断了。

朴慧近在咫尺，季桐为了掩饰这通神秘的电话，继续拿着手机说道：“不好意思，我对商铺没兴趣。”

“哎，每天都得收到这类电话，不是投资就是商铺。”

“我也经常收到这类信息，你忙吧，我也有个会要开。”朴慧没有生疑，两人便在过道分开。

虽然这通神秘的电话只有四个字，但季桐听得很真切，那是庄磊的声音。

一定是庄磊。她从饭店出来后，看到马路对面一家罗琪超市门口站着一个与庄磊身型很像的女人，她以为自己看错了，现在想来并没有看错。

那的确就是庄磊。

庄磊自从离开了贝莱中国后一直找不到工作。数月前，季桐与聂辰泽、张总一起吃饭，张总曾经提过能否介绍个片区管理人员。季桐当时没有说话，事后，当她把庄磊推荐给张总的时候，张总还笑称她和聂辰泽心有灵犀。庄磊虽然敌不过季桐，但她对付一般员工还是绰绰有余。加之蛮牛说其弟弟又被抓进了牢里，一份稳当的工作对庄磊来说是极其重要的。

看样子，庄磊是有意给她一个提醒作为回报。虽然，这对季桐来说，已经不再重要。

季桐把这事告诉了聂辰泽，聂辰泽微有些惊讶，但推断庄磊并不知晓更多内情，否则的话，也不至于落得主动辞职的境地。

“不知道为什么，我总觉得有人跟踪我。”

“晚上泡个热水澡，舒缓放松一下自己。”

聂辰泽没把蛮牛安排人一直在暗中保护季桐的事告诉她，可季桐生性敏感，警惕性也高，察觉有人跟踪也属正常。聂辰泽只想早些解决事情后，撤掉这层保护，也好让季桐不再心累。

“我想最近我们尽量别单独见面，总觉得上次查配方中介那件事，朴慧还没有打消猜疑的念头。女人的直觉总是非常灵敏，尤其是在感情上。”

“不和我见面？你是在考验我？”

“经得起考验吗？”

“当然。”

聂辰泽本是兴致盎然，已经想好了如何帮她舒缓紧绷的神经。哪种味道的泡泡浴、哪种年份的葡萄酒、哪种曲调的音乐，自然，也包括在哪儿释放情感。现在，被季桐一盆冷水浇得透心凉。

“有人今天又见了前任吧？”

“可惜今晚见不到你，不然，我一定烧个糖醋排骨，糖醋里脊也行，要不然……”

“要不然来个糖醋芋头吗？”

季桐总能想出令聂辰泽语塞的话，而聂辰泽在电话那头也的确无力反驳她。不过，季桐虽介意聂辰泽与柯凡见面，但却相信聂辰泽。

她曾经经历过情感上的背叛，可不知为什么毫不犹豫地选择信任聂辰泽。季桐想起昨晚与聂辰泽在一起的时候，那番感觉是如此美妙，就仿佛两人融合在了一起。这种融合远远超出了身体的范畴。与柏拉图空泛的精神恋爱相比，是一种难以描述的复杂情感。

臻醇项目代言人的宣传大片已经完成，循例，公司会办一个代言人签约仪式。

卓澜韬代表贝莱中国与柯凡在媒体面前进行了一场签约秀。对外界而言，柯林公司作为中间人，全然是幕后角色。在仪式上，卓澜韬宣布，首秀将在天鹰广场举办。

季桐在工作人员的座席上，看着台上妩媚动人的柯凡，比起她在宣传片里饰演的那个纯情少女而言，多了些性感，少了分温婉单纯。单从美丽而言，足以秒杀所有在场的女人，当然，也包括季桐。

这一点，季桐很明白。上天毕竟是公平的，总不能把所有好的东西都留给一个人。给了柯凡样貌，却给不了她要的爱情。自己呢，虽然没有出众的容貌，却牢牢地占据了聂辰泽的心。

她站在发布会后方，眼睛的余光很清楚地看到同样在现场的聂辰泽。他只是极礼貌地与人打招呼，即便是柯凡与他擦肩而过，他也仍旧是保持着商务性的笑容。

“这拨新闻出去后，代理商那儿也会很积极，线上的宣传都已经准备妥当，就等着我们的产品大卖了。”吕芳菲站在季桐身旁，难以抑制自己激动的心情。想到视如己出一样的产品能够获得公司这么多资源的支持，作为产品线的负责人，这份激动不言而喻。季桐却仍在揣摩朴慧与卓澜韬将怎么出招。

他们会以什么样的方式，利用这个项目来铲除她和Frank呢？

与她一样捉摸不透的还有Frank，他用目光示意季桐走到自己身边。

“这个项目进行得太顺利，我总觉得有巨大的风险藏在后面。”

对于不能把控和预测的风险，人总是格外紧张。Frank想的，自然也是季桐想的。这一切看似太顺利。只有一种情况，那就是柯凡出大事，代言人出大事，那么所有投入在线上线下的广告就会作废，那必然是大灾难。不光是公关部，连同销售部也会一起牵涉其中。可公关部是卓澜韬费尽心思，一手夺过来的部门，他难道会狠心到把自己亲手夺来的东西踩踏得支离破碎吗？

另外，为了避免这种情况，贝莱与柯林已将柯凡的背景调查得很清楚，既不涉毒，也鲜有绯闻，唯一被曝光过的恋爱经历，也只是和聂辰泽有过三年的感情，最后和平分手。

因此，这个最大的风险隐患几乎为零。

“我也很忐忑，不过，下周就是首秀了，希望没有事发生。”

“Terry先前也曾同我说，在销售业绩上，我们都是一条战线的。”

“那只有结果顺利，才能证明他说的话是真是假。”

Frank 脸上没有往日的笑容，他目光炯炯地盯着卓澜韬，仿佛要将对方吞吃入腹，才能消除无从下手时的恐惧感。

“柯小姐，有传闻说你和聂辰泽先生已经复合?”

商务活动一结束，忽而蹿出几名娱乐记者。柯凡不顾贝莱公关部人员阻止，故意把话题抛给了聂辰泽：“不好意思，这样的问题，你们还是问聂先生吧!”

说完这番话，柯凡在经纪人与助手的掩护下离开了会场。聂辰泽并不作答，只是请贝莱中国的公关部人员将娱记拦住，自己抽身离开了会场。

与此同时，季桐也从会场离开。

两人相视一笑，不需要任何解释，彼此都能明白对方的心未曾因为会场内的波澜而受影响。

第二十二章
暴风雨

十一月初的第一个周五夜晚，柯凡将作为贝莱中国臻醇系列的代言人出席在天鹰广场的首秀，这场护肤首秀，请来了业界知名人士，各购物平台也将同步直播，在线预订售卖各种搭配的臻醇系列产品。

由于柯凡拍摄的古装剧再次刷新了电视台收视率，人气节节攀升，对贝莱中国而言，这是利好消息。

季桐正在洗手间补妆，准备一会儿直奔天鹰广场。这是她与聂辰泽第一次正式见面的地方，也是上海近两个月来最火爆的商业广场。人们对于当初天鹰广场的事故早已淡忘，然而，对季桐而言，却是职场生涯中艰难的一步。

她从心底里感谢聂辰泽将她从一个泥沼里救了出来。那就是她职场上的一次重生。

“你放心，我一定会帮你搞定签名的……嗐，就算我搞不到签名也没有关系，柯凡和我们这儿的销售经理关系很好。这次，柯凡能做代言人，也都是她的功劳……好，好，你放心，不说了，拜拜。”

季桐听到这话，警觉地等打电话的女孩出来。只一会儿的工夫，那女孩急匆匆地出来洗手，见到季桐正在补妆，称呼了声：“季经理。”

“Bonnie？你怎么没和Zoe在一起。”季桐认出这女孩是Zoe的助手。

“噢，Zoe让我留在公司和各个平台做确认，保证没问题后再过去。”

“你刚才说柯凡和我很熟？我和她并不太熟，你朋友要签名吗？”

“噢，我朋友是柯凡的粉丝。不好意思，我说的销售经理是朴经理。”Bonnie尴尬地吐吐舌头，继续道，“她人脉很广，明星朋友很多，和Zoe，还有柯林的Suki关系都很不错。那天，Zoe同Suki讨论代言人人选的时候，我就听Zoe说朴经理希望能把柯凡加到候选人名单里。两人一拍即合啊。后来，您和其他同事还真选了柯凡。看样子，大家的眼光都是一样的。”

这么说来，柯凡被选中果然不是巧合，而是Suki和Zoe一起做出的决定，而促使她们做出这决定的幕后推手就是朴慧。

那么，这意味着柯凡一定有什么把柄落在朴慧手里，正等着在最合适的时机爆出来。卓澜韬果然是宁为玉碎不为瓦全的人。季桐骇然，而一旁的Bonnie洗完手就急匆匆地离开了洗手间。

门外“啪嗒啪嗒”的高跟鞋声使季桐回过了神，她立刻边打电话给聂辰泽，边下电梯驱车直奔天鹰广场。

然而，聂辰泽的电话却一直占线。又一次、再一次地占线。

辰泽，你在哪儿？

季桐在焦急中翻落了手机，正停车让自己冷静，翻落在车内的手机铃声响了。

电话是吴彬彬母亲打来的：“彬彬醒了。”

“是伯母啊，你说吴彬彬醒了？”

“下午两点多的时候来了个男人，说自己姓顾，是彬彬的同事。我出去倒开水，回来后彬彬已经醒了，医生给他做了检查，整一下午都在忙。现在总算是停了下来，彬彬累了，又睡着了。我这才想起给你打个电话。”

姓顾的同事？一定是顾铭。

季桐沉吟道，立刻追问：“那姓顾的同事呢？还有，彬彬醒来后有说过什么吗？你有报警吗？”

“不知道，当时医生护士一窝蜂进了病房，我以为出什么事，整个人都蒙了。噢，对了，彬彬问我谁来看过他，我就同他提了你。他让我打电话给你的时候，告诉你，撞他的车子是卓，卓……”

“卓澜韬？”

“对对。他以前从不提公司的事，我记不清楚，应该就是。”

“伯母，你听我说，立刻报警，知道吗？立刻报警！告诉警察是卓澜韬的车。”

季桐生怕吴母没有主见，强调了两次，为了吴彬彬的安全，她拨打了报警电话，将吴母的联络电话告诉了警方。撞吴彬彬的人必然是朴慧，因为那一天，卓澜韬并不在中国。

顾铭曾经出现在瑞金医院，吴彬彬醒来了，季桐犹豫自己该开往天鹰广场还是瑞金医院？这两个地点不在同一方向。

她只能选择一个地方。

发生的事已经发生了，尚未发生的事，就一定得阻止。

季桐咬咬唇，时间不容许她有更多的犹豫。她立刻踩上油门前往天鹰广场，因为她的敌人此刻觊觎的一定是天鹰广场。

没想到，蛮牛也打来了电话：“季姐，找到顾铭了。”

“他在哪儿？”

“他在我们天鹰广场这儿。”

“我们天鹰广场？”

“季姐，老实和你说了。聂总让我一直派人暗中保护你安全呢，他给了我们天鹰广场安保的生意。他关照过我千万别和你说，我这心里过不去这坎。正巧，我看到监控里出现了顾铭，所以立刻通知你。”

“行了，这事儿，以后再找你算账。帮我盯着顾铭的踪迹，我正在来的路上，大约还有二十分钟。”

季桐加了脚油门驶向天鹰广场。

首秀的各项准备工作已近尾声，贝莱中国、柯林公司和柯凡的团队都在现场进行最后一次检查。舞台、灯光、音响，每一样都不能有闪失。

聂辰泽一身炭色立领风衣，行色匆匆地直奔 VIP 休息室，Lina 穿着裙子与高跟鞋，小跑地跟在后面，柯凡的经纪人正与助手在交代着细节上的事，见聂辰泽突然到来，立刻中止了对话。

“柯凡在里面?”

“对。”

“你们怎么做事的?!”

聂辰泽厉声斥责，柯凡的经纪人与助手还没反应过来，气喘吁吁的 Lina 叉着腰向愣怔住的两人解释起来。

“下次别用这款遮瑕了，总觉得和我肤色有点差异。”柯凡坐在化妆镜前，“御用”化妆师 Paul 正在做最后的修容。

忽而，柯凡看到镜子里出现了聂辰泽的身影，诧异之后，眉眼间立现欣喜。只是聂辰泽却和化妆师说：“Paul，你先出去，我有事和柯凡谈。”

Paul 了解两人的关系，识趣地向柯凡递了眼色后离开了化妆室。

“怎么？突然这么迫不及待地来找我。”

“你看看你做了什么!”聂辰泽从风衣内袋里拿出一只信封扔在了桌上，里面是一张 SD 卡和几张照片。照片上的主角正是柯凡与一个三十多岁的男人，背景是五星级酒店的大堂，接着几张，是两人在珍珠别墅的泳池激情拥吻，以及拉起白色纱帘两人做爱的剪影。

柯凡惊骇地看着这些照片与那张 SD 卡，整个人像是被电击一样，完全丧失了说话的能力。

“你以为你在酒店和范兆宣一起厮混就没人知道了！”

柯凡继续呆若木鸡地坐着，她万万没有想到，她在马来西亚酒店与范兆宣的行踪会被人拍到，更没有想到还是这么隐私的照片。

她的眼睛紧紧地盯着那几张照片，手脚发冷，不由自主地颤抖起来。范兆宣是泛凡房地产公司大股东范伟明的次子，投资了几家影视公司，与影视圈交集颇深。去年，一向被称为花花公子的范兆宣与一个海外投资商的女儿结婚，婚礼十分隆重。范兆宣在婚后非常宠溺妻子，妻子很快怀上了孩子。当然，这些都是表面文章。范兆宣本性风流，他在香港邂逅了柯凡之后，便邀柯凡到马来西亚度假。于是，就有了桌上的这些照片。

“当红明星插足富商婚姻，不出一小时，各资讯平台的头条热搜就是你柯凡的。你知道这对贝莱的臻醇系列影响有多大?!”

因为代言人不当行为导致品牌形象受损的事并不少，不仅仅是不播放代言宣传广告的事，所有带有该代言人形象的宣传照、包装等统统都要召回。与代言某一产品不同，臻醇系列多达八种产品，涉及的不只是几百万上千万的损失。对于刚刚经历过美白精华水召回的贝莱中国而言，损失将不可估量。

“辰泽，这些照片、SD 卡，你是不是已经帮我解决了?”柯凡回过神来，她突然意识到聂辰泽愠怒地扔出这些东西，也就意味着这条消息已经被聂辰泽拦截了。她抓住了聂辰泽风衣的一角，想要站起来抱住他，却被他推开。

聂辰泽盯着面前的女人，恨不得一巴掌打过去，但最后还是忍住了。卓澜韬这一招真是狠绝，一定是察觉到了柯凡生活放浪的一面。朴慧引季桐入局，步步为营，借代言人出事导致巨额损失，令公关部与销售部负责人引咎辞职。宁为玉碎不为瓦全便是他们的目的。

“嘭——”，正当聂辰泽推开柯凡的瞬间，季桐闯入了休息室。她原本是来找聂辰泽，结果看到了柯凡化妆镜前的这些照片。

“辰泽，你是为了我才费了力气把这事给藏起来的，对吗?”

“我不是为了你。”聂辰泽狠绝地回道，一手拉过身旁的闯入者季桐，这让季桐有些无措，目光在柯凡与聂辰泽之间摇摆不定，只听聂辰泽说道，“我是为了她。”

“她?”柯凡打量着季桐，记不得这个似曾相识的女人是谁，但看到聂辰泽与季桐十指相扣，仿佛受了某种刺激，瘫坐在位置上喃喃道，“她。”

季桐没有这么多的时间来与柯凡争什么感情之事，她瞥见了化妆镜前的照片，问柯凡道：“这些是你签代言人之前的事还是之后的事?”

“重要吗?”柯凡喃喃自语。

“当然重要。”

“之前的事。”聂辰泽替她答道。

“果然是一个大局。这些照片是不是已经全部被你拦下了?”季桐问道。

聂辰泽点头。

“柯凡。我是贝莱中国的销售经理，也是臻醇项目的负责人季桐。我现在请你立刻收拾心情，准备首秀的事宜。我相信你能用自己的职业操守来弥补你的错误。”季桐用一种命令式的口吻与柯凡对话。

这令柯凡很震惊，聂辰泽深爱的这个女人，竟然在与他十指相扣的时候，还能一本正经地讨论如何做一场危机公关。

她盯着季桐，只见季桐与聂辰泽说道：“朴慧、Zoe 与 Suki 的关系密切。朴慧利用这点，暗示 Zoe 把柯凡加入代言人候选名单，Zoe 就向 Suki 提出意见，Suki 知道你和柯凡的关系，自然就在候选人名单中对柯凡有所侧重。为了避嫌，名单中还加了庞颖，如果我没猜错的话，庞颖也是朴慧暗示 Zoe 加入候选人名单的，因为她一早就知道庞颖会是凡氏的代言人。”

“所以，选择柯凡会变得顺理成章。”

“是，在选择柯凡之前，他们已经有了柯凡的把柄，这样，在今晚七点的首秀时，他们会把柯凡的事做成热搜上平台，整垮柯凡的同时也影响整个项目。辰泽，你是怎么拿到的照片？”

柯凡像木头人似的听着整件事，这才发现自己被人利用了。

“卓澜韬找的狗仔在给照片的时候临时要了个天价，卓澜韬犹豫了，而我给了对方绝不会拒绝的价格。对狗仔来说，这些照片和 SD 卡是换钱的工具。卓澜韬精于算计，也败于算计。”

“不管怎么说，拿到就好，得立刻毁了这些证据。”季桐指着桌上的东西，对柯凡说道，“我想最不想公众看到的除了我们贝莱，就是你了。你最好妥善处理掉这些东西，不留一丝痕迹，否则，对我们都不利。至于你，以后请多自爱吧。”

季桐犀利的目光使柯凡手足无措，这时，蛮牛打来了电话说道：“季姐，顾铭挟持了一个女人上了三楼玻璃延展平台，情绪很激动。”

蛮牛正说着，聂辰泽的手机也接到了另一个保安负责人的电话。

季桐与聂辰泽对视一眼，朝柯凡丢下一句话：“记得我刚说的话。”

两人跑出了化妆室，季桐在途中将吴彬彬醒来的事告诉了聂辰泽。

三楼的玻璃延展平台，这曾经是季桐的噩梦，聂辰泽紧紧地拽住季桐的手，生怕她因一年前的事而害怕。

“我没事。”季桐明白他的心思，她也不确定自己能否克服心理障碍。

与当时水泥黄沙的样子截然不同，如今的天鹰广场人流涌动，LED灯透过玻璃绽放着璀璨夺目的光彩。

为了保证商场内的温度，延展平台用玻璃门隔开，并在外围用护栏围着以防止有人坠落。人站在延展平台上能够清晰地看到一楼，以及外面广阔的上海夜景，因为进入了十一月，天已经变冷，故而，延展平台上看夜景的人极少。

“你们，你们不要过来，我要和她同归于尽！”

季桐与聂辰泽刚出玻璃门，就听到了一个男人的声音。季桐非常熟悉，这个声音的主人正是顾铭。

“顾铭。”

她朝聂辰泽确认道。

十几个保安正围成半弧形，季桐从间隙中看到顾铭正抓着朴慧，手里拿着一只棕色瓶子。顾铭表情激动，眼镜歪斜地架在鼻子上，朴慧则使劲地拉扯扣在她脖子上的手臂，腿不停地踢蹬，以至于脚上的高跟鞋已不知所终。

“朴慧？”

季桐惊了一下。穿着保安服的蛮牛从身后玻璃门走了出来说道：“季姐，聂总，警察马上就到。”

“怎么会这样？你不是盯着顾铭吗？”

“对，他和这女人，到了这儿，很快发生了争执。”

季桐的脚往前迈了两步，脸上掠过害怕的神情，聂辰泽再次上前拉住了她的手：“不要勉强自己，等警方吧。”

“还记得我们的第一次合作吗？”

“记得。”

“我是个不懂放弃的人。”

季桐莞尔一笑，聂辰泽抬起彼此牵着的手说道：“我会一直陪着你。”

当季桐与聂辰泽出现在保安人员中间的时候，顾铭一眼就看到了季桐。他的目光落在季桐与聂辰泽牵着的手上，甚至一度松了一下勒住朴慧脖子的手臂。

他曾经爱过的女人，如今与另一个男人牵着手。他们真的在一起了。比起聂辰泽，他就像是一个笑话。他以为阮宁是真心待他，没想到她利用的只是他与季桐的关系。本想借着自己海归博士的学历重新打拼一番事业，不让昔日的女友看不起，却因为自己利欲熏心，被骗去了贝莱中国，到今天才知道自己不只被人害，还一直被人利用。如今在行业里被黑名单狙击，生活落魄得要四处躲避，以防止自己像吴彬彬一样遭遇不测。

“顾铭，你冷静点。”季桐劝说道。

朴慧那张掩饰得完美的脸终于变了样子，因恐惧而变得苍白。

“桐桐，我没法冷静，她，她要杀了我，还有卓澜韬，都是阴谋，都是阴谋!”

“听我说，你放开朴慧，她逃不过法律的制裁。”

“季，桐，你……”朴慧的嘴里艰难地吐着字，漆黑的瞳仁里充满了惊愕的神色，比恐惧更加明显。

“朴慧，我赢了。”

朴慧死死地盯着季桐，她不明白季桐的意思，但很快又明白了一切。

季桐继续道：“庄磊是你的棋子，当我调查雅林商贸发现线索的时候，被人下了迷药。当天晚上，整个销售部门，除了我和吴彬彬之外，应该还有你。恐怕那个 6582 的电话也是你的隐藏分机。对于销售内部所有的安排，你比卓澜韬更清楚。你利用吴彬彬让顾铭入局，不想被我撞破，把事情搞大了，吴彬彬与你谈判，要挟你，结果被你开着卓澜韬的车撞成了重伤。你还妄图用甲醇来害我中毒，今天，你又想借代言人一事来彻底打垮我们。可惜，这世上贪得无厌的人太多，你们被更贪的人出卖了。”

季桐又往前走了两步：“为什么你甘愿受卓澜韬的支配？”

朴慧试图挣脱的动作停了下来，目光死死地盯着季桐，忽而，扭曲的脸孔掠过一丝可怖的笑容，紧咬的牙齿里挤出几个字：“他不配。”

在这场合作中，他们的关系不过互为利用罢了。

“有一点，你们猜对了，我和辰泽的确是恋人。”季桐看了眼身旁的聂辰泽，再度将目光转回眼前这个蛇蝎般的女人。职场上，没有白月光，朴慧必然不是白月光。季桐从一开始就认定了这件事。

“这对狗男女，当初让我进贝莱就是为了对付你的，结果失去利用价值后，就要赶尽杀绝。”顾铭流下了眼泪，他想要忏悔，却无力忏悔。他手里捏着强硫酸，想与谋害他的女人同归于尽，但缺乏勇气。他为自己的懦弱而感到羞耻，泪水夺眶而出。

刹那间，几个已经混入安保的警察朝着顾铭扑了上来，顾铭慌乱地打开手中的强硫酸瓶。

硫酸飞溅了出来，聂辰泽本能地将季桐护在怀里，扑倒在地上，身后一个女人撕心裂肺的惨叫声响彻在夜空中。

接着，警察与安保拥了上去。

一切都结束了，楼下的首秀拉开了帷幕。季桐趴在玻璃平台上，眼前正是一楼首秀的舞台，缤纷亮丽，人山人海，追光灯与音乐此起彼伏。世界本就是多彩的，有黑色阴暗的一面，也有靓丽光明的一面。

冷风吹过，她笑中带泪。

终于结束了。

“小姐，这么冷的天，想一直睡着吗？”

“先生，这么冷的天，你能当我的暖炉吗？”

“荣幸之至。”

她转过身，双手勾住他的脖子，坏笑一下朝他吻了上去。

一夜之间，贝莱中国发生了剧变，就像下了一场暴雨，空气里弥漫着各种味道。卓澜韬、朴慧、顾铭都将为自己所犯下的罪行接受法律的制裁。朴慧因被强硫酸泼到，导致脸部毁容，精神失常。

人在做，天在看。

这句经典的台词一次次地被事实证明它的正确性。

看守所内的温度比高墙外更低，白色的墙壁与锐利的墙角无不透露出法律公正无私的气息。

“没想到你会来探视我。”卓澜韬的身上套了件极不搭调的黄色马甲，“看守所”三个红字，格外显眼。他微眯着双眼，用一种极其复杂的眼神揣度着面前探视自己的聂辰泽。

聂辰泽淡淡一笑：“我不仅会来探视你，还会亲眼看着你接受法律的审判。”

“呵——”卓澜韬的喉咙里发出嘶哑的笑声，低沉却令人悚然，“你认为自己是在主持正义吗？”

“你利用我，害死了耿哥，这个仇，我绝不会忘记。”

卓澜韬冷嗤了一声：“屠户养猪不是为了给猪吃饭，而是把猪养肥后宰了卖个好价格。贝莱收购莹丽时，是莹丽价格最好的时候，耿恺太过迂腐，他真把莹丽当成自己的孩子，想当这一家之长。当时的你不也认为收购是对莹丽最好的选择吗？你看看那些满心欢喜签了买断合同的莹丽员工，再看看那些还坐在贝莱中国办公室安享世界五百强福利的莹丽员工。他们还会记得他吗？记得莹丽吗？他们记得的是贝莱中国给的钱，而我，才是他们的金主。”

“如果当年贝莱能够在大众市场赢过莹丽，还需要用资本来鲸吞莹丽吗？你这是在为自己卑劣的行径找借口。”

“说到卑劣，你未必比我好。为了报仇，不惜利用一个女人。”卓澜韬觑见季桐走了进来。他已从探访人员名单中得知两人是一同探访的。现在季桐进来，他当然要抓住时机离间他们。

“卓先生。”季桐听到了这句话，在聂辰泽默然的时候，走到他身旁，朝卓澜韬说道，“我想你搞错了一件事，辰泽他并没有利用我。他帮过我，我帮他。我们不仅是合作伙伴，还是恋人。”

“合作伙伴、恋人？”卓澜韬眼角微扬起来，好似在回忆自己遗漏了什么信息。

“诚如你所说的，我们偶尔也会用些‘卑劣’的手段，但绝对比不上你和朴慧。只不过，这场混合双打的游戏，最终还是以正义结局了。”

“正义？呵，你们和我谈正义？”

“把道德和秩序作为底线的我们当然是正义的。”

“道德和秩序？”卓澜韬不屑道。

“很陌生吧？没关系，在监狱里，你会有大把的时间去恢复记忆。”季桐淡笑，与一旁的聂辰泽说道，“我们走吧。”

“呵呵呵。”卓澜韬阴冷地笑着，一旁的警察厉声训斥了“安静”，他却仍旧笑着，“鹬蚌相争，渔翁得利。真想看看，你所谓的道德和秩序，换来的会是什么。”

季桐并不理会，只是拉着聂辰泽的手一起出了探视间。

鹬蚌相争，渔翁得利。

这句话自然说的是 Frank。对于这一点，季桐与聂辰泽明白，他们合力拔除了卓澜韬，直接受益人便是 Frank。

总部的任命书很快下达到了中国区，Frank 毫无争议地成为新一任中国区总裁。他终于坐上了梦寐以求的位置，尽管通向这位置的道路崎岖坎坷，甚至差点中断。不过，他仍是最终的赢家。

“嘭——”

Frank 打开了一瓶上等的香槟酒，亲自倒在了三只杯子里，分给了季桐与聂辰泽。

“Cheers!”

Frank 脸上光彩熠熠，早已扫除先前陷入窘境的阴霾。他眯着双眼与面前的两人干了杯，向两人展示了装修一新的办公室。

“很不错吧?”

在季桐看来，所有的装修都是水泥黄沙和各种材料，再多的惊艳也趋于普通。她注意到 Frank 座位后方放着一尊现代仿制的兵马俑，呈单膝下跪的姿态，俑的脸是绿色的。

“噢，这尊‘士兵’很厉害吧?”

外国人喜欢称兵马俑为“Soldier”（士兵），Frank 扬扬自得地站到了兵马俑面前，像一个皇帝似的，指了指兵马俑。

季桐与聂辰泽互视一眼。

“你们知道吗? 绿脸的士兵是兵马俑中最值钱的了。”Frank 仍夸夸其谈地说着。季桐想 Frank 大概是不明白这下跪的兵马俑并不是朝皇帝下跪，而是绿脸跪射俑。

当然，她是不会当着 Frank 的面说破这件事，只是与聂辰泽敷衍了 Frank 两句。不过，她已隐隐感觉到 Frank 意欲成为中国区“皇帝”的念头。

权力，人对它的欲望总是无止境的。

“季桐，我已经让 Lucy 准备好你的任命书了，你马上就是贝莱中国的销售总监、我最得力的助手。”Frank 揽了下季桐的肩膀，兴致勃勃地提早宣布了这件事。

“谢谢。”

销售总监。

Johnny 给过她一次，她拒绝了。

这一次，她没有拒绝，因为这头衔，她拿得理所当然，也实至名归。因为眼下满目疮痍的贝莱中国销售管理团队中，她是最适合领着所有销售继续向前的人。只是，她并没有想象中的那么喜悦。

“噢，对了。你们俩是不是……”Frank突然露出一脸坏笑来。

“如你所想。”聂辰泽从Frank身旁拉过了季桐，这让季桐瞬间有些羞怯，不好意思地轻搡下聂辰泽，喝了口香槟酒以迅速恢复冷静。

“真是太棒了。一个是我最得力的助手，一个是最好的推广人，我相信贝莱中国的前途一片光明。”

说罢，Frank又是一句“Cheers”，待到大家喝罢，朝聂辰泽说道：“不过，我得借季桐几周，她作为新的销售总监，得去总部露露脸，再到新加坡等地转转。”

聂辰泽表示出“OK”的姿态，季桐则明晓Frank的言外之意。Frank笑嘻嘻地表示满意。他再度看了眼自己的新办公室，深深地呼吸了一口，仿佛这里充满了生机。

很快，贝莱中国人事部就发放了季桐的新名片：销售总监。Lucy Wang是个溜须拍马的人，她虽然嘴上未像其他人那般表现得阿谀奉承，但为季桐的新职位安排得尤其周到。在重整完Frank的办公室之后，她立刻就着手准备了季桐的新办公室。与Frank不同，卓澜韬是倒台了，所以他的办公室要焕然一新。Frank原有的办公室给了季桐，当然不能焕然一新，只能在里面添置些恰到好处的东西，一来让季桐有“准备妥帖”的感觉，二来也能让Frank心里舒服。

因而，Lucy在季桐的新办公室里添了纳米级的加湿器，还在抽屉里贴心地放了护眼仪、灯光面膜仪等若干电子美容产品。这些藏在抽屉里的东西既不显眼，也显得贴心关怀。

季桐拿起一张新名片，作为贝莱集团最年轻的销售总监，未来的路怕是不好走。卓澜韬虽然奸险狠毒，但说的话也未全错。人在河边走，哪有不湿鞋。越接近权力的巅峰，听到的越是那些让人膨胀的话，看到的也是那些让人迷失的东西。

在暴雨之后，是彩虹，还是另一场暴雨，都是未知数。

季桐跟随Frank前往总部，Frank是述职，而她则是Frank向总部炫耀的新星。像季桐这样独立而有能力的女人，在总部很快受到了各种高层的青睐。即便贝莱是一个化妆品行业的巨擘，它的管理层百分之九十依然都是男人。因而，这些男性高管们对这个来自中国的女人，既好奇又欣赏，表现得很是亲近。

Frank有些担心季桐被人邀约去欧洲总部上班，因而，但凡季桐与人多交流会儿，便免不了上前掰扯两句，以免季桐被人抢走了。

法国之行在和谐的气氛中结束，季桐坐在戴高乐机场等待飞机起飞，忽而，接到了母亲的电话："桐桐。"

"妈？怎么突然打电话给我啦？"

"你去法国还没回来啊。"

"没啊，北京时间算的话得明天了吧？对了，您怎么知道我去法国了？"

"你新交了男朋友怎么也不说一句。就是过年那会儿到楼下找你那个吧。"

季桐"啊"了一声，周遭两名乘客觑了她一眼，她立刻压低声道："您咋知道的？"

"我们在你家里啊，小聂在招待我们晚饭呢。"

母亲的一句话差点没把季桐惊得从座位上弹起，她看了下手机记事簿，这才想起来，父母明天得参加一位好友子女的婚礼，之前与她说好，提早一天住宿在她家。可聂辰泽怎么跑她家了呢？

她支支吾吾道："他怎么在家？"

"噢，他说过来给你打扫下房间。对了，我还有件事要和你说。"

"什么事？"

“顾铭的父母上周找过我们，说你欠他们儿子的钱不用再还了。之前，是他们做得不对，请我们原谅。我们也才知道顾铭出了事，说起来，真是可惜，好好的一个人才。”

“妈，我欠顾铭的钱还得还给他，没有多少了。这是我和他之间的事，你们不用操心。至于顾铭，这次事情之后，我相信他会重新考虑人生的。我们不是孩子了，都该对做出的事情负责。”

母亲附和了两句，挂电话前又说道：“过年的时候，带小聂回家一趟吧。”

看样子，聂辰泽是受到了父母的肯定。虽然欣喜，但却不知聂辰泽的想法，季桐只得含糊地回应：“再说吧。”

“他都说要来了。”

“那您还问我。”没想到，母亲还有这一手，明明都和聂辰泽说好了，却还佯装不知，来问自己意见。

季桐这话惹得母亲笑了几声才挂电话。看样子，有人是在她不在家的时候，用一张嘴、一把炒菜勺收买了人心。虽然嘴上嗔怪，季桐的心却是十分温暖。

飞机到达浦东机场的时候，聂辰泽在出口处接季桐，这让同行的 Frank 又看了场撒狗粮的直播，于是，他开玩笑道：“周一，我还得找她开会呢。”说罢笑着离开了浦东机场。

“Frank 真是越来越不正经了。”

聂辰泽低头吻了下季桐，伸手拿过行李箱：“累吗?”

“还可以。你的飞机还有两个多小时就起飞，你来得及吗?”

“当然，两个多小时，我们还可以在车上……”聂辰泽凑到季桐耳边说道，“聊一会儿。”

“喂，别以为你的车空间大，你就可以想入非非。”

季桐说完后，聂辰泽只是默笑，直到回了车上把钥匙交给季桐后才说道：“贝莱中国最近抛出了很多职位，其中销售岗位就有三十来个，你有什么想法?”

“Frank 在总部的时候，曾和我谈过，要对销售部门的架构进行调整，取消 BU1、BU2、BU3 部门，按照各个产品线划分产品经理，同时，销售按照客户层级分类管理。这三十多个销售岗位，其中部分会承担产品经理的职责。从宏观角度来看，这样的组织架构调整并没有什么问题，但是我总觉得，Frank 想借组织架构更改做些什么事。”

“不管怎么说，你现在是销售总监，得处处小心。虽说 Frank 知道我们的关系，但他也绝不希望我再牵扯到你们贝莱中国的事中。”

“我明白。”季桐点点头，转而，双手捧着聂辰泽的脸庞说道，“老实交代，你是不是趁我不在的时候，收买了我爸妈?”

“绝对没有的事。我昨天真是去你家整理房间，顺带拿些你的物品到我家，再放些我的衣服到你那儿。我想往后，两边住着都方便一些。没有料到，伯父伯母会过来。我就去买了些食材，做了几个小菜。”

“真是买了些食材，做了几个小菜而已?”季桐两手按按聂辰泽的脸庞，像个顽皮的少女在逼问自己心爱的男孩似的。

“没错，我是让人送了些食材过来，我保证是我自己烧的。”

“你明明可以请他们去吃饭，为什么要亲手烧菜? 这计策用得真好啊。”

聂辰泽消费得起上海任意一个高档餐厅，但他故意这么做，是为了表现出自己会做家务，好给季桐的父母留下好印象。有些事情，不是用钱买得到的，比如说，亲手做一顿可口的饭菜孝敬长辈。

“既然看出来了，不表扬一下吗?”

季桐理了下聂辰泽的衣领，低声道：“等你回来再好好表扬。”

“回来车上表扬。”

“讨厌。”季桐皱了下鼻子，催促道，“快去安检吧。”

第二十三章 又一场暴风雨

两人匆匆地在机场见了一面后，聂辰泽前往香港参加会议，而季桐则在工作两天后，又跟着 Frank 去了新加坡、日本、韩国等地，熟悉亚太区重要国家的同事。

这意味着，季桐已经在总部和亚太区同事领导面前都有了“身份”。然而，就在这顺利的商务旅程中，她接到了两通电话，令她感到有种暴风雨前的“闷热”。

第一通电话来自郭甜甜，她告诉季桐她投了简历到贝莱中国，即将参加人事部的面试，这本不是什么大事，但郭甜甜说行业里流传说贝莱中国的销售要大换血，问季桐是不是真的。季桐虽回她没有这回事，但传言未必空穴来风。

另一通电话是张琦打来的，她在电话那头是带了哭腔的，先是向季桐坦诚 Eric 是自己的丈夫，接着，求季桐别裁他们夫妻。张琦说 Lucy Wang 已经派了人事部到华南区与原莹丽的销售人员谈解约的事。季桐隐隐地闻到了血腥的气味。

“Frank，我听说人事部在接洽一些莹丽老员工。”在酒吧里，季桐见 Frank 喝了几杯酒后心情不错，趁机提出此事。

“呵呵。”Frank 饮了一口酒，唇角扬起狡黠的笑容，“卓澜韬在贝莱中国的根太深了。虽然他垮了，我担心跟着他的那些人会威胁公司的发展。”

“Frank，他进监狱了，这足以震慑所有的人。铲草除根、赶尽杀绝会显得我们过于冷情。”

“不，季桐，你恐怕还没有理解我要做什么。这也怪我没有来得及和你好好谈这件事。如你所说，我不能赶尽杀绝，所以我们需要边纳入新鲜血液，边替换掉他们。”

Frank 端着酒杯，目光紧紧地盯着酒杯里的液体，瞳仁里映出猩红的血色来。他点的是“血腥玛丽”。“血腥玛丽”是英国历史上亨利八世的女儿，也是著名的伊丽莎白女王同父异母的姐姐，她重振天主教，对父亲推崇的新教激进分子进行了血腥的屠杀。

正如 Frank，他在密谋着一场血腥的屠戮。

“Frank。我有信心可以带着现有的队伍，为贝莱中国创造更好的销售额。”

“噢，我当然相信你可以做到，但是培养自己的人才是最重要的。你放心，我会把这生杀大权交给你，但凡你要留的人，我绝不干涉。”

“不，Frank，我希望他们都能留下来。”

“季桐，你太心软了。这不是一个职业经理人该做的事。拿出你的狠来，你会变得更出色的。”

“Frank，这不是心软，是原则。莹丽的员工进入贝莱之后，已经是贝莱的一分子，就如同他们的品牌一样融入了贝莱。何况，这件事，不仅是原莹丽的人参与，朴慧、吴彬彬，原本都是贝莱的人。作为安抚，我们也必须留住人。贝莱中国是上海地区的最佳雇主之一，我们不能因为卓澜韬等人的错误，而杀尽所有怀疑对象。”

“够了够了，我们今天不讨论这件事。”

“Frank。”

“季桐，我们不讨论了，OK?”Frank 的表情严肃起来，声音也变得沉重，他盯着酒杯的目光显得更加狠戾。

季桐不得不收住话题。她明白自己得另寻时机再劝说 Frank，不过，既然人事部已经启动了这件事，她必须得加快步伐。

执掌了总裁印之后的 Frank 开始了他的独裁决策。他表面上将生杀大权交给了季桐，暗地里却命人事部到各个区域软硬兼施地逼人辞职。

BU3 的几个大区经理都留了下来，为了保证这些大区经理的安危，季桐让人事部补签了一份无固定期合同。Frank 默许了。

他这么做无非是给季桐留了面子，季桐靠在座椅上，看着郭甜甜送给她的太阳花，此刻，她感觉到阴霾正笼罩着自己。大约一刻钟前，张琦哭红了眼睛，坐在对面说了句“谢谢”。季桐虽然没有拦住 Eric 被迫辞职的事，但还是替她保住了位置。张琦说 Eric 的确帮卓澜韬在西南区做过些事。其他人为了保住饭碗不得不向人事部举报他人违规，好以此苟且留下。Eric 就是这么被人举报的。

季桐闭上眼睛，却仍旧浮现出张琦那张戚戚然的脸孔。毕竟，对于一个在大城市有着沉重的房贷与孩子读书费用负担的家庭而言，失业是件可怕的事，否则的话，又怎会出现那些想不开跳楼的人?

就在这时，郭甜甜发来了信息，说是人事部面试过了，很快就会与她见面。季桐想到那张阳光灿烂的面容，不免担心她会在这么一个环境中变得阴郁。接着，季桐又想到了李薇薇与展鹏，他们的笑容似乎也少了许多。

季桐自知不是一个心软的人，但对眼下跌破她底线的事，因无力挽回，也无方法应对，感到前所未有的心累。那么多的困难，她都克服了，却不知该如何克服这个困难。她盯着“销售总监”的字眼，眼睛慢慢地变得模糊。

聂辰泽打来了电话，听了她一句“辰泽”，便感觉到她的不对劲：“出什么事了？”

“没什么，你什么时候回来？”

“还要谈些事。我知道 Frank 的清洗一定不会停止，你是不是压力很大？”

“我无法忍受自己的无能。”

“你不是无能，听我说，你只是无法解决你能力范围达不到的问题。”

“辰泽，我好难过。我以前从来不觉得别人的职场与我有任何干系，但现在，当周围的人被卷入这场斗争中却无力还手，甚至还要靠互相残杀才能苟且留在贝莱，那些阳光朝气的年轻人才刚开始奋斗，就要沦陷在职场的血雨腥风中，失去本该有的活力，我真的好难过。”季桐难以抑制自己的心情，将所有的事都和盘托出。她完全可以高枕无忧地坐在总监的位置上，任由公司血雨腥风，甚至也可以借此培养自己的人。可是，她做不到。

“季桐。”

“辰泽，我想退出。”季桐抽噎了一下，撩起披散下来的头发，露出光洁的前额，目光盯着在桌上摇摆的太阳花，“我是不是很懦弱？”

“没有。”

“你哄我。”

“退出并不是懦弱。销售总监的位置是你用能力挣来的，退出是因为你在职场上并不是没有原则。无论做出什么决定，我都会支持你。”

“我拒绝了泓高的销售总监，接着放弃了千羽的升职，现在成了贝莱销售总监后又想退出。你不觉得我很失败吗？”

“不，几乎无人可以在职场上活出自我，而你却做到了。”

活出自我，简单却极少有人做到。有多少人在职场上被磨去了棱角，变作了自己曾经讨厌的那类人。胆怯、虚伪、奉承，那些曾被厌恶的形容词渐渐地也成了自己的代名词，有些人甚至连争取自己权益的话都不敢说上一句。一部分人已经习惯于伪装并将伪装认定是本我，而另一部分人则在心里反复地挣扎。季桐是自我的、爱憎分明的，从不会为了博取一个职位而趋炎附势，更不会畏缩于任何权势之下，与人同流合污。

聂辰泽的话仿佛一杯热茶，暖和了季桐冰冷的心。

挂了电话后不久，孙萌发来了佐罗最新的搞怪照片，并告诉她，佐罗的主人想约她周日上午见面。季桐欣喜地答应了孙萌。

佐罗，曾经在无数孤寂夜晚陪伴过她，终于又要和她见面了。她像孩子期待春游一样，开始期待与佐罗的见面。这是她除了聂辰泽之外最大的安慰。

贝莱中国的血雨腥风持续着，不仅仅是销售部门，连同研发、财务、公关等部门都被这阵飓风刮得东歪西倒，哀声连连。

郭甜甜在周五下午接受了季桐的面试，她非常自信，比之千羽那会儿，更成熟也更懂得如何去销售产品。季桐很矛盾，她很想把郭甜甜招入这个世界五百强的企业，然而，她却又担心郭甜甜会在进来后挣扎于是否改变的痛苦中。

当然，也许郭甜甜不会觉得有任何痛苦。

季桐面试完就离开了办公室，没有人质疑她为什么离开得那么早，因为所有人都知道她是 Frank 最贴心的人，当然，几乎所有人也认为她是洗涤战场的主谋帮凶。

她想立刻见到回上海的聂辰泽，像只小猫一样依偎在他怀里。

可偏偏她又在聂辰泽家门口撞见了柯凡，只不过，这次柯凡拦在了聂辰泽的车前。

“辰泽，你和那个姓季的女人是逢场作戏对不对，你是利用她来整垮卓澜韬的吧？你心里还有我，不然的话就不会救我，还花了那么多钱来买照片。”

未等聂辰泽反驳，季桐走到柯凡面前，一把拉过她扒在车窗上的手说道：“柯小姐，聂辰泽心里只有我一个人，麻烦你以后不要再来骚扰我们。”

“季桐。”柯凡被季桐突然的举动吓了一跳，往后退了一步揉了揉手腕，带着哭腔说道，“你弄疼我了。”

接着，她又朝着聂辰泽撒娇道：“辰泽，她弄疼我了。”

“柯小姐，你的剧本里就这么一句话吗？”说完，季桐走到副驾驶的位置打开门坐了上去。

这让柯凡看得更生气了，她跺脚要骂季桐，不想季桐上了副驾驶的位置后拉过聂辰泽直接吻了上去，聂辰泽也解了安全带，侧身揽过季桐的腰身。两人全然当她是空气似的沉浸于彼此的吻中。

柯凡仿佛受到了极大的羞辱，涨红了脸，怨艾地瞪了眼车里的两人后扭头走了。这样的逐客令比上一次更令她无地自容。

“她走了吗？”季桐本是主动，却敌不过聂辰泽的反击，微喘着贴着他的唇问道。

“她能不走吗？”

聂辰泽松开放在季桐背后的手，玩味地看着她，没想她会突然杀到自己这儿，不免有些猝不及防。正想着她会如何对柯凡，结果果然是一贯的“季桐”风格，只是这么主动地吻上来必然是没有考虑到会惹火上身。

眼下，就算她想脱身，他也不会轻易放过。他暂且松开了季桐，季桐只顾着喘息，靠在副驾驶位置上。

这给聂辰泽时间把车倒回了车库，刚停稳车子，季桐正要下车，却被他锁住了门。

“干什么？”

季桐还觉得奇怪，腰身却被聂辰泽抱了过去，他凑近她的耳边低声道：“不是你说要在车上表扬我的吗？”

“谁说的？我才没说过。”季桐撇唇，侧过脸佯作生气道，“就是说过要表扬你，也是在你私会柯凡前。”

“你知道，我不会理她。”聂辰泽的唇贴着她的耳后吻了起来，她被这温热而挑弄的吻惹得一个激灵，试图缩紧脖子逃避。

“车里太小了。”她的手抵在聂辰泽的肩上。

“那换辆车。”聂辰泽狡黠地笑笑落下车窗，目指一旁停着的车，“不过，从低碳环保的角度讲，我觉得这辆比那辆好。”

就在季桐半抬起身看了眼车窗外的时候，身旁的男人已经放倒了副驾的位置，只是一揽腰的工夫便将她拉倒在座椅上。

“又是设计好的吧？”

“不，自由发挥而已。”

然而，手机铃声突然响了起来。他本不想理睬，延续刚才烧起的那团火，奈何手机铃声接连响了两次。

季桐扑哧一笑，朝无奈的聂辰泽说道：“接吧。”

聂辰泽才拿出手机，屏幕上的名字却同时让两人怔在了原处。

电话是孙萌打来的。

季桐这才发现聂辰泽竟然认识孙萌，上海虽大，但她确定这个孙萌就是她认识的孙萌。因为他的脸上瞬间浮现出尴尬的神情。

“聂先生，先前我和您说过，季小姐答应了和您见面，不过，您还没说时间，马上就要周日了。”

果然是孙萌。

狭小的空间不仅适合点燃欲火，更适合倾听电话。季桐方才还娇羞的脸孔一下子变得冷淡起来。

聂辰泽仿佛一个做错事的男孩，耷拉下脑袋，低声与孙萌说道：“不用了。”

“聂先生，您的意思是说要取消会面吗？季小姐已经等了很久，是不是再考虑一下？”

“让我再想想。”

聂辰泽看得出季桐的怒意，他立刻挂断电话，拦住要起身的季桐：“季桐。”

“你是不是佐罗的领养人？”

“是。”

“为什么瞒着我？”

季桐目光凛冽地盯着他，生怕错过他任何一个想要欺骗的眼神。

“我不知道该怎么说？这一切很意外，从我知道熊猫是你弃养的狗后，我有段时间非常难过，后来我才知道你为什么弃养它。我曾尝试提过，比如你说到它的乐高别墅的时候，我也说过我会搭乐高。”

“你是个骗子。”

“不，我不是。”

“你知道瞒我没有好结果的。”

“所以，我打算周日告诉你。因为这个周日，是我领养熊猫的日子。”

“谎话，我不信。”

季桐扭过头要起身，聂辰泽却把她的手扣了起来，紧吻住她的双唇。待到她完完全全放弃了挣扎，聂辰泽才松开双手，低声道：“不要生气了。”

“我要见佐罗。”

“我答应你。不过，在这之前，你能照顾下它的哥哥吗？”聂辰泽见季桐气已经消了，再次在她耳旁轻语。

“谁啊？”

聂辰泽见她明知故问，不觉一笑，掠起她的衣裙。

她的叫喊声混入《克罗地亚狂想曲》中，彼此的喘息声盖过了音乐，他们也由副驾转而到了后排座椅，交缠的手指划过窗上薄薄的雾气落了下来，留下几道印痕。

“累吗?”

季桐转过身，依偎在他怀里道：“我不回答，免得又落进什么陷阱。”

聂辰泽唇角拂过温馨的笑容，掬起她的下巴低声道：“上楼暖和一下。”

“照顾过佐罗的哥哥了，我想见佐罗。”

“它现在叫熊猫。”

“不，叫佐罗。”

聂辰泽取了后备厢里本准备带到季桐家的睡衣裹住了她。她却逞强地要自己下车，未想双腿毫无力气，刚踏上地就险些跪了下来。聂辰泽玩味一笑，打横抱起她：“还是叫熊猫的好。”

“都怪你。”

“上去泡个澡。”

见聂辰泽的目光落在自己身上，季桐手遮在胸口，脸孔转向他。所谓穿衣显瘦，脱衣有肉，说的便是他这样的男人吧。季桐鼻子贴在他胸口，汗水密布的肌肤散发着更浓烈的荷尔蒙气息，令她不免有些小小的沉醉。

回到楼上，季桐享受了聂辰泽准备的薰衣草泡泡浴，接着便躺在床上甜甜地睡了过去。

再醒来已是夜晚九点，当她下楼找聂辰泽的时候，聂辰泽已在楼下与熊猫玩耍了起来。

“醒了?”

“佐罗。”

季桐一眼看到了自己曾经常常抱在怀里，摸着下巴说着悄悄话的哈士奇，忍不住喊了它的名字。

熊猫本在聂辰泽身旁讨宠，听到“佐罗”的名字，歪着脑袋盯着季桐。季桐蹲下身，朝它招招手：“佐罗，快过来。”

熊猫仿似突然想起了什么，飞一般地冲向季桐，扑到她身上舔了起来，脑袋反复地蹭着季桐的胸口。季桐搂着它的背脊，泪水忍不住落了下来，抱着它道：“你都这么大了。”

“喂喂喂，你注意点。”

聂辰泽走了过去，朝熊猫说道。熊猫只是觑了一眼主人，仍旧和小时候一样蹭着季桐的胸口。聂辰泽忍不住轻拍了下熊猫的脑袋：“你这条小色狗，别趁机占便宜。”

“它以前就是这么蹭我的。”

“那怎么行。”聂辰泽喊了声熊猫，“熊猫，她是我女朋友，再这样，我可生气了。”

熊猫靠着季桐倒下，朝聂辰泽委屈地呜咽。

“别吓到它。”

“它抢我女朋友。”

“谁让你骗我的？活该。”季桐抚摸着熊猫，它的毛发已经从当初柔软的细毛变得坚硬粗实。这些年，她有多么思念它，可没有想到领养它的正是聂辰泽，这般的缘分好似天定。

聂辰泽在季桐身旁坐了下来，轻揽过季桐的肩膀，脸贴在她发丝上，说道：“以后再也不会了。”

熊猫看到聂辰泽与季桐这般亲昵，立刻直起身子朝他呜呜了两声，极不情愿似的。聂辰泽伸手挠了挠它的脑袋：“她是我的女人。”

熊猫哼了一声，脑袋挤在他们两人中间，眼睛左瞅瞅，右瞅瞅，惹得季桐不住地笑了起来。

“怎么样？想好要退出贝莱了吗？”

“匆匆离开公司到你这儿，就是想早些见到你。没想到，一来就……”季桐的脸上泛起了红晕，“退出贝莱不是件容易的事。我只是在想天下乌鸦一般黑，我该如何继续做自己？如果我一直不能放弃做自己，那无论我去了哪儿，都难以容身。”

“为自己打工。”

“为自己打工？”

“你眼前不就是最好的范例吗？”

季桐很快明白聂辰泽的意思，所谓为自己打工当然指的是创业。她还记得在那间车库里，挂着耿恺创业与他自己创业时的照片。

创业，为自己打工，诚如聂辰泽所说的，可以继续做自己。只是，她从没有想过。

“说起创业，为什么把公司名字叫作柯林？是因为柯凡吗？”

“怎么？吃醋了？”聂辰泽紧了紧放在季桐身上的手，“柯林是冰壶‘Curling’的音译而已，当年，我在英国读书的时候经常玩。”

“就是几个人围着一只蒜头扫冰的运动啊？”季桐调侃道。

“蒜头？哈哈……冰壶是一种不含云母的花岗岩制成的，产自苏格兰艾尔萨克雷格岛，这种材质硬度高，吸水性弱，经撞击不易碎。取名柯林，是因为我希望自己的公司能和这种石头一样坚硬不屈。”

“我孤陋寡闻不行吗？博士大人。”季桐没想过柯林还有这层含义，自嘲无聊的同时，也想着若真是要创业，那企业一定也要坚强不屈。可是，创业的话好提，但事却难做。

作为一个曾经在创业路上磕磕绊绊的过来人，聂辰泽当然明白季桐的难处。不过，从他联手 Frank 打击卓澜韬那天开始，就已经筹谋建立起一个新的公司。现在，刚好有个极其合适的人去做这件事。

“开一个化妆品公司?”

“你怎么不让我开个水泥黄沙公司?”

“开化妆品公司，你有我。开水泥黄沙公司，你只有自己。我不放心你一个人。”

“可我手上没有配方，也没有工厂、资金和人，各种资源都不够。”

“我有配方。耿恺日志里没有完成的配方，已经在瑞士完成了。我在香港试做了一部分，测试后，结果非常好。”

“就知道你瞒着别人出去必然是做重要的事。”

“耿恺一直想做好一个民族品牌。我希望能够继承他的遗愿，打造一个属于中国人的民族品牌。我手里的配方是纯天然的，可用于孕妇与儿童。这样的产品，正适合交给一个执着的人去做。”聂辰泽握起季桐的手低声道，“我知道在莘庄有家百佳联化妆品公司有卖厂的计划，我看过他们的厂，设备非常好，老板麦总不善经营，听人说化妆品利润大，就进了这行，投了很多好设备后却没有好配方，只能靠代工过活。他想找个买家出手。可以找他好好谈谈，至于钱这方面，不用太在意。”

“机会是好机会，但我不想用你的钱。”

“只一次，不会再有下次。我知道你和其他女人不一样，不喜欢用男人的钱，只当我借给你，往后要还的。如果……”聂辰泽唇角浮起一抹邪魅的笑意，“还不起，那你只好把自己给我了。”

“辰泽，我……”

“不要和我讨价还价，世界首富还得靠第一笔资金呢。”

熊猫见两人又亲昵起来，就使劲儿地把脑袋挤了上来。聂辰泽只好松开季桐，嗔怪熊猫：“猪队友。”

季桐在旁忍俊不禁。

周一的一早，季桐将辞职信放在了 Frank 面前。Frank 盯着季桐，手放在辞职信上，沉思了良久后，徐徐说道："你是扛不住外头的流言蜚语吗?"

"不，我是过不了自己心里的坎。"

"心里的坎?" Frank 猛地拍了下桌子站了起来，"你知道在这贝莱中国，除了我之外，你是最重要的人吗? 这难道不是你职业生涯发展最好的机会吗?"

"是，是我职业生涯发展的高峰，也是我梦寐以求的位置。不过，这个位置是有底线的。既然说服不了你，我就只能选择退出。"

"一朝天子一朝臣，这不是中国的俗语吗? 卓澜韬在的时候，他们有谁站出来，指出过他的黑幕吗? 没有。他们是卓澜韬的残党。铲草除根才能换得安心哪。"

"他们不过是怯懦而已，谈不上残党。现在，卓澜韬已经是过去式了，他们会做好本分的工作，赚本分的钱。"

"呵呵，季桐，你可是有抱负的人。不能因为那些毫无价值的蝼蚁毁了自己的前途，我说过，你可以掌握生杀大权。"

"不，所谓的生杀大权，不过是你欲盖弥彰的说辞，我不过是个傀儡而已。"

"季桐!"

"Frank，我希望和你的关系还停留在过去合作的回忆中。"

Frank 大声地笑了起来，那笑声满含了复杂的意味。他们曾经是站在一条线上的人，现在，虽不是敌人，但他们之间已经产生了难以弥合的裂痕，而这裂痕一下子被季桐的话撕成了沟壑。

谁也无法跳到对方的那一面去思考，过去仿佛烟尘，连同仅存的情分，变得无影无踪了。

"Sorry。"

季桐转过身，她能想象 Frank 内心燃起的怒意早已吞噬掉了对她的挽留之意，他没有一句祝福的话，也没有再骂上一句。

只是看着她离开了办公室。

季桐的决定令大家惊异万分，当她向下属们宣布辞职的时候，他们每个人都投以不同的目光。

惊愕、好奇、不解、怀疑、敬佩……

这些表情正是他们每个人的写照。季桐笑着，与他们一一握手，那些或真诚或假装的惜别成了她在贝莱中国最后的回忆。

除了桌上的太阳花，季桐什么都没有带走。进入贝莱中国就像是一场梦，如今，她从梦中得到的，只有领她入梦的那个人。

这兜兜转转的缘分，不知是从何时而起的，总之，她爱上了他。

季桐突然辞职，Frank 怒不可遏，他觉得自己为季桐的付出给予了最好的回报，也希望季桐能够帮助他巩固“江山”，然而，仅仅因为那些根本无所谓的蝼蚁们，她居然要离开贝莱。这算什么呢？她有把自己当老板来看待吗？

他想着便气愤地拿起电话打给了聂辰泽：“季桐有和你说过要离开贝莱吗?”

“有。”

“你为什么不阻止她?!”Frank 提嗓指责道。

“这是她的自由。我尊重她的选择。”

“她的自由?! 辰泽，她要去了凡氏，或是其他地方，那对我们贝莱就是打击。”

“你可以放心，她不会去凡氏。更何况，你有能力不让她去凡氏。”

“那最好不过，她是你的女人，你得好好看着，这样柯林在贝莱的生意才能长久。”

“柯林对贝莱的好处远过于季桐对你的影响。”

Frank 在电话这头冷哼了一声，虽然贝莱是行业巨擘，但聂辰泽毕竟在化妆品推广行业是有头有脸的人。与他贸然决裂，对贝莱没什么好处，更何况，他才刚刚坐上这位置，清肃整个公司已元气大伤，此时，更不能让外界得知他与聂辰泽有罅隙。加之，就如聂辰泽所言，他完全可以让季桐在业内无法进入凡氏这样的竞业公司，故而，也就只能独自生闷气。

季桐离开贝莱，完成所有的手续后，已近十二月中旬。臻醇项目在市场上受捧，创造了品牌的新一轮价值。

“季小姐，这些设备和厂房真是很不错。”百佳联的麦总边走边向季桐说着卖厂的事。

这是他们第三次见面，前面两次，她已经很仔细地看过了所有的产品设备，并让评估资产的朋友随行看过。因为麦总出手的价格是三千万，就百佳联这样的工厂规模而言，已经相当合理，对于季桐而言，却不是一个小金额。

“瞧瞧这灌装机、分散机、自动包装线喷码机，哪个不是国际品牌？买的时候都是七位数的，折旧不过三年的时间。”

“我知道，也评估过你的厂，但三千万太高了。”

“两千五百万，不二价了。”

麦总降了一次价，没想到季桐突然停止了脚步，侧脸朝他看着：“聂辰泽找过你？”

“嗐，哪有的事。”麦总挠了下板寸头，腆着肚子朝一旁的设备说道，“我是真想脱手，早点回本到我自己熟悉的行当。”

“呵呵，麦总，厂，我一定会买，但你还是告诉我个实话，聂辰泽是不是找过你？”

“季小姐，别难为我嘛。”

“那就是了。”

“嗐，聂总也是怕你犹豫，才出此下策，这钱反正也是他出。别怪我多嘴，他这么肯帮自己女朋友，在贝莱面前还不好做人，你应该体谅他。”

“你说贝莱为难他?”没想到与麦总谈卖厂的事，竟无意间得知Frank为难聂辰泽。她本想着贝莱与柯林之间再怎么说也是唇齿相依的关系，没想到自己的创业还是影响了聂辰泽的公司。

“贝莱的信息多快啊，你要买我们公司，才来了两趟，那只法国老狐狸就知道了。”麦总挠了挠头，既然已经说漏嘴，倒也不介意多说几句，“聂总愿意出钱买这厂，就考虑到了后果。贝莱这么大的公司，犯不着和小厂过不去，老狐狸也就是一时生气罢了。”

麦总说得在理，对于贝莱来说，百佳联与贝莱相比真是蚂蚁与大象，不说贝莱，连千羽都看不上这样的公司。

季桐自嘲地笑了笑，与麦总说道：“我需要你生产线上的技术工人和熟悉财务的人。”

“没问题，他们肯定也想继续做下去。”

“麻烦把他们的资料都给我吧。”

“没问题。”

“所有的手续会在我的律师审阅之后完成。”

“我虽然在行业里没做几年，但是有口皆碑。你还可以借着百佳联原有的客户，先做段时间代工嘛。”

季桐谢过麦总的一番好意，有道是和气生财，麦总想要脱手，自然得多加筹码。与麦总约定了正式签约办手续的时间之后，季桐接到了黄子涛约饭的电话。她欣然答应。

离开泓高的时候，一无所有；离开千羽的时候，郭甜甜送她走；没想到离开贝莱的时候，还有人主动请她吃饭。

这一步步走来，她变得更成熟，更富有魅力。

“谈得怎么样?”

“你都帮我谈好了，能谈得不顺利吗？无非是你明着给他钱，还是暗着给他钱的区别。”聂辰泽打来电话询问季桐，季桐言语里有些小气馁，不过，她能感到聂辰泽对她的爱与为维持她尊严做出的努力。

“对不起，我就知道，以你的智慧，麦总是骗不过你的。”

“辰泽，我怕拖累你，麦总和我说，Frank 为难你。如果真是这样，我宁可不创业。”

“柯林不是贝莱的附属品，Frank 只是怪你离开贝莱。你在外面成立公司，对他而言，反而好过你去凡氏。”

“就知道安慰我。”季桐开了点窗，北风从缝隙里吹了进来，很快吹干了她眼睛里含着的泪水，模糊了的视线再度恢复了清晰。

愿得一人心，白首不相离。这里的一人心，不只是情情爱爱的心，还是懂你的心。

第二十四章
创业的痛

季桐按着与黄子涛的约定来到了饭店。这是一家不起眼的川菜馆，没有奢华的装潢，空气里浮着令人掉口水的辣子味道。

“黄先生订的包厢在这儿。”服务员领着季桐到了一间包厢门口。季桐谢了服务员，推开门，只见黄子涛、展鹏、李薇薇、郭甜甜都坐在里面。

“季经理。”黄子涛立刻起身欢迎季桐。

“你们几个……”

“进来吧。”

黄子涛指了个上宾的位置，季桐再三推辞，却耐不住黄子涛的热情，只好坐了下来。她扫了眼大家，说道：“说吧，你们几个怎么凑一起了？还有你，郭甜甜。”

几个年轻人齐刷刷地把目光投向黄子涛。黄子涛立刻露出笑脸，一副大哥的模样，朝季桐解释道：“这几个年轻人啊，听说你要开公司，想跳槽去你那儿帮忙呢。噢，甜甜呢，你批了她的面试，她进公司后就跟着我了。”

“你们几个，真是胡闹了。好好的五百强不待，跟着我吃苦干吗？”

“老大，黄哥都准备辞职到你那儿呢。”

“你小子，连黄哥都喊上了。”季桐做了个拍他脑袋的动作，朝黄子涛说道，“他们几个胡闹也就罢了，你也跟着瞎来。好不容易把你调回上海，Frank 知道你出过力，不会亏待你。”

“人是凭良心做事的。我黄子涛懂得是非，也明白你为什么走。季经理，你要创业，这路不好走，我在上海，在西北都有人脉。我可以帮你。”

“你还有老婆孩子，别意气用事。”

“谁没有个牵挂，但做事，我只服你。”黄子涛怕季桐继续反对，立刻招呼大家先敬季桐。季桐推不过，只能喝了杯酒。

离开一个地方，仍然有人想着，这已经证明了你在工作中的成功，如今，还有人要跟着创业，这是季桐从没有想过的。展鹏、李薇薇、郭甜甜都是年轻人，他们身上富有朝气和活力。

季桐对能够得到他们的支持开创新的事业，自然是求之不得的，可她怕耽误几个年轻人发展。没想到展鹏却说早就把辞职信交了，这会儿都是先斩后奏呢。

季桐惊愕地质问黄子涛：“你没跟着胡闹吧？”

“最近架构变动得厉害，Frank 不在公司，我没人交啊。”

“你千万别交。听我的，你留在贝莱中国。这几个小家伙，我收了，但是你，我不能接收。真的，你就当我现在庙小，不想招惹太多的事。子涛，好好地留在贝莱中国。”季桐拿过桌上的一瓶酒，朝黄子涛说道，“我敬你。”

“别，别，季经理，我知道你为我好，我懂。你放心，我留在贝莱，将来只要你需要我黄子涛的话，立刻告诉我，我二话不说就来帮你。”

“够义气，我绝不会忘记你的话。”季桐开了面前的酒，与剩下的三个年轻人说道，“我做老板绝不会心软，你们跟着我能学到本事，但也会很累。真的确定没有问题吗？”

“老大，没问题啊。就薇薇那性格够呛，不过没事，有我在边上，我脸皮够厚，你骂了也不怕，她脸皮薄，骂哭了，我给她擦眼泪。哈哈，我们可是三剑客。”

“讨厌。”李薇薇立刻搡了展鹏一把，乐得众人大笑起来。

创业之路何其之难，能有熟悉的人加入团队总是好的。季桐与黄子涛等人吃得很开心，川菜辣到流泪，正好合着季桐感动的泪水，没有人说破，一切尽在不言中。

季桐买下百佳联公司，在工商局注册了栖梧化妆品有限公司，取自《诗经·大雅》：“凤凰鸣矣，于彼高冈。梧桐生矣，于彼朝阳。”至于聂辰泽交给她的配方，她命名为皙妍系列。

展鹏、郭甜甜、李薇薇正式加入栖梧公司，帮助季桐一起创业。

虽然麦总的百佳联公司设备厂房都是现成的，但仍需做些改造。季桐找了行家帮忙重新规划改建。动工的时候已是一月份，按照新的改建方案，生产原料、仓库成品堆放更加有序，厂房内加涂了防火材料，地坪进行了抛光打磨。

因冬季本不是施工的好季节，好在上海的气温不低，对施工的影响不大。只是临近春节，工人们陆续返家。先前一些设备因为车间施工放在仓库卸货平台。卸货平台虽有屋檐遮蔽，却只能临时摆放，因工程缺人，连续三天放在了外面。

季桐先前接连为厂房装修搬迁的事忙碌了半个月，没有好好睡过一个觉。展鹏几个年轻人看在眼里，催着她回家休息，他们保证轮流盯着施工商派工人把设备从卸货平台搬回工厂内。季桐回家后，心里总是挂念工厂的事，辗转反侧了许久都没有睡着。聂辰泽因忙于贝莱中国的大型新年路展，到了晚上十一点多才返回别墅。

见季桐睡不着，聂辰泽在旁陪着她，两人已有半个多月没有好好地在一起过，只一会儿的工夫，就忍不住互相吻了起来。一夜云雨，到了凌晨一点多，她才精疲力竭地睡了下去。

季桐睡得很香，要不是中午时分展鹏打来了电话，她仍在甜梦中。

“老大，不好意思打电话给你，施工商说今天下午会来人搬设备，地坪还没完全修整好。天气预报说傍晚会有暴雪，我看天气阴沉，怕暴雪先来。刚去仓库拿遮雨布，发现不够，我先去买遮雨布，没问题吧？”

“没问题，我马上过来。”季桐挂了电话后，收拾起衣服，只见旁边的枕头上放着字条：“粥烧好了，盛在了焖烧罐里。再忙，也要记得吃。”

聂辰泽平时吃面包和咖啡，但他知道季桐喜欢喝粥，每天都会帮她准备。季桐欣慰地笑笑。

天色灰暗，边际还染了黄色，空气里浮着刺骨的冷意，正如展鹏所说，怕是不到傍晚就要下暴雪。季桐到达工厂的时候，展鹏已经买来了遮雨布。施工商派来的人总算是到了，一共三个人，但都是新手。

“老大，他们都说不会弄遮雨布，只会搬设备，他们说搬一台起码一小时，五台不定什么时候结束，快点五小时，慢点得晚上了。”

“该死！”季桐咒骂了一声，继而朝展鹏说道，“让他们去搬设备，你去请老张把车间里不在线上忙的工人都喊过来。”

“老大，已经在飘雪了。”

季桐抬头看了下，果然细小的雪飘了起来，她等不及再去训工头，朝着李薇薇与郭甜甜说道：“你们赶紧去做事，一会儿还得有几票货要出。”

说完，她又对展鹏说道：“没时间了，我去弄，你赶紧找老张。”

“这，这，老大，你一女生怎么能去弄遮雨布？”

“还女生呢，我够做你姐了。”

季桐毕竟是搞建筑化工出身的，对工地的事非常熟悉。放在卸货平台的设备一共有五台，高高低低的，高的有五米多，低的也有三米。

车间老张正盯着工人点货，接到展鹏的信息，立刻拨出五个人。季桐朝老张点头，立刻演示起来：“遮雨布上面的孔和绳子得这么扣。”

“嗯。”

“一定要扣好了，不然大风一刮就白干了。”

“明白，季总。”说罢，那五名工人就按照季桐说的，上面三人铺布，下面留着两人打结，老张腰不好，只好在一旁张罗查看。展鹏则去查看施工商派来的工人，盯着他们搬运设备。

雪开始变大，风凛冽地吹着，道路旁的香樟树摇曳颤动。工人在底下打结出了问题，季桐刚要上去帮忙，不想，忽而刮来一阵北风，遮雨布的角飞了上去，将两个工人撂倒，其中一人险些滚了下来。

“你们小心着点儿！”

“老张，我上去。”

“季总，这太危险啊！”

“他们这样更危险。”季桐二话不说，靠叉车上了设备，设备并不平坦，幸而有下脚的地方。季桐寻了落脚的地方，从一个工人手里拿过遮雨布，随后走到设备的边缘处往下扔雨布：“下面拉住！”

“季总小心！”老张看得一身冷汗，招呼两个工人拉拽住季桐扔下的遮雨布，系到设备底下。

季桐也不停下，再走到另一角继续问工人要遮雨布。虽说这设备只有三米多高，但那工人站了会儿后竟是有些害怕，动作也不利索，季桐拿到另一角也更困难，好不容易才拽到，几次往下扔，却险些被掀起的遮雨布撂倒。

雪，越下越大，风也跟着大了起来，季桐的睫毛上布满了白色的雪，手冻得发红，但为了能把设备遮起来，她必须得完成手头的工作。总算，她与另两名工人合作把遮雨布都盖了上去。

“老张，下面都OK了吗？”

“好了好了。”

约三刻钟的工夫，一台设备“穿”上了遮雨布。季桐这才喘上口气下了设备。这时，车间里跑来一工人，朝老张说道：“张厂，客户来拿货了，车子不肯等，我们缺三个人。”

老张面露难色。

季桐立刻道：“拨三个人立刻出货。”

这么一来，遮设备的人连同季桐、老张总共四个人。另一头，第一台设备搬运得很顺利。雪下得睁不开眼睛，季桐看着余下三台设备，忙着要上五米高的圆形设备。

“季总，这不行啊，太危险了。”

“没事，我以前在工地上见多了。你们在下面接应，我和他上去拉布。”

说罢，季桐便爬了上去，因为雪落在设备的攀爬梯上，脚踩上去不稳当，季桐把布缠在了手心和鞋子上，好增加摩擦力。

“季总，小心啊。”

老张在下面急得很，季桐虽说不怕，但大风刮过，她整个人都显得摇摇欲坠。

“不行啊，这布盖不过来。”

“没事，再拉过来些。”

“我使劲儿。”

狂风大作，雪打在脸上竟是刀割般的疼痛。季桐奋力地拉着遮雨布，手上不知什么时候勒出了血，将掌心里布条染红了一小片。

“再来点儿！”

季桐拉着设备上的把手，朝那工人喊道。

“可以了吗?”

“不行，再多点。”

“还不行吗?”

“我再过来点。”

“好了吗?”

季桐的喊声一次次地被吞没在风中，她好不容易拿到了遮雨布，使劲地拽着遮雨布朝另一头扔。可由于风大，还没扔下去，就被风掀了起来。季桐只得和另一个工人商量，两人一同拉着遮雨布，向不同方向爬下去。

工厂门口，一辆车疾驰而来，因为雪地刹车，发出尖锐的摩擦声。穿了风衣的聂辰泽从车上跳了下来，冲着蓝牙耳机说了句：“我说改为室内就改为室内，我承担责任!”

接着，他扔了耳机，冲进大门朝着卸货平台跑去，只看见一个紫色的身影从一台圆柱形设备上摔了下来。

“季桐!”

聂辰泽疯了似的跑向设备，因为地上的积雪，到季桐跟前的时候，整个人几乎是跪在了地上。

“快，快打120!”老张慌张地喊了两声后，急忙招呼旁人打120，拿着手机的手在不停颤抖。

在监督搬运设备的展鹏听到外面的呼喊声，立刻跑了过来喊道：“老大，老大!”

聂辰泽脱下衣服垫在了季桐身下，接着还要再脱，却只剩了衬衣。展鹏二话没说，赶紧把身上的羽绒服脱了下来盖在季桐身上。

“季桐，你别睡着，千万别睡着。”

“辰泽，你，你怎么来了?”

从设备上摔下的季桐迷迷糊糊的，只觉得浑身都像裂开了似的。她试图看清楚聂辰泽的脸庞，却是十分艰难，白色的雪迷糊了她的双眼，她只觉得好像有湿漉漉的水滴滴在脸上。

他的眼泪。

他从来没有在任何人的面前流过泪，可看到此时躺在地上的季桐，他的泪不自觉地落了下来。

眼泪是热的，融化了她脸上的冰雪。

“会，会不会，死，死啊？”

“不会的，有我在，你会没事的。我们还有很多事没做，季桐，你听我说，你别睡着，一定不能睡着，120马上就到。”

“可是，真的，好痛啊。”

“很快就会好的。听我说，没事的。”

聂辰泽一接到郭甜甜的电话，就担心季桐会做出出格的事。没想到，还没等到他阻止，她就在他眼前重重地摔了下来。仿佛有人在他心口猛锤了一下，把他所有的恐惧都给砸了出来。他比任何时候都害怕，害怕季桐真的闭上了眼睛，再也醒不过来了。

他穿着单薄的衬衣，在寒风与大雪中，守在季桐的身旁，直到120车赶来，他才让医生把季桐抬上车。急救的护士提醒他道：“你披上衣服，别自个儿冻坏了。”

他这才抓过衣服披在了身上。

医院消毒水的味道浮在空气里，医生的说话声与护士推车的声音此起彼伏。在长廊末尾的病房里，传出两个人的对话。

“还好，我命大。”

“你爬上去的时候有没有想过我？”

“我、我就想着遮雨布。”

季桐笑了，却不能大笑，因为浑身上下都是伤，笑得厉害，浑身会疼。她以为自己会挂了，幸运的是，她在摔下的时候拉着遮雨布，背脊才没有受到伤害，只是胳膊脱臼了，身上多处软组织挫伤。

聂辰泽半点都笑不出来，他甚至有些气愤于季桐没把自己放在心上。当然，他明白，季桐就是这性格。

“我好像看到某人哭了。”她伸了下手，像个做了坏事的孩子似的，拉拉聂辰泽的衣袖。

“季桐，我警告你。无论做什么事，你必须先想我。想想我一旦失去你活不下去的样子，你再决定做还是不做。”

聂辰泽说得很严肃，在他看来这不是玩笑。他真的爱她，爱到了骨髓里，今天发生这样的事，令他更相信，季桐的生命比自己的生命还重要。

“辰泽。”季桐又拉了拉他的衣袖。

“生气呢。”

“别生气了。我以后一定小心。你接电话吧。”季桐目指了下聂辰泽衣服里一直不停响着的手机。

聂辰泽没好气地看了她一眼，不忍心对她再凶一句，只是疼惜地亲了亲她的额头，拿起手机走出了病房。

守在外面的三个年轻人好似等来了机会，立马钻进了病房。

“你们都来了？那工厂的设备咋办？”

“老大，你放心，设备该遮好的都遮好了，老张刚打来电话，说是最后一台设备也运进厂房了。”展鹏立刻汇报道。

“你吓死我们了。万一有三长两短怎么办啊？”郭甜甜忍不住说道，一双大眼睛里的泪水忍不住打转。

李薇薇搡了她下：“呸，季总吉人天相，不会有事的。”

“甜甜，是不是你又出卖我啊？”季桐朝郭甜甜瞅了眼。聂辰泽明明去了贝莱的新年秀场，怎么会突然跑来找她？唯一的解释是郭甜甜又做起了间谍的行当。

“季姐，我男神让我盯着你的，我能不盯着嘛。我可说实话了，他是爱上你，他要爱上别人，我才不搭理他呢。你不知道刚才他多紧张你，把衣服垫你身下，自己穿着一件衬衣跪在地上守着你，大雪天里啊，我看着都冷死了。”

“喂喂，我也脱衣服给老大盖了。”

“展鹏，你能一样吗？你里面穿着厚毛衣呢。人家聂总就一件衬衣，看样子是去参加活动的。”

“那倒是，聂总对老大真是没的说。人家都说，外表冷淡的男人，内心又狂热又痴情。”

季桐看着展鹏表演得活灵活现的样子，想笑却又不敢笑。

“季姐，你和我男神滚过床单没？感觉他好像能为了你不顾生死呢。”郭甜甜突然扯了个问题，又被李薇薇搡了下。郭甜甜立刻朝李薇薇说道：“怎么啦？你们之前不是都好奇的嘛。”

郭甜甜解释说她和李薇薇都觉得没有滚过，因为男人一旦得手就没有那么爱一个人了，而展鹏非说他作为男人是反对这样的理论的，说男人和心爱的女人发生关系后，必然是更爱她。于是，双方没少互怼过。

“我好歹是你们的老板，这么无厘头的私人问题，我不回答，以后也不会回答。”季桐拒绝了他们的好奇心。说来，她的生命里有过两个男人，顾铭就属于前者，而聂辰泽属于后者。也许正因为如此，她的感觉才会不同。与顾铭在一起的时候，总是敷衍了事，提不起兴致。同聂辰泽在一起的时候，完完全全就沉浸在他的爱抚中，结束之后，她又会害羞地依偎在他的怀里，感受着他身上的荷尔蒙气息。

“季姐，我们都是‘95’后，很开放的。看男神的样子，感觉这辈子已被你牢牢 hold 住了。”

“我现在是病人，你们记得公司的事一定要做好了。年后，我们就要上线自己的产品。”季桐避过这个八卦问题，心里却是极感动，她没有想到聂辰泽会这么在意自己，甚至连旁人都看出他已深陷于对她的爱。

几个年轻人互相觑了一眼，把季桐关照要做的事一一记录了下来，向她保证会完成任务。

病房外，聂辰泽的电话里却是非常沉重的话题。

因为暴风雪，聂辰泽要求下属把室外的走秀改成了室内。Frank 大发雷霆，聂辰泽明白 Frank 发飙的根本原因是季桐在外面开了公司。百佳联虽然是一家小公司，但出售价格绝非季桐所能承担。这钱必然是聂辰泽出的。Frank 借题发挥将聂辰泽骂了个狗血淋头。按理，不可抗力影响之下，柯林公司不需要承担任何费用，但为了平息 Frank 的怒火，聂辰泽承担了更改场地的费用。

Frank 仍不罢休，威胁聂辰泽要是再出状况，就会把公司的生意转给菲莫斯。聂辰泽明白，以目前的状况，菲莫斯根本无法帮助 Frank 稳固市场。Frank 也就是嘴上说说罢了。

聂辰泽挂了电话，Lina 很快追了个电话过来，把第二天的公司安排汇报了一遍。因为太累，聂辰泽听完后就挂了电话。

“聂总，你是不是病了？脸色怎么突然变得这么差？”

郭甜甜出了季桐的病房准备打个电话，不料看到聂辰泽扶了下额，靠在了墙上。他看了眼郭甜甜回道：“我没事。”

“一定是刚才冻到了。”

“嗳，别让季桐知道。我会解决的。”

聂辰泽所谓的解决是在陪季桐入睡之后，到急诊室打退烧针，幸而，他的体质向来很好，第二天就恢复了正常。季桐粗心大意，完全没有觉察，待到恢复得差不多时，便和医生商议提前出院。

季桐提前出院是为了回公司看看，见一切有条不紊，这才舒了口气。只是提前出院的事被聂辰泽知道后，还是受了些批评。季桐只好答应聂辰泽——这位天使投资人，春节过后正式上班。

春节的时候，季桐的父母邀请聂辰泽上门吃饭，他们并不知道被女儿称作“家务小能手”的聂辰泽身家惊人，与顾铭完全不同，他不仅长相英俊，做起家务来也是有板有眼，足见上次在女儿家里看到的不是表象。

吃完饭后，季父特意请聂辰泽到沙发那儿聊家常。季桐怕父亲问些尴尬的问题，往聂辰泽身旁一坐，监视起对话来。

季母也坐到了沙发上，问起聂辰泽来：“小聂，你现在住桐桐那儿吗？”

季桐没想到母亲竟然问起同居的事，立刻朝母亲说道：“妈，您能问点别的事儿吗？”

“偶尔住，说起来，上次遇见伯父伯母之后，也就住了两三天。”聂辰泽倒是不在意，老实回道。

“小聂，你在上海没房子的话，也不打紧，可以把季桐的房子做婚房。”

“妈，我们才交往几个月，谈什么结婚哪。”季桐脸涨得通红。聂辰泽拉了下她的手，朝季母说道：“伯父伯母，我在上海有房子，季桐想住哪套就住哪套，愿意把哪套做婚房就哪套做婚房。”

这回轮到季父季母愣了下，两人互觑了一眼。

聂辰泽解释道：“先前没限购的时候，就买了几套房子。本是喜欢住大平层的，因为养了熊猫，住别墅能有花园，所以就一直住别墅。不过以后，全听季桐的，她想住哪儿就住哪儿。她现在住的地方很温馨，我也很喜欢。”

“熊猫就是我之前养的佐罗，没想到收养人就是他。”

季桐从未和父母说过聂辰泽的身家，就单他名下的几套房，用市值换算的话，基本都在两千万到五千万左右一套。用聂辰泽的话来说，这些房子也算是为创业失败备条后路吧。其实，也没有想过这些年会升值那么快的。

季桐的父母更吃惊了，上海的大平层和别墅可都是天价。聂辰泽这么说，那家底该有多少？这么一想，父母倒是紧张于他们的未来。一个多金而帅气的男人，他周围总有狂蜂浪蝶吧？

“爸、妈。辰泽是我的天使投资人，我呢，现在在创业了。因为公司还没上轨道，以后再和你们说这事儿。至于辰泽，他早就习惯周围都是女人的日子了。你们担心的都不存在。”

季桐当然知道父母担忧她能否和聂辰泽长久。这些在她眼里根本不成问题。

她知道聂辰泽爱她，任何人都不可能替代她。她有信心，而这信心来自聂辰泽。两人的话，令季父季母花了很长时间才消化。因为先前遇上过顾铭的事，父母自然为女儿担心。可当他们看到女儿和聂辰泽是真心相爱，心想着还是任两人自由发展更好。那些有钱人必然花心的世俗观念也只能藏在心里面。

季桐事后嗔怪聂辰泽为什么要这么坦白，聂辰泽说坦白比被发现强多了。总之，他一辈子都要定季桐了。

春节假期一过，季桐一上班，即将上线的皙妍系列产品就遭遇了原材料短缺的问题。

“季总，我已经联系了所有的金盏花供应商，他们都说今年的金盏花已经被几家大厂订了。其中，贝莱中国已经购买了一半左右的金盏花。另有一些日化公司需要金盏花来做沐浴护肤产品。我们现在要货，也得等四五月份之后才能与他们谈。”李薇薇负责采购，她向季桐汇报了两日来搜集的情况。

“季姐，我离开千羽的时候，他们有计划要买金盏花。如果计划不变，他们应该有资源。”郭甜甜在一旁说道。

为了生产运营，公司不可能等到四五月份才进原材料，所以当务之急是拿到金盏花的原料，现在，唯一的可能性就是从已经订购的公司得到材料。对季桐来说，其他公司都是她的竞争对手。眼下，唯一有希望借到原料的，恐怕也就只有千羽了。

季桐明白，郭甜甜是在给自己出主意，但是丁总那儿会不会借给她呢？

为了尽快落实原材料，季桐唯有一试。因为丁总一直未接她的电话，她只好上门去找丁总。

对季桐来说，千羽公司并不陌生。千羽的前台与她也相识，当季桐说明来意，想约丁总的时候，前台面露难色，向季桐坦言，丁总交代过，必须得提前与他约好才能见面。无奈之下，季桐请前台联系潘伟。

潘伟正在会议中，于是季桐就在接待区等待潘伟，忽而听到一个熟悉的声音。

“哟，这不是季经理吗？不对，是季总。”

季桐不消看人，就知道是王芸，她语气满是揶揄与嘲讽。

“很久不见。”

“真是稀客啊，开了公司后，居然跑到我们千羽来了。”

“大家都在一个行业里，我过来聊聊天，不是很正常的事情吗？”

“我们庙这么小，你过来和我们聊天？”王芸低下身，凑到季桐面前说道，“我以为你有什么本事，当初能压我一头，又在贝莱中国翻云覆雨，原来你早爬上了聂辰泽的床。”

“没本事的人总会找借口来证明自己是有本事的。”季桐笑着说道。

正在这时，潘伟走了出来，朝季桐打了个照面，请她进办公室。王芸捡不到便宜，便讪讪地离开了。

“季总，你该知道以你今天的身份来我们千羽是很不合适的。”

“在商言商，我们栖梧不仅是一家生产化妆品的公司，也是家代工厂，所以我并不觉得有什么不合适的。”

“那今天季总来的目的是什么呢？”

“潘经理。”季桐知道潘伟已经升职为销售经理，见他一口一个“季总”，故意生疏彼此的关系，便也改口，“贵公司是不是在推一款金盏花产品？我想向贵公司进原材料。”

“是。不过，你问我们公司借原材料，我们可不是生产原材料的企业呢。”

“我公司要推出新产品，必须使用金盏花这个原材料，我希望千羽能借我部分原材料，价格可以谈。”

“季总，金盏花这个原材料我不能借给你。”

“潘经理，我想和丁总谈这个事情。”

“怎么？你认为我人微言轻？”

“不是。我告诉你这件事，是因为我觉得你还顾及着我们之前做上下级时那点情分。不过，现在看来，大家立场不同，还剩的那点情分也没了。”

“你说得没错，换作丁总，我相信他也是给你一样的答案。”

“我还是希望见上丁总一面。”

“如果他愿意见你的话，你就不会在外面吃闭门羹了。”

“那现在……”季桐忽而意识到潘伟的生疏是装出来的。潘伟既然让她进了销售部，那就意味着，她可以闯下丁总的办公室。她方才失落的脸上立刻扬起笑容，站了起来说道：“谢谢了。”

潘伟点头笑笑。季桐立刻从潘伟的办公室里溜了出来，朝走廊末端的那间办公室走去。

“丁总。”

看到突然出现的季桐，丁总的脸上表示出诧异的神色，很快遮掩了过去。

“你怎么来了？”

“丁总没接我的电话，我只能登门造访。打扰之处，请丁总包涵。”

“你找我究竟是为了什么事情?”丁总靠在大班椅上，表情十分严肃。

季桐记得那次在沃客店庆晚宴，比起现在，那时的丁总还算得上热情。

“我想问丁总借原材料。”

“如今你和我们公司可是竞争对手。你问我借原材料，这句话我没听错吧?”丁总冷嗤了一声。

“我知道这不合情理，但……”

“当然不合情理。”丁总打断了她的话。

季桐抿了抿唇，继续说道：“丁总，我提这事的确荒诞可笑。我知道，行业里都传说我靠出卖身体，让聂辰泽帮我创立公司。这样的流言蜚语，丁总信了?”

丁总仍旧保持着坐姿，目光看着季桐，他没想到季桐把出卖身体的事放在嘴边说。

“丁总，您已经误会过一次辰泽，我想，您该不会在我创业的问题上，再误会我和他的关系吧?”

“这是两码事。”丁总徐徐地说道。

“我们栖梧公司做一部分代工生意。千羽一直都有代工厂生产的产品，长期都有交货期不准时的困扰。如果丁总愿意分给我些原材料的话，我可以以低于市场价百分之五的价格为千羽代工生产，并保证千羽能够按时收到产品。”

百分之五听上去是个小数目，然而，对于代工厂来说也很重要。加之，季桐所说的交货期困扰一事也是真实情况，故而，季桐将此作为谈判的砝码。

“你想让我培养一个竞争对手?”

“我们家小业小，只能在市场上分杯羹，这杯羹还得靠丁总。”

丁总沉吟一笑：“你们要做什么产品？缺的是什么原材料？”

“护肤品，缺的是金盏花。”

“金盏花？”丁总若有所思地低声重复了一遍，身子离开了椅背，朝季桐说道，“你们栖梧有研发部吗？这配方是谁的？”

“丁总，这是商业机密，我不方便透露。”

“唐国林究竟和你们是什么关系？是他的配方吗？”

“唐博士是我们的朋友。”

唐国林在化妆品行业名声赫赫，多家化妆品巨擘邀请唐博士任职，但唐博士却在三年前携全家旅居海外，过起世外桃源的日子。早前，聂辰泽邀请唐博士参加了一次论坛，就有人传出唐博士加入了聂辰泽投资的新公司。这一消息并未得到证实。季桐的话说得模棱两可，令丁总不免怀疑唐国林与栖梧公司是有关系的。因而，栖梧的产品配方极有可能出自唐国林的手笔。

丁总沉思了一小会儿说道：“我给你金盏花的原料，不过，量由我们决定。另外，千羽除了在代工费上的折扣，还得在迟交货的处罚条款上加上双倍赔偿的承诺。”

双倍的赔偿并不是小数目，稍有不慎，少得可怜的代工费都得赔进去。这样的条款任谁都难以答应，可为了启动项目，季桐没有更好的选择。

“没问题。”她说道。

“行。我很想看看栖梧会出什么样的产品。”丁总意味深长地笑了笑。

为了加速项目启动，季桐委托律师拟定了与千羽的代工合同，丁总也兑现了承诺，转售了少量的金盏花原料。

经过大家的努力，试生产的皙妍系列产品质量与先前在瑞士和香港的测试几乎一致。

只是单有产品并不能让公司活下去，更何况受生产条件与规模等因素限制，在聂辰泽提供的三十多种产品配方中，只能先落实皙妍系列的化妆水、洗面奶、乳液、日霜、晚霜、精华六个产品。单薄的产品线对销售而言，本就不利，加之栖梧公司是新公司，毫无市场知名度，即使有柯林做后盾，销售也不容乐观。自向千羽求取原材料开始，季桐就学着如何从职业经理人转变成创业者。

没有了平台红利，季桐需要靠自己的努力，不仅如此，她还得面对各种流言蜚语，甚至包括羞辱。

“何总，这些都是皙妍系列产品的测试报告，全天然护肤品的目标客户群体是很明确的，全球几大化妆品行业巨擘都在推这方面产品，我们栖梧虽然……”

“虽然你们是新公司，但你有聂辰泽给你做后盾嘛。”

“我们和柯林是战略合作伙伴。”

“季小姐，不需要这么隐晦，如果柯林能够给皙妍系列做最优配置的宣传推广，我的意思是说比贝莱更好的推广。我想，我会考虑进皙妍的货。”

“何总的顾虑，我能明白，皙妍系列会有好的推广。”

“聂辰泽不打算给你第一位的推广吗?”

“我们和柯林是战略伙伴……”

“好了好了，季小姐，我想你和聂辰泽一起来，谈得会比较顺利。”

“何总，我……”

“我还有会。”

季桐与郭甜甜拜访大代理商斐飞公司后回到办公室，何总的话仍旧萦绕在脑中，她还记得何总临走时还笑着和她说：“我看你做做微商渠道挺好。”

对此，季桐耿耿于怀。她并非瞧不起微商，但整个会谈过程，何总对她的产品介绍根本不上心，他只关心聂辰泽是否会把所有资源投注在产品上。

先前整雅林商贸那会儿，斐飞也有欠款，没少遭遇季桐施加的压力。因大家都说何总是个对事不对人的老板，斐飞又手握许多商场渠道，季桐才特意找他，未料结果与其他公司无异。

季桐站在办公室里，眺望着不远处的工厂，以前她毫无负担，可以抛开一切，说退出就退出。现在，所有的东西都是一种牵挂，每天不用定闹钟都能自己醒来，生怕晚了一分钟就耽误事情。

该如何打开局面呢?

“会谈不顺利?”

不知何时，聂辰泽进了她的办公室，见她站在窗口，便走了过来。

“你怎么来了?”

“陪人打球，回来的时候，经过这里就来看看你。”

“我虽然忙，也不至于脑子不清楚。你去佘山打球，怎么会来这里？多半又是甜甜这个间谍告诉你今天会谈的事吧?”

聂辰泽轻揉起她的双肩，说道：“我们可以一起去见代理商。”

“辰泽，柯林是你一手创立的公司，贝莱是你最重要的客户。你和我一起去见代理商，必然会引起 Frank 的不满，我们没有必要把矛盾公开化。你让我好好想想怎么处理渠道的事。”

“我作为投资人，不能看着公司垮掉，更不能看着你累垮。”聂辰泽说着，轻抚了下季桐的脸庞，“都瘦了一圈了。”

“瘦是为了给你机会喂肥我嘛。公司的事，我能处理好。”

“就算 Frank 不高兴，他也不能拿柯林怎么样。我不能接受别人对你的冷嘲热讽。既然我们在一起，我就应该承担这份责任。”

“你呀，听到的都是甜甜夸大其词的话。那些人无非借着我们的八卦，口舌上报复我先前在贝莱的时候对他们的政策罢了。太当真，反而显得自己过于在意。销售上的事，我会想办法的。Frank是老狐狸，千万不要低估了他。上次暴风雪的事，就是一个教训。”

“好了，本是安慰你，你倒反而得了机会教训我。为了你，也为了耿恺生前的愿望，我不会不管。”

“瞧瞧，还软硬兼施起来了。”季桐站了起来，轻吻了下聂辰泽的脸颊说道，“这些天怠慢你了，晚上补偿啦。投资人先生，这样，你总能给我机会让我继续尝试了吧。”

“我能说‘不’吗?”

聂辰泽明白季桐的心境，她想做的，一定会努力去做，他帮忙的确会与 Frank 产生更大的罅隙。如今的 Frank 更热衷于权力，因而，也尤其忌讳不能掌控原以为手里捏得牢牢的东西。比如，他认为最得力的助手季桐，居然会离开贝莱，令他完全失去了控制。在这之前，他认为，不管自己做什么事，季桐一定是站在他这边的。季桐创业了，聂辰泽投资了她的公司。这令 Frank 认为，另一个受他掌控的人，也变得不好控制了。

所以，Frank 与他打球、杯测咖啡已成了难以再度拥有的回忆。

季桐笑笑，聂辰泽轻吻了下她说道：“对了，陈烁现在是贝莱中国的销售总监，黄子涛与他有些冲突，在贝莱中国怕是很难待下去。既然你不同意我帮你，那我想黄子涛能帮上你忙。”

“陈烁现在是销售总监?”这一点，季桐倒是从来没有预想过。陈烁能够隐忍深藏自己的野心这么多年不暴露，先前还是莹丽的人，居然能当上销售总监?

“贝莱起先想在外部招聘，但不知什么原因，Frank 选择了陈烁当销售总监。”

“人心难测，他在吴彬彬被除名之后，就已经开始觊觎更高的位置了吧。”季桐回想起吴彬彬离开后陈烁的各种举动。城府深如陈烁，一定不是一个好对付的人。黄子涛与他产生罅隙，势必会影响他在销售部的生存。

“好了，我得把时间留给你，我可不想晚上在家苦等你。”

聂辰泽到过一趟办公室后，季桐的心情果然是好了不少。郭甜甜等人又在办公室里小声讨论了下，咯咯直笑。

季桐拿郭甜甜没办法，这对郭甜甜来说是快乐的“间谍”活动，也是能让聂辰泽定心的小药丸。因为爱得越深，聂辰泽的保护欲就越强。

了解到黄子涛的境况后，季桐联系了他，没想他被陈烁派往了西北区。明面上说解决西北区的一些难题，背后的原因当然是重新发配黄子涛回西北区。为了把这件事做得冠冕堂皇，先前已经是西北区大区经理的人被要求从旁协助黄子涛解决问题。季桐与黄子涛约定，待他一回上海，就立刻联系自己。

既然代理商那儿不顺利，季桐必须得转换思路，她想到了陆一帆的微康。当初她帮助微康起死回生，同时也做成了面膜项目。皙妍系列可以做成小份旅行装，先行投入造势。于是，季桐打了陆一帆的电话。

“陆总，我是季桐。”

“季小姐。”

陆一帆的声音显得很冷淡，这让季桐有些意外。

“最近有空吗？我有个项目想找你谈谈合作的事。”

“我不清楚，你和我的助理联系吧。”

陆一帆的回答令季桐的期待凉了一截，她“嗯”了声，决定到微康公司找陆一帆。然而，微康公司的大门对她紧闭。前台告诉她，陆一帆与助理都不在公司，可她上电梯的时候，明明见到挂着微康员工牌的员工说一会儿与陆总开会的事。

这就意味着陆一帆是避而不见。季桐看着微康崭新的招牌，昔日落魄的样子早已不复存在。现在的微康再次成为新生代企业的代表，而陆一帆更是频频出现在各个创业活动中。

他拒绝见她，难道还是因为一年前她曾经拒绝过他吗？不管怎么说，她都想再尝试一次。

季桐打了罗琪张总的电话，作为微康的投资人，张总与陆一帆已很熟络。张总对季桐很赏识，对季桐的请求自然应允。不仅如此，张总还责怪季桐为什么不早点想到罗琪。以他们的关系，加上聂辰泽，早就可以找罗琪输出些产品。不过，张总也坦言，皙妍系列定位是中级消费层级的客户而非大众，且还没有上架到其他商场与超市，销售上得有心理准备。

季桐感激张总帮忙。在焦急等待了半小时后，张总回复季桐，陆一帆请她第二天晚上吃饭具体谈合作的事。张总特意强调了下“一个人”，他提醒季桐，他们之间的事，怕还得由他们自己来了断。他相信陆一帆是个公私分明的人。

诚如张总提醒，她和陆一帆要真正谈公事，还欠一个私事要有个了断。

见面地点正是那次陆一帆向季桐表白时的 One Life 西餐厅。不同的是，这一次，季桐比陆一帆到得早，当初陆一帆站着等她，现在换作了她。One Life 如以往一样，是情侣约会的绝佳场所之一。

“陆总。”

当陆一帆从新买的轿车上走下来的时候，季桐先开口打起了招呼。

陆一帆清冷地看了眼季桐，低声道：“一年多不见，你还这么称呼我吗？”

季桐这才细细地打量起陆一帆，彼时那个曾经被创业折磨的人俨然已经是成功人士。虽然创业前五年是最艰辛的日子，但因投资稳定，微康业绩卓越，陆一帆没有了创业起步时心理上的压力，人非常精神。

相比之下，季桐反而清瘦了不少。陆一帆虽言语冷淡，但仍多看了她一眼。

“进去吧。”

与第一次不同，陆一帆一进 One Life，服务生立刻迎了上来打招呼道：“陆总。”

他们的包厢并不在一楼，而是安排在了三楼。因为灯光微暗，季桐想着事情，脚下一滑，差点崴到脚。陆一帆没有停下脚步，只是继续往上走。

季桐自嘲地笑了下，跟着上了三楼，与陆一帆说道：“看样子，你常来这儿。”

“半年前认识了这里的老板，入了股，比例不大。”

“投资餐饮业，很不错啊。”

陆一帆没有接话，这让气氛变得莫名有些尴尬。两人一起进了一个包厢。

进入包厢的那一刻，季桐意识到，今晚的宴席并非陆一帆单独约请她。她站在那儿，怔然地看着眼前三对看似情侣的男女。

“这几位都是我的校友，也都是创客。”陆一帆一改刚才的冷淡，向季桐介绍起在座的几人。接着，他边拉开身旁的座位请季桐入座，边向众人介绍道：“她是我的女朋友，季桐。”

正当陆一帆要继续说下去，季桐已经阻止道：“抱歉，我不是陆一帆的女朋友，这其中有些误会。”

众人表情尴尬。

陆一帆则低声道：“答应我，我就可以帮助你。”

“Sorry，我不能答应你。”季桐没有想到陆一帆会设下这样的场景和条件来逼她。她毫不犹豫地选择离开。

然而，就在她加快脚步离开这尴尬的晚宴时，陆一帆追了出来，他一把拉住了季桐，说道：“季桐，听我解释。”

季桐本能地抽回了手，说道：“陆一帆，我不会答应你的条件。”

“真的一点机会都不给我？”

“我不会把爱情当作筹码进行任何交换。”

“你一点儿都没有变。”陆一帆自嘲地笑了笑，“我真是羡慕聂辰泽。其实，那个时候，他就已经喜欢上你了吧？否则的话，何必借故非要和我们挤一桌呢。我承认，到今天，我还抱着幻想。不过，你拒绝了我，才让我更欣赏你。”

“你……”

“你放心。是你让我走上了成功的道路，我一定会帮你。至于爱情，你可以选择不爱，但不能选择我不爱。”陆一帆的唇边漾起微笑。

就如季桐所想，陆一帆并非是一个公私不分的人。这世上，爱情可以是两个人的事，也能是一个人的事。陆一帆再度邀请季桐回到刚才的晚宴中，向众人解释他开了个过分的玩笑。季桐是他的“女性朋友”而已。

陆一帆邀请的人都是他为了帮助季桐而介绍的。陆一帆告诉季桐，往后，不要再喊他“陆总”，这让他感觉太过生疏，他只想做她的朋友。

临别的时候，季桐喊了他“一帆”。

他很高兴，仿如一个吃到了糖的孩子。季桐却难以解释自己的心情，直到夜晚依偎在聂辰泽的怀里，忽而涌上一股浓烈的依恋感。

聂辰泽问她怎么了。

她贴着他胸口说道：“上天能安排我们相遇真是太奇妙了，我只想听听你的心跳。”

两人拥在一起，彼此吻着对方，融进只属于他们的世界中。

第二十五章
一波三折

微康与栖梧签订了战略合作协议，栖梧的皙妍系列旅行装投入了微康的各个站点，同时也销售到罗琪超市。柯林为皙妍系列做的预热也如火如荼地推了起来。

微康、罗琪、柯林都给了栖梧超长的付款周期，这对季桐来说就好比是一个无本买卖。虽然季桐一再坚持聂辰泽不要过度参与到皙妍系列，以免与贝莱产生冲突，聂辰泽仍旧安排了几大美妆博主做了直播推广，反响相当不错。然而，市场对这种新品牌的反应总是高开低走。

尤其是皙妍系列只有六款产品，根本不足以建起自己的专柜，线下渠道销售本就受阻，线上渠道也远不如预期。

销售计策仿似石子投入了平静的湖面，连涟漪都没有看到，就已经沉入了湖底。糟糕的是由于厂区一次限电，栖梧晚交了两天货给千羽。

千羽理所当然地提出了赔偿要求，并通知栖梧会在付款中扣除货款。

这令大家非常沮丧，明明是限电，却要向他们索偿。工厂的工人们都担心这会影响他们的工资，直到季桐宣布不追究大家责任的时候，工人们心中的石头才落了下来。公司运营贷款的钱款需要偿还银行，本就紧巴巴的，扣除赔偿款本还可以应付贷款，但千羽迟迟不打货款过来。

这让季桐不得不再次来到千羽找丁总解决问题。

“晚交货的事，我很抱歉，贵公司提出的赔偿，我已经书面回复同意了，但还是请您帮忙催财务付款。”

“怎么？栖梧这么缺钱？”丁总从桌上拿起一只青花瓷茶杯，打开杯盖后，放到鼻下闻了闻，又放回了桌面。

“丁总，我履行了赔付承诺，相信千羽这么大的公司也能恪守承诺。”

“呵呵，千羽可不是大公司。”丁总拿起杯盖在茶杯上划了几次，热气慢慢腾起。

“丁总说笑了。”

“听说，你们的新产品皙妍系列高开低走啊。”

“栖梧是新公司，需要向千羽学习。”

“学习？”丁总抬手，重新拿起杯子喝了一口，啐了口茶叶后说道，“把皙妍系列产品配方转让给我们千羽吧。”

在利益面前，丁总老前辈的姿态变得狰狞起来，季桐没有想到他会利用付款的事来威胁栖梧交出配方。她忽然觉得，千羽上周突然下了个订单，似乎已经预知了厂区会限电停工的事，而且，千羽对栖梧的运营状况也了如指掌。

他的目的难道一开始就是皙妍系列的配方吗？季桐沉思了片刻后说道：“丁总，我不会转让配方，栖梧的生死轻于这些配方。我一直敬重您，没有想过您会用这手段来获取配方。”

“你不怕我停供金盏花原料吗？我一停供，你还有什么产品可言？”

“丁总，你这是在威胁我吗？”

“配方成为一个好产品，被客户使用、赞叹才是它最终的意义。何必拘泥于谁拥有呢?”剑拔弩张之际，丁总微缓了下语气。

“对丁总来说，是这个道理，但是对我来说，它的意义非比寻常，没有什么比完成一个已故之人的遗愿更重要的事了。”季桐果断地站了起来说道，“丁总，打扰了。”

“配方……”丁总将茶杯盖盖在了杯子上，望着季桐离去的背影问道，“是耿恺的?”

季桐未停下脚步。

丁总长长地叹息了一声，手边的茶杯依旧散发着氤氲热气。良久，他按了桌上的电话机：“小李，栖梧的款打过去吧。”

耿恺。

这是一个令人心情沉重的人。

季桐离开千羽后的一刻钟，郭甜甜打来电话告诉她，千羽财务告知款项会在今天落实。她欣喜地笑了，黄子涛也打来电话告诉她一周后回上海，这对她来说就像是一条救命绳索。虽然，对黄子涛而言，季桐也是他的救命绳索。

除了黄子涛之外，季桐要求李薇薇联系欧洲的金盏花原料生产商，她不想再受人威胁。丁总那番恶劣相逼提醒她，她一定得找到可以稳定供货的原材料。既然国内不行，那就去欧洲。

季桐在联系好多家南欧金盏花原料公司后，立刻飞赴法国。聂辰泽刚好在做贝莱北方区的大项目，出差去了北京。

满怀着希望前往法国的季桐见了热情的庄园主们。在欧洲，生产金盏花提取物的公司大抵都拥有自己的金盏花庄园。然而，在他们热情地向季桐展示了庄园之后，却又纷纷表示有买家已经下了订单，其中一个大腹便便的秃顶男得意扬扬地告诉季桐，订单也是来自中国。不过，是法国化妆品巨擘贝莱在中国的公司。

这让季桐颇为吃惊，不仅如此，当她致电意大利的厂商时，对方也给出了类似的信息。金盏花提取物的价值并不高，这样大肆地收购优质等级的原材料，贝莱中国付出的代价并不大，但目的却是非常明显：Frank 是不想给她活路。

黄子涛打来电话告诉季桐，陈烁向 Frank 建议大量收购优质金盏花原料，以绝了栖梧的皙妍产品之路。

季桐苦笑，她不明白，为什么陈烁会知道她的一举一动？

难道说自己团队中有陈烁的人？

李薇薇？

有过背叛经历的人，不自觉地跳入季桐的脑海中。如果是这样的话，那整个欧洲行便成了没有意义的事。此时此刻，她真希望能变成孙悟空，拔根毛就能变出无数个自己。一个能立刻回国镇场，再有几个能分头寻找金盏花的生产商，还有几个能去各地开拓市场。

她抬头看着湛蓝的天空，任风拂过脸庞。创业，这件事她是怎么提上日程的？她仿似忽然失忆了，只记得开了头后就全是糟心的事。被人冷嘲热讽，被风雪从设备上刮倒，被丁总设计逼迫，一切比起自己设想的要苦得多。

阳光变得强烈起来，一下子刺入了季桐的眼睛，她下意识地闭了下眼睛，抬手遮住阳光，只是从指缝中看到了一个熟悉的身影。

她以为自己是在梦里，反手擦了擦眼睛，那好看的双唇不禁笑了起来。

“放心，没做白日梦。”

“你，你怎么来阿维尼翁了？你，我……”

季桐还在毫无逻辑地表达着自己惊诧的心情，他已坐了下来，温热的掌心放在她的手背上。

“可真是一个人说走就走的旅行。”

“我这是出差。”

“出差？倒像是一个迷了路、满脸颓丧的女孩。”

“有吗？”季桐摸了下脸，调皮一笑，搂起他坚实的胳膊说道，“那请问这位先生，你是怎么从中国找到这里的？”

“我会魔法。”

“魔法？”季桐寻思面前这家伙莫非真的会魔法，她方才坐在长凳上时挫败难过的心绪一下被扫得精光。

聂辰泽拉起她，两人漫步在街道上，直到在百余米后，他钻入一家冰淇淋店，手里拿着一只放满了各种配料的蛋筒冰淇淋递到她面前：“一只施了魔法的冰淇淋。”

“真的？”

“真的。”

他说得郑重其事，季桐耸耸肩眯眼笑着接过他递来的冰淇淋。管它是不是真的，她都想立刻尝尝散发着肉桂粉香的冰淇淋。

她吃完了冰淇淋，打开纸卷准备扔进垃圾桶，忽而发现纸卷上写了一串字母，像是地址名称。

“让我来陪你这个迷路的女孩一起继续欧洲之旅吧。”

“这个地址是？”

他果然施了魔法在冰淇淋上，知道她有打开包装纸卷的习惯，就把咒语写在这纸卷上。

纸卷的地址是瑞士的一个庄园。这座庄园的主人 Matthew 至少拥有十处大庄园，平日经营的主要业务是红酒，副业是植物提取物，主要供给食品行业。

“聂，我说过，种花和交往女人是一回事，任何女人和我在一起都会是最漂亮的，花也一样，到我手上，都是最好看的花。”Matthew 是个法国人，长得虽算不上英俊，但却具有令女人一眼生出好感的魅力。

至少，季桐认为像Matthew这样的男人不会让人生厌。他总能滔滔不绝地说些好玩的话，把女人捧上了天。

在他谈吐中，女人就像是精心呵护的花。

聂辰泽调侃道："给我看看检测报告。"

"嗐，你就这么不信任我吗？"Matthew不知从哪儿变出一枝紫色鸢尾花，插在细长的玻璃瓶里，放到季桐的面前，"送你一枝永生Iris。"

"谢谢。"季桐礼貌地回复道。

"Matthew，报告。"

"噢，天哪，有人吃醋了。"Matthew狡黠地笑笑，"聂，你完蛋了，完蛋了。"

季桐忍不住大笑了起来，聂辰泽倒是落了尴尬。

Matthew的报告非常完善，他已经安排了样品寄往中国，接受中国的测试。在Matthew和聂辰泽的谈话中，季桐才知晓两年前聂辰泽就和Matthew谈论过种花的事情，其中不仅包括了金盏花，还有各类花种。Matthew是个完美主义者，所以没到报告出来，他就不告诉聂辰泽自己搞定了一切。

因此，聂辰泽也是才知晓Matthew的金盏花提取物已经顺利通过了检测。三人在一起聊了两小时后，Matthew忽而朝聂辰泽眨眨眼睛，两人好像有个什么约定似的，季桐刚要开口问是什么事。

Matthew故作神秘地伸长脖子朝季桐低声道："聂和你两人去参观庄园。我就不陪你们了。唔，聂说，我就是一只大灯泡，所到之处光芒万丈。"

季桐忍俊不禁。

Matthew再次低声道："好好参观美妙的伊甸园，我保证没人会打扰你们，尤其是我——最麻烦的人。"

他说完后，扔了把钥匙给聂辰泽。

“谢了。”

季桐还没有反应过来，聂辰泽就拉着她一起离开了 Matthew 的房子。

“你怎么认识 Matthew 的？真是个有意思的人。”

“读书那会儿认识的，我的红酒知识启蒙者。Matthew 的父亲经营着法国知名的家族企业，年轻时非常风流，这一点，Matthew 倒是得了真传。他的父母并未结婚，母亲生下他就走了。之后五六年，他父亲与一个算得上门当户对的女人结婚了，有两个弟弟、一个妹妹。尽管欧洲人思想开放，但他私生子的身份在家族里总是低人一等，所以他放飞自我，到处寻欢作乐，干自己想干的事。”

“啊，我怎么想你们都不是一类人。”

“他和 Ella 关系很好。”

“曾经恋爱过?”

“也许吧。他是 Ella 介绍给我认识的。认识后一周，他请我去参加一个派对，我……”聂辰泽清笑了一声，继续道，“我不知道他办的是睡衣派对，随后，就我一个人穿了正装。”

“睡衣派对？你穿了正装。”季桐哈哈大笑起来。

通往庄园的路两旁满是鲜花，笑声荡漾在车里，季桐使劲地催着聂辰泽讲述当初睡衣派对的故事。

不知不觉，车子驶入了一个庄园，通往泊车位的路旁种着两行苹果树，明媚的阳光穿过茂密的树叶投下纷乱的光影。待到下了车，季桐与聂辰泽走过一条挂满了紫藤的拱形长廊。

忽而，眼前呈现出另一番景象。

斑斓绚丽的花群仿若几十条缤纷的彩带镶嵌在绿野中，朝着两座青山蜿蜒而去，而那两座青山间湛蓝的天空渐渐地被晚霞染成了金黄色。

“金盏花?”季桐看到东南方向成片的橙黄色，不由自主地走向了那片花海。到哪儿都是缺字打头的花就鲜活地出现在了这里。

它平凡，却又不平凡。

“不走近看看？”

“可以吗？”

“当然可以，做什么都可以。”

“是吗？”

“这里是伊甸园。”聂辰泽拉着季桐的手走入这低矮的花田，橙黄色的花迅速环绕脚畔，用它细小而不平凡的身躯拽住他们的目光。两人在花海中走了不过几分钟的光景，他忽而停下脚步，轻吻了她的双唇，轻风拂过她的脸庞。她踮起脚，双手搭在他的肩膀上，脚跟后的金盏花迅速抬起了几寸。

“谢谢你。”

他将她拥在怀里，两人倒入橙黄色的花海中，销售、原料、配方，那些压在心里的石头，都被抛得远远的。橙黄色的花朵围绕着他们，每一次的转身，枝叶会轻挠过她细腻的肌肤，羞赧地藏在他们的身下。

他是一个魔法师，只是在对她施展魔法的时候，把自己也一同带入了魔法中。从北京飞到巴黎，一刻不停地辗转到阿维尼翁，他只想立刻将遭受了重重打击的她拥入怀中。Frank 已经竭尽全力在狙击皙妍系列。值得庆幸的是 Matthew 总算不负所托，为战斗做好了准备。

“辰泽，刚才在花田里的时候，我想到件重要的事。”

“呵，那么不专心。”

两人坐在 Matthew 伊甸园中的别墅阳台沙发上，眺望已经被夜幕笼罩的花田，房子的灯光与月光只能照亮近处的花朵，远处静谧的深蓝色天空中缀着无数的星星。晚霞中，他们曾经流连忘返的地方已然寻不到踪影。

“哪有？我专不专心，你感受不到吗？”她娇嗔地蜷起膝盖依偎到他的怀里，“以前我想刚开始创业，产品少一些，生产运营成本低，风险少。现在，我认为应该迅速扩充产品线，这样，没有代理，皙妍也能有专柜销售。想想贝莱千方百计要整死皙妍系列，丁总又逼迫我交出配方，这说明，我们的产品对他们有威胁。”

“看样子，乐观的季桐又回来了。”

“我想把彩妆和另一个系列产品也提上日程。你想想，唇膏、眼影、粉底都能出好多种颜色，这么一来，产品线就丰富了。嗐，破釜沉舟，放手一搏吧。”

“好，不过，你得答应我一件事。”

“什么事？”

“你得把我当作一个合作伙伴去看待，我的资源也是你应该利用的资源，这是任何创业者获得成功的一个途径。不能因为我们恋爱，你就把我拒之门外。我们曾经是很默契的拍档，我希望现在和未来，我仍旧是你最信任的那个人。”

聂辰泽一字一句地说着。

季桐看着他的双眼，她的确一直避着聂辰泽在创业上的帮助，不知是不是那些流言蜚语更增强了她独立的信念，决定不依靠聂辰泽。她找丁总，找代理商，找张总，找陆一帆，可独独就是不找他。每回他问及公司情况的时候，她总说“别牵扯进来，会把你和Frank的矛盾公开化”“栖梧和柯林应该保持战略合作的关系，否则，会对你在行业里的声望产生负面影响”，可在替他考虑的时候，是否真的忽略了他真实的想法。

“我创业的时候，没有人陪伴我，你创业的时候，我希望一直陪在你的身边，做你真正的另一半。”

季桐点点头，夺眶而出的两滴泪水被他轻轻地吻走了。

两周后，贝莱中国的CEO办公室里传出了一声怒骂："你看你出的什么鬼主意！我们囤了这么多金盏花提取物，却阻止不了他们！"

"毕竟金盏花提取物不是什么稀罕的成分。"

"陈烁，我告诉你，总监这个位置是给有能力的人坐的，不是给蠢材的！"Frank掀起桌上的文件夹，他叉着腰，背对着陈烁，愤愤地想着那个背叛他的女人。她是最合适销售总监的人，可偏偏就背叛了他。

这是他最不能容忍的羞辱。

他至今都没法理解，那些底层的员工有什么好值得同情的。这世上的机会本就是给强者的。

"Frank，把柯林的钱款扣着，震慑下聂辰泽也好。"

"你在开玩笑？"Frank突然转过身来，那扭曲的脸孔上寻思不到一点玩味的气息。坐在这个位置上，他已经很久没开玩笑了。陈烁是个什么样的人，Frank当然清楚，他给陈烁权力，就是让陈烁好好地替他除去那些卓澜韬的党羽。有什么比利用一个原本莹丽的人去铲除莹丽旧部更好的主意呢？可Frank明白陈烁的野心与能力根本不在同一线上，做事手段也是卑鄙至极。

"毕竟控制下聂辰泽的现金流也是手段。"

"钱？"Frank嘲讽地冲陈烁白了一眼，"你以为聂辰泽的钱是重点吗？不，他的人脉、关系，那才是重点！这样的人，就算没了柯林，他还能再造一个出来。真该死，他有了柯林，还要栖梧。这都怪我，我怎么当时就想着让他们在一起！噢，天哪，他居然为了一个女人，和我作对，不，不，是他们俩都和我作对！"

Frank语无伦次地说道。

"那家公司毕竟在海外，要进口还得手续，如果进不了，他们什么都干不了。"

“那是你说了算的吗?”

“我会有办法的,比如……”

“住口!”Frank 打断了陈烁的话,低声道,“不要让我听你那些卑鄙的手段,OK?”

陈烁应了声,心里却咒骂着 Frank 这只伪装成绅士的老狐狸,总想让别人去做肮脏的事。他转身正要退出这令人压抑窒息的办公室,却不想又被 Frank 喊住:“还有,我问你,为什么要同意黄子涛辞职?”

“他想离开就离开吧。”

“你是怕他威胁你吧!黄子涛离开贝莱,一定会去栖梧!算了,人都走了!我再说一遍,别干蠢事,否则,别怪我不讲情面!”

季桐办公室里的桌上放着一份文件,她注视着面前的女孩。

“薇薇,这成分是你写的吧?”

李薇薇的手指绕了下衣角,那声“嗯”低得怕只有她自己才能听得到。

“你故意写错的吗?”

“我没有。”

“没有?你看着我。”季桐从座位上站了起来,她走到了李薇薇的身前,李薇薇往后退了一步,头埋得更低了。季桐在想她是不是真的仁慈过头,让这年轻人没有尝试过犯错带来的后果。

郭甜甜说,李薇薇见过陈烁,所以这故意写错的成分就是见面后的结果吧?

“我,我,季总,我……”

“你知道吗?写错成分,就会导致 HS 编码(海关编码)错误,HS 编码错误,少则罚款,多则涉及刑事。让你做这事的人,不会只想让栖梧罚款而已!”季桐凛冽的目光就像一把利剑戳入李薇薇的心。

李薇薇从来没有想过事情会这么可怕，不过是改一下成分名称罢了，陈烁并没有说过会有这么可怕的后果。

“薇薇，当初顾铭怎么利用你的事，你这么快忘记了吗?”

“我，我真的没有想过后果会这么可怕。”

“海关的 HS 编码涉及了进口税则，你给的成分缴纳的进口税远低于实际缴纳的税点，这是偷税漏税。你懂了吗?!”季桐大声斥责之后，努力地收敛起暴怒的脾气，低声沉吟道，“好了，你如果想回贝莱中国，我绝不拦你。”

“对不起，我不想的，家里人知道我离开了一个好单位，都在说我。同学们也都说我是傻瓜，好好的跨国企业不待，非要跟人创业。”

良久，季桐叹了口气说道：“他们说得没错。你在大企业可以有试错的机会，在这里，我给不了你那么多机会。如果你想走，我不会挽留，但你要留下的话，这就是最后一次机会。以前，我从不给人机会，对你，我已经破格了一次，这是最后一次。等你有了决定后，再告诉我吧。”

李薇薇抬头看了眼季桐，脸庞因害怕变得苍白，脚下仿佛灌了铅一样挪不动半步。直到黄子涛敲门进了办公室，李薇薇钉在原地的脚才拔了出来。

“季总。”

“子涛。”

两人开启对话的时候，李薇薇退出了季桐的办公室。一周前，黄子涛加入了栖梧公司。他本以为离开贝莱中国会遭受很多意想不到的麻烦，没想到陈烁比他还心急，恨不得他立刻滚蛋，因而，连半点时间都没有浪费，他就进了栖梧公司。

当然，贝莱传出 Frank 因为这件事大骂陈烁的消息也是后来才传到黄子涛耳朵里的。

“这些客户都是老交情了，给了些订单过来。他们很看好皙妍系列，以及我们即将推出的同系列彩妆。”

“果然是老销售，一出手就不凡。”

“过奖了，行业里的性别歧视还是客观存在的。尤其像你这样优秀的销售，他们总习惯性地去找那些假想的原因来否定你的能力。先前在贝莱中国，无人能撼动那些代理商，而你动了他们的奶酪，他们就更要耍栖梧这个新公司了。”

“嗯。陈烁在背后也没少做事。幸而，及时发现了薇薇这件事。待我们有了原材料，就要全线铺开产品。”

“是啊。要不是你已经洞悉到薇薇的不妥，我们怕是被害得不轻。”

“陈烁真是来者不善。”

“讨好 Frank 是他的首要任务，他知道 Frank 恨你背叛，必然不遗余力地要招数。这也是他保住位置的手段。”

“阻止不了他，就只能靠自身努力。对了，先前提过西安有母婴公司对我们产品感兴趣，等彩妆的试生产完成后，我们一起去西安看看。”

“好。”

“这是新产品的包装设计打样，你给些意见。”

季桐与黄子涛两人在办公室研究起产品，就如先前季桐设想，牺牲部分低收益的代工业务，迅速扩充产品线，让栖梧公司的品牌跨入市场，这是当务之急。

然而，他们万万没有想到，阻止了李薇薇犯错，却还是遭了陈烁的设计。承运金盏花提取物的船只因为被人举报走私，被海关要求整船查验。

货代公司再三道歉，可却阻止不了迟交货的厄运。已经下了订单的客户纷纷向栖梧公司要求索赔。季桐与黄子涛亲自向客户一一道歉，虽不到卑躬屈膝的地步，但没少遭遇客户的质疑——栖梧是否有能力做好产品。

为了挽回客户对栖梧的信心，栖梧在天鹰广场开设了旗舰店，并通过柯林对外宣传未来一年会有更多的直营专柜。破釜沉舟，放手一搏。在上海的网红级商场里有旗舰店最好的广告，加上更多渠道看到了皙妍系列护肤品和彩妆的推广，市场上反应良好，这再次促进了代理商下订单的积极性。

“栖梧在天鹰广场建旗舰店?！聂辰泽，你这是什么意思?！”

贝莱中国的会议室内，坐着三个人：Frank、陈烁、聂辰泽。

气氛莫名的诡异，Frank 这声怒意十足的质问震得陈烁浑身一颤。然而，聂辰泽却是异乎寻常的平静：“栖梧是初创企业，建旗舰店是企业发展战略需求。”

“战略需求？你是天鹰广场的股东，季桐又是你的女人，你告诉我，战略需求?！”

“柯林和栖梧是战略伙伴，季桐做的每一样决策都是独立的。”

“狡辩，赤裸裸的狡辩。”

“Frank，我说过，栖梧不会对贝莱中国产生威胁。”

“噢，不，它就像沙子吹进了我的眼睛，我必须得把它冲走。”Frank 瞥了眼远处墙上挂着的法国时钟说道，“辰泽，我给你两个选择：一、贝莱和柯林的合作就此终止；二、你说服季桐把配方卖给我们贝莱中国，我一定会给她一个非常好的价格，从今往后，栖梧只做贴牌代工生意。”

Frank 克制着涌起的暴躁情绪，尽可能以绅士的姿态来提出这件事。他虽然恨极了季桐的背叛，内心深处却又下不了狠手。

陈烁心中咬牙切齿，第一个选择是绝路，第二个选择是让步。

谁都会选第二个，而选择第二个就意味着他得找另一件 Frank 想做的事去保住销售总监的位置。

没想到，聂辰泽给出了这样的答案："对不起，Frank，季桐不可能转卖配方给贝莱中国。"

"你这意思是……宁愿选择和我闹翻，也不好好解决?!" Frank 抑制不住内心的怒火，双手张开后僵硬地悬在半空，他想抓挠自己的头发，但却连这动作也不知该如何下手。他气得简直无法形容此时此刻的心情。

"聂辰泽，莫非栖梧手上的配方是……?"

"你先出去!" 陈烁刚说到一半，Frank 摆手命他立刻出去。

会议室内只剩下聂辰泽与 Frank 两人，Frank 来回踱步，好一会儿后，焦躁的步伐才缓了下来："她手上的配方是不是耿恺的?"

"无可奉告。"

"聂辰泽。" Frank 双臂一下撑在聂辰泽面前的桌上，"难道你真的想和我翻脸不成? 不，不，这配方一定是耿恺的。陈烁可是莹丽的人，他说过，在耿恺去世前，曾有计划研发全天然的护肤品和彩妆。"

聂辰泽缄默不语。

"那是唐博士研发的?"

聂辰泽沉吟道："Frank，贝莱的竞争对手不是栖梧，是凡氏，是与贝莱在同一线上的企业。连千羽这样的本土公司都成不了贝莱的威胁，何必非要针对一个初创公司呢?"

"你知道我是怎么想的。季桐，那女人，不，我不该对你说的，但我必须得这么说，她让我不安。" Frank 气得跳脚，他双手叉着腰，走了两步后转过身道，"她能成为我的竞争对手，你和我都明白，她能做到。"

"Frank，这不像你，你可是贝莱中国的 CEO。"

Frank 深深地吸了一口气。他是贝莱中国的 CEO，为了一个初创公司表现得这么丢份的确叫人唏嘘。或许是季桐离开后，他每次开除人的时候就会想到季桐那决绝的样子，而陈烁不停地煽风点火，再小的火苗如今都已经发展成了烈火，根本不能用理智来扑灭它。

“OK，我再给柯林一次机会，你必须保证栖梧不在市场上与我们有正面冲突。”

“我只能保证栖梧不会做任何越界的不正当竞争。这一点，你应该相信季桐。”

Frank 闭着嘴唇，舌头来回顶了两侧嘴角，眉头紧紧地锁了起来，良久，才开口道：“看着你的女人。”

聂辰泽离开会议室后，Frank 再度喊陈烁进会议室。

“不管用什么办法，我要拿到栖梧的配方。”

“聂辰泽当真要和我们翻脸？贸然和他搞僵的话，恐怕……”

Frank 瞪了陈烁一眼，陈烁只能把后面的话吞进了肚子里。Frank 长长地叹了口气：“栖梧活着一天，就如鲠在喉。”

“栖梧毕竟是小公司。”陈烁故意挑衅了一句。

“收起你的小伎俩，我要的是结果，放得上台面的结果。”

西安，在经历了几千年的变迁后换上了新世纪的新衣，比之上海，它的繁华兼具了历史的厚重。离开贝莱中国后，季桐首次为了自己的公司踏上这个城市，与她一起出差的正是黄子涛。

在天鹰广场的旗舰店打造之际，季桐与黄子涛已经开始了全国之旅。西安是他们的第三站，也是西北地区最重要的一站。他们不仅要谈妥当地设立专柜的事，还得与一家在西北地区颇为有名的母婴连锁店快乐儿童 ABC 谈合作，把适合孕妇使用的皙妍系列推广入母婴店。如果这个渠道打开了，那么该模式就可以复制到其他区域。

因而，季桐与黄子涛两人在西安驻扎了多天，落实好专柜的事情后，就与快乐儿童 ABC 公司的负责人蒋方进行了合作商谈，并在晚宴中约定第二日落实合同。

季桐与黄子涛拖着疲惫的身体回酒店的途中，季桐的手机上跳出郭甜甜的来电："季姐，聂总是不是今晚到西安啊？"

"怎么？你做起双重间谍来了？"

聂辰泽到西安的事本只有季桐一人知晓，没想到郭甜甜也知道了聂辰泽的行踪。

"我刚听到一件重要的事，柯凡也去西安了。"

"她来这儿很正常。"

"不是啊，你还不知道吗？前两天聂总同 Frank 打高尔夫球，柯凡也去了呢。她缠着聂总不放呢。你知道的，她今年被爆在过年时留宿于同剧组有妇之夫的男主角房间，人设崩得不是一点半点。"

"这和她来西安有什么关系吗？"

如果说柯凡的名字在过去还有些隐刺的感觉，现在这名字对她而言没有半点的触动。她相信聂辰泽。如果事事都要操心，他们间坚不可破的信任岂非一纸空无的承诺？不过，柯凡这次来西安必定有所图谋，否则的话，不会这么巧。

"季姐，防人之心不可无。"

"好了，好好盯着皙妍专柜。薇薇这几天还好吧？"

"她都恢复了。"

"那就好。不说了，我回酒店还得和子涛谈事。拜拜。"

尽管栖梧尚处在缺人期间，季桐还是给了李薇薇一周的假期让她好好决定，对外统一口径是李薇薇患了流感，需要休息段时间。不过最后，李薇薇选择留在了栖梧，她发誓自己再也不干蠢事了。

二十多分钟后，出租车停在了酒店的门口。季桐与黄子涛进了酒店大堂后继续讨论一番第二天谈判的事，才各自准备回房间。

正当季桐走出大堂咖啡吧的时候，看到了一个戴着黑色口罩的女人正在前台办理入住手续。从侧面看，妖娆的身段与柯凡非常像。

这时，季桐的手机上跳出聂辰泽的微信："我到酒店了。"

"房号是 1806，马上回房间。"

"很巧，1816。"

季桐发完信息后，听到戴口罩的女人问了前台道："对了，我的同事已经入住了吧？他叫聂辰泽。"

"您稍等，我帮您查询一下。"

"谢谢，噢，对了，我的手机没电了，联系不了他，麻烦告诉我下房号，我一会儿可以打电话给他。"

"您稍等。"

前台小姐自然不知道柯凡的伎俩。

因酒店的房卡系统并未更新至一卡一层，柯凡很快到了聂辰泽在的十八楼，而季桐坐了另一部电梯也到了十八层。

她发了条微信给聂辰泽："我到房间了。"

聂辰泽马上回了个玫瑰花的图案，接着，季桐清晰地听到走廊不远处房门打开的声音。只听聂辰泽说："你怎么在这儿？"

"怎么？只能你来西安，不允许我来呀。"

"我来办事，麻烦让下。"

"我不让，人家大老远跟你来的，也不感动下？"

季桐只觉好笑，柯凡每次去找聂辰泽，都能被她撞见，不知是不是柯凡太不走运。不过，这一次，她得好好看看这女人究竟准备做什么，竟然从上海飞到西安，还一门心思地要进聂辰泽的房间。

她收拾了下心情，从放在拐角处的银色印象派雕塑那儿绕了出来，走向聂辰泽的房门。柯凡并不知情，娇嗔地扑进聂辰泽怀里说道："我现在已经只剩下你了。"

聂辰泽推开了柯凡，不巧刚好看见季桐。

"季桐。"

"你太让我失望了。"季桐毫不犹豫地转过身朝自己房间走去，聂辰泽立刻追了上去，拉住她，却被她甩开，"别碰我。"

聂辰泽愣怔了一下，根本来不及想其他事，再次追了上去说道："季桐，你听我解释。"

季桐刷卡进了房间，聂辰泽在门关上的瞬间一把拉开后跟了进去，门砰的一声关了上去。

他只看到季桐倒在床上，单薄的身子微微起伏着，他心疼地上前道歉道："季桐，你听我解释，我不知道柯凡为什么会出现在这里，我真的一点儿都不知情。她之前是缠着我要代言要广告，我答应她了，但我发誓，我和她之间什么都没有。季桐，我们经历了那么多，你不信任我吗？除了你，我不会想任何女人。"

"嘘——"季桐转过身，凌乱的发丝贴在她的脸上。她捂着嘴强忍着笑容，将聂辰泽扑在床上，特意提嗓道："你给我滚！"

接着，她贴到聂辰泽耳边说道："把戏演足了。"

这一回，聂辰泽彻彻底底地蒙了，原以为她是在哭，原来她是在笑。

"柯凡从上海到西安必然不是单单为了要广告之类的事。你好好用美男计去试探下她背后的阴谋。"

"不行。"被季桐压在身下的聂辰泽恨不得立刻好好"教训"下这顽皮的女友。

"好了，快去，不要失身就好了。"季桐低声说了句后，朝门口特意又骂了声"滚"。

"没想到你会这么坏。"聂辰泽没好气地说道。

"快去。"

季桐从聂辰泽的身上滑了下来，见他不舍得开门，便主动拉开门将他推了出去，顺带还扔出个枕头，又骂了一声，把戏演得像真的一样。

很快，门外就传来柯凡娇柔的安慰声，在聂辰泽的建议下，柯凡陪着他到楼下去借酒消愁。

随机应变本就是聂辰泽擅长的，柯凡自然不是对手，原本是想借着季桐与聂辰泽起冲突这事，可以顺势踩一脚进去，没想到却落到了陷阱里。

两人喝了几杯后，七分醉的柯凡向聂辰泽坦言，菲莫斯的秦言想借她拿到皙妍系列的配方，从而挤走柯林，成为贝莱中国唯一的广告推广商。聂辰泽把柯凡送回房间后，就到了季桐的房间。

季桐与聂辰泽都意识到，Frank 对栖梧的忌惮与日俱增，陈烁、秦言这些一丘之貉，正利用这点，里应外合，想在整垮栖梧的同时，把柯林从贝莱中国踢走。他们能做的除了防范之外，就是迅速扩张栖梧。

至于皙妍的配方，他们绝对不会交给任何人。

次日，季桐与黄子涛到了快乐儿童 ABC 公司，签订了合作协议，开启了西北地区另一个新合作模式。之后，西南及华南地区也都确立了直营专柜的合作目标。

一圈下来，栖梧初期准备发展一个旗舰店，六大一线城市直营专柜的目标正在实现中。不仅如此，浙江的一家线上渠道代理商也在看了柯林的推广之后，主动联系了栖梧，表示有合作意愿。

皙妍的护肤品与美妆先后上市。季桐不再受制于原材料厂商，也不用因为毫无销路而变得颓丧。栖梧公司的所有人都看到了希望。没有比看到产品出现在专柜上，被人拿在手里赞许更令人振奋的了。

“谢谢大家的努力，等收到账款后，我请大家好好吃一顿。”

“好啊，老大，我就知道你很厉害。”展鹏笑呵呵地赞许道。

郭甜甜也在一旁起哄说道：“请聂总一起来啊。”

“你呀，聂总来也不会多看你一眼。”

就在大家欢欣鼓舞的时候，柯凡突然来到了栖梧。她走到季桐面前，一个巴掌打在季桐的脸上：“季桐，你这个卑鄙的女人！居然利用辰泽来套我的话。”

这一声脆响与谩骂怔住了所有在场的人。没等大家反应过来，季桐回了一巴掌给柯凡，声音丝毫不比柯凡的那巴掌轻。柯凡瞪大了眼睛，没想到季桐会还她一巴掌。

“对付小人，不需要有什么讲究！”

“你有什么好的，辰泽竟会为了你，不惜与贝莱作对！”柯凡捂着脸叫嚷道。

“我没什么好的，但比起你，好得绰绰有余。柯小姐，是你自己走，还是保安送你出去！”

说这话的时候，保安已经站在了柯凡的身后。

柯凡强忍着眼眶中的泪水，冲着季桐说道：“你以为你就赢了？”

“我的输赢，就同我和辰泽的感情一样，与你毫无关系。”

无疑，柯凡是双输的人，即便她强装出自己没有一败涂地，但事实上，她已经输了所有。黄子涛朝保安递了个眼色，保安做了个请的动作给柯凡台阶下。

柯凡悻悻离去，季桐仍旧笑着朝几位愣在那儿的年轻人说道：“不必在意这些事，我们继续庆祝。”

“没有想到她会上公司闹事。”

夜晚，聂辰泽轻抚着季桐脸上留下的痕印，虽已经淡了许多，但仍能隐约看得出，他心里不免自责。

“我又不是没打她。我不靠脸吃饭，她靠脸吃饭，你说谁的损失大。再说，这美男计的主意不是我出的嘛。”

“菲莫斯与凡氏的关系越搞越差，自然会想在贝莱分杯羹，眼下是抓住了机会不肯放手。”

“你和我都知道，这件事的根本并不在于菲莫斯要抢柯林的生意。子涛也说了，Frank 最近一段时间变得很暴躁。权力有时候就像是潘多拉的魔盒，一旦开启就难以逃脱被掌控的命运。陈烁、秦言利用了这点，为自己谋取权益也是正常。”

季桐正说着，手机铃声急促地响了起来。

“季姐，你看下新闻，快乐儿童 ABC 公司被爆资金链断裂了！”

“什么?!”

季桐浑身一个激灵，立刻翻看手机上的新闻：“西安著名母婴连锁机构快乐儿童 ABC 被爆资金链断裂，多家门店已大门紧锁……”

出差回来之后，栖梧已经向快乐儿童 ABC 在西北地区的几十家门店发了价值两百多万的货物，按照约定，快乐儿童 ABC 提前打了百分之三十的预付款，各个环节都没有差错。不仅如此，她还按照约定，为快乐儿童 ABC 公司留了近百万的库存。季桐挂了郭甜甜的电话，立刻打电话给了 Victor，请 Victor 替她查下快乐儿童 ABC 公司。

聂辰泽在旁眉宇紧锁，发了信息让西安的人查快乐儿童 ABC 公司的事。

黄子涛也很快打来了电话，告诉季桐他已经在机场了，正要飞西安查个究竟，务必请季桐放心。

季桐并不是销售上的新手，对于客户资金链断裂这种事并不陌生。以防万一，她还特意让财务部对快乐儿童 ABC 做过资信调查。没想到还是出了事。

快乐儿童 ABC 资金链断裂背后怕是有更多不为人知的事。季桐整晚未睡好，辗转反侧后爬起来又将网上所有关于快乐儿童 ABC 资金链断裂的信息搜罗了一遍。有说是房地产，有说是赌博，也有说是投资某海外项目失败，更有传闻是合伙人欺诈。

聂辰泽毕竟不在母婴行业里，关系网与人脉给出的消息相对于化妆品行业也滞后得多。他拿到消息的时候已经是第二天的下午。

这时，季桐也拿到了 Victor 的信息：快乐儿童 ABC 资金断链是因贸然投资了某项耗资巨大的亲子连锁大项目，早在年初的时候，快乐儿童 ABC 的资金就已经不行了，之所以支撑到此时才断裂，是用了最后一口气搞了大促销，回笼了部分资金后，给供货商们打些款充装门面。这一切不过是回光返照罢了。

“季总，我们该怎么办？”

“季姐，上海中众创、金禾的账款都没有来。”

“老大，怎么都像商量好似的，刚才浙江那儿打来电话说是要重新考察我们公司，才能决定是不是和我们合作。”

几件事同时爆发。季桐掌心中的手机还在展示着各种简历，她想趁着公司步入正常轨道之后增加员工。万万没有想到，就在这个时候，公司遭遇了前所未有的危机。财务很快交给了她一个令人瞠目的数字：公司的流动资金只剩一百万，另有两张需要等五个月才能到期的二十万元承兑汇票。

“和所有客户确认一下什么时候能回款？”季桐吩咐道，但很快又收回了命令，“等等。”

她深深地吸了一口气，如果贸然地去追问款项，会给客户造成不良印象。一旦一家知晓栖梧有困难，那么会有更多的客户知道。行业的信息传播速度很快，因而，为了避免消息快速传播，季桐咬牙对财务说道：“把承兑汇票贴息入账。”

“季总，贴息的话损失不少，不过，加上这些现金，我们大约有一百四十万的现金，需要支付的款项有五十六万的采购及物流到期应付账款，专柜工程的进度款三十五万，员工工资和社保三十二万，还有公司的水电煤费几万。如果没有进账的话，现金流就要断了。噢，对了，银行贷款已立了专项还款账目，暂时没有影响，但下个月，就难说了。”

“知道了，你先去办承兑汇票贴息的事吧，还有员工工资和社保一定要优先保证。”

财务说了那么多，无非是提醒季桐，账面上的钱只能撑一个月，接着，就真的弹尽粮绝了。大客户出现资金链断裂，走法律途径的话也只能等待，仓库中为客户准备的库存还得慢慢消耗。给人做代工分装的利润少得可怜，因为要生产自己的产品，部分产线已经切换出来，成为皙妍产品的专线。

“甜甜，你去了解下这三家公司为什么不打款。”

“展鹏，浙江的事暂时搁置一下，我会想办法解决。”

“好的，老大。黄哥还没有回来，我今天早上打了好几个电话给他，他的手机一直占线忙音。”

“我会和子涛联系。”

“薇薇，你和工厂对接好，控制好材料库存。”

季桐交代完所有的事后，走回了办公室。她把所有的坚强都留在了办公室外，用残存的力气把任务布置了下去。她几乎是跌在了座位上。短暂的欣喜被突然袭来的事件掏得精光，她就像一只孤帆远航的小船，在历经重重大浪冲击后，本以为可以到达一个小岛上喘息，没想到这是一座长满了礁石的荒岛。

她闭上眼睛，试图深呼吸去缓解此时内心的焦灼，然而，这都不过是徒劳罢了。难以形容的痛啃噬着季桐坚强的内心，将她的信心慢慢地击溃。

黄子涛打来了电话：“季总，是陈烁在背后搞鬼。陈烁和快乐儿童 ABC 的市场销售副总关系很好，合着给我们下套。现在好几家合作商在这儿讨要钱款，我这儿朋友多，我多留两天，出差费我自个儿掏。你放心，这事我惹上的，我一定得办好，否则，我没脸回来见你。”

“子涛，安全第一，你我都不是第一次做销售，不行，我们走法律途径。”

“我有数，你放心。”

黄子涛的喘气声清晰地传进季桐的耳朵，她再次交代黄子涛要小心。如果她不离开贝莱中国，陈烁也不可能有机会升职，而黄子涛已经是她的左膀右臂。当初，她的决定不是她一个人命运的变化，也是很多人命运的变化。

季桐的视线慢慢地模糊起来，厂房的颜色混作一体，她该怎样领着这艘孤帆小舟继续前行呢?

“咚咚咚——”

季桐赶紧收拾了一下，遮掩掉自己软弱的泪水，请郭甜甜进办公室。

“季姐，我有件事想和你说。”

季桐不想年轻人们因为公司的状况而失去光彩，总是刻意地保持乐观的精神状态。哪怕上一秒她还在落泪，这一秒，她都将笑容放在了脸上。

“说吧。”

“我收到消息。贝莱中国已经把未来一半的推广策划计划交给了菲莫斯。”

“什么?”季桐不禁一皱眉头。

“我也是才知道这件事，柯林丢了一半贝莱中国的生意。”

“菲莫斯。”季桐握起空拳使劲敲了几下额头，“秦言和陈烁太卑鄙了。”

一边出手击溃栖梧，一边夺走了柯林的生意。何其狠毒的招数。

“怎么办呢？”

“没事的。”季桐走到郭甜甜面前，拍了下她的肩膀说道，“不管是栖梧还是柯林，都会渡过难关，会的。”

“季姐。”

“今天是周五，不要把消极的情绪带入周末。”

郭甜甜还要说什么，季桐却关照她好好地与三家公司沟通，以公司的问题为先。

傍晚，季桐回了别墅，熊猫没有跑出来与她亲热。她找了好一会儿，却见聂辰泽从楼上下来，手里提了个银色旅行箱，见到她后，一脸笑容道：“雪姨带熊猫去遛弯了。”

“你出差吗？”

“不。”

“那是……”

“周末旅行。”聂辰泽一手拉起拖杆，一手拉过她的手，“我们两个人。”

“你有心情旅行？”

“和你在一起，每天都有好心情。”

聂辰泽的脸上没有受创的痕迹，云淡风轻得让季桐觉得郭甜甜报告给她的是个假消息。她跟着聂辰泽上了车，并不知道聂辰泽要带她去哪儿旅游，只是坐在他的身边，完全信赖于他的决定。

“沪常高速？我们这是去……”

这条路是通往他们家乡的高速，季桐自然非常熟悉，聂辰泽朝她莞尔一笑：“认出来了？”

“我又不傻。”季桐轻叹了声，“贝莱是不是把柯林的一半生意切给了菲莫斯？”

“一个公司有两家合作商很正常。”

“辰泽，你为了我，牺牲得太多了。”

“旅行是件快乐的事，答应我，周末不要想那些不开心的事。”聂辰泽瞥了眼季桐。她好不容易走出困境，怀揣着希望走向成功，没想到一脚踩空，落入了一个敌人早已埋下的陷阱中。

当聂辰泽发现这些事都是陈烁在背后搞鬼的时候，事情已经无法挽回。不仅如此，陈烁成功地离间了他和 Frank 的关系。他知道，轻视陈烁这个敌人是他犯的最大错误。小人就是小人，他能用各种手段达成目的。如今，栖梧遭遇生存危机，柯林虽受创，但聂辰泽明白以自己的财力救栖梧并不成问题。只是，这洞补上后，是不是还有下一个洞要补？他担心的不是自己，而是季桐。让她这么个娇柔的女人挡在大风大浪前，他于心何忍？若不是他当初提出创业二字，她何至于辛苦疲累得让他看着心疼？

“好啊，全听你的安排。”

季桐明白他的这些伪装无非是博她一笑。世界本没有公平的游戏。Frank 就是想让她好好明白这个道理，要与他作对，就得付出代价。

沮丧充斥了她内心的每一个角落，正在将最后的期冀吞没，她努力地护住，就像在大风中护住小小的烛光。

季桐对自己说，一定要扛过去，为了自己，也为了他。

两人彼此都怀着为对方考虑的心思，同时也为了让对方不担心而表现出坦然的样子。不知周末是何物的两人在星辰夜幕下回了家乡。

他们回到家乡并非为了讨取父母的安慰，而是为了好好地抛却烦恼，呼吸家乡令人平静的味道。

“没想到我连爬个城墙都这么累。”

“早就让你跟着我锻炼了，偷懒的后果。”

“好久没爬了嘛。”

季桐穿了身卫衣，扎起了马尾辫，仿佛刚从校园里下课，与男友一起到马路对面攀爬登高。

“这位同学，请问能帮我们照个相吗？谢谢。”忽而，一对七十来岁的老夫妻走到聂辰泽面前，拿着一只手机朝他说道。

聂辰泽一愣，离开校园这么久，这还是第一次有人称呼他“同学”。季桐在旁搡了下他道：“这位同学，认真帮叔叔阿姨拍照。”

老夫妻极为默契地站在那儿，丈夫的手搭在妻子的手臂上，脸上漾起幸福的微笑。聂辰泽轻松地拍到最好的照片，因为每一个角度、每一秒的幸福都发自肺腑。老夫妻谢了聂辰泽后，指着另一个地方一同走了过去。

“这位同学，你在想什么呢？”

季桐循着聂辰泽的目光望去，他正看着两位老人一同携手走下城墙阶梯。

“我在想若干年后的事。”他轻拿起季桐的手放到唇上轻吻了下，“去平江路吧，我小时候住过那儿。”

“我小时候也住过。”

“真的？”

“当然是真的，我小时候会住外婆家，平江路南石子街那儿。”

“这么说来，那时候在街巷里排队买爆米花，捂耳朵躲电线杆后面想吃爆米花的小不点儿是你？”

“喂喂，什么小不点儿啊。”

“你还记得有个小哥哥给你送过大白兔奶糖吗？”

聂辰泽俯身说完后，故意留下季桐一个人使劲儿回忆。儿时吃爆米花的情境几乎是小巷里孩子们最快乐的时光。虽然嘭的那声响得能吓破他们的胆，但是，孩子们仍旧喜欢按着耳朵，眯起眼睛去感受那一瞬间的爆炸声，接着，拼命闻着香喷喷的味道，等待接过白色的爆米花。

捂着耳朵躲在电线杆后面的事，季桐当然记得，可究竟有没有拿到过大白兔奶糖，她得拼命地搜罗记忆。好像有，也好像没有。接下来的时光里，她缠着聂辰泽，时不时地试探下他的话是真的，还是忽而编出的故事，奈何，聂辰泽只是笑而不语。

两人在平江路上走着，只听一旁几个年轻女孩拿着手机说道："我都买了五本小确幸笔记本了。"

"那算什么，故宫文创笔记本我收全了。《灿若星辰》那本美得一塌糊涂。"

"是吗？一百多块钱一本，你收全的话得多少钱哪。"

"不管故宫出什么周边，我这铁粉一定会买的。"

她们边走边继续说着故宫的事儿，只听其中一个女孩指了一旁的店铺说道："这家店的旗袍很漂亮的，我们进去看看。"

季桐朝那几个女孩进入的店铺看去，这是一间与周围一样古色古香的店铺，木板做的匾额上书写了"秀衣坊"三字，落地玻璃门前放置了几件不同色系的旗袍。虽是白天，店内几只仿古灯笼挂灯的光线打在旗袍上，与一旁的苏绣挂画同时映入眼帘，一番古色古香的味道透过玻璃溢了出来。

"辰泽，你说皙妍是不是也能和文创融合呢？古韵的风雅融在全天然的产品上，唤起女人千年来对美的追求？"

"文创的确是非常火的话题，但两者结合完美的案例并不多，如果皙妍能够融入合适的文创题材，在行业里也会耳目一新。"

"没想到，回家还会有灵感。我立刻给他们几个发信息，约好周一早上开会。"

"你啊，说了抛开工作，脑袋里总是放不下的。"

"你又何尝不是？虽看着好像若无其事，总是心不在焉的样子。”

“既然是好点子，就得趁热做起来。”

“你这么一说，我等不及了，不能等到周一，我得立刻把他们喊上。辰泽，明天不去游船了，我们现在就回上海。”

说罢，季桐拉起聂辰泽的手往停车场的方向走去。

栖梧公司的生死存亡比周末假期更为重要，聂辰泽与季桐回到上海的时候，已经是傍晚。季桐早已让年轻人们到她位于地铁站附近的公寓里集中。

“真是不好意思，把大家从周末假期里拽到工作上。”

展鹏笑呵呵地说道：“没事儿，我正愁约哪个女生吃饭看电影呢。”

“季姐，他是愁不知道约哪个，我是不知道谁约我。所以，我也没事儿。”郭甜甜瞄了眼正在阳台上打电话的聂辰泽，完美的背影令她不免又花痴了一番。

“我睡到中午才起。”李薇薇揉了下眼睛说道。

“总之，还是非常抱歉把大家喊过来，一会儿用美食补偿吧。”季桐拿出了笔记本，朝大家继续说道，“你们都知道故宫文创吧？”

在座的年轻人点头，展鹏说道：“我认识的一女生特别爱故宫文创，动不动就买周边，我还送了好几次呢。”

“如果能把传统文化融入产品中，不仅能提升产品形象，更与我们想要建立民族品牌的愿景不谋而合。”

“老大的意思是……”

“现代女性购买产品并不仅仅因为‘女为悦己者容’，更多的是源于女性自身对自信和美的追求。如果包装能够融入富有内涵的传统文化，这美的层面就不仅仅只是表象了。我想这也是文创行业兴盛的根源。只不过，与文创产业不同，我们卖的还是产品，文化创意是增加溢价空间和提升产品内涵的方式。”

“季姐，我们可以买些国画的版权，然后应用到包装上。”

“国画?”

“文化嘛，不都得和国画搭上边吗?”

“我觉着不行，国画讲究的是意境，整幅图印在产品的瓶身上会很别扭。”

“可以是小幅国画嘛，你看檀香扇上，不都有小幅国画嘛。”

“用国画，不如用 Q 版美人图。”

“这哪行，用了 Q 版美人图的话，我们卖的对象岂不是成了学生。”

李薇薇与郭甜甜两人相持不下，季桐立刻翻出张纸，与大家说道：“我们来个头脑风暴吧，大家不要反对别人，先各说各的，然后，我们再来一个个评估。记得，大家想到什么就说什么。”

只一晚上的工夫，桌上就写了满满五张纸，国画、Q 版美女、古砖瓦当、龙纹祥云、唐诗宋词、梅兰竹菊、瓷器等，都一一列在了上面。为了犒劳大家想出更好的点子，结束了电话会议的聂辰泽去铃木先生的料理店买了海鲜。

费了脑细胞的年轻人们见到海鲜开心至极，甩开疲惫吃了起来。

聂辰泽趁着大家吃海鲜的时候，翻了下桌上的那沓纸：“你没写旗袍吗？白天可是看得直发愣。”

“写了，怎么会没写呢?”季桐翻起纸，却真的没有找着。

郭甜甜立刻弯下身去看桌底下，发现展鹏脚下踩了张纸：“展鹏，被你踩脚底下了。”

展鹏“噢”了一下，赶紧抬起脚，郭甜甜把纸拿上了桌子。

“一定是我接子涛的电话时，不小心落下的。”黄子涛打了电话给季桐，说是快乐儿童 ABC 会将未能出售的货物退还给栖梧，他到各个仓库去清点货物，查看之前打到账上的预付款项能否涵盖已销售出去的货物价值。季桐同意了这一提议，毕竟在目前看来这已是最佳方案。

“旗袍是个好方案呀，我就一直想买身旗袍呢，就是腰不够细。”郭甜甜吐吐舌头道。

“是啊。”李薇薇附和，见一旁展鹏没反应，便搡了下他的胳膊揶揄道，“展鹏，你平时主意挺多的嘛，怎么今天心不在焉的？”

季桐也觉着奇怪，之前还讨论热烈的展鹏好像在她打完电话回来后，就变得有些沉闷。

此时，聂辰泽的手机上跳出了Lina发来的文件，他快速地浏览了一番，朝大家说道：“我曾经接触过一位旗袍设计大师，他将传统文化融入了现代服装设计中，他的设计在国际服装设计圈非常有名。”

“聂总是不是要请他来设计啊？”郭甜甜听到聂辰泽对这位设计师大加赞赏，立刻粉丝力爆棚。

“估计很贵吧。”李薇薇喃喃道。

“是啊，薇薇说得没错，国际服装设计大师的价格一定不低。”季桐说道。

“高低不是问题，问题是这位设计大师除了参加国际大赛，平时只为自家旗袍做设计。之前，凡氏中国的总裁Philip为儿子办中式婚礼，菲莫斯做了婚礼策划，想请这位大师做整个婚礼现场设计，没想被他一口回绝。后来这婚礼取消了，这事儿也就不了了之了。”

“说不定是秦言没能力呢。”

“不是秦言的问题。”

“那岂不是我们请不到了？”

“未必。”聂辰泽目视了下坐在对面的展鹏说道，“展鹏，你能帮忙吧?”

在座众人愣了一下。展鹏倒是没有惊诧，仿佛已经思索了很久，见聂辰泽开口问他，他咽了咽口水说道：“我当然很想帮忙，可我是离家出走的，走时还冲他说事业有成再回家，现在要我回家求他办事。丢人。”

“他?”郭甜甜在旁嘀咕道。

“聂总说的是我爸，展昕。”

“哇塞，你老爸这么有名，都没和我们提一嘴，有你的啊!”郭甜甜不乐意地皱皱鼻子，接着，又指了指方才捡起来的纸，“刚才你是不是故意踩着的?”

“不，不，我没故意踩着。”展鹏立刻否认道，“老大，你得相信我，我是看你提了旗袍的事儿，就开始琢磨了，根本没意识到这纸掉我脚底下了。”

“我信你。”季桐说道。

“老大，我脸皮薄，不知道该怎么说，能让我再想想吗?”展鹏挠挠头，一脸纠结。

“你脸皮薄?你不常说自己的脸皮厚得和城墙似的。”李薇薇瞪了他一眼。

“好了，大家都好好吃海鲜吧。”季桐指着桌上的海鲜刺身，特意与展鹏说道，“别把这事儿放心上。”

季桐与聂辰泽偷换了下眼神，彼此明白接下来该做什么。

在季桐一番“不要有压力”的暗示后，展鹏心情更矛盾了。散会后，聂辰泽借先送女生回家为名，最后送展鹏回住处。他请展鹏喝了几杯酒，用男人间的方式解决了展鹏的心结。

只用了一个晚上，季桐与聂辰泽的巧妙配合就令展鹏放下了心理包袱。周日一早，季桐就收到了展鹏发的微信：“老大，我会搞定我爸的。”

季桐欣慰一笑，聂辰泽在旁邀功讨赏，两人在暖和的被窝里温存了一番。

展鹏请父亲展昕到栖梧公司开会时，已是周一的下午。

“老大，这是我爸。”此时的展鹏再度朝气蓬勃，有些得意扬扬，见季桐站在门口迎接，熟络地介绍起父亲。未想，被父亲瞪了一眼，低声斥道：“没规矩。”

展鹏赶紧闭上了嘴。

“展先生。”

季桐与展昕握手。她第一眼看到展昕，就觉着父子俩简直是一个模子里刻出来的，比起互联网上的照片，五十岁的展昕看着更年轻些，脸比展鹏瘦削少许，却很沉稳。展昕穿了件中山装，面料看着十分贵重。

“季小姐。”展昕的声音富有磁性，很是热情。

“展先生，称呼我小季就好了。”季桐谦恭地应道。

“小鹏在贵公司上班多有叨扰的地方，请您多多原谅。”展昕像是在和学校的老师谈论自己的儿子。

季桐边指引着会议室，边微笑道：“说起来，我也很愧疚。先前，他在贝莱中国工作挺好，现在到了我这个初创公司，埋汰了才能。”

展鹏在旁听得嘚瑟，展昕则摆手道：“年轻人就是要多多锻炼才好。这两天小鹏和我说了不少你的事。能在社会上坚持自我的人已经不多了，季总，我倒是觉着小鹏跟着你，比待在染缸里强。希望往后，他回家继承祖业，也能坚持自我。”

“啥？我可没说回去继承……”展鹏在旁嘀咕了句，没想才说了半句又被展昕瞪了一眼，后半句就生生地吞进了嘴里。

季桐见展鹏颇有些尴尬，便与他说道：“展鹏，你先处理下先前安排的事，我同你父亲单独谈谈。”

“展先生，我想您应是从展鹏那儿了解到我们栖梧现在状况的吧。说实在的，当初创业的时候，我并没有想到会这么困难，着实也有些耽误年轻人的发展了。不过，这些话说多了，除了博取些同情外，并没有什么意义。我就开门见山地与您谈正事吧。”

季桐泡了杯明前碧螺春递给展昕，虽未用茶艺工具，但聂辰泽提前准备的好茶、好杯加好水泡出的新茶，香气怡人，令展昕不觉赞许了两句。展昕喜欢品茶的事，自然是展鹏透露的。季桐茶道不精，她故意不摆茶具的原因是不想把讨好展昕的事儿做得露骨。眼下看来，她的做法是正确的。

“我也不喜欢拐弯抹角，小鹏同我说，贵司想让我帮忙设计产品。”

“是的。”季桐拿起桌上的产品递给展昕。

展昕接过后，仔细看了一番说道：“我从来不替其他公司做设计。”

季桐心一沉，稳住心绪微笑道：“展先生，我明白。”

“这产品的配方是当年莹丽的老板耿恺研发的吗?”展昕再一次地拿着产品看了看，朝季桐问道。

季桐一愣，她完全没有想到展昕会提到耿恺的名字。听得出，展昕与耿恺认识，且还知晓耿恺有配方的事。

展昕见季桐没有回答，目光从产品又挪回到了季桐的脸上。

“展先生与耿恺认识?”

“故交了。”

“故交?”

“我来这儿，并不完全是因为小鹏的话触动我，而是因为耿恺。”展昕说完后，喝了两口茶，徐徐说道，“莹丽曾是我参加服装设计比赛的赞助商。我家祖上是开旗袍店的，到我父亲这辈改成了裁缝店并迁离了上海。改革开放后，父亲把裁缝店又改回了旗袍店，我在美术学校学习了服装设计专业，毕业后，与父亲一同经营店里的生意，生意有了起色后，我就开始专注于设计，希望另辟蹊径获得更多客户。2000年起，中国的服装设计大赛多了起来。对我来说，是个好机会，不过要参加那样的比赛开销不少。许多知名海外化妆品公司、珠宝公司、奢侈品公司都会赞助那些有知名度的设计师，我什么都没有。直到2002年的时候，我有幸结识了耿恺。莹丽成了我的赞助商，我也靠着莹丽的支持，拿下了多项设计大赛奖项。耿恺同我一起去巴黎参加过一次国际服装设计大赛，那是我第一次跨出国门参加比赛，耿恺说那也是他第一次出国。他还说有个弟弟在英国读书，他都没舍得掏机票钱去看过他弟弟。”

展昕停了下来，仿佛在回忆那一年与耿恺一起坐飞机时候的场景。季桐当然知道耿恺说的“弟弟”就是聂辰泽。没想到，冥冥之中会有这样的安排。

“没想到啊，那次设计大赛，不少中国媒体去采访，我设计的《晓月》意外拿了个冠军。呵呵。”展昕眼角处不觉溢出自豪感来，尽管已经过去了十几年，那番场景好似就在眼前。

“这是您努力的结果。”

“呵呵，毕竟去趟国外的钱不少，去了就是想拿奖的嘛，只不过拿了第一真是出乎我所料。”展昕又喝了两口茶。

季桐替他满上茶杯后，他继续道：“耿恺是个非常执着的人，他曾与我说要开发全天然提取物的产品，减少合成化学品对环境的污染，同时，也让孕妇和敏感肤质的人能有护肤品可用。不过，非常不幸，他去世了。我记得，最后一次见面的时候，他曾提过，等产品上市，一定要让我帮他设计产品。”

展昕放下了·手中的杯子，郑重其事地又问了一遍：“小鹏说，耿恺的那位弟弟聂辰泽，是栖梧公司的投资人。如果我没有猜错的话，这产品就是当年耿恺研发的吧？”

“没想到您和耿恺是深交。耿恺生前的确有开发全天然产品的想法和配方，但因为他忙于公司运营，项目一直被搁置了，配方并不成熟。现在的产品，是我们根据耿恺留下的配方资料重新进行研发完善的，是完全独立的配方。”

“耿恺是个很执着的人，一心想把莹丽做成一个民族品牌，没想到最后落入了外国人的手里。”

“莹丽虽然已经没有了，但耿恺留给我们的是一种精神。栖梧虽是初创公司，但也有雄心壮志。说真的，先前接连遭遇了一些算计，我想过放弃，但看着这些已经放在柜台销售的产品，我觉得自己必须不遗余力地想办法救活产品。逼着展鹏回去请您出马，也是情非得已。”

“小鹏说很喜欢跟着你做，现在看来是有道理的。”

“谢谢您的肯定，还请展先生破例为栖梧公司的产品做设计，一个有设计灵魂的产品，才能更有市场竞争力。‘凤凰鸣矣，于彼高冈。梧桐生矣，于彼朝阳。’希望栖梧的每个产品能像凤凰一样翱翔。”

“做企业，无关乎大小，而在于要有永不言弃的精神，这也是我们中华民族的民族精神。外国可以有一百多年的化妆品企业，中国一样也能有。你们的产品既是根据耿恺的遗愿研发的，那我岂有不帮的道理？您把所有产品的包装尺寸都交给我，我会尽快设计的。”

“展先生，真的很谢谢您。”季桐深深地欠下身，这恐怕也是耿恺留给栖梧的一份最厚重的人情。

“我一会儿就发邮件给您。您可以根据我们的包装规格报价，虽然栖梧现在的财政情况不好，但绝对不会拖欠您的设计费。”

“不，我不要钱。至少，这个系列，我不收钱。”展昕摆摆手道，“当初，我去法国的时候，都是耿恺请客。他说以后等我有名有钱了，再还他。现在，就把人情还了吧。”

季桐还要说什么，展昕已再次强调道：“就这一次，下次一定收你们的钱。”

以展昕的身份和地位，他要多少钱都不为过，可偏偏他的设计又不是钱能买到的。季桐不知该如何感激，平日里活络的嘴皮子竟说不出半个字来。

会议结束的时候，展昕特意请季桐严守为栖梧做设计的真正原因，他说儿子费了两天口舌，多少让他有点成就感，也算是给他的小激励。季桐应允，父爱如山，说的不外乎是这样的感情吧。

皙妍的新设计在两周后完成。展昕将旗袍盘扣的花样放在了皙妍的瓶身上，素雅灵动，意蕴着东方女性的含蓄之美。除此之外，季桐与展昕经过一番商讨，决定将产品的外包装从纸盒替换成布袋，以符合环保的理念，布袋封口则采用与瓶身设计一致的盘扣结。

皙妍的彩妆系列，设计理念与护肤品一致，口红色号则采用中国传统胭脂水粉对色彩的描述：嫣、妃、丹、彤、赫、绛、绾，粉底、眉笔、眼影、腮红均以古汉语标识。

在这两周中，黄子涛与快乐儿童 ABC 交涉后，交割清楚了库存货物，按照季桐吩咐直接将库存货物从西安发往各地筹备的专柜。虽然解决这件事后，资金仍旧没有回笼到位，但损失降到了最低点。陆一帆知道栖梧资金有问题之后，特意下了两个订单，先行支付了款项。季桐与郭甜甜、展鹏也先后拜访了几家推迟付款的客户，客户耐不住软磨硬泡，将货款都打到了账户上。

栖梧平安地度过了最危险的一个月。季桐也将聂辰泽交到她手上的一千万支票还给了他，她说一定会想办法让栖梧变得更好。她明白自从菲莫斯进贝莱之后，秦言虽然在项目上做得不如聂辰泽，但挖人墙脚的本事却是在行。大凡比不过柯林的地方，秦言就想方设法用钱收买柯林的人跳槽。对此事，聂辰泽始料未及，与菲莫斯间的较量也日趋白热化。这倒是贝莱喜闻乐见的事。尤其是 Frank，与其说他是喜欢听秦言献媚，倒不如说他沾沾自喜于聂辰泽生意受损。

在收款的同时，季桐一拿到包装设计，便交代李薇薇找包装材料合作商加急制作样品，以参加五月在北京举办的文创博览会。之所以选择文创博览会而非化妆品行业博览会首推新包装产品，季桐是想剑走偏锋，先在其他领域获得客户，从而避免与化妆品行业的竞争对手正面冲突。聂辰泽也赞同这样的方式，以展昕的名声加上创意推广，可以为栖梧谋求更多出路。

“季总，鑫胜包装说打版需要十五天。”

“十五天？以前打版不都是一周吗？”

“鑫胜小张说最近接了其他大公司的单子，有不少样需要打。还说我们这次设计复杂，所以必须等十五天。”

“我打个电话给戴总约时间当面谈谈。”

季桐琢磨鑫胜包装虽规模不大，但在化妆品包材行业里做了十多年生意，向来十分守信用。现在因为有大客户而推迟了一倍打样时间确属蹊跷。她决定亲自到鑫胜看个究竟。

季桐与李薇薇一到鑫胜，戴总就迎了上去：“季总，打样的事还麻烦您亲自来一趟。”

“大家都在上海，我刚好有空就过来看看。”

“哈哈，幸好你今天打电话给我，我昨天才刚回上海。”

“来得早不如来得巧。”

“可不是，我二弟结婚，我回去帮忙来着。今天您一说打样的事，我就和小张问了情况。”戴总边说边领着两人进办公室，招呼下属端上两杯茶说道，“不瞒您说，您前东家贝莱最近找我们合作了。”

“那你们肯定先做他们的单子了？”李薇薇忍不住抢话。

季桐使了个眼色，朝面露尴尬的戴总说道：“和贝莱合作是件好事，对扩展其他客户很有帮助。”

“是啊。说起来在这行当里做了这么多年，才搭上贝莱这么大的船。以前，我想办法约李凯出来谈谈，他连见面的机会都不给我。过了年后，他居然主动来约我了，还谈到了你呢。”

季桐立刻抓住这话问道：“谈到我？没说我坏话吧？”

“没有，当然没有，他还说是你推荐的呢。哎，说起来我这糊糊脑子，都没有好好谢谢你呢。”

戴总并不像在撒谎，季桐更确定了对李凯的怀疑。她仍旧保持着笑容道：“不过，贝莱同鑫胜合作的话，不会耽误我的打样吧？”

“不，不，不，当然不会影响栖梧的打样。”戴总特意打了个电话给小张，好当面落实这件事让季桐放宽心。没想小张的电话一直占线，戴总有些不耐烦，打了办公室其他员工的电话。

不一会儿，一个年轻女员工走进了戴总的办公室，因见到戴总脸色不好看，头低着喊了声：“戴总。”

“小张去哪儿了？”

“我也不知道，可能是栖梧公司打来的，我看他和人打电话时，电脑的设计图是栖梧的。后来，人就出去了。我找了一圈，也没找到。”那女员工说道。

“栖梧的设计图？”李薇薇惊诧道。

“戴总，薇薇负责对接小张，现在薇薇在这儿，难道有人冒充栖梧的人吗？”季桐当然明白这冒充之话是说给戴总听的。小张怕是被人收买了，在向外人提供栖梧的设计版面。

戴总也是老江湖，旋即意识到不妙，赶紧与季桐说道：“我出去一下，马上回来。”

季桐见戴总走后，与李薇薇交代道：“不管我说什么，你都不要插嘴。”

李薇薇点点头。

一刻钟后，戴总回了办公室。季桐猜出戴总必然找到了小张，甚至还训斥过小张，因为他的脸上堆满了阴沉的气息，尽管试图调整回和颜悦色的样子，但却没有掩饰好。

季桐倒是先开了口：“不知道我们的打样周期能缩短吗？”

“肯定没问题，保证一周内就全部交齐。”

“那就好。这样我就放心了。拿到打样的时候，我们的包装设计专利也该下来了。”

戴总看着季桐，眼中闪过惊诧的神色。

“小张是不是还在忙？”季桐试探道。

“是啊，刚才是一个客户的电话，信号不好，他就去外面接电话了。”

“没什么事。戴总，我们这次包装设计是出自一位国际设计师之手，所以特意申请了包装设计专利，以防止将来上市后被人仿造。烦请谨慎处理我们的设计。”季桐特意强调了一番。

“季总，你放心，小张一定会谨慎处理设计打样的事。请相信我们鑫胜的信誉。”戴总向季桐保证。

季桐知道戴总是不想家丑外扬的，但她绝对不想放过任何耍花招的人，更要确认这背后究竟是谁。于是，她又向戴总说道：“戴总，我还没见过小张，不知道方不方便让我和他当面再说说设计的重要性？当然，我知道，我这么做有些不太妥当。”

“哪有什么不妥当的！”戴总不好推脱，只好领着两人一起去了设计办公室。设计办公室里有四张座位，只有一张座位上坐的是男员工，毫无疑问，那位就是小张。季桐看到那男员工面如菜色，走近的时候，他的周围还浮了烟味，更确定了他的身份。

“小张。”戴总沉声道。

小张还在后怕中，听到戴总喊自己，惊了一下，吞吐地回应道：“戴、戴总。”

“这位是栖梧的季总。”戴总介绍道，“这位李小姐，你该认识的。”

“季总。”小张眼神慌张地掠过季桐，看了下李薇薇。在小张眼里，李薇薇是菜鸟人物，看着李薇薇总比看着季桐和戴总要轻松得多。

“小张。很高兴认识你，我们栖梧的包装材料可都是你在费心协调，这次我们的设计非常重要。因为出自知名设计大师之手，已经申请了包装设计专利，决不允许有任何泄露，否则可是重罚。戴总和我说，让我放一万个心。我当然是放心的，因为能接触设计的就小张你一个人，肯定不会有什么纰漏。是吧？”

季桐的话看似平淡，但却没有给小张留后路，警告他万一出事，那第一嫌疑人一定是他。

小张慌乱不已，赶忙点头道：“不会有差错的。”

“对对，小张是非常不错。”戴总在旁说道。

季桐笑着赞同，见小张手机上跳出一条微信提醒，立刻朝小张说道：“你手机响了，我们就不打扰你了。”

小张忙点头相送。季桐离开时，余光瞥了眼小张，只见他做贼似的拿起了手机。看样子，微信上的人让他十分紧张。

离开鑫胜之后，季桐问李薇薇要了小张的手机号交给了 Victor，让他帮忙查询手机号当天收到的电话号。果不其然，打给小张最多的电话来自贝莱中国。因为贝莱中国做了电话号码保护，只能看出总机号码。虽然不知是贝莱中国的谁，但必然与陈烁脱不了干系。

贝莱中国绝不会冒偷盗设计的风险，最有可能的是陈烁将设计转给那些小厂，好让皙妍新包装未上市就遇到盗用风波。这一招果然是阴险。

为绝后患，季桐关照李薇薇立刻申请包装设计专利。

知名设计师展昕为皙妍系列产品做的旗袍盘扣设计在北京文创博览会上备受好评，多家公司有意与栖梧合作开发更多文创产品。展昕介绍了多位非物质文化遗产的继承人老师给季桐，以期将来能把更多的中国传统文化融入化妆品。栖梧公司的产品一下成了网红化妆品，还特推了七夕限量版，需要提前一个月预订。

栖梧以这种方式蹿红，令化妆品行业不禁瞠目。他们谁也没有想到栖梧会不在化妆品行业推广产品，而选择在文创行业另辟蹊径。

Frank 极度郁闷，当他看到最新的市场报告中，居然首度出现了栖梧的名字，他感觉整个人都不好受了。他原以为栖梧会越做越糟，慢慢地消失在市场上。

可没有想到，栖梧居然成为化妆品行业的新星。主打环保、全天然提取物制作的皙妍产品销量猛增，尤其是七夕套装竟然挤进了当月同级别产品单品销售榜的前五位。看着桌上柯林的推广费付款申请表，Frank 更生气了。聂辰泽答应过的事，他是做到了，栖梧不在化妆品行业里大肆推广，却另辟蹊径在文创行业起步发展，可这结果不都一样吗？

有什么比想骂人却找不到骂词更令人抓狂呢？

Frank 就知道季桐能做好一件事，她是一个充满魅力的女人，在她的身上有其他女人，甚至男人难以企及的特质。

譬如，面前的陈烁，卑鄙有余，却优柔寡断，凡事没有担当，论推卸责任的能力，他当第二，就无人能当第一。每次谈及业务薄弱之处，陈烁总有各种理由。先前，陈烁以打击柯林为由，引入了菲莫斯，项目推广屡屡出现问题，却都指责是柯林背后搞鬼，其实真正搞事的都是秦言她自己。

这一点，Frank 比谁都清楚。他之所以默许秦言与陈烁对聂辰泽的打压，也是因为自己的愤愤不平。

“这种环保无添加的噱头就是一阵风，过段时间就没了。现在，也就是靠那位设计师的名声在卖产品。”

“卖名声？为什么设计师会给他们做设计？我可是知道那设计师从来不替人设计。现在倒好，成了他们公司的首席设计师了。噢，天哪，要是我们能有那样的设计师该多好。”Frank 忍不住感慨道。

“Frank，初创公司冒下尖儿，很正常的事。现在不少微商也冒下尖儿，但活过一年两年的能有多少？”

“你就不好好反思下自己的营销策略吗？”

陈烁抬抬眉，不敢反驳，Frank 再次提起了栖梧：“你给我好好地盯着栖梧，他们发展这么迅速，我想他们很快要进行融资了。”

“融资？季桐毕竟是个女人，靠着聂辰泽投资不就行了吗？还融什么资？”陈烁叨叨着。

Frank 从不轻视女人，尤其是像季桐这样的女人。

第二十六章
融　资

诺贝尔经济学家施蒂格勒说过：“综观世界上著名的大企业、大公司，没有一家不是在某个时期以某种方式通过资本市场发展起来的，也没有哪一家是单纯依靠企业自身利润的积累发展起来的。”

就如 Frank 所想，季桐在聂辰泽的建议下开始接触投资公司，在这之前，罗琪的张总也投入了两千万资金。栖梧已经从初创期走向成长期，公司招聘了一些新员工，不仅如此，也有扩大产能的需求。季桐花了多日将融资计划书写完，又与聂辰泽反复商讨修改了细节。

计划书对于大学生创业者来说是件难事，但对于在外资企业跌爬滚打多年的季桐来说并不困难，计划书表现力强且重点明确。在聂辰泽的引荐下，季桐见到了乔盛中国投资公司的高级分析师曾渝。

资本市场对传统制造业的兴趣向来低于新兴产业，季桐打出一副文创与传统制造业相结合的新思路牌。

曾渝是位经验丰富的高级分析师，中等个子，脸微圆，虽戴了副眼镜，目光却是炯炯有神。早已听闻投资界有很多精英，能够洞穿人的心理。季桐见到曾渝，立刻把他和印象中的投资界精英们挂上了钩。他说的每一句话目的性很强，不是套话，便是在下套。

“那季小姐，你应该知道化妆品行业的增长率不足百分之四，贵公司的产品利润率也在百分之五十以内。请问你的优势在哪里?”

“曾先生，栖梧公司不是单一的化妆品公司，并不是靠着传统模式进入成长阶段。这是化妆品行业的创新，化妆品行业增长率虽然只有百分之四，但有个前提，是持续几年都在百分之四，这意味着整个行业是乐观而积极的。即便遭遇经济危机，化妆品行业依旧稳中有升，这是一个抗压与抗风险能力都很强的行业。文创领域是蓬勃发展的新领域，各种政策利好。我想曾先生应该能非常清晰地看到两种领域彼此正向影响发展的作用力。”

曾渝笑而不语，目光淡定自若。正在这时，曾渝的助理敲门进了会议室，附耳低声说了几句后，曾渝表示歉意，跟着助理离开了会议室。

季桐见曾渝离开，长舒了口气，正要拿出设置了静音的手机。忽而，一个英俊的外国男人从会议室门口走了进来，见到季桐后，忽而伸出手，向她自我介绍道:“嗨，我是 Alex。真是抱歉，让您久等了。”

季桐并不认识这个自称 Alex 的外国男人，只是礼貌地站起来与他握手。没想到 Alex 握完手之后，忽而来了个贴面礼，季桐猝不及防地侧了下脸，唇膏不小心沾到了 Alex 的脸上，留下一抹红印。

“不好意思。”

Alex 长了一双贝加尔湖色的眼睛，一头金发，身上穿着衬衣及西装马甲，显得很是正式，一派高级投资人的模样，唯有脸颊上季桐不小心落下的口红印显得突兀。

很显然，Alex 并不明白季桐为什么道歉，反而端详起季桐尴尬微红的脸庞，一会儿之后，带有歉意地说道:“噢，抱歉，我不该这么看着您的。我实在是太无礼了。”

“你脸上有……”

正当季桐不好意思地想去提醒他的时候，一个女孩探出半个身子往会议室里看了看，说道:“Alex。”

她刚要继续说下去，瞅见Alex脸颊上的口红印，以及尴尬站着的季桐，仿佛不小心撞破了偷情接吻的两人，半转过身体，低声道：“石小姐已经到会议室了。”

“不是2A会议室吗?”Alex再度看了眼季桐，转过头看那女孩。

只见那女孩回道：“改成2C了，这儿被曾渝订走了。天哪，你的邮箱又出现滞后问题了。”

“噢，是吗?每次我一回欧洲，它就跟着我过起欧洲时间来了。”Alex耸肩笑笑。女孩应了声后离开了会议室。

“非常抱歉，我以为您是石小姐。”Alex歉意道。

“没关系。”

“那您是……”

季桐拿过一旁的纸巾递到Alex面前：“你的脸。”

说着，她指了下自己的嘴唇。Alex这才意识到脸上落了她的口红印，难怪刚才助理露出尴尬的样子。

“Sorry。”

曾渝从外头回了会议室，见到Alex在会议室内，问道：“你们认识?”

“我不……”

“认识。”没等季桐说完，Alex弯起性感的嘴唇微笑道。

“真是没想到。”

季桐也不好说破，只见Alex与曾渝寒暄了两句后离开了会议室。她对这个叫作Alex的男人丝毫不熟悉，但看得出他的职级要高于曾渝。

对于人脉这件事，投资公司也是非常看重，就好似曾渝知道季桐是聂辰泽引荐，他也是栖梧公司最大的投资人，自然会对季桐的商业计划书有一定的倾向性。毕竟，聂辰泽在行业里的身份和地位不容小觑。

与曾渝的会谈结束之后，季桐还得等待下一次的会谈，要拿投资不是光一次见面就能完成的，乔盛中国也会对栖梧进行各种调查，以评估投资风险。

“谈得还顺利吧？”

聂辰泽的车早已停在了乔盛中国的地下停车场。

“与其说是会谈，不如说是审问。”

“嗯，不需要审问就投资的人，恐怕就只有我一个了。”聂辰泽狡黠地笑笑，踩着油门离开了停车场。

“你恨不得直接大刑伺候呢。”季桐微红了下脸颊，噘嘴说道。

聂辰泽唇角漾起幸福的笑容。他对栖梧最大的投资回报就是她的快乐、她的一笑一颦，这些都是他最在意的事。他一定要帮助栖梧成为一个民族品牌，这不仅仅是耿恺的遗愿，更是他对季桐的爱。

三天后，季桐接到了乔盛中国打来的电话，曾渝约她到乔盛中国谈事。季桐欣然应允，按约定的时间来到乔盛中国投资公司。曾渝曾在电话里提到，乔盛中国的合伙人想见她。投资公司的合伙人，这意味着她更接近最终的目的。

她没料到出现在她面前的是一张并不陌生的脸孔。

“季小姐。”

“Alex？”

进会议室的人正是前几日见到的Alex，他仍旧是西装马甲、衬衣、西裤，领子里系了块方巾，干练而高雅。

“上次走得太匆忙，我还没有来得及正式介绍自己，乔盛中国合伙人Alex。”Alex注视着面前惊讶的女人，伸过一只手。

“我是栖梧公司的季桐。”季桐迅速掩饰住惊愕，伸手去握，不想Alex只是小心翼翼地抬上她手背，礼貌地吻了一下。

“你曾经是泓高中国的销售经理，之后，跳槽去了千羽化妆品公司任职销售，半年之后，进入贝莱中国成为销售经理，接着，又升职为销售总监。任职不到两个月，你离开了贝莱中国开始创业，成立了栖梧化妆品公司。”

季桐并不奇怪这番背景调查，Alex 应是从曾渝那儿拿到的信息。将投资候选人的信息刨根究底是投资人常干的事。这对季桐而言并不可怕，反而，也是一种资历的证明。

“是的。”她说道。

“没想到你这么年轻就有这么多丰富的经历。”Alex 的目光再次扫过季桐的双手，以便确认资料中这么优秀的女人仍旧是单身。

“职场机遇多。”

“栖梧兴许是个独角兽公司。”

独角兽公司是投资界对于 10 亿美元以上估值，且创办时间相对较短的公司的一种称呼。Alex 提出这话的时候，季桐的心怦然一动。这比确定投资栖梧来说，是个更高的肯定。

“我当然希望栖梧能成为独角兽公司。”

“你本身就是一位独角兽小姐，不是吗？”Alex 微微一笑，继而生怕自己的玩笑引来季桐的反感，立刻补充道，“我的意思是你在职场的经历。两个完全不同的行业，能说说你为什么多次选择放弃到手的高管职位？”

“毛姆的《月亮与六便士》里提到过‘这世上有的是怪人怪事，人往往不是自己渴望成为的人，而是不得不成为的人’。我只想成为自己渴望成为的人。”

“你喜欢这本书？”

“不。”季桐否认道，“坦白说，作为女人，我很难喜欢一个突发奇想、抛弃家庭的男主角。抱歉，我忘记了他的名字，只记得他是以保罗·高更为原型设计的人物。不过，我喜欢他的执着。”

“你真的很坦白。”

“一部作品公布，就意味着得接受世俗的评价。这和我们的产品一样，一旦上市，就得接受市场的检验。”

“我可是很喜欢毛姆的书。”Alex说道。

Alex这么一句，季桐微微一紧张。许多渴望投资的人都会竭尽全力地去打听投资人的喜好，没想到她已经在不经意间与投资人的喜好背道而驰，于是，她挽救道：“他是个很不错的作家。”

“噢，那是。”Alex仍旧看着季桐。第一次在这儿撞上面前的这个女人，当知道她唇上的口红落在自己脸颊上后，他竟忽而燃起了喜爱的感觉。他发誓再也不能喜欢上中国女人了，她们总有些奇怪的念头，没想到，才过了一年多，他就又一次怦然心动。

“你看了我的商业计划书了吗？”季桐被Alex看得有些心慌，总觉得他似乎在思索与融资主题无关的事情。

“看了，很不错。”Alex微调了下坐姿，继续说道，“不过，我得好好考虑下。”

“有任何问题，都可以探讨。”

“不介意到我办公室喝杯咖啡吧？”

“不介意。”

季桐虽然不知道Alex为什么忽而把话题扯到咖啡上，但既然Alex提出了，她应邀去了Alex的办公室。

乔盛中国合伙人的办公室并不富丽堂皇，但却正对着黄浦江，居高临下，落地大玻璃窗宽敞明亮，是另一种睥睨天下的滋味。

“我很爱中国，中国的变化很快，我喜欢这种快速变化的生活。”Alex边做咖啡，边说道。

“谢谢。”

“我第一次听到有人说‘谢谢’。”

“你赞许我的祖国，不该说‘谢谢’吗？”

“说得对。”Alex 摆弄着手上的咖啡机，转身与她说道，“这是我和家人的照片。”

季桐不知为什么 Alex 会提这么一句，她走上前看那些照片。每一张都充满了生活的气息，滑板冲浪、滑雪登山……

当季桐挪过脚步看着照片的时候，她忽然发现了张熟悉的脸孔，心咯噔一下，目光直愣愣地落在那张照片上。

“我想你该知道为什么我需要考虑了。”Alex 拿了两小杯咖啡，一杯递到了季桐面前。

“你和 Philip 是……父子？”

“你果然是个很聪明的女人。”Alex 靠在桌沿上，季桐接过咖啡杯，咖啡豆的香浓气息满溢在房间的角落，“凡氏的 Philip 是我的父亲。”

“这么巧。”季桐牵强地笑笑。

“不过，这不是重点。”Alex 微眯起双眼，一双深邃的眼眸富有魅力，“重点是我感觉我没法好好地处理你的案子。”

凡氏与贝莱之间你争我夺，季桐作为销售经理没少参与过市场竞争。她很难想象 Philip 的儿子会同意为一个初创化妆品公司投资。

“我明白。”季桐喃喃道，将杯子里的咖啡一下喝了下去。她希望咖啡的苦能够迅速填充自己的失落。

“很失落？不，不，我想你误会了。”Alex 伸手拿过季桐的咖啡杯，将咖啡盘扣在了杯子上，摇晃一下杯盘，小心地倒扣回来，接着，他将杯盘静放在桌上。

季桐不懂是什么意思，只想着 Alex 与 Philip 之间的关系怕已经扼杀了她的希望。尽管 Alex 否认，但他却没有解释。

直到一会儿之后，他看着杯盘，惊呼道：“天哪，果然是上帝让我遇见了你。”

“什么意思？”季桐莫名其妙。

只见 Alex 脸上绽放出了欣喜的笑容，他指着咖啡杯盘说道：“这可是很灵验的占卜。”

“占卜？没想到你信占卜。”

“想信的时候，我就会尝试。”Alex 的手指悬在杯盘上，指着里面的图形说道，“在土耳其咖啡占卜术中，这心形代表爱情。”

季桐一脸茫然。

Alex 却说道：“我知道，我怕说的话会吓到你。我需要思考的意思是我想我爱上你了。”

“什么?”尽管 Alex 已经提醒，但还是吓了季桐一跳。

“噢，我知道，这并不好。”Alex 喃喃了一句，目光从咖啡杯盘挪到了季桐脸上，“我对你一见钟情。”

“你在开玩笑?”

“不，这不是玩笑。”Alex 一下严肃了起来，接着，他站直了身体，朝季桐继续表白道，“那天见到你后，我感觉死去的心又活了起来，从曾渝手上拿到你的资料后，我就陷入了一种单向的爱恋。我明白，作为一个投资公司合伙人，这件事疯狂的就如穿着泳衣跳入北冰洋一样。”

“我有男朋友了。”季桐从未想过 Alex 竟然突然冒出这么一段话来。这让气氛变得极其尴尬，她恨不得立刻逃离这个地方，可她不能这么一走了之。

“男朋友?”Alex 愣了下，这一点曾渝并没有提及，只提过季桐曾有过未婚夫，但是未婚夫背叛了她。这与他的情感经历如出一辙，也是他更加喜欢季桐的一个缘由。他有些怨艾曾渝没有调查清楚，嘴上却没有退却的意思：“没关系，我勇于参与竞争。”

“Alex，我想结束我们今天的对话。我很爱我的男朋友。”

“但你们还没有结婚。”Alex 说道。

“是。”

“那就好了。”

“可我们订婚了。”

季桐忽而冒出了一句话，没想到这并没有令 Alex 有任何尴尬，只是认为这是个权宜的借口。当然，这也的确是一个借口。季桐并没有和聂辰泽订过婚。

“季小姐，我很抱歉这么唐突，令你在想尽办法回绝我。我会放缓我的步子。”

“Alex，我想我们之间还是谈商业计划的事更合适吧。至于感情上的事，我很抱歉，我有爱的人，他也很爱我。”

“好吧，好吧。不过，今天不适宜谈公事。我想是我破坏了我们之间的气氛，能否与我一起共进晚餐，给我一个道歉的机会。”

“Sorry，我晚上已经有约会了。”

“明天。”

“明天也有了。”

“OK，没问题，总会有时间的。不过，我真是非常抱歉把气氛搞得这么尴尬。请原谅我。”

Alex 说得非常诚恳，与季桐保持的距离也是极恰当的，并没有半点不轨的企图。季桐没有理由拒绝潜在投资人的道歉。毕竟，谁也不想把这件事搞得更为尴尬。

“Alex，我希望，能在商言商。”

“容许我冷静一下后回答你，眼下，我能说的只有抱歉。” Alex 再次做出歉意的动作。

离开乔盛中国的时候，季桐联系了曾渝，曾渝表示 Alex 熟悉化妆品行业，希望接手整个项目，因此，他只能中断与她的进一步沟通。季桐无奈地接受这一结果。

季桐无言以对，也无法向曾渝说明在他看来投资眼光独到、职业素养极高的 Alex 向她表白的事。

聂辰泽在日本参加东亚化妆品行业的会议，为了帮季桐拓展宣传，他也带了栖梧的产品到日本。因而，季桐与他的电话多半停留在对产品的讨论上，直到电话结束的时候，聂辰泽问道：“今天去乔盛有什么进展吗？”

“他把我的项目交给了 Alex，说是 Alex 更熟悉化妆品行业。”

“Alex？Philip 的儿子？”

“我知道，他说了。”

聂辰泽沉吟了一声说道：“我担心他会受父亲公司的影响。当然，他是位非常资深的投资人，得尽力用客观角度看待他的职业素养。”

“他是个怎样的人？”

“他既有法国人的浪漫，又有德国人的严谨，容易沟通却又不会轻易下结论。他很喜欢打高尔夫、看书，我们可以一起打场高尔夫。”聂辰泽并不知道 Alex 表白的事，只是替季桐着想。

“就是之前你说他要和一个中国女人结婚又没结成吧。”

“是的。那个女人和一个男人跑了。按理，Alex 应该是一个很不错的结婚对象，不过，感情的事，局外人很难明白。”

“你是周日回来吗？”

“放心，这次不会改期了。”

“Frank、陈烁最近有找你茬吗？”

“没有。”

“上次设计稿的事没得逞，我们借了文创领域发展业务，贝莱没有丝毫的动静，我总感觉在蓄力一些事。”

“兵来将挡，水来土掩。”

“辰泽，我想……”季桐听到聂辰泽的话，忽而，心头一热，想要问他什么时候结婚。只是很快理智战胜了这莫名涌上的冲动。

“怎么了？”

“没什么，我突然忘记要说什么了。”

季桐结束电话后，拍了下自己热烫的脸，刚才怎么会莫名其妙地想提结婚的事。难道是 Alex 表白的缘故？不知是不是到了某个阶段，人就会想要更多的东西，譬如说结婚。曾经在婚姻面前被伤过一次，季桐原以为这伤会令自己有恐婚症，但现在看来，她却有些“恨嫁”了。

第二天，季桐如常与大家开会。除了皙妍产品之外，栖梧也为几家文创企业及非物质遗产文化传播单位做了一些定制产品，跟踪这些客户的销售也一一将进程汇报给季桐。

会议后，季桐刚抬手敲打了下酸疼的颈椎，郭甜甜立刻迎了上来，低声说道：“季姐，有人送了你一大束花，放进你的办公室了。”

“送花？”

聂辰泽也送花，但绝不会送到公司里来。他经常会买各种玫瑰做成的哈士奇，还会在脖子里写卡片。但凡他出差未归，花做的哈士奇就会送到家里。

季桐走回办公室，果然见到桌上一大捧深紫红色的玫瑰花。这种玫瑰花的色彩很独特，在季桐的印象中，从没有见过这种颜色的玫瑰花。她拿起插在玫瑰花里的卡片，卡片上只写了“Sorry”，落款是个 A 字。

正当季桐意识到这花是来自 Alex 的时候，展鹏送资料进季桐办公室，说道：“路易十四玫瑰。”

“路易十四玫瑰？”季桐疑问道。

“老大不知道吗？这是以法国太阳王路易十四命名的花，贵得不是一点两点。花语——我只钟情你一个。”展鹏挤挤眼继续道，“应该不是聂总送的吧？”

“你们太八卦了。我警告你们，我得出个规矩，禁止你们在办公室议论我的事。”

“老大，不是说公司里言论自由的吗?”

“你今天是不是很闲?”季桐瞪了一眼展鹏，展鹏立刻掩口离开了办公室。

季桐看着大捧的“路易十四”。Alex 既没有打电话，也没有发信息过来告知花是他送的。因为人没到场，季桐连拒收的机会都没有。她把花给了郭甜甜处理。

郭甜甜很是高兴，一来能拿到这么昂贵的玫瑰花，二来不用替男神操心。只是当郭甜甜分完“路易十四”鲜花之后，发现鲜花底放了一只盒子，上面贴了张条：“请将这只盒子转交给季小姐。”

这令郭甜甜一愣，这送花人真是来者不善，知道季桐不会收下这花，特意留了后手。郭甜甜很想打开这盒子，可上面写的话又制止了她的举动，想了片刻后，将盒子交到了季桐的手上。

季桐打开盒子，没想到里面还放着一只小盒子，上面留了一张纸条：“请在宁静的夜晚打开它。”

这是一只投影灯盒，季桐并没有在夜晚打开它，就已经看到了镂空的字体写着：“请允许我爱上你。”

Alex 的举动令季桐抓狂，她无法把这个男人与非常专业的资深投资人扯上关系。当然，对于许多需要投资的人而言，这是多么美妙的事。而她作为期待被投资的人，恐慌地不知如何处理。

她没有 Alex 的电话，座机打到乔盛中国，因为没有分机号，总机不失礼貌地拒绝了她这通疑似骚扰的电话。

没有办法拒绝他，他也不打来电话，她仿佛在被一个男人用最古老浪漫的方式追求着。

令她更不知所措的是，路易十四与投影的情话不过是开胃菜罢了。第二天，Alex 又送了一个礼物盒，不光是用朱丽叶玫瑰花做成心形，还飞出了两只宝石蓝色的蝴蝶。Alex 同样留言道：“请别因为我的疯狂而生气。”

周五临下班前，季桐收到了一只红色的瓶子，瓶体并不透明，看不清里面装的是什么，外面贴了一张纸：“希望能在黑夜中，能有照亮你面前小路的机会。”

这一次，季桐把瓶子扔在了垃圾桶里，只是关灯准备离开的时候才发现，这瓶子竟然亮了起来，原来里面竟是几只飞舞的萤火虫。

“老大，看样子，追求你的人不会轻易放弃。”

身后传来展鹏的声音，季桐转过身，尴尬地摇摇头。

“聂总知道了吗？”

“兴许知道了，兴许不知道，我没说过，但也许甜甜说了。”季桐耸耸肩，拿上包，冲展鹏说道，“总会处理好的。”

“老大，你是根本找不到对方吧？”

心思被展鹏一点穿，季桐忍不住瞟了眼这位年轻人，展鹏挠了下头：“老大，我好歹也是个男的，别总把我当弟弟看待，我的经验可以写本书呢。”

“行了，还想不想搭车了。”

“我就是说这追求者的段位高啊，老大，你想想，论我了解的你，一定是早早就拒绝了这狂蜂浪蝶，但现在还在不停地给你送礼物，必然，你是没有找到办法拒绝他。除非当面见面，可如果当面见面的话，正是他期许的结果呢。所以，这就是段位高的男人的手段。”

“嗐，我说你平时就干这事儿，对吧？”

“不，不，不，我可没那么多钱做这么多事。他每天送来的东西可都贵得吓死人，光那花都是特级的，每一朵都是价格不菲。”

“好了好了，说你一句，必然能辩出十句来。”

“老大，究竟是谁啊？”

展鹏的好奇心最终也不过是好奇心。季桐只感觉这种被追求却无力回击的滋味够难受。幸而，她足够忙，待到她夜晚回家的时候，什么都不想干，只想躺倒在沙发上，垂下一只胳膊摸着佐罗的脑袋发呆。

没想到，一回家，聂辰泽竟是坐在了沙发上。

“你怎么回来了？不是说周日的吗？”

“我怕被人攻城略地，就回来看看。”说话的时候，聂辰泽已经站在了季桐面前，揽住她的腰身吻了起来。比起以往来，这一次的吻更霸道窒息。

两人绕着前厅吻了许久后才停歇了下来，季桐勾着聂辰泽的脖颈，脸色绯红，喘着气问道：“是不是甜甜都和你说了？”

“我想听你自己说。”

“你生气了？”

“不生气，但是很吃醋。”聂辰泽并不避讳地说道，他有十足的信心季桐不会为之所动，可对方这番浪漫的手段也着实令他有些不安。尤其是郭甜甜说还是个神秘人。在郭甜甜面前装得一点儿都不在意，但在季桐面前却坦诚得毫无保留。

季桐耸耸肩，娇嗔道：“你知道我不会喜欢别人的。”

“是谁？”

“Alex。”

“Alex？”聂辰泽微微一皱眉，没想到一直被他认为恪守行业操守的资深投资人竟然会追起了他的女友。这令聂辰泽感到惊讶，继而，有种说不出的感觉。

“不说话了，还说自己不生气。”

“我只是没有想到会是 Alex。”

“是啊，你和曾渝都说 Alex 是个非常有职业修养的人。结果，完全不是那样。”季桐亲了下聂辰泽，手拨弄起他微敞开的衣领扣子，低声道，“我会想办法解决这件事，相信我。”

聂辰泽握住了她放在领口的手，说道：“看着好像还是心有愧疚。”

“都被你看穿了。”

“那现在补偿我？”

季桐主动踮脚吻了聂辰泽。就如聂辰泽所说，虽问心无愧，可这件事一直迟迟没有说出，多少也是不当。聂辰泽轻抚了下她，正要开口说话，却接到一通电话。他握着手机，径直去了书房。

以往，聂辰泽接电话从来不避讳她，但今天的他却有些不一样。她看到聂辰泽转身的时候，眉宇间瞬时浮起了愁容。

难道说柯林遇到了麻烦？

这兴许是他忽而从日本提前回来的真正原因。季桐叹了口气，倒在了沙发上，喊了两声佐罗。佐罗本在楼上房间里睡觉，听到季桐的声音，立刻跑下了楼，邀宠似的蹲在沙发边蹭起季桐的手臂。

小区物业打来了电话，说是有份重要的快递需要本人签收。季桐与送快递的人对话后，让快递改派了快件。约一个小时不到的光景，这份原本送至季桐小区的快件转到了聂辰泽的别墅。

这时候，聂辰泽已结束了电话，煎了牛排给季桐。季桐拿了这份快递，打开后发现，里面放着一只蓝色蝴蝶胸针。

Alex 在盒子里留了张纸条：“你就像一只美丽的蝴蝶飞过我灰暗的世界，我希望你能停留下来。”

“梵克雅宝的高定胸针，看样子，我的这位情敌真是不惜血本地在追求你。我现在真是恨不得揍他一顿。”

“梵克雅宝？”季桐扑哧一笑，抬眼想了想，总算记起聂辰泽先前送给过她一只梵克雅宝的诗意星象腕表，还记得他有好些梵克雅宝的袖扣。她因总在工厂忙碌，就将腕表收藏在了床头柜里。虽说非常喜欢，却也想不到戴，倒是送表当晚，她开玩笑地问聂辰泽是不是还把柳译送表的事放在心里。

“梵克雅宝除了平日出售的一些系列之外，也会为客户高端定制。以前曾经为一个客户定制过四季系列。其中秋之手镯就是以帝王斑蝶为灵感做的设计，这款胸针上的蝴蝶是 Morpho Helena，也就是光明女神闪蝶，并不在梵克雅宝平时的售卖清单中。我想是高端定制款式。”

“你把 Alex 的手机号给我。我得把这胸针还给他。”季桐吐了口气，这件事已经到了非解决不可的地步。

“牛排要凉了。”聂辰泽见季桐看到蝴蝶胸针时，非但不为所动，反而有些生气，不免生了更多的怜爱，把 Alex 的手机号交给了季桐。

Alex 并不在上海，听到季桐的电话，立刻约她两周后见面。临挂电话前，季桐向 Alex 提出不要再送礼物，Alex 欣然答应。

这两周却是风云变幻，栖梧产品引起了许多美妆新媒体号及直播的热议，各个客户代理商提前发了大数额的销售备货预测给栖梧。聂辰泽发现这件事的时候已经着手调查了此事。这些美妆大号均不是柯林旗下的，但都与一家文化公司有关。至于这家文化公司背后还有什么人在操纵，却怎么都查不到。这件事，不仅蹊跷，还引发了一连串的连锁效应。

一方面，订单如潮涌令季桐措手不及；另一方面，Frank 将此事归结于聂辰泽，认定在市场上所有对栖梧有利的事均是聂辰泽在背后翻云覆雨。在没有拿到那家文化公司幕后操纵人的证据之前，聂辰泽所有的否认在 Frank 眼里不过是狡辩。这么一来，贝莱中国与柯林的关系到了悬崖边，几乎没有半点回转的余地。

订单暴增引发产能不足，而扩充产能排班增线、购买更多的原材料、提前支付线上线下广告位的费用等令本还算充裕的现金流一下子变得紧张起来。缺乏制造公司生产运营经验的季桐原本只关注销售，当销售猛涨，暴露出来的各种问题令她猝不及防。

资金短缺的问题，很快传到了 Alex 那儿。

季桐在各种繁杂头疼的事务中抽空带着 Morpho Helena 胸针到了与 Alex 约定的一家洋房西餐厅。这是一间典型的老洋房，同她常与聂辰泽一起喝酒的那间酒吧距离不远。

服务生送季桐到了洋房顶楼，比起常去的那间酒吧，这座餐厅的顶楼一半是花园，一半是玻璃房包间。

Alex 早已坐在单间里，见到季桐进来，立刻站了起来。他眼里溢出满满的自信，浅金色的头发梳得一丝不苟，一身定制西装高贵而潇洒，举手投足间无不带着贵族的气息。

"季小姐。"

"Alex。"季桐扫了眼周围，发现整个房间布满了朱丽叶玫瑰。

这时，Alex 已单膝跪在了季桐面前，他手里拿着一枚戒指，仰头朝季桐微笑道："从来没有一个女人能像你这样，我只看了一眼就怦然心动，从此堕入了不可救药的深渊。嫁给我吧，季桐。"

季桐吓了一跳，这求婚的架势比想象的还夸张了许多。

"Alex，对不起，我说过，我已经有男朋友了。"

"我想，以我的条件足以比过他。"

"我很爱他。"

"一个普通的男人如何配得上你？栖梧现在资金短缺，遭遇了创业短板，这是谁做的，你应该心里清楚。即便不是 Frank 所做，必然也与贝莱中国脱不了干系。如果乔盛与凡氏同时注资栖梧，那么栖梧的产品一定会成为凡氏旗下的大品牌。"

"Alex，你这是在用资本与我做交换吗？我想与乔盛中国合作，是因为乔盛中国资金雄厚，专业性强。在我的商业计划中，已经写得很清楚，栖梧会以销售分成的方式来回报乔盛的资金投入，乔盛中国可以获得栖梧部分股份，但不控股，也不参与公司日常运作，同时，栖梧未来拥有优先回购股份的权力。栖梧是中国品牌，就算资金短缺，我也不会把栖梧交给凡氏、贝莱或其他外资企业。”

“你说的每个条件都很苛刻，但我很有信心说服乔盛与凡氏保留栖梧品牌，中资还是外资，姓什么有什么关系呢？更何况，你嫁给我的话，就是我们家族的人，我父亲不仅是凡氏中国的总裁，也是凡氏全球的股东，你想要什么，难道父亲会不支持吗？”

“对不起，Alex，我和你的价值观完全不同，我爱的人也不像你所说的那样普通。”

季桐径直走向露台围栏。Alex 不得不起身，手里紧拽着价值连城的钻戒，跟着季桐到了铺满鲜花的露台上。他想不通他放弃了恪守多年的职业操守，为的就是赢得季桐的芳心。不想，她竟然是丝毫不动心。

“Alex。”聂辰泽站在楼下，微笑着冲楼顶上的 Alex 打了声招呼，接着，顺着露台旁直通楼顶的铁艺扶梯走了上来，“好久不见。”

Alex 愕然地看着聂辰泽，季桐则走到聂辰泽身边说道：“Alex，你对我的背景调查得很清楚，也知道最近在市场上故意抬升我们栖梧的幕后黑手是贝莱，但却没有查清一件事，辰泽是我男朋友。”

“你们……”Alex 本是昂扬的斗志在这一刻陡转直下，他以为有足够的能力把她撬走。虽说有些卑鄙，但终究是为了爱情，做什么都不打紧。没想到，季桐的男朋友居然是聂辰泽。

“季桐的确是我女朋友。那天她打电话给你的时候，我也在身边。她今天是来还东西的。”

聂辰泽话语刚落，季桐已把梵克雅宝的胸针递还给了 Alex：“对不起，这份礼物太贵重，我不能收。”

“怎么会是你？”Alex 喃喃了一句，颇是颓然沮丧。他以为季桐赴约，就意味着她会给他机会，没想到是拒绝他。

“我本想把你介绍给季桐的，但碍于你父亲是凡氏中国的总裁，所以才引荐了曾渝。”

“噢，不，我对季小姐一见钟情。”

“Alex，你已经没有机会了。”聂辰泽微微一笑，从怀里拿出了一枚戒指，推入了季桐左手的中指，“她会是聂太太。”

戒指还带着他的体温。这是一枚高定钻戒，钻石勾出一朵精巧的泡桐花，晶莹剔透的钻石折射出太阳的光芒。季桐愣怔地看着聂辰泽，这一切太突然，令她来不及做出反应。

“挑了很多款式，我都不满意，没有满意的，我绝不会将就。”聂辰泽单膝跪下，轻吻季桐戴了戒指的手，温柔地道歉道，“对不起，是我晚了。愿意嫁给我吗？”

“辰泽，你太过分了，明明是我先求婚的。噢，不，不，真是太不合理了。”Alex 恨不得立刻把自己高贵优雅的品质掷到地上，狠狠地骂上聂辰泽一顿，他扶额仰天，愤愤地来回踱步。

然而，一旁的季桐早已扑进了聂辰泽的怀里，全然没有在意 Alex 的反应，完全沉浸在聂辰泽突然的求婚中。

甚至连同那句“我愿意”都省略了。

这让 Alex 更郁闷，好好的一场求婚，反而成就了聂辰泽。他又来回踱步了好一会儿，终于憋不住朝聂辰泽说道：“OK，我，我是不是得祝福你们。”

“当然。”

“噢，天哪。”Alex 气馁地瞪了眼聂辰泽，“你怎么能比我先认识她，怎么会这样，如果我先遇上她……”

“如果你先遇到她，最后，她也会是聂太太。”聂辰泽打断了 Alex 词穷的假设。

季桐依偎在他怀里微微一笑，朝 Alex 说道：“你一定会遇上令人心动的女孩。”

“又是句安慰人的话。”Alex 耷拉下了脑袋，显得尤为可怜。

“好了，Alex，我也祝福你，遇上一个完美的女孩。”聂辰泽在旁说道。

“谢谢。”Alex叹了口气，对聂辰泽说道，“你得请我打一年的高尔夫，不，每次还得带上她。”

“没问题。”

“噢，天哪，我真的恨死你了。可没办法，我失败了，她爱的人是你。”任谁都想不通一个投资界著名公司的合伙人在感情面前会像个男孩似的。他说完后，进了玻璃房里喝了一大杯的冰水，总算是镇定了下来，与聂辰泽说道：“你为什么非让她这么辛苦地创业?”

“所以，我说即使你先遇到她，她也会是聂太太。”聂辰泽宠溺地低眉看了眼季桐说道，“只有我才最懂她要什么。”

“嗐。Frank也知道你们之间的关系?”

“是的。”

“怪不得菲莫斯会进入贝莱中国，可你知道，我向季桐提出的乔盛中国与凡氏同时注资的提议对栖梧来说是个好主意。”

“注资不控股，必然是好主意，但我想凡氏不会不想控股的。凡氏这两年的收购计划还没有完成，对凡氏来说，贝莱中国看中什么，凡氏就会非常有兴趣得到什么。”

“对栖梧来说并不是什么坏事。”

“已经错了一次，不想再错一次。栖梧是中国品牌，我们想做的是百年企业，而不是一个简单的独角兽企业。”

聂辰泽的话音刚落，Lina的电话打了过来，她的声音与铃声一样急促：“聂总，贝莱中国疯了。”

“什么事?”

“他们寄来了合作终止协议，还有，我们收到了法院传票。”

聂辰泽正沉浸在求婚成功的喜悦中，没想到贝莱中国终止了与柯林的合作，心情从云端瞬间落到了谷底，他极力地控制住了自己的情绪，低声道：“什么内容?”

“贝莱中国起诉你藏匿了前莹丽公司总裁耿恺的配方，将属于贝莱中国的配方交给了第三方，违反了莹丽与贝莱的并购协议，属非法侵占贝莱的资产，获得不当商业利益。”

Lina 正说着这件事，季桐接到了黄子涛的电话：“季总，刚收到法院传票，贝莱中国起诉我们非法侵占贝莱资产，要求我们停止侵占并赔偿巨额商业所得。”

季桐一愣，目光不觉碰上聂辰泽的眼神。她瞬间意识到，贝莱突然向柯林与栖梧同时开炮。方才还小鸟依人的季桐旋即从浪漫中抽身，与 Alex 说道：“不好意思，我和辰泽还有很重要的事要处理，改天请你吃饭道歉。”

Alex 看得出两人似乎遭遇了一件极其棘手的事，目送他们离开的时候，他拿起了手机问道：“查下栖梧和柯林遇上什么事了。”

一场腥风血雨在风和日丽中突然来袭了。

“辰泽。”季桐听到了 Lina 急促的汇报，贝莱中国的传票，以及菲莫斯在行业里抹黑柯林的事，这像是一个配合完美的计策，将柯林设计得难以招架，不少与柯林合作的企业取消了合作协议。

她想要安慰聂辰泽，不想迎来的是聂辰泽淡然的笑容：“不会有事的。戒指还喜欢吗？”

“当然喜欢，你这么挑剔的人，选的戒指能不好吗？”

“希望到时候，我选的结婚戒指，你也能满意。”

季桐莞尔，心情却是十分沉重。两人回家之后，Lina、黄子涛和聂辰泽的御用律师关律师先后到了别墅。

短短三个小时，栖梧产品涉嫌盗用贝莱中国配方之类的话题就成了热搜。虽然聂辰泽已经十分努力地压制负面消息传播，奈何聂辰泽本人背景和与季桐之间的关系也被公开。网上纷纷指责聂辰泽与季桐偷盗国际公司专利，虚假贩卖民族品牌概念。不少水军一拥而上，各种批判的话语漫天飞来。

展鹏、郭甜甜等人打来电话问季桐该怎么办，季桐让他们无须理会。

“非常抱歉，是我没有及时处理好实验室资料被窃取的事，导致栖梧和柯林遇到现在的危机。”聂辰泽紧锁了眉宇，语声不免有些自责，“约三周前，冯博士通知我实验室部分文档遗失，同时，一名中国籍助教失踪，遗失的档案正是耿恺写的配方日志。我们花了一周时间都没有找到这名助教，没想到这份档案落到了贝莱中国的手里。”

季桐想起两周前，聂辰泽抽身接听电话，恐怕为的就是这件事。冯博士是唐国林的学长，因为一次化学事故失明，之后得了社交恐惧症，几乎没有公司和实验室再聘请冯博士。尽管如此，他却凭借自己惊人的毅力，继续研究化妆品。当初聂辰泽找唐国林出山，唐国林拒绝后力荐了冯博士。聂辰泽便在瑞士成立了专门的实验室研究完善耿恺的配方，最终成功研发了全新的全天然提取物制成的化妆品。

“整件事怕是陈烁和秦言一手策划的，怪不得这阶段静悄悄的，原来是部署了这么一个大局。”季桐继续推断道，“如果没有猜错的话，他们故意推高栖梧，离间 Frank 和辰泽。陈烁熟悉莹丽的事务，对他来说查到耿恺当年在莹丽立项要做全天然产品的事并不困难。Frank 向来忌惮我创业，陈烁这把火一定把 Frank 心里的怒火彻底点燃了。哎，怪我这两周没有意识到这件事的严重性，只认为有人借推高栖梧产品，令栖梧陷入现金流危险，我甚至以为是乔盛中国做的，以便联合凡氏注资收购栖梧。没想到，他们是准备捧杀栖梧。”

“真龌龊！”黄子涛忍不住骂道。

“从法律角度讲，当初贝莱中国收购莹丽，所有莹丽的资产包括配方技术都得移交给贝莱中国。因此，他们以栖梧使用了耿恺的配方为由，告栖梧非法侵占贝莱中国资产。就目前我们猜测到他们可能握有的证据，对我们非常不利。如果申请国家专利公开配方，应该会对我们有利。”

“不行，化妆品行业的配方向来都采取技术秘密保护，极少有公司采取专利保护。”黄子涛立刻反对道。

“所以，我们才会这么被动。”季桐叹了口气。化妆品行业基本采取技术秘密保护而非专利保护，因为一旦申请专利保护就意味着要公开配方，这么一来，给了不少公司可乘之机，保护期内，有人可以剽窃专利，保护期一旦过了，就成了公开配方。跨国企业的核心技术大多采用技术秘密保护，可口可乐与百事可乐便是技术秘密保护最为经典的例子。

“技术秘密保护和专利保护在法律上归属于不同的条款。技术秘密是受《反不正当竞争法》的保护，而专利保护则是受《专利法》的保护。现在贝莱中国并没有以《反不正当竞争法》来起诉栖梧，也正是获取证据的途径不当的缘故。”关律师在旁解释道。

“关律师，这场官司的赢面是不是很低？”季桐问道。

“能够证明栖梧公司生产的产品配方与耿恺日志中的配方没有联系，是完全独立研发的产品，才能说明栖梧没有使用耿恺的配方，一旦这个条件不成立，侵占贝莱中国资产也就不成立了。”

“就是说，只有栖梧申请专利公开配方，才有可能赢这场官司。”

“也并非稳操胜券，不过，任何能够证明两者没有关联的都有利于打赢官司。”

“化妆品行业这么多配方，成分表相似也正常，我们完全可以否认栖梧的配方与耿恺的日志有任何关系。”黄子涛说道。

这时，Lina 的手机响了起来。自打 Lina 进了别墅，虽然为这起突发事件心烦意乱，但她看到季桐左手的戒指时，脑子一下就混沌不堪。以至于上司聂辰泽提醒她，她才拿起手机转身去接电话。

聂辰泽与桌旁其他人说道：“既然有备而来，他们就能把所有脏水泼过来，我们不能存有任何侥幸心理。”

“是啊，陈烁这小子，出了这么一个阴招。”黄子涛再度骂了一句说道，“能和 Frank 再谈谈吗?”

“谈判的基础必然是一方妥协，我想除非栖梧妥协，否则的话，Frank 不会与我们谈判。”

“聂总，柯凡评论了贝莱起诉栖梧与柯林的微博，把话题推到了热搜第一的位置。”Lina 神色慌张地回来汇报道，看聂辰泽时，觑了眼一旁的季桐。

“她说什么?”季桐知道，柯凡评论的内容必然与她有关。

“她在评论中暗示你插足了她和聂总的感情，还说你有今天也是报应。”Lina 不敢看聂辰泽倏然冷冽的眼神，只敢朝季桐说完这件事。

聂辰泽一把抓起手机，却被季桐拉住制止：“不要理她，我没事的。”

柯凡的举动对季桐而言是极不公平且恶劣的，季桐疲于眼前的危机，却还要遭受这样的污蔑。聂辰泽只觉得心痛，他知道柯凡想要的就是季桐身败名裂，因为他，令季桐被柯凡诽谤，他无法沉默。然而，季桐却不想他因为她而不冷静。

“辰泽，我真的没事，她就是蹭个热度，若是我们理会她，反而遭了算计。谁知道她现在是不是秦言或是陈烁故意安排的棋子。”尽管这莫须有的罪名令季桐难受不已，但她竭力不流露任何委屈的神色。

“季总，我建议你取消后天化妆品行业大会上的文创新思路分享演讲。”黄子涛在旁缓和了下气氛。

“不，子涛，我得去行业大会。”

“万一在大会上出问题咋办？”Lina 忍不住说道。

“这个时候栖梧越逃避，会显得越有问题。”季桐朝关律师说道，“关律师，我想您为栖梧发表声明，正面回应贝莱中国的起诉，否认栖梧使用任何属于贝莱中国的配方。一切将交由法院审判。”

“好的。”关律师应道。

“再加上我的个人申明，否认侵占贝莱中国资产，同时澄清我与季小姐之间的关系是未婚夫妻。”聂辰泽拉过季桐的手补充道，“我不能让你受委屈。”

季桐唇角微扬，与聂辰泽彼此会心一笑。狂风暴雨中，他们将接受最为残酷的考验，过去付出的心血或将一无所有，但依旧无法击垮他们的坚持与执着。目光交汇间，他们更加坚定了信念。

当晚，Alex 发了短信给季桐，让她再次考虑先前的提议。如果栖梧接受乔盛与凡氏的条件成为凡氏旗下公司，凡氏会想办法与贝莱中国和解，同时，化解聂辰泽的危机。尽管季桐非常想脱困，但还是选择了婉拒。

Alex 回复了句：“保重。”

拒绝这样的条件是疯狂的，但季桐一点都不后悔，她相信他们一定能扛过去，即便扛不过去，也会重新再来一遍。耿恺真正留给他们的是精神，而非贝莱所提到的配方。

国内企业侵占跨国公司的资产，盗用跨国公司的配方，贩卖虚假的民族文化情怀，种种言论传到了栖梧客户那儿。客户纷纷取消订单，而那些委托栖梧进行代工生产的长期客户也提出解约，甚至还有人致电要追究栖梧是否盗用他们的产品配方。

办公室里此起彼伏的电话声传入了季桐的耳朵，她相信陈烁正迅速在行业里扩散各种言论。

关律师为栖梧与柯林拟了公开信，柯林同时宣布暂停聂辰泽一切职务，直到结束个人与贝莱中国之间的官司。聂辰泽这么安排，已是将个人对柯林造成的负面影响降至最低限度。然而，各种谣言依旧充斥于各个角落。

季桐仍旧参加了化妆品行业大会。一早的时候，聂辰泽替她拉上了旗袍拉链，温柔地揽着她的腰站在穿衣镜前，轻吻了下她的耳朵："对不起，我不能陪你去现场了。"

"没关系。冯博士昏迷，你一定得去看看，更何况，去趟实验室兴许能有证据。今天，你都已经交代好蛮牛保护我周全，就放心吧。"

贝莱告聂辰泽与栖梧的事很快就传到了欧洲，冯博士本就脆弱的精神遭受打击，在实验室里突然晕倒后被送往医院，一直处于昏迷状态。聂辰泽必须立刻赶到瑞士去探望冯博士，并查清楚助教的背景及文档偷盗的事件。

"我答应你，很快就回来。"

"嗯。"季桐把珍珠项链交给聂辰泽帮她扣上。

聂辰泽想起第一次为她戴项链时，自己几乎难以把持的窘态，不免暗笑了一声。季桐追问他为何笑，他却不说话。

"辰泽。"季桐转身抱住了聂辰泽。她忽而觉得两人行将分开的感觉令她有些许的恐惧，不过，在他怀里温存了一会儿之后，她又恢复了先前的自信与勇敢："我突然就想抱抱你。"

聂辰泽吻了下她前额，发丝的馨香一如以往地惹他留恋。然而，他知道此时并非两人温存的时机，只能放弃更多温柔的举动，免得令她更添不舍。

季桐与黄子涛、展鹏来到了化妆品行业大会的现场。

与会的许多人都是互相熟悉的，穿了旗袍的季桐走进会场的时候，他们脸上浮现出各种奇怪的表情，仿佛她的突然出席打破了先前各种八卦的猜想。

Frank 与陈烁的位置离她并不远，她落座的时候撞上了 Frank 投来的目光。以往，Frank 很少参加大会论坛，今天特意参会，证明了他很了解季桐。两人昔日里合作的关系已然成为被告与原告，他们目光交汇时流露出的神情绝非外界认为的尴尬，而是一种对过往彻底抹杀后的心灰意冷。

陈烁并没有看她，保持着端坐的姿态。

当主持会议的人请季桐上台时，更多人看到了她。

她站到台上，热暖的灯光打在身上，她再度看起台下那些熟悉与不熟悉的脸孔。Frank 已经调整了姿态，陈烁则握起空拳轻咳了一下，丁总坐在中间一排的位置，出于光线的缘故，季桐看不到他脸上的表情。

不管台下的人如何看待这场风波，季桐依旧开始了演讲："非常高兴，我能得到主办方的邀请，来与各位同行前辈分享文创新思路。"

季桐说这句话的时候，座位的远方传来一些嘘声。底下坐着的人有些继续听着，有些则扭头去看声音的来源。

"栖梧公司是一个初创企业，从创业至今不过短短一年的时间。在成熟的行业中，栖梧要想生存，就得寻找一条新的途径。"

"偷盗配方!"后排传来了一个声音。

因为台上灯光很亮，远处说话的人看不清楚，季桐微停了一下，继续说了下去："机缘巧合，我认识了服装设计大师展昕，与他一起谈论文化与化妆品合作的可能性。据权威数据统计，中国文创产业的 GDP 已接近四万亿，其中北京、上海、广东、江苏、浙江五地均突破了三千亿，而更有预测中国潜在文创产业市场规模将达到十万亿。以文化创意设计来提高工业产品的附加值，充分挖掘工业产品的溢价空间，是我们传统工业产品行业需要探索的目标。

中国的消费者已经开始消费模式的转变，以著名的文创产品‘故宫淘宝’来说，小到一只零钱袋、一本本子，这些以往大家都觉得已经饱和的产品，却以几倍甚至十倍以上于日常产品的价格在售卖。结果呢？消费者买单。为什么买单，是因为消费者已经慢慢摒弃了价廉这种观念，他们需要更多富有内涵的产品来提升自己的消费体验。栖梧与文化的结合，也是对化妆品溢价空间的探索……”

尽管在演讲的过程中，总时不时地传来嘘声，但季桐仍旧坚持把自己在皙妍上的探索与大家分享。然而，就在一些人鼓掌的时候，那些反对的声音更响地回荡起来。

“借文创的帽子，偷国际公司的配方。”

“剽窃。”

“小偷。”

结尾的时候，嘘声再度响起，季桐不失礼貌地向听众致敬，接着，平静地说道：“栖梧虽然是初创公司，但从来没有盗取、侵占过任何其他公司的配方资产。贝莱中国是我曾经工作的地方，在那里，有我尊敬的上司 Frank Fox 先生，也有我曾经共事过的同事。我们曾在无数个日夜中通力合作，我很怀念过去的日子。我相信在配方问题上，法律会给予一个公正的结果。谢谢。”

季桐再度鞠躬，整个会场响起各种嘘声与嗡嗡的讨论声。季桐走下台阶，Frank 在她回到座位之前收回了目光，继而，他站起身离开了会场。他的离开，引起了周围几个人的注意，陈烁立刻跟了上去。

“自作聪明！”

当陈烁钻入 Frank 的专属座驾时，迎来了 Frank 的厉声痛骂。陈烁腹诽 Frank 的坏脾气，却并不表现出来，只是解释道：“同行厌恶她也是正常的事。”

“难道非要我说破，那些无聊的人是你安排的吗？”

“现在我们是原告，她是被告，说得再好听，也是没有用的。”

“聂辰泽去了哪儿?”

“这个……”

“今天，他没有到场，显然是有别的安排了。还有，我想和那个助教谈谈。”

“助教?”陈烁警觉地看了眼 Frank。

“怎么?你是想说我办公室里的日志是自个儿长了翅膀飞来的?陈烁，你不会当我是傻子吧?”

“Frank，不，不，我并不是这个意思。我只是想查好了，再向您汇报的。”

“查?少来这套自导自演的事。他回中国了吗?”Frank 瞟了眼陈烁，靠在椅背上闭目养神，他实在不想看到这阴险的小人在眼前拙劣地表演。

“回来了。”

“去安排吧。”

“是，是。”

分享会之后，季桐与黄子涛迈步离开了会场，不想迎面碰见秦言。秦言穿了件千鸟格的职业装，她与季桐并没有什么交集，但与黄子涛却是相识。

“这位是季总吧?”秦言端着一副得胜者的姿态，眼梢微翘，鄙夷地打量着季桐。

“秦总。”

“呵呵，我们第一次见面，你就知道我是谁了。”

“不，我们可不是第一次见面。”季桐并非第一次见秦言，记得第一次，她就帮着聂辰泽耍过一次秦言。

秦言愣了下，自然没有想起什么时候见过季桐，很快，又改回了先前的傲慢："怎么，聂辰泽没陪你吗？大难临头各自飞了？"

"秦总真会说笑，我以为你和我打招呼是想问我能不能请展先生为你设计旗袍，没想到你牵挂的是辰泽。回头，我会转告他的。"秦言在最近的一次时尚圈社交活动中穿了件旗袍，因为肚腹上有赘肉，被一些时尚公众号拿来调侃了一番。季桐见她冷嘲热讽，自然还以颜色。

"聂辰泽在家里歇得还不错吧？"

"辰泽难得有假期可以休息，感觉很不错。对了，我还没有恭喜秦总成了贝莱中国唯一的推广商。"季桐伸出手。

秦言不知季桐葫芦里卖的是什么药，见周围经过的人投过目光，她只得与季桐握手："谢谢了。"

"秦总没什么事的话，我和子涛要走了。"

"噢，当然没有。打官司要赔很多钱，筹钱是得花时间的，啊，聂辰泽也真是的，早些与贝莱庭外和解，赔偿了事，不就好了嘛。据我所知，他在上海的房产价值不菲呢。"

"还没开庭，秦总就已经下了判决书？"

"证据确凿的事，你觉得这官司还能赢吗？"

"证据确凿？你连我们手上有什么证据都不知道，就能确定贝莱手上的证据就一定能赢我们？噢，我忘了，先前给我们做宣传的新诺奇文化公司，它的信托受益人是你的前夫，对吗？"

季桐端起笑容，而秦言傲慢的脸孔一下子僵在了原处。

"秦总，我看你脸色不太好，不如等官司结束后，我和辰泽请你和你的前夫喝喝茶，大家好好谈谈。"

说完，季桐与黄子涛交换了下眼神，两人继续往前走。

"子涛，我昨天交代你的事去办了吧？"

"放心，正在进行中了，这事儿不难。这周一定能办好。"

"嗯，下周三开庭，我们……"

季桐说到这儿的时候，丁总低沉的声音喊住了季桐。

“丁总。”季桐回过头，只见丁总站在距离她身后一米的地方。

“配方究竟是不是耿恺的？”

“我说过，没有什么比完成一个已故之人的遗愿更重要的事了。”

“意思是……”

“耿恺的遗愿是研发全天然提取物的产品，建立一个民族品牌。丁总，千羽应该也是这么想的吧？”

得到了答案的丁总垂下了眼睑，意味深长地叹息了一声。就在Alex向季桐提出乔盛与凡氏注资之前，凡氏与千羽曾在上一年进行了长达数月的谈判，但最终收购方案以双方价格差距过大而终止。

季桐微微一笑，与黄子涛离开。

“季总，刚收到消息，有媒体接触过耿恺的妻子，她回应媒体，称不知道有耿恺的日志这件事。加上柯林在媒体上的资源，现在媒体平台上一边倒的趋势因为这一消息好转了不少。”黄子涛看了下手机，向季桐汇报道。

“嗯。刚说到一半。我和辰泽早上说过，在开庭之前，我们需要办一个记者招待会。Lina会和你联系，具体落实下来。另外，除了之前我交代你的事情之外，我想你陪我见一个人。”

“谁？”

“卓澜韬。”

结局
配方之谜

监狱的高墙冷冰冰的，即便太阳高照，在里头依旧感觉不到半丝暖意。一道道厚实的铁门将这里与外界完全隔绝。

卓澜韬被判了六年有期徒刑，如今，入狱已有九个多月。他瘦了两圈，颧骨突出了许多，但精神看上去却很不错。

“不是两个人来探视我吗？怎么？她不敢进来，怕了吗？求我帮她和聂辰泽？这是我这辈子听到过的最好笑的笑话了。”卓澜韬嘲讽地笑了起来，面颊的肉挤到了突出的颧骨上。

“探视室不能用电话，季总在外面接电话。”

“什么时候你成了她的一条狗？”

“卓总。”黄子涛捏起了拳头，低声回道，“我只跟对的人。”

“对的人？”卓澜韬唇角抽搐了一下，脸凑了上来说道，“说说吧，她和聂辰泽现在有多惨，我倒是很想听听，当初他们极力要帮助的人，是怎么对待他们的。”

“让我亲口和你说。”

说话的正是季桐，她进了探视室，坐在了黄子涛的身旁，看着里头穿着囚衣的卓澜韬。

两人目光对视，卓澜韬微往后仰，等待季桐向他求情，好享受她尊严扫地时带给自己的快感。

“栖梧侵占贝莱资产的信息现在是各大媒体的热搜新闻，任何一个支持栖梧的言论，都会跟上几十条的骂声。前天，我在行业大会上发言，只能听到嘘声，所有的客户都在质疑栖梧，先前订单蜂拥而至，现在溃堤一样取消，财务的报表显示栖梧最多只能撑过这个月，聂辰泽暂停了自己在柯林所有的职务。这就是我们现在的情况。”

季桐说着，一旁的黄子韬愣怔地看着她，被她这番实话惊了一下。

这令满腹期待听他们惨况的卓澜韬兴致陡然落了千丈。他还想趁机挖苦，不想季桐连这个机会都不留给他。

“呵呵。”他笑了下以掩饰自己内心的失落，继而，抬眉冷厉地问道，“你找我究竟是为了什么？”

“我想请你证明贝莱中国与莹丽在合并过程中已经妥善交接所有文件与资产。”

“果然是一个很聪明的手段。”卓澜韬撇唇一笑，“这么一来的话，任何不在其中的文件就不属于莹丽交付给贝莱中国的资产。呵，季桐，我为什么要帮你证明？别忘了，是谁让我深陷囹圄的？”

“不是帮我，是还你欠耿恺的情。你以为，这六年的判决就偿还了一切吗？这六年只是对你之前做的事情进行的惩罚，这里面并不包含对你在莹丽收购案上的惩罚。”

“耿恺。”卓澜韬重复了一声，他看着季桐如炬的目光，求人办事竟是用这样的说辞。他早已从心里抹去了“耿恺”这个名字，然而，它总是时不时地出现在梦魇中。他极力否认耿恺的去世与他的成功有任何因果关系，但事实却无情地摆在了那儿。

“难道你到今天都没有意识到，一个民族品牌毁在了你的手上，莹丽死了，它是死在了你的手上。”

“不，莹丽的产品还在贝莱。”

“你不用骗自己，莹丽已经没有自己的产品了，它已经不是中国品牌了，是你，出卖了耿恺，出卖了莹丽。”

“呵呵。”卓澜韬干笑了几声，“如果给你机会，可以救栖梧，你也会像我这么做。没有什么比资本更诱惑的了。”

“不，我不会!”季桐决绝回道，接着她站了起来，“耿恺留给我们的不是配方，而是信念，一个民族品牌的信念。很可惜，他竟然没能令他身边最信任的人感动。”

当她离开探视室的时候，黄子涛与卓澜韬说道：“卓总，季总已经拒绝了乔盛中国与凡氏的注资收购。她和你不一样。”

“她和你不一样。”

这句话久久地回荡着，卓澜韬内心坚固的堤坝渐渐地垮塌，那一年，耿恺的样子浮现在眼前，耳边是他的那句：“澜韬，咱们一定得把莹丽做成中国最好的牌子。”

“孙先生。”贝莱中国 CEO 的办公室里，Frank 靠在老板椅上，看着面前一个埋着头的男人。

这个叫作孙彦的男人低低地“嗯”了声。他长了一张普通的脸孔，板寸头发，衣服中规中矩，鼻梁很高，但架在上面的眼镜却有些左右不平，应是很久没有调节过。

“你出卖了你的导师。”

“不，不。”孙彦连声否认。

“陈烁许诺了你什么条件?”

“没，没有。”孙彦继续否认道。

Frank 忽而放声大笑，孙彦吓了一跳，他本能地抬头看了眼这位法国人，慌乱的目光最终落在了 Frank 身后的绿脸兵马俑上。

“你从冯博士的实验室偷走了耿恺的日志，然后寄给了我，我以为你是一个胆量足够大的人。没想到，和我的想象千差万别。”Frank 眯眼打量着这个胆小如鼠的人。

“我认为那是贝莱的资源，耿恺经营的莹丽都已经卖给了贝莱，所以才把日志寄给了你。”孙彦费力地解释着偷走耿恺日志的理由。

Frank 冷哼了一声：“你想留在瑞士，可冯博士不喜欢你，陈烁许诺你在欧洲的工作，所以你才会背叛你的导师吧。”

Frank 受够了背叛的滋味，但他很清楚，季桐的背叛与孙彦的背叛根本无法相提并论。季桐的胆识，令他心情复杂，尤其是她在行业大会分享时所说的那些话。他是一只老狐狸，但也绝非是毫无感情的人。

“所有人都不喜欢那个臭脾气的老头，他什么都看不见，却对我们指手画脚。他在公众场合连话都说不清楚，可在实验室里却骂得我们狗血淋头。陈总对我很好，他承诺我，如果我帮助贝莱的话，能够给我在贝莱欧洲安排个工作。这是经过您的同意的吧？”孙彦辩解道。

Frank 轻嗤了声说道：“冯博士的配方与耿恺的配方是什么关系？”

孙彦只是偷了耿恺的日志，他没有胆量去盗取一直被冯博士锁在保险箱里的配方表，他和另外两个助教都只是参与配方研制的部分工作。冯博士只信任他的助手，那助手从大学开始就一直跟着冯博士。实验室里的所有核心技术只有这两人知道，栖梧公司与实验室沟通的时候，都使用原材料保密代码，因此，孙彦根本没有可能接触到核心技术。可他不是傻子，他明白，这两者必然是有区别的，否则的话，何必避开他们存放栖梧产品的配方呢？

于是，孙彦回道：“不清楚。”

“没有关联吧？”

“不清楚。”

“是吗?”Frank放在桌上的手指动弹了两下,“你不是想要欧洲的工作吗?”

这是一种夹带诱惑的威胁,Frank是陈烁的上司,孙彦虽然不明白为什么Frank要单独见他,但从对话上来看,Frank似乎对陈烁隐隐带着不满的情绪,这让孙彦颇是犹豫。他觑了眼Frank,低声道:“关联应该是有的吧,成分上有很多相同的地方。”

“你在笑话我对配方的认识吗?”Frank冷厉地说道,“化妆品成分不是什么秘密,重要的是配比。”

孙彦沉默了。

Frank并不想再与这个被陈烁玩弄的小角色谈下去,请Jessica带孙彦出去。他开始担忧这场官司,甚至有些后悔为什么要听从陈烁的撺掇去打这场官司。季桐是背叛了他,她精于计谋,可绝对是一个干练磊落的女人,侵占资产这样的事,应是不会做的。矛盾仿佛蠹虫一样啃噬着Frank的内心,他压制住自己对季桐的欣赏,使劲地聚集起对她的恨意,她要发展,有什么事做不出来呢?用耿恺的配方来研发产品,不正是企业发展的捷径吗?耿恺的配方与栖梧的配方是一模一样的。

陈烁已经假意在外转悠了几圈,见孙彦出来,立刻上前探了下口风:“什么情况?”

孙彦摇摇头,欲言又止。

陈烁见孙彦装起了闷棍,只想揍他一顿。没有脊梁骨的人就是这样扶不上墙,很显然,孙彦在Frank这只老狐狸面前,一下子就露了底。他嘴上对孙彦说“没关系”,实际则是腹诽了多遍。

他没有时间再与这颗已经被利用完的废棋多说一句话,扔下他,进了Frank的办公室。

“怎么?想听听孙彦说了什么吗?”Frank目光停留在桌上耿恺的日志本上,虽然他的中文很好,但却看不懂复杂的中国字。

“不，不。”陈烁立刻否认道，“我刚收到信息，季桐去监狱探视了卓澜韬，另外，聂辰泽去了意大利。”

“季桐去探视卓澜韬？我没有听错吧？”Frank 愣了一下，季桐与聂辰泽总是做出一些他想象不到的事，“聂辰泽去意大利？他不是该去瑞士吗？”

“他订了意大利的机票后，取消了后面所有的飞行计划，我会想办法找到他的行踪。至于季桐，我也不知道她去找卓澜韬干什么？”

“季桐？卓澜韬？卓澜韬还肯见她？真是……”Frank 喉咙里突然跳出一个脏字，但又硬生生地吞了下去，好在陈烁面前保持自己高雅的形象。他缓了缓，继续说道：“一个送他进监狱的女人，他们能谈什么呢？”

“季桐这个女人太狡猾了，她安排了在开庭前开记者招待会，我总觉得她还在做什么事。”

“记者招待会？你怎么不先说这事？”Frank 坐直了身体，季桐似乎比自己想象的还要有勇气。明明此刻的舆论风向对她非常不利，她却还要在风口浪尖召开记者招待会，她究竟要做什么事情？

“秦言刚收到的消息，说还得去确认下是否属实。”

Frank 听到这儿，按了下座机上的免提：“Jessica，让刘律师到我办公室来。”

“秦言还说，Philip 的儿子 Alex 曾多次向季桐表示乔盛与凡氏会注资栖梧。”

“凡氏？他们总在各个地方想办法和我们斗，连这场官司，他们都想挤进来。知道他们想多少钱收购吗？”Frank 皱了皱眉头，Philip 那张老贵族的脸孔浮现在眼前，露出一副讥笑的模样来。

“没谈，传季桐直接拒绝了。”陈烁一直盯着 Frank 的表情，随时根据 Frank 表情的变化更新他所得到的情报。他故意隐瞒了 Alex

是因为追求季桐而对栖梧进行了口头的投资并购邀约。他想把这一切归于凡氏与贝莱中国作对，也令 Frank 认为，季桐是鱼死网破地要与贝莱中国死磕。

“季桐，这就是季桐。”Frank 站了起来，走到咖啡机前，泡上一杯双份意式浓缩咖啡，抓起一旁架子上的威士忌倒了些进去。当他喝上这杯浓烈的咖啡时，意外地发现这瓶威士忌还是聂辰泽前两个月送的。

真是件可笑的事，想要发泄一下心情，竟还是走不出他们的影子。想到这儿，Frank 狠狠地放下了杯子，回了自己的座位，灼灼的目光盯着陈烁的脸孔。莫不是他一味地想要报复季桐与聂辰泽，如今被陈烁利用，开始这场众人瞩目的官司？可既然已经开始了，那他就一定得赢。

栖梧的记者招待会设在了天鹰广场，时间刚好在开庭前的一天。这一次的记者招待会请来了所有相关媒体，整个会场座无虚席。

“季姐，还是没有聂总的消息。”郭甜甜焦急地说着，眼角处还落着斑驳的泪痕。一分钟前，Lina 呜咽地告诉她还没有聂辰泽的消息。郭甜甜急得掉泪。那一天，聂辰泽取消了去瑞士的航班，改为去意大利，接着，他就像消失了一样，杳无音信。

这么重要的场合，聂辰泽不在，季桐能应付得了吗？

“今天是栖梧的新闻发布会。”季桐喝了口水，好压制住自己的紧张。聂辰泽曾在机场发过信息给她，说是要改航班去意大利，添了句“等我”，就再也没有来过信息和电话。在人前淡定自若的季桐，在夜深人静的时候，会发了疯似的查找欧洲的社会新闻，生怕聂辰泽那儿发生什么意外的事。

没有消息，是最好的消息。这几个晚上，她靠这句话安慰自己。

“老大，时间差不多了。”展鹏催了下季桐。

季桐与黄子涛、关律师一起迈步走向了记者招待会的主席台。灯光瞬间亮起，照相机“咔嚓”地响着，几部摄像机开始了拍摄。

“很高兴，我们能够邀请到各位媒体朋友莅临今天的招待会现场，我代表栖梧化妆品公司的全体员工感谢各位的到来。”说着，季桐朝众人欠身表达谢意。

“明天是贝莱中国诉栖梧公司侵占资产的开庭日，之所以安排在今天召开记者招待会，是想分享一个故事给各位媒体朋友，希望大家能够不吝时间倾听我讲完一个故事。”

会场一片肃静。

“20 世纪的上海，有一家著名的国营化妆品公司，经营着家喻户晓的护肤品，因为遭受外资品牌的市场冲击，以及内部管理制度的滞后等原因濒临倒闭。一个员工把它买了下来，他只是公司的一个普通技术员工，没有高学历，也没有丰厚的家底，但他秉着救公司的心，卖了祖业，借了钱，终于买下了公司。公司转制后活了下来，大家的衣食饭碗也保住了，人们还能买到公司的护肤品。为了适应日新月异的市场，抵御外资品牌的狙击，没有任何先进管理经验的他，用无数个日日夜夜自学先进的管理知识，在一次次的失败跌倒后爬起来，哪怕摔得鼻青脸肿，都不曾有半点的退缩。没有钱，他就去一个个银行求贷款；没有人才，他一个中专毕业的人到高校毕业会上请大学生们到公司看看；在紧巴巴的资金情况下，他对人才、对员工、对研发从未吝啬过。因为他的努力，这家化妆品企业竟然活出了新的姿态，成为市场上举足轻重的民族品牌。然而，当他想要研发更环保的全天然、无添加的化妆品时，国际化妆品行业的巨擘投以巨额的资本诱惑他。所有人都觉得这是个极好的机会，甚至还包括了他最信任的公司合伙人。这家国际行业巨擘用尽了手段，而他身边的人也一再说服他，当年保住了饭碗的员工们翘首以盼被收购后能成为国际企业的员工。可他并没有动心。因为，他知道一旦被收购，就意味着那个曾经两代人都用过的民族品牌会消失在历史中。”

季桐说到这儿微微停顿了一下，透过湿润的双眼看到那些记者们忽而止住了手中的笔。

“小护士、美加净、丁家宜，这些曾经的民族品牌陪伴了我们的童年与青春。然而，从20世纪到21世纪，法国欧莱雅收购了小护士，美国庄臣公司收购了美加净，法国科蒂集团收购了丁家宜。国际化妆品行业巨擘们收购本土企业，大多是为了扩充渠道与市场，当他们无法消灭本土竞争对手时，收购是最佳的方案。事实上，以上这些品牌即便部分被回购，却已陷入了一蹶不振的窘境。他正是看到了资本收购背后血淋淋的刀，这才拒绝了国际企业的并购邀约。然而，最终，他还是被人设计失去了企业，悲愤而遗憾地离开了人世。我在这里，向这位执着于民族品牌的前辈、莹丽的创始人——耿恺致敬。”

季桐再度站了起来，屈身致敬。

“虽然耿恺没有保留住莹丽，但他留给了我们一种精神，是我们中华民族不屈服的精神。世界能有百年的外国化妆品企业，为什么就不能有百年的中国民族化妆品企业？在栖梧的生产运营中，我体会到了各种艰辛，也能理解向诱人的资本低头屈服的心情。但我从没有动摇过，因为从第一天创业开始，耿恺的执着就已经注入了栖梧公司。栖梧生产的每个产品都是独立的配方，也是中国人自己的配方，每一个参与研发的技术人员都是中国人。虽然，我们没有用耿恺的配方，但我们继承了他的理念，作为一个民族品牌，得对消费者和养育我们的这片土地尽上企业最大的责任。这就是我们要开发全天然提取物产品的根本原因。很不幸，这件事被人利用了。

数周前，耿恺留给我们的日志在瑞士失踪了，也许，它会出现在明天的法庭上，作为证据孤零零地躺在桌上，对此，我们不得而知，也期望它重新出现。”

台下的记者们紧紧地盯着季桐自若的神情，鄙夷、嘲讽、怀疑，带着这些情绪来的记者们沉默了。

“我想分享的故事讲完了，谢谢大家的耐心。”

季桐话音刚落，一个坐在中间的女记者举手道：“季小姐，请问网络上关于您和著名化妆品推广公司柯林公司创始人聂辰泽先生的传言是否属实？您是不是破坏了聂辰泽先生与影星柯凡小姐之间的感情，并利用聂辰泽先生为您之前在贝莱中国谋取利益？此前，聂辰泽先生发表声明说你们是未婚夫妻，而今天他没有出现在会场，是不是您用感情胁迫他？”

全场的记者齐刷刷地朝那记者看去，她戴了副黑框复古眼镜，问完这个与故事毫无关系的问题后，面无表情地坐在那儿等候答案。

“我和……”

正当季桐准备回答这个问题的时候，记者招待会会场的门被推了开来，穿着一身黑色西装的聂辰泽从两扇门中迈步进来：“这个问题，我来回答。”

季桐惊愕地看着突然出现的聂辰泽，使劲儿地睁了下湿润的双眼，确定自己不是因为思念过度而产生了幻觉。

聂辰泽面带微笑地走到了她的身边，轻拉起她的手，目光中满含爱意地请她起身后站到自己的身旁：“我和季桐在一场危机中偶然相识，在彼此信任的合作中相知，她是我最好的搭档，也是我生命中最爱的女人。我们的感情光明正大，从未涉及任何利益，也从未因任何人而动摇，更不会因为任何的困难而停止更深地去爱对方。还有一个小时，季小姐将是聂太太，所以很抱歉，我只能给你们十五分钟的提问时间。”

聂辰泽抬手看了下手表，示意在座的记者继续发问。众人先是一愣，女记者们无不幸福而羡慕地看向季桐。季桐红了脸颊，方才演讲时的淡定被这突然而至的幸福搅得无影无踪，在聂辰泽掌心中的手动了两下，却被他紧紧地拉着，不再分开。

“聂先生，您也是当年莹丽的股东之一吧？请问您当时是不是也支持贝莱收购莹丽？既然这样，现在您投资的栖梧公司又何来建立民族品牌一说呢？难道不是待价而沽吗？”另一位记者问道。

“你说得没错。我是莹丽的股东，在当时，我支持贝莱收购莹丽，那是因为我和很多人一样认为资本是企业发展必不可少的条件，其余所有的需求都可以根据资本来转变。现在，我仍认为资本是必不可少的，但企业应该独立运营，不受资本干预。栖梧并不需要待价而沽，它有自己的企业使命，那就是建立与文化融为一体的民族品牌，任何企图干预栖梧公司发展的资本，栖梧都会拒绝。”

聂辰泽的话音刚落，又有几个记者提了与官司相关的问题。

“有传言称，贝莱中国起诉您和栖梧，是个人恩怨。请问是不是真的？”

“贝莱和栖梧之间的官司与个人恩怨无关，谢谢。”聂辰泽回答完这个问题后，起身说道，“抱歉，十五分钟到了。”

说着，他拉上季桐往门口走去。她跟在他的身旁，像个羞赧的少女一样，盯着他俊朗的侧脸傻傻地笑着，任他领着自己向前走。

结婚。

她还没有来得及问他这些天究竟去了哪儿，他却给了自己一个惊喜。反应快些的记者们迅速地为朝着幸福迈步的两人拍下了照片。

他们的关系在这一天变作了夫妻。她嫁给了爱情，因为嫁给了聂辰泽；而他已然不再是当初那个冷漠孤寂的男人，从爱上她的那刻起，他的心里住着一个充满阳光的独角兽小姐。

记者招待会后，网络上的危机开始消退，公众们理性地关心起法院的判决结果，支持国货的声音也愈加响亮，记者们抓拍到的两人彼此相视的照片上了网络热搜，撒的一把狗粮也让栖梧的粉丝们无不欢呼雀跃。

栖梧与贝莱中国的官司在次日开庭了，双方向法院递交了各自的证据文件。季桐交上了一份由百分之九十原莹丽销售及研发部人员签字确认的文件，证明当年耿恺提议的全天然项目并未立项，同时，向法院递交了卓澜韬给关律师的确认信，证明当时贝莱中国与莹丽交接清晰，不存在资产交付清单外的疏漏。除此之外，冯博士发送过来自有配方申明的视频，关律师提请法庭，要求对栖梧现有产品与根据耿恺配方制造出的产品进行对比，并当庭表示，栖梧为了自证清白，已经向国家知识产权局提交专利申请。

因为涉及专业检测对比，法院宣布半个月之后再进行第二次开庭。尽管如此，事实的真相已经越来越清晰明白。

当 Frank 神情黯然地离开法庭的时候，记者们一拥而上。陈烁试图挡住那些记者，却被推到了一旁。他又想钻入 Frank 的专车，却不想车子弃他而去。

陈烁愤愤地跺脚，发狂地叫了几声，然而，没有人理会他。他是一个可笑的人，为了抓住权力攀爬，他利用了他的上司，制造了这个阴险的局。没想到，这个完美的局却这么快地溃散。Frank 提前抛弃了他。

“陈烁。”

“你……”正当陈烁颓丧地坐在台阶的花坛上，看着那些记者的背影消失在眼前的时候，一个人影映入了眼帘，他使劲地抬起眼皮去看人影，嗤笑了一声，“怎么？求庭外和解？”

“回去告诉Frank，如果他愿意的话，我想和他喝一杯。”

“你当我是什么？我是堂堂贝莱中国的销售总监，我不是他的一条狗。”陈烁站了起来，他恨别人用这种眼光看着自己。他紧紧地攥着拳头，以为他会在当初贝莱中国的争斗之后扶摇直上，然而，到头来，所有得到过的，都将离他远去。

“你的确不是狗，用狗来形容你，是侮辱了狗。”季桐淡淡一笑，走下台阶，挽上聂辰泽的手臂，剩下陈烁独自一人骂骂咧咧。

两周后，二次开庭中，法院拿到了专家比对的产品结果，证明两者不存在任何联系，同时，因栖梧的皙妍系列申请了国家专利保护，尽管配方将公开，但受中国法律保护。由于耿恺日志已经在瑞士报失踪，栖梧提出诉求，要求贝莱中国返还遗失日志，不再追究责任。季桐与聂辰泽拿回了耿恺的日志本。

贝莱中国败诉。

Frank没有出席第二次庭审，他已经知道了答案，并向总部提出引咎辞职。贝莱总部鉴于他对贝莱做出的贡献，驳回了他的辞职申请，要求Frank整顿销售部，严阵以待栖梧等中国品牌在中国市场上愈加激烈的竞争。

至于陈烁与秦言的菲莫斯，因为煽动了Frank去打这场官司，导致贝莱中国名誉受损，被Frank踢出了贝莱中国。一个成了落魄在大上海街头的失业人员，一个成了业内被同行们讥笑鄙夷的企业。

“现在可以告诉我，那几天你去了哪儿？”晨曦中，季桐站在别墅三楼的大露台上，看着远处橙金色的阳光。暴风骤雨已悄然远去，迎接他们的将是机遇与挑战。

“在祖国游了几天。”聂辰泽揽着她的腰际，低身轻吻了她的脸颊，染了阳光的发丝飞扬在半空中。

“什么?!”

季桐一下子转过身，一本正经的模样与曼妙的身段清晰地落在聂辰泽的眼中，他狡黠地笑笑，朝她赔罪道：“之所以没有告诉你，是因为我得见一个人。”

“见谁?”

“我本来是去瑞士找冯博士的，但到机场后，冯博士的助手给我电话，说冯博士醒了，偷耿恺日志的孙彦已经回国，可能就在上海。冯博士录制了一段视频发给关律师，以证明配方是独立的。我担心行踪被贝莱的人盯上，就特意买了意大利的机票打了个幌子，实则是要拜访 Ella 介绍给我的一位华裔投资人。他住在贵州的山里，我去那儿拜访他，顺道还去了云贵地区的花卉培育基地。”

“原来是你请劳先生出山的，还有，那些花卉种植基地的人，难道也是……”季桐盯着聂辰泽。就在一周前，著名投行高郢投资的华裔老板劳先生主动提出愿意给予栖梧五年十亿美金的投资。劳先生多年旅居海外，想要落叶归根，回到中国后帮助一些有理想、有信念的中国企业，而栖梧正是他想资助的第一个制造型创业公司。

经过与贝莱的官司之后，不少花卉种植基地的负责人纷纷向栖梧表示合作意向，栖梧再也不需要担心原料问题。

“我是你最好的搭档，你为了官司，能够去找卓澜韬，收集了莹丽的员工签名。我做的，不过是冰山一角而已。”聂辰泽再度揽住季桐纤细的腰肢问道，“你下一个产品线准备做什么?”

“你猜? 亲爱的聂先生。”

季桐转过身勾住聂辰泽的脖颈。

“我猜? 亲爱的聂太太。”

两人相视一笑，不约而同地看向身后不远处的地板。

一只眼睛周围一圈深灰色毛的哈士奇正费力地抬着垂下的眼皮，耷拉着脑袋瞅着正在回望自己的主人。

一阵轻风拂过，屋内，桌上放着一本《新时代创业者》杂志。杂志的封面是一个穿了旗袍的温婉女人，左下方写着两行字——

化妆品行业新一代女性创业者季桐专访：

我，就是独角兽小姐。

图书在版编目(CIP)数据

遇见独角兽小姐 / 尼莫小鱼著 .— 上海 ：上海社会科学院出版社，2020
ISBN 978-7-5520-3176-8

Ⅰ. ①遇…　Ⅱ. ①尼…　Ⅲ. ①长篇小说—中国—当代
Ⅳ. ①I247.5

中国版本图书馆 CIP 数据核字(2020)第 081014 号

遇见独角兽小姐

著　　者：尼莫小鱼
责任编辑：包纯睿　陈如江
封面设计：周清华
出版发行：上海社会科学院出版社
上海顺昌路 622 号　邮编 200025
电话总机 021-63315947　销售热线 021-53063735
http://www.sassp.cn　E-mail:sassp@sassp.cn
排　　版：南京展望文化发展有限公司
印　　刷：上海景条印刷有限公司
开　　本：890 毫米×1240 毫米　1/32
印　　张：18.75
字　　数：469 千字
版　　次：2020 年 8 月第 1 版　2020 年 8 月第 1 次印刷

ISBN 978-7-5520-3176-8/I·403　定价：69.80 元(上下册)
